Buch

Der Central Park in New York. Wie die Stadt selbst besitzt auch ihre grüne Insel eine Doppelnatur; sie zeigt sich von ihrer freundlichen und gleich darauf von ihrer dunklen Seite.
Russell Hazen, ein berühmter Rechtsanwalt, wird im Park überfallen – die junge Caroline Strand rettet ihm das Leben. Der mächtige Mann will sich dem Mädchen dankbar erweisen. Aber in seinem Entschluß, ihrer Familie zu helfen, wo er nur kann, reißt er alle aus ihrem natürlichen Lebensrhythmus und zieht sie in den Strudel seiner gefährlichen Existenz hinein.
Carolines Vater, Geschichtslehrer an einer High School, hat einen untrüglichen Instinkt für die Gefahr, die ihm und den Seinen aus diesem jähen Wechsel erwächst. Beruf und Ehe sind bedroht, das Schicksal treibt die Kinder auseinander. Die unerbittlichen Spannungen, denen Hazen ausgesetzt ist, teilen sich den Strands mit, und bewußt oder unbewußt nehmen sie daran teil ...

Autor

Irwin Shaw, 1913 in New York geboren, begann früh zu schreiben. Sein Kriegsroman »Die jungen Löwen« machte ihn weltberühmt. Dieses Buch, das man oft mit Remarques Bestseller »Im Westen nichts Neues« verglichen hat, ist vor einiger Zeit als Goldmann Original-Paperback 30002 neu herausgekommen. Als Goldmann-Taschenbuch 6598 liegt Shaws Spannungsroman »Griff nach den Sternen« vor.

Irwin Shaw

Der Wohltäter

Roman

Wilhelm Goldmann Verlag

Ungekürzte Ausgabe
Aus dem Amerikanischen von Hanna Molden
Titel der Originalausgabe: Bread upon the Waters
Originalverlage: Delacorte Press, New York, und George Weidenfeld & Nicolson, Ltd., London

Made in Germany · 12/83 · 1. Auflage · 1.–20. Tsd.

Umschlagentwurf: Design Team München
Umschlagfoto: H. Schmied / Mauritius, Mittenwald
Satz: Fotosatz Glücker, Würzburg
Druck: Elsnerdruck GmbH, Berlin
Verlagsnummer: 6644
MV · Herstellung: Sebastian Strohmaier
ISBN 3-442-06644-1

Für
Irving Paul Lazar

Laß dein Brot über das Wasser fahren,
so wirst du es finden nach langer Zeit.

Der Prediger Salomo 11,1

Erster Teil

I

Er lag in einem fremden Bett. Um ihn leises Rauschen. Alles war weiß. Apparaturen. Das ferne Geräusch der See, die sich an der Küste brach. Oder vielleicht die sanfte Brandung seines Blutes, das in den Adern pulste. Er schwebte ... irgendwo. Er hatte Mühe, seine Augen zu öffnen, die Lider waren schwer. In der Frühlingssonne wanderte ein Mann. Er hatte das Gefühl, den Mann von früher her zu kennen. Schließlich erkannte er sich selbst ...

Allen Strand betrat mit weit ausholenden Schritten die wohltuende Stille des Central Park; das Dröhnen der Fifth Avenue hinter ihm wurde schwächer. Er trug einen unvorteilhaften, flatternden Anzug und ging in seinem Wochenendtempo dahin, ohne Eile. An Arbeitstagen bewegte er sich fast im Laufschritt und stemmte seine hochgewachsene, magere Gestalt, den langen, schmalen Schädel und seine Nase, ein Erbstück, das einem scharfen Bugspriet glich, gegen einen gewaltigen, nur gegen ihn gerichteten Wind. Die Schwinge seines glatten, eisengrauen Haares flog mit der Wellenbewegung seiner Gangart rhythmisch auf und nieder. Seine Tochter Eleanor hatte, nachdem sie einander einmal zufällig auf der Straße begegnet waren, gesagt, sie habe fast erwartet, eine Bugwelle um seinen Kiel rauschen zu sehen, während er durch die Strömung des Stadtverkehrs segelte.

Der Gedanke, Eleanor heute abend zu sehen, erfüllte ihn mit Freude. Sie hatte ein waches Auge und eine scharfe Zunge; ihre Bemerkungen waren keineswegs immer gütig, aber das Geplänkel, welches mit ihrem Erscheinen am abendlichen Familientisch verbunden war, bescherte ihm, während er den Weg mit den Bänken entlangschlenderte, das Gefühl freudiger Erwartung. Ebensogut hätte man dies Treffen als wöchentliche Pflichtübung ansehen können.

Am Morgen war es grau und windig gewesen, und er hatte vorgehabt, am Nachmittag mit dem Bus zum Museum of Modern

Art zu fahren und sich vor dem Abendessen einen Film anzusehen. Er war Mitglied des Museums – eine seiner wenigen Extravaganzen –, heute nachmittag wurde dort *Fort Apache* gezeigt, die köstliche Nacherzählung einer naiven amerikanischen Heldensaga, ein Gegengift für alle Zweifel. Er hatte den Film schon einige Male gesehen, aber er hing daran wie ein Kind, das vor dem Einschlafen immer wieder dieselbe Geschichte hören will. Bis Mittag jedoch hatte der Wind sich gelegt; der Himmel war klar, und er hatte beschlossen, auf den Film zugunsten eines seiner liebsten Spaziergänge zu verzichten. Dieser führte von der Schule, in der er unterrichtete, einige Meilen westwärts bis zu seiner Wohnung.

Es war ein warmer, sommerlicher Freitag, ein Geschenk des Monats Mai. Der Duft des Grases erinnerte an die Jagdgründe eines Kräutersammlers; im Licht der späten Nachmittagssonne leuchteten die Blätter der Bäume in blassem Lindgrün. Er trödelte, blieb stehen und lächelte über einen Pudel, der munter einer Taube nachjagte; er beobachtete einige baseballspielende Jungen, bewunderte einen gutaussehenden jungen Mann und sein hübsches Mädchen, die selbstvergessen den Weg entlangkamen; sie lächelten verträumt und verständnisinnig, auf ihren Gesichtern glühte die Verheißung der Wochenendsinnlichkeit.

Die Sinneslust im Mai, dachte er. Gepriesen sei Gott für Frühling und Freitag. Er war ein nachlässiger Christ, aber dieser Nachmittag schrie geradezu nach Dankbarkeit und Glauben.

Er fühlte sich unbeschwert. Die Prüfungsarbeit dieser Woche – »Nachwirkungen des amerikanischen Bürgerkriegs« – hatte er bereits korrigiert, und Appomattox und die »Reconstruction« lagen in seiner Schreibtischlade. Zwei Tage lang trug er für die Kinder, die er unterrichtete und beurteilen mußte, keine Verantwortung; im Augenblick johlten sie auf Spielplätzen oder stellten auf den Dachterrassen ihrer Wohnblocks erste erotische Versuche an oder verkrochen sich in Hauseingängen, um Marihuana zu rauchen oder Heroinspritzen aufzuziehen. Sie kauften das Zeug, so hieß es, von dem dicken Mann mit der Baseballkappe, der sich regelmäßig an einer Straßenecke nahe der Schule aufhielt. Strand bückte sich und hob einen kleinen runden Stein auf, und in Gedanken an die letzte Eiszeit befühlte er voll Vergnügen die glatte, unnachgiebige Oberfläche, die noch warm von der Sonne war.

Mit dem Abendessen würde es heute spät werden, da die ganze Familie erwartet wurde, und so machte er einen kleinen Umweg, um an den Tennisplätzen im Park vorbeizugehen. Er wußte, daß seine jüngere Tochter Caroline dort spielte. Sie war eine begeisterte Sportlerin. Marihuana oder Heroin gibt es bei ihr nicht, dachte er zufrieden, während er voll Edelmut weniger glückliche Eltern bedauerte. Das Feiertagswetter verführte zu Edelmut und Selbstzufriedenheit.

Schon von weitem erkannte er Caroline an der Art, wie sie sich bewegte. Schwungvoll und entschlossen lief sie um den Ball und hatte die fast knabenhafte Angewohnheit, sich mit den Fingern durch ihr kurzes blondes Haar zu fahren.

Der junge Mann, gegen den sie spielte, wirkte im Vergleich mit ihr zerbrechlich. Caroline war, obschon schlank, eher groß für ihr Alter, vollbusig und breitschultrig. Sie hatte lange, wohlgeformte Beine, die, wie Strand sehen konnte, bewundernde Blicke der männlichen Spaziergänger anzogen.

Kein Marihuana, kein Heroin, dachte Strand, aber wie steht es mit Sex? Ein siebzehnjähriges Mädchen von heute... Er schüttelte den Kopf. Was hatte er getrieben, als er siebzehn war – sogar noch jünger –, und wie alt waren die Mädchen gewesen, mit denen er es getrieben hatte? Lieber nicht daran denken. Wie dem auch sei, in Sachen Sex war Carolines Mutter zuständig, und er war sicher, daß sie sich mit dem Problem hinreichend befaßt hatte; vorausgesetzt, man konnte sich mit derartigen Fragen überhaupt hinreichend befassen. Er selbst hatte mit seinem Sohn alles besprochen und bei dem Jungen später keinerlei Anzeichen entdecken können, daß Sex in ihm Abscheu, Furcht oder übertriebene Begeisterung erweckt hätte.

Obwohl der junge Mann auf der anderen Seite des Spielfelds fadendünn war und einen unterernährten Eindruck auf Strand machte, hatte er einen harten Schlag; der Ballwechsel war scharf und die Spieler einander ebenbürtig. Nachdem Caroline einen harten Schmetterball geschlagen hatte, rief Strand laut: »Bravo!« Sie wandte sich um, winkte mit dem Rakett, kam zu ihm an den Zaun und warf ihm einen Kuß zu. Ihr Gesicht war rot, ihr Haar schweißnaß, aber Strand fand, daß sie entzückend aussah, obwohl die Anstrengung harte Linien in ihre Züge gezeichnet hatte und ihre Nase – unseligerweise eine kleinere Ausgabe seiner eigenen – dadurch mehr hervortrat als bei entspanntem Zustand ihres rundlichen Gesichts.

»Hallo, Daddy«, sagte sie. »Er bringt mich um, dieser Stevie. He, Stevie«, rief sie, »komm herüber und sag meinem Vater guten Tag.«

»Ich will euer Spiel nicht stören«, sagte Strand.

»Das verschafft mir eine Atempause«, meinte Caroline. »Ich kann sie gebrauchen.«

Stevie kam an den Zaun und strich während des Gehens sein Haar am Hinterkopf glatt.

»Es freut mich, Sie kennenzulernen, Sir«, sagte Stevie höflich. »Caroline erzählte mir, daß Sie ihr erster Tennislehrer waren.«

»Sie hat mich zum ersten Mal geschlagen, als sie neun war. Jetzt sehe ich nur mehr zu«, sagte Strand.

»Sie schlägt auch mich«, bemerkte Stevie mit einem kläglichen Lächeln.

»Nur dann, wenn du in Depressionen steckst«, sagte Caroline.

»Du sollst so etwas nicht sagen, Caroline«, wehrte Stevie sich ärgerlich. »Ich habe manchmal Schwierigkeiten, mich zu konzentrieren, das ist alles. Das sind doch keine Depressionen.«

»Komm schon«, sagte Caroline und schubste ihn kameradschaftlich an der Schulter. »Ich wollte damit ja nicht sagen, daß du nach Hause gehst und dich in den Schlaf weinst, wenn du mal einen Satz verlierst oder so. Es war doch nur Spaß!«

»Ich möchte einfach nicht, daß die Leute sich falsche Vorstellungen von mir machen«, wiederholte der Junge störrisch.

»Sei nicht so empfindlich! Oder sei empfindlich, wenn du mit dir allein bist«, gab Caroline zur Antwort. »Normalerweise ist er gar nicht so, Daddy. Er mag es nicht, wenn man ihm beim Spielen zusieht.«

»Das verstehe ich«, sagte Strand diplomatisch. »Ich würde heute noch Tennis spielen, wenn ich eine Möglichkeit gefunden hätte, es in völliger Dunkelheit zu tun. Ich muß ohnehin weiter.«

»Es hat mich sehr gefreut, Sie kennenzulernen, Sir«, sagte der Junge nochmals und ging um das Netz herum, während er wieder sein Nackenhaar glattstrich.

»Verzeih ihm, Daddy«, bat Caroline, »er hatte eine *grauenhafte* Kindheit.«

»Scheint sich aber nicht auf sein Tennisspiel ausgewirkt zu haben«, meinte Strand. »Wie hat sich deine grauenhafte Kindheit auf dein Spiel ausgewirkt?«

»Oh, Daddy«, Caroline schwang drohend ihr Rakett, »zieh mich nicht auf!«

»Ich seh' dich zu Hause. Komm nicht zu spät.« Er wartete noch zwei Punkte ab und staunte über die Schnelligkeit der jungen Leute. Die Metallrahmen der Schläger durchschnitten schimmernd die Luft. Er war nicht einmal damals so schnell gewesen, als er in ihrem Alter war. Schneller Leser, dachte er, als er sich auf den Heimweg machte, und langsamer, besonnener Läufer. Eine Frage der Begabung. Unwichtig. Er hatte einen Ersatz für Geschwindigkeit gefunden.

Der Hausmeister Alexander lehnte an der Wand neben dem Glasportal, rauchte eine Zigarre und blickte finster vor sich hin. Er war ein hellbrauner Mann unbestimmten Alters mit kurzgeschorenen grauen Haaren, und er gehörte nicht zu denen, die leicht lächelten. Zog man die Gegend in Betracht, welche – dank Columbus Avenue am anderen Straßenende und dem ständigen Heulen der Polizeisirenen – die äußerste Grenze der Achtbarkeit darstellte, so verstand man, warum der Mann nicht öfter bei einem Lächeln ertappt wurde.

»Guten Abend, Alexander«, sagte Strand.

»'n Abend, Mr. Strand.« Alexander behielt die Zigarre im Mund. Er war einer der letzten Männer in New York, die immer noch eine Kampfjacke aus dem Zweiten Weltkrieg trugen, so als wäre der Krieg für ihn lediglich in ein anderes Stadium getreten.

»Schöner Tag, nicht wahr?« Strand mochte den Mann und schätzte die Art, wie er sich abmühte, das alte Wohnhaus aus dem Jahre 1910 in passablem Zustand zu halten.

»Ganz ordentlich«, stimmte Alexander widerwillig zu. »Mußte ja so kommen, nach diesem Sauwinter. Wird aber nicht lang anhalten. Für morgen ist Regen angesagt.« Optimismus war ebensowenig Alexanders starke Seite wie Freundlichkeit. »Ihre Frau ist daheim«, meldete er freiwillig. »Ihr Junge auch.« Er legte Wert darauf zu wissen, wer in seinem Hause aus und ein ging. Ordnungsgemäß vermerktes Kommen und Gehen verringerte das Risiko unangenehmer Überraschungen.

»Danke«, sagte Strand. Er hatte Alexander zu Ostern fünfundzwanzig Dollar und eine Flasche »Wild Turkey« geschenkt. Seine Frau hatte gegen dieses Übermaß an Freigebigkeit protestiert, aber Strand hatte erklärt: »Das sind wir ihm schuldig. Er ist die Schildwache, die uns vor dem Chaos schützt.« Alexander hatte sich bei Strand bedankt, aber sein Verhalten hatte sich kaum verändert.

Als Strand die Tür zu seiner Wohnung öffnete, hörte er zweierlei Musik – das Klavier im Wohnzimmer und das schwache, klagende Schwingen einer elektrischen Gitarre. Aus der Küche drang köstlicher Speisenduft. Er lächelte über diese kuriose Mischung von

Eindrücken, die ihn empfing. Das Klavierspiel bedeutete, daß seine Frau Leslie eine Unterrichtsstunde gab. Sie hatte einst die Absicht gehabt, Konzertpianistin zu werden. Obwohl sie gut spielte, reichte es dafür nicht aus. Nun trugen die Klavierstunden und der Einführungsunterricht in Musik, den sie dreimal wöchentlich in einer nahe gelegenen Privatschule gab, erheblich zur Aufbesserung des Familienbudgets bei. Außerdem bedeutete es eine Schulgeldbefreiung für Caroline. Angesichts der ständig steigenden Mieten hätten sie ohne Leslies Einkommen niemals die weitläufige Wohnung mit ihren geräumigen, altmodischen Zimmern und hohen Plafonds halten können.

Die zögernden Kadenzen der Gitarre, gedämpft durch rücksichtsvoll geschlossene Türen, erzeugte sein Sohn Jimmy, der zwar das Talent seiner Mutter geerbt hatte, nicht aber ihren Geschmack in bezug auf die Komponisten seiner Wahl.

Strand störte keinen der beiden Künstler bei der Arbeit, sondern ging in das Speisezimmer. Dort hörte er zwar die Gitarre nicht mehr, aber das Klavier. Leslie und der Schüler nahmen eine Etüde von Chopin durch. Das Spiel der beiden war leicht zu unterscheiden, und am Komponisten erkannte er, welcher Schüler bei ihr war: ein Fernsehautor mit einer Passion für Chopin. Sein Psychoanalytiker hatte ihm erklärt, daß das Klavierspiel seine inneren Spannungen herabsetzen könne. Möglicherweise hatten die Spannungen des Mannes nachgelassen, dachte Strand, während er zuhörte, aber Chopin würde er sich niemals zu Dank verpflichten.

Leslies Schüler waren ein bunter Haufen: ein Polizist mit gutem Gehör und ungelenken Fingern, der seine ganze Freizeit mit Üben verbrachte; eine Dreizehnjährige, deren Eltern sie für ein Genie hielten, eine Ansicht, die Leslie nicht teilte; ein Rechtsanwalt, der behauptete, er wäre viel lieber Klavierspieler in einem Bordell, und etliche Musiklehrer, die sich auf ihren Unterricht vorbereiten wollten. Sie alle verhalfen Leslie zu einem abwechslungsreichen, interessanten Beruf in ihrem eigenen Heim.

Strand liebte Musik und führte Leslie, wann immer er es sich leisten konnte, in die Oper. Wenn ihn auch so manche Töne, die aus dem Wohnzimmer und dem Zimmer seines Sohnes drangen, zusammenzucken ließen, so freute es ihn doch, daß seine Wohnung fast unausgesetzt von Melodien erfüllt war. Im großen Elternschlafzimmer stand ein Schreibtisch für ihn, an dem er in Ruhe lesen oder schreiben konnte, wenn er zu Hause noch arbeiten mußte.

Leise summte Strand die Passage mit, welche seine Frau soeben dem neurotischen Fernsehautor vorspielte. Er saß an dem abgenützten runden Eichentisch im Speisezimmer, dessen Wände mit Landschaftsbildern geschmückt waren, die Leslie in ihren freien Stunden malte. Er warf einen flüchtigen Blick auf die *New York Times*, die auf dem Tisch lag. Weltuntergang, Schicksal, dachte er und nahm einen Apfel aus der Obstschüssel. Während er aß, überflog er die Schlagzeilen der Zeitung, die Leslie stets für ihn liegenließ, weil ihm am Morgen nie genug Zeit blieb, sie zu Ende zu lesen. Er hatte den Apfel zur Hälfte gegessen, als das Klavierspiel verstummte und die Schiebetür zwischen Speise- und Wohnzimmer sich öffnete. Strand stand auf, als Leslie und der Fernsehautor eintraten.

»Oh, du bist schon da«, sagte sie und gab ihm einen Kuß auf die Wange. »Ich habe dich gar nicht gehört.«

»Ich habe das Konzert genossen«, sagte Strand. Seine Frau roch frisch und appetitlich. Ihr langes, blondes Haar war aufgesteckt und jetzt etwas in Unordnung geraten, da sie die Angewohnheit hatte, beim Klavierspielen lebhaft zu nicken. Was für eine hübsche Frau, zu der ich nach Hause komme, dachte er. Sie war während ihres letzten Schuljahrs seine Schülerin gewesen, und an dem Tag, als er sie zum ersten Mal sittsam in der ersten Bankreihe seines Klassenzimmers gesehen hatte, hatte er auch schon beschlossen, sie zu heiraten. Damals waren die Schulen in New York ganz anders gewesen. Die Mädchen trugen Kleider und kämmten ihr Haar und fanden es keineswegs rückständig, sittsam auszusehen. Er hatte gewartet, bis ihr Examen vorbei war, sich sorgfältig ihre Adresse notiert und ihr schließlich – zur Verzweiflung ihrer Eltern, die in seinem Lehrberuf an einer öffentlichen Schule das Kennzeichen unabwendbarer lebenslänglicher Bedeutungslosigkeit sahen – einen Besuch gemacht. Nach ihrem ersten Jahr Klavierstudium bei Juillard hatte er sie geheiratet.

Bis zu Eleanors Geburt hatten die Eltern ihre Ansicht ein wenig geändert, aber nicht wesentlich. Wie auch immer, sie lebten jetzt in Palm Springs, und Strand las keinen einzigen der Briefe, die sie an Leslie schrieben.

»Ich hoffe, der Lärm hat Sie nicht gestört«, sagte der Fernsehautor.

»Ganz und gar nicht«, antwortete Strand. »Ich muß sagen, Sie kommen ganz schön voran, Mr. Crowell.«

»Dann müssen Sie zugehört haben, als Ihre Frau am Klavier

saß«, meinte Crowell trübsinnig. Seine Spannungen schienen seit dem letzten Freitag nicht merklich nachgelassen zu haben.

Strand lachte. »Den Unterschied höre ich sehr wohl, Mr. Crowell.«

»Darauf möchte ich wetten«, sagte Crowell.

»Mr. Crowell und ich trinken eine Tasse Tee, Allen«, sagte Leslie. »Leistest du uns Gesellschaft?«

»Mit Vergnügen.«

»Es dauert nur eine Minute«, sagte Leslie. »Ich habe das Wasser schon aufgesetzt.« Strand sah ihr nach, als sie in die Küche ging. Er bewunderte ihre schlanke Figur, den schöngeschwungenen Hals, ihren blauen Rock und die weiße Schulmädchenbluse, ihre straffen Beine, die leise, liebliche Ähnlichkeit mit seiner ältesten Tochter.

»Eine wunderbare Frau«, sagte Crowell. »Sie hat eine Engelsgeduld.«

»Sind Sie verheiratet, Mr. Crowell?«

»Zum zweiten Mal«, antwortete Crowell düster. »Und ich arbeite auf das dritte Mal hin. Die Alimente wachsen mir über beide Ohren.« Er hatte ein kleines, dickes geplagtes Gesicht, das wie eine geschälte verdorbene Kartoffel aussah. Leslie hatte Strand erzählt, daß der Mann Gags für Fernsehkomödien schrieb. Nach Crowells Gesicht zu schließen, schien es sich um einen qualvollen Beruf zu handeln. Er zahlte zwanzig Dollar für eine halbe Stunde Unterricht, und das zweimal pro Woche; die Qual schien also reichlich entgolten zu werden, besonders wenn man bedachte, daß er fünfmal wöchentlich zum Psychiater ging. Die moderne gottgewollte Ordnung in Amerika, dachte Strand. Zieht einsame Kreise, liegt auf der Couch und zahlt Alimente.

»Eines Tages müssen wir einen Drink zusammen nehmen«, sagte Crowell eben, »und dann erzählen Sie mir, wie ein Mann es heutzutage schafft, verheiratet zu bleiben.«

»Ich habe nicht den blassesten Schimmer«, antwortete Strand leichthin. »Glück. Trägheit. Tiefsitzende Abneigung gegen Veränderungen.«

»Ja«, meinte Crowell überzeugt und zerrte an den Fingern seiner schwammigen Hände. Er warf einen Blick auf die Zeitung, die ausgebreitet auf dem Tisch lag. »Sie bringen es noch fertig, Zeitung zu lesen?« fragte er.

»Eine meiner Untugenden«, sagte Strand.

»Mich lassen sie die Wände hochgehen.«

»Bleiben Sie doch bitte sitzen«, sagte Leslie, die eben aus der Küche kam und ein Tablett mit dem Teegeschirr und einem Teller Gebäck hereintrug. Sie schenkte mit ruhiger Hand und der Andeutung eines Hausfrauenlächelns ein und bot Kekse an. Traurig schüttelte Crowell den Kopf. »Bin auf Diät«, sagte er. »Cholesterin, Hochdruck. All der Mist.«

Strand griff zu, indem er gleich eine Handvoll nahm. Er trank nicht viel und war nie Raucher gewesen, aber er hatte eine Schwäche für Süßigkeiten. Seit seinem zwanzigsten Lebensjahr hatte er nicht ein Pfund zugenommen; er sah, wie Crowell verdrießlich auf den kleinen Haufen Kekse starrte, der auf seiner Untertasse lag. Crowell hätte gerne Milch in seinem Tee gehabt, aber als er fragte, ob es Magermilch sei und Leslie verneinte, trank er den Tee schwarz, ohne Zucker.

Leslie spielte die Gastgeberin und fragte Crowell, ob er Chopin nicht ein Weilchen sein lassen und statt dessen Mozart probieren wolle, aber Crowell sagte nein, lieber nicht, Mozart sei ihm zu selbstsicher.

»Er nahm ein tragisches Ende«, rief ihm Leslie in Erinnerung. »Er starb sehr jung.«

»Tragisches Ende hin, tragisches Ende her«, sagte Crowell, »er wußte einfach immer, was er wollte. Chopin war wenigstens melancholisch.«

Leslie seufzte. »Wie Sie wünschen, Mr. Crowell«, sagte sie. »Nächsten Dienstag werden wir zum Es-Dur-Walzer übergehen.«

»Ich weiß genau, wie er klingen muß«, meinte Crowell. »Es kommt bei mir nur immer anders heraus.«

»Übungssache«, antwortete Leslie taktvoll. Sie hatte eine leise, melodische Stimme, die wie der zarte Mollakkord eines Klaviers klang. »Es wird schon werden.«

»Glauben Sie wirklich?« fragte Crowell anklagend.

Leslie zögerte. »Nein«, sagte sie schließlich lachend.

Auch Strand, der eben ein Keks zerbiß, lachte, und dann lachte auch Crowell.

Als er gegangen war, half Strand Leslie, das Teegeschirr in die Küche zu bringen. Während sie eine Schürze umband, umarmte er sie von hinten, küßte sie auf den Nacken und legte eine Hand auf ihren Busen. »Weißt du, was ich jetzt gerne täte?« sagte er.

»Schsch«, machte Leslie. »Jimmy ist zu Hause. Und du kennst seine Art, ohne anzuklopfen in jedes Zimmer zu stürzen.«

»Ich habe nicht gesagt, daß ich es tun werde, ich sagte nur, daß ich es gerne tun würde.«

»Hat es einen Grund, daß du glaubst, mir heute den Hof machen zu müssen?« sagte Leslie lächelnd. »Vielleicht hattest du einen besonders angenehmen Nachmittag?«

»Einen hübschen Spaziergang durch den Park. Der Saft des Lebens ist überall im Steigen begriffen.« Strand ließ sie los. »Ich sah Caroline Tennis spielen.«

»Dieses Mädchen«, sagte Leslie. »Sie wird Beine wie ein Stemmer kriegen.«

»Bis jetzt sehe ich noch keine Gefahr.«

»Mit wem spielte Caroline?« Leslie rühre eine Sauce, die in einer Pfanne auf dem Herd brodelte.

»Mit einem Neuen«, sagte Strand. »Spielt gut Tennis. Aber, soviel ich sehen konnte, ein bißchen zu mager für meinen Geschmack.«

»Ich hoffe, du hast ihn nicht mit deinem altmodischen Vater-einer-Jungfrau-Blick durchbohrt.«

»Wovon sprichst du eigentlich?« fragte Strand, obwohl er es sehr wohl wußte. Nach mehr als dreiundzwanzig Jahren Ehe herrschte zwischen ihnen immer noch keine Übereinstimmung über die Verhaltensnormen der jungen Leute von heutzutage. Leslie war von nie zu besiegender Aufgeschlossenheit und behauptete – manchmal mit, manchmal ohne Belustigung –, daß ihre und ihres Mannes Anschauungen ungefähr drei Generationen auseinanderlägen, obwohl sie nur sieben Jahre jünger war als er.

»Du weißt genau, was ich meine«, sagte Leslie. »Ich sah, was ein einziger Blick von dir bei den armen jungen Männern angerichtet hat, als Eleanor ihre ersten Verehrer hatte. Du hast sie in Eiszapfen verwandelt, ehe sie überhaupt eine Chance hatten, guten Tag zu sagen.«

»Sie hätten sich bei mir bedanken müssen«, antwortete Strand, der den kleinen Wortwechsel genoß. »Ich habe sie auf ihr hartes späteres Leben vorbereitet. Erinnerst du dich an die Atmosphäre in *deinem* Elternhaus, als ich dich zum ersten Mal besuchte?«

Leslie lachte in sich hinein. »Kühl wie auf dem Nordpol«, sagte sie. »Eine jener Seiten, die ich an dir bewunderte, war, daß du es überhaupt nicht zu merken schienst. Immerhin, du warst damals schon ein erwachsener Mann.«

»Erst dein Vater hat maßgeblich mitgeholfen, einen erwachsenen Mann aus mir zu machen.«

»Nun«, sagte Leslie, »wenn das so ist, so hat er seine Sache gut gemacht.«

»Danke, meine Liebe.« Strand machte eine ironische Verbeugung.

»Wie dem auch sei. Caroline will einen guten Tennispartner haben, und was er sonst so treibt, wenn er nicht auf dem Tennisplatz ist, kann dir doch egal sein. Übrigens, ich glaube, ich kenne ihn. Hat Caroline ihn dir vorgestellt?«

»Sein Name ist Stevie. Sie fand es nicht der Mühe wert, mir seinen Familiennamen mitzuteilen.«

»Stevie. Genau. Er war einmal oder zweimal nachmittags hier. Ein sehr netter Junge.«

Strand seufzte. »Wenn du dich mit den Kindern herumschlagen müßtest, denen ich fünf Tage in der Woche gegenüberstehe, würdest du deine Meinung über die Unschuld der heutigen Jugend ändern.«

»Du solltest um Versetzung in eine bessere Schule nachsuchen«, sagte Leslie. »Das habe ich dir schon so oft gesagt.«

»Sag es den Schulbehörden«, gab Strand zur Antwort und nahm noch ein Keks. »Ihrer Meinung nach gibt es nur gute Schulen. Ist ja auch egal. Ich mag die Herausforderung. In Saint Paul oder Exeter kann jeder Geschichte unterrichten.« Er war nicht völlig sicher, daß es stimmte, aber es klang überzeugend.

»Du läßt dich von jedermann ausnützen«, sagte Leslie und rührte heftig in ihrer Sauce.

Wiederum seufzte Strand. Diese Art von Diskussion kannte er. »Ich wette«, sagte er, »daß auch die Frau des Herzogs von Wellington glaubte, er lasse sich von jedermann ausnützen.«

Leslie lachte. »Wenn du damit anfängst, mir historische Figuren an den Kopf zu werfen«, sagte sie, »dann weiß ich, daß ich verloren habe. Verschwinde aus meiner Küche. Ich muß mich auf das Abendessen konzentrieren.«

»Es riecht himmlisch. Was gibt es?«

»Piccata, Pizzaiola. Laß mich jetzt allein. Ich muß italienisch denken.«

Als er schon im Begriff stand, ins Speisezimmer zurückzukehren, sagte er noch: »Wir könnten wenigstens den Versuch machen, Jimmy das Anklopfen beizubringen, ehe er eine Tür öffnet. Insbesondere an Wochenenden.«

»Er ist dein Sohn«, gab Leslie zurück. »Also bring es ihm bei.« Sie schubste ihn hinaus.

Eines ist sicher, dachte er, als er sich an den Tisch setzte und die Zeitung wieder aufnahm, wir haben eine Menge Gesprächsstoff.

Er las, als Jimmy barfüßig, in Jeans und Trainingshemd hereinschlenderte. Sein dichtes schwarzes Kraushaar – ein genetischer Rückfall in dieser blonden Familie – war tief im Nacken abgehackt. Seine Nase allerdings hatte er zweifellos von seinem Vater. »Hallo, Paps«, sagte Jimmy und ließ sich auf einen Stuhl fallen, »wie ist man zu dir?«

»Noch halte ich mich wacker«, sagte Strand. Jimmy war das einzige seiner Kinder, das ihn Paps nannte. »Was ich von dir nicht behaupten kann. Hast du in letzter Zeit einmal in den Spiegel gesehen?«

»Ich stehe über solchen kleinlichen Eitelkeiten, Paps«, sagte Jimmy unbekümmert.

»Du siehst richtig hager aus. Die Leute werden denken, daß wir dich hungern lassen. Hast du heute schon etwas gegessen?«

»Ich bin erst vor ein paar Stunden aufgestanden. Ich werde Mutters Abendessen Gerechtigkeit widerfahren lassen.«

»Wann bist du heute morgen heimgekommen?«

Jimmy zuckte die Achseln. »Ist doch egal. Vier, fünf. Ich achte nicht so genau darauf.«

»Irgend einmal, Jimmy«, sagte Strand mit einer Andeutung von Ironie in seiner Stimme, »mußt du deinem alten Herrn erzählen, womit du bis fünf Uhr früh so emsig beschäftigt bist.«

»Ich bin auf der Suche nach dem neuen Sound, Paps«, antwortete Jimmy. »Ich mache Musik oder ich höre Musik.«

»Meines Wissens macht man in Carnegie Hall lang vor fünf Uhr morgens Schluß.«

Jimmy lachte und kratzte sich unter seinem Trainingshemd. »Carnegie Hall ist in diesem Jahr nicht *in*. Wußtest du das nicht?«

»Du hast purpurrote Augenringe bis zu den Achseln.«

»Das lieben die Mädchen«, sagte Jimmy selbstgefällig. »Es verleiht mir das Aussehen eines verkannten Genies, hat mir eine gesagt. Gefällt es dir nicht, daß ich wie ein verkanntes Genie aussehe?«

»Nicht sonderlich.«

Jimmy zog ein verknittertes Zigarettenpäckchen aus den Taschen seiner Jeans und zündete sich eine an. Strand sah mißbilligend zu, wie Jimmy inhalierte und den Rauch durch die Nasenlöcher blies. Er war der einzige in der Familie, der rauchte.

»Jimmy«, fragte Strand, »liest du gelegentlich, was Wissenschaftler über den Zusammenhang zwischen Rauchen und Krebs schreiben?«

»Liest du jemals, was die Wissenschaftler über atomare Verschmutzung schreiben?«

Strand seufzte zum dritten Mal, seit er nach Hause gekommen war.

»Okay«, sagte er resignierend. »Du bist alt genug, um deine Entscheidungen selbst zu treffen.« Jimmy war achtzehn und verdiente mit allerlei seltsamen Jobs, über die er sich nicht näher ausließ, genügend Geld, um Strand nicht darum bitten zu müssen. Vor einem Jahr hatte er die Mittelschule anstandslos beendet und gelacht, als Strand vorschlug, er solle aufs College gehen.

»Sag mir, Jimmy«, fragte Strand, »ich bin neugierig, was ist eigentlich dieser neue Sound, von dem du ständig sprichst?«

»Wenn ich das wüßte, Paps, würde ich nicht danach suchen«, sagte Jimmy obenhin.

»Wirst du es mich wissen lassen, wenn du ihn gefunden hast?«

»Dein Sarkasmus wird ziemlich drückend, findest du nicht?« sagte Jimmy, aber ohne Bitterkeit. »Okay, ich werd's dir sagen. Falls ich ihn finde.«

Strand stand auf. »Ich gehe duschen und ziehe mich zum Abendessen um«, sagte er. »Wie steht's mit dir?«

»Oh, es ist Freitag.« Jimmy war ebenfalls aufgestanden. »Gut, daß du mich erinnerst. Mach dir keine Sorgen, Paps.« Er legte seinen Arm liebevoll um Strands Schulter. »Ich werde mich herausputzen.« Er schnupperte. »Man riecht es, Mutter ist immer noch in der italienischen Periode. Das Essen darf ich keinesfalls versäumen.«

»Wenn es so ist, dürfte ich vorschlagen, daß du dich rasierst?«

»Vorschlag zur Kenntnis genommen.« Er drückte Strands Schulter ein wenig. »Ich habe eine fabelhafte Idee. Warum begleitest du mich nicht einmal auf einem meiner nächtlichen Streifzüge? Ich werde dich als einen von New Orleans' Boogie-Woogie-Pionieren vorstellen. Die Mädchen werden sich um dich reißen.«

Strand lachte. Die Hand seines Sohnes auf seiner Schulter wärmte sein Herz. »Man würde dich nie wieder einlassen.«

»Und nun werde ich *dir* eine Frage stellen«, sagte Jimmy ernsthaft. »Schaust *du* jemals in den Spiegel?«

»Gelegentlich.«

»Ist dir eigentlich klar, daß du selbst nicht allzugut aussiehst?«

Sein Gesicht war ernst geworden. »Du siehst schrecklich müde aus, Paps.«

»Mit mir ist alles in Ordnung«, sagte Strand kurz.

»Wie wäre es, wenn du mit Mutter für ein paar Wochen ans Meer fährst, sobald die Schule vorüber ist? Ich habe einige Scheine gespart und könnte euch etwas unter die Arme greifen.«

»Danke, Jimmy«, sagte Strand. »Halte dein Geld zusammen. Du wirst es fraglos brauchen – und bald. Außerdem mag ich die Stadt im Sommer recht gern.«

»Okay.« Jimmy zuckte die Achseln. »Wie du willst. Aber falls du es dir anders überlegst –«

»Ich werde es mir nicht anders überlegen.«

»Du bist ein dickköpfiger alter Stadtmensch.« Jimmy schüttelte den Kopf, nahm seinen Arm von Strands Schulter und drückte die Zigarette aus. »Wie du glaubst. Und falls *du* den neuen Sound findest, immer herein damit. Meine Tür ist stets für dich offen.« Er ging auf die Küche zu. »Ich will nur mal nachsehen, welcher Duft mir den Mund so wäßrig macht.«

Als er ins Badezimmer ging, um seine Dusche zu nehmen, betrachtete Strand sich im Spiegel. Jimmy hatte recht. Er sah schlecht aus. Er hatte geschwollene Tränensäcke, und die Augen und seine Gesichtshaut wirkten fahl. Er kämpfte gegen die Versuchung an, sich hinzulegen und ein wenig zu schlafen. Wenn Leslie ihn dösend auf dem Bett fände, würde sie sich Sorgen machen und fragen, ob er sich nicht wohl fühle, da er niemals einen Nachmittagschlaf machte. Er wollte nicht, daß sie ihm sagte, er sei überarbeitet und solle einen Doktor aufsuchen. Er duschte lange, zum Schluß eiskalt. Als er sich für das Abendessen anzog, fühlte er sich besser, obwohl der Spiegel keineswegs zeigte, daß er besser aussah. Mit fünfzig hat man sich nicht alt zu fühlen, sagte er sich, auch nicht nach einer Woche Arbeit.

Als er in das Speisezimmer zurückkehrte, deckte Eleanor eben den Tisch. »Hallo, Baby«, sagte er und gab ihr einen Kuß. »Wie steht's?«

»Ich steige in der Hierarchie des Büros auf wie eine Rakete«, sagte sie und legte die Servietten an ihren Platz. »Mein Boß behauptet, in zehn Jahren wäre ich der erste weibliche Vizepräsident der Firma. Er sagt, wenn er mit mir arbeitet, vergißt er, daß ich ein hübsches Mädchen bin. Was hältst du davon?«

»Ich halte es für einen Annäherungsversuch.«

»Selbstverständlich«, gab sie zufrieden zurück. »Aber ohne Erfolg. Was den Vize betrifft, irrt er sich um einige Jahre. So lange wird's nicht dauern.«

Sie machte Analysen von Computersystemen bei einem großen Konzern an der Park Avenue. Ihr Hauptfach war Mathematik gewesen, und sie hatte auf dem College Computerkurse besucht; sie besaß eine rasche Auffassungsgabe und eine selbstsichere, sachliche Art. Sie arbeitete erst zwei Jahre bei dem Konzern und war bereits mit dem Erstellen von Computerprogrammen für alle möglichen Firmen und Anstalten in und um New York betraut. In vieler Hinsicht glich die Passion für ihre Arbeit Leslies Hingabe an die Musik. Eleanor hatte versucht, dem Vater ihre Einstellung klarzumachen, da Strand für das Schicksal der Menschheit in einer zunehmend »computerisierten« entpersönlichten Welt fürchtete. »Es ist, als würdest du aus Chaos Ordnung machen, indem du dein Vorstellungsvermögen und deine Begabung an ihre äußersten Grenzen treibst. Nehmen wir an, du gehst in ein Spital und du siehst doppelt getane Arbeit, menschliche Irrtümer, vergeudete Zeit, die Menschen das Leben kosten kann, gut gemeinte, aber falsche Diagnosen, die eine Maschine in Sekundenschnelle korrigieren würde; Ärzte, die bis zum Hals in Schreibarbeiten stecken, statt Schmerzen zu lindern. Eins, zwei, drei – du arbeitest ein System aus und siehst mit Vergnügen, wie alles in Ordnung kommt, alles funktioniert. Und du weißt, es ist dein Werk! Das gleiche trifft auf ein Unternehmen zu. Mit den einfachsten Mitteln ersparst du armen, geplagten Büroangestellten Tausende von unproduktiven Stunden. Ganz im Gegensatz zu deiner These, Vater: Es macht das Menschsein menschlicher!«

Strand bewunderte ihre Beredsamkeit und Hingabe, aber er ließ sich nicht überzeugen, wiewohl er glücklich darüber war, daß sie sich nicht damit zufriedengab, bloß ein hübsches Mädchen zu sein. Sie war von zu Hause fortgezogen, um aufs College zu gehen, hatte Sommerjobs angenommen und während des Schuljahres Unterricht gegeben, um sich ihr Studium zu verdienen. Sie lebte jetzt ganz allein in einer kleinen Wohnung in den East Seventies. Es war ein schmerzlicher Augenblick für Strand gewesen, als sie am Tag, da sie ihr Diplom erhielt, erklärt hatte, sie wolle ausziehen und nicht länger ein Zimmer mit ihrer kleinen Schwester teilen. Weder Strand noch Leslie hatten widersprochen. Sie beteuerten einander, daß Eleanor ein tüchtiges Mädchen mit gesundem Menschenverstand sei und selbst auf sich aufpassen könne, und daß es für junge

Leute durchaus normal sei, sich selbständig zu machen. Und es war ja auch so, wie Eleanor versichert hatte: »Ich gehe ja nicht nach Lappland oder Peru. Ich wohne auf der anderen Seite des Parks, und wenn ich in Schwierigkeiten bin, schreie ich so laut, daß ihr mich hören könnt.« Bis jetzt hatte sie nicht geschrien. Als sie ihre Anstellung erhielt und ihrem Vater erzählte, wie hoch ihr Gehalt sei, beglückwünschte er sie mit einem kläglichen Lächeln, denn sie verdiente frisch vom College weg mehr als er nach siebenundzwanzig Jahren Unterricht im öffentlichen Schuldienst.

»Diesen Sommer habe ich drei Wochen Urlaub«, sagte Eleanor und begann eine der beiden Chiantiflaschen auf der Anrichte zu öffnen. »Zwei Wochen bezahlt und eine Woche unbezahlt, und ich möchte an einen Ort fahren, den ich noch nicht kenne. Hast du irgendwelche Ideen, Vater?«

»Hmm.« Strand zog nachdenklich an seinem Ohr. »Das kommt darauf an. Fährst du allein?«

Es gab einen Knall, als sie den Korken herauszog. Eleanor stellte die Flasche auf den Tisch. Sie wandte sich um und sah ihren Vater offen an. »Nein«, sagte sie rundheraus.

»Mit einem jungen Mann zweifellos.«

»Zweifellos.« Sie lächelte.

»Was möchte er unternehmen?«

»Das weiß er nicht genau. Er schwärmt von einer griechischen Insel und daß er nichts anderes tun will, als am Strand liegen und schwimmen.«

»Klingt gar nicht schlecht«, sagte Strand.

»Er schwört, daß es weder Computer noch Schreibmaschinen auf der Insel gibt. Er sagt, ich würde mit neuer Begeisterung zu meiner Arbeit zurückkehren.« Eleanor zupfte einen kleinen Blumenstrauß, den sie mitgebracht hatte, in einer Schale zurecht und stellte ihn in die Mitte des Tisches. »Er war schon einmal dort.« Sie lächelte. »Mit einer anderen Dame.«

»Hat er dir das erzählt?« fragte Strand und versuchte, keinen mißbilligenden Ton in seiner Stimme aufkommen zu lassen.

»Er erzählt mir alles«, sagte sie. »Er ist einer von denen, die alles erzählen.«

Strand bemühte sich um Lässigkeit. »Andere Zeiten, andere – was auch immer. Zu meiner Zeit...« Er hielt inne und grinste. »Quatsch – zu meiner Zeit. Erzählst du ihm auch alles?«

Eleanor lachte.

»Warum bringst du ihn nicht einmal abends mit?«

»Er ist nicht sonderlich auf Familie aus. Und ich bin mir selbst noch nicht sicher. Noch nicht. Wir werden sehen, ob er diesen Dreiwochentest besteht. Dann werde ich ihn euch vielleicht einmal vorzeigen.«

»Na«, sagte Strand, »schick mir eine Ansichtskarte. Ich hätte selbst nichts gegen eine griechische Insel einzuwenden. Und von mir aus ruhig mehr als drei Wochen. Vielleicht, wenn ich einmal in Pension gehe...«

Eleanor ging auf ihn zu, legte ihre Arme um ihn und sah ernst zu ihm auf. Sie war kleiner als ihre Schwester und schlanker und hatte die schöne gerade Nase und die tiefblauen Augen ihrer Mutter geerbt. »Es ist schrecklich unfair, nicht wahr?« sagte sie leise. »Ich kann es mir leisten, nach knapp zwei Jahren Arbeit in der Welt herumzureisen, und du...«

Strand strich sanft über ihren Rücken. »Wir leiden keine Not. Wir haben uns für eine Familie entschieden. Mach dir keine Gedanken. Du hast noch keine Familie... noch nicht.«

»Halleluja«, schloß Eleanor.

Leslie kam aus der Küche und nahm ihre Schürze ab. »Das Essen ist fast fertig«, sagte sie. »Mrs. Curtis brennt darauf, zu servieren.« Mrs. Curtis war Alexanders Frau und half dreimal die Woche aus. »Sind wir alle da?«

»Caroline ist noch nicht zurück«, sagte Eleanor.

»Eigenartig«, meinte Leslie. »Es ist seit fünfzehn Minuten dunkel. Sie kann unmöglich noch Tennis spielen. Und sie weiß, wann wir zu Tisch gehen.«

»Wahrscheinlich trinkt sie noch ein Soda«, sagte Strand. »Das gibt uns Zeit für einen Drink. Leslie, Eleanor?« Er ging zur Anrichte und öffnete das Kästchen, in dem sich eine Flasche Whisky und eine Flasche Sherry befanden.

»Für mich nichts, danke«, sagte Eleanor. Strand hatte sie, abgesehen von einem Schluck Wein, niemals trinken sehen, und er fragte sich, ob sie auch abstinent war, wenn sie mit dem alles erzählenden jungen Mann zu Abend aß, oder ob ihre Mäßigkeit etwa nur ihre Eltern beruhigen sollte.

»Ich nehme ein Glas Sherry«, sagte Leslie.

Während Strand den Sherry einschenkte und für sich einen Scotch mit Wasser mischte, trat Jimmy ein: geduscht, sauber und nach Seife duftend. »Hallo, Eleanor«, sagte er. »Wie geht's der Schönsten in unserer Familie?«

»Arbeitet sich die Finger krumm«, antwortete Eleanor. »Meine Güte, siehst du heute abend aber blankgeputzt aus.«

»Dir zu Ehren«, sagte Jimmy. »Eine Rasur ist das mindeste, was ich für dich tun kann, wenn du die Familientafel mit deiner Anwesenheit beehrst.«

»Du siehst tatsächlich gut aus, wenn du dich zusammenreißt«, sagte Eleanor. »Ein wenig wie ein korsischer Bandit, der sich für die heilige Messe zurechtgemacht hat.«

Jimmy grinste. »Auch ich habe meine Fans. Wenn auch nur eine bescheidene Anzahl.«

»Jimmy«, sagte Strand, »deine Mutter und ich nehmen einen Drink. Möchtest du auch etwas?«

Jimmy schüttelte den Kopf. »Bin im Training für die Olympischen Spiele.«

»Olympische Spiele?« fragte Eleanor ungläubig. »Welche Olympischen Spiele?«

»1996«, sagte Jimmy und grinste wieder. »Ich will die Goldmedaille im Augenblickgenießen gewinnen.«

»Ich setze auf dich, Bruder«, sagte Eleanor.

Die beiden hatten ständig Streit. Eleanor machte kein Hehl daraus, daß sie Jimmys Lebensweise und seine Freunde nicht schätzte. Jimmy seinerseits hatte zwar eine hohe Meinung von der Intelligenz seiner Schwester, aber er fand, daß sie ihr Leben vergeudete, indem sie sich – wie er es verächtlich ausdrückte – im hirnlosen, computerverseuchten Wasserbett der Bourgeoisie suhlte. Jimmys gelegentliche Ausbrüche hatten einen gewissen Linksdrall an sich, was Strand mit seinen geordneten, pragmatischen Ansichten über die Gesellschaft, die man nun einmal hinnehmen mußte, mit Besorgnis erfüllte. Aber er machte keine Versuche, mit dem Jungen darüber zu debattieren. Es sind die unvermeidlichen Bocksprünge der Jugend, redete er sich ein. Er wußte, daß Jimmy und Eleanor einander von Herzen zugetan waren, aber manchmal wurde ihr Wortwechsel auf unerfreuliche Weise verletzend.

Er räusperte sich laut und hob sein Glas. »Auf ... nun ...« Er wandte sich an Eleanor. »Auf Griechenland.«

Leslie sah erstaunt drein. »Was ist mit Griechenland?«

»Ich erzähle es dir später, Mutter«, sagte Eleanor. »Gespräch unter Mädchen.«

»Die arme Köchin versäumt alles in ihrer Küche. Jeden Klatsch«, sagte Leslie und nippte an ihrem Sherry. »Nun, falls Caroline nicht innerhalb der nächsten fünf Minuten zu erscheinen geruht, müssen wir ohne sie anfangen. Hat sie gesagt, daß sie später kommen würde, als du sie sahst, Allen?«

»Nein.« Der Scotch war sein erster Drink in dieser Woche. Er ließ ihn genüßlich um die Zunge rollen, ehe er ihn hinunterschluckte. Draußen begann die Türglocke zu klingeln.

»Das muß Caroline sein«, sagte Leslie, »aber sie hat doch ihren Schlüssel ...«

Die Glocke hörte nicht auf zu scheppern, ein lautes, langgezogenes Geräusch.

»Guter Gott«, sagte Leslie, »glaubt sie, daß wir taub sind?«

Jimmy wechselte einen raschen Blick mit seinem Vater. Strand sah den bestürzten Ausdruck im Gesicht seines Sohnes, und er wußte, daß es ihm selbst nicht anders erging.

»Ich gehe hin«, sagte Jimmy und hastete aus dem Speisezimmer. Strand setzte sein Glas nieder und folgte ihm, wobei er versuchte, möglichst gleichgültig zu wirken. Als Strand den Gang erreicht hatte, öffnete Jimmy eben die Tür. Stolpernd, fast fallend taumelte Caroline herein. Sie stützte einen Mann, dessen Kopf auf seine Brust herunterhing; beide waren blutüberströmt.

2

»Er ist genauso alt wie du«, hörte er eine Stimme sagen; oder er erinnerte sich daran, eine Stimme gehört zu haben, die es sagte. Er kannte die Stimme ...

Jimmy sprang vor und versuchte, seine Schwester und den Mann, welchen sie stützte, mit beiden Armen zu umfangen. Strand stürzte hinzu, um ihm zu helfen. Der Mann stöhnte.

»Mir fehlt nichts«, sagte Caroline atemlos. »*Ihn* haltet fest. Es ist sein Blut, nicht meines.« Mit ihrer freien Hand hielt sie immer noch ihr Tennisrakett umklammert. Pullover und Jeans, welche sie über ihre Tenniskleidung gezogen hatte, waren verschmutzt. Sobald Strand den Mann gepackt hatte, ließ Caroline ihn los. Der Mann war groß und schwer. Eine häßliche Platzwunde zog sich quer über seinen völlig kahlen Schädel und über seine linke Schläfe bis zur Wange. Seine lederne Windjacke war an einem Dutzend Stellen aufgeschlitzt. Er gab sich Mühe, den Kopf zu heben und auf seinen Beinen zu stehen. »Es geht mir ganz gut«, murmelte er. »Bitte, machen Sie sich keine Mühe, Sir. Ich werde mich nur einen

Augenblick lang hinsetzen und...« Wieder sackte er in Strands Armen zusammen.

»Was ist hier los?« Strand hörte die Stimme seiner Frau hinter sich. »Oh, mein Gott!«

»Nichts Ernstes, Madam«, murmelte der Mann und versuchte zu lächeln. »Wirklich.«

»Eleanor«, befahl Leslie, »rufe Doktor Prinz an und ersuche ihn, augenblicklich herüberzukommen.«

»Das ist wirklich nicht nötig«, sagte der Mann, und seine Stimme wurde allmählich deutlicher. Mit einiger Anstrengung gelang es ihm, sich aufzurichten. »Mein eigener Arzt wird sich der Sache so bald als möglich annehmen. Ich will keine Umstände...«

»Bringt ihn ins Wohnzimmer und legt ihn auf die Couch«, entschied Leslie. »Eleanor, steh nicht herum. Caroline, was ist mit dir?«

»Kein Grund zur Sorge, Mutter«, sagte Caroline. »Ich habe nur ein paar Blutspritzer abbekommen, das ist alles. Laß mich los, Jimmy. Ich brauche keinen Krankenträger.« Ihre Stimme klang hart und böse, und dieser Ton war Strand völlig neu an ihr.

»Lassen Sie mich versuchen, allein zurechtzukommen, Sir«, sagte der Mann. »Sie werden sehen, daß...«

Behutsam ließ Strand ihn los, immer noch bereit, ihn wieder aufzufangen. Er entdeckte einen Blutfleck auf dem Ärmel seiner Jacke, der offenbar von einer klaffenden Wunde am Handrücken des Mannes herrührte, und er schämte sich, daß er den Fleck überhaupt bemerkt hatte. Der Mann trat einen tapferen Schritt vorwärts. »Sehen Sie?« sagte er mit der Würde eines Betrunkenen, der einen Alkoholtest besteht. Er berührte seine Wange, sah gelassen auf das Blut an seiner Hand. »Nur ein Kratzer, glauben Sie mir.«

Langsam gingen sie alle in das Wohnzimmer. Der Mann ließ sich auf einem hölzernen Lehnstuhl nieder. »Es ist sehr freundlich von Ihnen, aber Sie sollten sich nicht soviel Mühe machen.« Er mochte etwa in seinem Alter sein, schätzte Strand, und er war fast so groß wie er selbst. Falls er Schmerzen litt, war es seinem blassen, geschundenen Gesicht jedenfalls nicht anzumerken.

»Jimmy«, befahl Leslie, »geh und hole warmes Wasser und einen Waschlappen.« Sie sah auf das blutüberströmte Gesicht. Immer noch tropfte das Blut auf den Wohnzimmerteppich. »Ein Handtuch. Zwei Handtücher. Verbandzeug und Klebestreifen findest du im Medizinschrank. Und bring den Eiskübel mit.«

»Machen Sie bitte kein Aufhebens«, sagte der Mann. »Es ist

doch nicht so schlimm.«

»Caroline«, sagte Leslie, »du siehst aus, als kämest du aus dem Krieg. Bist du sicher, daß mit dir alles in Ordnung ist? Du mußt jetzt nicht den Helden spielen, es wäre töricht!«

»Ich sagte euch doch, es geht mir gut«, gab Caroline zur Antwort, und plötzlich war ihre Stimme zittrig. Sie hielt immer noch ihr Rakett fest, als ginge es in wenigen Sekunden in ein wichtiges Match. Strand sah, daß auch der Metallrahmen des Tennisschlägers blutig war.

»Was ist geschehen?« fragte er. Er stand abseits und fühlte sich fehl am Platz. Nie zuvor hatte er so viel Blut gesehen, und es verursachte ihm Übelkeit.

»Er wurde überfallen und ...« begann Caroline.

Eleanor trat ein. »Doktor Prinz ist nicht da. Ich habe die Nachricht auf Band gesprochen. Der Auftragsdienst sagt, daß er innerhalb der nächsten Stunde zurückrufen wird.«

Leslie stöhnte.

Eleanor nahm Caroline in die Arme und wiegte sie wie ein kleines Kind. »Baby, jetzt ist alles in Ordnung, es ist ja gut«, sagte sie. »Bist du auch sicher nicht verletzt?«

Caroline begann zu schluchzen; ihre Schultern zuckten. »Es geht mir gg ... gu ... gut«, weinte sie. »Ich muß nur mein Gesicht waschen und mich umziehen, das ist alles. Oh, ich bin so froh, daß ihr alle zu Hause seid.«

Jimmy kehrte mit einer Schüssel heißen Wassers, Handtüchern, Verbandzeug und dem Eiskübel zurück. Als Leslie ein Handtuch befeuchtet hatte und die Wunde am Schädel des Mannes sanft zu reinigen begann, sagte er: »Sie sind wirklich zu gütig. Ich bitte um Vergebung für all die Unordnung und Mühe, die ich verursache.« Seine Stimme klang jetzt erstaunlich gelassen, etwa so, als entschuldige er sich dafür, irrtümlich an der falschen Tür geläutet zu haben. Er sprach mit dem gewählten Akzent der guten Schulen des Ostens. Er zuckte mit keiner Wimper, als Leslie sich nun an der verwundeten Hand zu schaffen machte und das Handtuch die trübe Farbe rostigen Eisens annahm. Sie arbeitete rasch und ohne Getue, als sei es durchaus alltäglich für sie, in ihrem Heim wildfremde Verletzte zu verarzten. »Ich fürchte, die Wunde hier muß genäht werden, wenn der Doktor kommt«, sagte sie sachlich. »Hoffentlich tue ich Ihnen nicht weh.«

»Nicht im geringsten«, gab der Mann zur Antwort. »Ich hoffe, daß mein Aussehen Sie nicht allzusehr erschreckt. Diese Dinge sehen meist schlimmer aus, als sie tatsächlich sind.« Er brachte ein Lächeln zustande, das beruhigend wirken sollte.

»Caroline«, fragte Strand, »Wie ist dies alles zugegangen?«

»Wenn Sie gestatten, werde ich es gerne erklären«, sagte der Mann. Er wandte sich an Caroline. »Mein liebes kleines Fräulein, ich bin sicher, daß Sie Ihre blutbefleckten Kleider wechseln wollen.«

»Eleanor«, sagte Leslie, »geh mit ihr ins Badezimmer und stecke sie unter die warme Dusche.« Leslie war stets davon überzeugt, daß warme Duschen in allen Notlagen halfen. »Und sage Mrs. Curtis, sie soll das Essen warmstellen.«

»Himmel«, sagte der Mann, »ich störe Sie beim Abendessen! Verzeihen Sie mir. Ich bin wirklich imstande aufzustehen und nach Hause zu gehen.« Er machte Anstalten, sich zu erheben.

»Bleiben Sie sitzen«, befahl Leslie energisch, während Eleanor Caroline, die ihr Rakett immer noch umklammert hielt, ins Badezimmer führte. Leslie wickelte mit gewandten, sicheren Bewegungen eine Bandage um den Kopf des Mannes.

»Allen«, sagte sie, »tu möglichst viel Eis in das saubere Handtuch und mach eine Kompresse.«

Während Strand ihre Anordnung befolgte, wandte sie sich an den Mann. »Die Wange schwillt an. Drücken Sie behutsam das Eis darauf. Das wird die Schwellung mindern.«

Gehorsam legte der Mann die Kompresse an seine Wange. Auf Strand machte er auf eine geradezu lächerliche Weise den Eindruck eines kleinen Jungen, der in eine Rauferei geraten ist und nun von seiner Mutter die Schäden beheben läßt.

Jimmy sah den Mann neugierig an. »Irgend jemand hat Ihnen eine ganz ordentliche Abreibung verpaßt, Mister«, sagte er.

»Nicht zum ersten Mal«, gab der Mann zur Antwort. »Und es hätte schlimmer ausgehen können. Wesentlich schlimmer. Falls mir die junge Dame nicht zu Hilfe geeilt wäre. Wie ein Racheengel.« Er lachte leise. »Für mich war sie natürlich ein rettender Engel.«

»Wo?« fragte Strand.

»Im Park. Ich war heute abend etwas später dran als sonst. Dringende Geschäfte. Die alte Leier.« Mittlerweile hatte Leslie das Blut fast zur Gänze von ihm abgewaschen, und er sah nun gelassen und beinahe selbstsicher drein. Sein Gesicht war arg mitgenommen, aber er hatte kräftige und gutgeschnittene Züge und erinnerte Strand an die Porträts zuversichtlicher, befehlsgewohnter spanischer Konquistadoren. »Ich absolvierte meine tägliche Runde durch den Park. Auf Anraten meines Arztes. Sie wissen ja, welch Aufhebens Mediziner um Männer mittleren Alters machen, die den ganzen Tag in ihren Büros sitzen...«

Leslie trat einen Schritt zurück, um ihr Werk zu begutachten. »Das ist so ziemlich alles, was ich im Augenblick für Sie tun kann«, sagte sie. »Es sieht gar nicht übel aus. Nun nur noch die Hand.« Sie umwickelte Knöchel und Handfläche mit einer Bandage und riß mit lautem Ratsch Klebestreifen von einer Rolle ab.

»Ich habe meinen Hut verloren«, sagte der Mann. »Ich vermute, er würde mein Aussehen ein bißchen heben.«

»Womit hat man Sie geschlagen?« fragte Strand. »Vielleicht brauchen Sie eine Tetanusspritze?«

»Das... das Instrument schien sauber«, meinte der Mann trokken, »obwohl ich zum Zeitpunkt des Geschehens nicht in der Lage war, darauf zu achten. Ich nehme an, daß mein Arzt alles Nötige veranlassen wird.«

»Was für ein Instrument war es denn?« fragte Jimmy neugierig.

»Meiner Auffassung nach dürfte es sich um ein Stück Bleirohr gehandelt haben«, sagte der Mann. »Verzeihen Sie meine Nachlässigkeit. Darf ich mich vorstellen. Ich bin Russell Hazen.« Er nannte seinen Namen so, als nähme er an, daß man ihn kenne; aber Strand hatte ihn noch nie zuvor gehört.

»Allen Strand«, sagte Strand. »Und das ist meine Frau Leslie. Und mein Sohn James.«

»Es ist mir eine Ehre.« Hazen machte im Sitzen eine kleine Verbeugung. »Ich hoffe, wir sehen uns unter glücklicheren Umständen wieder.«

Er redet geschwollen wie ein Anwalt, dachte Strand: *Mein sehr ehrenwerter Kollege, der mir eben ein Bleirohr über den Schädel schlug...*

»Sie müssen nicht sprechen, wenn Ihnen nicht danach zumute ist«, sagte Leslie.

»Sie sollten wissen«, fuhr Hazen fort, ohne Leslie Beachtung zu schenken, »daß Sie eine außerordentlich mutige Tochter haben...«

»Was hat sie getan?« fragte Jimmy. Es klang ungläubig, so als wäre Mut die letzte aller Tugenden, die er seiner Schwester zutraute.

»Wie ich schon sagte, ich machte meine tägliche Runde durch den Park...«

»Runde?« fragte Jimmy. »Was für eine Runde?«

Für die Jugend zählten in erster Linie Tatsachen, dann erst kam – falls überhaupt – das Mitgefühl, dachte Strand und wünschte, Jimmy würde den Mund halten. Seine Fragen klangen so mißtrauisch, als würde sich am Ende doch noch herausstellen, daß der Zustand seiner Schwester – das Blut an ihren Kleidern und ihr hysterisches Schluchzen in Eleanors Armen – Hazens Schuld war.

»Auf meinem Fahrrad«, sagte Hazen. »Ausgezeichnete Methode, sich Bewegung zu machen. Man benötigt weder ein Team noch einen Partner; und an einem schönen Frühlingstag wie heute hat man Gelegenheit, die Gaben der Natur zu genießen.«

Er muß die Ausdrucksweise des 18. Jahrhunderts studiert haben, dachte Strand, ohne eine Miene zu verziehen.

»Ich blieb stehen, um ein wenig Atem zu schöpfen«, fuhr Hazen fort. »Ich entfernte mich ein bißchen vom Weg und lehnte mich an einen Baum, um eine Zigarette zu rauchen. Ich fürchte, mein Arzt würde sagen, daß ich damit zunichte machte, was die Bewegung mir Gutes tat. Und doch – es ist eine lebenslange Gewohnheit, die in gewissen Augenblicken tröstlich wirkt. Ich dachte über ein Problem nach, welches mich etwas länger im Büro festgehalten hatte, und ich hoffte, daß einige Minuten des Überlegens –«

»Und dann sind sie über Sie hergefallen?« unterbrach ihn Jimmy. Er hielt nicht viel von Überlegungen, ob sie nun ihn selbst oder andere betrafen.

»Die Dämmerung war hereingebrochen«, fuhr Hazen unbeirrt fort. »Ich ergötzte mich am Anblick der Lichter in den Häusern jenseits des Parks.« Er hielt inne und berührte leicht die Wunde an seiner Wange. »Dann – wie du eben sagtest, James – fielen sie über mich her.«

»Diese Hunde«, sagte Jimmy.

»Junge, aus der Gemeinschaft ausgeschlossene Menschen mit häßlichen rassischen Komplexen«, sagte Hazen und zuckte die Schultern. »Gesetzlosigkeit ist an der Tagesordnung, Besitz ein Zurschaustellen unverdienter Privilegien ...«

Plädoyer der Verteidigung, dachte Strand: *Euer Ehren, gestatten Sie mir, einige mildernde Umstände anzuführen.*

»Sie wollen sagen, daß es Schwarze waren?« fragte Jimmy scharf.

Hazen nickte nüchtern. »Meine Freunde hatten mich immer wieder gewarnt, in den Park zu gehen. Vor allem nach Einbruch der Dunkelheit.«

»Verdammt«, brauste Jimmy auf und wandte sich an seine Eltern. »Wie oft habe ich euch schon gesagt, daß Caroline diesem gottverdammten Park fernbleiben soll?«

»Und wie oft habe ich dir schon gesagt, daß du nicht fluchen, mit dem Rauchen aufhören und vor fünf Uhr früh zu Bett gehen sollst, Jimmy?« entgegnete Strand.

»Hört auf zu streiten, ihr beiden«, sagte Leslie schroff. Dann, an Hazen gewandt: »Wie wurde meine Tochter darin verwickelt?«

»Sie tauchte aus dem Nichts auf«, sagte Hazen. »Ich nehme an, sie kam durch die Büsche. Die drei Männer – im Grunde waren es noch Knaben, nicht älter als fünfzehn, sechzehn – hatten sich hinterrücks an mich angeschlichen. Ich bemerkte sie erst, als ich einen Schlag auf den Kopf erhielt. Ich schwankte ein wenig, aber ich hielt mein Fahrrad, das sie mir offenbar wegnehmen wollten, fest. Mein Hut flog davon, sie versetzten mir noch einen Schlag, und einer von ihnen zog ein Messer und begann meine Jacke aufzuschlitzen.« Er sah an sich herab und befühlte das zerfetzte Leder. »Ich bezweifle, daß sie tatsächlich die Absicht hatten, mich zu erstechen. Sie schienen mir Angst einjagen zu wollen; ich sollte das Fahrrad loslassen. Daher auch der Schnitt an meiner Hand ... Ich schrie, obwohl es mit einigen Schwierigkeiten verbunden war, da einer der Jungen meinen Hals umklammert hielt. Erstaunliche Kraft für einen Jungen dieses Alters.«

»Und die ganze Zeit hielten Sie Ihr Fahrrad fest?« fragte Jimmy ungläubig.

»Es war mein Eigentum, James«, antwortete Hazen mild.

»Jesus«, sagte Jimmy. »Das alles wegen eines Fahrrads. Wieviel hat es gekostet? Hundert? Hundertfünfzig?«

»Eine Kleinigkeit mehr«, sagte Hazen. »Es kommt aus Frankreich. Zehn Gänge. Aber es geht ja gar nicht um den Wert. Ich sagte bereits, es war mein Eigentum, nicht ihres.«

»Und um eines lausigen Fahrrads willen riskierten Sie Ihr Leben?«

»Es ging um ein Prinzip«, sagte Hazen würdevoll.

»Und Sie waren bereit, sich dafür umbringen zu lassen?« wiederholte Jimmy.

»Zum Zeitpunkt der Tat stellte ich derlei logische Überlegungen nicht an«, sagte Hazen. »Aber höchstwahrscheinlich ging mir der Gedanke durch den Kopf. Glücklicherweise tauchte zur völligen Überraschung der drei Schurken deine Schwester auf. Sie schrie, ehe sie zuschlug, und ihr Geschrei ließ die Jungen einen Moment lang erstarren. Diesen Moment nützte sie – es ging alles so schnell, daß ich gar nicht folgen konnte – und schlug mit ihrem Tennisrakett zu. Mit der Kante. Eine ganz schöne Waffe. Mit dem ersten Hieb zerschmetterte sie die Hand des Jungen mit dem Messer, er schrie auf und ließ das Messer fallen. Der zweite Hieb traf das Gesicht des Jungen mit dem Bleirohr und fügte ihm, wie ich befürchte, eine schwere Augenverletzung zu. Er ließ das Rohr fallen, krümmte sich zusammen, hielt die Hände vor seine Stirn und taumelte davon. Dann schlug sie dem Messerstecher noch zweimal über den Schädel, und er stürzte zu Boden. Wer hätte gedacht, daß ein Tennisschläger als Waffe dienen könnte, nicht wahr? Der dritte Junge rannte einfach davon. Und die ganze Zeit über schrie deine Schwester. Niemand schien sie zu hören, und falls es doch jemand tat, wollte er es vielleicht nicht hören. Sie sagte: ›Halten Sie sich an mir fest‹, faßte das Fahrrad an den Griffen, und wir rannten – ich glaube zumindest, daß wir rannten – aus dem Park. Und da bin ich nun.« Hazen lächelte zu Strand und Leslie auf.

Gott, dachte Strand, mein kleines Mädchen! »Nun bin ich doch froh«, sagte er, »daß ich nachgab, als Caroline mich bat, ihr einen Schläger mit Stahlrahmen zu kaufen.« Der matte kleine Witz sollte seine Bewegung und die Angst verbergen, die er während Hazens Erzählung um seine Tochter ausgestanden hatte.

»Ich auch«, sagte Hazen ernst. »Mehr als froh. Es ist wohl keine besondere Übertreibung, wenn ich sage, daß ich Ihrer Tochter mein Leben verdanke. Sagen Sie ihr bitte, wenn es irgend etwas gibt, womit ich meine Dankbarkeit beweisen kann ...«

»Ich bin überzeugt, sie ist glücklich darüber, daß Sie gesund und munter sind«, sagte Leslie. »Mehr oder minder.« Sie lächelte ein wenig. »Das ist Belohnung genug.« Sie sah Strand an, und ihre Augen waren feucht. »Was wissen wir schon von unserem kleinen Mädchen?« flüsterte sie.

»Mehr, als wir vor zwanzig Minuten wußten«, sagte Strand. Er legte seinen Arm um die Schultern seiner Frau. Einer von ihnen zitterte, aber er hätte nicht zu sagen vermocht, ob es Leslie war oder er selbst.

»Haben Sie die Polizei verständigt?« wollte Jimmy wissen.

Hazen begann zu lachen. »Die Polizei? In dieser Stadt? Ich bin Rechtsanwalt, James. Was könnten sie schon ausrichten?«

Ich habe richtig geraten, dachte Strand. Anwalt.

Hazen machte Anstalten aufzustehen. »Ich habe Sie lange genug vom Abendessen abgehalten. Ich werde jetzt nach Hause ...« Er schwankte und fiel hart auf den Stuhl zurück. Auf seinem Gesicht lag ein erstaunter Ausdruck. »Vielleicht noch einige Minuten Ruhe«, sagte er mit erstickter Stimme.

»Sie bleiben, wo Sie sind, bis der Doktor kommt«, sagte Leslie.

»Vielleicht wäre es ratsam«, sagte Hazen matt. »Falls Sie nichts dagegen haben.«

»Möchten Sie, daß ich bei Ihnen zu Hause anrufe und Bescheid sage, daß Sie sich verspäten werden?« fragte Strand.

»Das ist unwichtig«, sagte Hazen. »Ich werde nicht erwartet. Ich bin das Wochenende über allein.« Seine Stimme klang kalt und distanziert.

Schwierigkeiten zu Hause, dachte Strand. »Ich war eben dabei, einen Drink zu nehmen, als Sie kamen«, sagte er. »Ich denke, Sie könnten auch einen vertragen.«

»Danke sehr. Ich könnte in der Tat einen gebrauchen.«

»Pur? Oder mit Wasser? Wir haben nur Scotch im Hause.« Den Sherry verschwieg er. Strand bezweifelte, daß Sherry für Hazen, nach allem, was er durchgemacht hatte, von großem Nutzen sein würde.

»Pur, bitte«, sagte Hazen. Er lehnte den Kopf zurück und schloß die Augen.

»Gib mir lieber auch einen Whisky«, rief Leslie ihm nach, als Strand ins Speisezimmer ging.

Während er die Drinks herrichtete, läutete das Telefon im Korridor. Er ließ die Gläser stehen und ging hinaus, um abzuheben. Es war Doktor Prinz, und er war ziemlich gereizt. Nachdem Strand in Kürze berichtet hatte, was vorgefallen war, hörte er auf gereizt zu sein und sagte, er würde so bald als möglich vorbeikommen; es könne allerdings eine Weile dauern, er sei eben bei einem Patienten mit einem Herzinfarkt.

Als Strand mit den Drinks zurückkehrte, sagte Leslie: »Jimmy ist hinuntergegangen und bittet Alexander, das Fahrrad in den Keller zu sperren.« Strand nickte. Es wäre geradezu albern, wenn es jetzt gestohlen würde.

Hazen saß immer noch mit zurückgelehntem Kopf und geschlossenen Augen da. »So«, sagte Strand und hoffte, daß seine Stimme fröhlich klang. »Hier bringe ich ein bißchen Sonne aus dem schottischen Hochland.«

»Danke, Sir.« Hazen öffnete die Augen und nahm das Glas mit seiner unversehrten Hand entgegen. Niemand brachte einen Toast aus. Hazen leerte seinen Drink in zwei Zügen. Auch Leslie trank rasch, dann setzte sie sich hin, als wäre ihr plötzlich klar geworden, wie müde sie war.

»Ich fühle meine Lebensgeister erwachen«, sagte Hazen mit trüber Stimme.

»Noch einen?« fragte Strand.

»Nein, danke. Mehr wäre nicht gut.«

Mrs. Curtis trat ein; sie war wie immer verstimmt, wenn etwas nicht nach ihrem Kopf ging. »Verzeihung, Madam«, sagte sie und blickte streng auf den verbundenen Mann im hölzernen Lehnstuhl, »die Suppe steht auf dem Herd, und es wird alles verderben, wenn ...«

»Wir warten auf den Arzt, Mrs. Curtis«, unterbrach Leslie sie. »Ich werde Ihnen sagen, wenn es soweit ist.«

»Falls es Ihnen nichts ausmacht, eine Vogelscheuche an Ihrem Tisch zu haben«, sagte Hazen, »wäre ich dankbar, wenn ich mich zu Ihnen setzen dürfte, während Sie essen.«

»Sind Sie nicht noch zu schwach?« fragte Leslie.

»Vielleicht ist Mr. Hazen hungrig?« sagte Strand. Er selbst war sehr hungrig und hatte sich auf das Abendessen gefreut, seit er nach Hause gekommen war und die Küchendüfte gerochen hatte.

»Wenn ich es recht bedenke, bin ich tatsächlich hungrig«, gab Hazen zu. »Ich aß mittags nur ein Sandwich an meinem Schreibtisch. Wenn es nicht allzuviel Mühe bereitet, würde ich gern einen Teller Suppe essen.«

»In Ordnung«, sagte Leslie. »Mrs. Curtis, legen Sie noch ein Gedeck auf. Wir kommen sofort.«

Mrs. Curtis warf einen anklagenden Blick auf Hazen und verschwand in der Küche.

»Das sind die Lichtblicke im Leben«, sagte Hazen und versuchte seiner Stimme einen fröhlichen Klang zu geben. »Und ich dachte, ich würde heute abend allein speisen müssen.«

Obwohl Hazen ohne eine Spur von Selbstmitleid gesprochen hatte, glaubte Strand zu spüren, daß ihm die Aussicht auf ein geselliges Abendessen trotz all seines Ungemachs höchst willkommen war.

Hazen sah sich in dem geräumigen Wohnzimmer um, betrachtete eingehend das große Klavier, die Notenstöße, die wohlgeordneten Plattenregale, Leslies Landschaftsbilder. »Welch hübscher Raum«, sagte er. »Ihre Familie scheint sehr musikalisch zu sein.«

»Wir alle *hören* Musik«, sagte Strand. »Aber meine Frau und mein Sohn sind die einzigen Familienmitglieder, die man als Musiker bezeichnen könnte.«

»Meine Mutter pflegte mir am Klavier vorzuspielen«, sagte Hazen und machte eine komische kleine Handbewegung, die irgendwie einen Schlußstrich darstellte. »Es ist Jahre her. Spielt Ihr Sohn Klavier?«

»Meine Frau«, antwortete Strand. »Jimmy spielt die elektrische Gitarre. Ich glaube, man nennt das Country Rock.«

»Von wem stammen die Landschaftsbilder?« fragte Hazen. »Ich kann den Künstler nicht erkennen.«

»Von meiner Frau«, sagte Strand.

Hazen nickte, aber er sagte nichts.

Eleanor und Caroline traten ein. Caroline hatte saubere Hosen und einen Pullover angezogen; nach der Dusche sah ihr Gesicht wieder frisch aus, und nichts deutete darauf hin, daß sie vor kaum einer Stunde drei Gangster im Alleingang besiegt hatte und in den Armen ihrer Schwester in hysterisches Schluchzen ausgebrochen war. Endlich hatte sie auch ihr Rakett beiseite gelegt. Sie lächelte und sah fröhlich aus, jünger als siebzehn Jahre. »Wie geht es dem Patienten?« fragte sie.

»Er ist in mehr oder minder gutem Zustand«, sagte Hazen. »Das verdanke ich Ihrer Mutter. Und Sie, Miß Caroline, wie fühlen Sie sich?«

Caroline warf die Arme sorglos in die Höhe. »Ach, ich bin natürlich voll des Triumphs. Ich habe neues Vertrauen in meine Kräfte gefaßt.« Sie kicherte. »Obwohl ich keineswegs sicher bin, daß ich das gleiche noch einmal täte, wenn ich Zeit zum Überlegen hätte.«

»Wieso warst du nicht in Begleitung?« fragte Strand. »Wo war der Junge, mit dem du Tennis gespielt hast?«

»Er wohnt an der East Side«, gab Caroline zur Antwort.

»Werden Sie das Rakett je wieder benützen können?« fragte Hazen.

»Ich fürchte, nein«, meinte Caroline. »Der Rahmen ist ein wenig verbogen. Wenn es erlaubt wäre, auf den Gegner statt auf den Ball einzuschlagen, würde ich jedes Turnier gewinnen. Wetten?«

»Hatten Sie keine Angst?« fragte Hazen.

»Erst später«, sagte Caroline, »und das zählt nicht, oder?«

Jimmy trat ein. »Das Fahrrad ist im Keller gut untergebracht. Sie können es jederzeit holen lassen, Mr. Hazen. Es ist wirklich ein Traum.«

»Einer meiner Sekretäre wird es morgen früh abholen«, sagte

Hazen. »Ich glaube nicht, daß ich es in den nächsten Tagen viel benützen werde. Es sei denn, Miß Caroline stellt sich freiwillig als mein Leibwächter zur Verfügung.«

»Ich höre lieber auf, solange ich am Gewinnen bin.« Caroline kicherte schon wieder.

Mrs. Curtis erschien in der Speisezimmertür und blickte sie alle durchdringend an.

»Du meine Güte«, sagte Leslie. »Ich glaube, wir sollten zu Tisch gehen.«

Strand machte Anstalten, Hazen beim Aufstehen zu helfen, aber Hazen übersah den ausgestreckten Arm und folgte Leslie festen Schrittes in das Speisezimmer.

»Welch hübscher Tisch«, bemerkte er, nachdem Leslie ihn gebeten hatte, zu ihrer Rechten Platz zu nehmen. Seine Worte klangen etwas gedämpft, da er die Eiskompresse mit seiner verbundenen Hand an die Wange hielt. »Ich hoffe, ich störe nicht bei einer wichtigen Familienkonferenz.«

»Wir haben eine Spielregel«, sagte Strand, der nagenden Hunger verspürte, »an Freitagabenden wird ausschließlich über Essen gesprochen.« Das stimmte nicht, er hatte es nur aus Höflichkeit gesagt. Letzten Freitag hatte eine heftige Diskussion über Politik stattgefunden, die damit endete, daß sie einander angebrüllt und Eleanor die Einstellung ihres Vaters mit der Ludwigs XIV. in seinen jüngeren Jahren verglichen hatte. Alle hatten den Abend genossen. Er nahm die Chiantiflasche. »Wein?« fragte er.

»Danke«, sagte Hazen. »Ich bin auf einmal schrecklich durstig.«

»Das macht der Blutverlust«, meinte Caroline vergnügt.

»Angst, meine Liebe.« Hazen lächelte sie an. »Nackte Angst.«

»Woran die drei Jungen jetzt wohl denken?« sagte Caroline, während sie sich über ihre Suppe hermachte. »Was glauben Sie?«

»Sie denken darüber nach, wo sie drei, nein, vier Tennisschläger stehlen könnten«, sagte Hazen mit einem schiefen Lachen, weil ihn der Kiefer schmerzte. »Und sie überlegen, wo sie ein Mädchen auftreiben könnten, das bei ihrem nächsten ruchlosen Projekt mitmacht.«

Caroline kicherte schon wieder. »Oh, ich bin ein ganz gefährlicher Mensch«, sagte sie.

Strand schüttelte verwundert den Kopf. So oder ähnlich muß es im Umkleideraum einer Fußballmannschaft nach einem besonders rauhen Sieg hergehen, dachte er.

Hazen löffelte seine Suppe unbeholfen mit der linken Hand.

Sein Mund begann immer mehr anzuschwellen, aber seine Augen glänzten, und er schien sich wohl zu fühlen. »Ausgezeichnet«, sagte er, »ausgezeichnet. Darf ich dem Koch meine Anerkennung aussprechen?«

»Der Koch ist meine Mutter«, sagte Caroline. Sie war heute abend sichtlich ebenso stolz auf ihre Familie wie auf sich selbst.

»Sie alle passen wundervoll zusammen«, sagte Hazen galant. Er wandte sich an Jimmy. »Und du, junger Mann, was machst du?«

»Wenn Sie meiner Schwester Glauben schenken, bin ich das schwarze Schaf«, sagte er. »Ich lungere in Bordellen und Spelunken herum.«

»Jimmy«, protestierte Leslie, »wie kannst du so etwas sagen!«

Jimmy grinste ihr zu. »Es ist als Ausdruck gegenseitiger Zuneigung zu verstehen. Sie meint es nicht ernst, was, Eleanor?«

»Nur selten, Schätzchen.« Eleanor lächelte zurück.

Hazen betrachtete Jimmy neugierig, dann wandte er seine Aufmerksamkeit Eleanor zu. »Und Sie, meine Liebe?«

»Ich schufte und strebe nach Beförderung«, antwortete Eleanor kurz. Sie war bisher ungewöhnlich schweigsam gewesen. Strand fühlte, daß sie und Jimmy aus irgendeinem Grunde Vorbehalte gegen Hazen hatten. Er nahm sich vor, die beiden darüber zu befragen, sobald Hazen gegangen war.

Eleanor stand auf, um die Suppenschalen abzuräumen, als Mrs. Curtis mit dem Hauptgericht eintrat und es vor Leslie hinstellte. »Ich fürchte, mehr als die Suppe schaffe ich nicht«, sagte Hazen, als Leslie nach seinem Teller langte. »Obwohl es köstlich aussieht und riecht.« Er nahm einen Schluck von seinem Wein.

»Was ist heute für ein Wochentag, Mr. Hazen?« fragte Jimmy.

»Was soll diese Frage?« Leslie sah ihren Sohn mißtrauisch an.

»Ich will testen, ob er eine Gehirnerschütterung hat«, sagte Jimmy. »Falls er eine hat, sollte er sich in einem dunklen Zimmer hinlegen und die Augen schließen.«

»Freitag«, gab Hazen lächelnd zur Antwort. »Es ist immer noch Freitag, glaube ich. Selbst wenn ich im Augenblick nicht imstande bin zu kauen, nehme ich dennoch nicht an, daß ich Gehirnerschütterung habe; ich danke dir.«

Strand hatte bemerkt, daß Jimmys Interesse keineswegs Hazens Gesundheitszustand galt, sondern daß er ganz einfach wünschte, er wäre schon wieder fort. Aber als er zu seinem Sohn hinübersah, starrte Jimmy ihn unschuldsvoll über den Tisch hinweg an.

»Und Sie, Mr. Strand«, sagte Hazen, »darf ich fragen, welchen

Beruf Sie ausüben?«

Gerichtliche Voruntersuchung, dachte Strand: *Ihr Anwalt muß den Tatbestand aus Ihrer Sicht kennen, um Ihren Fall erfolgreich vertreten zu können.* Nein, kein Anwalt, korrigierte sich Strand und ärgerte sich ein wenig über den Mann. Eher ein General, der seine Truppe inspiziert und mit schlichten, kleinen Fragen beweisen will, daß unter den Sternen an seiner Achselklappe das Herz eines wahren Demokraten schlägt. »Mein Beruf?« Er räusperte sich. »Ich mühe mich mit den blutrünstigen Instinkten der jungen Generation ab«, sagte er vorsätzlich unbestimmt. Hazens Auftreten hatte ihn – übrigens mehr als das, was er sagte – zu dem Schluß bewogen, daß Hazen ein bedeutender Mann war und ebensowenig von ihm halten würde wie Leslies Vater, wenn er zugab, daß er nur Lehrer an der Oberschule war.

»Er unterrichtet am River High«, sagte Leslie, die ihren Mann durchschaut hatte, nahezu kämpferisch.

»Ah.« Hazen schien beeindruckt. »Als ich jung war, wollte ich Lehrer werden. Ein nützliches Leben. Nützlicher als das eines Rechtsanwalts, teilte ich meinem Vater mit. Er war nicht meiner Ansicht. Ich studierte Jura.« Er lachte abfällig. »Im Hause meines Vaters gab es keine langen Debatten.«

»Was man von diesem Hause nicht behaupten kann, das muß man ihm lassen«, sagte Strand.

»Erfrischend.« Hazen wandte sich an Caroline. »Und Sie, junge Dame? Gehen Sie aufs College?«

Caroline aß, als wäre sie am Verhungern. Sie lachte. »Im Herbst, wenn ich Glück habe. Nächsten Monat bin ich mit der Vorbereitungsschule fertig. Bei meinen Noten ... « Sorgenvoll schüttelte sie den Kopf.

»Sie gehen nicht aufs River?« fragte Hazen.

»Es ist am anderen Ende der Stadt«, warf Leslie hastig ein.

»Vater behauptet, es sei zu gefährlich. Ich habe ihm gesagt, wenn es für ihn nicht zu gefährlich ist, dann ist es auch für mich nicht zu gefährlich.« Sie kicherte. Im allgemeinen zählte sie nicht zu der Kategorie kichernder Mädchen; heute abend sah Strand es ihr nach. »Es war eine der wenigen kurzen Debatten im Hause Strand. Ich verlor. Ich gehe zehn Blocks von hier zur Schule.«

»Man liest immer wieder von Gewalttätigkeit an öffentlichen Schulen«, sagte Hazen. »Überfälle, Kinder, die Kinder bestehlen und Waffen besitzen. Ich nahm es meistens mit Vorbehalten auf. Mr. Strand, finden Sie, daß ... « Er hielt inne.

»Nun, ich würde sagen, wir sind nicht gerade eine Sonntagsschule in Vermont. Es gibt Zwischenfälle. Ja, natürlich kommt es zu Zwischenfällen.«

»Hatten Sie selbst bereits mit einem solchen Vorfall zu tun?« Interessiert beugte Hazen sich vor.

»Hin und wieder«, sagte Strand. »Letztes Semester bedrohte mich ein Junge mit dem Messer, weil ich ihn nicht durchlassen wollte. Er hatte die Hälfte aller Unterrichtsstunden geschwänzt.«

»Ließen Sie ihn durch?«

Strand lachte. »Selbstverständlich. Ich fand, daß er sein Abgangszeugnis verdiente, wenn es ihm wichtig genug war, mir deshalb ans Leben zu wollen. Zumindest hat er nicht versucht, mir mein Fahrrad wegzunehmen.«

Trübselig berührte Hazen den Verband an seinem Kopf. »Vielleicht sind Sie klüger als ich«, sagte er. »Gibt es für all diese Rowdys auch nur den Schimmer einer Hoffnung?«

Strand zuckte die Achseln. »O doch. Obwohl die meisten Hoffnungen dann sehr rasch verblassen. Ich habe beispielsweise einen winzigen kleinen Puertoricaner in meiner obersten Klasse, der sich offenbar schon lange und ernsthaft mit Geschichte befaßt. Eben heute las ich eine Arbeit von ihm. Über den Bürgerkrieg. Er hat recht eigenständige Ansichten zu diesem Thema.«

»Wie etwa ...?« fragte Hazen. Er schien sich wahrhaftig dafür zu interessieren.

»Etwa folgendermaßen: Er schreibt, daß der Bürgerkrieg ein großer Fehler gewesen sei.« Während Strand sprach, sah er das dunkle, runde Gesicht mit den gebleckten weißen Zähnen vor sich, von dem er nie wußte, ob es hohnlachte oder anmaßend grinste. »Er schreibt, daß es klüger gewesen wäre, die Südstaaten ihre eigenen Wege gehen zu lassen, da die Konföderierten früher oder später ohnedies gezwungen gewesen wären, ihre Sklaven freizulassen, daß also rund eine Million Menschen umsonst im Krieg draufgegangen sind. Er schreibt, daß der Süden und der Norden sich längst auf irgendeine andere Weise vereinigt hätten – und sei es auch nur zu einem losen Staatenbund – und daß uns allen, Schwarzen wie Weißen, ein Jahrhundert des Elends erspart geblieben wäre. Nun ist dies keineswegs die herrschende Lehrmeinung, und ich werde ihn warnen müssen, daß er bei seiner Abschlußprüfung durchfallen wird, wenn er derartige Antworten gibt.«

»Wie, glauben Sie, wird er darauf reagieren?«

»Er wird lachen. Die Abschlußprüfung bedeutet ihm gar nichts.

Er hat nicht die Möglichkeit, auf ein College zu gehen; er wird sich um einen Job als Tellerwäscher umsehen müssen oder sich auf den Straßen umhertreiben. Was schert ihn da die Abschlußprüfung?«

»Ein Jammer, finden Sie nicht?« sagte Hazen nachdenklich.

»Aber nicht zu ändern«, meinte Strand.

»Wie haben Sie seine Arbeit bewertet?«

»Mit A«, sagte Strand.

»Sie müssen ein außergewöhnlicher Lehrer sein.«

»Er ist ein außergewöhnlicher Schüler. In einer anderen Arbeit argumentierte er, daß die Art und Weise, wie man Geschichte lehre, Gewäsch sei. Wörtlich: *Gewäsch*. Er behauptete, daß Ursache und Wirkung im Ablauf der Geschichte ausschließlich vorhanden zu sein scheinen, um den Historikern Gelegenheit zu geben, unsere Vergangenheit auf simpelste Weise in ordentliche kleine Päckchen von Heuchelei zu verschnüren. Er hat auch etliches über Naturwissenschaften, vor allem Physik, verkraftet und sich der Theorie des Zufalls verschrieben. Ich nehme an, Sie haben darüber gelesen?«

»Ein wenig.« Hazen nickte.

»Er versteht sie so, daß nichts unvermeidbar ist oder war, daß alles aus dem Zufall entsteht – ein zufälliges Zusammentreffen von Einzelheiten also –, in Politik und Wirtschaft ebenso wie in der Natur und im Labor. Dieser Theorie nach, meint er, hätte die industrielle Revolution ebensogut nicht stattfinden können, wenn zehn oder zwanzig ganz bestimmte Menschen nie geboren worden wären; der Zweite Weltkrieg hätte nicht stattgefunden, wenn Hitler 1917 an der Westfront gefallen wäre; der amerikanische Bürgerkrieg hätte nicht stattgefunden, wenn Lincoln beschlossen hätte, Anwalt in Springfield zu bleiben ...«

»Und wie benoteten Sie dieses eher unorthodoxe Stückchen Philosophie?« fragte Hazen.

»Mit A.« Strand lachte. »Vielleicht, weil es so anders war als all die anderen Arbeiten. Überdies beherrschte er auch die Rechtschreibung.«

»Glauben Sie, daß er gerne auf ein College ginge, wenn sich ihm die Möglichkeit böte?«

»Nein. Er hat mir im Vertrauen mitgeteilt, daß er auch Bildung für Gewäsch halte. Immerhin – dann und wann ein Junge wie er, und man hat das Gefühl, daß es sich lohnt.«

»Das verstehe ich«, sagte Hazen. Er nahm für eine Sekunde die kalte Kompresse von seiner Wange und sah sie nachdenklich an. »Ich denke, Bildung hat sich seit meiner Zeit gewandelt – der Bildungsbegriff ganz allgemein.«

»Wo gingen Sie zur Schule?« fragte Strand. Als Familienoberhaupt konnte er nicht zulassen, daß nur Hazen Fragen stellte.

»Das Übliche«, sagte Hazen obenhin. »Yale, Harvard Law School. In den Fußstapfen meines geheiligten Vaters. Er hat sich nie mit der Theorie des Zufalls befaßt.«

»Die herrschende Klasse«, warf Jimmy ein. »Die Leute, aus denen sich unsere Regierung zusammensetzt. Das Grab Amerikas.«

»Jimmy«, mahnte Leslie scharf. »Sei nicht unhöflich, nur weil du schockieren willst.«

»Jimmys Bemerkung ist gar nicht so unzutreffend, Mrs. Strand«, sagte Hazen.

Er ist weniger überzeugt von sich, als er glaubt, dachte Strand. Wenn ich es recht bedenke, so sieht er nicht aus wie einer, der nachts gut schläft. Und damit hat der Verband an seinem Kopf nicht das geringste zu tun.

Es läutete an der Tür, und Jimmy ging hinaus, um zu öffnen.

»Das wird Doktor Prinz sein«, meinte Leslie.

»Sie haben einen ungewöhnlichen Arzt«, stellte Hazen fest. »Heutzutage Hausbesuche? Noch dazu so spät am Abend?«

»Er ist ein alter Studienkollege vom City College«, erklärte Strand.

»Ich habe einige Studienkollegen, die Ärzte geworden sind«, sagte Hazen. »Wenn ich krank bin, suche ich sie in ihrer Ordination auf, oder sie schicken mich ins Krankenhaus.«

Doktor Prinz hastete zur Tür herein. Er war ein kleiner dünner Mann mit dicken Brillengläsern und einem gequälten Gesichtsausdruck. Er spielte recht passabel Violine. Hin und wieder wurde in seiner Wohnung musiziert; dann spielten Leslie, er und noch ein musikbegeisterter Arzt im Trio. »Hallo Allen, Leslie«, sagte er. »Was habt ihr diesmal wieder angestellt?«

»Mr. Hazen wurde überfallen«, sagte Strand. »Leslie hat Erste Hilfe geleistet.«

»New York«, schnaubte Prinz mißbilligend. »Mr. Hazen, würden Sie mit mir ins Badezimmer kommen. Ich werde ein starkes Licht brauchen.«

»Selbstverständlich«, sagte Hazen.

Prinz beobachtete Hazen scharf, als er aufstand; als Hazen kei-

nerlei Anzeichen von Unsicherheit zeigte, nickte er zufrieden.
»Falls du Hilfe brauchst...«, sagte Leslie.
»Ich werde dich rufen, falls ich dich brauche, Leslie«, gab Prinz zur Antwort. Sanft ergriff er Hazens Arm und führte ihn aus dem Zimmer.
»Ich hoffe, Jerry hat daran gedacht, eine schmerzstillende Spritze mitzubringen«, meinte Leslie.
»Sicher«, beruhigte Strand sie. »So was hat ein Arzt doch immer bei sich. Außerdem habe ich ihm am Telefon gesagt, daß ich glaube, man würde die Wunde nähen müssen.«
»Er ist ganz schön tapfer, dieser Mr. Hazen«, sagte Caroline. »Wenn das mir passiert wäre, würde ich brüllen.«
»Eines ist sicher – er hört sich gerne reden, was?« sagte Jimmy.
»Schsch«, machte Leslie. »Er ist doch gleich nebenan im Badezimmer.«
»Hunderttausend Dollar pro Jahr, mindestens«, überlegte Eleanor. »Die Sorte kenne ich von meinem Büro. Hat man diese Höhen einmal erklommen, wird der Klang der eigenen Stimme zu Sphärenmusik.«
»Mag er verdienen, was er will«, sagte Strand. »Ich bewundere die Art, wie er es trägt.«
»Er hatte Glück, daß du kamst«, sagte Jimmy zu Caroline. »Das mindeste wäre, dir ein neues Rakett zu schenken.«
»Ihr seid allesamt hoffnungslose Fälle«, seufzte Leslie. »Wir brauchen keine milden Gaben. Wie wäre es mit der Nachspeise?«

Sie hatten eben im Wohnzimmer Kaffee getrunken, als Hazen und der Doktor eintraten. Hazen trug einen neuen, turbanähnlichen Verband um seinen Kopf, und seine Wange war mit einem dicken, weißen Mullpflaster verklebt. Er sah blaß aus, und Strand war sicher, daß das Vernähen der Wunden im Badezimmer nicht angenehm gewesen war. Aber Hazen lächelte, als wolle er seinen Gastgebern damit sagen, daß nun alles zum besten stehe.
»Geflickt«, sagte Prinz. »Im Augenblick kann ich nicht mehr tun. Aber Sie werden Kopfschmerzen bekommen. Ich würde raten, daß Ihr Arzt morgen ein Schädelröntgen macht. Sehen Sie zu, daß Sie eine Menge Aspirin im Hause haben. Und nehmen Sie ein Schlafmittel. Sie werden es brauchen. Vor allem aber«, Prinz lächelte grimmig, »sehen Sie am Morgen nicht in den Spiegel.«
»Möchtest du eine Tasse Kaffee, Jerry?« fragte Leslie.
Prinz schüttelte den Kopf. »Keine Zeit. Mein Herzinfarkt wird

mittlerweile im Spital sein, ich muß nach ihm sehen.«

»Jemand, den wir kennen?« fragte Strand.

»Nein.« Er musterte Strand kühl durch seine dicken Brillengläser. »Aber er ist genauso alt wie du. Wann kommst du einmal zu einer Durchuntersuchung?«

»Irgendwann einmal, wenn ich mich absolut hervorragend fühle.« Strand lachte. »Ich will nicht wissen, was mir fehlt, solange ich keine Ahnung habe, *daß* mir etwas fehlt.«

»Wie du meinst«, brummte Prinz. »Ich habe ohnehin zuviel zu tun. Gute Nacht, alle miteinander.«

Strand brachte ihn an die Tür. »Es ist doch alles in Ordnung mit ihm? Mit Hazen, meine ich?«

»Er hat verdammt Glück gehabt«, sagte Prinz, während er seinen schwarzen, großkrempigen Filzhut aufsetzte, der ihm das Aussehen eines Rabbi verlieh. »Er hat mir von Caroline erzählt. Idiotin. Sie sollte Polizistin werden. Sieh zu, daß auch sie eine Schlaftablette nimmt. Sie hat einen komischen Ausdruck in den Augen.«

»Sie sagt, sie sei nicht verletzt worden.«

»Vielleicht nicht da, wo ein Arzt es feststellen könnte«, orakelte Prinz. »Gib ihr ein Schlafpulver.«

Strand schloß hinter dem Doktor die Tür, der sich auf den Weg zu seinem Herzinfarkt machte – einem Mann, der genauso alt war wie Strand.

Er kehrte ins Wohnzimmer zurück, als Jimmy Hazen eben einen Scotch einschenkte. Hazen hielt das Glas ohne Zittern in seiner Hand. »Ich sage Dank für Doktor Prinz. Er hat geschickte Hände.«

»Wie viele Nähte?« fragte Jimmy.

»Fünf oder sechs«, antwortete Hazen unbekümmert. »Der gute Doktor sagte, er würde die Rechnung an Sie senden. Haben Sie irgendwas zum Schreiben bei der Hand? Ich gebe Ihnen meine Adresse, damit Sie die Rechnung an mich weiterleiten können.«

Jimmy nahm einen Stift und riß ein Stück Papier aus seinem Notizbuch, und Hazen schrieb rasch etwas darauf und übergab den Zettel Strand. Die Schrift war ruhig und gleichmäßig, bemerkte Strand, als er das Papier in die Tasche steckte.

»Es ist gleich an der Ecke 82. Straße und Fifth Avenue«, sagte Hazen. »Gegenüber vom Museum. Sehr praktisch.« Er trank aus, erhob sich und stellte das leere Glas sorgfältig auf einen Aschenbecher, um auf dem Tischchen neben seinem Stuhl kein Rändchen zu machen. »Vielleicht kommen Sie mich besuchen, wenn Sie das nächste Mal ins Museum gehen. In bezug auf Gastfreundschaft stehe ich tief in Ihrer Schuld. Nun muß ich gehen. Für heute habe ich lange genug gestört, liebe Leute.«

»Ich denke, Sie sollten nicht allein gehen«, sagte Strand. »Ich werde Sie begleiten. An der Ecke nehmen wir ein Taxi.«

»Oh, das ist ganz gewiß nicht nötig«, protestierte Hazen.

»Haben Sie irgend jemanden, der sich um Sie kümmert?« fragte Leslie und sah besorgt drein. »Wenn nicht, könnten Sie hier bleiben. Jimmy macht es nichts aus, eine Nacht auf der Couch zu schlafen.«

»Alles bestens«, sagte Hazen, und Strand fiel auf, daß er kein Wort darüber verlauten ließ, ob jemand in seiner Wohnung war oder nicht. »Doktor Prinz gab mir seine Telefonnummer für den Fall, daß etwas passiert. Aber ich bin sicher, daß ich sie nicht brauchen werde.«

»Ich nehme ein Taxi mit Mr. Hazen«, sagte Eleanor. »Ich habe ohnedies ein Rendezvous auf der East Side.«

»Das ist sehr freundlich von Ihnen«, meinte Hazen.

»Ich komme trotzdem mit«, beharrte Strand. »Ich will Sie sicher in Ihrem Taxi wissen! Nicht, daß Sie zwischen hier und Central Park West noch eins über den Schädel kriegen!«

»Wenn Sie meinen«, sagte Hazen, »obwohl ich mich eigentlich nicht wie ein Invalide fühle.«

Eleanor verschwand, um ihre Tasche und ihren Mantel zu holen, und Hazen wandte sich an Caroline: »Gute Nacht, kleine Retterin.« Er verbeugte sich leicht, als er Leslies Hand nahm und sagte: »Ich möchte Ihnen sagen, wie sehr ich Ihnen danke ... Ihnen allen ... Ich hoffe, wir sehen einander unter ... ah ... normaleren Umständen wieder.« Er berührte den Turban auf seinem Kopf und sah kläglich an seiner zerfetzten Lederjacke hinunter. »Meinen Portier wird der Schlag rühren, wenn er mich sieht.«

Strand, Hazen und Eleanor traten aus dem Haus und wandten sich in Richtung Central Park West. Strand merkte, daß Hazen ihn eindringlich musterte.

»Ich bilde mir ein, Sie schon einmal gesehen zu haben, Mr. Strand«, sagte Hazen.

»Nein«, entgegnete Strand. »Ich glaube nicht, daß wir einander schon begegnet sind.«

»Ich habe nicht gesagt, daß wir einander begegnet sind«, sagte Hazen, und in seiner Stimme schwang ein Hauch von Ungeduld.

»Menschen, die ich kennengelernt habe, bleiben mir im Gedächtnis. Aber Ihr Gesicht ist mir irgendwie vertraut.«

Strand schüttelte den Kopf. »Tut mir leid, ich kann nicht dienen.«

»Kein Wunder, daß Sie mich nicht erkennen.« Hazen lachte. »Wie ich heute aussehe, würde meine eigene Mutter mich nicht erkennen. Ah...« Er zuckte die Achseln. »Es wird mir gelegentlich einfallen!«

Sie gingen eine Weile schweigend dahin. Dann berührte Hazen Strands Arm und sagte tiefernst: »Ich muß Ihnen etwas gestehen, das ich vielleicht nicht sagen sollte... Ich beneide Sie um Ihre Familie, Sir. Über alle Maßen.« Er ließ seine Hand fallen. Sie schwiegen wieder. Als sie die Ecke erreichten, sahen sie ein freies Taxi auf sich zukommen, und Hazen holte tief Atem. »Welch schöne Nacht«, sagte er. »Ich werde Ihnen etwas äußerst Seltsames verraten. Ich habe jeden einzelnen Augenblick dieses Abends genossen.«

Strand lag in dem großen Bett. Das Zimmer war still und dunkel. Leslie hatte ihren Kopf an seine Schulter geschmiegt, und er fühlte ihr langes, weiches Haar an seiner Haut. Die Schönheit ihres Körpers und die Art und Weise, wie sie sich ihm gab, hatte ihn vom ersten Tag ihrer Ehe an mit nie versagendem Entzücken erfüllt. Und heute nacht hatte er, während er sie liebte, geflüstert: »Ich bete dich an.« Was anfangs ein lang ersehntes Vergnügen gewesen war, hatte sich im Laufe der Jahre zu einem leidenschaftlichen, überwältigenden Verlangen gesteigert. Er lauschte der Stille und ihren sanften Atemzuügen und wußte, daß der Friede, der ihn augenblicklich erfüllte, am Morgen noch einmal auf köstlichste Weise gebrochen werden würde. Wochenende.

Er seufzte zufrieden.

»Bist du wach?« fragte Leslie schlaftrunken.

»Fast.«

»Was habt ihr gemeint, du und Eleanor, als ihr von Griechenland spracht?«

»Ach, das«, sagte Strand und konnte sich kaum mehr daran erinnern. »Sie hat mir eröffnet, daß sie ihre Ferien möglicherweise auf einer griechischen Insel verbringen wird. Mit einem jungen Mann.«

»Oh«, machte Leslie. »Daher das ›Gespräch unter Mädchen‹, das dann nicht mehr zustande kam.«

»Anzunehmen.«

Leslie schwieg ein Weilchen. Dann fragte sie: »Hat sie dir mitgeteilt, wer der junge Mann ist, um den es sich handelt?«

»Nein. Aber er war schon früher einmal auf der Insel.« Strand zögerte. »Mit einer anderen Dame.«

»Hat er ihr das erzählt?« fragte Leslie ungläubig und rückte etwas von ihm ab.

»Sie sagt, er erzählt ihr alles.«

Leslie schüttelte leicht ihren Kopf an Strands Schulter. »Das ist ein schlechtes Zeichen«, stellte sie fest. »Vor allem, wenn sie es glaubt.«

»Ich würde mir darüber keine allzu großen Sorgen machen.«

»Warum bringt sie ihn nicht mit, daß wir ihn uns ansehen können?« fragte Leslie leicht verstimmt.

»Sie ist sich seiner noch nicht sicher, sagt sie.«

Wieder schwieg Leslie einen Augenblick. »Glaubst du, daß sie jetzt mit ihm im Bett liegt – wie wir?«

»Nicht wie wir, sicher nicht.«

»Sie macht mir ein wenig Angst«, meinte Leslie. »Sie ist sich ihrer selbst zu sicher.«

»Genau wie Mozart.«

»Wie wer?« fragte Leslie verblüfft.

»Das war's, laut Mr. Crowell, was mit Mozart nicht stimmte. Erinnerst du dich nicht?«

»Und darauf sagte ich, Mozart habe ein tragisches Ende genommen.«

»Eleanor hat immer verstanden, auf sich aufzupassen.«

»Ich bin nicht so sicher. Bis jetzt verlief ihr Leben ziemlich nach ihren Wünschen. Wenn plötzlich etwas schiefginge – ich weiß nicht recht –, es wäre möglich, daß sie dann weniger stark ist, als sie glaubt. Dann wäre es unvorhersehbar, wie sie reagiert. Vielleicht sollte ich mir den jungen Mann etwas näher ansehen.«

»Das würde ich nicht tun.«

»Warum nicht?«

»Du könntest Dinge herausfinden, die dich unnötigerweise beunruhigen.«

Leslie seufzte. »Ich denke, du hast recht. Unsere Kinder müssen ihren Kampf allein ausfechten. Sie stehen an der Front. Wir können nur Hilfstruppen sein.«

Strand lachte. »Das klingt, als hättest du insgeheim in meiner Bibliothek gewühlt.«

»Oh, es gibt eine Menge Dinge, von denen ich dir nichts erzähle«, sagte Leslie obenhin. »Schläfrig?«

»Ziemlich.«

»Gute Nacht, Lieber.« Sie schmiegte sich enger an ihn. Aber nach einigen Augenblicken begann sie schon wieder. »Sie schien sich mit unserem Gast nicht recht befreunden zu können, was?«

»Nicht besonders.«

»Auch Jimmy nicht. Ist dir das aufgefallen?«

»Ja.«

»Er machte aber einen äußerst feinen und gebildeten Eindruck auf mich.«

»Vielleicht war genau das der Grund für die Zurückhaltung der Kinder«, sagte Strand. »Vornehmheit ist den Kindern von heute verdächtig. Sie vermuten gleich Heuchelei dahinter. Hazen behauptet übrigens, er habe mich schon früher einmal gesehen.«

»Hat er gesagt wo?«

»Er konnte sich nicht erinnern.«

»Und du?«

»Keine blasse Ahnung«, sagte Strand.

»Weißt du, was Jimmy über ihn sagte, als ihr zum Taxi hinuntergegangen seid?«

»Nun?«

»Daß er genauso redet wie die Männer, die man nach Watergate ins Gefängnis gesteckt hat. Er sagt, Mr. Hazens Wortschatz sei *porös* – was immer das heißen mag.«

»Auch ich verstehe in letzter Zeit bei weitem nicht alles, was Jimmy meint, wenn er sich mit mir unterhält«, sagte Strand.

»Er ist ein guter Junge«, verteidigte ihn Leslie.

»Ich habe nicht behauptet, daß er keiner wäre. Er gebraucht lediglich ein anderes Wörterbuch als ich.«

»Glaubst du nicht, daß unsere Väter der gleichen Ansicht waren, als wir so alt waren wie Jimmy?«

»Erzähl mir ruhig ein bißchen mehr vom Generationenproblem, Mutter«, neckte Strand sie.

»Mach dich ruhig lustig über mich. Und doch ...« Leslie sprach ihren Gedanken nicht zu Ende. »Alles in allem, fand ich, war es ein interessanter Abend.«

»Als wir ein Taxi gefunden hatten, sagte Hazen, er habe jeden einzelnen Augenblick dieses Abends genossen.«

»Armer Mann«, murmelte Leslie. Sie küßte Strands Hals. »Jetzt laß uns aber wirklich schlafen.«

3

»Ich beneide Sie um Ihre Familie«, hatte eine Stimme irgendwann gesagt. War es Jahre her? War es letzte Nacht gewesen? »Über alle Maßen.« Wer hatte das gesagt? Wer war damit gemeint gewesen? Welche Familie?

Strand war im Schlafzimmer und las. Samstag vormittags hatte Leslie viel zu tun; zwischen acht und eins kam jede halbe Stunde ein Kind zum Klavierunterricht, und Strand schloß sich ein, um das morgendliche Geklimper nicht zu hören. Er las mit Muße. Auf seinem Nachttisch lagen stets zwei Bücher, die er immer wieder zur Hand nahm, »Die Eroberung von Mexiko« und »Die Eroberung von Peru« von Prescott. Er selbst hielt sich für einen Lehnstuhlhistoriker, denn seine Recherchen hatten ihn niemals über gelegentliche Besuche im Leseraum der Stadtbibliothek in der 42. Straße hinausgeführt. Daher schätzte er die beredten Berichte, die der blinde Gelehrte in seiner Klause in Harvard geschrieben hatte: Erzählungen von unbezähmbaren Männern, die an den entlegensten Orten der Erde mit einer Handvoll Desperados und ein paar Pferden durch ihre verzweifelten Taten die Welt veränderten und die keinen Gedanken daran verschwendeten, welches Urteil die Bewohner jenes geschundenen Kontinents, den sie schuldbeladen zu formen halfen, dereinst über dieses Kapitel der Geschichte fällen würden.

Er bewunderte – wenngleich aus anderen Gründen – auch die Werke von Samuel Eliot Morrison, jenes Mannes, der Seeschlachten geschlagen hatte, auf den Spuren von Columbus und Magellan gesegelt war und seine Reisen und blutigen Gefechte in kräftiger, männlicher Prosa beschrieb. Mit etwas Ehrgeiz hätte Strand versuchen können, ein Prescott zu werden. Das Leben eines Morrison jedoch – soviel mußte er sich wehmütig eingestehen – wäre über seine Kräfte gegangen.

In jungen Jahren hatte Strand gehofft, ein namhafter Historiker zu werden. Doch als er das letzte Jahr auf dem College war, starb sein Vater und hinterließ eine heruntergekommene Reparaturwerkstätte für Elektrogeräte, eine kränkelnde Frau und eine jämmerlich kleine Versicherungssumme. Strand sah sich gezwungen, seine Studienpläne fallenzulassen. Er ergriff die erstbeste Möglichkeit und begann Geschichte an einer Oberschule zu unterrichten, was ihm immerhin ermöglichte, auf seinem Lieblingsgebiet zu arbeiten und gleichzeitig den Lebensunterhalt für sich und seine Mutter zu verdienen. Als dann auch seine Mutter starb, war er bereits verheiratet, und Eleanor war auf der Welt. Nun las und lehrte er Geschichte, aber er schrieb nicht über Geschichte. Wohl gab es Augenblicke des Bedauerns, aber ebenso viele Augenblicke der Zufriedenheit. Zu ihnen zählten die stillen Stunden eines Samstagvormittags, in denen er eines seiner Lieblingsbücher von neuem las.

Er hatte früh am Morgen mit Leslie und Caroline gefrühstückt und mit halbem Ohr ihrem Geplapper gelauscht, während er über seinem Kaffee die *Times* überflog. Caroline berichtete, daß Jimmy gegen drei Uhr morgens heimgekommen sei. Jimmys Tür war noch geschlossen, und Caroline vermutete, daß ihr Bruder erst gegen Mittag geruhen würde zu erscheinen. An Caroline schienen die Ereignisse des vergangenen Abends spurlos vorübergegangen zu sein. Sie war in Tenniskleidung am Frühstückstisch erschienen und kurz darauf mit einem alten Holzrakett ausgerückt; und sie hatte versprochen, vor Einbruch der Dunkelheit zu Hause zu sein.

Jeden Samstagmorgen erschien Mrs. Curtis, um zu putzen und die Kinder einzulassen, welche zur Klavierstunde kamen. Gelegentlich bat Leslie Strand ins Wohnzimmer, um ihm einen ihrer kleinen Schüler vorzuführen, der urplötzlich ein aufgehender Stern zu werden versprach. Aber heute morgen hatte keines dieser improvisierten Konzerte stattgefunden, und Strand wußte, daß Leslie kein besonderes Talent vorzuzeigen hatte und zu Mittag gereizt sein würde.

Er las zum fünfzehnten Male den Bericht über Cortez' Schlacht am Damm, der zur Stadt Mexiko führte, als das Telefon läutete. Er ging in den Korridor und hob ab. Es war Eleanor. »Wie geht es Caroline?« fragte sie.

»Keine sichtbaren Schäden«, sagte Strand.

»Ich habe eine Fleißaufgabe gemacht«, berichtete Eleanor. »Über Mister Russell Wrenn Hazen. Ich schlug in *Who's Who* nach. Caroline hat gestern abend einen Walfisch angeschleppt.«

»Was meinst du mit Walfisch?«

»Einen ganz großen«, sagte Eleanor. »Er ist der Chef einer der größten Anwaltskanzleien in Wallstreet. Die Firma wurde von seinem seligen Herrn Vater gegründet. Er ist im Aufsichtsrat von einem Dutzend riesiger Firmen: Öl, Landwirtschaft, Chemie und so weiter. Er ist im Kuratorium seiner alten Schule. Er besitzt eine der größten Sammlungen von Impressionisten und moderner Kunst in ganz Amerika. Sein Vater hat die Sammlung begonnen, der Herr Sohn hat sie kräftig erweitert. Seine Verbindungen zu Museen und Oper werden erwähnt, seine philanthropischen Neigungen sind sprichwörtlich. In grauer Vorzeit spielte er Hockey für Yale. Er gehört dem Olympischen Komitee und einer Menge Clubs an, beispielsweise dem Racquet, dem Century und dem Union. Verheiratet mit Katherine, geborene Woodbine. Eine Dame aus der besten Gesellschaft. Drei erwachsene Kinder, zwei Töchter und einen Sohn. Willst du sonst noch etwas wissen?«

»Danke, das genügt«, sagte Strand.

»Seine Passion für den Radsport wird in *Who's Who* nicht erwähnt«, fuhr Eleanor fort. »Ich nehme an, es wird in der Neuauflage hinzugefügt werden. Ich hatte schon beim Abendessen den Verdacht, daß es sich nicht nur um einen dieser irren Bewegungsfanatiker aus dem Central Park handelt.«

»Ich hielt ihn sofort für einen bedeutenden Mann«, sagte Strand. »Immerhin muß man ihm zugute halten, daß er nicht damit prahlte.«

»Das hat er nicht nötig. Kennst du etwa sonst noch jemanden aus *Who's Who?*«

»Nicht aus dem Stegreif«, gab Strand zu. »Nun ja, einen alten Professor deiner Mutter bei Juillard ... Das ist so ziemlich alles. Hat er noch etwas gesagt im Taxi?«

»Er wollte wissen, warum ich, als er uns allen die Daumenschrauben angelegt hat, sagte, daß ich *schufte.*«

»Und was hast du ihm geantwortet?«

»Ich sagte, es sei nur so als Redewendung zu verstehen gewesen. Er sagte, er hoffe uns wiederzusehen. Er schien mir plötzlich ein bemerkenswert einsamer Mann zu sein, obwohl es fast nicht zu glauben ist, nach allem, was ich über ihn gelesen habe.«

»Ich hatte den Eindruck«, bemerkte Strand, »daß du ihn nicht sonderlich mochtest.«

»Das würde ich nicht so ausdrücken«, überlegte Eleanor. Es klang unsicher, als wäre sie sich über Hazen immer noch nicht klar. »Ich spürte einfach eine Kluft zwischen ihm und uns. Nein, keine Kluft – einen Abgrund. Du nicht?«

Strand lachte. »Ich spüre die Abgründe nicht so schnell«, sagte er. »Nein. Werden wir dich am Wochenende zu Gesicht bekommen?«

»Tut mir leid. Ich fahre in eine ländliche Luxusbleibe nach Connecticut. Ich rufe Montag wieder an.«

»Viel Spaß«, sagte Strand und hängte ein. Er fragte sich, wo Eleanor wohl ein Exemplar von *Who's Who* aufgetrieben haben mochte. In ihrer Wohnung hatte sie keines, das wußte er; und er hatte nicht den Eindruck gehabt, daß sie aus einer Bibliothek anrief. Höchstwahrscheinlich befand sie sich in der Wohnung des jungen Mannes. Er versuchte, nicht daran zu denken, was sie letzte Nacht, nachdem sie Hazen abgesetzt hatte, getrieben haben mochte. Er schüttelte den Kopf. Es war ihr Leben.

Während er ins Schlafzimmer zu seinem Prescott zurückkehrte, fragte er sich, wie ein Mann es schaffte, so viele verschiedene Ämter auszuüben, wie Hazen es tat, und warum er es tat.

Er begann zu lesen, als es klopfte. Es war Mrs. Curtis. »Der Mann, der gestern abend zum Essen da war, ist gekommen«, sagte sie. »Er sieht grauenhaft aus. Sein Gesicht hat alle Regenbogenfarben, aber er hat Blumen für Mrs. Strand mitgebracht und würde Sie gerne kurz sprechen, falls Sie Zeit haben. Er will sein Fahrrad abholen, aber Alexander ist nicht da.«

»Wie lange wird Alexander fort sein?« fragte Strand, während er in seine schäbige, alte Tweedjacke und in ein Paar Mokassins schlüpfte. Die bequeme alte Jacke gehörte zur Samstagstradition.

»Mindestens noch eine Stunde. Er mußte in die Stadt, ein Ersatzteil für den Boiler besorgen.«

Strand ging durch den langen, dunklen Korridor, an Jimmys Tür vorbei, ins Vorzimmer. An den Wänden hingen einige Stiche, ein paar alte Showplakate und ein Blumenbild, das Leslie gemalt hatte. Wird nicht in *Who's Who* erwähnt, dachte Strand. Hazen stand da und hielt einen großen, in Seidenpapier gewickelten Blumenstrauß in der Hand. Auf dem Vorzimmertischchen lag ein längliches, verschnürtes Paket.

»Guten Morgen, Sir«, sagte Hazen. »Ich hoffe, ich störe Sie nicht.«

»Guten Morgen«, erwiderte Strand und reichte ihm die Hand. »An einem Samstagvormittag stört mich niemand. Da beschäftige ich mich ausschließlich mit Nichtstun.« Mrs. Curtis hatte recht, Hazen sah tatsächlich grauenhaft aus. Er hatte eine wollene Skimütze über seinen Kopfverband gezogen, welche seinen Schädel auf groteske Weise riesig erscheinen ließ, und sein Gesicht war geschwollen und verunstaltet; die Haut – soweit sie nicht von dem Pflaster auf seiner Wange verdeckt war – zeigte eine häßliche Mischung von Gelb, Grün und Dunkelrot. Aber seine Augen blickten hell und klar. Er war elegant gekleidet; er trug einen fabelhaft geschnittenen dunkelgrauen Anzug, und seine Schuhe glänzten in prächtigem Mahagonirot.

»Wie war die Nacht?« fragte Strand.

»Sie ging vorüber.« Hazen zuckte die Achseln. »Und Ihre Tochter?«

»Auf und davon zum Tennisplatz. Beim Frühstück war sie munter wie ein Spatz.«

»Die Spannkraft der Jugend«, bemerkte Hazen.

Er spricht die banalsten Dinge aus, als handle es sich um neueste Erkenntnisse, dachte Strand.

»Ich habe ein paar Blumen für Ihre Frau mitgebracht«, sagte Hazen und raschelte mit dem Strauß. »Für ihre freundliche Hilfe.«

»Sie gibt gerade ihre Stunden«, erklärte Strand.

»Ich höre«, sagte Hazen und unterließ jeglichen Kommentar zur Qualität der deutlich vernehmbaren musikalischen Darbietungen.

»Sie wird sich riesig freuen. Mrs. Curtis«, rief Strand. »Würden Sie, bitte, Mr. Hazens Blumen ins Wasser stellen.«

Mrs. Curtis nahm Hazen den Blumenstrauß ab und verschwand in der Küche.

»Ich habe etwas für Caroline mitgebracht.« Hazen deutete auf das verschnürte Paket auf dem Tisch. »Ein neues Rakett. Von Head. Ich sah, daß das Rakett, welches sie im Verlauf meiner Rettung demolierte, eines von Head war.«

»Das war nicht nötig«, sagte Strand. »Aber ich bin sicher, sie wird entzückt sein.«

»Die Saiten sind beigepackt. Ich wußte nicht, wie stark sie die Bespannung haben möchte. Sie muß nur zu Saks in die Tennisabteilung gehen. Dort wird alles für sie besorgt.«

»Sie haben einen geschäftigen Morgen hinter sich, Mr. Hazen«, bemerkte Strand. »Es ist noch nicht einmal elf, und Sie waren bereits bei Saks und im Blumenladen.«

»Ich bin Frühaufsteher«, sagte Hazen. »Auch ein Erbteil von meinem Vater.«

»Ich weiß einiges über Ihren Vater«, sagte Strand.

»Tatsächlich«, meinte Hazel ausdruckslos. »Das erstaunt mich nicht.«

»Eben hat meine Tochter Eleanor angerufen. Sie las in *Who's Who* über Sie nach.«

»Ja? Ich hatte nicht den Eindruck, daß sie sich besonders für mich interessiert.«

»Sie sagte, das Radfahren sei nicht erwähnt.«

Hazen lächelte. »Diesen Teil meiner Biographie werden wir für uns behalten, finden Sie nicht? Ich bin nicht gerade stolz auf gestern abend.«

»Es war ja nicht Ihre Schuld«, meinte Strand.

»Ich hätte zu Hause bleiben sollen«, sagte Hazel. »Es war dumm von mir, wenn man bedenkt, wie spät es war. Immerhin ...« Seine Miene erhellte sich. »Es verhalf mir zu der Bekanntschaft mit Ihnen und Ihrer reizenden Familie. Aber ich halte Sie auf. Ich hatte lediglich die Absicht, das Rakett und die Blumen an der Tür abzugeben und mein Fahrrad abzuholen. Leider hat in der Wohnung des Hausmeisters niemand geöffnet.«

»Er ist nicht zu Hause«, sagte Strand. »Wenn Sie ein wenig warten, werde ich Mrs. Curtis fragen, wo der Kellerschlüssel ist.«

»Ich danke Ihnen«, sagte Hazen. »Hoffentlich macht es Ihnen nicht zu viel Mühe.«

Mrs. Curtis war in der Küche und ordnete den Blumenstrauß in einer großen Vase.

»Hübsch, nicht?« meinte Strand. Er verstand nicht viel von Blumen. Er konnte Rosen von Chrysanthemen unterscheiden, darüber hinaus aber versagten seine floristischen Kenntnisse sehr bald.

»Um den Preis dieser Blumen könnten Sie Ihre Familie eine ganze Woche ernähren«, brummte Mrs. Curtis und zupfte die Blüten grimmig zurecht.

»Mr. Hazen hätte gerne sein Fahrrad aus dem Keller«, sagte Strand und überging Mrs. Curtis' Bemerkung hinsichtlich der finanziellen Situation seines Haushalts. »Wissen Sie, wo Alexander den Schlüssel aufbewahrt?«

»Gehen Sie in den Heizungsraum«, antwortete Mrs. Curtis. »Er ist offen. Rechter Hand, ganz oben ist ein Brett. An der äußersten Ecke liegt der Schlüssel. Will der Mann etwa in seinem Zustand mit dem Rad durch den Park fahren?«

»Ich nehme an, ja.«

»Die Tiere im Zoo werden zu Tode erschrecken, wenn sie ihn sehen.« Wieder zupfte Mrs. Curtis böse an den Blumen. »Vergessen Sie nicht, den Schlüssel wieder an seinen Platz zu legen, wenn Sie fertig sind.«

»Mache ich«, sagte Strand. Er kehrte ins Vorzimmer zurück, wo Hazen stand und wartete; stirnrunzelnd lauschte er einer bemerkenswert unreinen Tonleiter, die durch die geschlossene Tür des Wohnzimmers drang. Strand lächelte. »Im allgemeinen hört es sich besser an«, bemerkte er. »Bei diesem hier scheint es sich eindeutig nicht um einen von Leslies Spitzenschülern zu handeln.«

»Und doch muß es befriedigend sein«, sagte Hazen und entrunzelte hurtig seine Stirn. »All die jungen Menschen...« Er verstummte.

»Ich weiß, wo der Kellerschlüssel ist«, sagte Strand. »Ich werde Sie hinunterbringen.«

»Nicht nötig«, wehrte Hazel ab. »Ich habe Sie lange genug belästigt. Unten wartet einer meiner Leute. Sagen Sie mir nur, wo der Schlüssel ist.«

»Ich wollte ohnehin einen kleinen Spaziergang machen«, sagte Strand, obwohl ihm der Gedanke eben erst gekommen war. Er öffnete die Tür und folgte Hazen zum Aufzug. Unten stand ein hochgewachsener Mann von etwa fünfunddreißig Jahren, der mit Cordsamthosen und einem Pullover bekleidet war. Hazen stellte ihn als Mr. Conroy, einen seiner Sekretäre, vor. Er war ein unsportlich wirkender Mann, dessen Teint die Farbe von jahrelang gebleichter Asche hatte. Seine Kleidung wirkte übertrieben zwanglos. Strand fragte sich, wie Hazens andere Sekretäre aussehen mochten und wie viele er wohl hatte.

Sie gingen in den Heizungsraum hinunter, und Strand fand den Schlüssel. Er öffnete die Kellertür, und Conroy nahm mit flinken, geschickten Bewegungen das Fahrrad an sich. Strand bot seine Hilfe an, um es hinaufzuschaffen, aber Hazen sagte ungeduldig: »Conroy wird allein damit fertig, nicht wahr, Conroy?«

»Selbstverständlich, Sir«, antwortete Conroy.

Strand versperrte die Tür und brachte den Schlüssel in den Heizungsraum zurück. Conroy erwartete die beiden Männer, als sie aus dem Haus in die Sonne traten.

»Geben Sie es beim Portier in Verwahrung«, sagte Hazen.

»Jawohl, Sir«, sagte Conroy. »Falls Sie mich am Wochenende brauchen sollten, wird mein Fernsprechauftragsdienst mich zu finden wissen.«

»Falls ich Sie brauche«, sagte Hazen.

Er und Strand sahen dem Mann nach, als er davonfuhr. »Ich gehe wohl richtig in der Annahme, daß Mr. Conroy bei keiner Gewerkschaft ist«, bemerkte Strand. »An Wochenenden stets verfügbar.«

»Tüchtiger Mann«, meinte Hazen. »Er ist hoch genug bezahlt,

um dann und wann Überstunden zu machen. Und er ist nicht verheiratet. Das erleichtert manches.« Er lachte in sich hinein. »Falls Sie nichts dagegen haben, könnte ich Sie vielleicht ein Stück auf Ihrem Spaziergang begleiten.«

»Wohin wollen Sie gehen?« fragte Strand. »In den Park?«

Hazen schüttelte lächelnd den Kopf. »Das nicht, bitte sehr. Die Erinnerungen sich noch allzu frisch. Vielleicht in Richtung Lincoln Center?«

»Fein«, sagte Strand, und sie machten sich auf den Weg.

»Ich sehe es mir immer wieder gerne an. Es erfüllt mich mit der Hoffnung, daß die Stadt, langfristig gesehen, nicht völlig vor die Hunde geht.«

Eine Weile gingen sie einträchtig schweigend dahin. »Ich habe über Ihren Namen nachgedacht«, sagte Strand.

»Wieso?«

»Es gab einen William Hazen, der sozusagen als Fußnote in der amerikanischen Geschichte vermerkt ist.«

»Wirklich?« fragte Hazen interessiert. »Was tat er?«

»Er hat West Point besucht und kämpfte gegen die Indianer; im Bürgerkrieg diente er in Georgia als Oberst unter Sherman; er war Kommandant eines Freiwilligenregiments aus Ohio und eroberte Fort McAllister.«

»Guter Gott, Mann«, staunte Hazel. »Woher wissen sie das alles?«

»Geschichtslehrer sind Quellen nutzloser Informationen.«

»Was tat er sonst noch? Falls er bedeutend genug ist, erhebe ich möglicherweise Anspruch auf ihn.«

»Er wurde General und gilt als Schöpfer der Fernmeldetruppe.«

Hazen lachte. »Der Fernmeldetruppe! Ein alter Freund von mir war Infanterist im Zweiten Weltkrieg, und er hatte nicht viel für die Fernmeldetruppe übrig. Sie hatte keinen guten Ruf bei der Infanterie. Ich glaube, ich werde lieber auf diesen Hazen verzichten. Wie dem auch sei – meine Familie kam 1706 nach New York und ist nie bis nach Ohio gelangt. Und Ihre Vorfahren?«

»Ich weiß nicht viel über sie«, sagte Strand und bedauerte, das Thema angeschnitten zu haben. »Meine Eltern kamen 1920 von Lancashire nach New York. Mein Vater hatte an der Somme eine Gasvergiftung erlitten und sagte, er habe genug von England. Als ich ihn nach seiner und Mutters Familie fragte, behauptete er, sie seien beide nicht der Rede wert.« Er zuckte die Achseln. »Ich glaubte ihm aufs Wort.«

Nun war das Schweigen zwischen ihnen ein wenig gespannt. Als Hazen die Unterhaltung wieder aufnahm, wählte er ein ganz anderes Thema. »Sie erwähnten gestern abend etwas, das mir nicht aus dem Kopf geht«, sagte er. »Dieser Puertoricaner in Ihrer Klasse.«

»Er heißt Romero, Jesús Romero.«

»Wissen Sie«, fuhr Hazen fort, »es ist heutzutage nicht schwer, für vielversprechende junge Leute Stipendien zu bekommen. Vor allem, wenn sie Minderheiten angehören. Stipendien auf den besten Hochschulen. Glauben Sie, daß der Junge daran interessiert wäre?«

Strand überlegte einen Augenblick. »Ich fürchte, wenn man von seinem Notendurchschnitt ausgeht, kann man ihn nicht als vielversprechend bezeichnen. Ich höre immer wieder von anderen Lehrern, daß er in ihren Fächern nahezu völlig versagt. Ich bezweifle sogar, daß seine Noten ausreichen werden, um das Abgangszeugnis zu erhalten.«

»Wie schade«, sagte Hazen. »Halten Sie ihn für intelligent genug, um seine Noten – falls er sich ein Jahr lang ernsthaft dahinterklemmt – zu verbessern?«

»Nicht an der River Highschool, nein. Dort herrscht eine jedwedem Fleiß abträgliche Atmosphäre.«

»Und falls er für ein, zwei Jahre ein Stipendium an einer der guten Vorbereitungsschulen erhielte, wo die – ah – die Einflüsse günstiger sind? Könnte man ihn dann soweit bringen, daß er die Chance hätte, auf einer Hochschule zugelassen zu werden?«

Strand zuckte die Achseln. »Das hängt weitgehend von seiner Einstellung ab. Wenn ich von der Tatsache absehe, daß er erstaunlich viel gelesen hat, und zwar auf Gebieten, die nicht zu seinen Fächern zählen, so ist er gegenwärtig etwa auf dem Niveau der übrigen Jungen und Mädchen. Das heißt, er mißachtet Autorität, ist jeder Form von Disziplin abgeneigt und steht den Absichten seiner Lehrer äußerst mißtrauisch gegenüber.«

»Auch Ihren Absichten?«

»Ich fürchte, ja«, sagte Strand. »Es bereitet ihm Vergnügen, mich zu provozieren. Wenn ich dem Lehrplan gemäß vortrage, wozu ich ja verpflichtet bin, und dabei Dinge zur Sprache kommen, die ihn nicht interessieren, steht er oft auf und verläßt das Klassenzimmer.«

Hazen schüttelte traurig den Kopf. »So viel Geld, Mühe und guter Wille sind in unseren Schulen investiert«, sagte er. »Und was ist das Ergebnis?«

»Rebellion«, sagte Strand. »Manchmal heimlich, sehr viel häufiger offen.«

»Ich kann mir die Schwierigkeiten vorstellen«, meinte Hazen. Wieder schüttelte er den Kopf. »Und doch können wir nicht so tun, als ob uns das Ganze nichts anginge, oder?«

Strand war nicht ganz sicher, wie er Hazens »wir« verstehen sollte und welch geheimnisvolle Gedankengänge ihn, Allen Strand, in diese Mehrzahl einbezogen hatten.

Ernsthaft starrte Hazen, während er ausschritt, vor sich hin. Die neugierigen Blicke der Passanten auf seine Skimütze und sein zerschlagenes Gesicht schien er nicht zu bemerken. »Wir können doch nicht eine ganze Generation oder den Gutteil einer ganzen Generation dem Nihilismus anheimfallen lassen. Nihilismus – ja, das ist das einzig passende Wort«, sagte Hazen mit einer gewissen Feierlichkeit in seiner Stimme. »Die Besten unter ihnen muß man retten; und es ist mir einerlei, woher sie kommen, ob aus den Slums, von kleinen Bauernhöfen, großen Landsitzen oder aus irgendwelchen Ghettos; egal woher. Diesem Land stehen schreckliche Zeiten bevor, und wir gehen einer Katastrophe entgegen, wenn an der Spitze dieses Landes unwissende, schlecht ausgebildete Männer stehen.«

Strand fragte sich, ob Hazen schon immer dieser Überzeugung gewesen war oder ob das Bleirohr eine bislang verborgene Erleuchtung hervorgehämmert hatte. Er selbst focht seine Kämpfe mit der Jugend tagtäglich aus und fand es bequemer, nicht zu weit vorauszuschauen. Seiner Ansicht nach konnte die Lage der Nation nicht mehr viel schlechter werden, ob die Männer an ihrer Spitze nun gebildet waren oder nicht.

»Ach ja.« Hazen hatte wieder zu seinem normalen Tonfall zurückgefunden. »Das wenige, das in unserer Macht steht, werden wir tun. Falls Sie glauben, daß es einen Sinn hat, mit dem Jungen zu reden, tun Sie es. Ich würde zumindest gerne wissen, was er sagt.«

»Ich werde es versuchen.«

Fast schien es, als könne Hazen Strands Gedanken lesen, denn nun sagte er: »Haben Sie je daran gedacht, den öffentlichen Schuldienst zu quittieren? Es muß – gelinde gesagt – deprimierend sein. Jahrein, jahraus. Möglicherweise brächte Ihnen der Unterricht an einer kleinen Privatschule irgendwo außerhalb der Stadt mehr Befriedigung. Gemessen an der Mühe, die sie darauf verwenden, könnte es sich, zumindest was das Ergebnis betrifft, als lohnender erweisen.«

»Meine Frau spricht von Zeit zu Zeit davon«, sagte Strand. »Ja, ich habe darüber nachtgedacht. Aber ich bin in New York geboren, ich liebe diese Stadt. Und ich bin schon zu alt, um noch verpflanzt zu werden.«

»Welchen akademischen Grad besitzen Sie?«

»Magister«, sagte Strand. »Ich machte mein Studium in Abendkursen an der New York University, und am Tag unterrichtete ich.«

»Haben Sie schon irgendwelche Fachliteratur veröffentlicht?«

»So gut wie nichts«, sagte Strand. »Ich bin eher Leser als Schreiber.«

»Wissen Sie«, überlegte Hazen, »wenn ich Historiker wäre, würde es mich reizen, einige Dinge, die gestern abend zur Sprache kamen – vor allem die Theorie des Zufalls –, auf verschiedene Geschichtsepochen anzuwenden. Es könnte zu amüsanten Spekulationen führen, wie sich bedeutende Ereignisse anders abgespielt hätten, wenn man auch nur die kleinste Änderung ihrer gegebenen Voraussetzungen annehmen würde...«

»Um eines Nagels willen ging der Huf verloren, um eines Hufes willen das Pferd, um eines Pferdes willen das Königreich«, meinte Strand. »So etwa?«

»Mehr oder weniger, ja. Wenngleich vielleicht nicht ganz so simpel.«

»Ich werde Romero das Thema vorschlagen«, sagte Strand leichthin, »und Ihnen gebührt die Anerkennung für den Einfall.«

»Nein, im Ernst«, sagte Hazen. »Ich glaube, es wäre sinnvoll, die amerikanische Geschichte in dieser Richtung zu überdenken. Ich bin natürlich kein Fachmann, aber es scheint mir, als wären die Vereinigten Staaten blindlings in ihre nicht vorherbestimmte Größe hineingetappt. Und ebenso blindlings tappen wir bergab, zurück zu Europa, Terrorismus, Parteienhader, Zynismus im öffentlichen wie im privaten Leben, und ich kann nur hoffen, daß auch dabei die Vorherbestimmung ihre Hand nicht im Spiel hat.«

»Sie sind ein Pessimist, Mr. Hazen, nicht wahr?«

»Es mag sich schlimmer anhören, als es tatsächlich ist. Ich wurde enttäuscht. Hoffnungen wurden zunichte gemacht. Große Projekte, für die ich arbeitete, haben sich nicht erwartungsgemäß entwickelt. Menschen, die ich zu lieben glaubte, haben sich anders verhalten, als ich dachte. Charaktere verkümmerten, Karrieren fanden nicht statt. Und doch bin ich kein Pessimist in dem Sinn, daß ich aufgeben möchte. Ich glaube an den Kampf, die Intelligenz und die Notwendigkeit moralischer Werte. Ein Abend wie der gestrige, Ihre Tochter, die unter beachtlicher Gefahr für ihre eigene Person einem Fremden in Not unverzüglich zu Hilfe eilt, die bereitwillige Fürsorge Ihrer Familie, die selbstverständliche Zuneigung, die zwischen Ihnen an Ihrem Tisch herrschte, dieses Gefühl von Zusammengehörigkeit ohne die geringste Spannung, das völlige Fehlen jener tödlichen Krankheit, der Einsamkeit ... Ich will nicht zu viele Worte machen, aber so ein Abend ist in der heutigen Zeit ein wirksames Heilmittel gegen Pessimismus.«

»Ich fürchte, Sie messen einem einfachen Abendessen im Familienkreis allzuviel Bedeutung bei«, sagte Strand, dem das Übermaß an Lob peinlich war. »Ich werde befangen sein, wann immer ich in Zukunft die Tür zu meiner Wohnung aufschließe.«

»Ich rede zuviel«, sagte Hazen. »Die Untugend eines Anwalts. Kann es nie genug sein lassen.« Er lachte. »Ich hätte es bei den Blumen und dem Rakett bewenden lassen sollen. Ich habe Sie in Verlegenheit gebracht. Verzeihen Sie mir. Ich bin bescheidene Männer nicht gewöhnt. Oh, da fällt mir ein ...« Er griff in die Innentasche seiner Jacke und zog einen schmalen Umschlag hervor. »Ich habe zwei Karten für das Philharmonische Konzert heute abend. Sie spielen Berlioz, eine konzertante Aufführung von ›Fausts Verdammnis‹. Hätten Sie Lust, mit Ihrer Frau hinzugehen?«

»Es ist wirklich nicht nötig ...«, protestierte Strand.

»Bei meinem Aussehen kann ich allenfalls spazierengehen«, unterbrach ihn Hazen. »Stellen Sie sich das Aufsehen vor, wenn ich so im Philharmonischen Konzert erscheine. Bitte, nehmen Sie die Karten, wenn Sie Verwendung dafür haben.« Mit Nachdruck hielt er Strand den Umschlag entgegen. »Sie würden sonst verfallen.«

»Aber Sie wollten doch in Begleitung hingehen«, sagte Strand. »Es sind zwei Karten.«

»Meine Begleitung hat es sich anders überlegt«, sagte Hazen. »Ihre Frau und Sie gehen doch gern ins Philharmonische Konzert, nicht?«

»Sehr gern sogar.«

»Dann nehmen Sie diese Karten, Mann«, sagte Hazen entschieden. »Sie gehören nicht zu jenen, die Berlioz hassen, oder?«

»Ganz und gar nicht.«

»Eines Abends, wenn ich mich wieder sehen lassen kann, werden wir alle gemeinsam gehen.«

»Danke«, sagte Strand und steckte den Umschlag ein. »Leslie wird überglücklich sein.«

»Da bin ich aber froh«, sagte Hazen.

Sie waren vor dem Lincoln Center angelangt. Hazen betrachtete das Gebäude aus zusammengekniffenen Augen. »Irgendwie«, brummte er verdrießlich, »ist uns der Kniff abhanden gekommen, wie man harmonische öffentliche Bauten errichtet. Immerhin – es erfüllt seinen Zweck.« Er sah auf seine Uhr. »Also, ich muß ins Büro zurück.«

»Sie arbeiten an einem Samstagnachmittag?«

»Es ist mein liebster Arbeitstag. Das Büro ist leer und still, das Telefon läutet nicht, auf meinem Schreibtisch erwartet mich ein sauber geordneter Stoß von Akten; ich kaufe mir ein Sandwich und eine Flasche Bier, mache es mir bequem, öffne meinen Kragen und fühle mich wie ein Junge, der für eine Prüfung büffelt und weiß, daß er die Prüfung bestehen wird. Was tun *Sie* an einem Samstagnachmittag?«

»Ich muß gestehen«, sagte Strand, »jetzt, im Frühling, fröne ich meinem heimlichen Laster. Ich sehe mir im Schlafzimmer auf einem kleinen, tragbaren Fernseher Baseballspiele an, während Leslie im Wohnzimmer Klavierstunden gibt.« Das Fernsehgerät war ein Geschenk Eleanors gewesen, aber Strand fand es überflüssig, Hazen dies mitzuteilen. »Besonders gerne sehe ich die Yankees spielen. In meiner Jugend war ich sportlich eine Niete; aber wenn ich den Einzug eines kraftstrotzenden, zielbewußten Reggie Jackson betrachte, dann glaube ich zu wissen, wie es ist, gefährlich und begabt zu sein und von Millionen Menschen umjubelt oder gehaßt zu werden.« Er lachte. »Leslie rationiert meine Leidenschaft. Sie meint, zwei Spiele pro Woche seien genug.«

Strand fühlte, daß der Mann, dessen Vergnügen darin bestand, in einem verlassenen Büro über einem Aktienstoß zu brüten, ihn neugierig betrachtete, als habe er eine neue, fremdartige Sorte Mensch entdeckt.

»Gehen Sie oft ins Stadion?«

»Sehr selten.«

»Ich kann die Loge des Besitzers benützen, wann immer ich will. Vielleicht lasse ich an einem schönen Samstagnachmittag einmal mein Büro sein, und wir stehlen uns auf den Sportplatz und sehen uns gemeinsam ein Spiel an. Hätten Sie Lust?«

»Und wie!«

»Vielleicht wenn Boston hier spielt. Ich werde einmal im Programm nachsehen. Und im Winter?«

»Was?«

»Ich meine, was machen Sie im Winter an den Samstagen?«

»Nun«, sagte Strand, »wenn im Modern Museum ein alter Film läuft, versuche ich hineinzukommen.«

Hazen hieb mit der Faust in die Handfläche. »Das ist es. Das Modern Museum. Dort habe ich Sie gesehen. In dem Buster-Keaton-Film.«

»Sie mögen Buster Keaton?« fragte Strand ein wenig ungläubig.

»Sobald ich das Programm erhalte, merke ich mir seine Filme vor, und wenn es irgendwie möglich ist, mache ich mich aus dem Staub und sehe sie mir an.« Hazen grinste, und die Farbnuancen auf seinem zerschlagenen Gesicht bildeten neue Muster. »Jedem, der Buster Keaton nicht schätzt«, dozierte er mit gespieltem Ernst, »sollte man das Wahlrecht entziehen. Aber«, fügte er hinzu, »ich versuche auch alle Garbofilme zu sehen. Diese Frau ist ein lebendes Beispiel dafür, wie schlecht die Zeiten geworden sind. Früher machten wir Göttinnen zu unseren Idolen, und was haben wir heute?« Er sah wieder auf seine Uhr. »Ich halte mich gerne an meinen Zeitplan. Jeden Samstag betrete ich pünktlich um ein Uhr mein Büro. Falls ich mich zwei Minuten verspätete, würde der Mann vom Bewachungsdienst, der mich einläßt, die Polizei verständigen. Wir werden uns ein andermal über die Schönheiten vergangener Tage unterhalten. Das hoffe ich zumindest. Und wenn Sie ein Yankeespiel ansehen wollen, lassen Sie es mich wissen.«

Sie schüttelten einander die Hände.

»Es war ein prächtiger Spaziergang«, sagte Hazen. »Vielleicht könnten wir ihn wiederholen, wenn wir nächsten Samstag beide in der Stadt sind.«

»Ich bin sicher da«, sagte Strand.

»Ich rufe Sie an. Genießen Sie Berlioz.«

Strand sah zu, wie Hazen flink in ein Taxi sprang und sein mächtiger Körper den Türrahmen ausfüllte.

Buster Keaton, mein Gott. Während das Taxi rasch verschwand, zog Strand den Umschlag aus der Tasche und sah die Karten an. Fünfte Reihe Orchester. Die Segnungen des Geldes, dachte er. Mit prickelnder Vorfreude ließ er die Karten wieder in die Tasche gleiten und machte sich auf den Heimweg.

4

Berlioz. Eine stürmische Flut dunkler Klänge. Von der Nachwelt zu Unrecht nicht gewürdigt.

Die kühle Hand einer Frau auf seiner Stirn. »Ich brauche dich«, hatte jemand gesagt. Er versuchte die Augen zu öffnen, wollte sehen, wem die Hand auf seiner Stirn gehörte, aber die Anstrengung war zu groß. Wem auch immer . . .

»Versteh' ich nicht«, sagte der Junge in Strands kleinem Büro. Strand hatte Romero mitgeteilt, daß er ihn nach der Schule einen Augenblick sprechen wolle. Er war ein wenig erstaunt gewesen, als der Junge tatsächlich erschien.

»Ich habe dir doch erklärt«, sagte Strand, »daß ich einem . . . einem meiner Freunde von dir erzählte; zufällig ist er ein einflußreicher Mann und erklärte sich bereit, dir ein Stipendium zu verschaffen, falls du dich gerne fortbilden möchtest.«

»Ja, ja«, sagte Romero ungeduldig. »Ich bin nicht taub. Mann, ich will wissen, warum er sich ausgerechnet mich für seine faulen Witze ausgesucht hat?«

»Ich sagte, du seist vielversprechend«, erklärte Strand.

»Ich verspreche gar nichts«, sagte Romero feindselig.

»Ich gebrauchte das Wort in einem anderen Sinn«, sagte Strand. Es fiel ihm schwer, nach einem langen Arbeitstag nicht die Geduld zu verlieren mit diesem kleinen, verwilderten Jungen, dessen Gesicht unter dem zerzausten Haar böse und mißtrauisch in die Welt blickte. Romero trug Bluejeans, die ihre Form völlig verloren hatten, schmutzige Tennisschuhe und eine verblichene Fußballjacke, die ihm viel zu groß war und die er höchstwahrscheinlich in irgendeinem Umkleideraum geklaut hatte. Nachlässig lümmelte er am Tisch und drehte unverschämt eine unangezündete Zigarette zwischen seinen Fingern. Auf seiner Jacke stand die Nummer 17. Er trug die Jacke täglich zur Schule, und manchmal geisterte die Nummer 17 vor einem undeutlichen, trüben Hintergrund durch Strands Träume. »Ich wollte damit sagen, daß du von all meinen Schülern, die sich kein College leisten können, die eigenständigste Intelligenz zeigst.«

»Sie wollen mich verkohlen, Professor, was?« sagte Romero grinsend. »In Wahrheit wollten Sie sagen, daß in Ihrer Klasse einer sitzt, der beweist, daß nicht alle Puertoricaner 'ne Art Irre sind. Worum geht's in dem Spiel?«

»Es ist kein Spiel«, sagte Strand beinahe schroff und bedauerte, Hazen gegenüber den Jungen jemals erwähnt zu haben. »Und laß die Puertoricaner aus der Sache heraus. Mein Freund interessiert sich für Erziehungsfragen, er hat gute Verbindungen und ist der Ansicht, daß außergewöhnliche Schüler ihre Chancen erhalten sollten.«

»Ich versteh's immer noch nicht, Professor«, wiederholte Romero störrisch.

»Nenne mich nicht Professor. Ich bin kein Professor.«

»Okay, Mr. Strand. Ich meine, was ist für ihn drin? Irgendein Klugscheißer, den ich gar nicht kenne.«

»Nichts ist für ihn drin«, sagte Strand. »Außer vielleicht eine gewisse persönliche Befriedigung, falls du dich gut machst und später im Leben erfolgreich bist.«

»Was muß ich tun? Einen Vertrag unterschreiben oder so, daß er die Hälfte von allem einstecken darf, was ich in den ersten zehn Jahren verdiene?« Romero zog ein abgewetztes Feuerzeug aus der Tasche, besann sich dann aber doch und steckte es wieder weg.

Strand schüttelte bekümmert den Kopf. Der Junge beschäftigte sich offenbar nicht nur mit Geschichte und Naturwissenschaften. Die Klatschspalten über Hollywood und das Showbusiness mit seinen Agenten kamen eindeutig nicht zu kurz. »Romero«, sagte er, »hast du jemals was von Wohlfahrt gehört?«

»Wohlfahrt!« Der Junge lachte bissig. »Mann, klar hab' ich von Wohlfahrt gehört. Meine alte Dame ist ein Fürsorgefall.«

»Das hat mit dieser Art Wohlfahrt nichts zu tun. Aber ich habe nicht die Absicht, den ganzen Tag lang hier zu sitzen und mit dir zu streiten. Falls du bereit bist, ein, zwei Jahre deines Lebens wirklich zu lernen – und zwar fleißig zu lernen –, hast du gute Chancen, ein Stipendium an einem College zu bekommen. Ich glaube, du kannst es schaffen, vorausgesetzt, daß du den Willen dazu hast. Ich schlage vor, du gehst nach Hause und besprichst es mit deiner Mutter und mit deinem Vater.«

»Mein Vater.« Wieder lachte der Junge, und seine Zähne blitzten weiß in dem dunklen, schmutzigen Gesicht. »Der Mann ist längst verduftet. Hab' ihn zum letzten Mal gesehen, als ich neun war.«

»Also dann mit deiner Mutter.«

»Die glaubt mir das nie. Sie wird mich grün und blau prügeln, weil sie denkt, ich erzähle Märchen.«

»Dann mach es mit dir selber ab, Romero«, sagte Strand ärgerlich. Er stand auf. »Falls du dich entschließt, etwas werden zu wollen, komm und laß es mich wissen. Falls du dein ganzes Leben lang ein Nichtsnutz bleiben willst, vergiß es.« Er raffte einige Papiere zusammen und stopfte sie in seine Aktenmappe. »Ich habe zu Hause eine Menge Arbeit zu erledigen. Ich muß gehen. Ich bin sicher, daß auch du heute nachmittag wichtige Dinge vor dir hast«, sagte er zynisch, »und ich möchte dich nicht länger aufhalten.«

Romero sah ihn an und lächelte, als hätte er mit seinen Klassenkameraden gewettet, den Lehrer aus der Fassung bringen zu können.

»Mach, daß du rauskommst. Hinaus mit dir«, schnaubte Strand und schämte sich, daß seine Stimme laut geworden war.

»Wie Sie wünschen, Professor«, sagte Romero. Bei der Tür blieb er stehen und wandte sich um. »Ich kann für mich selber sorgen, falls Sie es wissen wollen«, sagte er groß. »Wegen Jesús Romero braucht keiner schlaflose Nächte zu haben.«

Strand ging zur Tür und warf sie krachend zu. Dann setzte er sich an seinen Schreibtisch und barg den Kopf in den Händen.

Als er die Stufen des Schulhauses mit langen Sätzen abwärts sprang, überholte er die Englischlehrerin Judith Quinlan.

»Guten Tag, Judith«, sagte er und verlangsamte sein Tempo. Sie war eine kleine Frau. Wenn sie – was öfters geschah – gemeinsam zum Bus gingen, hatte sie keine Chance, mit ihm Schritt zu halten, es sei denn, sie wäre gelaufen. Sie hatte einen zarten, aber hübsch gebauten Körper und ein trauriges, hausbackenes, kleines Gesicht; und sie benützte kein Make-up. Ihre bevorzugte Farbe schien Mausgrau zu sein, zumindest was ihre Schulkleidung betraf. Als Lehrerin hatte sie einen guten Ruf, und er mochte sie. Sie aßen gelegentlich gemeinsam zu Mittag oder tranken eine Tasse Kaffee mitsammen. Er hätte nicht zu sagen vermocht, wie alt sie war – irgendwo zwischen dreißig und vierzig, nahm er an.

»Oh, Allen«, sagte sie, als sie den Gehsteig erreicht hatten. »Wie schön, Sie zu sehen.« Sie sah ihn von der Seite an. »Sie machen den Eindruck, als hätten sie Sie heute geschunden.« Dabei bemühte sie sich um schnellere Schritte.

»Ich wußte nicht, daß man es mir ansieht. Das Übliche.« Strand wurde noch langsamer. »Dreißig Rutenstreiche.«

Sie lachte. Sie hatte ein nettes Lachen, dunkel und ungezwungen. Sie war nicht wirklich hübsch zu nennen, aber sie hatte blaßgraue, ehrliche Augen, die immer ein wenig zwinkerten, als gäbe sie sich große Mühe, genau zu verstehen, was er sagte. »Ich weiß, was Sie meinen. Ich gehe noch auf einen Kaffee. Kommen Sie mit?«

»Ich könnte eine ganze Flasche Scotch gebrauchen«, sagte Strand. »Aber ich werde mich mit einem Kaffee begnügen.«

Sie gingen an dem dicken Mann mit der Baseballkappe vorbei, der stets an der Ecke stand.

»Ich habe gehört, daß er den Kindern Heroin verkauft«, sagte Strand.

»Ich habe gehört, daß er ihnen Lose verkauft«, sagte Judith.

»Wahrscheinlich tut er beides. Oder vielleicht ist er harmlos und will die Kinder bloß belästigen«, sagte Strand hintergründig.

»In meiner Klasse sind einige Kinder, die er von mir aus ruhig belästigen darf.« Wieder sah sie Strand von der Seite an. »Sie sehen aus, als würden Sie langsam überkochen. Ist Ihnen je in den Sinn gekommen, daß Sie nicht zum Lehrer geschaffen sind?«

»Ich werde es in Betracht ziehen«, sagte Strand gedankenvoll.

»Das hätte ich jetzt nicht sagen dürfen.«

»Warum nicht? Kürzlich habe ich mir selbst diese Frage gestellt.« Er sagte nicht, wie kürzlich – nämlich Samstag morgen. »Zwei Seelen wohnen, ach, in meiner Brust. Das ist die richtige Antwort für Sie.«

Sie lächelte. »Wäre es nicht schön, wenn wir tatsächlich zwei Seelen hätten? Eine für die Außenwelt und für die Arbeit, und die andere für zu Hause, zum Denken und Sinnen.«

»Nun, man kann ruhig sagen, daß gewisse Dinge für unseren Beruf sprechen«, meinte Strand. »Er ist unterbezahlt, mühsam, nicht entsprechend gewürdigt, dann und wann gefährlich, und wir haben lange Ferien. Wir können auch streiken. Wie die Leute von der Müllabfuhr.«

Als sie bei ihrem duftenden Kaffee saßen, sagte Judith: »Ich habe das ganze Semester lang überlegt, ob ich nächstes Jahr weitermache oder nicht.«

»Wie meinen Sie das?« Strand gab Zucker in seine Tasse.

»Haben Sie keine Angst davor, zuckerkrank oder dick zu werden?« fragte Judith und hob warnend die Hand, als Strand ihr den Zuckerspender reichen wollte.

»Ich erfreue mich bester Gesundheit«, sagte Strand. »Das einzige, dessen ich relativ sicher bin. Übrigens – haben Sie eben im Ernst gesprochen?«

»Ja.« Judith nickte langsam, und ihr ordentlich frisiertes Haar, in dem einige weiße Strähnen zu sehen waren, wippte sanft um ihr Gesicht.

»Was wollen Sie denn sonst tun außer unterrichten?«

Judith zuckte die Achseln und hob ihre Tasse mit beiden Händen an den Mund. Sie sah einen Augenblick lang aus wie ein Kind.

»Vielleicht werde ich Tierärztin«, sagte sie. »Nach allem, was ich durchgemacht habe, wäre der Umgang mit wilden Tieren vergleichsweise einfach. Oder ich werde Nonne. Ich bin eine abgesprungene Katholikin, aber um des Klosterfriedens willen könnte ich möglicherweise wieder aufspringen.«

»Haben Sie je daran gedacht, zu heiraten?«

Judith wurde rot, und Strand bereute seine Frage sofort.

»Natürlich«, sagte Judith. »Aber die Anträge waren – sagen wir, sie waren nicht gerade glänzend.«

»Sie sind eine attraktive Frau.« Während er es sagte, fiel Strand auf, daß er es nahezu glaubte.

»Ich habe immer gewartet, daß der Richtige kommt, wie wir Mädchen zu sagen pflegen. Bis jetzt«, fügte sie fast trotzig hinzu, »sind immer nur die Falschen erschienen. Ich bin eine einfache Frau, aber ich bin nicht einfältig genug zu glauben, daß die Ehe irgendeines meiner Probleme lösen würde. Hat sie eines der Ihren gelöst?« fragte sie herausfordernd.

»Einige, ja«, sagte Strand. »Und andere mit sich gebracht«, fügte er hinzu, um nicht überheblich zu klingen. »Die Kinder ...« Um ein Haar hätte er »Geld« gesagt, verschluckte es aber. Statt dessen fuhr er fort: »Es gibt eine Menge Orte auf der Welt, die ich gerne sehen würde. Aber das Gehalt eines Lehrers läßt nicht viele Reisen zu. Ich ermutige meine Sprößlinge zu reisen und bitte sie, mir Fotos mitzubringen. Eine meiner Töchter möchte diesen Sommer nach Griechenland fahren.« Er wußte nicht, warum er es erwähnte.

»Ich habe letzten Sommer eine Studienreise nach England gemacht«, sagte Judith. »Der Traum jedes Englischlehrers.«

»Wie war's?«

»Trostlos.« Judith lachte bitter. »Es hat die ganze Zeit geregnet. Ich reiste mit einer Gruppe von Englischlehrern aus dem Mittelwesten. Wir sprachen einen Tag lang über Wordsworth, die übrige Zeit unterhielten wir uns darüber, wie man Teenagern Hamlet näherbringt. Ich habe nicht viel mitgeredet. Es ist den Kollegen schwer zu erklären, daß die meisten der Kinder, mit denen ich zu tun habe, schon Morde gesehen haben. Echte Morde, in ihren eigenen Wohnblocks; und daß sie am liebsten Onkel und Tante, Mutter und Vater umbrächten, wenn sie könnten.«

»Ich müßte einmal mit einer Gruppe von Geschichtslehrern

nach Wien fahren«, sagte Strand, »und ihnen von den Schwierigkeiten erzählen, die ich habe, meinen Schülern die Position Metternichs am Wiener Kongreß zu erklären.«

Beide lachten.

»Ach was«, sagte Judith. »Nächstes Jahr sind wir beide ja doch wieder hier.«

»Wir sind Verdammte«, sagte Strand. »Besessene. Obwohl auch wir unsere Triumphe haben, nicht wahr?«

»Eine meiner ehemaligen Schülerinnen, der ich prophezeit hatte, daß sie Schriftstellerin werden würde, veröffentlichte neulich eine Kurzgeschichte in *Penthouse*«, sagte Judith. »Ganz schön sexy. Als meine Mutter zu Besuch kam, versteckte ich das Heft.«

»Morgen wird alles besser«, sagte Strand, trank seinen Kaffee aus und stand auf.

»Darauf würde ich nicht wetten«, sagte Judith Quinlan und stand ebenfalls auf.

Als Strand nach Hause kam, war niemand in der Wohnung, und er nützte Leslies Abwesenheit, um sich ein wenig hinzulegen. Er fühlte sich ausgelaugt und fand es köstlich, einzuschlafen.

Er erwachte und spürte, daß jemand zu Hause war. Leslie konnte es nicht sein, sie wäre ins Schlafzimmer gekommen. Er strich die Bettdecke glatt. Seine Frau sollte nicht merken, daß er geschlafen hatte. Er zog seine Schuhe an und ging auf den Korridor. Er hörte Geschirrklappern aus der Küche und öffnete die Tür. Caroline saß am Tisch, trank ein Glas Milch und aß ein Stück Kuchen.

»Hallo, Daddy«, sagte sie. »Möchtest du auch etwas?«

Strand sah auf die Uhr. »Ich warte auf das Abendessen.«

»Könnte ich nie«, sagte sie. »Ich würde vor Hunger ohnmächtig werden.« Sie stopfte ein großes Stück Kuchen in den Mund. Es war mit einem weichen Schokoladeguß überzogen, dessen Spuren sie von den Fingern leckte. »Hmm«, machte sie.

Lächelnd setzte er sich ihr gegenüber an den Tisch und freute sich über ihren Appetit. »Ich begreife nicht«, sagte sie mit vollem Mund, »wozu Leute Kokain brauchen, wenn es Schokoladekuchen gibt. Oh – ich habe unseren Freund getroffen.«

»Welchen Freund?«

»Mr. Hazen. Er kam am Tennisplatz vorbei. Der sieht vielleicht aus! Und diese Skimütze! Die muß ein blinder, norwegischer Troll gestrickt haben.«

»Sei ein bißchen gütiger, Caroline, bitte«, sagte Strand.

»Aber er ist okay. Wirklich. Er wollte sich vergewissern, daß ich gut nach Hause komme. Er sagte, er wolle nicht, daß noch einmal so etwas passiert. Ich hätte ja noch weitergespielt, aber er sah ständig auf seine Uhr und trat von einem Fuß auf den anderen. Auf dem Heimweg haben wir uns sehr nett unterhalten.«

»Ja?« sagte Strand. Der Gedanke, daß ein vielbeschäftigter Mann wie Hazen sich die Zeit nahm, ein siebzehnjähriges Mädchen durch den Park zu begleiten, war ihm irgendwie unangenehm. Es fiel ihm ein, was er zu Judith gesagt hatte, als sie an dem dicken Mann mit der Baseballkappe an der Ecke vorbeigegangen waren: »Vielleicht ist er harmlos und will nur die Kinder belästigen.« Es war natürlich ein Scherz gewesen; aber Kinder zu belästigen war kein Scherz. Es gab in allen Bevölkerungsschichten ältere Männer, die gegen diese Krankheit nicht gefeit waren. Ihn selbst hatte einst eine schöne Freundin Eleanors aus der Oberschule, die bei ihnen zu Hause verkehrte, zutiefst verwirrt. Es hatte ihn große Mühe gekostet, sie nicht zu berühren und seine Gefühle zu verbergen, wenn sie ihn zur Begrüßung auf die Wange küßte; und eine Weile hatten ihn höchst realistische erotische Träume gequält. Er zählte nicht zu der Sorte von Männern, die über derlei unwillkürliche Entgleisungen hinausgingen; aber wußte man denn, wie Hazen wirklich war? Diese so unglücklich veranlagten Leute trugen schließlich kein Schild um den Hals: »Ich verführe gern kleine Mädchen!« Und er mußte der Tatsache ins Auge sehen, daß Caroline kein Kind mehr war, sondern rasch zu einer attraktiven jungen Frau heranwuchs. Er wußte, daß er mit Caroline nicht darüber sprechen konnte, aber beim geringsten besorgniserregenden Anzeichen würde er mit Leslie darüber reden. Auf ihren Instinkt war mehr Verlaß als auf den seinen. »Worüber habt ihr gesprochen?« fragte er Caroline.

»Ach, über eine ganze Menge.« Caroline nahm noch einen großen Brocken Kuchen und spülte ihn mit Milch hinunter. »Er sah mir zu und gab seinen Kommentar zu meinem Spiel ab. Ich war überrascht. Er versteht was von Tennis!«

»Er war in seiner Jugend ein großer Sportler, und er ist heute noch Mitglied des Racquet-Clubs.«

»Aha«, sagte Caroline unbeeindruckt. »Also – er sagte, ich sei recht gut, aber ich solle versuchen, mehr Druck hinter meinen Aufschlag zu legen und meine Rückhand flacher zu schlagen, und ich bin da ganz seiner Ansicht. Er fragte mich, ob ich Tennis ernsthaft betreiben wolle, Coach, Training und das ganze Trara, und ich sagte nein, dafür sei ich nicht gut genug. Ich würde es nicht schaffen, und es würde mir das Herz zerreißen, wenn ich bei Turnieren schon in der ersten Runde rausflöge. Er sagte, das sei weise, jedermann sollte seine eigenen Grenzen kennen. Ich sagte ihm«, bemerkte sie grimmig, »es sei keine große Kunst, seine Grenzen auf einem Tennisplatz zu erkennen; und er lachte.« Auch sie lachte. Dann wurde sie ernster. »Wie ich mir mein Leben vorstelle, wollte er wissen. Dem fällt das Fragen nicht schwer, was?«

»Und was hast du geantwortet?«

Caroline warf ihm einen raschen Seitenblick zu, zögerte, als wolle sie etwas sagen, schwieg aber dann.

Er wußte, daß sie die Wahrheit vor ihm verbarg, daß sie eine Ausrede suchte. Es war nicht Carolines Art. Sie kannte keine Heimlichtuerei. Als Kind hatte sie die üblichen Phasen der Berufswahl durchlaufen – Ballettänzerin, Schauspielerin, Krankenschwester. Aber das hatte nur bis zu ihrem zwölften Lebensjahr gedauert. Seither schien sie sich damit zufriedenzugeben, in der Schule durchzurutschen und Tennis zu spielen, so oft es nur ging. Er war erstaunt, daß sie Hazen gegenüber so offen gewesen war. Sie war ein scheues Mädchen, das sich außerhalb ihres Familienkreises wenig und nur mit Vorsicht äußerte. Sie hatte nur wenig Freundinnen, und er wußte von Leslie und Eleanor, daß sie glaubte, die Jungen machten sich lustig über sie. Daher wich sie ihnen aus.

»Was hast du Mr. Hazen geantwortet?« wiederholte Allen.

»Ich sagte, ich hätte die Absicht, erwachsen zu werden«, sagte Caroline fast herausfordernd.

»Hat er gelacht?« fragte Strand.

»Er lacht nicht oft, dieser Mr. Hazen«, sagte Caroline. »Er sagte, Eleanor habe ihn sehr beeindruckt. Klar.« In ihrer Stimme klang eine Spur von Eifersucht mit, als habe sie sich mit der Tatsache abgefunden, daß Eleanor der Star der Familie war. »Er sagte, wenn es mehr junge Frauen gäbe wie sie, brauchten wir weder Gleichheitsgesetze noch Magazine für Frauenrechtlerinnen. Sie hatten wohl eine recht offene Aussprache im Taxi. Von Jimmy hat er nicht gesprochen.« Ärgerlich runzelte sie die Stirn, als sei ihrem Bruder ein Unrecht widerfahren. »Hat er eigentlich Kinder?«

»Drei«, sagte Strand. »Einen Jungen und zwei Mädchen. Etwa im gleichen Alter wie ihr drei.«

»Komisch, er hat sie mit keinem Wort erwähnt. Prahlst du etwa mit uns?«

»Prahlen? Durchaus nicht«, sagte Strand. »Ich bejammere die Fruchtbarkeit eurer Mutter.«

»Darauf möchte ich wetten«, sagte Caroline und lächelte. Sie stand auf, beugte sich über den Tisch und gab Strand einen Kuß. »Hoppla«, sagte sie. »Noch immer Schokolade.« Sie zog ein Taschentuch hervor und wischte über seine Wange, dann stellte sie die Reste des Kuchens in den Kühlschrank und warf die leere Milchpackung in den Abfallkübel. »Er wird dich heute abend anrufen, hat er gesagt.«

»Warum?«

»Er will uns für das kommende Wochenende aufs Land einladen. Er hat ein Haus am Meer, in Easthampton, mit einem Schwimmbad und Tennisplatz und allem. Klingt super, findest du nicht?«

»Super«, sagte Strand.

»Er sagt, es gibt dort ein paar gute Partner, mit denen ich spielen könnte; und falls jemand Lust hat zu reiten, gibt es in der Nähe Pferde. Er würde uns Freitag nachmittag mit seinem Wagen abholen und uns Sonntag abend wieder absetzen.«

»Deine Mutter gibt Samstag vormittag Stunden.«

»Einmal, nur ein einziges Mal«, klagte Caroline, »könnte sie diese Fratzen doch Baseball spielen oder das Samstagvormittagsprogramm im Fernsehen ansehen lassen. Nur ein einziges Mal.«

»Wir werden uns darüber unterhalten, sobald deine Mutter zurück ist.«

»Das einzige, was mit dir und Mutter nicht in Ordnung ist«, sagte Caroline, »ihr seid zu gewissenhaft. Für meine Begriffe jedenfalls.«

»Vielleicht hast du recht. Jetzt geh unter die Dusche, ehe deine Mutter nach Hause kommt.«

»Gut«, sagte Caroline fröhlich und wandte sich zur Tür. Plötzlich blieb sie stehen. »Oh, da ist noch etwas.«

»Das wäre?«

»Mr. Hazen sagte, er habe mit einem seiner Partner gesprochen, und der habe ihn überzeugt, daß er das Verbrechen – so nannte es der Partner – der Polizei melden müsse. Er hat es bereits getan. Er sagte irgend etwas von Bürgerpflicht, und daß er am Abend, als es geschah, noch nicht klar denken konnte. Er sagte, wahrscheinlich würde ein Kriminalbeamter kommen und mir ein paar Fragen stellen. Wie spricht man denn mit einem Kriminalbeamten?«

»Ich bin kein Fachmann«, sagte Strand. »Meines Wissens habe

ich noch nie mit einem gesprochen.«

»Hoffentlich ist er jung«, sagte Caroline und machte sich neuerlich auf den Weg, aber Strand hielt sie zurück.

»Caroline«, bat er, »sage deiner Mutter nichts von dem Kriminalbeamten.«

»Warum nicht?«

»Weil wahrscheinlich gar keiner kommen wird. Weil es keinen Sinn hat, sie an das zu erinnern, was Mr. Hazen einen Vorfall nennt. Du hast es ihr vielleicht nicht angesehen, aber sie hat sich Freitag abend deinetwegen schrecklich aufgeregt, und ich weiß, daß sie sich jetzt sogar Sorgen macht, wenn du bei Tag durch den Park gehst.«

»Okay, Daddy«, sagte Caroline. »Du mußt es wissen. Sie ist deine Frau.«

»Übrigens, Caroline, hast du Mr. Hazen für das Rakett gedankt?«

»Na klar«, sagte Caroline würdevoll. »Ich bin doch keine Wilde. *Überschwenglich* habe ich mich bedankt.« Summend ging sie durch das Vorzimmer in Richtung Dusche. Strand spülte Carolines Teller, ihr Glas und das Messer und wischte es trocken, um vor Leslie die Spuren der ordnungswidrigen Zwischenmahlzeit zu verwischen. Während er die Dinge wegstellte, überlegte er, ob er zum zuständigen Polizeirevier gehen sollte, um irgend jemanden, der mit diesen Angelegenheiten befaßt war, zu bitten, man möge keinen Beamten in die Wohnung schicken; seine Tochter habe keinen der drei Jungen erkennen können, es sei viel zu dunkel gewesen; und sie bereite sich auf ihr Schlußexamen vor, und es wäre ihm lieber, wenn sie im Augenblick durch nichts abgelenkt würde. Er glaubte, daß die Polizei in dieser Gegend Wichtigeres zu tun hatte und nur allzu froh sein würde, den Fall vergessen zu können.

Er hörte das Telefon läuten und ging ins Vorzimmer, um abzuheben. Es war Eleanor.

»Wie war das Wochenende?« fragte er.

»Grün«, sagte sie. »Ich schlief, die anderen tranken. Die Leute, bei denen ich war, kennen die Hazens. Berichtigung meines ersten Berichts über euren Freund. Er *hatte* drei Kinder. Der Sohn starb. Goldener Schuß.«

»Was?«

»Goldener Schuß. Tödliche Dosis. Heroin. Vor fünf Monaten. Alle waren über das Wochenende fort, und er hinterließ dem Personal die Nachricht, daß er nicht gestört werden wolle. Es störte ihn niemand. Als man schließlich die Tür aufbrach, war es zu spät.«

»O Gott!«

»Man kriegt die Gänsehaut, was? Vielleicht solltest du mal Jimmys Zimmer nach Nadeln und Stoff durchsuchen.«

»Eleanor«, forderte Strand, »weißt du etwas über Jimmy, das du uns nicht gesagt hast?«

»Nein. Aber man kann nie vorsichtig genug sein. Da, wo er sich herumtreibt ...«

»Ich bin sicher, er ist nicht ... nicht einer von denen.«

»Vielleicht war auch Mr. Hazen sicher. Frag ihn mal.«

»Ich werde nichts dergleichen tun.«

»Wahrscheinlich hast du recht«, sagte Eleanor. »Hat keinen Sinn, Schiß zu kriegen. Es fiel mir nur eben ein. Vergiß es. Noch etwas hörte ich über die Familie Hazen. Es sieht so aus, als wäre seine Frau nicht sehr beliebt, sie verbringt die meiste Zeit in Europa. Auch die Töchter sind keine Herzchen. Die eine lebt scheinbar mittellos mit einem Filmregisseur der sogenannten Neuen Welle in San Francisco. Die andere ist in Rom, Beschäftigung unbekannt. Beide laut Auskunft meiner Freunde sehr hübsch. Kein Wunder, daß Mr. Hazen unter diesen Umständen gerne bei uns zu Abend aß. Obwohl er angeblich eine Geliebte hat. Auch keine sensationelle Neuigkeit im ausgehenden zwanzigsten Jahrhundert, was?«

»Nein«, sagte Strand.

»Küßchen an alle«, schloß Eleanor. »Wir sehen uns Freitag abend.«

Strand hängte ein, starrte auf das Telefon. Goldener Schuß. Es lief ihm kalt über den Rücken. Hazens Schuldgefühl mußte überwältigend sein. Grund genug, vom Nihilismus der Jugend und von der Verantwortung gegenüber der kommenden Generation zu sprechen ... Das Angebot, Jesús Romero zu helfen, der Spaziergang durch den Park mit einem gesunden, sportlichen Mädchen ... All die Clubs, die Aufsichtsratssitzungen, all das Geld ... und dein Sohn bleibt zwei Tage lang ungestört.

Strand ging durch den Korridor, blieb vor Jimmys Tür stehen. Lange betrachtete er sie, dann drückte er die Klinke nieder. Die Tür war unversperrt und öffnete sich ein wenig. Strand zögerte, dann machte er sie entschlossen zu.

Sie aßen in der Küche: Strand, Leslie und Caroline. Jimmy erschien nur sehr sporadisch zu den Abendmahlzeiten, aber er teilte seiner

Mutter gewissenhaft mit, ob man mit seiner Anwesenheit rechnen dürfe oder nicht. Strand hatte Leslie nichts von Hazens Einladung gesagt und fühlte Carolines flehende Blicke auf sich gerichtet. »Jetzt«, sagte sie schließlich mit theatralischem Flüsterton.

»Was – jetzt?« fragte er, obgleich er wußte, wovon sie sprach.

»Du weißt schon. Das Wochenende«, sagte Caroline.

Leslie sah ihn fragend an. Nachdem sie nach Hause gekommen war, hatte sie sofort begonnen, das Abendbrot zu richten, und er hatte an den Listen für das Schlußexamen gearbeitet; sie hatten einander einen Begrüßungskuß gegeben und ein paar belanglose Worte über ihren Tagesablauf gewechselt, wobei Strand zurückhaltend und darauf bedacht gewesen war, weder den Kriminalbeamten noch Jesús Romero noch einen gewissen jungen Mann zu erwähnen, der an einem »Goldenen Schuß« gestorben war.

»Welches Wochenende?« fragte Leslie.

»Mr. Hazen ist am Tennisplatz vorübergekommen, um Caroline nach Hause zu bringen«, sagte Strand.

»Wie aufmerksam von ihm.«

»Sehr«, sagte Strand. »Es stellte sich heraus, daß er ein Haus in Easthampton hat...«

»Mit einem Tennisplatz und einem Schwimmbassin«, rief Caroline dazwischen. »Geheizt. Das Bassin, meine ich. Und es liegt am Meer.«

»Wozu in aller Welt brauchen Leute ein Schwimmbassin, wenn sie den ganzen Atlantischen Ozean vor der Nase haben?« fragte Leslie vernünftig.

»Oh, Mutter«, sagte Caroline, »für Schlechtwetter. Und das Meer ist *kalt*.«

»Nun«, meinte Leslie, »es ist schließlich sein Geld. Was hat übrigens Mr. Hazens Haus am Meer mit uns zu tun?«

»Er hat uns zum Wochenende eingeladen«, sagte Strand. »Er hat es Caroline gesagt.«

»Uns *alle*«, fügte Caroline hinzu.

»Er treibt seine Dankbarkeit für eine einzige Tasse Suppe etwas weit«, sagte Leslie. Sie sah Strand an. »Was meinst du?«

Strand zuckte die Achseln. »Was meinst *du*?«

»Er holt uns Freitag nachmittag mit dem Wagen ab«, sprudelte Caroline hervor, »und bringt uns Sonntag abend zurück.«

»Aber der Unterricht, Samstag vormittag«, sagte Leslie zweifelnd.

»Diese widerlichen kleinen Bestien«, schnaubte Caroline. »Sie wählen dich zur Frau des Jahres, wenn du ihnen einen einzigen Samstag frei gibst.«

»Schsch«, machte Leslie. »Ich denke nach, Caroline.«

»In diesem Haus wird zu viel nachgedacht«, sagte Caroline verzweifelt. »Wir werden vor lauter Nachdenken in Stumpfsinn verfallen.«

»Würdest du einen Augenblick still sein, Caroline«, sagte Strand böse.

»Er ist ein einsamer alter Mann«, fuhr Caroline beharrlich fort. »Wir könnten ihn wenigstens etwas aufheitern. Das Haus hat sechzehn Schlafzimmer, hat er mir erzählt. Stellt euch vor, ihr müßtet Woche für Woche mutterseelenallein durch sechzehn Schlafzimmer rasen. Du und Mutter, ihr sagt immer, wir sollen an unsere Mitmenschen denken. Dann laßt euch gesagt sein, auch Mr. Hazen ist ein Mitmensch.«

»Wenn du für eine Minute dein Plädoyer für dich behalten würdest«, sagte Leslie scharf, »könnten wir die Sache vielleicht besprechen.«

»Was gibt es denn da schon zu besprechen«, sagte Caroline.

Leslie strich sanft über ihre Hand.

»Gut«, sagte Caroline, lehnte sich zurück und verschränkte gottergeben die Arme. »Meine Lippen sind versiegelt.«

»Bist du sicher, daß er uns alle gemeint hat?« fragte Leslie. »Auch Jimmy und Eleanor?«

»Ganz sicher.«

»Hat er es ausdrücklich gesagt?« fragte Strand.

»Nicht direkt«, gab Caroline zu. »Aber es war sicher so gemeint.«

»Allen«, überlegte Leslie. »ein wenig Seeluft würde dir sicher nicht schaden.«

»Endlich ein vernünftiges Wort«, triumphierte Caroline.

»Ich glaube, ich könnte die Stunden verschieben«, sagte Leslie nachdenklich. »Irgendwie. Und ich muß Eleanor und Jimmy fragen, was sie tun möchten ...«

»Wenn die mir das aus egoistischen Gründen verpatzen«, sagte Caroline, »dann spreche ich nie wieder ein Wort mit ihnen.«

»Sei nicht kindisch«, sagte Leslie. »Ich habe gesagt, wir müssen die Sache besprechen.«

Da läutete das Telefon, und Strand stand auf. »Ich gehe dran«, sagte er. »Wahrscheinlich ist es der einsame alte Mann höchstpersönlich.«

Es war tatsächlich Hazen. »Ich hoffe, ich störe Sie nicht beim Abendessen«, sagte er.

»Nein«, sagte Strand. »Wir sind eben fertig geworden.«

»Wie hat Ihnen Berlioz gefallen?«

»Hervorragend«, sagte Strand. »Ich danke Ihnen nochmals.«

»Nichts zu danken. Wann immer Sie gehen wollen, lassen Sie es mich wissen. Man schickt mir für so ziemlich alles Karten zu, und sehr oft habe ich einfach keine Zeit.«

»Caroline sagte mir, Sie hätten Sie nach Hause begleitet«, sagte Strand und fragte sich, wie es wohl sei, für so ziemlich alles Karten zugeschickt zu bekommen. »Es war sehr aufmerksam von Ihnen.«

»Sie ist ein reizendes Kind«, sagte Hazen. »Und obendrein gescheit. Hat sie Ihnen von unserer vergnüglichen kleinen Unterhaltung berichtet?«

»Ja, das hat sie«, sagte Strand und überlegte, wie Hazen wohl die Gespräche mit seinem Sohn beschrieben habe würde, ehe man die Tür zu dessen Zimmer aufbrach. »Ich hatte heute nachmittag ebenfalls eine kleine Unterredung mit einem jungen Menschen«, sagte Strand. »Der Junge, von dem ich Ihnen erzählt habe – Romero. Nicht gerade erbaulich.«

»Was hat er gesagt?«

»Er wird darüber nachdenken.«

»Hätte es einen Sinn, daß ich mit ihm spreche?« fragte Hazen.

»Das bezweifle ich.«

»Nun, das wissen Sie am besten. Hat Caroline Sie wegen des Wochenendes gefragt?«

»Unermüdlich«, sagte Strand. »Sie hat während des ganzen Abendessens versucht, ihre Mutter und mich breitzuschlagen.«

»Sie kommen doch, oder?« Hazens Stimme hatte einen fast bangen Klang.

Durch sechzehn Schlafzimmer rasen und mutterseelenallein im geheizten Bassin schwimmen zu müssen. »Wir werden versuchen, es hinzukriegen«, sagte Strand.

»Ihre andere Tochter und Ihr Sohn sind selbstverständlich auch eingeladen.«

»Caroline hat es angedeutet. Ich weiß nicht, was die beiden für Pläne haben. Kann ich Sie Mittwoch oder Donnerstag anrufen?«

»Jederzeit«, sagte Hazen rasch. »Haben Sie einen Bleistift bei der Hand? Ich gebe Ihnen meine Büronummer.«

»Schon da«, sagte Strand und kritzelte die Nummer hin, die Hazen ihm ansagte. »Übrigens hat mir Caroline erzählt, daß Sie immer noch mitgenommen aussehen.«

»Nicht der Rede wert«, sagte Hazen schnell. »Solange ich nicht in den Spiegel sehe oder Babys in ihren Kinderwagen bei meinem Anblick zu schreien beginnen, vergesse ich es.«

»Caroline sagte auch etwas von der Polizei«, sagte Strand und senkte seine Stimme, um in der Küche nicht verstanden zu werden.

»Ja, eine nutzlose Formalität, fürchte ich. Aber einer meiner Teilhaber gehört der Kommission für Jugendverbrechen an, und er meinte, eine Anzeige müßte schon allein aus statistischen Gründen erfolgen. Ich tat es eigentlich nur ihm zuliebe... Es macht Ihnen doch nichts aus?«

»Nein«, sagte Strand, aber er wußte, daß es zögernd geklungen hatte.

»Also, ich hoffe, Sie kommen zum Wochenende«, sagte Hazen. »Ich erwarte Ihren Anruf.«

Sie verabschiedeten sich, und Strand hängte ein. Er kehrte in die Küche zurück.

»Nun?« fragte Caroline gespannt.

»Es muß schwer sein, all die Schlafzimmer vollzukriegen«, sagte Strand und setzte sich.

»Das ist keine Antwort«, jammerte Caroline.

»Ich sagte, ich würde ihm im Laufe der Woche Bescheid geben«, sagte Strand. »Und jetzt laß mich mein Dessert essen.«

5

Vergiß, vergiß, daß Männer fallen...

Freitag nachmittag erschien Conroy mit einer überlangen Mercedes-Limousine mit Klappsitzen, um sie abzuholen. Mr. Hazen lasse sich entschuldigen, sagte Conroy, er sei unerwartet in seinem Büro aufgehalten worden und würde im Laufe des Abends nachkommen. Strand saß vorne neben Conroy, Leslie, Eleanor, Caroline und Jimmy saßen im Fond. Strand war ein wenig erstaunt gewesen, als Eleanor erklärt hatte, sie würde gerne mitkommen; sie liebe diese Gegend, besonders außerhalb der Saison, und sie habe eine Menge Freunde da, die sie gerne sehen würde. Wieder etwas, das er nicht von ihr gewußt hatte, dachte Strand, als er den Hörer auflegte... Sie liebte diese Gegend und hatte viele Freunde da. Er fragte sich, ob sie noch einige Eröffnungen für ihn bereit hielt. Und Leslie, Jimmy und Caroline, die jetzt lebhaft plappernd hinten im Wagen saßen? Wer weiß, welche Enthüllungen ihm ihrerseits bevorstanden, falls es ihnen in den Kram paßte.

»Übrigens«, sagte Conroy, »in der Garage steht ein Kombi, den Sie benützen können, wenn Sie ausfahren wollen.«

»Ich kann nicht Auto fahren«, sagte Strand, »und meine Frau auch nicht. Aber Eleanor besitzt einen Führerschein.«

Während der letzten zwei Jahre auf dem College hatte sie einen zerbeulten alten Ford gefahren. Er wandte sich um und sagte: »Eleanor, hast du gehört, was Mr. Conroy gesagt hat? In der Garage steht ein Kombi, den du benützen kannst.«

»Gilt das auch für mich?« fragte Jimmy.

»Selbstverständlich«, sagte Conroy.

»Ich wußte gar nicht, daß du einen Führerschein hast, Jimmy«, sagte Strand.

»Ein Freund hat mir einige Nachmittage lang seinen Wagen geliehen«, sagte Jimmy, »und dann habe ich drauflos geschwatzt und die Prüfung bestanden.«

Strand schüttelte den Kopf. Noch etwas, das ihm mitzuteilen seine Familie nicht für nötig befunden hatte.

Conroy fragte, ob er das Radio einschalten und etwas Musik machen solle, aber Leslie lehnte ab. »Wir können uns nie darauf einigen, was wir hören wollen«, sagte sie. »Wir würden einander nur die Reise verderben.«

Strand genoß die Fahrt. Es war ein lauer Abend, und noch schien die Sonne. Conroy war ein guter Fahrer. Nachdem sie Queens verlassen hatten, herrschte wenig Verkehr, und der große Mercedes glitt rasch zwischen den Bäumen der Parkway dahin. In gewisser Weise war Strand froh, daß Hazen in seinem Büro aufgehalten worden war. Wäre Hazen mit dabei gewesen, hätte er eine Konversation in Gang gehalten, doch Strand zog es vor, während der Fahrt zu schweigen. Conroy sprach nicht, und Strand verspürte keinerlei Bedürfnis, dem Feriengeschwätz hinter seinem Rücken zu folgen. Er war froh, daß sie sich alle entschlossen hatten, das Wochenende toll zu finden, und er war auf das Innere von Hazens Haus gespannt. Man konnte eine Menge über einen Menschen sagen, wenn man sah, wie er lebte. Hazen kam Strand wie eine unbekannte Tierart vor, er begann sich mehr und mehr für ihn zu interessieren. Strand war von Natur aus vorsichtig und vermied es, Menschen nach dem ersten Eindruck zu beurteilen, und er hatte sich über Hazen noch keine abschließende Meinung gebildet. Sie waren einander unter höchst seltsamen Umständen begegnet, und bei einigem Nachdenken wurde ihm klar, daß es Hazen mit all seinen Reden gelungen war, eine ganze Menge über die Strands zu erfahren, ohne über sich selbst viel zu sagen, es sei denn, daß seine Familie 1706 nach New York und nie bis nach Ohio gekommen war. Seine Verschlossenheit ging weit über das Maß der üblichen Diskretion hinaus, und außer seinem Geständnis, daß er Anwalt sei und gerne Symphoniekonzerte besuchte, hatte er sich fast ausschließlich auf Allgemeinheiten beschränkt. Aus *Who's Who* wußte Strand bemerkenswert viel über den Mann in der Öffentlichkeit, der Privatmann aber war ihm bisher verborgen geblieben.

Als sie auf den Wagen gewartet hatten, war Eleanor eine Bemerkung über Hazen entschlüpft. »Dieser Mann will etwas«, hatte sie gesagt.

»Wie kommst du darauf?« hatte Strand gefragt.

»Weil ein Mann wie er immer etwas will«, hatte Eleanor geantwortet, und er hatte sich über ihren Zynismus geärgert. Strands Ehrenkodex ließ nicht zu, daß er jemandes Gastfreundschaft genoß – noch dazu von derart verschwenderischer Großzügigkeit –, an dessen Motiven er die leisesten Zweifel hätte hegen müssen, und wenn sie auch nur so gänzlich unbestimmt gewesen wären wie die seiner Tochter.

In Leslie war für den Mann, dessen Wunden sie gepflegt hatte, eine Art Besitzinstinkt erwacht, überdies bewunderte sie die stoische Gelassenheit, mit der er Schmerzen ertragen konnte. Es war untypisch für Leslie, wie sie Eleanor anfuhr: »Wenn das deine Ansicht ist, warum verbringst du dann dein Wochenende nicht anderswo?«

»Verzeihung«, hatte Eleanor gesagt, »ich dachte, wir seien in Amerika. Das Recht auf freie Meinungsäußerung und so.«

»Gebt endlich Ruhe«, hatte Strand befohlen. »Das soll doch ein friedliches Wochenende werden, oder?«

Jimmy hatte nur gegrinst und schien froh gewesen zu sein, daß ausnahmsweise nicht er, sondern Eleanor einen Rüffel abbekommen hatte. Caroline hatte gar nicht hingehört, sondern nur träumerisch vor sich hin gesummt und ihr Rakett in dem neuen Überzug zärtlich an sich gedrückt.

Während Strand auf die vorübergleitende Frühlingslandschaft sah, dachte er über den Wortwechsel zwischen seiner Frau und seiner Tochter nach und überlegte, ob nicht ein Körnchen Wahrheit in dem lag, was Eleanor gesagt hatte; dann entschied er, daß es sich um grundlose Gehässigkeit gehandelt haben mußte; sie mochte Eleanors Eifersucht oder Abneigung gegen einige ihrer Vorgesetzten entsprungen sein, unter deren Knute sie sich mit ihrem Job abmühte und die sie, mit oder ohne Berechtigung, mit Hazen in einen Topf warf. Strand seinerseits beschloß, Hazen als den zu akzeptieren, der er zu sein schien. Allerdings mußte er sich eingestehen, daß der Mann ein bißchen undurchsichtig war; aber er hatte weder Anzeichen von Bosheit noch Eigennützigkeit an ihm entdecken können. Nachdem er gehört hatte, was dem Sohn zugestoßen war, bedauerte Strand den Mann und fühlte mit ihm. Falls Hazen die Familie dazu benützte, seine Einsamkeit zu vergessen, so konnte man das wohl kaum eine Manipulation nennen. Wieder fiel Strand sein flüchtiger Verdacht ein, Hazen könne irgendwelche Absichten auf Caroline haben, und er mußte lächeln. Hazen hätte wohl kaum sie alle zu sich eingeladen, falls er nur hinter der siebzehnjährigen Tochter her war.

Das sanfte Schwingen des großen Wagens machte ihn schläfrig, und er döste ein. Er erwachte erst wieder, als der Wagen langsamer fuhr und in eine Privatstraße einbog, die von einem steinernen Tor durch eine lange Allee hoher Bäume zum Meer führte; man hörte schon das Rauschen der See.

Conroy hielt in einem mit feinem Kies bestreuten Hof und hupte. »Wir sind da«, sagte er und stieg aus. Ein riesiges, verschachteltes weißes Blockhaus ragte in den klaren Abendhimmel.

»Mann«, sagte Jimmy und pfiff durch die Zähne, »das ist ein ganz schöner Brocken Architektur.«

»Es wurde von Mr. Hazens Großvater erbaut«, sagte Conroy. »Damals dachte man in größeren Dimensionen.«

Das alte amerikanische Schicksal, innerhalb von drei Generationen alles zu gewinnen und wieder alles zu verlieren, traf auf die Hazens offenbar nicht zu. Der Großvater durfte auf seinen Enkel stolz sein.

Conroy drückte noch einmal auf die Hupe, und gleich darauf kamen ein Mann und eine Frau aus dem Haus gelaufen.

»Mr. und Mrs. Ketley«, stellte Conroy vor. »Sie betreuen das Haus und werden Ihr Gepäck hinaufbringen.« Der Mann trug schwarze Hosen und eine gestärkte weiße Baumwolljacke, seine Frau ein strenges schwarzes Kleid und eine weiße Schürze. Sie waren beide in mittleren Jahren und schienen angenehme Leute zu sein, denen man ansah, daß sie ihr Leben lang gearbeitet hatten.

»Ich werde mich jetzt von Ihnen verabschieden«, sagte Conroy. »Ich muß in die Stadt zurück, um Mr. Hazen vom Büro abzuholen und hierher zu bringen.«

»Sie machen die ganze Fahrt noch einmal?« fragte Leslie.

»Nicht der Rede wert«, sagte Conroy. »Ich rechne, daß wir gegen elf Uhr hier sein werden.«

»Wenn wir das gewußt hätten!« rief Leslie. »Es ist eine Zumutung für Sie, zweimal zu fahren. Wir hätten doch auf Mr. Hazen warten können.«

»Das wollte Mr. Hazen unter gar keinen Umständen«, sagte Conroy. »Er trug mir auf, Ihnen zu sagen, Sie sollten sich häuslich einrichten und die Ketleys fragen, falls Sie irgend etwas brauchen. Ihr Abendessen ist schon vorbereitet.« Er stieg wieder in den Wagen: ein ergebener Diener, Radfahrer, inkognito, immer im Dienst, Bote ohne Livree, neutral, ein Mann mit vielerlei nützlichen Begabungen. Er startete den Wagen, zog eine schwungvolle Kurve im Hof, und die Rücklichter des Mercedes verschwanden in der Allee.

»Wenn Sie mir folgen wollen«, sagte Mr. Ketley und ging der Familie voran auf das Portal zu, welches von zwei riesigen alten Laternen flankiert wurde, die sich einschalteten, sobald man den Ziegelboden vor dem Eingang betrat.

Eine breite Treppe mit Mahagonigeländer wand sich von der Halle in den ersten Stock. Mr. Ketley fragte, ob sie jetzt gleich ihre Zimmer sehen oder sich nach der Reise zuerst mit einem Drink erfrischen wollten.

Strand wollte sich noch umsehen, er lehnte den Drink dankend ab und schlenderte in den Salon, während Ketley die anderen nach oben führte. An den Wänden hingen Gemälde von Pissarro, Vlaminck, Chagall und Dufy und einige abstrakte Ölbilder von Meistern, die Strand nicht kannte. In einer Ecke stand ein großer Flügel; er war geschlossen. Überall gab es große Schalen mit Blumen und bequeme Sofas und Fauteuils von unaufdringlichem, undefinierbarem Stil, die zu den Holzstühlen, Tischen und dem Schreibtisch einen guten Kontrast bildeten. Es gab auch einen großen Kamin, in dem das Holz für ein Feuer schon hergerichtet war. An einer Seite des Raumes gingen Fenster und Türen auf das Meer hinaus. Schon möglich, daß Hazen psychisch unter der Leere zu vieler Schlafzimmer litt, aber für seine sonstigen Bedürfnisse schien aufs beste gesorgt. Und doch sagte das Haus wenig über seinen Herrn aus. Das Klavier und die Gemälde ausgenommen, gab es keinen besonderen Hinweis auf die Interessen der Bewohner.

Strands Blick fiel durch eine offene Tür in eine kleine Bibliothek. Er würde die Bücher ein andermal betrachten. Er wollte von den Ketleys nicht bei unziemlicher Neugier ertappt werden. Das Haus war offenbar um die Jahrhundertwende erbaut worden. Ausstattung und Einrichtung sahen ganz so aus, als seien sie im Laufe der Generationen je nach Bedarf und Geschmack ergänzt worden.

Strand öffnete die Tür zur Terrasse, und das Brausen des Meeres erfüllte den Raum. Er trat ins Freie und blickte auf die dunkle Weite des Atlantiks, der sich in der Dämmerung zu seinen Füßen dehnte. Die See selbst war ruhig, aber die Dünung rollte von weit draußen in großen Wogen heran und brach sich am Strand. Gleich unterhalb der Terrasse lag das Schwimmbassin; von seiner Wasserfläche hob sich ein feiner Dunst, in dem sich die Lichter des Hauses spiegelten.

Strand atmete tief ein und genoß die kräftige, salzige Luft. In der Ferne sah man in den Dünen vereinzelt Lichter von anderen Häusern, aber es gab keine unmittelbaren Nachbarn. Falls Hazens Großvater auf der Suche nach Ruhe gewesen war, hatte er die Lage seines Landsitzes klug gewählt. Kaum mehr als hundert Meilen von New York entfernt, hatte man das Gefühl grenzenloser Weite und ein wohltuendes Klima, dessen Stille nur vom Rauschen der See und den Schreien der Möwen unterbrochen wurde. Beinahe könntest du deine Mitmenschen vergessen, wenn du hier draußen stehst, dachte Strand. Deine Mitmenschen, die in den Städten mühsam um Atem ringen, in stinkenden Untergrundbahnen unmenschlich zusammengepfercht, vom Verkehrslärm betäubt und gezwungen sind, ihre Tage mit sinnlosen Tätigkeiten zu vergeuden. Einen Abend lang durfte man die Kriege vergessen, die überall auf der Erde geführt wurden; hier, am Ufer des Meeres, umgeben von salzduftender Luft und dem Geruch von Gras und Blumen durfte man einen Abend lang vergessen, daß Männer fielen, Städte in Flammen aufgingen, blutiger Kampf zwischen Rassen, Stämmen und politischen Interessen herrschte.

Ja, dachte Strand, als er ins Haus zurückkehrte, die Tür schloß und das Rauschen des Meeres verstummte. Leslie hat recht, ein wenig Seeluft wird mir guttun.

Im Speisezimmer brannte ein Feuer im Kamin, als sie zum Dinner herunterkamen. Auf dem Tisch standen brennende Kerzen. Eleanor trug blaßblaue Hosen und einen Kaschmirpullover; Jimmy hatte seine Krawatte abgenommen. Strand vermutete, daß Jimmy damit seinen Vorstellungen von passender Kleidung für ein Wochenende auf dem Lande entsprach. Leslie, die trotz ihrer tadellosen Beine selten Hosen trug, hatte einen langen, bedruckten Baumwollrock und eine ärmellose Bluse angezogen. Caroline hatte ihr Gesicht unter der Dusche geschrubbt, und Strand sagte sich, väterlich vernarrt, daß sie frisch aussah wie eine junge Rose. Strand saß am schmalen Ende der Tafel und fand, daß seine Familie ein Bild wohlgefälliger, reizvoller Gesundheit bot. Leslie sah im Kerzenschimmer wie die schöne, nur wenig ältere Schwester der beiden Mädchen aus, die zu seiner Rechten und zu seiner Linken saßen. »Ob du's glaubst oder nicht«, hatte sie ihm zugeflüstert, als sie zum Dinner heruntergekommen war, »in unserem Zimmer hängt eine Zeichnung von Renoir. Ein Akt. Stell dir das vor. In einem *Schlafzimmer!*«

Das Essen war vorzüglich, es gab Muscheln und köstliche Makrelen. Mr. Ketley servierte. Er schenkte französischen Weißwein ein, und alle tranken ein wenig, sogar Caroline. Sie hatte offenbar beschlossen, ein genußvolles Wohlleben zu beginnen, und sagte: »Also, das ist das erste Mal, daß ich vor einem offenen Kamin zu Abend esse. Ist das nicht sexy?« Jimmy erhob sein Glas. »Auf die Reichen dieser Welt«, sagte er.

Caroline kicherte unhöflich, während sie an ihrem Wein nippte, und Strand schielte verstohlen nach Mr. Ketley, um zu sehen, wie er auf diese Anspielung auf seinen Arbeitgeber reagierte. Aber Mr. Ketley wickelte eben ein Tuch um eine zweite Flasche Wein und schien von der Konversation bei Tisch keine Notiz zu nehmen. Strand, der kein Risiko eingehen wollte, hob sein Glas und sagte: »Auf die liebenswürdige Gastfreundschaft unseres abwesenden Hausherrn.«

Jimmy zwinkerte ihm zu, und er wußte, daß der Junge begriffen hatte, worum es ging. Mit Jimmy würde er sich später noch unterhalten müssen, um ihn daran zu erinnern, daß er wenigstens dieses Wochenende auf sein Benehmen achtete.

Nach dem Abendessen bot Mr. Ketley Zigarren an. Schon wollte Strand dankend ablehnen, dann besann er sich anders und griff in das Kistchen. Leslie sah ihn zweifelnd an. »Bist du sicher, daß du rauchen möchtest?« sagte sie.

»Wenn Caroline sich heute zu ihrem ersten Glas Wein entschlossen hat«, sagte Strand, »dann denke ich, ist ihr Vater alt genug, um seine erste Zigarre zu rauchen.« Ketley reichte ihm Feuer, und die Zigarre schmeckte erstaunlich gut.

»Mr. Ketley«, sagte Jimmy, »ich denke, ich werde auch eine versuchen.«

»Jimmy«, mahnte Leslie.

»Ich finde, es steht Paps gut zu Gesicht«, sagte Jimmy. »Vielleicht hebt es auch meine äußere Erscheinung.« Er nahm eine Zigarre aus dem Kistchen und prüfte sie wohlwollend. »Havannas. Unter den Nasen der Gringos ins Land geschmuggelt. Ich trage mein Teil zur Weltrevolution bei.«

Strand sah zu, wie Jimmy die Zigarre anrauchte und sie keck zwischen die Zähne klemmte. Er nahm sich vor, Jimmy klarzumachen, was man in diesem Hause sagen konnte und was nicht. Er war froh, daß Jimmy die Zigarre nach den ersten paar Zügen zwischen den Fingern drehte und nur mehr gerade so viel rauchte, daß sie nicht verlöschte. Er rauchte kaum die Hälfte, dann drückte er sie aus.

Eleanor und Jimmy wünschten gute Nacht und machten sich im Kombi auf den Weg nach Bridgehampton, wo es – so behauptete Eleanor – eine gemütliche Bar mit einer Menge netter Leute gab und der Besitzer abends guten Jazz auf dem Klavier spielte.

Caroline wollte fernsehen und machte es sich vor dem Apparat in der kleinen Bibliothek bequem. Strand und Leslie beschlossen, einen Spaziergang am Ufer zu machen. Sie hatten sich warm angezogen, um sich gegen die Frische der Nacht zu schützen, und schlenderten Hand in Hand auf dem von der Ebbe freigegebenen Sand dahin. Hin und wieder spürten sie die salzige Gischt, welche die Wellen in die Bucht trieben. Der Mond stand hoch am klaren Himmel, ein kräftiger Wind wehte, und weit draußen am Horizont sahen sie die Lichter eines Schiffes ostwärts ziehen.

Leslie drückte die Hand ihres Mannes. »Einmalig«, murmelte sie. »Wirklich wunderbar!«

Strand saß in einem der Fauteuils im Wohnzimmer vor dem verglimmenden Kaminfeuer. Im Hause war es still, er war allein. Leslie war schon gegangen. Sie blieb beim Ritual des Einkremens und Haarebürstens vor dem Zubettgehen gerne ungestört. Eleanor und Jimmy waren noch nicht wieder da, und die Ketleys hatten sich längst zurückgezogen. Strand seufzte zufrieden, während er das tanzende Feuer betrachtete. Dann hörte er das Geräusch eines sich nähernden Wagens, der vor dem Hause hielt.

Einen Augenblick später betraten Hazen und Conroy den Salon, und Strand erhob sich, um seinen Gastgeber zu begrüßen. »Guten Abend...«, sagte er und verstummte. Mit Hazen stimmte etwas nicht. Seine Augen unter der Krempe des dunklen Filzhuts starrten blicklos geradeaus. Er ging langsam und steif und setzte seine Schritte mit großer Sorgfalt, als müßte er straucheln, falls er auch nur ein bißchen schneller ging. Conroy war dicht an seiner Seite und nur darauf bedacht, seinen Boß vor einem Sturz zu bewahren. Er sah verstört aus. Hazen kam näher und schien nicht zu bemerken, daß Strand vor ihm stand. Starker Whiskydunst umgab ihn. Er war sehr betrunken. Als Hazen sich, immer noch mit dem Hut auf dem Kopf, in einen tiefen Lehnstuhl fallen ließ, schnitt Conroy eine kleine, entschuldigende Grimasse zu Strand hinüber.

»Conroy«, Hazen sprach sehr langsam und bedächtig, »ich möchte einen Whisky. Und bringen Sie mir die Sodawasserflasche. Ich werde mir das Sodawasser selbst eingießen. Ich hasse Ihre gottverdammte Art, den Scotch zu verwässern.«

»Jawohl, Sir«, sagte Conroy und ging zur Anrichte.

»Ausgezeichneter Sekretär, dieser Conroy«, sagte Hazen und sah Strand immer noch nicht an. »Ausgezeichneter Chauffeur. Aber unzu – unzuverlässig, wenn es um Drinks geht. Strand«, sagte er, ohne den Kopf zu wenden, »Sie sind ein glücklicher Mann. Sie haben es nicht mit Dieben zu tun. Ich hingegen habe es ausschließlich mit Dieben zu tun. Tagaus, tagein. Tagaus, tagein. Nicht Liebe ist die größte Antriebskraft der Welt, Strand, wie es allgemein heißt; es ist die Gier, nackte, über – überwältigend große, verbrecherische Gier. Ich sage Ihnen, Strand, würden die Gesetze dieses Landes tatsächlich vollstreckt, säßen drei Viertel unserer ange – angesehensten Bürger im Gefängnis. Um Christi willen, Conroy, muß ich die ganze beschissene Nacht auf meinen Drink warten?«

»Ich komme, Sir.« Conroy, unter anderem auch Mundschenk, wie sich zeigte, eilte mit dem Glas und einer kleinen Flasche Soda an seine Seite.

Ohne aufzusehen streckte Hazen seine Hand aus, und Conroy drückte ihm das Glas in die Hand. »Jetzt gießen Sie das Soda zu«, sagte Hazen. »Vorsichtig, ganz vorsichtig. Genug!« Conroy, der Portionierer, hatte kaum einen Fingerbreit Soda in den Whisky gegossen. »Conroy trinkt nicht, und er billigt es nicht, wenn andere trinken.« Hazen stierte böse zu seinem Sekretär auf. »Trifft das zu, Sir?«

»So ungefähr, Sir«, sagte Conroy und deutete eine Verbeugung an.

»So ungefähr.« Hazen nickte feierlich. »Conroy ist so ungefähr ein Mann. Ein Abstinenzler. Er läutet dem Trinker die Totenglocke. Mit dem Steiß. Hüten Sie sich vor Abstinenzlern, Strand, sie sind unerbittlich auf Rache aus.« Er hob vorsichtig und steif sein Glas an die Lippen und trank wie ein Automat. Er lachte heiser. »Strand«, sagte er, »ich reise im Land der Hoffnungslosigkeit. Glauben Sie an Gott?«

»Ja.«

»Conroy«, bellte Hazen, »scheren Sie sich zu Bett.«

»Ich dachte, Sie würden mich vielleicht benötigen«, sagte Conroy nervös, aschgrau vor Müdigkeit, aber stets zur Hand. »Ich bin nicht müde, wirklich nicht.«

»Ich bin müde«, sagte Hazen. »Sie ermüden mich. Scheren Sie sich raus. Ich kann allein zu Bett gehen. Sie brauchen mir nicht auch noch bei meinen Träumen beizustehen. Raus hier, Mann! Raus!«

»Jawohl, Sir«, sagte Conroy. »Gute Nacht, Sir. Gute Nacht, Mr. Strand.« Er ging aus dem Zimmer. Wachhund zur Nacht. Es gefiel ihm nicht, seiner Dienste enthoben zu sein.

»Er hat ein Zimmer über der Garage«, sagte Hazen. »Conroy. Die Vorstellung, daß er mit mir unter einem Dach schläft, mißfällt mir. Verständlich, was, Strand?«

»Nun...«, murmelte Strand und wußte nicht, was er sagen sollte. »Ich kenne ihn nicht und...«

»Verständlich. Habe ich Sie schon gefragt, ob Sie an Gott glauben?«

»Ja.«

»Und was antworteten Sie?«

»Ich sagte ja.«

»Sie sind aus den Fugen der Zeit geraten, Strand. Glauben Sie an die Zehn Gebote?«

»Ich würde sagen, ja«, antwortete Strand und kam sich bei diesem nächtlichen trunkenen Religionsexamen lächerlich vor.

»Ein einziges Zusammentreffen mit meinen Kol – Kollegen«, sagte Hazen, »und Sie hätten Ihren Glauben rasch verloren. Du sollst Vater und Mutter ehren. Es ist spät, Strand. Ich sitze gerne allein hier und genehmige mir einen Schlummertrunk in den dunklen Stunden der Nacht. Und ich denke nach. Ich denke nach. Ich sprach doch bei unserem Spaziergang von meiner Bewunderung für Mister Buster Keaton, nicht?«

»Ja.« Was nun? dachte Strand und bedauerte, daß er nicht vor Hazens Ankunft mit Leslie hinaufgegangen war.

»Er weiß, daß alles ein kosmischer Witz ist. Unsere Pläne gehen daneben, unsere Leistungen sind lächerlich, hinter jeder Ecke türmen sich Hindernisse auf, wir sind dazu verdammt, auf der Bananenschale auszurutschen, und er nimmt zum Klang des göttlichen Gelächters alles mit stoischer Gelassenheit hin. Eine Lehre für uns alle.« Hazen lachte hart, und es klang wie ein Schmerzensschrei. »Nachdenken«, sagte er. »Ich bin sicher, Sie wären lieber bei Ihrer charmanten Frau, das heilige Band der Ehe, wie es so schön heißt, als hier unten zu bleiben und von meinen Ge – Ge – Gedanken über Religion belästigt zu werden. Keine Sorge, es geht mir ausgezeichnet, Sir.« Zum ersten Mal wandte er den Kopf und sah Strand an. Sein Gesichtsausdruck war trostlos. »Obwohl einiges auf das Gegenteil schließen läßt, bin ich kein Trinker. Du sollst dir keine Götzenbilder schaffen. Ich bin von Götzenbildern umgeben. Beweinen Sie unsere Zeit, Strand, und schlafen Sie wohl. Gute Nacht, Sir.«

Strand zögerte. Er machte sich Sorgen. Was mochte sich hinter der steinernen Ruhe seines Gastgebers verbergen, welcher innere Aufruhr, welcher Hilferuf kam in diesem nächtlichen alkoholischen Exzeß zutage? Er schüttelte den Kopf. Lieber nicht hineingezogen werden. Seeluft hin, Seeluft her. »Gute Nacht«, sagte er und verließ den Raum mit dem Gefühl, völlig unzulänglich gehandelt zu haben. Als er die Stufen hinaufging, wußte er, daß er Leslie nichts von Hazen erzählen durfte. Würde er ihr die Szene beschreiben, die sich unten abgespielt hatte, sie würde hinunterstürzen und versuchen, Hazen zur Vernunft zu bringen und ihn ins Bett zu stecken. Und dies ging ja wirklich nicht.

Als er sich ins Bett legte, streckte sie die Arme nach ihm aus, und sie war warm und schlaftrunken. »Ich bin erschöpft«, sagte er. Zum ersten Mal in seinem Leben kam er ihrem Verlangen nicht nach. Für alles muß es ein erstes Mal geben, dachte er und versuchte rasch einzuschlafen.

Als Strand am nächsten Morgen herunterkam, saß Hazen am Frühstückstisch und las die *Times*. Er war im Tennisdress und hatte gegen die Morgenkühle einen alten Pullover übergezogen. Die Narbe auf seinem kahlen Schädel leuchtete immer noch häßlich rot, aber Strand sah, daß die Wunde sich geschlossen hatte und auf dem besten Wege war zu heilen. Die Wange war noch ein wenig verfärbt, aber sonst war seine Gesichtsfarbe von gesundem Rosa. Als Hazen sich erhob, um ihm die Hand zu reichen, sah Strand, daß seine Augen klar waren und seine Hand sicher. Nach dieser Nacht, dachte Strand.

»Ich hoffe, Sie haben gut geschlafen«, sagte Hazen, und seine Stimme klang ruhig und höflich. »Ketley hat eine zweite Zeitung für Sie gebracht...« Er deutete auf die Anrichte. »Ich hasse es, wenn ich eine zerknautschte und durcheinandergeratene Zeitung lesen muß, und ich nehme an, daß ich in dieser Hinsicht der Mehrheit aller Familienväter gleiche.«

»Ich muß zugeben, es geht mir ebenso«, sagte Strand, während er Hazen gegenüber Platz nahm. Falls es Hazen beliebte, die Ereignisse der letzten Nacht nicht zu erwähnen, so zu tun, als sei nichts geschehen, als habe er keinerlei Kummer gezeigt, so würde Strand sicherlich nicht das Gespräch darauf bringen. »Ich werde sie später lesen. Aber lassen Sie sich bitte durch mich nicht stören.«

»Im Augenblick habe ich genug gelesen«, sagte Hazen, faltete seine Zeitung zusammen und legte sie beiseite. »Mir reicht es schon. Die üblichen Katastrophen. War das Abendessen in Ordnung?«

»Vortrefflich.«

Hazen nickte. »Ein ausgezeichnetes Paar, die Ketleys. Was hätten Sie gerne zum Frühstück?« fragte er, als Mr. Ketley aus der Küche kam. »Fruchtsaft, Speck und Ei?«

»Das wäre fein.« Zu Hause ließ er es an Wochenenden nicht zu, daß Leslie aufstand, um ihm das Frühstück zu machen. Er begnügte sich mit einer Tasse Kaffee und einer Semmel, und bis Mittag war er dann meist fast am Verhungern.

»Sie haben gehört, was Mr. Strand wünscht?« wandte sich Hazen an Ketley.

»Jawohl, Sir«, antwortete Ketley und entfernte sich in Richtung Küche.

»Oh, übrigens«, rief Hazen ihm nach, »sagen Sie Ronny, daß ich ihm nach dem Tennismatch zur Verfügung stehe, falls er heute morgen einen Fänger braucht.«

»Ich bin sicher, er wird Sie erwarten«, sagte Ketley und verschwand in der Küche.

»Ronny ist sein Enkel«, sagte Hazen. »Er ist elf, und er wirft für seine Jugendmannschaft.« Er goß sich eine Tasse Kaffee ein.

»Es tut mir unendlich leid, daß ich Sie gestern abend allein fahren lassen mußte«, sagte Hazen, »aber ich kam einfach nicht weg. Dann vergönnte ich mir ein kleines erfrischendes Schläfchen während der Fahrt... Ich hörte Ihre Kinder gegen zwei Uhr früh zurückkommen...«

»Ich hoffe, sie haben Sie nicht gestört.«

»In keiner Weise. Ich hörte den Kombi ganz zufällig kommen. Die jungen Leute waren still wie die Mäuschen.«

»Sie fuhren in eine Bar in Bridgehampton, von der Eleanor gehört hat.«

»Erstaunlich, wie junge Leute es fertigbringen, stundenlang in schäbigen Bars zu hocken, besonders wenn man bedenkt, daß sie – wie Ketley meinte – kaum etwas getrunken haben.«

Als Ketley mit einem Glas Orangensaft und einer Kanne frischen Kaffee zurückkehrte, fragte sich Strand, was der Bericht dieses Mannes über die Familie sonst noch enthalten haben mochte.

»Ich will doch sehr hoffen, daß Caroline an diesem nächtlichen Ausflug nicht teilgenommen hat«, sagte Hazen.

»Nein. Sie sah sich eine Weile das Fernsehprogramm an und ging früh zu Bett.«

»Gut«, meinte Hazen. »Ich habe einige junge Leute für heute morgen zum Tennis eingeladen. Sie spielen recht scharf, und sie muß in Höchstform sein, um mithalten zu können.«

»Wie ich sehe, haben Sie ebenfalls vor zu spielen.«

Hazen zuckte die Achseln. »Vielleicht spiele ich ein, zwei Sätze. Es sind höfliche junge Leute, und sie werden mein Alter respektieren. Sie werden versuchen, mir den Ball vor die Füße zu schlagen.« Er trank von seinem Kaffee. »Sind Sie mit dem Arrangement zufrieden?« fragte er.

»Dem Arrangement?« fragte Strand erstaunt.

»Ich meine, sind Sie alle ordentlich untergebracht? Keine Buckel in den Betten, keine tropfenden Wasserhähne, keine knurrenden Rohrleitungen?«

»Alles bestens«, sagte Strand und fragte sich, ob Hazen die vorige Nacht tatsächlich vergessen hatte. Wenn dem so war – um so besser. »Großartig. Es ist ein herrliches Haus.«

Hazen nickte geistesabwesend. »Es ist ein hübsches Haus. Aber zu groß. Für einen ganzen Clan. Die Familien unserer Väter. Oft möchte ich es verkaufen. Außer an einem strahlenden Morgen wie diesem.« Er wies auf die Fenster, durch die das Sonnenlicht flutete, und auf den glitzernden Ozean. »Falls Sie später schwimmen wollen, das Bassin ist geheizt.«

»Nein, danke«, sagte Strand. Er hatte magere Beine und ließ sich nicht gerne in der Badehose sehen. »Ich werde einfach faulenzen.«

»Was immer Sie wollen«, sagte Hazen. »Hier gibt es keine Regeln.«

Das heißt wohl, dachte Strand, daß die geltenden Regeln so unumstößlich sind, daß sie keinem mehr auffallen.

Ketley kehrte zurück und stellte Eier mit Speck und Toast vor Strand hin. »Sie werden am Telefon verlangt, Sir«, wandte er sich an Hazen.

»Das habe ich befürchtet«, sagte Hazen. »Stellen Sie mir den Anruf in die Bibliothek durch.« Er erhob sich. »Entschuldigen Sie mich«, bat er Strand. »Ich fürchte, das wird ein langes Gespräch werden. Fühlen Sie sich wie zu Hause.« Er verließ das Speisezimmer. Strand fiel auf, daß seine Beine lang und muskulös waren wie die eines jungen Mannes. Das viele Radfahren.

Er schüttelte den Kopf und wunderte sich über die in jeder Weise robuste Kondition dieses Mannes. Er war froh, daß Conroy nicht bei Tisch erschien. Ihr nächstes Zusammentreffen würde etwas peinlich werden. Nun, beschloß er bei sich, ich werde mir davon den Tag nicht verderben lassen. Zufrieden machte er sich an sein Frühstück, strich Orangenmarmelade auf seinen Toast und trank drei Tassen Kaffee, während er die *Times* studierte. Hazen kehrte nicht wieder, und als er fertig war, ging Strand auf die Terrasse, lehnte sich mit geschlossenen Augen in einem Liegestuhl zurück und wandte sein Gesicht der Morgensonne zu.

Der Tennisplatz lag im Garten hinter dem Haus und war von hohen, sauber gestutzten Hecken gegen den Wind geschützt. Caroline, Hazen und zwei junge Männer begannen eben zu spielen, als Strand dort anlangte. Er war zu Leslie hinaufgegangen, um sie zu fragen, ob sie mit ihm beim Match zusehen wollte. Aber Leslie lag noch im Bett und aß ihr Frühstück, das Mrs. Ketley ihr auf einem Tablett hinaufgebracht hatte. Sie teilte Strand entschlossen mit, daß dies der einzige Samstagmorgen ihren Lebens sei, an dem sie absolut nichts zu tun gedenke. »Falls die Seligkeit langweilig werden sollte«, sagte sie, »werde ich mich möglicherweise anziehen und zum Tennisplatz kommen. Aber rechne nicht damit. Ich habe das Gefühl, daß ich bis zum Lunch einfach hier schwelgen werde.« Sein ungewöhnliches Verhalten beim Zubettgehen gestern abend erwähnte sie mit keinem Wort.

Strand machte es sich in einem Sessel aus Segeltuch in dem schattigen kleinen Pavillon neben dem Tennisplatz bequem. Es war ein heißer Tag, und er sah, daß Hazens leichter weißer Baumwollhut schon an der Krempe durchgeschwitzt war. Der Alkohol muß heraus, dachte Strand. Wenigstens ein Beweis, daß er aus Fleisch und Blut ist. Hazen und Caroline spielten zusammen, und Strand erschienen sie etwa gleich spielstark wie die beiden jungen Männer, welche offensichtlich von Kindesbeinen an ein ausgezeichnetes Training genossen hatten. Hazen spielte beherrscht und exakt und schlug den Ball genauso hart wie die anderen. Er lief nicht viel, aber es gelang ihm, stets am richtigen Platz zu sein, und Strand glaubte zu bemerken, daß er ebenso viele Punkte machte wie Caroline, die hin und her flitzte und mit spektakulären akrobatischen Sprüngen gerne am Netz arbeitete. Das Spiel bereitet ihr Vergnügen, dachte Strand. Sie lächelte selbstgefällig, wenn sie beim Service einen Punkt erzielte oder einen Schmetterball anbrachte. Die beiden jungen Männer hatten zunächst etwas herablassend gespielt, hatten die Bälle weder besonders schnell noch in die Ekken geschlagen. Aber nachdem Caroline und Hazen die beiden ersten Sätze gewonnen hatten, drehten sie auf, begannen die Bälle zu schneiden und hart an die Linie zu spielen, und sie zeigten keinerlei Erbarmen mehr mit dem Alter oder dem Geschlecht ihrer Gegner.

Die beiden jungen Männer gewannen den Satz mit 7:5. Inzwischen waren noch andere Spieler eingetroffen, zwei junge Männer und ein ziemlich massiges Mädchen. Sie hatten sich Strand vorgestellt, und er hatte wie üblich nicht einen Namen behalten. Die jungen Leute setzten sich neben Strand in den Schatten des Pavillons und sahen dem Ende des Spiels zu. Ganz unparteiisch riefen sie »Guter Ball!«, oder sie sagten »Wau!« nach einem besonders hart erfochtenen Punkt.

»Das wär's, was mich betrifft, meine Damen und Herren«, sagte Hazen, nachdem er den Ball ins Netz geschlagen hatte und der Satz damit an den Gegner ging. »Ich danke sehr. Caroline, verzeih, es ist alles meine Schuld.«

»Auch ich habe einiges vermurkst«, sagte Caroline höflich. Anerkennend stellte Strand fest, daß sie eine gute Verliererin war. Er selbst war kein Leistungssportler, und er mochte Leute nicht, die nicht verlieren konnten. Hazen war natürlich trotz seiner Entschuldigung gelassen wie immer. Strand sah, daß seine Gewinne oder Verluste in anderen Bereichen lagen.

»Wollen Sie nicht noch ein Spiel machen?« sagte Caroline zu Hazen, als sie auf den Pavillon zugingen. »Ich werde eine Pause einlegen und unterdessen meinem Vater die drückenden Sorgen des Verlierers beichten.«

»Nein«, sagte Hazen. »Für heute ist's genug für meine alten Knochen. Jetzt ist die jüngere Generation dran.« Er kam zum Pavillon herüber, nahm seinen Hut ab und wischte seine Stirn mit einem Handtuch trocken. Sein Gesicht war ein bißchen röter als sonst, aber er atmete ohne Anstrengung, und falls er wirklich das Alter in seinen Knochen spürte, war dies an der Art und Weise, wie er den Platz verließ, keinesfalls zu erkennen.

Im Hintergrund des Pavillons stand ein Kühlschrank, aus dem Hazen einen großen Krug mit Eistee holte. Er goß Caroline und den beiden Gegnern ein; indessen wärmten sich die Neuankömmlinge auf dem Platz ein wenig auf.

»Hey«, wandte sich einer der beiden jungen Leute an Caroline. Er war der größere von beiden und der bessere Spieler, und sein Name war Brad oder Chad. »Du hast ein ganz ordentliches Match geliefert, Fräulein. Im gemischten Doppel würden wir beide ordentlich aufräumen. Wirst du den ganzen Sommer über hier sein?«

»Nein«, sagte Caroline.

»Schade. Du wärst ein Gewinn für die Saison.« Er sah gut aus. Hätte Strand den amerikanischen blonden Standardtyp beschreiben müssen, hätte er sich ihn als Vorbild nehmen können. Er hatte eine leichte, selbstsichere Art. Vielleicht, dachte Strand, wäre es gut gewesen, in meiner Jugend ernsthafter Tennis zu spielen.

»Caroline«, sagte Hazen und stellte seinen Eistee nieder, »du weißt, daß du herauskommen kannst, wann immer du möchtest. Vielleicht macht es dir Spaß, einige der hiesigen Turniere mitzumachen.«

Caroline sah rasch zu ihrem Vater hinüber. »Schrecklich gern«, sagte sie. »Falls ich Zeit habe.«

Strand schwieg. Er war nicht sicher, ob ihm nach der gestrigen nächtlichen Szene der Gedanke zusagte, seine Tochter als ständigen Besucher in diesem Haus zu wissen.

»Komm, Caroline«, sagte der große junge Mann namens Brad oder Chad. »Du spielst mit mir, und wir werden sie glatt umbringen!«

Sie gingen zum Platz hinüber, um gegen einen der neu angekommenen Jungen und das wuchtige Mädchen zu spielen. »Ich gehe jetzt unter die Dusche«, sagte Hazen. »Es deprimiert mich, den

Kindern beim Spiel zuzusehen.«

»Ich komme mit Ihnen«, sagte Strand. »Muß sehen, was der Rest der Familie treibt.« Er winkte Caroline zu, die sich eben mit gespreizten Fingern das Haar zurückstrich und auf das gegnerische Service vorbereitete. Er wartete, bis Hazen seinen Pullover übergezogen und seinen weißen Hut aufgesetzt hatte, dann gingen sie Seite an Seite zum Haus zurück.

»Seit Monaten habe ich kein Match so genossen wie dieses«, sagte Hazen. »Dank Ihrer entzückenden Tochter.«

»Sie haben sehr gut gespielt, fand ich«, sagte Strand.

»Ich habe die Stellung gerade gehalten, das war alles. Am Tag, da mir das nicht mehr gelingt, werde ich mein Rakett dem Smithsonian-Institut vermachen. Nun, vier, fünf Jahre noch ...« In seiner Stimme lag Resignation, und er verstummte. Er schwitzte immer noch und fuhr sich mit dem Handtuch über das Gesicht. »Diese jungen Männer sind etwas zu alt für Ihre Tochter«, meinte er. »Um diese Jahreszeit sind die Jungen ihres Alters in der Schule oder auf dem College und schaffen es nicht, über das Wochenende zu kommen. Der Bursche, mit dem sie jetzt spielt, ist vierundzwanzig. Er arbeitet in der Firma seines Vaters in Wall Street und scheint eine Menge Freizeit zu haben. Ist sehr von sich überzeugt, wenn es um Damen geht.« Hazen warf Strand einen bedeutungsvollen Blick zu. »Ledige und andere.«

»Aber er machte durchaus den Eindruck eines Gentleman auf mich.«

Hazen lachte. »Ich wollte damit nicht andeuten, daß er nur darauf aus ist, Kinder zu vergewaltigen. Ich dachte nur, es wäre vielleicht ratsam, Caroline darauf aufmerksam zu machen, daß er wesentlich älter ist als sie. Caroline hat doch bisher sichtlich ein äußerst behütetes Leben geführt. Ganz anders als die Schar junger Mädchen, die hier im Sommer die Zeit totschlagen. Sie wissen schon, Kinder aus reichen Häusern und geschiedenen Ehen. Kinder, deren Eltern trinken und wahllos Affären haben ... nun ja ...«

»Sie wird von ihrer Mutter sehr behütet«, sagte Strand und ärgerte sich über Hazens versteckte Warnung. »Das Nesthäkchen der Familie und so.« Dann merkte er, daß dies klang, als gäbe er Leslie die Schuld, und fügte hastig hinzu: »Ich bin überzeugt, daß Caroline sehr wohl imstande ist, auf sich aufzupassen.«

»Ein Jammer, wenn es nicht so wäre«, sagte Hazen ernst. »Sie besitzt die seltene Gabe der Unschuld. Sie ist zu selten, um aufs Spiel gesetzt zu werden. Was ihr Tennis betrifft ...« Hazen zuckte die Achseln. »Sie hat eine erstaunlich genaue Vorstellung, wie gut sie wirklich ist.«

»Nicht gut genug«, sagte Strand. »Sie hat mir erzählt, daß Sie es Ihnen sagte.«

Hazen lächelte. »Eine Äußerung, die für einen so jungen Menschen gleichfalls ungewöhnlich ist. Hat sie jemals mit Ihnen darüber gesprochen, was sie gerne täte, wenn sie mit der Schule fertig ist?«

»Nicht eingehend«, sagte Strand. »Ich denke, es geht ihr wie den meisten modernen jungen Leuten ohne ausgeprägte Begabung. Sie wartet ab, was sich ergibt.«

»Hat sie Ihnen nicht erzählt, daß sie gerne auf ein landwirtschaftliches College in den Westen gehen würde?«

»Landwirtschaftliches ...?« wiederholte Strand ungläubig. Warum, in aller Welt, hatte sie das vor ihm verborgen? »Es ist das erste Mal, daß ich davon höre. Wieso? Hat sie es Ihnen gesagt?«

Hazen schüttelte den Kopf. »Nicht so exakt ausgedrückt. Sie sagte lediglich, sie wolle irgendwohin, wo das Leben einfacher und sie nicht von Beton umgeben sei.«

»City College liegt zwar nicht in der Prärie«, sagte Strand, »aber es ist eine recht gute Schule und nicht sehr teuer, und sie könnte zu Hause leben.« Er beschloß, ernsthaft mit seiner Tochter zu reden, sobald er mit ihr allein war.

»Geld ist vielleicht nicht das größte Problem«, sagte Hazen. »Immerhin gibt es die Möglichkeiten eines Stipendiums.«

»Nicht mit ihren Noten. Eleanor bekam eines, aber Caroline ist keine gute Schülerin, das muß sogar der eigene Vater zugeben.«

»Sie sagte mir noch etwas, das sich als nützlich erweisen könnte«, meinte Hazen. »Heutzutage vergibt man immer mehr und mehr Stipendien an Mädchen, die echte sportliche Talente aufweisen ...«

»Ihr Tennis mag für den Central Park genügen, aber sie weiß selbst, daß es zu mehr nicht reicht.«

»Ich spreche nicht von Tennis«, korrigierte ihn Hazen. »Da stimme ich mit Ihnen überein. Aber es fiel mir auf, wie schnell sie ist. Sie sprintet außerordentlich rasch. Ich fragte sie, ob sie jemals Rennen gelaufen sei, und sie erzählte mir, daß sie neulich beim Sportfest ihrer Schule den Kurzstreckenlauf gewonnen habe.«

»Ja«, sagte Strand. »Ich weiß. Immerhin nur beim Sportfest einer kleinen Schule.«

»Ich fragte sie, ob man ihre Zeit genommen habe; es stellte sich heraus, daß sie die hundert Yard in 10,4 geschafft hat. Für ein Mädchen, das nie trainiert wurde, ist das eine höchst eindrucksvolle Zeit. Bei gutem Training könnte sie an Spitzenzeiten herankommen. Es ist ein Jammer, daß ihre Schule nicht an Wettkämpfen teilnimmt. Eine Menge guter Schulen würde sich um sie reißen. Ich kenne den Pressemann vom Truscott College. Das ist in Arizona, also bei Gott weit genug im Westen. Ich könnte mir vorstellen, daß mein Freund die Sportmanager der Schule für sie interessieren könnte, wenn er erwähnt, daß ich ein hoffnungsvolles Talent für ihre Mannschaft entdeckt habe. Und Truscott ist stark landwirtschaftlich ausgerichtet.«

»Haben Sie Caroline das alles schon gesagt?« fragte Strand besorgt und sah ungeheure neue Komplikationen am bisher einigermaßen friedlichen Horizont der Familie.

»Nein«, sagte Hazen. »Ich dachte, es wäre klüger, zuerst mit Ihnen und Carolines Mutter zu sprechen, ehe ich ihr Hoffnungen mache.«

»Danke«, sagte Strand sarkastisch. Es half nichts, es ärgerte ihn, daß seine Tochter sich einem fast völlig fremden Menschen anvertraut und ihm Dinge mitgeteilt hatte, die sie vor ihren Eltern verbarg. »Ich werde mir das Mädchen einmal vornehmen«, sagte er. »Man wird sehen.«

»Jedenfalls fand ich«, meinte Hazen, »daß Sie und Ihre Frau zumindest über die bestehenden Möglichkeiten Bescheid wissen sollten.«

»Das sind seltsame Zeiten«, sagte Strand lächelnd, »in denen sich ein Mädchen ihre Bildung mit der Schnelligkeit der Beine erlaufen kann. Vielleicht sollte ich mir eine Stoppuhr anschaffen und die Zeiten meiner Schüler nehmen, statt sie mit Prüfungen zu belästigen.«

»Falls Sie sich dazu entschließen könnten, wäre ich gern bereit, meinen Freund im Truscott College anzurufen.«

»Das ist sehr liebenswürdig von Ihnen. Aber ich denke, Sie haben andere Sorgen, als darüber nachzudenken, wie meine Tochter dreitausend Meilen von zu Hause entfernt die Landwirtschaft erlernen könnte.«

»Ich glaube nicht, daß sie die Absicht hat, in die Landwirtschaft zu gehen. Sie hat mir erzählt, sie würde gerne Veterinärmedizin studieren, und eine landwirtschaftliche Schule hält sie für einen guten Start.«

»Veterinär ...« Strand gelang es nicht, seine Bestürzung zu verbergen. Seine Unterhaltung mit Judith Quinlan fiel ihm ein, die scherzhaft gesagt hatte, sie wäre gerne Tierarzt, falls sie den Lehrberuf an den Nagel hängen sollte. War es möglich, daß in dieser Stadt irgendeine Art geistiger Verirrung die Frauen befiel? »Tierarzt«, sagte er. »Ausgerechnet. Wir hatten niemals auch nur eine Katze oder einen Hund im Haus. Hat sie Ihnen gesagt, wie sie auf diese Idee verfiel?«

»Ich habe sie danach gefragt, aber sie schien mir scheu, vielleicht sogar peinlich berührt. Die Antwort fiel ihr schwer«, sagte Hazen. »Sie murmelte etwas von privaten Gründen, also drang ich nicht weiter in sie.«

»Was halten Sie von der Idee?« fragte Strand fast aggressiv.

Hazen zuckte die Achseln, während sie dahinspazierten. »Ich denke, in unserem Zeitalter ist es üblich, junge Leute ihre Berufswahl selbst treffen zu lassen. Wahrscheinlich ist diese Methode so gut wie jede andere. Ich habe das Gefühl – und es mag nur eine Illusion sein –, daß ich heute glücklicher wäre, wenn mein Vater mir nicht vorgeschrieben hätte, was ich mit meinem Leben anfangen sollte. Wer weiß?« Er wandte den Kopf und sah Strand aus halbgeschlossenen Augen neugierig an. »Nehmen wir an, Sie hätten im Alter Ihrer Tochter unter sonst gleichbleibenden Vorzeichen die Wahl gehabt. Hätten Sie die Entscheidung getroffen, die Sie tatsächlich trafen?«

»Nun«, sagte Strand unbehaglich. »Nein. Es war mein Traum, Historiker zu werden. Sicher hatte ich nicht den Wunsch, störrischen Kindern einige abgedroschene Informationen über die Vergangenheit einzutrichtern. Hätte ich nach Harvard oder Oxford gehen und einige Jahre der Muße in den Archiven und Bibliotheken Europas zubringen können ...« Er lächelte kläglich. »Aber ich mußte meinen Lebensunterhalt verdienen. Ich mußte mich um Gelegenheitsjobs umsehen, die mich so lange über Wasser hielten, bis ich meinen Magister am City College gemacht hatte. Wenn ich stärker gewesen wäre, wer weiß ... Gut, ich war eben nicht stärker. Längst begrabene Ambitionen.« Nun war er an der Reihe, die Achseln zu zucken. »Ich habe seit Jahren nicht mehr daran gedacht.«

»Nehmen wir an«, sagte Hazen, »Sie wären irgendwie nach Harvard gekommen, hätten Ihre Jahre in Europa verbracht und wären der Mann geworden, der zu werden Sie gehofft hatten; hätten Ihren hochgerühmten Namen auf den Buchrücken in den Regalen der Bibliotheken gesehen. Wären Sie... nun...«, er suchte nach dem passenden Wort, »sagen wir: zufriedener, als Sie jetzt sind?«

»Vielleicht«, meinte Strand. »Vielleicht nicht. Das werden wir niemals wissen.«

»Soll ich den Mann in Truscott anrufen?« Strand mußte anerkennen, daß Hazen das Talent besaß, seine Zeugen so lange in die Enge zu treiben, bis sie mit ja oder nein antworten mußten.

Strand schwieg eine Weile. Er dachte darüber nach, wie die Wohnung aussehen würde, wenn Caroline zunächst nur in den Ferien daheim wäre und schließlich für immer von zu Hause fort sein würde. Sechzehn Schlafzimmer hatten sie zwar nicht, aber auch Leslie und er stünden dann vor dem Problem der leeren Räume. »Ich kann Ihnen jetzt keine Antwort geben«, sagte Strand. »Ich muß zuerst mit meiner Frau darüber sprechen. Wir sind Ihnen sehr dankbar für Ihr Interesse, aber ...«

»Das hat mit Dankbarkeit nicht das geringste zu tun«, sagte Hazen scharf. »Vergessen Sie nicht, daß es eine Menge gibt, wofür *ich* dankbar zu sein habe. Man kann mit Fug und Recht annehmen, daß ich heute weder hier noch sonstwo stünde, um mich mit Ihnen zu unterhalten, wenn Caroline nicht gewesen wäre.«

»Sie hat nicht gewußt, was sie tat«, sagte Strand. »Fragen Sie sie. Es war ganz einfach eine Reflexhandlung.«

»Um so bewunderungswürdiger«, sagte Hazen. »Die Sache hat keine Eile. Sprechen Sie mit Ihrer Frau und dem Mädchen, und lassen Sie mich wissen, wofür Sie sich entschlossen haben. Um ein Uhr ist Mittagessen. Ich habe einige Freunde eingeladen, unter anderem zwei Männer, mit denen Sie sich möglicherweise gerne unterhalten werden, ein Geschichtsprofessor vom Southampton College und ein Englischprofessor.«

Der perfekte Gastgeber, dachte Strand. Hätte Hazen einen Testpiloten zu Gast, es wäre ihm sicher gelungen, zwei weitere Testpiloten aufzutreiben, damit man am Mittagstisch über Bruchlandungen fachsimpeln konnte.

Als sie beim Haus anlangten, sah Strand einen großen, außerordentlich mageren Jungen in der Auffahrt stehen, der einen Fängerhandschuh trug. »Da ist die andere Hälfte der Mannschaft«, sagte Hazen. »Würden Sie den Schiedsrichter für uns machen?«

»Ich werde mein möglichstes tun«, sagte Strand.

»Guten Morgen, Ronny«, grüßte Hazen den Jungen. »Das ist Mr. Strand. Er wird die Bälle und Fehlschläge anzeigen.«

»Guten Morgen, Sir.« Ronny übergab Hazen den Fanghandschuh. Hazen schlug mit der geballten Faust in den gepolsterten Handschuh, während sie die Auffahrt überquerten und den angrenzenden Rasen betraten. Er markierte mit seinem Handtuch das Schlagmal, und der Junge schritt mit ernstem Gesicht die Wurfdistanz ab. Hazen kauerte hinter dem Handtuch, und Strand stellte sich hinter ihm auf und versuchte, nicht zu lächeln.

»Du hast fünf Würfe zum Warmwerden«, rief Hazen dem Jungen zu, »dann geht's los. Die üblichen Zeichen, Ronny. Einen Finger für den geraden Ball, zwei für Bogenwurf, drei, wenn's danebengeht.«

»Ja, Sir«, sagte Ronny. Er holte kunstvoll aus, vollführte eine Reihe kleiner, ruckartiger Bewegungen, bis er dem Schlagmal den Rücken kehrte, ehe er sich herumschnellte und warf. Strand erkannte den Stil, er sah die Yankees oft genug im Fernsehen. Der Junge war offenbar ein Anhänger von Luis Tiant, jenem sensationellen kubanischen Werfer, der die Baseballfans begeisterte. Wiederum versuchte er, ein Lächeln zu verbergen.

Der Ball landete langsam hinter dem Handtuch. Strand vermutete, daß der Junge einen Bogenwurf beabsichtigt hatte. Nach dem fünften Wurf rief Strand: »Schläger!«

»Genau hierher, Baby«, sagte Hazen. »Laß ihn sausen.«

Ronny beugte sich vor, spähte ganz wie Tiant nach dem Zeichen, hob das linke Bein und warf.

»Ball eins«, bellte Strand, und das Spiel, das Hazen und der Junge spielten, begann ihn auf eine ganz seltsame Weise zu fesseln.

Hazen blickte grollend über die Schulter. »Was ist los, Schiedsrichter, sind Sie blind? Geben Sie keinen Eckball?«

»Spielen Sie weiter«, befahl Strand barsch.

Hazen blinzelte amüsiert und wandte sich wieder dem Werfer zu.

Nachdem Strand fünfzehn Minuten lang großzügigst zehn Outs und vier Gänge gezählt hatte, stand Hazen auf, ging auf Ronny zu und schüttelte ihm die Hand. »Gutes Spiel, Ronny«, sagte er. »In zehn Jahren bist du reif für die großen Vereine.« Er gab dem Jungen, der zum ersten Mal lächelte, seinen Handschuh zurück und ging mit Strand ins Haus.

»Das war nett von Ihnen«, sagte Strand.

»Er ist ein guter Junge«, sagte Hazen gleichgültig. »Aber als Baseballspieler wird er es nie zu etwas bringen. Er ist um etwa eine halbe Sekunde zu langsam, und die wird er niemals schaffen. Eines Tages wird er es begreifen, und das wird ein harter Tag für ihn werden. Auch ich liebte Baseball, und dann kam auch für mich der Tag, da ich begriff, daß ich es niemals so richtig schaffen würde. Also warf ich mich auf Hockey. Dazu hatte ich die nötigen Begabungen.« Er lächelte unangenehm. »Brutalität und Gerissenheit. Danke fürs Schiedsrichtern. Ich sehe Sie beim Lunch. Jetzt bin ich reif für die Dusche. Sie würden staunen, wie anstrengend es ist, zehn Minuten lang in der Hocke auszuharren.« Er ging ins Haus.

Strand nahm an, daß Leslie immer noch im Schlafzimmer war und das Nichtstun genoß. Noch fühlte er sich einem Gespräch mit ihr nicht gewachsen. Also wanderte er zum Schwimmbassin, wo er auf Eleanor und Jimmy traf, die sich sonnten.

Eleanor lag bäuchlings auf einer Badematte; neben ihr hockte Jimmy und schmierte Sonnenöl auf ihren Rücken. Sie hatte die Träger ihres Bikinioberteils gelöst, um weiße Streifen in der erhofften Bräune zu vermeiden, und so wie sie da lag, die Brüste fast zur Gänze sichtbar, wirkte sie – zumindest auf Strand – eindeutig aufreizend. Ihr Körper mit der schlanken Taille, den schwellenden Hüften und der seidigen Haut erinnerte ihn beunruhigend eindringlich an den ihrer Mutter. Nach einem kurzen Blick setzte Strand sich auf die Kante eines Liegestuhles und starrte auf das Meer hinaus. Eleanor und Jimmy spielten ein Wortspiel; einer von ihnen nannte einen Buchstaben, der andere fügte den nächsten hinzu, und wer trotz der Absichten des Gegners, dies zu durchkreuzen, als erster ein vernünftiges Wort zusammengebastelt hatte, war der große Gewinner.

»E«, sagte Eleanor. »Hallo, Dad. Wie geht's Miß Wimbledon 1984?«

»Sie heizt ihnen ordentlich ein«, sagte Strand und wünschte, sie würde ihren BH zumachen.

»D«, sagte Jimmy.

»Zu einfach, Jimmy«, sagte Eleanor. Dann, an Strand gewandt: »Wir sollten dem Schrecken von Central Park einstimmig unseren Dank dafür aussprechen, daß er uns das Tor zu all dieser Pracht geöffnet hat. I, Jimmy. Ich habe unseren freundlichen Gastgeber noch nicht gesehen. Was plant er zu unserer Unterhaltung?«

»Lunch«, sagte Strand.

»Tut mir leid«, sagte Eleanor. »Wirst du mich entschuldigen? Ich bin zum Lunch eingeladen. Von einem Mann, den ich zufällig in Bobbys Bar getroffen habe. Er holt mich ab, und wir essen mit der Literatenclique. Er schreibt Gedichte. Für kleine Zeitschriften. Schau nicht so entgeistert, Väterchen.« Sie lachte. »Die Gedichte sind eher armselig, aber er hat einen ordentlichen Job. I, Jimmy, ich habe I gesagt.«

»Zufällig getroffen!« sagte Jimmy. »Er hat gestern abend mit heraushängender Zunge auf dich gewartet. K.«

»Du bist durchtrieben, Jimmy.« Strand wußte nicht, ob sie Jimmy für durchtrieben hielt, weil er K gesagt oder weil er begriffen hatte, daß das gestrige Zusammentreffen durchaus nicht zufällig gewesen war. Sie seufzte. »Du bist ein schlaues Kind. Also bitte. Ich gebe auf. Ich weiß nicht, was auf K noch passen könnte. Wie heißt das Wort?«

»Edikt«, triumphierte Jimmy.

»Gewonnen. Du kannst mit Worten entnervend gut umgehen. Er schlägt mich immer«, sagte sie zu ihrem Vater. »Und angeblich bin doch ich der Schlaukopf der Familie.«

»Fertig«, sagte Jimmy und schraubte die Flasche mit dem Sonnenöl zu. »Willst du noch weiterspielen?«

»Im Augenblick nicht«, sagte Eleanor. »Die Sonne macht mich ganz dumm. Ich werde mich braten lassen, bis mein Kavalier kommt, um mich abzuholen.«

»Ich gehe ein paar Längen schwimmen«, erklärte Jimmy und stand auf. Er war lang und dünn wie sein Vater, man sah seine Rippen, und seine große, grimmige Nase ragte unter buschigen, dunklen Augenbrauen hervor. Freudlos verglich Strand seinen Sohn mit den jungen Männern, die er eben am Tennisplatz beobachtet hatte. Sie waren sehnig und muskulös, während Jimmy einfach mager war. Er würde ihnen in einem Match nicht einmal einen Satz lang standhalten können. Jimmy vertrat die Ansicht, jegliche Form von körperlicher Ertüchtigung sei schweißtreibend und verkürze das Leben. Wenn Caroline ihn seiner sitzenden Lebensweise wegen neckte, zitierte er Kiplings spöttische Bemerkung über die kricketbegeisterten sportlichen Gentlemen der guten Gesellschaft: »Narren im Flanell auf der Bahn, schmutzverschmierte Einfaltspinsel im Ziel.« Wenigstens bestand keinerlei Gefahr, dachte Strand, daß Hazen den Versuch unternehmen würde, Jimmy ein Stipendium an einer Sportschule zu verschaffen.

Jimmy tauchte mit einem großen Plumps in das Bassin und paddelte glücklich umher. Strand wäre in Schwierigkeiten gekommen, wenn er seinen Schwimmstil beschreiben hätte müssen.

»Wer ist der Kavalier – wie du dich auszudrücken beliebtest –, der dich zum Lunch abholt?« fragte Strand.

»Du kennst ihn nicht«, meinte Eleanor.

»Ist es der, von dem du mir erzählt hast? Der von den griechischen Inseln?«

Eleanor zögerte einen Augenblick. »Genau der«, sagte sie. »Er fand es eine gute Idee, sich auf neutralem Boden zu treffen. Aber du mußt ihn dir nicht anschauen, wenn du nicht willst.«

»Selbstverständlich will ich«, sagte Strand.

»Du mußt dir keine Sorgen machen. Man kann ihn ruhig herzeigen«, meinte Eleanor.

»Darüber mache ich mir keine Sorgen.«

»Gutes altes Väterchen.«

»Findest du es höflich, einfach fortzugehen, ohne dich bei Mr. Hazen zu entschuldigen? Schließlich hast du schon eine Nacht unter seinem Dach verbracht und ihn noch nicht einmal begrüßt.«

»Es ist nicht meine Schuld, daß er es gestern nicht schaffte, zum Abendessen hier zu sein«, verteidigte sich Eleanor. »Außerdem begleicht er seine Schuld Caroline und dir und Mutter gegenüber, und ich bin sicher, das genügt ihm.«

Schuld, dachte Strand. Ein unangenehmes Wort, das alles auszudrücken. »Wirst du zum Abendessen zurück sein?«

»Wenn du es wünschst.«

»Ich wünsche es.«

Eleanor seufzte. »Ich werde zurück sein.«

»Eleanor«, sagte Strand und hoffte, sie würde sich aufsetzen und ihren BH zubinden. »Ich möchte dich etwas fragen.«

»Was?« Sie war auf der Hut.

»Es geht um Caroline. Glaubst du, daß sie alt genug ist, um von zu Hause fortzugehen. Auf ein College?«

»Ich ging fort, als ich so alt war wie sie«, sagte Eleanor. »Übrigens dachte ich, sie würde aufs City College gehen. Das ist nicht *fort*. Das ist in unserer Stadt.«

»Nimm einmal an, wir hätten es uns anders überlegt.«

»Und wie wollt ihr das mit dem Schulgeld machen? Willst du einen Nebenjob annehmen? Ich glaube nicht, daß du in deinem Alter ...«

»Und wenn wir glauben, daß wir es schaffen?«

»Wie?«

»Irgendwie.« Caroline in Laufschuhen und Trainingsanzug – er fürchtete, Eleanor würde zu johlen beginnen, wenn er es ihr erzählte.

Endlich band sie die Träger ihres BH am Rücken zusammen und setzte sich auf. »Falls du die Wahrheit hören willst«, sagte sie,

»ich glaube, sie ist zu Hause besser aufgehoben. Sie ist unreifer, als ich in ihrem Alter war. Bei weitem. Ist dir noch nicht aufgefallen, daß nie Jungen zu ihr nach Hause kommen oder anrufen?«

»Da hast du recht«, gab Strand zu.

»Als ich so alt war wie sie, läutete das Telefon Tag und Nacht.«

»Das kann man wohl sagen.«

»Sie glaubt, daß sie häßlich ist«, sagte Eleanor. »Sie denkt, sie wirkt abstoßend auf die Männer. Darum will sie sie auch am Tennisplatz schlagen. Ich verwirre die Männer wenigstens mit meinem Hirn.« Sie lächelte selbstzufrieden. »Es ist würdevoller... und dauerhafter.«

»Häßlich?« Strand war entsetzt. »Caroline?«

»So seid ihr Eltern«, meinte Eleanor. »Glaubst du, daß auch ich blind sein werde, wenn ich Kinder habe?«

»Aber sie *ist* nicht häßlich. Eben jetzt überbot sich Mr. Hazen geradezu, mir zu versichern, wie entzückend sie ist.«

»Altersbedingte Schwärmerei«, stellte Eleanor fest. »Reicht bei weitem nicht an ein bißchen Knutschen mit einem Achtzehnjährigen im Kino heran.«

»Und wenn ich dir sage, daß ich sie für ein... nun... nicht gerade schönes, aber äußerst hübsches Mädchen halte?«

»Altersbedingte Vatergefühle«, sagte Eleanor schroff. »Du hast mich gefragt, wie ich über meine Schwester denke. Willst du, daß ich dir nach dem Mund rede? Oder möchtest du meine Meinung hören?«

»Das ist eine schwierige Frage«, protestierte Strand.

»Schwierig oder nicht, was willst du hören?«

»Darauf kann es nur eine Antwort geben«, erwiderte Strand und versuchte seinen Worten Würde zu verleihen.

»Sie hält sich ihrer Nase wegen für häßlich. So einfach ist das. Seit ihrem ersten Schuljahr haben die Kinder sie deswegen geneckt. Es ist deine Nase, und an dir sieht sie großartig aus. Sie ist auch bei Jimmy okay. Er wird in sie hineinwachsen. Aber für sie... da es nun einmal in der Familie auch Nasen wie Mutters Nase und die meine gibt, ist es für sie ein schicksalsschwerer Fluch. Versteh mich richtig, Dad«, fuhr sie sanfter fort, als sie den betroffenen Gesichtsausdruck ihres Vaters sah, »ich will damit nicht sagen, daß ich für richtig halte, was sie denkt, oder daß sie etwa nicht ein wunderbares junges Mädchen wäre, aber so ist es nun einmal. Wenn ein Mädchen das Gefühl hat, nicht hübsch zu sein, und wenn sie von zu Hause fort ist, fort von der liebevollen Stütze der guten, alten Eltern, fort von dem netten, sicheren Bett, in das man jeden Abend flüchten kann, dann ist es sehr wahrscheinlich, daß sie... hol's der Teufel, daß sie dem erstbesten Kerl verfällt, der ihr sagt, daß sie hübsch ist. Egal, welche Absichten er verfolgt oder ob er gut oder schlecht für sie ist. Du hast mich um meinen Rat gefragt? Behaltet sie bei euch zu Hause, bis sie erwachsen ist.«

Jimmy kletterte aus dem Bassin, schüttelte das Wasser von seinem Körper und zog an seinen Ohren.

»Stell *ihm* bitte keine Fragen«, sagte Eleanor. »Das ist mein zweiter Rat.«

»Eines Tages, Eleanor«, sagte Strand, »werde ich dich vielleicht auch fragen, was ich deiner Meinung nach mit *meinem* Leben anfangen soll.«

»Bleib, wie du bist.« Sie stand auf und küßte ihn auf die Wange. »Ich könnte es nicht ertragen, wenn du anders wärst.«

Strand saß allein auf der Terrasse. Eleanor war hinaufgegangen, um sich für den Lunch anzuziehen, und Jimmy hatte sich auf einen Strandspaziergang begeben. Strand war froh, daß Leslie nicht herunterkam; wenn er – wie jetzt – Sorgen hatte, würde sie es unweigerlich fühlen, sie würde ihn bestürmen, ihr die Gründe zu verraten, und ihr glücklicher Faulenzermorgen wäre verdorben. Es war genug, wenn sich heute nur einer von den Strands mit den Schwierigkeiten des Lebens im zwanzigsten Jahrhundert herumschlagen mußte.

Strand überlegte, ob er hinaufgehen und die Badehose anziehen sollte, um im Pool zu schwimmen. Im Augenblick war niemand in der Gegend, der seine armseligen Beine oder die Ähnlichkeit seines hageren Gestells mit dem Jimmys bemerken würde. Er wollte eben aufstehen, als Mr. Ketley aus dem Hause trat. »Mr. Strand«, meldete er, »es ist Besuch da für Miß Eleanor.«

»Sagen Sie dem Herrn, bitte, er soll hierher kommen«, sagte Strand.

Als der junge Mann die Terrasse betrat, erhob sich Strand, um ihn zu begrüßen. »Ich bin Eleanors Vater«, sagte er, und sie reichten einander die Hände. »Sie wird gleich hier sein. Sie zieht sich eben an.«

Der junge Mann nickte. »Ich bin Giuseppe Gianelli«, sagte er. »Klingt so peinlich melodiös.« Er lachte. »Meine Freunde nennen mich Joe.« Strand schätzte ihn auf achtundzwanzig, neunundzwanzig. Er hatte eine tiefe, weiche Stimme und war auffallend hübsch; große grüne Augen, die aussahen, als wären sie goldgepunktet, dunkles Gesicht, dichtes, schwarzes, lockiges Haar. Er war fast so groß wie Strand und trug weiße Hosen, Sandalen und ein blaues Polohemd, das seine muskulösen, braungebrannten Arme freiließ, sich eng um seine breiten Schultern spannte und lose um die Mitte spielte. Strand dankte Gott, daß er nicht in seiner Badehose ertappt worden war.

»Hübsches kleines Plätzchen haben Sie hier«, sagte Gianelli und sah sich um.

»Mein Sohn sagte: ›Das ist ein ganz schöner Brocken Architektur‹, als er es gestern abend sah.«

Gianelli lachte in sich hinein. Es war ein leichter, sanfter Laut, der zu seiner langsamen Sprechweise paßte. »Guter alter Jimmy«, sagte er. »Er hat sich gestern abend recht gut unterhalten.«

»Was hat er angestellt?« fragte Strand, »hat er sich betrunken?«

»O nein, nichts dergleichen.« Gianelli lächelte. Sein Gesicht, dessen Linien auf nahezu statuenhafte Weise maskulin waren, wurde plötzlich erstaunlich weich. »Wenn er betrunken gewesen wäre, hätte ich selbstverständlich seinem Vater gegenüber nichts davon erwähnt. Nein, er hat nicht mehr als ein Bier getrunken oder zwei. Er gab ein Konzert.«

»Womit?« Strand hatte Jimmy gebeten, seine elektrische Gitarre zu Hause zu lassen, und es war ihm gelungen, Jimmy davon zu überzeugen, daß sogar die Gastfreundschaft eines Millionärs ihre Grenzen hatte.

»Ein Mädchen hatte eine Gitarre mit«, sagte Gianelli. »Sie spielte ein paar Lieder. Sie wissen schon, von dieser klagenden Art: ›Warum bin ich am Leben, warum ist die Welt so gemein zu mir?‹ Als sie fertig war, fragte Eleanor, ob sie Jimmy ihre Gitarre leihen würde, und Jimmy und der Pianist gaben sich völlig aus. Wissen Sie, Mr. Strand, er kann wirklich spielen.«

»Bis dato«, sagte Strand, »bin ich noch nicht tief genug in die Materie eingedrungen, um Jimmys Musik vollauf zu würdigen.«

»Sie hätten gestern abend dabei sein sollen«, sagte Gianelli. »Er hat über eine Stunde lang gespielt. Hat Ihnen Eleanor nichts davon erzählt?«

»Wir hatten heute morgen andere Dinge zu besprechen«, antwortete Strand und kam sich sehr spießig vor. »Jimmy versichert mir laufend, daß er auf der Suche nach einem neuen Sound ist, und ich bin überzeugt, daß er es mir mitteilen wird, wenn er ihn gefunden hat. Was immer es ist.«

»Ich weiß nicht, was er gestern abend fand«, meinte Gianelli,

»aber *irgend etwas* hat er gefunden.«

»Vielleicht sollte ich meine Kinder in Zukunft begleiten, wenn sie abends ausgehen.«

»Es könnte Ihnen Schlimmeres passieren«, sagte Gianelli freundlich. »Darf ich mich setzen?«

»Verzeihen Sie«, sagte Strand. »Selbstverständlich.«

Beide setzten sich.

»Eleanor sagte, es würde nur eine Minute dauern«, meinte Strand. »Aber Sie wissen ja, was eine Minute bedeutet, wenn sich ein Mädchen zum Ausgehen umzieht.«

»Eleanor ist eigentlich recht pünktlich«, sagte Gianelli. »Ab und zu verspätet sie sich mal um fünf Minuten. In dieser Beziehung habe ich keine Klagen.«

Er spricht, als gehöre sie ihm, dachte Strand empfindlich und war darauf bedacht, seine Empfindlichkeit nicht zu zeigen. Falls sie bei Giuseppe Gianelli pünktlich war, benahm sie sich ungewöhnlich. Im Familienkreis war sie für ihr Zuspätkommen berüchtigt. Später wirst du noch deine Wunder erleben, junger Mann, dachte Strand schadenfroh – falls es ein Später gibt.

»Hat Ihnen Eleanor etwas über mich erzählt?« fragte Gianelli und richtete seine tiefgrünen Augen auf Strand; er sah ihn offen und aufrichtig an – von Mann zu Mann sozusagen. Der Junge kennt sich aus, dachte Strand. »Ich meine, irgend etwas Besonderes?«

»Sie sagte, daß Sie Gedichte schreiben«, sagte Strand. »Dann erklärte sie mir, ich solle nicht so entgeistert dreinschauen, die Gedichte seien zwar ärmlich, aber Sie hätten einen ordentlichen Job.«

Gianelli lachte vergnügt. Es fiel Strand schwer, beim sanften, angenehmen Klang dieser Stimme nicht aufzutauen. »Sie ist schon ein Fall für sich, nicht wahr?«

»Ein Fall für sich«, stimmte Strand zu. »Sie hat mir aber keines Ihrer Gedichte vorgetragen.«

»Ein Glückstag für Sie, Mr. Strand«, sagte Gianelli.

»Sie hat mir auch nicht mitgeteilt, welchen Beruf Sie ausüben.« Guter Gott, dachte Strand, das klingt, als wäre ich ein altmodischer Vater, der die Eignung eines Freiers seiner Tochter testet. »Sie kennt eine Menge verschiedenartigster junger Männer, und sie scheinen alle recht seltsamen Beschäftigungen nachzugehen.«

»Meine ist gar nicht so seltsam«, seufzte Gianelli. »Ich wünschte, sie wäre es. Ich arbeite für meinen Vater. Er ist Bauunternehmer. Ich beschäftige mich mit Zement, Ziegeln, Personalangelegenheiten und Lastwagen. Ich betrachte den Job als vorübergehende Verirrung meinerseits. Auch mein Vater hält nicht viel von meiner Lyrik. Er denkt, ich sei beim Studium der Volkswirtschaft unter den Einfluß kommunistischer Flintenweiber geraten.« Mit einem Lachen tat er seinen Vater ab.

Die zweite Generation, dachte Strand. Der Vater noch in Hemdsärmeln, der Herr Sohn schon in weißen Hosen an der See. Gianelli. Bauunternehmer. Als Zeitungsleser und Kinobesucher, der den »Paten« gesehen hatte, fragte Strand sich, ob es wohl Verbindungen zur Mafia gab. Cosa Nostra. Im Film hatte der Sohn ebenfalls eine Hochschule absolviert. Er schämte sich seiner Gedanken und wechselte das Thema. »Eleanor hat mir erzählt, daß Sie daran denken, im Sommer auf einer griechischen Insel Ferien zu machen.« Er sah Gianelli an und wartete auf seine Reaktion. Es gab keine.

»Spetse«, sagte Gianelli unbekümmert. »Freunde von mir haben da ein Haus am Meer. Ganz in der Nähe der ehemaligen Onassis-Insel. Die Idee entstand eines späten Abends. Solche Ideen entstehen meistens spätabends.«

In Strands Leben war niemals – weder bei Tag noch bei Nacht – die Idee entstanden, mit einer Frau, die nicht seine eigene war, drei Wochen auf einer Insel zu verbringen; aber er fand es überflüssig, Gianelli dies mitzuteilen. »Übrigens«, sagte er, »wo haben Sie Eleanor kennengelernt?«

»Oh, es war an einem dieser Abende in Bobbys Saloon«, sagte Gianelli leichthin. »Letzten Sommer. Wir saßen an der Bar und kamen ins Gespräch.«

Kamen ins Gespräch, dachte Strand und überlegte, wie umständlich er Leslies Telefonnummer und Adresse ausgeforscht hatte; wie er ein Jahr gewartet hatte, ehe er es wagte, einen Besuch zu machen; wie er unter den Blicken von Vater und Mutter Blut geschwitzt hatte, als er schließlich und endlich im Wohnzimmer der Familie stand, um Leslie ins Theater und zum Essen auszuführen. Ins Gespräch kommen, dann eine Insel in der Ägäis, und danach? Was kam dann? Diese Generation, dachte er, war durch nichts aus der Ruhe zu bringen. Grundsätzlich war er damit einverstanden. Aber er war sich keineswegs sicher, was er davon hielt, hier in der Sonne zu sitzen und darauf zu warten, daß der junge Mann seine Tochter zu einem literarischen Lunch führen würde und dann – ja, wohin dann?

»Wir haben gemeinsame Interessen entdeckt«, sagte Gianelli.

»Was zum Beispiel?« fragte Strand.

»Kein Alkohol.« Gianelli grinste. »Wallace Stevens. Was wir an New York lieben und was wir an ihm hassen.«

»Dieser Gesprächsstoff müßte für eine Weile gereicht haben«, sagte Strand trocken.

»Bis zirka drei Uhr morgens.«

»Was würden Sie – von Lyrik abgesehen – gerne tun?«

»Wollen Sie das wirklich wissen?« Gianelli sah ihn ernsthaft an.

»Natürlich.«

»In Brown war ich Herausgeber einer Zeitung. Dort ging ich aufs College. Es gefiel mir. Vielleicht nur deshalb, weil ich meinen Namen gerne in der Zeitung las. Eitelkeit. Aber ich glaube, es war mehr als das. Ich hoffte, mein Vater würde mich irgendwo in eine Kleinstadtzeitung einkaufen. Wo ich in einem Haus inmitten eines kleinen Grundstücks leben und mein eigener Herr sein könnte; kleine Pressefeldzüge unternehmen und so ... die Schurken ins Gefängnis bringen, die Gewerkschaften sauber halten, darauf achten, daß ein ordentlicher Mann in den Kongreß gewählt wird, Ordnung in den Bibliotheksvorstand und in die Bezirksvertretungen bringen, keine Vietnams, keine Watergates mehr. Kleine Sachen eben. Romantische, idealistische Träume eines reichen, amerikanischen Jungen. Im Rahmen meiner bescheidenen Möglichkeiten dem Zeitalter meinen Stempel aufdrücken. Mein Vater sagte: ›Mach deine Phantasien mit deinem eigenen Geld.‹ Ende der Debatte.«

Wie bereitwillig die junge Generation über sich selbst spricht, dachte Strand. In gewisser Weise bewundernswert. »Haben Sie Eleanor das erzählt?«

»Alles.«

»Was denkt sie darüber?«

»Strikt dagegen«, sagte Gianelli. »Mit mir kannst du nicht rechnen, Baby! Sie ist bereit, über Leichen hinweg den Gipfel der Macht zu erklimmen. Die Vorstellung, in einer kleinen Provinzstadt einen Artikel über die Maturaklasse redigieren zu müssen, hat für sie nicht den geringsten Reiz. Halten auch Sie mich für einen Narren?«

»Nicht unbedingt.« Strand fand Gianellis Idee nicht so übel. Andererseits mußte man die grauenhafte Statistik jährlicher Bankrotte kleiner Unternehmer in Amerika und das Verschlucken schwacher, unabhängiger Zeitungen durch die Mächtigen in Erwägung ziehen. »Allerdings werden Sie dann nicht viel Zeit für Griechenland haben.«

»Es gibt wichtigere Dinge als Griechenland«, sagte Gianelli. »Nun wissen Sie das Schlimmste über mich.« Er grinste wieder. »Soll ich jetzt gehen, und Sie sagen Eleanor, daß Sie mich hinausgeworfen haben?«

»Bleiben Sie sitzen.« Strand erhob sich. »Ich werde nachsehen, was sie so lange treibt.«

Als er auf das Haus zuging, trat Eleanor aus der Tür; sie sah frisch und selbstbewußt aus, trug ihre Nase hoch und hatte ein helles Tuch um den Kopf gebunden. »Hallo, Joe«, sagte sie. »Du bist früh dran.«

»Ich bin pünktlich«, sagte Gianelli, der aufgestanden war. »Ist ja auch egal. Ich habe unterdessen deinen Vater über meine Fehler und Tugenden aufgeklärt. Fertig?«

»So fertig, wie ich nur sein kann. Sehe ich nicht so aus?«

»Du siehst prächtig aus«, sagte Gianelli.

»Das müßte genügen«, sagte Eleanor. »Bis später, Vater.«

»Wann später?« fragte Strand.

»Einfach später.« Sie lächelte ihm zu und nahm Gianellis Arm.

Sie gingen davon. Strand mußte sich eingestehen, daß sie als Paar tatsächlich prächtig aussahen. Das Dasein eines Vaters hatte seine Höhen und seine Tiefen.

Nachdem sie gegangen waren, erschien Leslie auf der Terrasse. Sie hatte einen langen Baumwollrock für den Lunch angezogen, und ihr Haar war auf eine Art aufgesteckt, die Strand stets mit einem Gemisch von Anbetung und Angst erfüllte. »Wie sehe ich aus?« fragte Leslie unsicher.

»Prächtig«, sagte er.

Strand fand kein Vergnügen an dem Lunch, obwohl es köstlichen kalten Hummer und Kaffee und kühlen Wein und Avocadosalat gab. Das Büfett war auf der Terrasse angerichtet worden, welche jetzt von einer riesigen Markise überdacht war. Und das Meer war blau und ruhig, die beiden Professoren vom Southampton College und ihre Frauen waren durchaus liebenswürdig und gemäßigt intellektuell. Immer wieder sah er zu Caroline hinüber, genauer gesagt auf ihre Nase. Sicherlich wirkte sie nicht verunstaltend, dachte er und ärgerte sich, daß Eleanor solch ein Theater darum gemacht hatte; zu einer anderen Zeit hätte man Carolines Nase an einer Frau geradezu schön gefunden. Aber er konnte nicht umhin zu bemerken, daß Caroline es vorzog, mit ihrer Mutter und der Frau des Geschichtsprofessors beim Essen in einer Ecke zu sitzen, während die drei jungen Tennisspieler und zwei andere junge Mädchen, die eingeladen worden waren, während des Essens beieinander saßen und sich höchst vergnügt unterhielten.

Verdammt, dachte er, Eleanor hat recht. Altersschwache Vernarrtheit eines Vaters. Er hatte das Bedürfnis, zu Caroline hinüberzugehen und sie in die Arme zu nehmen und zu sagen: »Du bist schön, mein Liebling«, und in ihr weiches blondes Haar zu weinen.

Statt dessen wandte er sich dem Geschichtsprofessor an seiner Seite zu und sagte: »Verzeihen Sie, Sir, was haben Sie eben gesagt?«

Der Professor, der sich im Stile des großen Wissenschaftlers eine Haarmähne zugelegt hatte, ein wenig aussah wie Einstein und es auch genau wußte, sah ihn einen Augenblick lang sonderbar an. »Ich fragte, wie Sie das Thema Vietnam im Unterricht behandeln, an öffentlichen Schulen, meine ich.«

»Wir unterrichten keine moderne Geschichte.«

»Vietnam ist nicht modern«, sagte der Professor. »Schließlich geht unser Problem in dieser Frage auf den Zweiten Weltkrieg zurück. Geschichte ist zu guter Letzt immer ein nahtloses Gewebe. Aus unseren Schulen gingen unsere jungen Männer direkt in den Krieg. Wir machten eine Gewissenskrise durch, die fast unseren Lehrkörper spaltete!«

Strand dachte bei sich, daß man den Mann nicht ernst nehmen konnte. »Vietnam wurde in unseren Lehrplan nicht aufgenommen«, sagte er kühl und wußte, daß er unhöflich war, wußte, daß es nicht an den Worten des Mannes lag, sondern an seiner morgendlichen Unterhaltung mit Hazen und Eleanor und auch an der Tatsache, daß Caroline dort an der Seite ihrer Mutter hockte. Natürlich war er über den Krieg verzweifelt gewesen. Er hatte an seinen Kongreßmann geschrieben, hatte Petitionen unterzeichnet und dabei seinen Job riskiert, hatte an seinem eigenen Tisch und in Gegenwart Jimmys den Jungen recht gegeben, die nach Schweden geflogen waren oder den Wehrdienst verweigert hatten. Aber darüber konnte er bei kaltem Hummer und Gänseleberpastete in der sonnigen Picknickatmosphäre am Meeresstrand nicht sprechen.

Glücklicherweise kam Hazen zu ihm herüber und enthob ihn weiterer Diskussionen mit Einstein. »Verzeihen Sie, Mr. Strand«, sagte er, »dürfte ich Sie einen Augenblick sprechen?«

»Selbstverständlich«, sagte Strand erleichtert und stand auf. Er folgte Hazen ins Haus.

»Es tut mir leid, Sie zu stören«, sagte Hazen mit gedämpfter Stimme, obwohl sich niemand im Salon befand, »ich muß in die Stadt zurück. Der Anruf von heute morgen. Ich werde mich unbemerkt aus dem Staub machen. Ich will die Gesellschaft nicht mit einer Menge Verabschiedungen und Erklärungen stören. Sie verstehen doch?«

»Sicher.«

»Entschuldigen sie mich bei Ihrer Frau. Obwohl wir dieses Wochenende so wenig Zeit miteinander verbrachten«, meinte Hazen, »war ich froh, Sie alle hier zu haben. Sie *alle*«, sagte er nachdrücklich. »Das nächstemal werde ich die Telefonleitung durchschneiden lassen.«

»Es sind schon jetzt unvergeßliche Tage«, sagte Strand. Wenn Jimmy es gehört und gewußt hätte, was sich gestern abend zugetragen hatte, wenn er Zeuge des Gesprächs heute morgen am Frühstückstisch gewesen wäre, dann hätte er wohl gesagt: »Kumpel, das kann man ruhig sagen!«

»Sie rufen mich doch nächste Woche an?« bat Hazen, während sie einander die Hände reichten. Der geduldige Wagenlenker Conroy wartete bereits in der Halle – im dunklen Büroanzug natürlich –, rasch gingen er und Hazen durch die Tür auf den Mercedes zu.

6

Ihr hochgerühmter Name auf den Buchrücken in den Regalen der Bibliotheken ... Kannte er seinen eigenen Namen? Da gab es diesen anderen Mann, der seinen Namen trug, der ein anderes Leben lebte. Ein kraftvolles Leben, nicht in einem fremden Bett hingestreckt, mit dem Rauschen der Brandung oder des eigenen Blutes in den Ohren ...

»Wie war das Wochenende?« fragte Judith Quinlan.

»Bemerkenswert«, antwortete Strand. »Das Essen war vorzüglich.«

Judith lachte. »Ich kann mir denken, was Sie meinen.« Es war ein unfreundlicher Nachmittag mit Regenschauern. Sie saßen nach der Schule am regennassen Fenster ihrer Kaffeestube und waren froh, nach getaner Arbeit dem Wetter auf eine Viertelstunde entronnen zu sein. Strand hatte Judith ein wenig von Hazen erzählt und sich bemüht, nicht zu prahlen, als er von Carolines Abenteuer im Park berichtete. Dankbar trank er seinen Kaffee. Er hatte es nicht eilig, nach Hause zu kommen. Er hatte einen mühsamen Abend mit Leslie verbracht, nachdem Conroy sie Sonntag vor ihrem Wohnhaus abgesetzt hatte. Der Verkehr auf dem Heimweg war arg gewesen, und die Fahrt hatte lange gedauert. Sein Gesicht brannte nach zwei Tagen Sonne. Leslie sah es ihm an, daß er über etwas brütete; und er wußte, sobald sie zu Hause waren, würde sie ihm keine Ruhe geben, ehe sie nicht heraushatte, was ihn bedrückte. Er war es nicht gewöhnt, etwas vor ihr zu verbergen; er hatte keine Übung darin und würde entweder dumm oder verstockt daherreden, wenn sie ihn bearbeitete.

Und zum ersten Mal in ihrer Ehe war er, als er sie Samstag nacht lieben wollte, impotent gewesen. Leslie hatte getan, als sei es völlig bedeutungslos, und war an seiner Seite friedlich eingeschlafen, aber er hatte sich die Nacht unruhig von einer Seite auf die andere geworfen, und als er endlich einschlief, quälten ihn häßliche Träume. Und dann, am Sonntag, hatte sie über Kopfschmerzen geklagt und war den ganzen Tag in ihrem Zimmer geblieben. Solange er selbst nicht wußte, was er von Hazens Angebot eines Stipendiums für Caroline halten sollte, wollte er nicht darüber reden und flüchtete sich in Schweigen. Für gewöhnlich war er Leslie gegenüber nicht schweigsam; er fühlte ihre Besorgnis wachsen und war sich ihrer forschenden Blicke im Auto nur zu sehr bewußt, obwohl sie kein Wort sagte, da Jimmy und Caroline neben ihr saßen.

Eleanor war mit Gianelli in die Stadt zurückgefahren. Leslie war ein wenig schroff mit Eleanor gewesen; denn obwohl sie versprochen hatte, Samstag abend beim Dinner anwesend zu sein, hatte sie in letzter Minute angerufen und Strand mitgeteilt, die Rasselbande (wer immer das sein mochte) habe beschlossen, zum Abendessen nach Montauk zu fahren. Als sie zu Bett gingen, war Eleanor immer noch nicht zurück, und niemand vermochte zu sagen, wann sie schließlich nach Hause gekommen war. Am Sonntag hatte sie schon früh ihre Tasche gepackt und war mit Gianelli fortgefahren. Angeblich fand den ganzen Tag lang eine Party im Strandhaus eines Filmregisseurs in Westhampton statt, und, so sagte sie, es sei doch sinnlos, den ganzen Weg zurückzufahren, nur um abends gemeinsam in die Stadt kutschiert zu werden.

Auch Jimmy war weder zum Lunch noch zum Dinner erschienen. Er hatte in dieser Bar in Bridgehampton ein Mädchen aufgegabelt und den ganzen Tag in ihrem Haus verbracht. Er war gerade noch rechtzeitig zurückgekehrt, um zu seinen Eltern in den Wagen zu steigen.

Nur Caroline schien das Wochenende restlos genossen zu haben. Sie hatte in zwei Tagen zehn Partien Tennis gespielt und war, den Kopf an die Schulter ihrer Mutter gelehnt, erschöpft eingeschlafen. »Welch traumhafte Art zu leben«, hatte sie noch gemurmelt, ehe ihr die Augen zufielen. Strand fragte sich, ob sie wohl ebenso zufrieden wäre, wenn sie wüßte, was ihre Schwester am Schwimmbassin über sie gesagt hatte. Schließlich und endlich würde er Leslie alles sagen müssen, was ihn bedrückte. Aber zuerst mußte er mit sich selber ins reine kommen. Ohne Leslie zu fragen, hatte er das Autoradio eingeschaltet, um eine Unterhaltung zu erschweren; und er wußte, daß sie *auch das* zur Sprache bringen würde.

Die Erinnerung an den vergangenen Abend veranlaßte ihn zu einem Stirnrunzeln; er rührte in seinem Kaffee und starrte auf das regenbeschlagene Fenster.

»Sie sehen nicht aus, als wäre Ihnen das Wochenende besonders bekommen«, sagte Judith.

Strand befühlte sein Gesicht. Die Haut begann sich zu schälen. »Ich bin die Sonne nicht gewöhnt«, sagte er.

»Das meine ich nicht«, beharrte Judith. »Ist heute etwas Arges in der Schule vorgefallen?«

»Nein. Nichts ist passiert. Weder Gutes noch Schlechtes.«

Romero war mürrisch in sein Büro gekommen; mit dem ihm eigenen hämischen Grinsen hatte er gesagt: »Ich bin mit mir zu Rate gegangen, wie Sie mir empfohlen haben. Hol's der Geier, außer dem Fahrgeld kann ich nichts verlieren, also sehe ich mir einmal an, was der Mann zu verkaufen hat.«

»Er hat nichts zu verkaufen.« Strand schrieb Hazens Büroadresse auf ein Stück Papier und gab es Romero. »Schreib ihm einen Brief und teile ihm mit, daß dich sein Angebot interessiert. Auf diese Weise ersparst du dir sogar das Fahrgeld.«

»Gehen Sie denn nicht mit mir?« Fast klang es, als hätte Romero Angst.

»Ich glaube, Mr. Hazen wird die Sache lieber mit dir allein abmachen wollen.«

Unsicher blickte Romero auf die Adresse, dann stopfte er das

Papier in die Tasche. »Einen Brief schreiben, um Christi willen«, sagte er betrübt. »Habe in meinem Leben noch keinen Brief geschrieben.«

»Ich gebe dir einen Rat, Romero«, sagte Strand. »Falls du den Brief doch schreiben solltest, schreibe ihn wie die Arbeiten, die du bei mir abgibst, nicht wie du sprichst.«

Romero grinste und schlurfte aus dem Büro.

Strand hatte Judith bisher nichts von Romero erzählt. Hier beim Kaffee war er plötzlich versucht, über ihn zu sprechen. Vielleicht würde sie ihm helfen, den Jungen zu zähmen. Aber er wußte, daß sie ihn nie in einer ihrer Klassen gehabt hatte; und er würde ihr keinen Dienst erweisen, wenn er sie dem hämischen Lächeln und der Unverschämtheit Romeros aussetzte.

»Nein, wie Montage eben sind«, sagte Strand. »Sogar ein wenig besser als gewöhnlich. Aber ich habe in der Tat einige Probleme.«

»Tierischer, pflanzlicher oder mineralischer Art?«

Strand lachte. »Alle drei. Das Wochenende verlief eigentlich recht gut... recht gut.« Wenn man von den verdrießlichen Stunden am Sonntagabend und der bedrückenden Aussicht auf die vor ihm liegende Arbeitswoche absah, konnte man es ja wirklich so ausdrücken. Oder wenn man Hazens trunkene Tirade und den Wortwechsel im Schlafzimmer nicht in Betracht zog.

Strand und Leslie stritten selten. Er hatte ihr stets versichert, daß sie eine heitere Frau sei und daß er diese Eigenschaft ganz besonders an ihr liebe. Aber es war keine Spur von Heiterkeit an ihr, als sie sich nach ihrer Heimkehr mit grimmig geschlossenem Mund auf die Bettkante setzte und ihre Augen ihn wie scharfe Waffen anblitzten, während er herumtrödelte, seine Jacke aufhängte und seine Krawatte abnahm.

»Was ist los, Allen?«

»Was soll los sein?« wich er aus.

»Du weißt genau, was ich meine. Du verheimlichst mir etwas. Was ist es?«

»Nichts. Ich bin müde.« Er gähnte nahezu überzeugend. »Ich hatte ein ausführliches Gespräch mit Hazen über Romeros Zukunft. Das ist der Junge, der...«

»Ich weiß, wer er ist«, schnitt Leslie ihm das Wort ab. »Und ich weiß auch, daß es nicht das ist, was dich quält.«

»Ich bin müde«, wiederholte Strand kraftlos. »Ich habe morgen einen harten Tag. Wir können ein andermal darüber reden.«

»Ich lasse nicht zu, daß man mich beiseite schiebt. Bin ich dein

Partner oder nicht?«

»Natürlich bist du mein Partner.«

»Es hat was mit der Familie zu tun«, sagte Leslie scharf. »Etwas, das du weißt und ich nicht. Ist es der junge Mann, der Eleanor abholen kam? Du hast mit ihm gesprochen. Macht er dir Sorgen? Ich sah ihn vom Fenster aus. Mir schien er vollkommen in Ordnung zu sein. Es ist doch nicht, weil er Italiener ist?«

»So gut solltest du mich kennen. Soweit ich es beurteilen konnte, ist er sehr nett. Bitte laß uns jetzt schlafen gehen.«

»Hattest du Streit mit Eleanor?« bohrte Leslie. »Wieder eines eurer Generationsprobleme?«

Einen Augenblick lang fühlte Strand sich versucht, seiner Frau zu erzählen, worum es in dem Gespräch mit Eleanor wirklich gegangen war. Die ungeheuerliche Vorstellung, daß Caroline sich für häßlich hielt. Die absurde Diskussion über Carolines Nase. Und Hazens beunruhigender Vorschlag, Caroline auf ein College im Westen zu schicken. Aber noch war er einem Gespräch nicht gewachsen. Er fühlte sich erschöpft und gehetzt und unsicher. Falls er jetzt alles preisgab, würde er die ganze Nacht wach bleiben und mit Leslie streiten müssen. An der Art, wie ihre Lippen zitterten, sah er, daß es Tränen geben würde. Ihre Tränen schafften ihn auch in seinen besten Zeiten.

»Ich muß jetzt einfach schlafen«, sagte er.

»Geh schlafen«, sagte sie. Sie erhob sich vom Bett und verließ mit großen Schritten das Schlafzimmer. Einen Augenblick später hörte er sie durch die geöffneten Türen Klavier spielen – um diese Tageszeit ein verheerendes Anzeichen dafür, daß das Barometer auf Sturm stand.

Er seufzte, zog seinen Schlafanzug an und legte sich zu Bett.

Er schlief fast augenblicklich ein, und als er mitten in der Nacht erwachte, war auch Leslie im Bett, aber sie lag am äußersten Ende, ganz weit weg von ihm, als hätte sie jede Berührung, sogar im Schlaf, vermeiden wollen.

Am Morgen stellte sie sich schlafend, als der Wecker lärmte, und er verließ die Wohnung, ohne ihr einen Kuß zu geben wie sonst. Sie war eine heitere Frau und hatte eine fröhliche Natur, und sie stritt nicht gerne; aber wenn sie böse war, dauerte ihre schlechte Stimmung oft tagelang an, sie war kalt und fern und unnahbar und gab ihm das Gefühl, ein Verbannter in seinem eigenen Haus zu sein.

Strand blickte Judith Quinlan über den Tisch hinweg an. Sie hatte beide Hände auf die für sie typische, kindlich rührende Weise um die Kaffeetasse gelegt, während sie trank. Ihre weichen, hellen Augen waren voll Mitgefühl und Anteilnahme. Plötzlich verspürte er den Impuls, sich dieser netten, unkomplizierten Frau anzuvertrauen. Sie war intelligent und verständnisvoll und war in seine Probleme nicht verwickelt. Man konnte sich darauf verlassen, daß sie nicht in Tränen ausbrechen würde.

»Es haben sich einige Probleme ergeben«, sagte er. »Familienangelegenheiten. Nichts Tragisches. Entscheidungen müssen getroffen werden. Nachdem man zwei Kinder großgezogen hat, glaubt man zu wissen, worauf es ankommt. Man denkt, man wird auch mit dem dritten fertig. Stimmt nicht. Sie sind alle verschieden. Was für das eine gilt, muß keineswegs für die anderen gelten. Vielleicht mache ich mir zu viele Sorgen, vielleicht sollte ich die Dinge laufen lassen ... Bei uns zu Hause war vieles anders.«

Er zuckte die Achseln. Er war ein Einzelkind und einsam gewesen, der Vater wesentlich älter als die Mutter, ein kränkelnder Versager, der keine Zeit für seinen gelehrten Sohn hatte und alle verbleibende Energie darauf verwendete, mit seiner Frau über Geld zu streiten, wenn er von der Arbeit heimkam.

»In meiner Familie«, sagte Strand, »gab es keinen Überfluß an Liebe.« Er lachte trocken in sich hinein. »Vielleicht habe ich eine sentimentale Vorstellung davon entwickelt, wie eine Familie sein sollte. Jedenfalls entstand in mir das Gefühl, sobald ich selber einmal Kinder haben würde, für sie verantwortlich zu sein und sie schützen zu müssen. Und glücklicherweise – oder unglücklicherweise? – hat meine Frau stets ebenso empfunden. Wir nehmen am Leben der Kinder Anteil. Vielleicht aufgrund einer gewissen Selbstsucht *zu* großen Anteil. Ich weiß es nicht. Wie mir ein Mann am Wochenende sagte: Ich stehe nicht im Einklang mit der Zeit; und es ist schwer, umzulernen.«

»Sind Sie in Schwierigkeiten?« fragte Judith, und ihre Augen waren ernst. Er sah, daß sie in Gedanken sämtliche Möglichkeiten erwog, die sich jungen Menschen heutzutage in New York boten, um in Schwierigkeiten zu geraten; und daß sie daran dachte, wie schauderhaft diese Schwierigkeiten sein konnten.

»Nichts Gräßliches.« Strand lächelte. »Eigentlich das Gegenteil.« Dann erzählte er ihr von Hazens Angebot, Caroline aufs College fortzuschicken. Eleanors Bedenken erwähnte er nicht, und er sprach auch nicht von ihren Argumenten für Carolines Bleiben.

Das wäre zu schmerzlich gewesen... Sogar jetzt, während er sprach, empfand er noch den Unmut, der im Gespräch mit seiner älteren Tochter in ihm aufgestiegen war. Er hoffte, man würde ihm diesen Unmut nicht anmerken. »Meine erste Reaktion war ablehnend«, sagte er. »Vielleicht aus verletztem Stolz. Ich fürchtete, man wolle mir nicht die Möglichkeit lassen, an der Entscheidung mitzuwirken; ich sei nicht fähig, für mein eigenes Kind zu sorgen. Irgendwie gab mir Hazen das Gefühl, ein Versager zu sein. Und dieses Gefühl hielt an. Das ganze Wochenende...«

»Unsinn«, entgegnete Judith scharf. Während er erzählt hatte, war sie ganz still dagesessen und hatte mit ihrer Kaffeetasse gespielt; nun schob sie die Tasse ungeduldig von sich weg. Sanft tätschelte er ihre Hand.

»Ich bin empfindlicher, als man glauben würde«, sagte er.

»Wie denkt Ihre Frau darüber?« fragte Judith.

»Das ist ein weiteres Problem. Ich habe ihr noch nichts davon erzählt.«

»Warum nicht?« Judith sah ihn erstaunt an.

Er zuckte die Achseln. »Ich weiß es nicht. Wir waren von fremden Menschen umgeben. In einem fremden Haus. Dann, als wir zu Hause waren... ich wußte selbst nicht, was ich wirklich dachte. Ich gebrauchte Ausflüchte. Ich bin ganz schlecht im Erfinden von Ausflüchten. Und«, fuhr er fort, »wir hatten einen kleinen Wortwechsel, der heute abend fortgeführt werden wird, fürchte ich. Nicht tragisch«, sagte er mit gespielter Munterkeit. »Es wird vorübergehen. Was meinen Sie?«

»Ich kenne Ihre Tochter nicht«, sagte Judith, »aber wenn sie mein Kind wäre, würde ich die Chance mit beiden Händen für sie ergreifen. Wohltätigkeit hin, Wohltätigkeit her. Vielleicht sehe ich die Sache zu einseitig... mein Job hier, die Schule, in der wir arbeiten... Aber die Vorstellung, heutzutage ein Kind aus dieser Stadt fortschaffen und es auf ein gutes College schicken zu können – ich würde es für ein Geschenk des Himmels halten! Mein Gott, das Schulwesen hier ist doch nichts anderes als die Fortsetzung des Krieges mit anderen Mitteln.«

Strand lachte. »Clausewitz hätte es nicht besser ausdrücken können. Das muß ich meinem Freund Hazen erzählen. Wir sollten es über dem Portal jeder Schule unserer miesen Art einmeißeln lassen.« Er legte für die Kellnerin ein Trinkgeld hin. »Ich glaube, wir sollten gehen.«

»Was werden Sie tun?« fragte Judith ernst.

Strand zögerte. »Ich weiß es noch nicht. Ich werde mich auf dem Heimweg entscheiden.«

Der Regen war stärker geworden, und der hochgewachsene Mann und die winzige Frau fanden unter einem Regenschirm nicht ausreichend Schutz. »Heute werde ich einmal über die Stränge schlagen«, sagte Strand. »Wir nehmen ein Taxi. Langsam finde ich Geschmack an den Gewohnheiten der Reichen.«

Im Taxi schwiegen sie eine ganze Weile.

»Ich mag nicht, wenn Sie sich so abquälen«, sagte Judith. »Zu all dem anderen, was Sie am Hals haben. Lassen Sie doch einfach Mr. Hazen mit Caroline sprechen, und sie soll die Entscheidung selbst treffen.«

Strand nickte. »Wahrscheinlich haben Sie recht. Aber meine Frau könnte anderer Meinung sein. Ganz anderer Meinung. Was mich betrifft...« Er seufzte. »Ich taumele zwischen Selbstsucht und Vernunft hin und her. Nur weiß ich nicht, wo das eine beginnt und das andere aufhört.«

Judiths Wohnhaus lag nur drei Blocks von Strands eigenem entfernt. Als das Taxi hielt, sagte sie: »Kommen Sie doch noch auf einen Drink zu mir, falls Sie es nicht eilig haben. Vielleicht hilft Ihnen ein kleiner Whisky, die Dinge klarer zu sehen.«

»Das ist eine gute Idee«, sagte Strand und war für Judiths weibliche Besorgtheit und ihren Sinn für das nützliche Hinausschieben von Entscheidungen dankbar.

Er war noch nie bei ihr gewesen. Die Wohnung lag hoch oben unter dem Dach eines alten Gebäudes und hatte einst einem Künstler als Atelier gedient. Große, nordseitige Fenster, eine Küche, ein Schlafzimmer. An den Wänden des Wohnraumes standen Bücherregale, die Möbel hatten helle Farben – er hatte dunkles Braun erwartet –, und alles war gepflegt und von frischer, schmucker Ordentlichkeit. Nichts deutete darauf hin, daß sich jemals ein Mann hier aufhielt.

Er saß in einer Ecke der großen Couch und sah ihr zu, wie sie das Eis aus dem Kühlschrank in der kleinen, vom Wohnraum durch eine Jalousie abgetrennten Küche holte. Sie war so klein, daß sie auf Zehenspitzen stehen mußte, um die Whiskyflasche und zwei Gläser aus der Anrichte auf der anderen Seite des Kühlschranks zu nehmen. Er bemerkte, daß die Whiskyflasche nur halb voll war, und fragte sich, ob Judith Quinlan abends allein hier saß und sich in den Schlaf trank.

Sie goß den Scotch über die Eiswürfel, ließ aus der Wasserleitung ein bißchen Wasser in die Gläser rinnen und stellte sie mit einem kleinen Schälchen Salzmandeln auf ein kleines Tablett. »Da«, sagte sie und stellte das Tablett auf das Tischchen vor der Couch. Dann nahm sie neben ihm Platz.

Sie ergriffen die Gläser, Judith hob ihm das ihre entgegen und sagte: »Willkommen!«

Der Whisky schmeckte gut. »Man stelle sich vor«, sagte Strand, »schon so früh am Montagnachmittag zu trinken! Der direkte Weg ins Verderben.«

Beide lachten voll Behagen.

»Was für ein angenehmer Raum«, sagte Strand. »So still. Und so weit entfernt von...« Er unterbrach sich. Es war schwer zu sagen, wovon dieser Raum weit entfernt war. »Nun«, sagte er, »einfach weit weg.«

Entschlossen stellte Judith ihr Glas hin. »Und jetzt«, sagte sie, »werde ich etwas tun, was ich schon lange tun wollte.« Mit einer raschen Bewegung kniete sie sich auf die Couch, schlang ihre Arme um ihn und küßte ihn.

Er saß starr vor Überraschung da, war sich des Glases in seiner Hand bewußt und fürchtete den Whisky zu verschütten. Aber nachdem sie ihre Lippen einen Augenblick lang sanft, aber entschlossen auf die seinen gedrückt hatte, entspannte er sich, lehnte sich zurück und zog sie an sich. Der Whisky kümmerte ihn nicht mehr. Er legte seinen freien Arm um sie und küßte sie. Er spürte, wie ihre Hand an den Knöpfen seines Hemdes nestelte. Sie öffnete das Hemd, und ihre Hand liebkoste zart und leicht seine Brust, wanderte tiefer. Erstaunliche Miß Quinlan! Sie küßte zärtlich seine Wange und flüsterte in sein Ohr: »Ich brauche dich, ich brauche dich.« Er lehnte sich noch weiter zurück, ihre Hände auf seinem Körper waren wie Blütenblätter und bewiesen alsbald, daß seine Impotenz von Samstag nacht ein vorübergehender Zustand gewesen war.

Plötzlich hielt sie inne, wand sich aus seinen Armen und sprang vor ihm auf die Füße. Ihr Haar war zerrauft, sie lächelte, und in ihren Augen lag ein Ausdruck, den er nie zuvor gesehen hatte, spielerisch, mutwillig. Sie sieht schön aus in diesem kalten Licht des nordseitigen Fensters, dachte er, und höchst begehrenswert.

»Nun«, sagte sie, »sollen wir?«

Er stand auf und sah, daß er den Whisky trotz allem nicht vergossen hatte. »Das war wunderschön«, sagte er. »Überraschend und schön.«

Sie lachte leicht und froh. »Ich habe nicht um eine Beschreibung gebeten«, sagte sie. »Es war eine sehr realistische Aufforderung.«

Er schüttelte traurig den Kopf. »Ich würde so gerne«, sagte er. »Aber ich kann nicht. Jedenfalls jetzt nicht.«

Ihr Gesicht wurde ernst. »Du bist mir nicht böse?«

»O Gott, nein«, sagte er. »Ich bin geschmeichelt. Entzückt. Aber ich kann nicht.«

»Wirst du darüber nachdenken?« Sie hatte die Augen niedergeschlagen, und es tat ihm weh, ihr weh zu tun.

»Natürlich werde ich darüber nachdenken«, sagte er.

»Du kamst zu mir, um deine Probleme zu vergessen«, sagte sie mit einem leisen, sorgenvollen Lachen, »und jetzt habe ich dir noch eines verschafft. Ich war ungeschickt. Ich habe kein Talent für derlei Dinge.« Sie hob den Kopf und sah ihm in die Augen. »Immerhin, jetzt weißt du es wenigstens. Wir wissen es beide.«

»Ja«, sagte er.

Sie trat auf ihn zu und schloß bedächtig seine Hemdknöpfe. Er küßte ihren Scheitel. »Und nun«, sagte sie, »trinken wir aus.«

Mit gemischten Gefühlen wanderte er durch die feuchte Dämmerung nach Hause. Er war gleichzeitig hochgestimmt und unzufrieden mit sich selbst, aber diesmal fühlte er sich nicht als Versager. Noch nie zuvor war ihm so etwas geschehen, und ganz sicher nicht seit seiner Heirat. Er hatte immer geglaubt, keine Anziehungskraft auf Frauen zu besitzen, und er war überzeugt, daß auch Leslie seine intellektuellen und moralischen Qualitäten höher einschätzte als seine Männlichkeit.

Hazen hatte ihn gefragt, ob er an die Zehn Gebote glaube, und er hatte die Frage bejaht. Daran zu glauben und sie zu befolgen war aber zweierlei. Auch wenn er bisher keinen Ehebruch begangen hatte, so hatte er doch hin und wieder seines Nächsten Weib begehrt, was zwar eine Sünde, aber ganz natürlich und unvermeidbar war. Wie konnte der Gottesbote, der auf dem Berge Sinai einem wandernden Wüstenstamm das Gesetz verkündete, wissen, wie es Jahrtausende später auf den Straßen und Gassen der Stadt New York zugehen würde...

Dann erinnerte er sich an den Klang von Judiths Stimme, als sie sagte: »Jetzt werde ich etwas tun, was ich schon lange tun wollte.« Lange, dachte er. Ich bin fünfzig, dachte er, es bleibt nicht mehr allzuviel Zeit, über irgend etwas nachzudenken. An der Ecke seines Wohnblocks war er nahe daran, umzukehren. Aber dann sah er Alexander vor der Haustür, und er wußte, daß Alexander ihn gesehen hatte. Rasch ging er auf das Haustor zu. »Guten Abend, Alexander. Verheerendes Wetter, was?«

»Verheerend«, sagte Alexander, wickelte sich fester in seine Kampfjacke und kaute an seiner Zigarre.

Als er die Wohnungstür öffnete, hörte er Leslie Klavier spielen. Er blieb stehen und lauschte einen Augenblick. Es war eine Schubert-Sonate in Moll, leise und spukhaft, genau das Richtige an einem dunklen, regnerischen Nachmittag. Er legte seinen Regenmantel und seinen Hut ab und hängte beides fein säuberlich im Vorzimmer auf. Dann betrat er das Wohnzimmer. »Guten Abend«, sagte er.

Abrupt brach Leslie ihr Spiel ab, stand auf und wandte sich ihm zu. »Guten Abend«, sagte sie kalt. Sie machte keine Anstalten, ihn zu küssen. Ihre Laune hat sich nicht gebessert, dachte er. Immerhin, das Ritual ihres Begrüßungskusses war so alt wie ihre Ehe. Er ging auf sie zu, beugte sich vor und küßte sie auf die Wange.

»Du kommst spät«, sagte sie. Sie schnupperte. »Und du hast getrunken.«

»Ich war in einer Kaffeebar«, sagte er. Es war nicht die ganze Wahrheit, aber es sagte sich leicht – schändlich leicht. »Ich wurde naß und fror. Ein Whisky.« Er zuckte die Achseln. »Ist Caroline zu Hause?«

»Nein. Sie ist in die Bibliothek gegangen.«

»Hat jemand angerufen?« Es waren die üblichen Fragen nach einem Arbeitstag, aber der Ton war ganz ein anderer.

»Nein.«

»Ich will dein Spiel nicht unterbrechen. Ich gehe in –«

»Du unterbrichst überhaupt nichts. Ich habe genug gespielt.«

Das Telefon klingelte. »Ich gehe schon dran«, sagte Strand, dankbar für einen Vorwand, das Zimmer verlassen zu können.

Es war Hazen. »Es tut mir leid, daß ich Sie in meinem Haus derart im Stich lassen mußte«, sagte er. »Aber in New York liefen die Drähte heiß. Ich hoffe, es war alles in Ordnung.«

»Hätte nicht besser sein können«, versicherte Strand mit gespielter Herzlichkeit.

»Es hat sich ein Problem ergeben«, sagte Hazen. »Heute nachmittag hat die Polizei angerufen. Sie glauben, wenigstens einen von den Kerlen geschnappt zu haben. Der Junge ist einschlägig vorbestraft. Eine ähnliche Sache. Sie baten, Caroline und ich mögen aufs 20. Revier kommen. Es ist ganz in Ihrer Nähe.«

»Ich weiß, wo es ist.«

»Morgen früh um neun. Vielleicht können wir ihn identifizieren. Glauben Sie, es würde Caroline sehr viel ausmachen?« Hazen klang besorgt. »Selbstverständlich kann man sie nicht dazu zwingen, wenn sie nicht will. Aber wahrscheinlich hätte eine Identifizierung durch zwei Personen eine bessere Beweiskraft vor Gericht, und . . .«

»Caroline ist noch nicht zu Hause«, sagte Strand. »Sobald sie heimkommt, werde ich sie fragen.«

»Gut«, sagte Hazen. »Ich sähe den Schurken gerne für einige Monate hinter Gittern, obwohl man sich nicht allzu große Hoffnungen machen sollte, bei der Art und Weise, wie die Gerichte heutzutage arbeiten. Sie können mich im Büro zurückrufen. Ich werde bis spätabends arbeiten. Oh, übrigens, ich habe bereits mit meinem Freund in Truscott gesprochen. Er meint, ein ehemaliger Schüler, der für sie in New York auf der Suche nach Talenten ist, könnte sich Caroline einmal ansehen.«

»Du lieber Gott, haben Sie an einem Montagmorgen nichts Wichtigeres zu tun?«

»Es hat mich ganze fünf Minuten gekostet.«

Als Strand ins Wohnzimmer zurückkehrte, stand Leslie am Fenster und sah auf die regennasse Straße hinunter.

»Das war Hazen«, sagte Strand. »Die Polizei glaubt, einen der Jungen gefaßt zu haben. Caroline und Hazen sollen morgen früh hinkommen, um ihn zu identifizieren.«

»Was hast du ihm gesagt?« Leslie sah immer noch aus dem Fenster.

»Daß ich Caroline fragen und ihn zurückrufen werde. Die Vorstellung, Caroline in derlei Dinge verwickelt zu wissen, gefällt mir nicht.«

Leslie nickte. »Finde ich auch. Immerhin, sie könnte eine recht ausgeprägte eigene Meinung zu diesem Punkt haben.«

»Leslie, Liebling, bitte setz dich«, sagte Strand sanft. »Ich muß dir einiges erzählen. Alles, worüber ich gestern nacht nicht sprechen wollte.«

Langsam wandte sie sich vom Fenster ab, setzte sich hin und sah ihn an.

»Es war, nachdem Caroline mit Hazen Tennis gespielt hatte«, sagte Strand. »Er und ich spazierten langsam zum Haus zurück . . .« Dann erzählte er ihr alles. Er sprach von Hazens Angebot und seinen Argumenten, Caroline auf ein College zu schicken. Er erwähnte die Möglichkeit eines Sportstipendiums. Und er berichtete, möglichst wortgetreu, über sein Gespräch mit Eleanor.

Leslie hörte stillschweigend zu, sie hatte die Hände im Schoß gefaltet, und ihr Gesicht zeigte keinerlei Regung. Als Strand mit seinem Bericht zu Ende war, sagte sie: »Eleanor hat natürlich recht in bezug auf Caroline. Sie hält sich tatsächlich für häßlich. Und sie *haßt* ihre Nase wirklich. Und sie ist von quälender Schüchternheit. Sie verbirgt es vor uns, seit ihrer Kindheit versucht sie es vor uns zu verbergen.«

»Du hast es gewußt?« fragte Strand ungläubig. »Du hast es die ganze Zeit gewußt und mir nie etwas davon gesagt?«

Leslie faßte nach seiner Hand. »Was hätte es denn genützt?« Ihr Ton war jetzt sanft und voll Liebe. »Hast du denn nicht genug Sorgen?«

»Ich komme mir vor wie ein Idiot«, sagte Strand.

»Du bist kein Idiot. Manche Dinge beachtest du eben nicht, das ist alles«, sagte sie. »Vor allem, was deine Kinder angeht. Die Frage ist nur, was werden wir tun?« Sie lächelte. »Hast du bemerkt: ich sagte *wir.*«

»Hazen möchte selbst mit Caroline sprechen.«

»Um sie mit der Aussicht auf ewige Sonne im goldenen Westen zu verlocken.« Leslie lächelte wieder. »Nun, warum auch nicht? Ein wenig Sonne wäre für uns alle eine willkommene Abwechslung.«

»Aber Veterinärmedizin studieren, um Himmels willen! Wie mag sie nur auf diese Idee gekommen sein?«

»Ich weiß es nicht«, sagte Leslie. »Vielleicht hat sie ein Buch gelesen, ›Alle Tiere groß und klein‹ oder so, und fand, das sei ein interessanter Beruf; man trifft die verschiedensten Menschen, ist an der frischen Luft und dergleichen mehr. Wenn sie es sich wirklich in den Kopf gesetzt hat, würde ich sie nicht daran hindern.«

»Warum hat sie weder dir noch mir jemals ein Wort davon gesagt?« Strand wußte, daß es gekränkt klang.

»Vielleicht wollte sie einfach den richtigen Moment abwarten. Mädchen lernen frühzeitig, ihren Eltern nicht alles auszuplaudern.«

»Du wärst tatsächlich dafür, sie gehen zu lassen?«

Leslie nickte.

»Na gut«, sagte Strand, »wahrscheinlich werden sie einander morgen früh auf dem Polizeirevier sehen. Dort können sie darüber reden. Ein idealer Ort, eine verlockende Zukunft zu besprechen.«

Leslie stand auf, ging auf ihn zu, beugte sich vor und küßte ihn auf die Stirn. Sie strich über sein Haar. »Dein Haar gehört wieder einmal geschnitten«, sagte sie.

Als Caroline knapp vor dem Abendessen heimkam, erzählte ihr Strand von Hazens Anruf. Im Wohnzimmer gab Leslie ihrem Polizistenschüler eben eine Stunde, und Vater und Tochter gingen in die Küche, um das Geklimper, das der Hüter des Gesetzes dem armen Klavier entlockte, nicht mit anhören zu müssen. »Mr. Hazen sagte, er würde zum Revier gehen, aber dich könne man nicht dazu zwingen, falls du nicht gehen möchtest.«

Carolines Gesicht wurde sehr feierlich, und sie fuhr sich mit den Fingern durch das Haar. Strand hoffte, sie würde sagen, daß sie nicht gehen wolle; aber sie sagte: »Ich werde gehen.«

»Bist du sicher?«

»Absolut sicher. So etwas darf es nicht geben. Ich kann einfach nicht vergessen, wie sie aussahen... wie ein Rudel schnappender wilder Tiere. Ich hoffe nur, daß sie den Richtigen gefunden haben.«

»In Ordnung.« Strand seufzte. »Deine Mutter und ich werden dich begleiten.«

»Nicht nötig. Ich bin kein Baby.«

»Ich sagte, wir gehen mit«, sagte Strand.

Caroline seufzte und wollte aus der Küche gehen, aber Strand hielt sie zurück. »Setz dich noch einen Augenblick, Caroline. Ich muß etwas mit dir besprechen.«

Caroline sah ihn argwöhnisch an, aber sie nahm auf einem der Stühle am Küchentisch Platz. Strand setzte sich ihr gegenüber und sah ihr in die Augen. »Ich hörte von Mr. Hazen«, sagte er, »daß du gern auf ein College im Westen gehen würdest.«

»Oh«, sagte Caroline, und aus ihrer Stimme klang eine Spur von Schuld, »er hat es dir erzählt.«

»Ja.«

»Ich habe nur gesprächsweise gesagt, daß ich gern ginge«, verteidigte sie sich. »Falls ich die Wahl hätte. Ich habe ihm aber auch gesagt, daß ich die Wahl nicht habe.«

»Er meint, du hättest möglicherweise doch die Wahl.«

»Ja?« Caroline sah erstaunt drein. »Mir hat er nichts davon erzählt.«

»Er wollte zuerst mit mir sprechen.«

»Was hat er dir noch erzählt?« Jetzt war sie auf der Hut.

»Daß du auf ein landwirtschaftlich ausgerichtetes College gehen und dich auf das Veterinärstudium vorbereiten willst.«

»Ist das ein Verbrechen?« Ihre Stimme klang feindselig.

»Natürlich nicht«, beruhigte er sie. »Aber deine Mutter und ich wüßten gerne, warum du das tun möchtest und warum du es uns nicht längst gesagt hast.«

»Weil ich mir bis vor kurzem noch nicht sicher war. Ich wollte noch nicht darüber sprechen. Außerdem hatte ich Angst, ihr würdet mich auslachen und sagen, ich sei ein sentimentales kleines Kind. Nun, jetzt ist es raus. Lach, wenn du willst«, sagte sie.

»Niemand lacht, Caroline«, sagte Strand sanft.

»Es ist sowieso sinnlos, ein Wort darüber zu verlieren.« Sie machte eine wegwerfende Handbewegung. »Märchen für die Kleinen. Es würde Geld kosten, viel Geld. Bei uns ist man reich an Liebe«, sagte sie ironisch, »aber was die weltlichen Güter anlangt...« Sie zuckte die Schultern. »Ich bin nicht blind. Wann hast du dir zum letzten Mal einen neuen Anzug gekauft?«

»Davon sprechen wir später«, sagte Strand. »Im Augenblick interessieren mich deine Gründe. Was weißt du über Tiere?«

»Noch weiß ich nichts. Doch, etwas weiß ich. Daß sie leiden, und zwar furchtbar leiden, und daß sie Hilfe brauchen und verdienen. Ist es denn so verrückt, wenn man sein Leben dazu verwenden will, diese schreckliche Welt nur ein klein wenig besser zu machen?« Ihre Stimme wurde laut vor Zorn, als hätte sie das Gefühl, angegriffen zu werden.

»Ich halte es ganz und gar nicht für verrückt«, sagte Strand. »In der Tat finde ich es bewundernswert, aber auch Menschen leiden. Und dennoch willst du nicht Arzt werden.«

»Ich will weder Arzt noch Politiker, noch General, noch Sozialhelfer werden, weil ich zu keinem davon tauge. Eleanor könnte alles tun, was sie will, ich nicht. Vielleicht bin ich dumm, aber etwas kenne ich, und zwar mich selbst. Ich komme mit Menschen schwer zurecht, sie würden mir Angst machen, ich wäre ungeschickt und würde immer das Falsche sagen. Ich hätte immerzu das Gefühl, daß sie hinter meinem Rücken über mich lachen.«

Oh, mein armes Kind, dachte Strand bekümmert.

»Tiere sind besser«, brach es aus Caroline heraus. »Sie reden nicht. Oder zumindest nicht so, daß wir sie verstehen. Sie würden mich nicht aus der Fassung bringen.« Sie war jetzt den Tränen nahe.

Strand beugte sich über den Tisch und strich beruhigend über ihre Hand. »Gut«, sagte er, »jetzt weiß ich, was du denkst, obwohl ich finde, daß du vielleicht etwas zu hart mit dir selbst bist. Ich glaube, mit zunehmendem Alter wirst du eine höhere Meinung von deinem eigenen Wert haben.«

»Wenn ich in dieser Stadt bleibe und Tag und Nacht darum kämpfen muß, mit all den schicken jungen Leuten in meiner Umgebung Schritt zu halten, bin ich einfach endgültig erledigt.« Sie wimmerte jetzt.

»Und was wäre, wenn ich dir sagte, daß du mich überzeugt hast und daß ich es tatsächlich besser fände, du gingest anderswo zur Schule?« Strand machte eine Pause. »Und daß es einen Weg gibt, wie wir es schaffen könnten – ob wir nun reich genug sind oder nicht?«

Caroline sah ihn ungläubig an. »Was wollt ihr denn tun? Mummy und du? Willst du Nachtportier werden, um mich nach Arizona schicken zu können?«

»Nicht so drastisch!« Strand lachte. »Nein. Mr. Hazen hat eine Idee gehabt.«

»Du wirst ihn doch nicht etwa bitten, dir das Geld zu leihen? Ich würde niemals gehen, wenn –«

»Nein, das nicht«, unterbrach er sie. Dann erzählte er ihr von Hazens Plan, ein Sportstipendium anzustreben. Mit großen Augen hörte sie zu. »Er hat schon mit seinem Freund an der Schule gesprochen«, fuhr Strand fort, »sie könnten es einrichten, daß ein ehemaliger Schüler, der früher in ihrem Team gelaufen ist und jetzt in New York lebt, mit dir spricht und deine Zeit stoppt. Falls du die ganze Sache wirklich ernst nimmst, rate ich dir, hart zu trainieren.«

»Natürlich nehme ich sie ernst«, sagte sie. »Junge, und wie!«

»Ich werde mit deinem Sportlehrer sprechen. Vielleicht weiß er jemanden, der dich trainieren kann.«

»Klingt völlig ausgeflippt«, sagte Caroline und schüttelte verwundert den Kopf. »Ich gewinne ein einziges Rennen in meinem Leben, noch dazu gegen Mädchen, die eine ganze Woche um den Block brauchen würden. Und schon ist irgendeine verrückte Schule bereit, vier Jahre lang für mein Studium aufzukommen? Ich glaube, Mr. Hazen hat dich auf den Arm genommen, Daddy.«

»Er gehört nicht zu der Sorte Mann, die gerne solche Späße macht«, sagte Strand. »Es spielt keine Rolle, gegen wen du gelaufen bist. Auf die Zeit kommt es an.« Strand stand auf. »Übrigens, die Schule heißt Truscott. Und Mr. Hazen sagt, sie bietet eine gute landwirtschaftliche Grundausbildung. Wenn du absolut sicher bist, daß du es versuchen willst, werden deine Mutter und ich alles tun, um dir zu helfen. Falls nichts daraus wird, werden wir uns nach etwas anderem umsehen.«

Caroline sah nachdenklich drein und rieb sich die Nase. »Arizona«, sagte sie. »Klingt himmlisch! Ich werde um mein Leben laufen.«

»Du kannst die Sache morgen mit Mr. Hazen besprechen«, sagte Strand, während er aus der Küche ging, »sobald ihr bei der Polizei fertig seid.«

Aber Caroline hatte keine Möglichkeit mehr, am nächsten Morgen mit Hazen zu sprechen, denn nachdem sie auf den Jungen mit der bläulich verfärbten frischen Narbe auf Stirn und Nasenrücken gezeigt und sehr ruhig gesagt hatte: »Ja, ich bin sicher, das war der mit dem Messer«, fing sie an zu schreien, preßte die Handballen vor die Augen, krümmte sich zusammen und wand sich wie in Krämpfen. Sie schrie noch, als Strand sie auf seinen Armen aus dem Polizeirevier trug, während Leslie und Hazen entsetzt neben ihm her liefen. Der getreue Conroy war mit dem Mercedes da, sie brachten sie sofort in die Ordination von Dr. Prinz, und er gab ihr eine Injektion. Nach einer Weile lag sie still auf der Couch und starrte mit weit offenen Augen an die Decke.

Zwei Tage lang ging sie nicht zur Schule, verließ die Wohnung nicht und war still und gedrückt. Ihr Zimmer war ein Blumenmeer, hier und dort riesige Bonbonnieren, die Hazen ihr schickte. Hazen rief zweimal täglich an, um sich nach ihrem Befinden zu erkundigen. Einmal erwähnte er, daß sein Freund in Truscott alles arrangiert habe, um Caroline von seinem Mann in New York ansehen zu lassen, sobald sie sich fit genug fühle zu laufen. Hazen hätte sie gerne gesehen, aber er hatte vollstes Verständnis, als Leslie ihm sagte, man solle sie im Augenblick besser in Ruhe lassen.

Am Donnerstag kam Caroline morgens in die Küche, als Strand frühstückte. Sie war zum Ausgehen angezogen. Sie summte vor sich hin, ihre Wangen hatten wieder Farbe, und sie teilte Strand mit, daß sie zur Schule gehen werde. »Bist du sicher, daß du das Richtige tust?« fragte Strand. »Schließlich ist es erst ein paar Tage her. Du kannst doch bis Montag warten.«

Caroline schüttelte den Kopf. »Ich mag nicht mehr zu Hause herumsitzen. Mach dir keine Sorgen, Daddy. Ich bin nicht mehr trübsinnig. Ich weiß nicht, was dort über mich gekommen ist... als ich die schreckliche Narbe im Gesicht des Jungen sah und wußte, daß ich es getan hatte. Und er war so jung, wie ein verwundetes Baby. Er sah mich mit einem so eigenartig erstaunten Blick an, als könne er nicht begreifen, warum ich ihm das antat. Und die Art, wie der Kriminalbeamte seinen Arm umklammerte, und dann sperrte man ihn hinter Gitter, nur weil ein dummes, junges, weißes Mädchen auf ihn zeigte... In mir war so ein schreckliches Durcheinander, Daddy«, sagte sie und versuchte, die Tränen zurückzuhalten, »ich konnte nicht anders, ich mußte schreien.«

»Denk nicht mehr daran. Du hast getan, was du tun mußtest. Nun vergiß es.«

Caroline nickte langsam. »Ich werde es versuchen. Aber eines sage ich dir, ich gehe nie wieder in diesen Park.« Während sie ihren Obstsaft trank und Wasser aufsetzte, um Eier zu kochen, ging er ins Schlafzimmer, weckte Leslie und fragte sie, ob man Caroline erlauben solle, das Haus zu verlassen. »Sie hat es verdaut«, sagte Leslie nach kurzem Nachdenken. »Oder sie tut, als hätte sie es verdaut. Jedenfalls ist es das beste, wenn wir ihr gestatten, sich völlig normal und alltäglich zu verhalten.« Dennoch zog Leslie sich eiligst an, und unter dem Vorwand, sehr früh irgendwelche Einkäufe erledigen zu müssen, begleitete sie Caroline zur Schule. Ehe sie das Haus verließ, teilte sie Strand mit, daß sie Hazen zum Abendessen einladen wolle. Sie sei sicher, daß er zusagen werde.

Was Hazen auch unverzüglich und mit Freuden tat. »Ich habe den Eindruck, daß er jeden Abend allein ißt«, sagte Leslie zu Strand, als er nachmittags heimkam.

»Komisch«, sagte Strand. »Ich hatte gleich am ersten Abend genau denselben Gedanken!«

»Ich sagte ihm auch, daß wir dankbar wären, wenn er Caroline in diese Schule hineinbrächte«, gestand Leslie.

»Was hat er dazu gesagt?«

»Daß er froh wäre, wenn alle jungen Menschen so sicher wären wie Caroline, welchen Weg sie einschlagen wollten, und so begierig, ihr Ziel zu erreichen.«

»Er hätte Schuldirektor werden sollen.«

»Ich denke, seine Anwaltskanzlei bringt mehr ein«, sagte Leslie.

Als Hazen abends erschien, brachte er eine Sporttasche mit, in der sich ein Trainingsanzug und ein Paar Laufschuhe befanden. Caroline errötete dankbar und verlegen. »Mit denen werde ich nur so fliegen«, sagte sie.

»Sag es mir, wenn du glaubst, fit zu sein. Laß es mich rechtzeitig wissen. Eine Woche vorher schon. Ich möchte, daß alles ordentlich zugeht. Auf Randall's Island gibt es eine Aschenbahn. Ich schlage vor, daß du dir Startblöcke besorgst und die Schuhe gründlich ausprobierst.«

Während des Abendessens vermied jedermann sorgfältig, das Gespräch auf den Vorfall im Polizeirevier zu bringen. Hazen bestritt die Unterhaltung. Er erzählte ihnen, wie die Sommer in Easthampton waren, als er noch ein kleiner Junge gewesen war; er sprach von den großen Tennisturnieren, die noch auf Rasenplätzen stattfanden, ehe Tennis zum Profisport wurde; als die besten Spieler noch aus Freude am Spiel kamen und ihr Vergnügen daran fanden, Feste zu besuchen und eine Woche lang als Gäste in den Häusern der Clubmitglieder wohnen zu dürfen. Zum ersten Mal sprach er von seiner Familie, und Strand erfuhr, daß er einen jüngeren Bruder hatte, der in Stanford Philosophie unterrichtete, und eine Schwester, die mit einem Ölmagnaten in Dallas verheiratet war und ein Privatflugzeug besaß. Er erwähnte weder seine Kinder noch seine Frau. Aber er schien entspannt, und das Erzählen machte ihm Freude, wie einem Mann, der in seinem Leben zu viele schweigsame Abende zugebracht hatte. Er gab sogar eine Anekdote über sich selbst zum besten. »Als mein Vater starb«, erzählte er, »erbte ich unter anderem seine alte Sekretärin. Eine gestrenge Dame namens Miß Goodson. Eines Tages war sie in meinem Büro, als ich mir eine Pfeife anzündete; eine von vielen Angewohnheiten, die ich ebenso von meinem Vater übernommen hatte wie seine Anwaltskanzlei. Sie blickte mich düster an. ›Falls Sie mir die Bemerkung gestatten, Mr. Hazen‹, sagte sie, ›Sie erinnern mich an Ihren Vater.‹ Ich war damals noch ein junger Mann, also war ich über ihre Feststellung erfreut. Mein Vater war einer der angesehendsten Rechtsanwälte des Landes gewesen und hatte in verschiedenen wichtigen Regierungsausschüssen und als Präsident der Anwaltskammer von New York hervorragende Dienste geleistet. ›Können Sie mir genau sagen, Miß Goodson, in welcher Weise ich Sie an meinen Vater erinnere?‹ fragte ich ein wenig eingebildet. ›Sie werfen Ihre brennenden Zündhölzer in den Papierkorb und verursachen Feuer, genau wie er‹, sagte sie.«

Hazen stimmte in das Lachen der übrigen ein. Inzwischen waren sie beim Dessert angelangt, und Hazen seufzte zufrieden, als er schließlich den Löffel weglegte. »Mein Gott, war das ein köstliches

Mahl. Ich fürchte«, wandte er sich an Caroline, »so gut wirst du nicht mehr essen, wenn du nach Arizona kommst.«

»Falls ich nach Arizona komme.«

»Falls dein Zeitnehmer ehrlich ist, bin ich diesbezüglich äußerst zuversichtlich«, sagte Hazen und sprach, als verlese er ein Gerichtsurteil. »Du brauchst auch dein Tennis nicht aufgeben. Du wirst für beides Zeit haben. Aber ich denke, du wirst keine Lust mehr haben, auf den Plätzen hier im Park zu spielen?«

»Nie wieder«, sagte Caroline.

»In diesem Fall werden wir etwas unternehmen müssen, nicht wahr?« sagte er und nahm einen Schluck von seinem Kaffee. »Ich bin Mitglied des ›Town and Country Tennis Club‹ an der 58. Straße. Hättest du Lust, Samstag vormittag ein paar Doppel mit mir zu spielen?«

»Das wäre super«, strahlte Caroline.

»Ich werde dich einführen«, sagte Hazen. »Es gibt dort etliche Spieler, die deiner würdig sind, und du kannst als mein Gast hingehen, wann immer du möchtest.«

»Fahren Sie dieses Wochenende nicht zu Ihrem Haus?« fragte Strand.

»Dieses Wochenende nicht«, sagte Hazen. »Ich habe am Samstag eine Verabredung in der Stadt.«

»Ich fürchte, Sie arbeiten zu viel, Mr. Hazen«, sagte Leslie.

»Russell, bitte«, sagte Hazen. »Ich glaube, es ist an der Zeit, daß wir du zueinander sagen. Einverstanden, Leslie?«

»Aber ja, natürlich!«

»Danke. Arbeit.« Er machte eine nachdenkliche Pause. »Sie ist meine Freude. Ich wüßte nicht, was ich anfangen sollte, wenn ich meine Arbeit nicht hätte. Wenn irgend möglich, habe ich vor zu sterben, ehe ich in den Ruhestand gehen muß.« Er lachte in sich hinein, um seinen Worten den Stachel zu nehmen. »Aber da ich der Seniorchef meiner Firma bin, können sie mich ohnehin nicht so leicht auf das Altenteil abschieben, egal wie senil ich werde. Nun«, sagte Hazen und stand auf, »ich muß mich auf den Weg machen. Ich habe vor dem Schlafengehen noch eine Pflichtlektüre hinter mich zu bringen. Danke für diesen Abend. Gute Nacht, Caroline, Leslie.« Er zögerte, dann sagte er: »Gute Nacht, Allen.«

»Ich bringe ...« Strand räusperte sich. »Ich bringe dich hinaus, Russel.« Als sie an der Tür standen, hörten sie schon das schwache Klirren von Geschirr aus der Küche, wo Leslie und Caroline Ordnung machten. Strand sagte: »Übrigens, unlängst kam dieser Romero in mein Büro. Er sagte, er sei interessiert. Ich riet ihm, dir einen Brief zu schreiben. Um dir seinen Anblick so lange wie möglich zu ersparen.«

Hazen lachte. »Ist es so schlimm?«

»Noch schlimmer.«

»Ich werde den Brief aufmerksam lesen.« Hazen sah seinem Gastgeber ernst in die Augen. »Du bereust sie doch nicht – deine Entscheidung bezüglich Caroline?«

»Noch nicht«, sagte Strand.

»Du wirst sie auch nicht bereuen«, versicherte Hazen. »Das garantiere ich dir. Oh, da fällt mir ein, Samstag spielen die Yankees gegen Boston. Kommst du mit, wenn das Wetter schön ist?«

»Sicher, gerne.«

»Gut. Ich rufe dich Samstag früh an, nachdem ich Caroline im Club eingeführt habe.«

Die beiden Männer schüttelten einander die Hände, und Hazen verließ die Wohnung.

Später, als sie im Bett lagen, sagte Leslie: »Heute abend schläft ein sehr glückliches junges Mädchen unter unserem Dach.«

»Ja«, sagte Strand.

»Du bist weniger glücklich, oder?«

»Ich werde darüber hinwegkommen«, sagte Strand und fügte bitter hinzu: »Warum, zum Teufel, ist sie so darauf bedacht, möglichst weit von uns fortzugehen?«

7

Er trieb in verschwimmendem Weiß dahin. Er bewegte sich. An seinem Körper hingen Schläuche. Aus weiter Ferne hörte er Stimmen, die nicht zu erkennen waren. Schlaf und Empfindungslosigkeit waren unendlich kostbar.

Der Samstag war ein voller Erfolg. Es war sonnig und warm, die Yankees gewannen, der Manager und der Trainer kamen in die Loge des Besitzers, in der sie saßen, um Hazen die Hand zu schütteln. Strand mußte lächeln und sagte: »Du untertreibst. Sie kennen dich doch alle. Was soll der Unsinn von ›ab und zu einmal ein Spiel ansehen‹?«

»Na gut, Allen«, gestand Hazen, »ich muß zugeben, daß ich

mich aus dem Büro fortstehle, wenn ich kann und das Wetter schön ist. Ich habe niemals die Schule geschwänzt, als ich ein Kind war, und jetzt versuche ich eben, mich dann und wann dafür zu entschädigen.« Dem sportlichen Ereignis angemessen, trug er eine Jacke in schreiendem Karo und einen Tweedhut, den er weit in die Stirn gedrückt hatte, um sich gegen die Sonne zu schützen; er führte auf seiner Anschreibekarte genauestens Buch über den Spielverlauf; er aß drei Paar Frankfurter während des Spiels, trank zwei Flaschen Bier und sagte: »Ich stelle mich eine ganze Woche nicht mehr auf die Waage.«

Als Jackson einmal ganz besonders brillierte, sprang er auf und brüllte mit der Menge, und er stöhnte, wenn die Yankees einen Fehler machten. Als der Ball bei einem Out in ihre Loge flog, fing er ihn im Sprung mit einer Hand, erhob sich und tippte mit gespieltem Ernst an den Hut, als die Zuschauer applaudierten.

In der nächsten Loge saß ein kleiner Junge mit seinem Vater; er trug eine Yankee-Kappe und hatte eigens für den Fall, daß ein Ball in die Loge flöge, einen Fängerhandschuh angezogen. Auch er war aufgesprungen, um den Ball zu fangen, und sank verlegen auf seinen Sitz zurück, als Hazen ihn erwischte. Hazen beugte sich zu dem Jungen hinüber und reichte ihm den Ball. »Hier, mein Junge«, sagte er, »da hast du ihn.« Als der Junge fassungslos auf den Schatz in seinen Händen niedersah, lächelte er.

»Davon wird er eine Woche lang träumen, Sir«, sagte der Vater des Jungen.

»Hoffentlich hat er noch öfter die Gelegenheit«, sagte Hazen und zog ein wenig am Kappenschirm des Jungen. Strand beobachtete ihn und erinnerte sich der ganz und gar nicht herablassenden, kameradschaftlichen Art, in der Hazen mit Ketleys Enkel gespielt hatte. Der Mann hatte eine sanfte, liebevolle Art mit Kindern umzugehen, und Strand fragte sich, wieso es bei seinem eigenen Sohn und seinen Töchtern so schiefgegangen war.

Dieser Nachmittag hatte einen spielerischen und anziehend jugendlichen Wesenszug Hazens geoffenbart, den Strand aufgrund seines sonst so gesetzten, kritischen Gebarens nicht in ihm vermutet hätte. Zum ersten Mal wurde seine bisherige wachsame Reserve diesem Mann gegenüber von einem Gefühl der Wärme überflutet. Von heute an wird es mir besser gelingen, sein Freund zu sein, dachte Strand.

Als sie das Stadion verließen, wurden sie vor dem Eingang von Conroy mit dem Wagen erwartet. Ein wohlwollender Polizist übersah die Tatsache, daß der Wagen im Halteverbot stand, und hob die Hand grüßend an die Kappe, als Hazen und Strand sich näherten. Strand verspürte den Hauch eines verwerflichen Gefühls elitärer Überlegenheit, als sie den Wagen bestiegen und Tausende Zuschauer ihrem Schicksal überließen, sich auf den Stiegen zu drängen.

»Ein schöner Nachmittag«, sagte Hazen und ließ sich mit einem zufriedenen Seufzer neben Strand in den Rücksitz des Mercedes fallen. »Das müssen wir bald wiederholen. Weißt du, hätten die Yankees verloren, wären wir gereizt und niedergeschlagen, die drei Paar Frankfurter würden mir im Magen liegen, und ich würde über Sodbrennen klagen. Aber sie haben gewonnen, und ich freue mich auf ein großes Steak zum Abendessen.« Er lachte. »Stell dir das vor, die Verdauung eines Mannes in meinem Alter hängt von den Yankees ab. Und wenn schon – für irgend etwas muß man kämpfen, und es gibt heutzutage verdammt wenig, worüber man jubeln kann.« Er nahm eine lederüberzogene Flasche mit silbernem Schraubverschluß aus der Innentasche seines leichten Mantels, den er im Wagen gelassen hatte, als sie auf den Baseballplatz gegangen waren. Der Schraubverschluß barg einen kleinen Becher, den er Strand reichte. »Bourbon«, sagte er, als er eingoß. »Ist amerikanischer. Also, auf Jackson!«

Sie tranken beide. Strand empfand es als würdigen Abschluß des Nachmittags.

Als der Wagen vor Strands Wohnhaus hielt, sagte Hazen: »Ich bin noch nicht sicher, was nächstes Wochenende sein wird, aber falls ich es schaffe: Könnt ihr wieder mit mir ans Meer kommen?«

»Ich werde fragen, ob Leslie irgendwelche Pläne hat«, sagte Strand.

Als er aus dem Wagen stieg, rief Hazen ihm nach: »Ich rufe dich Mittwoch an, dann kannst du mir Bescheid geben.«

Es vergingen aber drei Wochen, ehe sie wieder nach Southampton fuhren. Hazen hatte angerufen und Strand mitgeteilt, daß er nach Washington und Los Angeles, Dallas, Tulsa und Chicago fliegen müsse; aber falls die Strands Lust hätten, das Wochenende in seinem Haus zu verbringen, würde man die Ketleys verständigen, und Conroy würde sie hinbringen. Strand hatte dankend abgelehnt, ohne erst mit Leslie darüber zu sprechen. Er versicherte

Hazen, daß sich gegen Ende des Semesters die Arbeit vor ihm türme und daß er besser daran täte, in der Stadt zu bleiben.

»Also gut«, sagte Hazen. »Dann nach meiner Rückkehr. Abgemacht, ja?«

»Abgemacht«, versprach Strand.

»Noch etwas«, sagte Hazen. »Ich habe mich mit dem zuständigen Staatsanwalt in Verbindung gesetzt. Man wird dem Jungen klarmachen, daß ein Geständnis ein geringeres Strafausmaß nach sich zieht. Also sage Caroline, sie soll sich keine Sorgen mehr machen. Bei einem Geständnis muß sie nicht vor Gericht aussagen.«

»Das war sehr aufmerksam von dir«, sagte Strand erleichtert.

»Höchstwahrscheinlich wird man den Jungen auf Bewährung laufenlassen, und er wird schon am nächsten Nachmittag von neuem Fahrräder stehlen. Nun ja, das Vergnügen, in der Stadt der Kurzweil leben zu dürfen, hat seinen Preis.«

»Hast du schon von Romero gehört?« fragte Strand. Seit ihrer letzten Unterhaltung hatte ihn der Junge gemieden und in all seinen Stunden gefehlt. Auch Judith war ihm ausgewichen. Strand konnte sich nicht entscheiden, ob er froh oder betrübt war, daß sich der Drink in ihrer netten, fraulichen Wohnung mit dem Atelierfenster nach Norden nicht wiederholt hatte.

»Kein Wort von deinem Schützling. Ich nehme an, er hat Schwierigkeiten mit dem Brief«, sagte Hazen. »Wenn du ihn siehst, sage ihm, daß ich mich auf ein Gespräch mit ihm freue.«

»Ich werd's ihm sagen«, meinte Strand.

»Hat sich ein Mann namens Burnside bei dir gemeldet?«

»Nein.«

»Dann wird er es bald tun. Er ist der ehemalige Schüler von Truscott und Exstar der dortigen Läufer. Ich unterhielt mich mit ihm am Telefon. Er dürfte sympathisch sein. Wenn es Caroline recht ist, kann er nächsten Donnerstag ihre Zeit stoppen. Ist sie schon soweit?«

»Sie meint, ja«, sagte Strand. »Ihr Sportlehrer hat ein paar Startblöcke aufgetrieben, und sie haben jeden Nachmittag trainiert. Und sie hat die Nachspeisen gestrichen.«

Hazen lachte. »Ich hoffe, sie bekommt kein Lampenfieber.«

»Keinerlei sichtbare Anzeichen. Sie ist hingerissen von deinem Tennisclub.«

»Gut«, sagte Hazen. »Ich höre, sie ist sehr begehrt als Partner. Es ist erstaunlich, wie viele Freunde man sich mit einer guten

Vorhand machen kann. Ein Jammer, daß Eleanor nicht spielt. Es gibt eine Menge wichtiger Leute aus den verschiedensten Sparten im Club. Sie könnte da einige sehr nützliche Kontakte knüpfen.«

»Eleanor knüpft ihre eigenen Kontakte«, sagte Strand.

»Das habe ich bemerkt. Ach, beinahe hätte ich es vergessen! Ich habe einen Berg Karten für Konzerte, Ballett und Theater und kann sie nicht verwenden. Ich werde sie euch mit einem Boten schicken.«

»Du bist viel zu großzügig«, sagte Strand, aber während er es aussprach, freute er sich bereits auf die Abende, die vor ihm und Leslie lagen.

»Unsinn, Allen«, sagte Hazen. »Ich hätte ein schlechtes Gewissen, wenn sie verfielen.«

»Vielen Dank!«

»Sollte während meiner Abwesenheit irgend etwas sein, rufe Conroy im Büro an«, sagte Hazen.

Strand fragte sich, ob Conroy, der fraglos so aussah, als könne er etwas Unterhaltung brauchen, von seinem Boß jemals Karten geschenkt bekam.

»Ich bin sicher, es wird nichts sein«, sagte er.

»Nur für den Fall«, wiederholte Hazen. »Also bleib gesund, und alles Liebe der Familie.«

Liebe, dachte Strand, als er den Hörer auflegte. Zum ersten Mal hatte Hazen dieses Wort ausgesprochen. Eine Redewendung. Nicht mehr.

Hazen saß im Wagen, als Conroy pünktlich vier Uhr dreißig vor dem Hause vorfuhr. Strand, Leslie, Caroline und Jimmy standen schon bereit. Eleanor wollte nächste Woche nach Griechenland abreisen und hatte noch so viel zu tun, daß sie keine Zeit fand, sie zu begleiten.

Jimmy hatte seine Gitarre mitgenommen. Als Strand dagegen protestierte, hatte Jimmy ihm klargemacht, daß Hazen, als sie das letztemal in seinem Haus gewesen waren, beim Lunch den Wunsch geäußert hatte, Jimmy auf seinem Instrument spielen zu hören; etliche junge Leute hätten enthusiastisch über Jimmys Darbietungen in der Bar von Bridgehampton gesprochen.

»Na gut, nimm sie mit. Aber spiele um Himmels willen nur, wenn man dich ausdrücklich dazu auffordert.«

Leslie hatte sich ein wenig Sorgen bei dem Gedanken gemacht, die Samstagstunden noch einmal abzusagen. Aber Carolines Entzücken über die Aussicht auf die Ferientage war ansteckend gewesen. Und sie begrüßte Hazen herzlich, als er aus dem großen Auto stieg, während Conroy ihnen half, ihr Gepäck zu verstauen. Der Nachmittag war schwül, und der Wetterbericht im Radio sagte gutes Wetter für die beiden nächsten Tage voraus. Als sie zum Meer unterwegs waren, sprach Jimmy allen aus dem Herzen, als er sagte: »Das Wetter ist gut, rundum nette Leute, einschließlich uns selbst – was kann man mehr verlangen?«

Als sie ankamen, war es noch hell und immer noch heiß. »Wir haben eine Menge Zeit bis zum Abendessen«, sagte Hazen. »Ich schlage vor, wir springen alle mal ins Wasser. Laßt uns die Stadt aus unseren Seelen waschen.«

Sogar Strand gefiel der Vorschlag nach dem schwülen Arbeitstag. Seine Familie wußte, wie seine Beine aussahen, und inzwischen mußte auch Hazen erraten haben, daß er nicht wie ein Fußballer gebaut war. Als sie einander fünfzehn Minuten später am Strand trafen, plantschten Caroline und Jimmy mit wilden Freudenschreien in den Wellen. Hazen stürzte sich ins Meer, als habe er die Absicht, es zu unterjochen, und Strand und Leslie sahen zu, wie er sich mit kräftigen Stößen in einem Wettschwimmen mit Caroline maß, die in beachtlichem Tempo durch das Wasser schoß.

Leslie zeigte hübsche Rundungen und bot in ihrem einteiligen schwarzen Badeanzug einen appetitlichen Anblick. Ihre Beine waren hübsch und rosig im Licht der untergehenden Sonne. Sie war nicht so drall wie die Frau auf der Renoir-Zeichnung in ihrem Zimmer, aber Strand dachte wohlgefällig, daß Renoir, wenn er noch lebte, sie mit Freuden als Modell verwendet hätte. Gesittet watete sie ins Wasser, aber dann stürzte sie sich einer Welle entgegen und schwamm zielstrebig auf Jimmy zu, der gleich hinter den Brechern umherpaddelte. Strand ging behutsam hinein und war sich der Tatsache bewußt, daß seine Badehose um seine dünnen Beine flatterte. Aber sobald er drin war, fühlte er sich leicht und froh, und seine Haut prickelte köstlich im kalten Wasser. Seinen »australischen« Kraulstil hatte Eleanor einst als den schlechtesten und langsamsten in der Geschichte des Schwimmens bezeichnet.

Die Sonne stand tief am Horizont, als sie herauskamen, und Strand erschauerte ein wenig und sah, während er sich abtrocknete, daß auch Leslie zitterte.

Sie lächelten einander an. »Ich fühle mich um zehn Jahre jünger«, sagte er.

»Was für ein Luxus«, sagte sie, während sie das Meerwasser aus ihren Haaren schüttelte. »An einem heißen Tag wie heute zu frieren.«

Strand hatte Leslie das Feld und den Spiegel überlassen, um sich für das Dinner zurechtzumachen. Als er den Salon betrat, war Hazen bereits da und hielt einen Drink in der Hand. Er trug knallrote Hosen, ein offenes Hemd und ein Leinensakko. Er hatte angekündigt, daß abends eine kleine Dinnerparty stattfinden werde, und Strand hatte sich mit seiner Garderobe Mühe gegeben und graue Hosen sowie einen von Leslie aufgebügelten blauen Blazer angezogen und eine Krawatte umgebunden.

»Leistest du mir Gesellschaft?« fragte Hazen und hob sein Glas.

»Im Moment nicht, danke«, sagte Strand. »Ich fühle mich zu wohl, um zu trinken.«

»Glücklicher Mensch«, sagte Hazen. »Das Schwimmen war tatsächlich erfrischend. Das Meer war heute friedlich, aber es ist nicht immer so. Letzten Sommer ertrank vor dieser Küste ein Mann. Sag den Kindern, sie sollen vorsichtig sein.« Er nippte an seinem Drink. Dann, völlig unvermittelt: »Ich möchte dich bitten, mir den trunkenen Vorfall vom letzten Mal zu verzeihen.«

»Ich habe ihn vergessen«, sagte Strand.

»Ich bin überzeugt, Allen, das hast du nicht.« Hazen sah ihn unverwandt an. »Ich hatte einen mühsamen Tag hinter mir. Äußerst mühsam. Es wird nicht wieder vorkommen.« Er machte eine abschließende Handbewegung, diese Nacht war getilgt. »Übrigens, gestern nachmittag habe ich Eleanor zufällig getroffen. Hat sie dir erzählt, daß wir zusammen auf einen Drink gegangen sind?«

»Nein.« Soso. Zu Hause wird nicht getrunken, außer ab und zu ein kleines Schnäpschen am Abend. »Sie hat nichts gesagt.«

Hazen nickte. »Sie hat Wichtigeres im Kopf. In der Nähe meines Büros gibt es eine Bar, in die ich manchmal nach der Arbeit auf einen Drink gehe. Es stellte sich heraus, daß auch Eleanors Büro nicht weit weg ist. Sie war mit einem jungen Mann da, einem Mr. Gianelli.« Er machte eine Pause, als wolle er sehen, welchen Eindruck der Name bei Strand erweckte.

»Ich habe ihn nur einmal gesehen«, sagte Strand. »Kurz. Er war hier in deinem Haus.«

»O ja«, erinnerte sich Hazen. »Er erzählte mir, wie sehr ihm das Haus gefallen hat. Sie waren sehr freundlich und bestanden darauf, daß ich mich zu ihnen setze. Bei der Gelegenheit hat Eleanor mir ein wenig von sich erzählt.«

»In diesem Alter ist das sehr wahrscheinlich das Hauptgesprächsthema der Mädchen«, meinte Strand.

Hazen lächelte. »Auch der Männer. Kannst du dich an dein Hauptgesprächsthema erinnern, als du zweiundzwanzig warst?«

»Nicht so richtig. Es ist lange her. Fast dreißig Jahre.« Er überlegte und dachte nach. Damals war sein engster Freund ein junger Mann namens O'Malley gewesen, der mit ihm die Schule besucht hatte und sich als Trotzkist bezeichnete. O'Malley war von ihm enttäuscht gewesen, weil Strand nach seiner Meinung nur daran interessiert war, vorwärtszukommen und sich dem, was O'Malley das System nannte, demütig einordnete. O'Malley sah in diesem System einen einzigen, gigantischen Betrug; ein Krieg war gewonnen und seine Zielsetzungen voll Zynismus verraten, der Sieg weggeworfen worden, Stalin triumphierte und befleckte sich mit Blut, McCarthy wütete und machte Hexenjagd auf Kommunisten und Faschisten in Amerika, der verdammte Imperialismus der Briten, die Vergewaltigung Irlands. O'Malley war bereit, an allen Fronten zu kämpfen, er suchte nach Barrikaden, auf die er steigen konnte. Die alte Geschichte. Strand fragte sich, was aus O'Malley geworden sein mochte und ob er wohl eine passende Barrikade gefunden hatte. »Ich glaube, wir sprachen damals sehr viel über Politik«, sagte er.

Hazen nickte. »Das ist immerhin ein Thema. Warst du jemals beim Militär? Korea?«

»Nein. Bei der Musterung entdeckten sie ein Herzgeräusch. Ich hatte gar nicht gewußt, daß ich es hatte, und es hat mir niemals Schwierigkeiten bereitet.«

»Ich habe mich freiwillig gemeldet«, sagte Hazen. »Mein Vater hielt es für eine gute Idee. Ich war Leutnant bei der Marine und saß an einem Schreibtisch in Washington. Auch das ging auf das Konto meines Vaters. Lebt dein Vater noch?«

»Nein. Schon lange nicht mehr.«

»Verlorene Jahre«, sagte Hazen. Bedächtig nippte er an seinem Drink. Offensichtlich würde es heute nacht keine trunkene Szene geben. »Deine Tochter Eleanor scheint ein äußerst intelligentes Mädchen zu sein.«

»Das ist sie.«

»Aber unzufrieden.« Wieder der forschende Blick.

»Ein häufiges Leiden der Jugend«, sagte Strand obenhin.

»Sie sagte, sie würde bereits das Doppelte verdienen und obendrein Abteilungsleiter sein, wenn sie ein Mann wäre.«

Strand versuchte sein Erstaunen zu verbergen. Sie hatte stets voll Begeisterung von ihrer Arbeit gesprochen.

»Intelligente junge Leute haben für langsamen Aufstieg nichts übrig«, meinte Hazen. »Sie wollen sehr rasch befördert werden. Sie sind überzeugt, daß sie den Laden zehnmal besser schmeißen könnten als irgendein alter Knacker, der im Grunde an ein Stehpult gehört und sich des Federkiels bedienen sollte. Ich kann mir vorstellen, daß es in meinem Büro etliche ehrgeizige junge Leute gibt, die das gleiche von mir denken.«

»Es muß ein langer Drink gewesen sein«, sagte Strand.

»Zwei waren es, um genau zu sein. Der junge Mann in ihrer Begleitung, Mr. Gianelli, schien sich mehrere gegönnt zu haben. Er war leicht hinüber, ehrlich gesagt; sah aus, als habe er nachmittags bereits mehrere Barbesuche absolviert. Im Laufe der Diskussion wurde er recht hitzig. Er warf ihr vor, sich einerseits darüber zu beklagen, daß sie von Idioten herumkommandiert würde, andererseits betrachtete sie ihn wie einen Irren, wenn er ihr die Chance biete, aufzusteigen und ihr eigener Herr zu sein.«

»Hatte er die Freundlichkeit, sich darüber auszulassen, welche Chancen er ihr bietet?« fragte Strand vorsichtig.

»Es schien sich – soviel ich mir ausrechnen konnte – im Grunde um einen Heiratsantrag zu handeln«, antwortete Hazen. Wieder starrte er Strand an.

Es gelang Strand, ein ausdrucksloses Gesicht zu machen. »Ich hatte – nun, ich hatte den Eindruck, daß sie einander zugetan sind.«

»Dann wandte sich Mr. Gianelli an mich«, fuhr Hazen fort. »Er scheint für den Job in der Firma seines Vaters nicht geschaffen zu sein. Er ist der mittlere von fünf Söhnen, die alle im Familienunternehmen beschäftigt sind, und fühlt sich verständlicherweise etwas eingeengt. Er fragte mich eher lautstark, ob auch ich die Idee für verrückt hielte, irgendwo eine kleine Zeitung zu starten, in der sie beide als Redakteure und Herausgeber arbeiten würden.«

»Was hast du ihm geantwortet?« fragte Strand und dachte, Hazen müsse in den Augen junger Menschen eine Aura von Weisheit und Macht haben, irgendeine verborgene Gabe, welche ihm ihre Seelen augenblicklich erschloß. »Hast du gefragt, woher der junge Mann die Mittel für dieses treffliche Projekt zu nehmen beabsichtigt?«

»Er sagte irgend etwas von seinen Brüdern, die bereit wären, einzuspringen, falls er einen geeigneten Ort fände. Offenbar wären sie keineswegs unglücklich darüber, ihn ziehen zu lassen. Fünf Brüder in derselben Firma. Es gibt auch noch zwei Schwestern und zwei Schwäger. Italienische Familien.« Er widmete dem mediterranen Kinderreichtum ein mildes Lächeln. »Ich weiß einiges über den Vater. Einer meiner Klienten steht mit ihm in Geschäftsverbindung. Ein Starrkopf, aber anständig, sagt mein Klient. Und recht erfolgreich. Eine Firmengruppe, die in den letzten Jahren einen beachtlichen Aufschwung zu verzeichnen hatte. Außer in Italien natürlich.« Er lächelte freudlos über den Scherz. »Der Vater, denke ich, ist mit gewissem Recht von dem Vorhaben nicht begeistert.«

»Hast du ihnen denn nicht abgeraten?« fragte Strand fast anklagend.

»Ich sagte, die Jugend sei die rechte Zeit für Risikos, und ich müsse nun nach Hause, um mich fürs Dinner umzuziehen.« Er machte eine Pause. »Wie würdet ihr es aufnehmen, du und Leslie?«

»Wir versuchen uns nicht einzumischen«, sagte Strand kurz.

»Ich bin immer wieder erstaunt«, meinte Hazen, »in welchem Ausmaß ihr euren Kindern freie Hand laßt.« In der Art, wie er es sagte, lag weder Billigung noch Mißbilligung. »Bei mir zu Hause war es anders. Man hat uns sehr entschieden mitgeteilt, was man von uns erwartete. Mein Bruder hat sich natürlich aufgelehnt. Er kam nicht einmal zum Begräbnis meines Vaters aus Kalifornien zurück. Wir haben kaum Kontakt. Ich höre, daß er glücklich ist. Es mag auch nur ein Gerücht sein.« Er lächelte ironisch. Von oben hörte man die Klänge von Jimmys Gitarre, wahllos gegriffene Akkorde, manche dunkel und traurig, andere unvermittelt hell, als führe Jimmy ein Zwiegespräch mit sich selbst auf seinem Instrument, als sei er schwermütig, mutwillig und spöttisch zugleich gestimmt.

»Wenn dich der Lärm stört, gehe ich hinauf und sage ihm, er soll aufhören«, erbot sich Strand.

»O nein«, sagte Hazen. »Ich höre gern Musik im Haus. Ich habe ihm gesagt, ich würde ihn gern spielen hören.«

»Er machte eine Andeutung. Ich dachte, du hättest es vielleicht nur aus Höflichkeit gesagt.«

»Ich bin gar nicht so höflich«, meinte Hazen.

Die beiden Männer hörten eine Weile zu. Jimmy begann ein Lied zu singen, das Strand noch nie gehört hatte. Strand konnte die Worte nicht verstehen. Das war kein Zwiegespräch mehr, sondern eine klagende, süße Weise mit jähen, harten Ausbrüchen.

»Ich glaube, ich habe dir schon erzählt, daß meine Mutter mir am Klavier vorzuspielen pflegte«, sagte Hazen. »Als sie noch jung war. Plötzlich hörte sie auf. Einige Jahre später starb sie. Sie ging ganz still von uns fort.«

Ging ganz still fort, dachte Strand. Seltsame Art, den Tod der Mutter zu beschreiben.

»Ich denke, ich werde mir noch einen Drink genehmigen«, sagte Hazen und erhob sich aus seinem Lehnstuhl. »Magst du jetzt auch einen?«

»Im Augenblick noch nicht, danke.«

Während Hazen seinen Drink mixte, entstand Unruhe an der Tür, und eine große Frau mit einem turbanähnlich gewickelten Schal um den Kopf trat ein. »Mach mir auch einen, Russel«, rief sie ihm von der Tür her zu. Sie hatte eine hohe, kräftige Stimme, und sie lächelte Strand freundlich zu, als sie den Raum betrat. Sie trug einen Rock und Pullover und Schuhe mit niedrigen Absätzen. Vierzig, mager, nicht mein Typ, dachte Strand automatisch.

»Oh, Linda«, begrüßte Hazen sie, »ich fürchtete, du würdest zu spät kommen.«

»Der Verkehr war grauenhaft«, sagte die Frau und rollte das R, um zu betonen, wie grauenhaft er gewesen war. »Freitag abend. Der Zug der Lemminge ans Meer. Hallo.« Sie streckte Strand die Hand entgegen. »Ich bin Linda Roberts. Russell kann nicht gleichzeitig Drinks mixen und seine Gäste vorstellen.«

»Guten Abend«, sagte Strand. »Ich bin Allen Strand.« Ihre Hand war überraschend schwielig. Er vermutete, daß sie Golfspielerin war. Sie hatte große, graue Augen, die sorgfältig geschminkt waren, und ihre schmalen Lippen waren in kühnem Bogen nachgezogen. Sie ging zu Hazen hinüber und küßte ihn auf die Wange, wobei sie ein kleines, rotes Mal hinterließ. »Das Übliche, bitte«, sagte sie.

Hazen hatte bereits begonnen, ihr einen Martini zu mixen. Sie sah beifällig zu. »Martinis sind immer der Mühe wert, nicht wahr?« sagte sie und lächelte Strand zu.

»Wird allgemein behauptet«, antwortete Strand.

»Russel, muß ich mich fürs Dinner umziehen, oder kann ich in meinen Reiselumpen zu Tisch gehen?«

»Es sind nur ein paar Freunde da«, sagte Hazen und brachte ihr den Martini.

»Ein Segen!« Dankend nahm sie das Martiniglas entgegen und nippte daran. »Du verdienst einen Dankgottesdienst, lieber Russel.

Aber ich werde mich wenigstens frisieren.« Sie sank in einen Stuhl und hielt das Glas in beiden Händen.

»Linda wird das Wochenende mit uns verbringen, Allen«, sagte Hazen.

»Ich bin ein Zuwachs in letzter Minute«, wandte sich Linda Roberts an Strand. »Ich dachte nicht, daß ich es schaffen würde. Eben kam ich aus Frankreich zurück und fand ein furchtbares Durcheinander in der Galerie vor. Aus unserer französischen Filiale war eine Ladung Bilder angekommen, und ein halbes Dutzend von ihnen sah aus, als hätten sie den Atlantik in einem Kanu überquert. Von diesem Martini habe ich seit Triboro Bridge geträumt.«

Aber Strand sah, daß sie ihren Drink nur zur Hälfte geleert hatte, als sie aufstand, um sich ein bißchen aufzumöbeln, wie sie es ausdrückte. An der Tür blieb sie stehen und verzog ihr Gesicht. »Du lieber Himmel«, sagte sie, »was soll dieses Begräbnisgejammer?«

Hazen lachte. »Es ist Allens Sohn Jimmy. Er ist Gitarrist.«

»O je.« Mrs. Roberts hob ihre Hand in gespielter Verzweiflung an den Mund. »Verzeihen Sie, Mr. Strand. Ich bin da kein Maßstab. Man hat mich in meiner frühen Kindheit Wagner ausgesetzt, darüber bin ich niemals hinweggekommen.«

»Alles in bester Ordnung«, sagte Strand belustigt. »Zu Hause muß er hinter geschlossenen Türen üben. Ich fürchte, die Vorstellung von Musik ist von Generation zu Generation verschieden. Für mich hört Musik nach Brahms auf.«

»Dein Freund gefällt mir, Russell«, sagte Mrs. Roberts und verließ mit ihrem Martini in der Hand schwungvoll den Raum.

Einige Augenblicke lang herrschte Schweigen. Hazen betupfte abwesend mit seinem Finger das schwimmende Eis in seinem Glas, und Strand fragte sich, ob dies die angebliche Mätresse war, von der Eleanor berichtet hatte. Die Frau hatte ihm auf Anhieb gefallen, aber er hätte sie sich nicht zur Mätresse erwählt. Gesetzt den Fall, jemand hätte ihn Judith Quinlans Wohnung betreten und mit zerrauftem Haar und gedankenverlorenem Gesichtsausdruck wieder verlassen sehen – würde Judith Quinlan dann auch als seine angebliche Mätresse gelten? Man erwarb sich so rasch einen schlechten Ruf.

»Sie kommt von Zeit zu Zeit hierher«, sagte Hazen, als wäre er Strand eine Erklärung schuldig. »Immer ganz spontan. Das Haus ist groß ...« Er schwieg. »Sie ist die Witwe meines besten Freundes. Siebenundvierzig Jahre war er alt und starb ...« Er schnippte mit den Fingern. »Während er Golf spielte. Das Herz.«

»Sie scheint es tapfer zu tragen«, sagte Strand und sah Hazen nicht ohne Neugierde an.

»Sie ist klug genug, sich zu beschäftigen. Sie besitzt einen halben Geschäftsanteil an einer Kunstgalerie und ist sehr tüchtig. Die Galerie arbeitet mit einer Galerie in Frankreich zusammen, was ihr die Möglichkeit gibt, mehrmals im Jahr nach Europa zu fahren. Manchmal macht sie einen närrischen Eindruck, aber ich kann dir versichern, daß sie ganz und gar keine Närrin ist«, sagte Hazen steif. »Und sie widmet sich in großem Umfang wohltätigen Zwekken.«

»Ich kann nur hoffen, daß – wenn ich einmal nicht mehr bin – meine Witwe ebenfalls in der Lage sein wird, sich in großem Umfang wohltätigen Zwecken zu widmen.«

»Er war in Wall Street. Sehr gerissen«, überging Hazen die letzte Bemerkung, die, wie Strand jetzt klar wurde, scherzhaft gemeint, aber unhöflich gewesen war. »Kein Wunder. Überarbeitet. Hast du gelesen, daß Postboten viel länger leben als Manager in großen Betrieben?«

»Das viele Gehen ist gesund«, sagte Strand und hoffte, daß die anderen herunterkommen würden, ehe das Niveau der Unterhaltung noch tiefer sank.

»Du kannst deine Krawatte ruhig abnehmen«, sagte Hazen. »Wahrscheinlich wird niemand eine tragen. Easthampton verproletarisiert. Die alten Zeiten sind vorbei. Mein Vater bestand nahezu jeden Abend auf Dinnerkleidung. Heutzutage ist fast alles möglich. Durchsichtige Kleider, Jeans, rote Hosen wie diese gottverdammten Dinger, die ich trage. Ich bin sicher, daß all dem höchst düstere soziologische Zusammenhänge zugrunde liegen.«

Strand nahm seine Krawatte ab und stopfte sie in die Tasche. Sein Hals war so dünn, daß es fast unmöglich war, Hemden für ihn zu finden, deren Ärmel lang genug waren und die gleichzeitig die passende Kragenweite hatten. Hazen sah ihn neugierig an. »Es ist mir aufgefallen, daß du viel ißt ...«

»Wie ein Pferd«, bestätigte Strand.

»Und doch bleibst du so dünn.«

»Dürr.«

»Es gibt Schlimmeres. Wenn ich äße wie du, müßte man mich in einem Schubkarren fahren.« Er nahm einen Schluck von seinem Whisky. »Aber in deiner Familie neigt niemand zur Üppigkeit.«

»Nein. Eleanor stürzt sich manchmal in irgendeine verrückte Diät, wenn sie ein bißchen zugenommen hat.«

»Lächerlich«, schnaubte Hazen. »In ihrem Alter, mit ihrer Figur.«

Es läutete an der Tür. »Meine Dinnergäste«, sagte Hazen. »Ich hoffe, sie öden dich nicht an. Partys in den Hamptons können langweilig sein.«

Hazen saß am oberen Ende der Tafel, Leslie mit aufgestecktem Haar zu seiner Rechten, Caroline zu seiner Linken. Neben Caroline saß einer der jungen Männer, mit denen sie vor drei Wochen Tennis gespielt hatte. Strand registrierte nicht ohne Belustigung, daß es sich nicht um den gutaussehenden Brad oder Chad handelte, vor dem Hazen ihn gewarnt hatte. Die nächste in der Reihe war eine Dame namens Caldwell, der eines der benachbarten Häuser in den Dünen gehörte. Sie war mit Mann und Tochter gekommen. Die Tochter saß neben Jimmy und schien etwa in Jimmys Alter zu sein, obwohl Strand nie ganz sicher sagen konnte, wie alt junge Mädchen wirklich waren. In seinen Klassen saßen sechzehnjährige Mädchen, die wie fünfundzwanzig aussahen. Ein großer, jovialer Mann namens Solomon saß neben dem Mädchen; er hatte langes, glattes graues Haar, das ihm das Aussehen von George Washington verlieh. Dann kam Linda Roberts, rechts von Strand. Sie hatte ihre »Reiselumpen« gegen ein langes, rüschenbesetztes malvenfarbenes Kleid getauscht, das ihre eher knochigen Schultern frei ließ. Mrs. Solomon, eine hübsche Frau mit scharfen, tiefgebräunten Zügen und einem jungenhaften Haarschnitt, saß links von Strand. Caldwell, der als Doktor Caldwell vorgestellt worden war, vervollständigte die Runde; er saß mit dem düster-diplomatischen Gesicht eines Botschafters, den man eben beauftragt hatte, einer wankelmütigen Regierung eine unangenehme Note zu überreichen, zwischen Mrs. Solomon und Leslie. Strand bemerkte, daß Conroy, obwohl er im Hause lebte, nicht auf der Gästeliste seines Arbeitgebers stand.

Die Unterhaltung war lebhaft, und Strand war froh zu sehen, daß Leslie und Caroline sich offensichtlich gut unterhielten und daß das Caldwell-Mädchen scheinbar tiefes Interesse daran zeigte, was Jimmy ihr erzählte. Aber Strand hatte Schwierigkeiten, mehr als Gesprächsfetzen zu verstehen, weil Linda Roberts mit hoher, durchdringender Stimme fortwährend auf ihn einsprach. »Sie werden heute einen schrecklichen Gesprächspartner in mir haben«, warnte sie ihn, als sie Platz nahmen. »Ich bin erschöpft. Die Zeitverschiebung, Sie verstehen.« Sie sei eben aus Frankreich zurückgekommen, sagte sie, wo sie neben der Arbeit in der Pariser Galerie nicht vermeiden konnte, eine Hochzeit zu besuchen. »Vierhundert Gäste«, erzählte sie. »Zum Glück hat es nicht geregnet, sonst hätte der Gartenempfang in einer Seeschlacht geendet. Immer wieder hat es mich von Junihochzeiten weggeschwemmt, und wenn eine Ehe damit beginnt, daß alle sich schutzsuchend zusammendrükken, hat man das Gefühl, daß es in spätestens ein, zwei Jahren eine Scheidung gibt. Russell hat mir alles über Sie und Ihre reizende Familie erzählt. Und was Sie alles für ihn getan haben. Sie müssen stolz auf Ihre Tochter sein. Wenn das mir passiert wäre, hätte ich einfach geschrien und wäre in Ohnmacht gefallen. Ich weiß nicht, was aus dem guten alten New York noch werden wird. Niemand wagt mehr, Schmuck zu tragen. Alles liegt in Banksafes. Die Versicherung...«, sie seufzte und hob ihre knochigen Schultern. »Russell sagt, Sie seien Geschichtsprofessor. Das muß Spaß machen. Geschichte war eines meiner besten Fächer an der Universität von Michigan, aber heute lese ich nicht einmal mehr Zeitungen... nur Gesellschaftsnachrichten und Filmkritiken... alles andere ist so pessimistisch. Sie müssen mich entschuldigen. Ich kann kaum sprechen. Ich bin so erschöpft, Flugplätze sind ohnehin die Hölle. Der ärgste ist Fiumicino. Ich fliege deshalb kaum mehr nach Rom. Heutzutage reist wirklich alles, man sieht die komischsten Leute in der ersten Klasse. Mein Mann war nahe daran, einen Lear Jet zu kaufen, aber dann ist er gestorben. In Nizza komme ich stets gerne an. Der Flughafen liegt direkt am Meer, und es ist ein wenig wie in der guten alten Zeit, als man noch mit einem dieser herrlichen Plüschschiffe nach Europa reiste und von einem gutaussehenden Steward um elf Uhr vormittags eine Bouillon an den Liegestuhl serviert bekam. Und jetzt hat man sogar die schönen italienischen Schiffe aus dem Verkehr gezogen. Die himmlische Pasta. Ich will nicht wie ein altmodischer Miesmacher klingen, aber man kann den Fortschritt auch zu weit treiben. Die Côte d'Azur hat man selbstverständlich ruiniert, man könnte ebensogut in Miami Beach sitzen; aber ich sause einfach vom Flugplatz in mein kleines Nest, das liegt in den Hügeln über Mougins, und setze meinen Fuß ausschließlich aus dem Haus, um in meinem Garten spazieren zu gehen. Sie kennen doch Mougins, Mr. Strand?«

»Allen«, bat Strand galant und fragte sich, wie schnell und wie lange Mrs. Roberts zu sprechen in der Lage war, wenn sie nicht unter der Zeitverschiebung litt.

»Allen«, flötete sie. »Ich hatte einen Verehrer, der so hieß. Ein reizender junger Mann. Sah himmlisch aus. Man fragte ihn immer wieder, ob er nicht zum Film gehen wolle. Aber er war ein ernsthafter Reiter und wollte nur seine Pferde. Er war vollkommen gebrochen, als ich meinen Mann heiratete, und er heiratete augenblicklich eine viermal geschiedene Frau. Sagenhafte Alimente. Er kam meinen Mann und mich mit seiner Frau besuchen. Ordinäre kleine Person. Sonnte sich oben ohne. Sie war unmäßig stolz darauf – auf ihren Busen, meine ich. Sie hat als Claquechefin an der Universität von Texas angefangen, und ihr erster Mann spielte Fußball für Dallas und verprügelte sie am laufenden Band. In meinem Innersten konnte ich ihn verstehen. Sie müssen mich mit Ihrer schönen Frau – Himmel, sie ist ja hinreißend – in Mougins besuchen. Kommen Sie oft nach Frankreich?«

»Nein«, sagte Strand und versuchte, seine Aufmerksamkeit dem köstlichen rosa Lammbraten auf seinem Teller zuzuwenden. »Nicht oft.«

»Mougins werden Sie lieben. Es ist ein Hafen des Friedens. Ganz in den Hügeln versteckt. Mein Mann hat es als Hochzeitsgeschenk für mich gekauft. Er war der aufmerksamste Mann, den man sich vorstellen kann. Er war im internationalen Geschäft. Überall Firmen. In einer Unmenge von Ländern. Welches Land immer Ihnen einfallen kann – er hatte eine Firma dort. Das bedeutete natürlich, daß er schrecklich viel von zu Hause fort war.«

Ich kann ihn verstehen, dachte Strand niederträchtig.

»Das hat mich auch dazu bewogen, mich der Wohltätigkeit zu verschreiben«, sagte Linda Roberts. »Das Alleinsein. Andere Frauen nehmen unter diesen Umständen Liebhaber.« Wieder lachte sie gehaucht, hysterisch. »Aber mein Mann war kein nachsichtiger Mann, nein, ganz und gar nicht. Nachsichtig konnte man ihn nicht nennen. Wohltätigkeit füllt eine große Lücke in meinem Leben, Mr. Strand, ach, Allen wollte ich sagen. Nun darf ich Sie aber nicht mehr länger für mich allein beanspruchen. Auch Nellie Solomon brennt darauf, sich mit Ihnen zu unterhalten, wie ich sehe; und ich werde einfach hier ruhig sitzen und in Betäubung verfallen.«

Dankbar wandte er sich Mrs. Solomon zu seiner Linken zu. Mehrmals schon hatte Leslie während Lindas Monolog zu ihm herübergesehen und ihm ironisch und mitleidig zugelächelt.

Mrs. Solomon aß herzhaft und schweigsam und hielt die Augen auf den Teller gesenkt. Dr. Caldwell, der links von ihr saß, sprach in leisem, vertraulichem Ton auf Leslie ein. Strand war es nicht entgangen, daß er sich ihr fast während des ganzen Dinners gewidmet hatte. Später erzählte ihm Leslie, daß Caldwell seine Praxis in die Hamptons verlegt hatte, weil er bei Hausbesuchen in der Stadt keinen Parkplatz fand. Er war auch sehr an Musik interessiert, und sie sagte, er verstünde eine ganze Menge und rede keinen Unsinn. Sie fand, er sähe nicht aus wie ein Diplomat, sondern eher wie ein Arzt, der sich damit abgefunden hatte, daß ihm die Patienten unter den Händen starben.

»Sind Sie den Sommer über hier?« wandte sich Strand an Mrs. Solomon, weil er mit irgend etwas beginnen mußte.

»Zunächst nur zur Miete«, sagte Mrs. Solomon. »Dies ist der zweite Sommer.« Sie hatte einen weichen, südlichen Akzent. Alabama, dachte Strand. »Herb möchte gern ein Haus hier kaufen.«

»Es ist ein besonders schönes Fleckchen Erde«, sagte Strand.

»Falls Sie nicht Golf spielen«, meinte Mrs. Solomon.

»Bitte?« fragte Strand verwundert.

»Wenn Sie Solomon heißen, ist der Club nicht sehr gesellig. Sie wissen, was ich meine?«

»Ach so«, sagte Strand peinlich berührt.

»Es ist nicht allzu schlimm«, ermutigte ihn Mrs. Solomon und lächelte. Sie hatte vollkommene, scharfe, kleine weiße Zähne, und das Lächeln machte ihr Gesicht weicher. »Bis jetzt habe ich noch keine Pogrome bemerkt. Ich denke, wir werden das Haus kaufen. Es ist nur im Club von Bedeutung. Überall anders können Sie ein Zulu sein und werden doch zu den Partys eingeladen. Sei's drum! In fünfzig Jahren wird der Club entweder niederbrennen, oder sie werden alle tot sein oder jüdische Schwiegertöchter haben.« Plötzlich sah sie ihn forschend an. »Sie sind Jude, nicht wahr?«

»Nein.« Die Frage war ihm oftmals gestellt worden, fast immer von Juden. Das machte sein Geierschnabel von Nase.

»Verzeihung«, sagte Mrs. Solomon. »Ich bin auch keine Jüdin. Geborene Ferguson. Nellie Ferguson. Ich weiß nicht, wieso ich Sie dafür hielt.«

»Ich schon.«

Sie grinsten einander zu.

»Ich hätte Ihnen niemals meine kleine Rede gehalten, wenn ich gedacht hätte, Sie seien ein Goi. Wie ich schon sagte, in fünfzig Jahren wird es wahrscheinlich nicht den leisesten Unterschied machen. Vor fünfzig Jahren hat man keine Iren im Club geduldet. Deshalb haben sich die reichen Iren in Southampton niedergelassen. Fünfzig Jahre sind auch keine lange Zeit, um auf ein Golfspiel zu warten, nicht?« Sie lächelte wieder.

Strand stellte fest, daß sie eine hübsche Frau war. Wenn Hazen eine Geliebte haben mußte, warum nahm er dann nicht Nellie Solomon, mit ihr wäre er weitaus besser dran als mit Linda Roberts.

»Im Grunde«, fuhr Mrs. Solomon fort, »bin ich sehr gerne hier. Der Strand ist fabelhaft, ich kann Russells Tennisplatz benutzen, wann immer ich will ... Morgen soll ich mit Ihrer Tochter spielen, ich höre, sie ist unerhört stark ... und es ist nahe genug von New York, so daß Herb in die Stadt stürzen kann, wenn er im Büro gebraucht wird. Er ist mit Begeisterung Jude. Und in seiner Branche hilft's.«

»In welcher Branche ist er denn?«

»Hat Russell es Ihnen nicht erzählt?«

»Nein, er sagte lediglich, er erwarte einige nette Leute zum Abendessen.«

»Er bat uns ausdrücklich, heute abend zu kommen, da er großen Wert darauf legte, daß wir Sie kennenlernen. Wir mußten eigens eine andere Verabredung absagen.«

»Ich bin froh, daß Sie es taten.«

»Sie sind tatsächlich sehr höflich. Russell hat es mir bereits angekündigt.« Sie lächelte wieder. »Mein Herbert engagiert Bands, arrangiert Konzerte – Rock, Country, Jazz, Spirituals, Schmalz –, Sie brauchen nur zu sagen, was Sie wollen, er besorgt es. Sie sollten einmal einige der Leute sehen, die bei uns zu Hause aus und ein gehen.«

»Ich verstehe«, sagte Strand. Er schüttelte den Kopf. Guter alter Hazen. Für jeden etwas. Er hatte gewußt, warum er Jimmy bat, seine Gitarre mitzubringen. Möglicherweise fand Hazen, daß einer in der Familie krank oder blutarm aussah oder sich im Anfangsstadium irgendeiner grauenhaften Krankheit befand und hatte deshalb Dr. Caldwell eingeladen, um sich heimlich von ihm eine Diagnose stellen zu lassen.

»So habe ich Herbert kennengelernt«, sagte Mrs. Solomon. »Ich hielt mich für eine Sängerin.«

»Und wie ist es ausgegangen?«

Sie zuckte die Achseln. »Er hat mich eines Besseren belehrt. Wenn es um Talente geht, kann man dem alten Herb nichts vormachen. ›Armes Mädel‹, sagte er, nachdem ich vorgesungen hatte, ›ich werde Sie heiraten müssen.‹« Sie lachte in sich hinein und sah liebevoll zu ihrem Mann hinüber. Dann machte sie sich wieder ernsthaft an ihr Essen. »Ich bin schrecklich gern auf Russells Partys eingeladen. Sie sind so ... so gar nicht Stil Easthampton. Er sammelt Kuriositäten ... wie Herb und mich ...«

»Und uns«, sagte Strand.

Mrs. Solomon schenkte ihm ein kleines, kindliches Verschwörerlächeln. »Das haben Sie gesagt. Nicht ich.«

Strand mochte die hübsche, offene junge Frau mit ihrer molligen, anziehenden Figur, die in späteren Jahren nicht mehr ganz so anziehend sein würde, falls sie immer so aß wie heute abend. »Russell ist ein äußerst aufmerksamer Gastgeber«, sagte Strand.

»Wunderbar.« Sie zog das A in die Länge. »Waren Sie je in seiner Wohnung in New York?«

»Nein.«

»Im Vergleich dazu ist das hier draußen nur ein Campingplatz«, sagte Mrs. Solomon. »Komisch, all die Leckerbissen, die er auftischt, und er selbst nimmt kaum einen ordentlichen Bissen zu sich ... ist Ihnen das aufgefallen?«

»Ja.«

»Und Herb sagt, daß er bis ans Ende seiner Tage nicht mehr nüchtern sein würde, wenn er Russells Weinkeller hätte.«

»Alles in Ordnung bei dir da unten, Nellie?« rief Hazen Mrs. Solomon zu.

»Köstlich«, antwortete Mrs. Solomon. »Wir singen gerade dein Lob.«

»Nur so weiter«, sagte Hazen, hob ihnen sein Glas entgegen und wandte sich wieder Leslie zu.

»Diese kleinen grünen Bohnen sind ein Gedicht, nicht wahr?« stellte Mrs. Solomon fest, während sie elegant, aber energisch kaute.

»Flagolets, so heißen sie«, sagte Mrs. Roberts über Strand hinweg. Sie war nicht in die versprochene Betäubung verfallen. »Traditionell serviert man sie in Frankreich immer mit Gigot.«

»Danke, Linda«, sagte Mrs. Solomon. »In Alabama ist es Tradition, zu Gigot Bataten zu essen.« Sie zwickte Strand unter dem Tisch leicht ins Bein.

Strand hätte beinahe hellauf gelacht.

Nach dem Abendessen rauchte Strand seine zweite Zigarre. Er sah, daß Jimmy keine nahm, als Mr. Ketley die Kiste herumreichte. Alle gingen auf die Terrasse hinaus, um den Mond über dem Meer zu bewundern. Leslie stand neben Strand, und er legte seinen Arm um ihre Taille. »Geht's dir gut?« fragte er.

»Wunderbar«, sagte sie. »Wirst du je wieder mit meiner Küche zufrieden sein?«

»Am Montag gebe ich eine Annonce in der *Times* auf und suche mir einen *Cordon-bleu*-Koch.«

Leslie lachte. »Russell ist ein faszinierender Mann. Er weiß über alles Bescheid. Politik, Kunst, Finanz, was immer. Ich habe das Gefühl, als hätte ich meine Bildung sträflich vernachlässigt. Und er war einfach überall.«

»Wir auch«, sagte Strand. »Im Museum of Modern Art, in Chinatown, in der Bronx...«

»Still, Allen«, sagte Leslie sanft. »Ich habe mich nicht beklagt. Aber im Ernst, ich glaube, wir sollten ein bißchen reisen. Wir könnten es anderswo einsparen.«

»Wo?«

»Ach, anderswo«, sagte Leslie unbestimmt. »Russell sagt, ich solle mich mehr mit meiner Malerei befassen. Es ist erstaunlich, er war doch erst zweimal bei uns, und das erste Mal zählt eigentlich nicht... und er erinnert sich an jedes Detail meiner zwei Bilder im Wohnzimmer. Er sagt, sie seien kühn und originell. Stell dir das vor. Meine kleinen Pinseleien. Ich erzählte ihm, daß ich eigentlich nur male, wenn ich mich einsam fühle, und er sagt, ich solle trachten, mich doch öfters einsam zu fühlen. Glaubst du, daß er nur höflich war und mir schmeicheln wollte?«

»Nein«, sagte Strand. »Er ist kein Schmeichler. Ich habe dir schon immer gesagt, daß mir deine Bilder gefallen.«

»Das ist etwas anderes. Du bist mein Mann, was sollst du schon sagen, du Ärmster? Sehe ich heute abend ordentlich aus?« Es klang gespannt.

»Die Dame zu meiner Rechten fand, du seist hinreißend.«

»Wie hinreißend? Hinreißend schön oder hinreißend häßlich?«

»Hinreißend schön.«

»Was für nette Leute«, seufzte Leslie zufrieden. »Und Jimmy und Caroline benahmen sich so gut.«

»Erstaunt dich das?«

Leslie drückte seinen Arm. »Nein«, sagte sie. »Ich habe den

Mond lange genug angesehen. Mir ist ein wenig kalt. Laß uns hineingehen.«

Die anderen folgten ihnen ins Haus. Hazen fragte Jimmy, ob er ihnen die Freude machen und ein wenig musizieren würde. Jimmy sah seine Eltern zweifelnd an. Strand sagte nichts, aber Leslie bestärkte ihn: »Unbedingt, Jimmy.« Jimmy ging hinauf, um seine Gitarre zu holen. Caroline schnitt eine Grimasse, aber Leslie bemerkte es und flüsterte ihr zu: »Laß das Grimassenschneiden bleiben, Fräulein!«

Strand erzählte Leslie nichts von Herbert Solomon und seinem Beruf in der Musikwelt. Es würde sie nur nervös machen, wenn sie wüßte, daß Jimmy gewissermaßen vor einem Richter stand. Jimmy schien ganz und gar nicht nervös, als er ein paar Akkorde griff, um sich einzuspielen. Dann sang er einige Lieder, die Strand aus dem Radio kannte; er sprach fast nur, sein Vortrag war nicht theatralisch, und in Strands Ohren klang Jimmys Stimme weder besser noch schlechter als die Sänger, deren Platten angeblich die Hitparade anführten. Solomon schien mit Interesse zuzuhören und begann Jimmy vorzuschlagen, was er spielen solle. Strand bemerkte, daß Solomon immer neue Lieder in verschiedenem Stil wählte, um Jimmy Gelegenheit zu geben, seine Vielseitigkeit, seinen Stimmumfang und seine Kenntnis jener Lieder, die in den letzten fünf Jahren populär gewesen waren, zu zeigen.

Als Jimmy seine Darbietungen mit einem leisen Ton verklingen ließ, sagte Solomon: »Sehr hübsch.« Mrs. Solomon applaudierte, und Mrs. Roberts rief »Bravo! Bravo!« Leslie lächelte zufrieden, und sogar Caroline schien beeindruckt.

»Danke sehr, Jimmy«, sagte Hazen. »Das nächste Mal werde ich ein größeres Publikum einladen.«

Bald darauf löste sich die Gesellschaft auf. Jimmy nahm seine Gitarre und das Caldwell-Mädchen und fuhr mit dem Kombi in die Bar nach Bridgehampton; Caroline ging zu Bett, nachdem sie sich mit ihrem Tischherrn für den nächsten Morgen zum Tennis verabredet hatte.

Als die Solomons und das Ehepaar Caldwell sich verabschiedeten, sagte Herbert zu Strand: »Dem Jungen ist es Ernst mit seiner Musik, was?«

»Es scheint so«, meinte Strand.

Solomon nickte. »Russell hat meine Büronummer. Falls Jimmy Interesse daran hat, sagen Sie ihm, er soll mich irgendwann nächste Woche anrufen.«

»Das ist sehr freundlich von Ihnen«, sagte Strand.

Solomon zuckte die Achseln. »Kann sein, daß gar nichts herauskommt. Es gibt Tausende junger Leute mit Gitarren und gutem Gehör. Egal, er soll mich anrufen.«

Taktvoll ging Strand mit Leslie nach oben und ließ Mrs. Roberts, die noch einen Schlaftrunk haben wollte, allein im Salon zurück.

»Wieso sagte Mr. Solomon etwas von Telefonieren?« fragte Leslie, nachdem Strand die Tür ihres Schlafzimmers geschlossen hatte.

»Er ist in der Musikbranche«, sagte Strand und wiederholte, was ihm Mrs. Solomon über ihren Gatten erzählt hatte.

»War es nicht aufmerksam von Russell, ihn heute abend einzuladen, damit er Jimmy anhören konnte?« sagte Leslie.

»Doch.«

»Glaubst du, daß er und diese Mrs. Roberts ...?« Sie beendete den Satz nicht, und Strand grinste. »Du weißt schon, was ich meine«, sagte Leslie.

»Ja.«

»Und?«

»Eher nein«, überlegte Strand. »Ich glaube, sie würde vor lauter Reden keine Zeit zum Lieben finden.«

Leslie lachte. »Das heißt, sie ist nicht dein Geschmack.«

»Nein. Aber ich kenne jemanden, der es ist.«

»Diese hübsche, kleine Mrs. Solomon. Ihr zwei scheint euch besonders gut verstanden zu haben.«

»Haben wir, in der Tat«, gab Strand zu. »Aber ich habe nicht sie gemeint.«

»Treuer, lieber Mann«, sagte Leslie und küßte ihn. »Im Nu bin ich im Bett.«

Er wurde von einem Stöhnen geweckt. Leslie schlief in seinen Armen. Sie hatten sich lange und mit Muße geliebt, und das Stöhnen holte ihn aus tiefstem, gesättigtem Schlaf. Im Zimmer war es dunkel, und kurz vor dem Erwachen verschmolz in seinem Schlaf das Stöhnen mit dem stetigen Rollen der See. Sanft zog er seinen Arm unter Leslies Kopf hervor und stieg aus dem Bett. Das Stöhnen kam aus dem Nebenzimmer, wo Caroline schlief. Er schlüpfte in seinen Bademantel und ging auf den Korridor, wo eine Lampe brannte. Leise schlich er auf bloßen Füßen zu Carolines Tür. Das Stöhnen war jetzt deutlich hörbar. Die Zimmer von Hazen und Mrs. Roberts befanden sich in einem anderen Flügel des Hauses, und Strand war froh, daß sie nichts hören konnten. Er öffnete die Tür. Im schwachen Lichtschein der Flurbeleuchtung sah er, wie sie sich im Bett wand, als hätte sie Krämpfe, und die Arme vor das Gesicht warf, als wolle sie einen Angreifer abwehren. Rasch ging er auf das Bett zu und nahm sie in die Arme. »Na, na«, flüsterte er. »Ist ja gut. Es geschieht dir ja nichts.«

Caroline öffnete die Augen, ihr Gesicht war starr vor Angst. »Oh, Daddy«, schluchzte sie und klammerte sich an ihn.

»Du hast nur schlecht geträumt«, sagte er. »Ich bin ja da. Du brauchst keine Angst zu haben.«

»Oh, Daddy«, weinte sie, »sie gingen auf dich los, mit Messern, sie haben gelacht, ich konnte nichts dagegen tun, ich versuchte und versuchte ...«

»Nur ruhig, ruhig ...«

»Ich habe solche Angst.« Sie hielt sich an ihm fest.

»Es gibt nichts zu fürchten. Jeder von uns hat ab und zu einmal einen dummen Traum.«

»Geh nicht fort. Bitte geh nicht fort.«

»Ich gehe nicht fort. Schlaf nur wieder ein.«

»Ich weiß nicht, was ich getan hätte, wenn du nicht gekommen wärst.« Plötzlich lachte sie. »Dein Bart kratzt.«

»Oh, Verzeihung.«

»Ich liebe das«, sagte sie undeutlich; einen Augenblick später war sie eingeschlafen.

Lange saß er an ihrem Bett und hielt sie in seinen Armen. Als er sicher war, daß sie friedlich schlief, legte er sie sanft zurück, deckte sie zu, ging aus dem Zimmer und schloß die Tür. Er hörte Schritte auf der Treppe und sah Jimmy mit der Gitarre unter dem Arm daherkommen.

»Hallo, Paps«, sagte er. »Wieso schleichst du so spät noch herum?«

»Wie spät ist es?«

»Nach drei«, sagte Jimmy. »Es war ein großer Abend. Irgend etwas nicht in Ordnung?«

»Caroline hatte einen Alptraum. Das ist alles.«

»Meine Musik.« Jimmy grinste. »Ich wußte nicht, daß sie so überwältigend ist. Geht's ihr wieder gut?«

»Prima.«

»Armes Kind«, sagte Jimmy. »Also, gute Nacht, schlaf gut.«

Aber Strand konnte lange nicht einschlafen. Das Rauschen des Meeres klang mit einem Mal drohend, und Leslies gleichmäßiger

Atem schien schwach und herzzerreißend kostbar in dem stillen, fremden Raum, in dem sie sich geliebt hatten und der jetzt keinen Schutz mehr bot.

Er erwachte spät am Morgen, war allein und fühlte sich müde und ganz und gar nicht erfrischt. Als er hinunterkam, sagte ihm Mr. Ketley, alle seien zum Tennisplatz gegangen. Er war nicht hungrig und trank nur eine Schale Kaffee. Der Tag war schwül, und er beschloß, die Abwesenheit der anderen zu nützen und ein kurzes Bad im Meer zu nehmen, um endlich munter zu werden.

Als er in Badehose und Bademantel herunterkam, lag die Terrasse immer noch verlassen da. Die See war nicht sehr bewegt, kleine Wellen brachen sich einige Meter vor dem Strand. Er ließ seinen Bademantel fallen und trabte über den feinen weißen Sand ins Wasser. Er watete ein Stück hinaus, bis dahin, wo die Wellen sich brachen; das Wasser war kalt und reichte ihm bis zur Taille. Er war jetzt völlig wach und genoß es, sich im Stehen von den Wellen überfluten zu lassen. Er schwamm ein wenig und dachte, er sollte wenigstens dreimal in der Woche schwimmen, es würde ihm guttun.

Als seine Arme zu ermüden begannen, stellte er sich auf die Füße und versuchte landeinwärts zu gehen. Aber er kam dem Strand um keinen Zentimeter näher. Das Wasser bildete Strudel um ihn, und er hatte Mühe, sich auf den Beinen zu halten. Dann, ganz plötzlich, riß es ihm die Füße unter dem Körper weg, und die Ebbe zog ihn langsam und unerbittlich ins Meer hinaus. Er versuchte nicht in Panik zu geraten, sondern schwamm wie wild gegen die Strömung. Noch nie in seinem Leben hatte er sich so müde gefühlt; er schluckte Wasser. Schreien würde keinen Sinn haben; es war niemand in der Nähe, der ihn hören konnte. Er sah auf das große Haus, das so nahe war und kein Zeichen menschlichen Lebens zeigte.

Dann sah er Conroy mit einer Zeitung in der Hand auf die Terrasse treten. Conroy setzte sich, faltete die Zeitung auseinander und sah nicht herüber.

»Conroy!« gelang es Strand zu rufen. »Conroy!« Er sah, wie Conroy erstaunt um sich blickte, als könne er nicht erkennen, woher der Ruf kam. Dann entdeckte er Strand, der wie rasend winkte, nicht mehr in der Lage war zu schreien und schon darum kämpfte, den Kopf über Wasser zu halten.

Conroy wandte sich um und winkte zum Haus hin. Dann rannte

er los und riß sich im Laufen seinen Pullover vom Leib. Er war in Bermudashorts und bloßfüßig. Er sprang kopfüber ins Wasser und schwamm auf Strand zu. Als er ihn erreicht hatte, sagte er mit gleichförmiger, erstaunlich besonnener Stimme: »Bleiben Sie ganz ruhig, Mr. Strand. Drehen Sie sich einfach auf den Rücken und lassen Sie sich treiben. Alles andere mache ich.« Seine glatten Haare klebten an seinem Kopf, und seine Arme waren dünn und blaß.

Strand drehte sich auf den Rücken. Die Sonne glitzerte durch einen Schaumschleier in seinen Augen. Er fühlte Conroys stützende Hand unter seinem Kinn. Conroy schwamm mit seinem freien Arm, langsam, ganz langsam, nicht auf die Küste zu, sondern er versuchte, parallel zum Strand zu bleiben. Die Strömung trieb sie weiter ins Meer hinaus. Strand schnappte nach Luft, es waren kleine, schmerzhafte, mit Wasser vermischte Atemzüge. Das Land wich immer weiter zurück, weit, weit weg.

Er hob den Kopf und sah flüchtig eine Gestalt ans Wasser laufen, die etwas trug. Einen Augenblick später wurde ihm klar, daß es Linda Roberts war, die ein zusammengerolltes Seil in den Händen hatte. Er sah, wie sie sich in die Wellen warf, verlor sie aus den Augen.

Mit einem Mal gab die Strömung die beiden Männer frei. Conroy rang nach Atem. »Okay«, sagte er, »jetzt sind wir draußen. Bleiben Sie ganz ruhig.« Er begann, Strand langsam an Land zu schleppen; bei jeder Bewegung keuchte er schmerzerfüllt. Wir werden es nicht schaffen, dachte Strand, wir werden beide ertrinken. Er wollte Conroy etwas sagen, aber er konnte nicht sprechen. Dann schlug irgend etwas in ihrer Nähe klatschend auf das Wasser, und Conroy langte danach. Es war das Seil, das Mrs. Roberts, die bis zur Taille im Wasser stand, ihnen zugeworfen hatte. Strand war überzeugt, daß er seit Stunden im Wasser war. Die Küste schien zwar nicht näher zu kommen, aber wenigstens rückte sie nicht mehr weiter in die Ferne.

»Jetzt werden wir es schaffen«, sagte Conroy, als er das Seil gepackt hatte. Sein Arm, der Strand hielt, gewann neue Kraft. Langsam zog Mrs. Roberts das Seil straff. Zentimeter um Zentimeter näherten sie sich der Stelle, an der sie stand. Schließlich zerrten sie und Conroy Strand durch die Brandung. Er lag auf dem rauhen Sand und versuchte, zu Mrs. Roberts, deren dünnes, nasses Kleid an ihrer knochigen Gestalt klebte, hinauf zu lächeln. Aber sein Gesicht schien eingefroren, er konnte nicht lächeln.

Conroy ließ sich neben ihm zu Boden fallen, seine Augen waren geschlossen, seine Brust hob und senkte sich schwer.

»Sie sind in einen Strudel geraten«, sagte Mrs. Roberts und strich ihr nasses Haar aus dem Gesicht. Ihre Stimme klang, als käme sie von weit her, wie bei einer schlechten Telefonverbindung. »Es sind unberechenbare Wirbel. Eine der Hauptattraktionen an dieser Küste.«

Dann verlor er das Bewußtsein. Als er zu sich kam, fühlte er ein Gesicht über dem seinen, Lippen, die sich auf die seinen drückten: warmer Atem preßte sich in seinen Mund. Der Kuß des Lebens. Töricht – der Satz wollte ihm nicht aus dem Sinn. Mrs. Roberts stand auf. Sie schien über ihm zu schweben – in einem roten Nebel –, irgendwo zwischen Himmel und Erde.

Nun schwebte auch Conroy über ihm – in seinem eigenen roten Nebel. »Er lebt«, hörte er Conroy sagen. Die Telefonverbindung war noch immer schlecht.

In seiner Brust und in seinen Schultern zerrte der schlimmste Schmerz, den er je in seinem Leben gefühlt hatte. »Conroy«, sagte er schwach, »es tut so weh. Hier tut es weh ...« Es gelang ihm, auf seine Brust zu deuten. »Ich fürchte, ich ...«

Eine halbe Stunde später lag er auf der Intensivstation des Spitals von Southampton, und Dr. Caldwell beugte sich über ihn und sagte zu jemandem, den Strand nicht sehen konnte: »Herz ...«

»Ein Mann genau in deinem Alter«, hatte Dr. Prinz gesagt. Danach hörte und dachte er lange Zeit nichts mehr.

8

Die Stimmen wurden deutlicher. Manchmal macht sie einen närrischen Eindruck, aber ich kann dir versichern, daß sie ganz und gar keine Närrin ist. Der Kuß des Lebens. Er erkannte Gesichter. Personen verschwammen ineinander. Er erkannte sich selbst. Die Welt rückte näher.

Es dauerte zwei Wochen, ehe er das Krankenhaus verlassen durfte. Dr. Caldwell hatte sich als tüchtig erwiesen. Dr. Prinz war aus New York gekommen und hatte ernst dreingesehen. Hazen hatte einen berühmten Herzspezialisten kommen lassen, der mit einem Helikopter aus der Stadt eingeflogen wurde und zuversichtlich gewesen war. Die Ärzte hatten untersucht und sondiert und auf dem Gang miteinander geflüstert. Conroy, aschgrauer Fährmann durch die Unterwelt, hatte in seiner nützlichen Art die Transportfragen gemeistert. Eleanor hatte ihre Reise nach Griechenland abgesagt und wohnte mit Jimmy in Hazens Haus. Als das Schlimmste vorüber war, begann Leslie zwischen New York und den Hamptons zu pendeln, um ihre Stunden wiederaufzunehmen und während der Schlußprüfungen bei Caroline sein zu können.

Die Schmerzen waren vorüber, aber Strand war so schwach, daß er nur mit großer Anstrengung die Arme zu heben vermochte. Hazen hatte ihn in das große Haus am Meer gebracht, und er und Ketley hatten ihn ins Schlafzimmer hinaufgetragen.

Alle Ärzte hatten ihm versichert, daß er Ruhe brauche, sehr lange Ruhe. Er ließ es zu, daß man ihn wie ein Kleinkind behandelte, ließ andere über ihn verfügen. Er dachte nicht an die Zukunft, sondern nahm zur Kenntnis, was man ihm sagte, was man ihm zu essen gab, die Medikamente, die man ihm verabreichte, das große Schlafzimmer im zweiten Stock mit dem Ausblick auf das Meer, in welchem er die Renoir-Zeichnung ansehen konnte. Er war von matter Dankbarkeit gegenüber jedermann und raffte sich zu keinem Wort auf.

Er könne hundert Jahre alt werden, hatten ihm die Ärzte gesagt, wenn er sich in acht nahm. Er war immer der Ansicht gewesen, daß er sich in acht nahm. Es hatte ihm niemand von den Strudeln oder der heimtückischen Gewalt der See erzählt. Auf seinem Nachttisch lag ein Brief von Judith Quinlan. Er hatte ihn nicht geöffnet. Er fragte sich, ob er Conroy oder Linda Roberts schon dafür gedankt hatte, daß sie ihm das Leben gerettet hatten. Zeit genug, wenn er wieder bei Kräften sein würde. Er war es nicht gewöhnt, krank zu sein; aber er ließ sich mit traumähnlichem Vergnügen in die Krankheit fallen. Er fühlte sich derzeit für seinen Körper nicht verantwortlich.

Menschen sprachen zu ihm; Leslie, die Ärzte, Eleanor, Jimmy, Caroline, Hazen, Mr. und Mrs. Ketley. Einen Augenblick später wußte er nicht mehr, was sie gesagt hatten. Er lächelte jedem einzelnen freundlich zu und glaubte, sein Lächeln sei ermutigend. Er hatte weder Interesse am Leben noch an dem, was im Lande vor sich ging, noch an den Problemen der anderen, noch am Wetter. Irgend jemand sagte, das sei der schönste Sommer seit Jahren. Er konnte sich nicht mehr erinnern, wer es gewesen war. In seinem großen, luxuriösen Zimmer herrschte immer die gleiche Temperatur.

Der Direktor seiner Schule kam ihn besuchen und sagte, er solle sich keine Sorgen um seine Klasse machen.

»Ich weiß, daß Sie wieder in Ordnung kommen«, sagte der Direktor. »Lassen Sie sich Zeit. Wenn Sie soweit sind, rufen Sie mich einfach an. Ihr Posten wird nicht besetzt.« Er war nicht in der Stimmung für Telefonate, und er machte sich keine Sorgen um die Schulklassen.

Untertags waren immer Blumen in seinem Zimmer; aber er wußte ihre Namen nicht und fragte nicht danach.

Man hatte für Leslie ein Feldbett in sein Zimmer gestellt, und er fragte nicht, warum sie nach so vielen Jahren gemeinsamen Schlafens ihre Nächte jetzt in einem anderen Bett zubrachte. Er schlief mehr, als er je zuvor in seinem Leben geschlafen hatte.

Eines Abends, als er sich bereits besser fühlte, sagte er zu Leslie, daß jeder Mensch mindestens einmal einen Herzinfarkt haben sollte.

Sie lachte. Sie war schmäler geworden, und in ihrem Gesicht waren Linien, die er nie zuvor gesehen hatte.

Herbert Solomon sandte einen Kassettenrecorder und eine Auswahl von Beethoven, Brahms, César Franck und Lieder von Joan Baez, Bob Dylan und einem Mann namens Cohen. Strand bat nicht einmal darum, daß man ihm etwas vorspielen möge.

Linda Roberts schickte einen großen Bildband über die Riviera mit schönen Fotos. Er schlug das Buch nicht auf.

Caroline berichtete ihm, daß sie glaubte, bei ihrem Examen gut abgeschnitten zu haben. Er hatte es mit Prüfungen anderer Art zu tun und fragte nicht einmal, welche Prüfungen sie hinter sich hatte. Aber er fragte sie nach dem Mann von Truscott.

»Es scheint in Ordnung zu gehen«, sagte Caroline ohne Begeisterung. »Er hat zweimal meine Zeit gestoppt und glaubt, daß man mich nehmen wird. Er sagt, er würde mit Mr. Hazen sprechen.« Sie zuckte die Achseln. »Es ist unwichtig.«

Auch ihr Gesicht war schmäler geworden, fiel ihm auf; und sie sah aus, als hätte sie oft geweint. Er hätte sie gern getröstet, aber die Anstrengung war zu groß. Sie bestellte Grüße von Alexander und Mrs. Curtis und überbrachte eine Schachtel selbstgebackener Kekse von Mrs. Curtis. Er bat Caroline, die Kekse zu essen.

Giuseppe Gianelli schickte die Vergrößerung eines Fotos von Eleanor, sie stand auf einer Düne, in einem wehenden Baumwollkleid, lachte in den Himmel, um ihre nackten Beine waren Grashalme. Gianelli hatte ein Briefchen beigelegt, das Leslie ihm vorlas.

»Etwas Schönes zum Ansehen für dunkle Stunden. Und ein Stärkungsmittel für alle Herzen.« Er hatte als »Ihr armer Dichter, Gegner und Freund Giuseppe« unterzeichnet.

»Er ist ein hübscher junger Mann«, sagte Leslie, während sie das Foto auf den Schreibtisch stellte, so daß Strand es vom Bett aus sehen konnte. »Wir haben uns lange unterhalten. Er ist verrückt nach Eleanor.«

Von Zeit zu Zeit betrachtete Strand das Foto. Er fragte sich, was Giuseppe Gianelli zu seiner Tochter gesagt hatte, daß sie so in den Himmel lachte.

Manchmal hörte er Leslie spätabends im Salon auf dem Klavier spielen. Er wußte nicht, ob sie für sich spielte oder ob jemand zuhörte. Er nahm sich vor zu fragen, aber wenn sie heraufkam, um zu Bett zu gehen, hatte er es schon vergessen.

Von Zeit zu Zeit kam Hazen in sein Zimmer und musterte ihn ernst. »Ich darf nicht vergessen«, sagte Strand zu Hazen, »nur Leute zu besuchen, die unter ihren Gästen gute Schwimmer haben. Und ich darf nicht vergessen, Conroy und Linda zu danken. Sie taten doch mehr als nur ihre Pflicht, was meinst du?«

Hazen gab keine Antwort auf die Frage. Statt dessen sagte er: »Ich habe ihnen bereits in deinem Namen gedankt. Conroy habe ich tausend Dollar gegeben. Geld ist für ihn alles. Er spart wie ein Irrer. Und Linda gab ich ein kleines, goldenes Armband. Tand.«

»Nun«, sagte Strand, dem die Mitteilung Unbehagen bereitete, »nun weiß ich, was mein Leben wert ist. Tausend Dollar und Tand.«

Hazen sah ihn streng an. »Alles hat seinen Preis«, sagte er kühl, »der nicht notwendigerweise dem wahren Wert entspricht. Ich würde dir raten, Geld nicht als peinlich zu empfinden. Was eine weitere Frage aufwirft. Fühlst du dich gut genug, um mit mir etwas zu besprechen?«

»Es wird schon gehen«, meinte Strand.

»Weißt du, daß die Ärzte nach den ersten zehn Tagen sagten, du würdest durchkommen und in der Lage sein, ein normales, wenn auch ziemlich ruhiges Leben zu führen?«

»Nein, das wußte ich nicht. Aber es ist eine recht gute Nachricht.«

»Sicherlich. Aber es heißt, daß du über den Rest deines Lebens nachdenken mußt. Falls du dir zu Herzen nimmst, was sie sagen.« Hazens Ton war fast anklagend. »Was folglich nicht heißen kann, daß du im September deinen Job wieder antrittst, als sei nichts geschehen.«

Strand unterdrückte einen Seufzer. Er hatte gewußt, daß er sich eines nicht allzu fernen Tages mit der Frage würde befassen müssen; aber er hatte sich hinter dem Vorrecht des Kranken, alles auf später zu verschieben, verschanzt.

»Ich nehme nicht an«, fuhr Hazen fort, »daß du mit deiner Invalidenrente große Sprünge wirst machen können, vor allem bei der herrschenden Inflation.«

»Gerade genug für den Fahrschein in der Untergrundbahn«, sagte Strand.

»Genau. Ich hatte nicht die Absicht, dich so bald mit diesen Fragen zu belasten, aber es gibt einige andere Überlegungen...« Er machte eine unbestimmte Geste. »Ich habe mir erlaubt, mit dem Direktor einer kleinen Schule in Connecticut über dich zu sprechen. Dunberry. Es liegt etwa zwei Stunden von New York entfernt, nördlich von New Haven. Mein Vater hat die Schule zu seinen Lebzeiten großzügig unterstützt und sie in seinem Testament bedacht. Er ging mit dem Mann, der später Direktor wurde und ein großer Bewunderer von ihm war, aufs College. Heute ist sein Sohn Direktor, und es ist anzunehmen, daß er allem, was ich möglicherweise vorschlage, positiv gegenüberstehen wird. Es ist eine kleine Schule, nur vierhundert Jungen etwa, und sie wird nach altmodischen Grundsätzen geführt, was ich für gut halte. Übrigens ist das unter Umständen auch genau der richtige Ort für deinen Freund Romero. Du könntest ihn im Auge behalten.«

»Du vergißt nie etwas, nicht wahr, Russell?« sagte Strand voll ehrlicher Bewunderung.

Hazen tat das Kompliment mit einem ungeduldigen Achselzukken ab. »Die Klassen sind klein, und du wärest nicht mit Arbeit überlastet«, sagte er. »Ungefähr zwölf Stunden pro Woche, zumindest im ersten Semester, meinte der Direktor. Und zu dem Job gehört auch eine bequeme Wohnung, was heutzutage besser ist als ein Einkommen. Wesentlich besser. Und als ich dem Direktor – er heißt Babcock, ein ausgezeichneter Bursche übrigens, ich bin sicher, du wirst ihn mögen – von deiner Frau erzählte, sagte er, er wollte längst einen Einführungskurs in Musik einrichten; Leslie ist ihm höchst willkommen. Und der Streß in einer ruhigen, kleinen Schulstadt ist wesentlich geringer als der ewige Kampf in New York. Ermüde ich dich?«

»Ein wenig«, gab Strand zu.

»Die Zeit drängt«, sagte Hazen entschuldigend. »In zwei Monaten beginnt die Schule, und der Lehrkörper muß vollzählig sein. Und noch etwas: Nächste Woche wird Babcock Freunde in Montauk besuchen, und er könnte vorbeikommen und sich mit dir besprechen, was dir eine Fahrt nach Connecticut ersparen würde.«

»Es klingt alles sehr vielversprechend«, sagte Strand müde. »Natürlich müßte ich erst mit Leslie darüber reden.«

»Ich habe ihr schon davon erzählt«, sagte Hazen. »Sie ist ganz und gar dafür.«

»Sie hat mir nichts davon gesagt«, überlegte Strand. »Oder vielleicht doch? Ich kann mich nicht mehr daran erinnern, es entfällt mir jetzt vieles.«

»Das wird sich alles ändern«, sagte Hazel zuversichtlich. »Sie wollte ohnehin, daß zuerst ich mit dir spreche. Sie wolle dich nicht zu sehr beeinflussen, meinte sie.«

Strand nickte. »Seit ich aus dem Spital bin, behandelt sie mich, als wäre ich ein Stück altes Porzellan.«

Hazen lachte. »Ich habe es bemerkt, und auch das wird sich ändern, wenn du wieder bei Kräften bist. Du wirst überrascht sein, wie anders alles aussehen wird, wenn du aufstehen und herumgehen kannst.«

»Ich will keine Überraschungen mehr, danke«, sagte Strand.

Als Hazen das Zimmer verlassen hatte, gestattete er sich den Luxus jenes Seufzers, den er in Gegenwart seines Gastgebers unterdrückt hatte. Er würde über den Rest seines Lebens nachdenken müssen, hatte Hazen gesagt. Das hieß unter anderem: Geld. Immer wieder Geld.

Er schloß die Augen und döste. Als er aufwachte, hatte er undeutlich die Erinnerung, daß Hazen ihn aufgesucht und über eine Schule gesprochen hatte. Aber er konnte sich weder an den Namen der Schule erinnern noch wo sie lag. Auch nicht an den Namen des Mannes, der kommen würde, um ihn unter die Lupe zu nehmen; er wußte auch nicht, ob Hazen die Höhe des Gehalts erwähnt hatte. Er legte sich zurück und döste wieder ein.

Eines Morgens sagte Dr. Caldwell, er dürfe hinuntergehen. Obwohl Leslie ihn davon zu überzeugen versuchte, daß es einfacher wäre, den Bademantel über den Pyjama zu ziehen, bestand er darauf, sich anzuziehen. »Ich werde nicht zulassen, daß Russell Hazens Terrasse aussieht wie die Veranda eines Altersheims«, sagte er. Er rasierte sich. Zum ersten Mal seit dem Unfall – so bezeichnete er den Vorfall im stillen – sah er in den Spiegel. Er war blaß und dünn, und seine Augen wirkten riesig in dem mageren Gesicht, wie zwei mit dunkler Tinte gemalte Fragezeichen. Während er bettlägerig gewesen war, hatte ihn Mr. Ketley jeden zweiten Tag rasiert und ihm seinen Ablick im Spiegel erspart.

Während er sich ankleidete, bewegte er sich langsam und sorgfältig. Er hatte das Empfinden, als seien seine Knochen, Muskeln und Adern in irgendeiner seltsamen Art zerbrechlich. Er hielt sich am Geländer fest, als er die Treppe hinunterstieg; Leslie umklammerte seinen Arm, und Mr. Ketley ging rücklings vor ihm her, als fürchte er, Strand könne plötzlich vornüberkippen und müsse aufgefangen werden.

Auf der Terrasse bettete man ihn in einen Liegestuhl. Man stützte ihn mit Kissen, über seinen Knien lag eine Decke. Dankbar genoß er den Sonnenschein und die Brise vom Meer. Es schien, als sähe er die Welt zum ersten Mal, alles war frisch und neu, die kleinen weißen Wolken am Sommerhimmel, die Farbe der See, die Luft in seinen Lungen.

»Sie sind aus dem Gröbsten heraus«, hatte Dr. Caldwell gesagt, »aber Sie müssen sich in acht nehmen.« Sich in acht nehmen – hatte Dr. Caldwell erläutert – hieß: nur einmal am Tag Treppen steigen, vernünftig essen, Alkohol, Sex und Sorgen meiden und vor allem sich ja nicht aufregen. Strand hatte versprochen, sich in acht zu nehmen. »Ich werde mich ausschließlich damit beschäftigen, braun zu werden und mich nicht aufzuregen«, hatte er Dr. Caldwell versprochen.

Caroline erzählte, man spreche allgemein darüber, wie tapfer er sei. Er fragte sich, wer »man« sei, und er kam sich weder tapfer noch feige vor.

Er lag da, Leslie saß an seiner Seite und hielt seine Hand, und plötzlich kam ihm zum Bewußtsein, daß er viele Wochen lang ausschließlich an sich selbst gedacht hatte. »Erzähl mir alles«, bat er Leslie, »über alle.« Es war, als sei er eben von einer langen Reise zurückgekehrt und von jeglicher Verbindung mit der Außenwelt abgeschnitten gewesen. Das Tal der Schatten. Wie konnte er es erreichen? Per Telegramm? Per Satellitenradio? Oder nur mit der menschlichen Stimme? »Zuerst zu dir. Was ist mit deinen Stunden?«

»Ich schaffe es schon«, wich Leslie aus.

»Wie?«

»Ich habe sie alle an einem Tag der Woche zusammengepfercht. Im Sommer geht das leicht. Viele Leute sind gar nicht in der Stadt.«

Er nickte. »Und die Wohnung?«

»Alles in Ordnung«, sagte Leslie. »Mrs. Curtis wischt dreimal wöchentlich Staub.«

»Und Caroline?«

Leslie zögerte. »Gestern hat sie erfahren, daß sie in Arizona aufgenommen wurde. Sie meint, wenn du nein sagst, geht sie nicht.«

»Ich werde nicht nein sagen«, erkärte Strand.

»Sie hat aufgehört, Tennis zu spielen. Sie hat alle ihre Tennissachen und ihr Rakett einer Freundin geschenkt.«

»Warum hat sie das getan?«

»Sie hat behauptet, sie habe es satt.« Leslies Gesicht war ernst, und sie wandte sich von Strand ab, während sie sprach. »Ich glaube vielmehr, daß sie die Götter versöhnen will.« Ihre Stimme war ausdruckslos. »Sie gibt etwas auf, das sie liebt, für etwas, das sie mehr liebt... Soll ich weitersprechen?«

»Nein.«

Eine Weile saßen sie schweigend Hand in Hand. Jedes Lebensalter will auf seine eigene Weise opfern, dachte er. Würde seine Tochter, falls er stürbe, enttäuscht ihre hübschen weißen Shorts und ihr Röckchen und ihr Rakett zurückverlangen, weil es keine Götter gab? Welch atavistische Frömmigkeit mochte sie zu dieser rührenden und lächerlichen Geste der Selbstverleugnung verleitet haben?

»Und Jimmy?« fragte er. Wenn Jimmy seine Gitarre aufgegeben hätte, wie würden die Götter sie gegen ein Tennisrakett wägen?

»Er ist in New York«, sagte Leslie. »Er hatte eine Verabredung mit Herb Solomon. Ob du es glaubst oder nicht, Jimmy war zu schüchtern, um Solomon anzurufen; Russell vereinbarte den Termin.«

»Vielleicht sollten wir Russell als Manager für die ganze Familie unter Vertrag nehmen«, sagte Strand. »Ich frage mich, wie wir all die Jahre ohne ihn fertig geworden sind.«

»Ich sehe mit Freuden, daß es dir besser geht«, meinte Leslie. »Du gewinnst deinen Sinn für Undankbarkeit zurück.«

»Ich bin dankbar genug«, sagte Strand. Er überlegte. »Glaube ich wenigstens. Du mußt ihm in meinem Namen für uns alle danken. Er unterbricht mich jedesmal, wenn er denkt, daß ich davon anfangen will.«

»Ich weiß«, meinte Leslie. »Er läßt es nicht zu, daß man davon spricht. Ich habe es auch schon versucht. Er wurde sehr schroff.

Ich weiß nicht, ob er böse oder verlegen war.«

»Hat er dir erzählt, daß er Conroy tausend Dollar und Linda Roberts ein Goldarmband dafür schenkte, daß sie mich aus dem Wasser holten?«

»Nein«, sagte Leslie. »Er selbst hat es mir nicht gesagt, aber ich weiß es von den beiden.«

»Findest du es nicht eine etwas seltsame Art, zwei Leute zu belohnen, die immerhin ihr Leben für einen fremden Menschen riskiert haben?«

»Etwas seltsam, ja«, gab Leslie zu. »Aber so ist er nun einmal. Er ist ein sehr verschlossener Mann. Er kann seine Gefühle nicht zeigen, er kann sie nur abhandeln. Wie vor Gericht. Mit Geld und guten Diensten.«

»Immerhin«, beharrte Strand, »es gibt mir ein komisches Gefühl, so als wäre ich Gegenstand einer Verlustanzeige: Lehrer, mittleren Alters, irgendwo im Atlantik verloren. Finderlohn geboten, falls in halbwegs gutem Zustand retourniert.«

»Laß ihn nur ja niemals wissen, wie du darüber denkst! Großzügigkeit ist sein Hobby, ein Ausgleich für seine Arbeit. Neulich sprachen wir darüber, und er erzählte mir, daß Großzügigkeit bei einem Rechtsanwalt als Schwäche angesehen wird. Es war deutlich erkennbar, daß er es niemals ertragen könnte, von irgend jemandem für schwach gehalten zu werden.«

»Er erzählte mir, daß er mit dir über diese Schule gesprochen hat«, sagte Strand und freute sich, daß sein Erinnerungsvermögen wiederkehrte. »Er sagte, du seist dafür.«

»Mehr als das. Ich habe ihm voll Freude einen Kuß gegeben!«

»Kein Grund, bis zum Äußersten zu gehen«, meinte Strand trocken.

»Es ist die ideale Lösung«, sagte Leslie. »Für uns alle.«

»Du liebst das Leben in New York«, gab er zu bedenken. »Wie wirst du dich fühlen, wenn du von vierhundert heranwachsenden Jungen umgeben in einer kleinen, verschlafenen Stadt festsitzt?«

»Ich werde es überleben«, sagte Leslie. »Im übrigen ist es unwichtig. Wichtig ist nur, was dich am Leben und gesund erhält. Und New York ist nur ein paar Stunden entfernt. Ich werde es schaffen.«

»Wenn dieser Mann kommt, um mich zu begutachten, vielleicht...«

»Mr. Babcock.«

»Mr. Babcock. Vielleicht findet er, daß ich nicht der Richtige für ihn bin.«

»Darüber mach dir keine Sorgen«, sagte sie. »Ich habe mit ihm telefoniert. Er ist überglücklich, dich zu bekommen.«

»Überglücklich«, sagte Strand. »Das ist ja großartig.«

Er seufzte, sah sich um, betrachtete das blaue Wasser des Bassins, die makellosen Badematten, die weißen Dünen, das schimmernde Meer. »Hier können wir nicht bis Schulbeginn bleiben, weißt du. Der Wochenendbesuch mit anschließendem Notfall war schlimm genug für ihn. Wir wollen ihn nicht ausnützen.«

»Auch das darfst du ihm gegenüber nicht erwähnen. Ich habe es ihm gesagt, oder wenigstens versucht, es ihm zu sagen ...«

»Und?«

»Ich sagte, ich würde dich in die Stadt zurückbringen, sobald du transportfähig seist.«

»Und?«

»Er fragte, ob ich die Absicht hätte, dich umzubringen«, antwortete Leslie.

»Ich bereite nur mehr Ungelegenheiten.«

»Schsch«, machte Leslie. »Er hat natürlich übertrieben, aber es besteht kein Zweifel, daß es hier unendlich viel besser für dich ist. Die Ketleys, die Seeluft. Wir haben zu Hause keine Klimaanlage, und in der Stadt vergeht man vor Hitze. Russell sagt, das mindeste, was er für einen Mann tun kann, den er fast vor seinen Augen ertrinken ließ, ist, dich hierzubehalten.«

»Er hat ein eigenartiges Wertsystem«, sagte Strand.

»Wollte Gott, es gäbe mehr von seiner Sorte«, fand Leslie. »Übrigens, ich bin fast sicher, daß es nicht Linda Roberts ist.«

»Daß Linda Roberts was nicht ist?«

»Die angebliche Mätresse.«

»Oh, das.« Eine andere Welt. »Und warum nicht?«

»Er kümmert sich nur um sie«, sagte Leslie. »Und um ihr Geld. Er ist der Testamentsvollstrecker ihres Mannes. Ihr Mann hat ihr ein Vermögen hinterlassen, aber Russell behauptet, sie hätte keinen Pfennig mehr, wenn sie es allein verwalten würde. Sie hat ein weiches Herz für jeden, der mit einer traurigen Geschichte daherkommt. Er sagt, sie wird von Schmarotzern verfolgt. Zweimal hat er sie davor bewahrt, Männer zu heiraten, die hinter ihrem Geld her waren. Er kümmert sich um sie, weil sie ein gutes Herz hat, weil ihr Mann ein enger Freund von Russell war und weil sie einsam ist. Das ist auch der Grund, warum sie unaufhörlich redet, wenn sich eine Gelegenheit bietet, sagt er. Auch ihr gegenüber ist er also großzügig – auf seine Weise. Mit seiner Zeit, seiner Zuneigung, mit allem eben.«

»Das stimmt schon«, gab Strand zu. »Aber warum sollte es ausschließen ...?«

»Ich sah ihn mit Nellie Solomon am Strand spazierengehen.«

»Na und?«

»Es gibt eine ganz besondere Art für einen Mann und eine Frau, spazierenzugehen, wenn sie denken, daß niemand sie beobachtet.«

»Oh, Leslie!«

»Er ist auch mit mir am Strand spazierengegangen«, sagte Leslie, »und ich habe ihn mit Linda Roberts und mit Eleanor gesehen. Ich kann dir versichern, es ist ein Unterschied. Ein gewaltiger Unterschied.«

»Klatschst du etwa?« fragte Strand, obwohl er wußte, daß Leslie niemals klatschte.

»Es ist keine göttliche Offenbarung, sondern einfach Intuition.«

Er war überzeugt, daß sie recht hatte. Er spürte einen Hauch von Neid und war von Nellie Solomon ein wenig enttäuscht. Er hatte sich gut mit ihr verstanden. Er erinnerte sich, daß Mrs. Solomon ihn leicht ins Bein gekniffen hatte, als Mrs. Roberts die Bemerkung über Frankreich machte.

»Freut mich für Russell«, sagte Strand. Er hätte gerne gewußt, ob Herbert Solomon ein nachsichtiger Ehemann war. Er sah nicht so aus. Judith Quinlans ungeöffneter Brief fiel ihm ein, und er wußte, daß auch er schuldig war. Die Revolution des Sexlebens und die leichtfertige Partnerwahl war etwas für die Jugend. Er hing strengeren Grundsätzen an. Er schloß die Augen und fühlte die Wärme der Sonne auf seinen Lidern. Eine Weile schwiegen sie.

»Ein anderes Thema: Es tut mir leid, daß ich Eleanor die Ferien verpatzt habe«, sagte er.

»Griechenland wird es auch nächstes Jahr noch geben«, beruhigte ihn Leslie.

»Hat sie gedacht, daß ich sterben werde?« Er hielt die Augen immer noch geschlossen. »Ist sie deshalb geblieben?«

»Ich weiß nicht, was sie dachte«, sagte Leslie. »Sie wollte einfach bleiben. Jetzt arbeitet sie wieder. Ich glaube, wir werden bald eine wichtige Neuigkeit von ihr hören.«

»Und zwar?«

»Vielleicht wird sie uns mitteilen, daß sie heiratet.«

»Wie denkst du darüber?«

»Traurig und froh zugleich. Sie sind ein schönes Paar.«

»Genügt das?«

Leslie seufzte. »Das werden wir in zwanzig Jahren wissen.«

»Wir waren nur zur Hälfte ein schönes Paar«, sagte Strand.

Leslie lachte. »Ich rief meine Eltern an und erzählte ihnen von dir. Sie lassen dich grüßen. Mit den besten Genesungswünschen. Mein Vater sagt, er hätte schon beim ersten Mal, als du ihm unter die Augen kamst, gefunden, daß du aussähst wie ein kranker Mann.«

Strand lachte in sich hinein. »Palm Springs hat ihn nicht verändert.«

»Er sagt, es sei ein Wunder, daß nicht jedermann in New York einen Herzinfarkt habe. Er sagt, wir sollten nach Palm Springs ziehen, es wirke Wunder bei Herzkranken.«

»Sag ihm, ich ziehe sofort nach Palm Springs, wenn er von dort wegzieht.«

»Tatsächlich, es geht dir besser«, sagte Leslie leichthin.

»Außerdem war ich gar nicht in New York, als es geschah«, sagte Strand, »ich war auf halbem Weg nach Portugal.«

Wieder schwiegen sie eine Weile. Strand hatte immer noch die Augen geschlossen. »Hast *du* gedacht, daß ich sterben werde?«

»Niemals.«

»Wieso nicht?«

»Weil ich es nicht ertragen hätte«, sagte Leslie.

Strand lag allein auf der Terrasse, als Herbert Solomon ihn besuchte. Leslie war mit Linda Roberts unten am Strand. Leslie malte, und Linda würde vermutlich reden. Vorige Woche hatte Leslie Geburtstag gehabt, und Hazen hatte sie mit einer zusammenklappbaren Staffelei und einen schicken Malkasten mit Ölfarben und Pinseln überrascht. Caroline arbeitete in einer Tierklinik in der Stadt, und Jimmy war ebenfalls für einige Tage nach New York gefahren. Auch Hazen hielt sich in New York auf. Solomon sah immer noch aus wie George Washington, sogar in Baumwollhosen und Polohemd. Er trug ein großes Servierbrett vor sich her, auf dem ein in Alufolie verpacktes Etwas lag. »Guten Morgen«, sagte er. »Ich habe gehört, daß Sie jetzt Besuch empfangen.«

»Je mehr, je lieber«, begrüßte ihn Strand. »Bitte, setzen Sie sich.«

Solomon stellte das Brett auf den Tisch. »Nellie hat Brot für Sie gebacken«, sagte er und entfernte die Folie. Es war ein riesiger Laib mit einer braunen Kruste, und er roch köstlich. »Es ist noch warm«, sagte Solomon. »Sie schwört auf selbstgebackenes Brot. Ungebleichtes Mehl, handgemahlen, Sie wissen schon. Sie behauptet, Brot müsse man mit Liebe backen. Und sie dachte, Sie würden vielleicht Appetit darauf kriegen.«

»Habe ich schon«, sagte Strand. Was schreibt das Protokoll vor, wenn du einen Laib Brot vom Ehemann jener Frau entgegennimmst, welche angeblich die Geliebte deines Gastgebers ist, überlegte er. Rege Hände – in der Küche und anderswo. »Ich lasse mich bei Ihrer Frau bedanken.« Er griff nach dem Brot, brach ein Stück ab und kostete. Es war so köstlich, wie es aussah und roch. »Umm«, machte er. »Wollen Sie auch ein Stück?« Brot und Salz und Mitwisserschaft. Die Bande der Freundschaft.

»Ich muß auf mein Gewicht achten«, sagte Solomon und setzte sich. Es gibt noch mehr, worauf du achten mußt, dachte Strand. Solomon sah sich beifällig um. »Sie haben Glück, Allen«, stellte er fest.

»Das kann man wohl sagen.«

»Ich meine nicht, weil Sie dem Tod gerade noch von der Schaufel gesprungen sind, sondern weil Sie sich an einem solchen Platz darüber hinweg ... Nun ja, Sie wissen schon, was ich meine.«

»Ja.«

»Es gibt nichts, was Russell für einen Freund nicht täte«, fuhr Solomon fort. »Er würde seinen letzten Blutstropfen geben. Und ich weiß, was ich sage. Seit fünfzehn Jahren ist er mein Anwalt. In der Musikbranche bin ich so etwas wie ein Riese, aber im *wirklichen* Geschäft, womit Russells Firma sich beschäftigt, bin ich ein Zwerg. Und er kümmert sich um mich, als wäre ich ein Industriegigant. Ich wäre schon etliche Male hereingefallen, wenn er mich nicht beraten hätte. Er ist kein glücklicher Mann.« Solomon sah sich vorsichtig um. »Ich nehme an, Sie haben einige von den Geschichten gehört?«

»Einige«, sagte Strand, der nicht in der Stimmung für Geschichten war.

»Er ist kein glücklicher Mann, aber er ist etwas viel Selteneres: er ist ein guter Mensch. Gut, aber unglücklich. Erstaunlich, wie oft diese Dinge Hand in Hand gehen. Ich versuche, ein vernünftiges Gleichgewicht zu halten.« Solomon lachte – ein tiefer, dröhnender Baß. »Russell fürchtet, daß Sie nicht auf sich achtgeben werden.« Solomons Stimme war mit einem Mal ernst geworden. »Er hängt sehr an Ihnen. An Ihrer ganzen Familie. Mit gutem Grund, würde ich sagen.«

»Wie Sie schon sagten, er ist ein einsamer Mann.«

Solomon nickte düster. »Eines Nachts, als er etwas zu viel getrunken hatte, erzählte er mir, daß er den schwerwiegendsten Fehler seines Lebens beging, als er zum ersten Mal in seinem Leben ›Ja, Vater‹ sagte.« Solomon schnitt eine kleine Grimasse. »Alte amerikanische Familien. Ich stamme zum Glück aus einer neuen amerikanischen Familie. – Nellie dachte, Sie seien Jude.« Solomon lachte in sich hinein. »Sie hält inzwischen jedermann für einen Juden. Waren Sie schon früher einmal verheiratet?«

»Nein.«

»Das merkt man«, stellte Solomon fest. »Nellie ist meine Zweite und Letzte. Ich habe zwei grauenhafte Kinder. Nicht von ihr«, fügte er rasch hinzu. »Das ist vielleicht ein Thema ... Kinder. Zum Heulen.« Sein Gesicht war finster geworden. »Sprechen Sie einmal mit Russell darüber. Sie sollten eine Gebrauchsanweisung schreiben, bei Ihrer glücklichen Hand mit Ihren drei Kindern! ›Wie erziehe ich Menschen im zwanzigsten Jahrhundert.‹ Es würde sich besser verkaufen als die Bibel. Halten Sie durch, Mann. Es gibt eine Menge, wofür Sie dankbar sein müssen.«

»Ich weiß«, sagte Strand, obgleich er wahrscheinlich aus ganz anderen Gründen dankbar war als jenen, die Solomon im Auge hatte.

Solomon blinzelte ihn nachdenklich an; Washington inspiziert seine Truppen.

»Wenn man es recht bedenkt – Sie sehen gar nicht so schlecht aus«, überlegte Solomon. »Vielleicht etwas mager. Sie werden langsam braun.«

»Die Ärzte meinen, ich könnte hundert werden.«

»Wer will schon hundert werden?« seufzte Solomon. »Wie beschwerlich.«

»Genau meine Meinung.« Die beiden Männer lachten.

»Ich hatte eine interessante Unterredung mit Ihrem Sohn«, sagte Solomon. »Ein heller Junge. Hat er Ihnen erzählt, daß er am Montag für mich zu arbeiten beginnt?«

»Nein.«

»Oh?« Solomon schien überrascht zu sein.

»Wahrscheinlich denkt er, ich sei dagegen, daß er in die Musikbranche einsteigt«, sagte Strand.

»Und? Sind Sie dagegen?«

»Ich möchte ihm eine Enttäuschung ersparen. Es gehört so viel Glück dazu. Und ich habe nicht die leiseste Ahnung, wie gut er wirklich ist.«

Solomon nickte ernst. »All das habe ich ihm auseinandergesetzt. Ich habe ihn noch einmal angehört und ließ auch ein paar von meinen Leuten zuhören. Ich habe es ihm unmißverständlich klargemacht. Der Weg des Schlagerkomponisten ist nicht mit Freuden gepflastert, sondern mit Herzeleid, habe ich ihm gesagt. Auf jeden, der es schafft, kommen zehntausend, die es nicht schaffen. Es ist ein bitteres Leben. Vielleicht wartest du jahrelang auf deine Chance; und noch ärger ist es, wenn du eine Chance kriegst und dann im entscheidenden Augenblick Mist machst. Ich habe ihm alles schonungslos gesagt. Ich sagte ihm, daß er hübsch spielt und eine passable Stimme hat, aber daß die Art und Weise, wie er singt und spielt, nichts Neues ist; und daß seine eigenen Lieder – die er selber schreibt – alle von anderen abgeleitet sind. Ich sagte ihm, daß ich auch seinen Stil nicht außergewöhnlich finde, er hat nämlich nichts von jener Elektrizität an sich, die einen Künstler populär macht.«

»Wie nahm er das auf?«

»Wie ein Soldat«, sagte Solomon.

»Aber Sie sagten, er würde für Sie arbeiten ...«

»Im Büro«, klärte ihn Solomon auf. »Nicht als Künstler. Oh, vielleicht findet er im Laufe der Jahre, wenn er reifer wird, seinen eigenen Stil. Einen Sound, wie er sagt. Dann hätte ich mich natürlich geirrt. Wäre nicht das erste Mal.« Er gedachte früherer Fehler und versäumter Gelegenheiten und lächelte verdrießlich. »Aber wie ich schon sagte, er hat ein wirklich gutes Gehör, und er weiß so ziemlich alles über den heute aktuellen Künstlerhaufen – wo sie gut sind, wo sie imitieren, was sie gemacht haben. Ich glaube, ich werde ihn sehr gut gebrauchen können. Er wird mir helfen, die hoffnungslosen Fälle auszumisten und gerade nur die ein oder zwei festzunageln, die eine Chance haben könnten. Diese Arbeit ist vielleicht nicht kreativ in dem Sinn, der ihm vorschwebt; aber sie ist dennoch kreativ. Sie wissen, was ich meine?«

»Ich denke, ja. Und er sagte, er würde es tun?«

»Ja.«

»Es ist sehr freundlich von Ihnen, daß Sie ihm eine Chance geben.«

»Nicht aus Freundlichkeit. Aus Geschäftstüchtigkeit. Ich glaube, ich kann mich auf sein Urteil verlassen. Das kommt nicht allzu häufig vor.«

Während Solomon sprach, begann Strand sich von dem Mann

ein völlig neues Bild zu machen. Er war nicht mehr der joviale Witzeerzähler auf Dinnerpartys, mit dem Klang von New York in der Stimme; nicht der angenehme Nachbar, der einen Laib Brot mitbrachte, sondern ein gerissener, beinharter Mann, aufrichtig und unerbittlich in seiner Einschätzung von Möglichkeiten, Charakteren, Tugenden und Fehlern.

»Jimmy hat Glück«, sagte Strand, »daß er Sie als Boß bekommt.«

»Ich hoffe, er denkt ebenso. Und ich hoffe, daß es stimmt. Es gibt Millionen Fußangeln.« Solomon erhob sich. »Ich will Sie nicht ermüden. Ich werde langsam verduften.«

»Sie ermüden mich überhaupt nicht. Der Doktor sagte, morgen soll ich aufstehen und beginnen, spazierenzugehen. Eine Meile pro Tag.«

»Die Sache ist die«, sagte Solomon, »ich muß noch in die Stadt fahren. Ich muß um zwei im Büro sein. Um zwei kommt eine Sängerin, die eben Plattenaufnahmen für uns gemacht hat; und nun auf einmal gefallen ihr die Aufnahmen nicht, oder ihr Stöpsel von Ehemann redet ihr ein, daß sie ihr nicht gefallen, und sie will die ganze Sache noch einmal machen. Es wird Tränen geben.« Er grinste genußvoll in Gedanken an die Szene, die ihm bevorstand. »Und das letzte Wort werde *ich* haben und mir ungefähr fünfzigtausend Dollar ersparen. Aber Nellie bleibt hier. Sie würde schrecklich gerne herüberkommen und Ihnen guten Tag sagen.«

»Sie soll unbedingt kommen.«

»Ich werd's ihr sagen. Bleiben Sie gesund, Allen. Man hat Sie nicht aus dem Wasser gefischt, damit Sie uns jetzt dahinsiechen.« Er machte sich auf den Weg.

»Oh«, hielt Strand ihn zurück, »ich fürchte, ich habe mich niemals für den Recorder und die Kassetten bedankt.«

Solomon zuckte die Achseln. »Ich verteile Musik, wie die Männer mit den Körben ihre Brezeln auf der Fifth Avenue verteilen. Sobald Sie aufstehen und wieder ausgehen, müssen Sie Nellie und mich besuchen und mit uns zu Abend essen. Sie sagt, sie mochte Sie schon nach dem ersten Abend gut leiden.«

»Wir haben einander Geheimnisse anvertraut«, sagte Strand und winkte zum Abschied, als Solomon ging.

Lange starrte Strand aufs Meer hinaus, dann streckte er seine Hand gedankenverloren nach dem Brot aus und brach noch ein Stück davon ab.

Bis jetzt habe ich noch keine Pogrome bemerkt, hatte Nellie

Solomon beim Dinner gesagt. Gemordete und überlebende Juden – sie verlockten zu gar allem.

Strand biß in das Brot, schmeckte den erdhaften, gemahlenen Weizen.

Mit Liebe gebacken.

Er döste. Dösen, dachte er, während die Geräusche der Brandung langsam aus seinem Bewußtsein ebbten, Dösen kann zur Tagesbeschäftigung werden.

Das Geräusch von Stimmen weckte ihn. Leslie und Linda Roberts kamen vom Strand zurück und stiegen die Treppe zur Terrasse herauf. Leslie trug die Staffelei und eine Leinwand, an der sie gearbeitet hatte; Linda Roberts schleppte den großen Malkasten und Leslies Palette. Beide Frauen waren barfuß, Linda trug einen gerüschten rosa Badeanzug, der zeigte, daß sie gut gewachsen war – langgliedrig, mit schmaler Taille. Knochige Schultern und winzige Brüste waren schick; sämtlichen Zeitschriften konnte man entnehmen, daß hochgewachsene, verhungerte Mädchen, welche in den neuesten Roben posierten, en vogue waren. Wieder hegte Strand seine Zweifel bezüglich Hazen und Linda Roberts. Heutzutage standen die Männer auf diesem Typ. Vielleicht beide ... Mrs. Solomon *und* Mrs. Roberts? Gut möglich, daß Hazen nicht so einsam war, wie Solomon behauptet hatte. Bei weitem nicht. Es fiel ihm ein, wie er Linda Roberts durch einen Schaumschleier gesehen hatte, unter dem Prall der Wellen schwankend, mit hoch erhobenem Arm, bereit, die Seilschlinge zu werfen ... und später, als er benommen zu sich kam, als er auf dem nassen Sand lag, hatte er ihre Lippen, die das Leben in seine Lungen zurückhauchten, auf den seinen gespürt. Doch, sie war schick, mehr als schick. Man durfte Menschen nicht nach ihrer Tischkonversation beurteilen. Eines Tages würde er ihr all das sagen, wenn er mit ihr allein war.

Leslie trug einen kurzen Baumwollrock und eine gewebte Bluse, die ihre Arme frei ließ. Sie war braun geworden, es stand ihr gut.

»Wie war dein Vormittag?« fragte Leslie, als sie die Terrasse erreichte.

»Angenehm«, sagte Strand. »Und deiner?«

»Ich habe glücklich etwas hingeschmiert«, sagte Leslie, während sie die Staffelei abstellte und die Leinwand an einen Stuhl lehnte. Strand sah, daß sie gerade nur die Umrisse einer Dünenlandschaft mit einem grauen Haus in der Ferne skizziert hatte; da und dort waren Farbkleckse gesetzt, die andeuteten, wie es weitergehen sollte.

»Ich würde das nicht schmieren nennen«, sagte Linda Roberts. »Ich kann mich nur wundern, mit welcher Sicherheit sie arbeitet. Obwohl ich ihr den ganzen Morgen lang in die Ohren plapperte.«

»Es war kein Geplapper«, klärte Leslie ihren Mann auf. »Sie kennt all die Museen in Europa, die ich nie gesehen habe, und langsam kriege ich eine Vorstellung, was ich versäume. Untertreibe nicht, Linda. Du verstehst eine Menge von Malerei.«

»Russell paßt auf mich auf«, sagte Mrs. Roberts. »Er sagt mir, welche Bilder ich kaufen soll. Manche sind wirklich sehr seltsam. Er hat mich veranlaßt, mich an den Galerien hier und in Paris zu beteiligen. Er sagt, ich solle ein Förderer der Kunst werden. Oder Förderin? Kein Mensch kennt sich mehr aus mit solchen Worten. Vorsitzender, Frau Vorsitzende, Vorsitzerin. Die Welt wird einfach zu kompliziert. Frauen auf der Marineakademie! Ihr würdet staunen, wie viele Briefe ich von Frauenorganisationen bekomme, die mich bitten, die Abtreibung und weiß Gott was noch zu fördern. Auf jeden Fall ist es wundervoll, einen Morgen lang einer hübschen Frau zuzusehen, wie sie etwas tut, und die weiß, was sie tut. Und obendrein spielt sie auch noch Klavier. Ich komme mir absolut verkümmert vor. Jetzt muß ich ins Dorf, mein Haar richten lassen. Der Strand und die Sonne und das Meer sind herrlich, und ich bin Russell für seine Gastfreundschaft so dankbar, aber es ist sündhaft, wie sehr es dem Haar schadet. Leslie, ich hoffe, ich habe dich nicht beunruhigt mit ... mit dem, worüber wir gesprochen haben.«

»Nein, gar nicht«, sagte Leslie.

»Also, bis zum Lunch«, sagte Mrs. Roberts und ging ins Haus.

»Was meint sie damit?« fragte Strand. »Worüber habt ihr gesprochen?«

»Ach, es ist nichts.«

»Komm schon, Leslie«, sagte Strand. Er sah, daß sie verstört war.

»Unsinn«, sagte Leslie. »Sie schwatzt einfach drauflos. Was immer ihr durch den Kopf geht.« Sie seufzte. »Es ging um Carolines Nase.«

»Arme Caroline«, meinte Strand. »Ein Großteil der Schuld trifft mich. Hat Linda mit Eleanor gesprochen?«

»Nein. Sie ist ganz allein auf die Idee gekommen.«

»Welche Idee? Was, in aller Welt, sollen wir denn tun?«

»Sie findet, Caroline sollte sich operieren lassen. Jetzt. Noch bevor sie aufs College geht. Sie würde einfach fabelhaft aussehen, sagt Linda, die Jungen würden sich um sie prügeln...«

»Was ist daran so gut?«

Leslie zuckte die Achseln. »Es würde ihre ganze Einstellung zum Leben ändern, sagt Linda. Sie gab mir unzählige Beispiele dafür. Nichten, Schulfreundinnen; schüchterne kleine Wesen, die heute wie Herzoginnen leben.«

»Nase hin, Nase her, Caroline scheint sich hier draußen sehr gut zu machen«, sagte Strand. »Da ist dieser Junge, George Anderson, der fast jeden Abend kommt, um sie abzuholen.«

»Ich mag ihn nicht«, sagte Leslie.

»Darum geht es nicht. Zum ersten Mal zeigt ein Junge – irgendein Junge – Interesse für sie.«

»Er ist ein verwöhnter junger Mann«, beharrte Leslie, ohne auf Strands Einwurf zu achten. »Ein Junge in seinem Alter mit einem derart pompösen Wagen! Und wie er die Auffahrt daherrast, und sein Bremsmanöver – als wäre er ein Filmstar. Ich kann ihn überhaupt nicht leiden. Er ist zu keinem von uns höflich, und wenn Caroline sich eine Minute verspätet und Seine Lordschaft warten muß, schnauzt er sie an. Ich kann dir sagen, ich sitze jede Nacht wach, bis sie nach Hause kommt; das habe ich bei Eleanor und keinem ihrer Verehrer jemals getan.«

»Eleanor war anders. Nasen haben damit nichts zu tun.«

»Wer weiß?«

»Jedenfalls kommt sie heil und nicht zu spät nach Hause, oder?«

»Bis jetzt«, sagte Leslie düster.

»Ich wäre Linda Roberts dankbar, wenn sie ihre Ansichten für sich behielte.«

»Die doch nicht!« lachte Leslie. »Also, laß uns nicht mehr davon sprechen. Ein Mann, der sich eben von einem Herzinfarkt erholt, hat andere Sorgen. Eleanor kommt am Wochenende; ich werde eine Unterredung mit ihr haben.«

»Willst du damit sagen, daß du die Sache ernst nimmst?« fragte Strand ungläubig.

»Halb und halb«, sagte Leslie. »Oh, Jimmy rief heute morgen an. Du hast noch geschlafen, ich wollte dich nicht wecken. Er hat einen Job.«

»Ich weiß«, sagte Strand. »Herbert Solomon war hier und hat es mir erzählt. Er brachte einen Laib Brot mit, den seine Frau gebacken hat. Wir kriegen ihn zum Mittagessen. Mr. Ketley hat ihn in die Küche getragen.«

»Das war nett von den Solomons. Was hältst du von Jimmys Job?«

»Es wird ihn nicht umbringen.«

»Er ist schrecklich jung für diese Art von Arbeit.«

»In dieser Branche wird er rasch älter werden«, gab Strand zur Antwort.

Leslie seufzte. »Ich glaube, ich werde zu einer Wahrsagerin gehen, um zu erfahren, was mir in den nächsten fünf Jahren bevorsteht. Linda kennt eine Zigeunerin in Greenwich Village; sie sagt, sie sei einfach fabelhaft. Horoskope. Sie hat Mr. Roberts' Tod vorausgesagt.«

»Genau, was wir im Augenblick brauchen«, sagte Strand ironisch. »Sag Linda Roberts, sie soll sich damit begnügen, Förderer oder Förderin der Kunst zu bleiben.«

»Sie meint es gut, sie ist nicht so albern, wie es scheint.«

»Bei weitem nicht«, sagte Strand.

»Sie ist unsicher und hat Angst vorm Leben und ist immer noch nicht über den Tod ihres Mannes hinweg; und sie fühlt sich in der Haut der reichen Witwe nicht wohl und versucht es zu verbergen, indem sie tut, als sei sie frivol. Es ist ihr lieber, daß die Leute über sie lachen, als daß sie sie bedauern. Jedem seine eigene Maske.«

»Was ist deine?« fragte Strand.

»Ich tue, als wäre ich eine große, erwachsene, ernsthafte Frau«, sagte Leslie, »obwohl ich weiß, daß ich erst achtzehn und nicht sicher bin, ob mich die Jungen mögen oder nicht.« Sie lachte, stand auf, beugte sich über ihn und küßte ihn auf den Scheitel. »Die Sonne schadet deinem Haar ganz sündhaft«, sagte sie. »Also, bis zum Lunch.«

Aber kurz nachdem sie im Haus verschwunden war, hörte er sie Klavier spielen, eine traurige, komplizierte Melodie, die er nicht kannte.

Einmal, als er ins Wohnzimmer gekommen war, während sie Bach spielte, hatte er sie gefragt, was sie so denke beim Klavierspielen. »Ich hoffe«, hatte sie geantwortet, »daß ich zu Gott spreche.«

Nun saß er in der Sonne am Meer, zu einem Zerrbild der Gesundheit gebräunt; er war schwach und den Schläuchen, Maschinen und flackernden Bildschirmen des Krankenhauses entronnen; und er lauschte der geheimnisvollen, unbekannten Weise seiner

Frau, der man geraten hatte, eine Vorstadtzigeunerin zu befragen, die einst Linda Roberts vor dem nahen Ende ihres Mannes gewarnt hatte. Die Sterne in ihren Bahnen, das Schicksal im Wirbel der Planeten, der Tod irgendwo ...

Gott im Himmel, dachte der zerbrechliche, in Decken gehüllte Mann in seinem bequemen Stuhl, was wird aus mir, was wird aus uns allen?

Zweiter Teil

I

Er stand am Fenster des Hotels Crillon und blickte über die erhabene Weite der Place de la Concorde mit ihrem Obelisken und den sich bäumenden Pferden; in der Ferne sah man die Seine und die Chambres des Deputées. Der Platz lag im milchigweißen Licht der Sonne fast menschenleer vor ihm. Hazen hatte es ihnen bei ihrer Ankunft erklärt, im August verließ Paris, wer immer konnte. Strand schien es wie ein Wunder, daß er hier stand. Als Hazen ihnen von dringenden Geschäften in Europa und von einem Lear Jet erzählte, den eine Firma, in deren Auftrag er arbeitete, ihm zur Verfügung stellte, und als er davon sprach, daß noch Platz sei und er es hasse, allein zu reisen, als er vorschlug, die Strands und Linda Roberts sollten ihn begleiten, hatte er spontan »Ausgeschlossen!« gesagt. Er hatte Leslie nahegelegt, die Reise allein zu machen, aber Leslie wollte nicht ohne ihn fahren. Er hatte versucht, seine Krankheit vorzuschieben, aber er ging täglich eine Meile am Strand spazieren, und in Wahrheit war er so fit, wie ein Mann seines Alters, der sechs Wochen zuvor an der Schwelle des Todes gestanden hatte, nur sein konnte; und Dr. Caldwell hatte gesagt, die Reise würde ihm guttun. Die Großzügigkeit Hazens war ihm peinlich gewesen, aber Leslie wollte so schrecklich gerne fahren, und er hatte das Gefühl, daß es grausam gewesen wäre, sie um dieses Erlebnis zu bringen. Auch Eleanor hatte gefunden, daß es eine Sünde wäre, die Gaben, die ein gütiges Geschick in Gestalt von Russell Hazen ihm bot, zurückzuweisen. Frauen – hatte er gedacht – nehmen Gunstbezeugungen mit größerer Selbstverständlichkeit entgegen als Männer. Zögernd hatte er ja gesagt.

Und nun war er bereits eine Woche in Paris, war langsam durch die Straßen geschlendert, deren Namen er seit seiner Jugend aus Büchern kannte, hatte in kleinen Cafés gesessen und sich langsam durch den *Figaro* und *Le Monde* gekämpft und sich darüber gefreut, daß noch ein wenig von seinem Schulfranzösisch hängengeblieben war. Jetzt dankte er Gott für Leslies Beharrlichkeit. Eigentlich gab es im Augenblick keinen zwingenden Grund für seine Anwesenheit in Amerika. Mr. Babcock hatte ihn besucht und – wie Hazen vorausgesagt hatte – sich als liebenswerter, schüchterner, eher verstaubter kleiner Mann erwiesen. Die Unterredung war von taktvoller Kürze gewesen, und nachdem er Strands Pflichten umrissen hatte, konnte Strand erleichtert feststellen, daß er dank seiner jahrelangen Erfahrung als Geschichtslehrer keinerlei Vorbereitung auf sein neues Amt benötigte. Leslie war nach Dunberry gefahren, um ihr zukünftiges Heim zu inspizieren, und erklärte es für bewohnbar. Sie brauchten dort allerdings einen Wagen, um in die Stadt zu kommen. Hazen hatte ihnen den alten Kombi angeboten, und Mr. Ketley hatte ihr Fahrunterricht erteilt. Leslie war eine nervöse Fahrerin, aber sie hatte die Prüfung beim ersten Anlauf bestanden und besaß jetzt ihren Führerschein.

Obwohl Linda durch ihre Galerie und ihr gesellschaftliches Leben, wie sie sagte, »massenweise« Franzosen kannte, gab sie ihnen den Rat, während dieses ersten kurzen Aufenthaltes lieber anzusehen, was die Franzosen in Jahrhunderten geschaffen und in den Museen gesammelt hatten, als sich mit ihnen auseinanderzusetzen. Sie hielten ihren Rat für weise, blieben unter sich und entkamen den Härten nicht ganz sattelfester zweisprachiger Geselligkeit. Linda behauptete, sie hätten sich damit auch einen enttäuschenden Vergleich erspart zwischen dem, was die Franzosen geleistet hatten, und dem, was aus ihnen geworden war.

Seine Besichtigungstouren betrieb er mit Maß, da Dr. Caldwell ihn ernst davon gewarnt hatte, mit Leslie und Linda Roberts auf ihren unermüdlichen Streifzügen durch Museen, Galerien und Kirchen Schritt zu halten. Einen Großteil des Tages verbrachte er allein und hatte erstaunlich schnell zu einer beglückenden Routine gefunden. Er schlief lange und erwachte in dem wunderschön eingerichteten großen Zimmer, um mit Leslie zu frühstücken. Sobald sie ausgegangen war, um Linda Roberts zu treffen, ging er wieder zu Bett, um noch ein Stündchen zu schlafen. Dann rasierte er sich, nahm ein Bad und ging gemächlich spazieren. Er betrachtete die Schaufenster in der Rue Faubourg St. Honoré oder in der Rue de la Paix und bewunderte das üppige Angebot der Geschäfte, aber er verspürte nicht den leisesten Wunsch, etwas zu erstehen. Mittags pflegte er die Damen in einem Bistro zu treffen. Er lauschte ihren Beschreibungen der Schätze, die sie am Morgen besichtigt hatten, mit amüsierter Gleichgültigkeit und kehrte dann ohne besondere Eile ins Hotel zurück, um eine Siesta zu halten. Zufrieden überließ er Paris eine Weile seinem Getriebe, um sich später mit seinen Zeitungen an einem Tischchen im Freien niederzulassen. Der Klang der fremden Sprache lullte ihn ein, während er mit einem kleinen Lächeln auf den Lippen das lebhafte Schauspiel der vorüberziehenden Passanten auf sich einwirken ließ. Beifällig – ohne Begierde – sah er gutgewachsenen Frauen und Mädchen nach und beobachtete voll Neugier die zahllosen Touristen aus allen Ländern der Welt.

Hazen tauchte nur gelegentlich auf. Fast täglich flog er in eine andere Stadt, Wien, Madrid, Zürich, München, Brüssel, und versuchte, wie er sich ausdrückte, multinationales Chaos zu entwirren. »Ich werde euch nicht fehlen«, hatte er zu Strand gesagt. »Linda kennt Paris besser als die meisten Franzosen, sie ist ein idealer Fremdenführer.«

Linda Roberts wußte unter anderem auch, wo sich die besten Restaurants von Paris befanden, die im August geöffnet hatten. Und Strand stellte fest, daß er zum ersten Mal seit seinem zwanzigsten Lebensjahr zunahm und jeden Abend einen kleinen Schwips vom französischen Wein mit ins Bett nahm.

Hazen hatte auch Caroline eingeladen mitzukommen, aber Caroline hatte mit unerwartetem Ernst abgelehnt, weil sie ihr Lauftraining nicht unterbrechen wollte. Wenn sie sich nicht in der kleinen Tierklinik aufhielt, arbeitete sie stundenlang mit ihrem Trainer von der Schule in Easthampton und hatte ihre Zeit schon wesentlich verbessert. »Ich trau' mich nicht wegzufahren«, hatte sie gesagt, als man ihr von Hazens Einladung berichtete. »Ich habe noch ein ganzes Leben, um Europa zu sehen, aber diesen Sommer muß ich auf mindestens zehn-fünf runter. Ich könnte es nicht ertragen, in Arizona aufzukreuzen und ein Versager zu sein und zu wissen, daß jeder sagt: ›Was hat denn diese dicke Kuh beim Laufsport verloren?‹« Hazen hatte ihr beigepflichtet und Strand versichert, daß die Ketleys bestens für sie sorgen würden. Mr. Ketley hatte sich für ihre neue Karriere zu interessieren begonnen und ein Diätkochbuch für Sportler entdeckt, nach welchem seine Frau gesonderte Mahlzeiten für Caroline zubereitete.

Also war dieser fünfzigjährige Mann, der im Licht der späten Nachmittagssonne am Fenster des großen Zimmers stand und mitten ins Herz eines Landes blickte, das er von fern geliebt und niemals zu sehen gehofft hatte, mit sich selbst im Frieden.

Am Abend dieses Tages kam Hazen rechtzeitig aus Madrid zurück, um sie alle in ein elegantes kleines Restaurant auszuführen, in dem es Küche aus dem Burgund und die dazugehörigen Weine zum Dinner gab. Er war in Ferienstimmung und scherzte mit dem Geschäftsführer darüber, wie sehr die Preise seit seinem letzten Besuch gestiegen waren. Strand hatte die Weinkarte nicht gesehen, aber von den Preisen auf der Speisekarte schloß er, daß die Rechnung für vier Personen gut über zweihundert Dollar ausmachen würde. Er hatte bereits gegen Hazens Verschwendungssucht protestiert, als man ihn in dem großartigen Hotelzimmer mit dem Blick über die Place de la Concorde untergebracht hatte. »Das ist doch Unsinn, Mann«, hatte Hazen erwidert. »Es gehört nun einmal zur Berufsausbildung jedes intelligenten Menschen, auch den Luxus einmal zu genießen. Schon um der Erkenntnis willen, wie unnütz er ist.»

Leicht gesagt für einen Mann, der ein Haus mit sechzehn Schlafzimmern geerbt hat, dachte Strand.

Später hatte Linda Roberts, die Zeugin des Wortwechsels gewesen war, ihm geraten: »Komm seinem Weihnachtsmannkomplex nicht in die Quere. Er wird sehr böse, wenn er glaubt, daß man ihn daran hindern will, uns Landvolk mit seinem Großmut zu überschütten.«

Dieses »uns« war auf diplomatische Weise einschließend und typisch für Lindas liebenswürdiges Wesen, dachte Strand. Seine Dankbarkeit ihr gegenüber wuchs von Tag zu Tag, als er sah, wie sie ihre Zeit darauf verwendete, Leslies Aufenthalt möglichst lohnend zu gestalten. Leslies Gesicht glühte, wenn sie von einem Nachmittag in Galerien oder vom Besuch im Atelier eines jungen Malers zurückkehrte, der sich – so Linda – mit Sicherheit einen Namen machen würde. »Wenn einer hier nicht malen kann«, sagte sie und vergaß in ihrer Begeisterung für die Stadt ihren für gewöhnlich gut entwickelten kritischen Sinn, »dann kann er nirgends malen.«

Während des Abendessens – Jambon persillé, Entrecôte marchand de vin und heiße Birnentörtchen – hatte Linda gesagt: »Fünfundvierzigmal habe ich nun schon den Ozean überquert, aber so schön wie diesmal war's noch nie.« Sie hob ihr Glas. »Ich finde, wir sollten auf uns selbst anstoßen, denn ohne uns wär's ja nicht so schön geworden!«

Also tranken sie alle glücklich auf sich selbst.

Hazen hatte reichlich getrunken, und als sie schließlich beim

Kaffee anlangten, war er mitteilsam und aufgeräumt. »Ich habe eine Idee«, sagte er. »Ich habe nun drei freie Tage, ehe ich nach Saudi-Arabien fliegen muß. Ich schlage vor, wir genießen sie in vollen Zügen. Leslie, warst du jemals an der Loire?«

»Ich bin kaum bis nach New Haven gekommen«, sagte Leslie, die vom Wein glühte. Sie hatte ein neues Kleid gekauft, weil Linda behauptete, eine Frau dürfe einfach nicht aus Paris kommen, ohne etwas vorzeigen zu können. Das Kleid stand ihr ausgezeichnet. Es war von tiefem Pflaumenblau, enganliegend und hatte einen verwegenen Ausschnitt, der ihre honigfarbene Hampton-Bräune und die bezaubernden Umrisse ihres Busens zeigte.

»Meine Aufmachung ist gewagt«, hatte sie zu Strand gesagt, während sie sich ankleidete. »Hoffentlich bist du nicht schokkiert.«

»Ich bin hingerissen«, hatte der treu ergebene Strand konstatiert und damit gar nicht viel übertrieben.

»Warum mieten wir morgen nicht einen Wagen und sehen uns die Schlösser an und trinken einen Vouvray?« schlug Hazen vor. »Und falls es noch die Son et Lumière-Vorstellungen gibt, kann der gute alte Allen seine Kenntnisse der französischen Geschichte auffrischen.«

»In Chenonceaux«, sagte Strand und produzierte sich ein wenig, »pflegte Katharina von Medici Gefangene zur Erbauung ihrer Gäste foltern zu lassen.«

»Blutrünstige Franzosen«, sagte Hazen.

»Soviel ich las, haben sie diese Gepflogenheiten aufgegeben. Zumindest als öffentliche Unterhaltung.«

»Jetzt tun sie es aus Gewinnsucht. Mit den Amerikanern. In Geschäft und Politik. Aber laß ihnen noch ein, zwei Jahrhunderte Zeit«, meinte Hazen, »dann werden sie sich wieder an Gefangene halten. Jedenfals werden sie es in den nächsten drei Tagen nicht tun. Was meint ihr, können wir alle bis zehn Uhr morgens fertig sein?«

»Russell«, warf Linda ein, »du warst so viel unterwegs, ich denke, du könntest ein paar Tage an einem ruhigeren Ort vertragen. Warum fliegen wir nicht alle nach Nizza und beziehen mein Haus in Mougins? Das Wetter ist zauberhaft, und der Garten ist jetzt am schönsten.«

Hazen sah ärgerlich drein. »Linda«, sagte er überraschend grob, »Leslie und Allen sind nicht dreitausend Meilen geflogen, nur um in einem verdammten Garten herumzusitzen. Sie können in meinem Garten sitzen, soviel sie wollen, wenn sie zurück sind. Außerdem habe ich den Piloten drei Tage frei gegeben. Sie brauchen Ruhe.«

»Wir könnten mit der Air France nach Nizza fliegen, wie der Rest der Menschheit«, sagte Linda. »Und an der Loire wird es von Touristen wimmeln. Wir können von Glück reden, wenn wir ein Hotelzimmer finden.«

»Laß das meine Sorge sein«, sagte Hazen mit erhobener Stimme.

»Es wäre ein Jammer, wenn Leslie und Allen heimführen, ohne mein kleines Häuschen in Mougins gesehen zu haben«, beharrte Linda. »Sie müssen Hotels langsam satt haben. Ich bin soweit. Es gibt doch noch mehr in Frankreich als Hotels.«

»Es wäre ein Jammer, nach Amerika zurückfahren zu müssen, ohne Verdun und Mont St. Michel und die Kathedrale von Rouen und die Höhlen von Lascaux und eine Menge anderer Dinge gesehen zu haben«, sagte Hazen laut. »Und sie haben nur zwei Wochen. Gott, bist du ein Dickschädel, Linda.«

»Leslie, Allen«, wandte sich Linda an sie. »Was möchtet *ihr* denn gern?«

Rasch sah Leslie zu Strand hinüber und wartete auf die Antwort ihres Mannes. Strand wäre glücklich gewesen, einfach in Paris zu bleiben und genau das zu tun, was er seit seiner Ankunft getan hatte. Aber der Ärger in Hazens Stimme war nicht zu überhören. »Ich bin sicher«, sagte er taktvoll, »daß Leslie dein Haus liebend gerne sehen würde, Linda. Aber ich weiß, daß es ihr leid täte, wenn sie die Schlösser versäumen würde.«

Leslie warf ihm einen schnellen, dankbaren Blick zu.

»Na bitte«, sagte Hazen zufrieden, »das hätten wir. Und keine verrückten Debatten mehr, Linda. Wenn es eine Sache gibt, die ich hasse, dann sind es Debatten in den Ferien. Ich habe genug Streitigkeiten im Büro.«

»Kommt es jemals vor, daß du dabei den kürzeren ziehst, Russell?« fragte Linda sanft.

»Nein.« Hazen lachte, seine gute Laune war wiederhergestellt.

»Ich bin froh, daß ich nicht für dich arbeite«, sagte Linda.

»Ich auch.« Er ergriff ihre Hand und küßte sie huldvoll. »Also, morgen früh um zehn. Kleidung passend fürs Land.«

»Weiß du, was wir tun können, wenn wir dieses Ungeheuer los sind, Leslie?« schlug Linda vor. »Er soll mit seinem Spielzeugjet nach Amerika sausen, und wir bleiben noch und fahren allein nach Mougins hinunter und fliegen heim, wann es uns paßt.«

»Das wäre herrlich«, sagte Leslie. »Aber ich muß nach Hause und langsam mit dem Umzug beginnen. Wir müssen am 10. September in Dunberry sein. Vielleicht nächstes Jahr. Das wäre etwas, auf das man sich freuen könnte, nicht wahr, Allen?«

»Ich freue mich schon jetzt«, sagte Strand. Und dachte, während er sprach: falls es ein nächstes Jahr gibt.

Er lag im Bett und sah Leslie zu, die im Nachthemd vor dem Spiegel des Toilettentischchens saß und ihr Haar bürstete. »Das war wirklich ein netter Abend«, meinte er. »Findest du nicht?«

»Mehr als nett«, sagte Leslie. »Wie all die Abende. Außer der kleinen Meinungsverschiedenheit zwischen Russell und Linda.«

Eine Weile lag er schweigend da. »Sag mir«, fragte er, »war es richtig von mir zu sagen, daß du lieber an die Loire als in Lindas Haus fahren würdest?«

»Es war richtig von dir, es zu sagen«, meinte sie, während ihr Arm sich im Rhythmus der sanften, gleichmäßigen Bürstenstriche hob und senkte. »Aber es war nicht die Wahrheit. Im Augenblick bin ich mit Sehenswürdigkeiten überfüttert. Ein paar Tage in einem Garten im Süden wären der perfekteste Ausklang unserer Reise gewesen.«

»Warum hast du es dann nicht gesagt?«

Leslie lachte leise. »Liebling«, sagte sie, »es sind *seine* freien Tage.«

»Ich nehme an, wir hatten im Grunde keine Wahl.«

»Nicht einen Augenblick.« Sie hielt ein bißchen mit dem Bürsten inne und betrachtete sich im Spiegel. »Findest du, daß ich jünger aussehe als vor zwei Wochen?«

»Um Jahre«, sagte er.

»Ich glaube es auch.« Sie begann wieder zu bürsten. »Trotzdem – wenigstens einmal hätte ich gern das Mittelmeer gesehen.«

»Nächstes Mal, wenn wir nach Europa kommen, zahlen wir uns die Reise selbst.«

»Nächstes Mal«, sagte sie leise. »Wer weiß, ob es ein nächstes Mal gibt?«

Dieses Echo seiner eigenen Gedanken beunruhigte ihn. Er hatte das unbestimmte Gefühl, daß sie beide heute nacht irgendwie trostbedürftig waren, und er war nahe dran, sie zu fragen, ob sie nicht in sein Bett kommen wolle. Er hätte doch wenigstens im Schlaf seine Arme um sie schließen können. Aber er sagte nichts. Er wußte nicht, ob er auf seine Besonnenheit stolz sein oder sich seiner Feigheit wegen verachten sollte. Er schloß die Augen, hörte das seidige Geräusch der Bürste auf dem Haar seiner Frau in einem Zimmer voller Schatten, und er schlief ein.

Als Strand, Leslie und Linda Roberts am nächsten Morgen um zehn in die Hotelhalle kamen, erlebten sie eine Überraschung. Hazen erwartete sie mit einer auffallenden Blondine, die ein schwarzes Aktenköfferchen in der Hand hielt. Sie trug ein streng geschnittenes, einfaches Tweedkostüm und Schuhe mit flachen Absätzen. »Das ist Madame Harcourt.« Hazen sprach den Namen französisch aus. »Sie gehört zu unserem hiesigen Büro und wird uns fahren. Anschließend muß sie mit mir nach Saudi-Arabien, und wir haben vor unserer Abreise noch einiges durchzuarbeiten. Keine Sorge, ihr müßt nicht französich mit ihr sprechen. Ihre Mutter ist Engländerin.« Er sprach hastig, als wäre ihm das nicht angekündigte Erscheinen Madame Harcourts peinlich.

»Das sagt Mr. Hazen immer, wenn er mich Amerikanern vorstellt«, sagte die Frau und lächelte. Die geschäftsmäßige Strenge verschwand aus ihrem Gesicht, und ihre Stimme war tief, sympathisch, ungezwungen, ihr Akzent auffallend britisch, aber keineswegs unangenehm. »Scheinbar will er auch nicht einen Augenblick lang in Verruf kommen, die Franzosen zu bevorzugen.«

»Sie ist Anwalt«, erklärte Hazen. »Ich arbeite nur in äußersten Notfällen mit französischen Anwälten. Also, das Gepäck ist im Wagen. Fahren wir los!« Er verließ mit Madame Harcourt die Halle, die anderen folgten.

»Ein ganz schöner Fortschritt im Vergleich zum guten alten Conroy, findest du nicht?« flüsterte Strand.

»Vom kosmetischen Standpunkt aus gesehen jedenfalls«, antwortete Leslie.

Draußen wartete ein großer, schwarzer Cadillac. Madame Harcourt setzte sich ans Lenkrad, Hazen nahm neben ihr Platz. »Madame Harcourt chauffiert«, erklärte Hazen. »Ich hasse Autofahren, und wenn ich Linda ans Steuer ließe, würde ich schon vor dem Pont St. Cloud aus dem Wagen springen. Allen hat keinen Führerschein, und Leslie ist für französische Landstraßen noch zu neu in dem Sport. Habt ihr's bequem da hinten?« Obwohl er »Kleidung passend fürs Land« gesagt hatte, trug er einen dunklen Anzug, ein weißes Hemd mit engem Kragen und eine dunkle Krawatte, und Strand fragte sich, was Hazen zu einem Begräbnis anziehen würde. Obwohl er in Paris zugenommen hatte, fühlte Strand mit Unbehagen, daß zwischen seinem eigenen Kragen und seinem Adamsapfel ein uneleganter Abstand gähnte.

»Bestens«, sagte Strand. »Es könnte gar nicht besser sein.«

Mrs. Harcourt startete den Wagen und steuerte ihn gewandt durch den lockeren Verkehr.

Es war ein wunderschöner Morgen, sonnig, aber nicht zu warm, und Strand lehnte sich zufrieden zurück und genoß die Aussicht auf die Bauten von Paris und später auf das grüne, wellige Land, als sie den Tunnel unter der Seine passiert hatten und nach Süden fuhren.

In Chartres hielten sie an und gingen in die Kathedrale. Strand hätte sich Jahre für eine sorgfältige Besichtigung gewünscht, um alles in sich aufzunehmen, aber Hazen war von einer lauten Gruppe deutscher Touristen sichtlich verärgert; ihr Führer bediente sich seiner Sprache mit einer Phonstärke, die einer politischen Versammlung würdig gewesen wäre.

»Sehen wir zu, daß wir hier wegkommen«, brummte Hazen nach kaum zehn Minuten. »Ich habe Hunger.« Aber er weigerte sich, in Chartres zu Mittag zu essen. »Ich empfehle die Kathedrale, aber nicht das Essen.« Er sagte, es gäbe einen herrlichen Platz ganz nahe der Straße, noch etwa eine halbe Autostunde weit.

Sie aßen gut, im Freien, an einem im Garten gedeckten Tisch. Hazen war wieder vergnügt, bestellte zwei Flaschen Montrachet zu den Forellen und bestand gutgelaunt darauf, daß er Mrs. Harcourt keinen Tropfen Alkohol gestatten könne, weil sie den Cadillac und seine kostbare Last chauffierte. Sie hörte höflich zu, aber sie sprach kaum, während die anderen sich unterhielten. Still und aufrecht, fast steif saß sie bei Tisch, als hätte sie an der Ferienstimmung keinen Anteil und wäre sich bewußt, daß sie eine Angestellte in Gegenwart ihres Arbeitgebers sei. Der Wagen war sorgfältig abgeschlossen, weil sie den Aktenkoffer auf dem Vordersitz gelassen hatte.

Als Strand und Leslie nach dem Essen hinter den anderen zum Auto zurückschlenderten, sagte Leslie: »Es ist ein Schwindel.«

»Was ist ein Schwindel?« fragte Strand verwundert.

»Die Schau von der jungen Angestellten und dem Big Boß«, sagte Leslie, »die sie vor uns abziehen.«

»Oh, Leslie!«

»Man muß kein Detektiv sein, um zu erraten, was sie an der Loire erarbeiten müssen, ehe sie nach Saudi-Arabien fliegen.«

»Ich glaube dir nicht«, sagte Strand und war über die Feindseligkeit, die er aus der Stimme seiner Frau heraushörte, ein wenig bestürzt. »Und sogar wenn du recht hast: Es geht uns nichts an.«

»Ich mag mich einfach nicht für dumm verkaufen lassen, das ist alles«, sagte Leslie mit verkniffenem Gesicht. »Madame Harcourt! Ein ganz geriebenes Paar, die beiden.«

Strand war froh, als sie am Wagen waren. Er hatte keine Lust, diese Unterhaltung fortzusetzen.

Ihre Zimmer in dem Hotel befanden sich alle im selben Stock. Strand gewahrte Leslies maliziösen Blick, als sie sah, daß Lindas und ihr Zimmer am einen Ende des Korridors lagen, Hazens Zimmer und das der ihren Aktenkoffer tragenden Madame Harcourt aber am anderen Ende.

»Was glaubst du, ist in dem Köfferchen, das sie ständig mit sich herumschleppt?« fragte Leslie.

»Industriegeheimnisse«, meinte Strand. »Russell hat mir erzählt, daß er für eine Gesellschaft verhandelt, die ein Angebot zur Errichtung eines Atomkraftwerkes in Saudi-Arabien macht.«

»Ich vermute, daß es sich um ihr Waschzeug handelt.«

»Lieber Gott, Leslie!«

Aber Leslie kicherte nur, als sie ihr Zimmer betraten.

Leslie war auch am nächsten Tag, als sie Chambord und Chenonceaux besichtigten, der Frau gegenüber reserviert und kühl; aber falls Hazen oder Mrs. Harcourt es bemerkten, zeigten sie es nicht. Hingegen machte Leslie kein Hehl aus ihrem Entzücken über die fabelhaften Steinmetzarbeiten, als sie in dem symmetrischen Garten standen und die auf steinernen Säulen über dem Cher erbaute Galerie von Chenonceaux betrachteten. »Allein schon dieser Augenblick ist die Reise wert«, sagte sie und gab Hazen einen Kuß auf die Wange.

Hazen lächelte glücklich. »Ich habe dir ja gesagt, es würde schöner sein, als schwitzend in einem Garten in Mougins zu sitzen und von Moskitos gefressen zu werden.« Er starrte Linda an. »Ich hoffe, du wirst demnächst überallhin mitfahren, ohne daß ich dich erst lange unter Strafandrohung vorladen muß.«

»Moskitos gibt es nur, wenn es geregnet hat«, sagte Linda würdevoll, »und es hat den ganzen Sommer nicht geregnet.«

»Jetzt geht es schon wieder los. Du weißt, daß du lügst!« Hazen wandte sich an die anderen. »Habt ihr das gehört? Nur nach dem Regen!«

»Ich flehe euch an«, sagte Leslie, »seid friedlich. Hör auf, den armen Mann zu necken, Linda.«

»Er kocht so rasch über«, sagte Linda lächelnd. »Manchmal kann ich nicht widerstehen und muß ihn testen, wie schnell er in die Luft geht.«

»*Ich* koche rasch über! Mrs. Harcourt, Sie kennen mich seit vielen Jahren, Sie haben gesehen, wie ich in den schwierigsten Situationen erprobt wurde; in hohem Maße in schwierigsten Situationen erprobt – durch niedrige Handlungsweise, grobe Inkompetenz und offene Schikane in höchstem Maße getestet und gefordert. Haben Sie mich jemals explodieren sehen?« Hazen war inzwischen belustigt.

»Sie waren immer ein Muster von Anstand, Mr. Hazen«, sagte Mrs. Harcourt geziert, »in meiner Gegenwart.«

»So wie Sie«, sagte Hazen und fiel in das allgemeine Gelächter ein.

Aber als sie wieder in ihrem Hotelzimmer waren und sich auf das Abendessen vorbereiteten, hatte Leslie das kameradschaftliche Lachen am Nachmittag vergessen. »Heute habe ich etwas über diese Harcourt gehört«, sagte sie.

»Was?« Strand seufzte. Diese Frau war ihm sympathisch geworden. Sie war bescheiden und intelligent und fröhlich, und ihre Anwesenheit schien Hazen aufzuheitern und machte ihn zu einem angenehmen Gefährten.

»Es gibt keine Mrs. Harcourt«, sagte Leslie. »Sie ist geschieden.«

»Wie hast du das herausgefunden?«

»Linda hat es mir erzählt. Als sie das letztemal gemeinsam mit Russell in Paris war, war die Junganwältin ebenfalls die ganze Zeit über dabei. Geschieden.«

»Scheidung ist kein Verbrechen. Die meisten Leute, die man kennt, sind geschieden.«

»Ich habe nur gedacht, es würde dich interessieren. Das ist alles. Da du dich für die Dame zu interessieren scheinst, dachte ich, es würde dich auch ihr Ehestatus interessieren.«

»Ach, komm schon, Leslie«, sagte Strand verärgert. »Ich bin anstandshalber höflich.«

»Alle sind anstandshalber so höflich.« In Leslies Stimme lag eine gefährliche Schärfe. »›Sie waren immer ein Muster an Anstand, Mr. Hazen ...‹« Sie äffte Mrs. Harcourts englischen Akzent nach ... »›in meiner Gegenwart.‹ Mr. Hazen! Glaubst du, daß sie ihn auch im Bett Mr. Hazen nennt?«

»Hör auf damit, Leslie«, sagte Strand entschieden. »Du bist lächerlich.«

»Schnauz mich nicht an!« schrie sie. Dann beugte sie sich in ihrem Stuhl vornüber, schlug die Hände vor das Gesicht und schluchzte.

Strand war einen Augenblick lang zu erstaunt, um etwas zu unternehmen. Dann eilte er zu Leslie hinüber, kniete nieder und nahm sie in die Arme. »Es tut mir leid, Liebling«, sagte er. »Vielleicht sind wir zu lange in der Sonne umhergelaufen. Wir sind beide müde.«

Immer noch schluchzend, stieß sie seine Arme heftig von sich. Ihre Wimperntusche war verschmiert. »Laß mich in Ruhe! Ich will meine Ruhe!«

Langsam stand er auf und ging zur Tür. »Ich gehe hinunter«, sagte er ruhig. »Du findest mich in der Bar.«

Leise drückte er die Tür hinter sich ins Schloß.

Als die anderen in der Bar erschienen, war Leslie immer noch nicht da. Strand hatte die letzte halbe Stunde damit verbracht herauszufinden, was mit ihr nicht in Ordnung war, aber er war zu keinem Schluß gekommen. Sie war eine gefühlsbetonte, aber keineswegs unvernünftige Frau, und ihr Ausbruch war ihm unbegreiflich. Er hatte ihr niemals Anlaß zu Eifersucht gegeben, und wenn er einmal offen eine hübsche Frau bewunderte, hatte sie milde mit ihm darüber gewitzelt. Zu viele neue Eindrücke in einer zu kurzen Zeitspanne zusammengedrängt, dachte er abschließend. Er sagte den anderen, Leslie sei müde und habe sich ein wenig hingelegt, man möge mit dem Abendessen nicht auf sie warten.

Sie waren noch beim ersten Gang, als Leslie den Speisesaal betrat. Sie hatte ihr Gesicht zurechtgemacht und lächelte und machte einen fröhlichen Eindruck. »Verzeiht, daß ich mich verspätet habe«, sagte sie. »Es war ein langer Tag, ich bin am Verhungern. Das sieht alles köstlich aus und riecht verführerisch. Was haben Sie denn da, Mrs. Harcourt? Das sieht besonders gut aus.«

»Heiße, hausgemachte Wurst und warmen Kartoffelsalat«, sagte Mrs. Harcourt.

»Ich habe mir sagen lassen, daß Männer Frauen mit gesundem Appetit schätzen«, sagte sie, und Strand begann sich von neuem Sorgen zu machen. »Ich nehme das gleiche. Ich wäre Ihnen dankbar, wenn Sie für mich bestellen würden. Bei meinem Französisch weiß ich erst, was ich essen werde, wenn ich es koste.«

Das Dinner verlief ohne besondere Zwischenfälle. Hazen und Linda stritten sich ausgiebig über Weine, wobei Linda die Weine der Provence verteidigte und Leslie eine Lanze für einige Sorten vom kalifornischen Weißen brach.

»Morgen«, kündigte Hazen an, als man das Dessert servierte, »werden wir nichts mehr besichtigen. Mrs. Harcourt hat in der Gegend einen Freund, der einen Weingarten und Kellereien besitzt und Vouvrays abfüllt. Sie sagt, sie seien ausgezeichnet. Morgen früh werden wir hinausfahren und einige davon kosten. Sind alle einverstanden?«

Alle waren einverstanden. Strand beschloß, Mrs. Harcourt ab morgen bei ihrem Vornamen zu nennen, falls er jemals herausfinden würde, wie sie hieß.

»Sein Name ist Larimmendi«, erläuterte Mrs. Harcourt. »Ich meine den Mann mit den Weinen. Er ist Baske, aber er verliebte sich in die Touraine. Ich studierte mit ihm, bis er sich dann entschloß, Jura gegen Trauben zu tauschen. Ein weiser Mann. Ich hätte ihn fast geheiratet, als ich all die schönen Flaschen in seinen Kellern sah. Er ist reizend, aber er trinkt so viel von seinen eigenen Erzeugnissen, daß ich bezweifle, ob er als Ehemann viel taugen würde...«

Während sie sprach, sah Strand eine hochgewachsene Frau in einem leichten grauen Wollmantel, der genau zum Ton ihres silberfarbenen Haares paßte, den Speisesaal betreten. Sie stand bei der Tür und sah sich um, als suche sie jemanden. Dann kam sie auf den Tisch zu. Während sie sich Hazen, der mit dem Rücken zu ihr saß, näherte, stellte Strand fest, daß sie eine eindrucksvolle Frau mit magerem feinen Gesicht und einer langen scharfen Nase war und den englischen Porträts von Schönheiten des achtzehnten Jahrhunderts ähnelte. Sie blieb hinter Hazen stehen, starrte einen Augenblick auf ihn hinunter, dann beugte sie sich vor und küßte ihn auf den Scheitel. »Guten Abend, lieber Russell«, sagte sie. Ihre Stimme war schneidend und die Betonung auf »lieber« ironisch.

Hazen fuhr in seinem Stuhl herum und sah auf. »Guter Gott, Katherine, was machst du hier?« Hastig stand er auf, der Löffel fiel ihm aus der Hand und landete klirrend auf seinem Teller, seine Serviette rutschte zu Boden.

»Ich wollte sehen, wie es um das Befinden meines Gatten steht«, sagte sie gelassen. »Falls du es vergessen haben solltest, es handelt sich um dich, Russell.«

Nach diesen Worten herrschte lastendes Schweigen am Tisch.

Die Augen von Mrs. Hazen waren ausdruckslos und ihre Pupillen seltsam geweitet. Strand fragte sich, ob die Dame etwa Drogen genommen hatte.

»Wie hast du erfahren, daß ich hier bin?« Hazens Ton war aggressiv.

»Sicher nicht durch deine Schuld, mein Lieber. Deine Mitteilungen sind spärlich und distanziert, nicht wahr? Dein Büro war so freundlich, es mir mitzuteilen. Und natürlich sind Freunde in Amerika mit Informationen über deine Aktivitäten rasch zur Hand. Legionen von Freunden.« Vorsätzlich und mit Bedacht fixierte sie jeden einzelnen am Tisch mit einem abschätzenden Blick. »Ah«, sagte sie, »ich sehe, du hast einen transportablen Harem bei dir. Und dieses hübsche Paar müssen die Strands sein, von denen ich so viel gehört habe.«

Strand stand auf, weil er nicht wußte, was er sonst hätte tun können. Hazen sah aus, als wolle er etwas sagen und sei dazu nicht imstande.

»Guten Abend, Linda«, fuhr die Frau fort, »ich freue mich zu sehen, daß du so blendend aussiehst. Ich hoffe, der liebe Russell paßt gut auf dich auf.«

»Sehr gut«, sagte Linda und vollführte mit ihren Händen eine nervöse kleine Geste. »Wie immer.«

Die Frau nickte. »Wie immer«, sagte sie. Sie wandte sich Mrs. Harcourt zu. »Und Sie, Madame Harcourt, wie ich sehe, sind Sie immer noch am Ball, um im Sportjargon zu bleiben; was dem Anlaß übrigens durchaus angemessen sein dürfte.«

Mrs. Harcourt faltete ihre Serviette zusammen und erhob sich mit Würde. »Wenn Sie mich entschuldigen wollen, Mr. Hazen«, sagte sie, »ich möchte auf mein Zimmer gehen.«

»Natürlich, natürlich.« Hazens Stimme klang rauh, als sei ihm plötzlich der Hals wie zugeschnürt.

Mrs. Hazen drehte sich um und sah Mrs. Harcourt nach, wie sie durch den Speisesaal ging und durch die Tür verschwand. Erst dann wandte sie sich wieder dem Tisch zu. »Es ist bewundernswert«, sagte sie, ohne zu jemand Bestimmtem zu sprechen, »wie sie ihr Aussehen bewahrt. Ich schätze Frauen, die sich nicht gehenlassen. Russell, findest du es nicht an der Zeit, mir deine neuen Freunde vorzustellen?«

»Mr. und Mrs. Strand«, murmelte Hazen.

»Ich bin entzückt, endlich Ihre Bekanntschaft zu machen«, sagte Mrs. Hazen. »Ich hoffe, Sie haben sich von Ihrer bösen Erfahrung mit dem Atlantik erholt, Mr. Strand.«

»Ja, danke«, antwortete Strand, weil es klar war, daß Mrs. Hazen eine Antwort erwartete und möglicherweise minutenlang in anklagendem Schweigen verharren würde, falls er nichts sagte. »Weitgehend. Dank der Bemühungen Ihres Mannes und Mrs. Roberts'«, fügte er hinzu, um den Augenblick für alle erträglicher zu machen. »Zusammen mit Mr. Conroy, den Sie wahrscheinlich kennen. Ich verdanke ihnen mein Leben.«

»Ah, der treue Conroy. Stets zur Hand. Obwohl ich nicht wußte, daß zu seinen Pflichten auch die Funktion eines Lebensretters zählt.« Manchmal verfiel sie in eine blumenreiche Ausdrucksweise, die sie wohl von ihrem Mann aufgeschnappt hatte. »Ja«, sagte Mrs. Hazen, »mein Gatte ist als Lebensretter bestens bekannt. Außer in seiner Familie. Aber ich wußte nicht, daß Linda auch das noch in das Repertoire ihrer guten Werke aufgenommen hat.«

»Katherine, du belästigst das ganze Lokal.« Hazen blickte sich verstört um. Am Nebentisch saß ein Quartett englischer Touristen mittleren Alters, die der Konversation offensichtlich interessiert lauschten. »Morgen nachmittag bin ich wieder in Paris. Warum unterhalten wir uns nicht dort?«

»Ich bin morgen nicht in Paris«, sagte Mrs. Hazen gelassen. »Ich bin auf einer Ferienreise ins Baskenland und finde es bequemer, hier zu reden.« Sie ging um den Tisch herum auf Mrs. Harcourts leeren Stuhl zu. »Ein Glas Wein würde mir guttun. Ist noch etwas in der Flasche, Russell?« Entschlossen setzte sie sich.

»Leslie, Linda«, meinte Strand, »ich denke, es ist besser, wenn wir gehen.«

Leslie wollte sich schon erheben, aber Mrs. Hazen legte ihre Hand fest auf ihren Arm. »Bitte, bleiben Sie. Es wäre mir schrecklich, wenn ich das Gefühl hätte, Russells charmante kleine Party gestört zu haben. Und ich habe unserem Gastgeber Dinge zu sagen, die Sie, glaube ich, hören sollten ...«

»Bitte nehmen Sie Ihre Hand weg«, sagte Leslie. »Mein Mann und ich wollen gehen.«

Mrs. Hazen ließ Leslies Arm nicht locker. »Ich warne Sie! Falls jetzt noch *irgend jemand* geht, werde ich schreien«, sagte sie. »Laut.«

Leslie machte den Versuch, ihren Arm wegzuziehen und aufzustehen, und Mrs. Hazen schrie. Es war ein wilder, durchdringender Klageton, wie eine Sirene. Als sie aufhörte, herrschte absolute

Stille im Raum, und die übrigen Gäste saßen regungslos, als wären sie durch irgendeinen neuen, verheerenden, augenblicklich wirksamen Tiefkühlschock festgefroren. Mrs. Hazen lächelte und ließ ihre Hand fallen. »Mr. Strand, ich schlage vor, auch Sie setzen sich. Du auch, Russell. Und, Russel, der Wein steht neben dir.«

Sie nahm ein Glas vom Tisch und hielt es ihrem Mann entgegen. »Wenn du so freundlich wärest.«

»Setz dich, Allen«, sagte Hazen rauh. »Die Frau ist verrückt.« Auch er setzte sich. Seine Hand zitterte, als er den Wein aus dem Kühler nahm und Mrs. Hazen einschenkte.

Geziert trank sie aus ihrem Glas. »Eines muß man dir lassen, Russell, du hast immer schon etwas vom Wein verstanden. Meine Damen und Herren, ich muß Sie um Vergebung bitten, daß ich bis zum Äußersten ging, aber weniger drastische Mittel haben zu nichts geführt; Briefe etwa, die seit drei Jahren unbeantwortet bleiben, unzählige Telefonate nach Übersee. Dies ist offenbar die einzige Gelegenheit zu sagen, was ich zu sagen habe; in Gegenwart von anderen Leuten, wie die Dinge nun einmal liegen. Wenn nötig, können sie später alles bezeugen. Russell ...« Sie machte eine Pause wie ein Redner auf einem Podium und nahm noch einen Schluck Wein. »Russell, was ich dir zu sagen habe, ist folgendes: Ich stelle dich vor die Wahl. Es gibt zwei Möglichkeiten. Entweder reiche ich die Scheidung ein und verklage dich auf eine große, sehr große Abfindung, eine *riesige* Abfindung. Oder ich bringe mich um.«

»Katherine«, schaltete sich Linda ein, »das ist doch Wahnsinn.«

»Linda«, sagte Mrs. Hazen, »du hast schon immer zuviel geredet. Wie ich sehe, hast du diese Angewohnheit nicht abgelegt.« Dann wandte sie sich wieder an Hazen, der mit geschlossenen Augen und gesenktem Kopf dasaß wie ein alter Mann, der in einer Ecke vor sich hin döst. »Russell«, sagte sie, »du weißt, daß ich bestens in der Lage bin, mich selbst standesgemäß zu erhalten, ich spreche daher nicht aus Habgier. Offen gesagt, mein einziges Ziel ist, dir weh zu tun. Für all die Jahre, die du mich tyrannisiert, übergangen und verachtet hast, in denen du mit mir geschlafen hast, als hättest du eine ausnehmend lästige Buße zu verrichten ...«

»Scheiße«, sagte Hazen, ohne die Augen zu öffnen und den Kopf zu heben. »Scheiße, Scheiße, Scheiße.«

»Mit einem Wort, da ich die Hoffnung auf alles andere aufgegeben habe, will ich meine Rache«, fuhr Mrs. Hazen in dem unheimlichen, ausdruckslosen Tonfall, in dem sie begonnen hatte, fort. Es war, als hielte sie eine aufgesetzte, sorgfältig einstudierte Rede.

Rache für die Zerrüttung der Familie, den Hinauswurf meiner Töchter, die Zerstörung all ihres Selbstvertrauens, so daß sie zu dummen Flittchen wurden, die wahllos irgendwo herumschlafen, deren einziges Ziel ist, sich so weit wie möglich von ihrer Familie zu entfernen. Und schließlich Rache für meinen Sohn, den du getötet hast, um dann zu versuchen, mir die Schuld zu geben...«

Endlich hob Hazen den Kopf und stierte sie haßerfüllt an. »Du hast ihn verhätschelt, hast einen Schwulen aus ihm gemacht, hast seine schwulen Freunde in unserem eigenen Haus bewirtet. Du wußtest, daß er sich Heroin und Gott weiß was noch alles spritzte, und du hast ihm das Geld gegeben, damit er das Zeug kaufen konnte...«

»Und du hast ihm das Gefühl gegeben, nichts wert zu sein. Es ist dir nicht gelungen, ihn zum würdigen Ebenbild deiner selbst zu machen – zum großartigen Industriekapitän.« Sie stieß jetzt ihre Worte hervor, als wolle sie sich rechtfertigen. Es klang wie splitterndes Glas. »Also ließest du ihn fallen und gabst ihm das Gefühl, daß niemandem etwas daran lag, ob er lebte oder nicht.«

Strand wollte, er könne sich in sich verkriechen, sich unsichtbar machen, um nichts zu hören und nichts sehen zu müssen. Er sah zu Leslie hinüber. Sie weinte, ihr Gesicht war verzerrt. Zweimal Tränen an einem Abend, dachte er mechanisch. Das war alles, was er zu denken imstande war. Er war nicht fähig, mehr zu denken.

Plötzlich bekam Mrs. Hazens Stimme einen geschäftsmäßigen Ton. »Also. Wenn du bei der Scheidung Schwierigkeiten machst, wenn deine Großzügigkeit den Ansprüchen deiner Frau nicht ganz gerecht wird, werde ich dafür sorgen, daß man die Liste deiner Eroberungen im Detail veröffentlicht – all die dämlichen Mrs. Harcourts, die Sekretärinnen, die fetten kleinen Frauen unserer Freunde, denen du freundlicherweise so behilflich warst in Geschäft und Politik, die stümperhaften Schauspielerinnen, die dich trösteten und dir halfen, die frigiden Umarmungen deiner Frau zu vergessen. Die Liste dieser Namen wird den Klatschspalten einen höchst interessanten Stoff liefern.«

»Du bist eine böse Hexe«, flüsterte Hazen.

»Wenn ich eine bin, hast du mich dazu gemacht. Auch das verzeihe ich dir nicht. Um noch einmal auf die Einkaufsliste zurückzukommen«, sagte Mrs. Hazen fast fröhlich. »Du kannst das Haus in New York behalten. Es ist eine Gruft, und ich habe es ohnehin immer gehaßt; vom ersten Tag an. Der Geist deines heißgeliebten Vaters geht darin um. Aber ich bekomme das Haus in den Hamptons, wie es liegt und steht.«

»Ich bin in diesem Haus aufgewachsen«, sagte Hazen.

»Ich werde mein möglichstes tun, diese Tatsache zu vergessen, wenn ich einziehe und noch einmal versuche, meinen Töchtern ein Heim zu geben«, sagte Mrs. Hazen. »Und ich hoffe, es wird Ihnen, liebe Strands, und Ihrer Brut – zu der mein Mann eine seltsame Zuneigung gefaßt hat – keine allzu großen Umstände machen, vor meiner Ankunft Ihre Sachen zu packen und zu verschwinden. Hoffentlich haben Sie der eleganten Lebensweise nicht allzuviel Geschmack abgewonnen, sonst dürfte die Rückkehr ins bescheidene Quartier schwerfallen. Ich erwähle die Schmarotzer unter meinen Gästen lieber selbst, ich schätze es, wenn ihr Geschmack und ihre Gewohnheiten mit den meinen vereinbar sind. Ich habe weder etwas für Gitarrespieler, Sportlerinnen oder junge Frauen übrig, die ohne die lästige Formalität der Ehe ganz ungeniert mit Männern leben, noch mag ich Hobbymaler und drittrangige Lehrer, die ihre Töchter einem törichten alten Mann oder einem Juden vor der Nase herumhopsen lassen.«

»Jetzt langt es«, sagte Strand und stand auf. »Sie sind eine niederträchtige, widerliche Frau. Wir gehen. Von mir aus können Sie so laut schreien, daß man Sie bis nach Long Island hört. Komm, Leslie. Linda, ich denke, du hast auch genug gehört.«

»Das kann man wohl sagen«, murmelte Linda. Sie und Leslie erhoben sich.

Leslie hatte zu weinen aufgehört, als Mrs. Hazen über die Familie herzog, und Strand sah, daß sie wütend war. Aber er war nicht darauf vorbereitet, daß sie sich nun umwandte und Mrs. Hazen heftig mitten ins Gesicht schlug.

»Leslie!« rief Strand.

Mrs. Hazen saß da, ohne sich zu rühren oder auch nur die Hand an ihr Gesicht zu heben. Es schien, als habe sie den Schlag erwartet und sei froh darüber.

»Russel«, sagte Strand, »ich gebe dir einen guten Rat. Nimm das freundliche Angebot deiner Frau an und laß sie Selbstmord begehen.«

»Ihr kommt nicht mehr von ihm los, ihr beiden«, sagte Mrs. Hazen ruhig. »Sein Wohlwollen wird euch vernichten. Einmal werdet ihr einen Fehler begehen, werdet sein Mißfallen erregen, und er wird euch mit euren Hoffnungen und Plänen zum Teufel jagen, ohne euch auch nur einen einzigen Blick zu gönnen. Denkt an meine Worte, ihr dummen, habgierigen kleinen Leute. Eure

Ferien sind bald vorüber.« Sie hielt Hazen ihr Glas entgegen und sagte: »Ich glaube, mein Lieber, ich möchte noch etwas Wein.« Und Strand machte sich mit den beiden Frauen an seiner Seite auf und ging durch den vollbesetzten, stillen Speisesaal zur Tür.

Es war ein langer, langer Weg.

2

Leslie ging ruhig, fast hölzern; ihr Make-up war tränenverschmiert, aber ihr Gesichtsausdruck war kühl und von erzwungener Gelassenheit. Linda stolperte, als sie die Treppe zu ihren Zimmern hinaufstiegen, und Strand hielt sie am Arm fest. Sie zitterte. Alle Farbe war aus ihrem Gesicht gewichen, das Rouge auf ihren Wangen stach hervor wie kleine Wunden. Als sie vor ihrer Tür standen, war es Strand klar, daß man sie jetzt nicht allein lassen konnte. »Komm noch eine Weile zu uns herein«, sagte er sanft. »Wir haben alle einen Drink nötig.«

Linda nickte wie betäubt.

Strand telefonierte um eine Flasche Whisky und etwas Eis. Er wußte nicht, wie es sich mit Linda verhielt, aber Leslie und er hatten noch niemals aus Verzweiflung getrunken. Linda fiel kraftlos in einen Stuhl, als wären ihre Knochen weich geworden. Ihre Hände auf den Sessellehnen bebten. Leslie verschwand im Badezimmer. »Ich gehe die Verwüstungen beseitigen, die dieser festliche Abend hervorgerufen hat«, sagte sie.

»Diese grauenvolle Frau«, sagte Linda mit zittriger Stimme. »Und ich habe immer versucht, ihr eine Freundin zu sein. Ich wußte, daß sie eine schreckliche Zeit durchgemacht hat, als ihr Sohn ...« Sie betupfte ihre Augen mit einem Spitzentaschentuch. »Ich besuchte sie jedesmal, wenn ich nach Paris kam, und sie war mein Gast in Mougins. Diese widerlichen Unterstellungen!« Jetzt war sie empört. »Zwischen Russell und mir hat niemals etwas dieser Art bestanden. Lieber Gott, so bin ich nicht. Allen, sag mir, hast du jemals einen Augenblick lang gedacht ...?«

»Natürlich nicht«, sagte Strand ziemlich ehrlich.

»Diese arme Mrs. Harcourt«, überlegte Linda. »Glaubst du nicht, daß wir sie herüberholen sollten?«

»Ich glaube nicht, daß sie noch irgend jemanden von uns sehen möchte«, sagte Strand. »Zumindest heute abend nicht.«

»Du glaubst doch nicht, daß ich jemals Katherines Ansichten

über Russell und die Freunde, die er zu sich lud, teilte, nicht wahr, Allen?« In ihrer Stimme lag ein verzweifelt flehender Unterton. »Ich könnte es nicht ertragen, wenn du so denken würdest.«

»Linda«, sagte Strand, ging zu ihr und hielt ihre Hände fest, »hör mir zu. Ich halte dich für eine der anständigsten Frauen, die mir je begegnet sind.«

»Danke«, flüsterte Linda.

»Du darfst es nicht so schwer nehmen. Diese Frau ist verrückt. Kein vernünftiger Mensch würde ein Wort von dem glauben, was sie sagt.«

»Sie war ihm nie eine gute Frau«, sagte Linda, »sie machte ihm das Leben zur Hölle. Ich verstehe nicht, wie er sie so lange ertragen konnte. Sie hat ihn unablässig heruntergemacht. Sie hat eine Zunge wie ein Schwert. Wenn ihn jemand auf einer Party zu einem Fall befragte, den er eben behandelte – du weißt ja, sein Name ist ständig in der Zeitung, er ist ungeheuer beschäftigt, die bedeutendsten Leute des Landes aus Wirtschaft und Regierungskreisen konsultieren ihn –, wenn er irgendeine Rechtsfrage erläuterte, die man ihm gestellt hatte, pflegte sie ihn öffentlich zu verhöhnen: ›Hör auf, unsere Gäste zu langweilen. Jedermann weiß, daß du die ärgste Niete deines Standes bist.‹ Niete! Ein Mann wie Russell. Natürlich mußte man Mitleid mit ihr haben – den Sohn auf solche Weise zu verlieren und zusehen zu müssen, was aus den Töchtern wird! Aber alles hat seine Grenzen. Einmal war ein Senator bei ihnen zu Gast, ein hochangesehener Mann, aber Mrs. Hazen war der Ansicht, daß er der falschen Partei angehörte. Als er erzählte, daß er für ein Gesetz, das Mrs. Hazen nicht billigte, gestimmt habe, sagte sie ihm mitten ins Gesicht: ›Sie sind ein gottverdammter Narr.‹ Wie kann man von einem Mann erwarten, daß er mit so jemandem lebt? Und trotz allem, was immer sie behaupten mag – sie war diejenige, die ihn verließ, nicht umgekehrt.«

Es klopfte an der Tür, und Strand ließ den Kellner mit dem Whisky ein. Er machte drei kräftige Drinks zurecht und gab Linda ihr Glas. Sie leerte es zur Hälfte in einem krampfhaften Zug. »Ich werde dir etwas sagen«, meinte sie. »Ich kann seine Affären mit Mrs. Harcourt und all den anderen verstehen. Trotz allem war Russell immer vorbildlich diskret. Was immer er tat, behielt er für sich. Ich war wie vom Donner gerührt, als er mit Mrs. Harcourt auftauchte. Seine Geduld muß erschöpft gewesen sein. Obwohl ich sagen muß, daß ich sie in der kurzen Zeit schätzen gelernt habe, ich mag sie wirklich gerne. Sie ist so hübsch und hat Takt.« Sie trank ihr Glas leer und hielt es Strand entgegen, der es wieder füllte. »Offen gestanden, ich war froh für Russel, und ich habe auch ihn noch nie so fröhlich gesehen.«

Strand hörte ein Lachen aus dem Badezimmer und wandte sich verblüfft um. Leslie betrat kichernd das Zimmer, ihr Gesicht war frisch zurechtgemacht. »Worüber lachst du?« fragte er und gab sich Mühe, seinen Ärger zu verbergen. Angesichts von Lindas Zustand fand er ihr Lachen gefühllos.

»Ich dachte daran, wie ich dieses Weib ohrfeigte«, sagte Leslie, immer noch kichernd. »Es war einer der schönsten Augenblicke meines Lebens. Übrigens habe ich mir einen Fingernagel dabei abgebrochen. Und ich hatte gar nicht die Absicht! Es geschah so herrlich automatisch. Ah, Whisky. Genau das Richtige, um den Abend vollkommen zu machen. Vielleicht betrinke ich mich zur Feier des Tages. Allen, es liegt an dir, mich sicher ins Bett zu bringen. Ich wußte, daß Europa interessant sein würde, aber *so* interessant – wer konnte das ahnen?« Sie hob ihr Glas. »Auf meinen Fingernagel«, sagte sie. »Und auf Hobbymaler und drittrangige Lehrer und auf ihre Brut und auf die Juden. Langsam beginne ich Partys in besseren Kreisen Geschmack abzugewinnen. Wirklich, sie sind so kultiviert.«

»Bist du in Ordnung?« fragte Strand besorgt.

»Bestens«, antwortete Leslie schnippisch. »Der heutige Abend war die Krönung meines Sommers.«

Das Telefon läutete, und Strand hob ab. Es war Hazen. »Allen«, sagte er, »ich würde gerne mit dir sprechen, falls du nichts dagegen hast. Kannst du auf mein Zimmer kommen? Nur du, bitte. Sind die Damen in Ordnung?«

»Ich nehme es an. Sie trinken.«

»Ich kann es ihnen nicht verübeln. Ich würde gleichfalls trinken, wenn ich nicht Angst hätte, daß mein Magengeschwür aufbricht – falles es nicht schon soweit ist.«

Zum ersten Mal hörte Strand, daß Hazen ein Magengeschwür hatte. Er erfuhr eine Menge Neuigkeiten heute abend. »Ich bin gleich bei dir«, sagte er. Beim Weggehen wandte er sich an Leslie und Linda. »Laßt noch etwas in der Flasche. Mir ist ganz danach.«

»Meine besten Empfehlungen an die Turteltaube«, sagte Leslie. Ihr Ton war nicht freundlich. »Wir warten hier auf den nächsten Frontbericht.«

Auch über seine Frau lernte er heute abend hinzu, dachte Strand, als er über den Gang zu Hazens Zimmer ging. Es war ein Zug von

Härte an ihr, den er nicht vermutet hatte. Möglich, daß dieser ihr helfen würde, mit zukünftigen Schicksalsschlägen fertig zu werden, aber er war keineswegs sicher, daß er diesen Zug mochte.

Hazens Zimmertür war angelehnt, und Strand klopfte und trat ein. Hazen saß zusammengesunken in einem Stuhl und starrte düster vor sich hin. Er war immer noch völlig angekleidet, aber er hatte seinen Kragen weit aufgerissen und seine Krawatte gelockert, als hätte er keine Luft gekriegt. Er sah jetzt nicht so aus, wie er fast immer aussah: als sei er eben auf dem Weg zu einer Aufsichtsratssitzung oder einem Plädoyer. Er blickte auf, als Strand eintrat, und strich mit der Hand müde über das Gesicht. Der düstere Ausdruck verschwand und machte einem verlegenen Zucken Platz.

»Ich möchte mich für diesen gottverdammten Abend entschuldigen«, sagte er. Seine Stimme war immer noch heiser.

»Vergiß es. Ich habe Schlimmeres erlebt.«

»Ich nicht«, sagte Hazen. »Diese Frau ist geistesgestört. Wirst du diesen wahnsinnigen Schrei jemals vergessen können?«

»Sie war in der Tat gut bei Stimme.«

»Sie liebt es, Szenen zu machen. Vor allem mir. Es ist ihr höchstes Vergnügen.« Hazen stand auf und zerrte an seinem Kragen, um ihn noch weiter zu öffnen. Er begann auf und ab zu gehen. »Mrs. Harcourt hat gepackt und ist abgereist. Gott weiß, wohin sie so spät noch will. Ich könnte verstehen, wenn ihr alle das gleiche tätet. Nun, morgen wird's keinen Besuch im Weingarten geben. Es ist lieb von dir, daß du mir in meiner dunklen Stunde Gesellschaft leistest. Nach diesem abscheulichen Affront. Ich wüßte nicht, was ich heute noch täte, wenn ich nicht mit dir sprechen könnte. Zunächst schulde ich dir einige Erklärungen.«

»Du schuldest mir gar nichts, Russell.«

Hazen, der immer noch auf und ab ging, schüttelte den Kopf. »Es stimmt, die Sache mit Barbara. Vielleicht war es unklug von mir, sie mitzunehmen. Es fiel mir auf, daß auch Leslie ihre Anwesenheit nicht freundlich zur Kenntnis nahm.«

Barbara, dachte Strand, bisher wußte ich nicht einmal ihren Namen.

»Ich hänge sehr an ihr. Und wir hatten tatsächlich auch einige Rechtsprobleme zu erarbeiten.« Es klang trotzig. »Wir taten niemandem weh. Sie ist ein feiner Kerl, und ich weiß gar nicht, wie ich je wiedergutmachen kann, was heute abend vorgefallen ist. Sie kam letztes Jahr aus geschäftlichen Gründen in die Staaten und verbrachte ein paar Wochenenden am Meer. Aber, lieber Himmel, es waren ja ständig noch mindestens sechs andere Leute im Haus. Meine gottverdammten Nachbarn, die ihre Nase überall hineinstecken. ›Und natürlich sind Freunde in Amerika mit Informationen über deine Aktivitäten rasch zur Hand.‹« Er äffte die Stimme seiner Frau nach. »›Legionen von Freunden.‹ Und all das Zeug über dich und deine Familie. Es ist jenseits menschlichen Begriffsvermögens, wie man etwas Schlechtes daraus machen kann, daß ich mit Menschen wie euch befreundet bin und hier und da etwas helfend eingreife. Es gibt keine Sauberkeit mehr auf der Welt, Allen, nicht die geringste, und keinen Glauben mehr an das Gute. Nur Bosheit. Nicht enden wollende Bosheit. Diese Haifische trinken meinen Wein und fressen sich an meinem Tisch satt und sind aus purer Klatschsucht über etwas, was sie nicht das geringste angeht, bereit, einen Mann in Stücke zu reißen. Aus Klatschsucht über etwas, das so unschuldig ist wie der erste Atemzug eines neugeborenen Kindes. Gott, vielleicht tue ich gut daran, ihr das verdammte Haus zu überlassen. Ich scheiße auf die Legionen von Freunden.« Er tobte jetzt und ging immer schneller auf und ab.

»*Gibst* du ihr das Haus?«

»Was kann ich denn sonst tun? Die Sache mit dem Selbstmord war keine leere Drohung. Nachdem ihr gegangen wart, teilte sie mir mit, daß sie sich bereits mit einem Anwalt in New York in Verbindung gesetzt hat. Ich kenne den Mann und würde ihn nicht mit der Feuerzange anfassen. Sie hat jeden kleinsten bösartigen Beweis niedergeschrieben und ihm aufgetragen, alles den Zeitungen zu übergeben, sobald sie sich umgebracht hat. Weiß Gott, sie ist imstande, es zu tun. Mein Name würde in den Schmutz gezogen werden und ebenso die Namen etlicher anderer Leute. Einige tadellos funktionierende Ehen würden in die Brüche gehen. Ich muß nachgeben. Ich will ehrlich mit dir sein: Ich hasse dieses Luder und wäre froh, wenn sie tot wäre. Aber ich würde mich den Rest meines Lebens schuldig fühlen, wenn sie meinetwegen stürbe, nur um ein paar lumpiger Dollars und um eines Hauses willen, das in ein paar Jahren ohnehin vom Meer fortgespült sein wird. Ich werde ihr geben, was sie verlangt, auch wenn ich ohne einen Pfennig dastehen sollte. Sie war ihr Leben lang reich, aber du solltest sehen, wie ihre Augen leuchten, wenn sie von Geld spricht. Ich werde einen harten jungen Anwalt aus meinem Büro auf sie ansetzen, und sie wird zu feilschen beginnen. Sobald sie einige fette Happen riecht, wird der Gedanke an Selbstmord seine Anziehungskraft verlieren, auch wenn sie mich damit ruinieren könnte. Und sie wird ganz schön feilschen.«

»Ich wünschte, ich könnte dir helfen«, sagte Strand. Hazens Qual erschütterte ihn.

»Du hilfst mir ja«, erwiderte Hazen. Unvermittelt unterbrach er seine ruhelose Wanderung und legte seinen Arm ungeschickt um Strands Schultern. Dann zog er ihn rasch fort, als habe ihn diese Zurschaustellung seiner Zuneigung in Verlegenheit versetzt, und nahm seine Wanderung wieder auf.

Bewegung schien das einzige Mittel, den Schmerz, der ihn schüttelte, zu lindern.

»Allen, daß du hier bist und mir gestattest, einen Teil dieser Last loszuwerden, ist eine größere Hilfe, als du ahnst. Himmel, ich habe all das so lange mit mir herumgetragen, ohne darüber zu sprechen, meine Frau, meine Kinder, die nichts wert sind, alles. Ich glaubte explodieren zu müssen. Mein transportabler Harem! Linda Roberts, o Gott! Wir könnten zwanzig Jahre mitsammen auf einer einsamen Insel leben und kämen nicht einmal auf den Gedanken, einander auch nur zu berühren! Dieses Miststück weiß das genauso gut wie wir, aber sie möchte jede menschliche Beziehung, die ich jemals hatte oder haben könnte, ruinieren. Freilich ... es gab andere Frauen. Ich gebe zu, es gab andere. Was hat sie denn erwartet? Sie hat schon vor Jahren aufgehört, mit mir zu schlafen, und auch vorher, fast vom Tage unserer Hochzeit an, war es, als versuche man mit einem Eiszapfen zu schlafen. Vor unserer Ehe war es ganz anders. Unsere Väter – sie waren Partner in der Firma – fanden, es wäre hübsch, das Geld in der Familie zu lassen, und drückten die Augen zu, als der brave Sohn und die gerade flügge gewordene Tochter so gut wie ungeniert vor ihren Nasen fickten. Jesus, war sie damals anders! Man mochte meinen, das geilste Ding seit Kleopatra im Bett zu haben. Aber kaum war der Ring an ihrem Finger, war es, als würde ich versuchen, eine Nonne zu vergewaltigen, wenn ich in ihre Nähe kam. Es gehört zu den Rätseln dieses gottverdammten Jahrhunderts, wie wir es jemals schafften, drei Kinder in die Welt zu setzen. Und genauso rätselhaft sind sie auch geworden, obwohl es vielleicht nicht allein ihre Schuld war: bei einer solchen Mutter, voll Gehässigkeit gegen den Vater und bis zum Wahnsinn vernarrt in ihre Fratzen. Nichts war zu gut für sie. Alle drei bekamen Ferraris, als sie achtzehn wurden. Drei Ferraris vor der Tür! Kannst du dir das vorstellen? Keiner von ihnen beendete das College. Sie liefen heulend zu ihrer Mutter und behaupteten, ihre Lehrer seien ungerecht, oder sie seien unglücklich über ihre Mitschüler, oder sie wollten den Winter über mit ihren Liebhabern nach Europa fahren. Im Falle meines geliebten Sohnes handelte es sich bei den Liebhabern bemerkenswerterweise um Angehörige des männlichen Geschlechts. Sie lachten mich einfach aus, wenn ich sie zur Vernunft bringen wollte, und ihre Mutter lachte mit ihnen. Und es war nicht nur das Geld. Ich beobachtete die Kinder von Freunden, die zehnmal mehr Geld besaßen als wir. Ich sah, daß sie ehrgeizige, verantwortungsbewußte Menschen wurden, auf die jeder Vater stolz sein konnte, und ich verglich sie mit den Kindern, die meinen Namen trugen. Zum Weinen! Mir die Schuld am Tode des Jungen zu geben! Ich mußte für ein paar Tage nach San Francisco und dachte, es würde ihm guttun mitzukommen. Aber er sagte, er sei beschäftigt, er habe keine Zeit. Beschäftigt! Du lieber Gott, er tat ja nichts anderes, als den ganzen lieben Tag in der Wohnung herumzulungern. Er nahm sich nicht einmal die Mühe, sich ordentlich anzuziehen oder sich gar zu rasieren. Er sah wie ein Wüsteneremit aus mit seinem Bart. Ich weiß nicht, ob du verstehen kannst, was ich empfand. Du – mit deinen Kindern. Aber ich sage dir, es war, als hätte ich Säure getrunken. Tag für Tag, Jahr für Jahr. Und wenn du auch nur einen Augenblick denkst, daß sie mich in Ruhe ließ, nachdem sie das Haus verlassen hatte und nach Europa gegangen war, dann bist du auf dem Holzweg. Sie bombardierte mich mit Briefen voll Drohungen und Vorwürfen und ärgstem Schmutz. Da blieb kein Zweifel mehr, in welchem Ausmaß das Denken dieser Dame entartet ist. Es ist ein Misthaufen; ja, das ist es. Falls jemals einer dieser Briefe in die unrechten Hände geraten wäre, hätte man sie wegen Versendens obszöner Schriften durch die Post unter Anklage stellen können. Anfangs habe ich die Briefe beantwortet, habe versucht, sie zur Vernunft zu bringen. Aber es war hoffnungslos. Hättest du dir jemals träumen lassen, daß diese Blume der New Yorker Gesellschaft, diese ehemalige Schülerin eines der feinsten Mädchenpensionate in der Schweiz, ihrem Mann und dem Vater ihrer Kinder mit eigener Hand schrieb, er sei ein Schwanzlecker, ein Scheiße fressender Lügner, dem man die Eier abschneiden und zum Abendessen in den Mund stopfen müßte? Schließlich warf ich ihre Briefe einfach ungeöffnet weg und ließ mich verleugnen, wenn sie anrief. Warte, ich finde schon noch heraus, wer aus meinem Büro ihr verraten hat, daß ich in Tours bin. Wer immer es war, er wird so schnell gefeuert, daß ihm der Atem wegbleibt. Und ich werde dafür sorgen, daß er nie wieder einen Job in der Branche kriegt.«

Plötzlich blieb Hazen stehen, warf sich um Luft ringend und mit rotem Kopf in den großen Lehnstuhl und begann zu schluchzen.

Strand hatte sich an die Wand gelehnt, um Hazen, der wie ein wildgewordener Elefantenbüffel in dem hübschen Raum mit den alten provenzalischen Möbeln und der Blumentapete hin und her rannte, nicht im Wege zu stehen. Er stand da wie angewurzelt, mit weit aufgerissenen Augen, entsetzt, mitleidig, hilflos, angsterfüllt, gequält – während dieser Mann all seine Schuld, seinen Haß, seine zerstörten Hoffnungen in einem wilden Wortschwall entlud. Strand brachte keinen Ton hervor. Er war außerstande, ihm aus Freundschaft oder zur Rettung seine Hand entgegenzustrecken. Einem Mann, der vielleicht nicht mehr zu retten war, der vielleicht vor seinen Augen für immer in die gleiche zerstörerische Raserei verfiel wie jene Frau, die sie verursacht hatte. Ich zahle für diesen Sommer, dachte er. Warum ich? Dann schämte er sich des Gedankens. »Bitte«, sagte er, »es ist vorbei.«

»Nichts ist vorbei«, widersprach Hazen. Er stöhnte jetzt, gab erstickte Laute von sich, unheimliche Laute. »Es wird niemals vorbei sein. Geh. Bitte. Verzeih mir und geh.«

»Ich gehe schon«, sagte Strand und war erleichtert, das Zimmer verlassen zu können, Hazens Gram zu entrinnen. »Du solltest ein Beruhigungsmittel oder eine Schlaftablette nehmen.«

»Ich habe derlei Zeug nicht bei mir. Die Versuchung wäre zu groß«, sagte Hazen ohne aufzublicken, aber seine Stimme klang ruhiger.

»Ich könnte dir etwas bringen. Eine Pille.«

»Eine Pille.« Hazen lachte rauh. »Ein gutes Heilmittel wäre Zyankali. Danke sehr. Bitte geh.«

»Also gut.« Strand ging zur Tür. »Ruf an, wenn du mich während der Nacht brauchst.«

Hazen sah zu ihm auf. Seine Augen waren blutunterlaufen, nur mühsam beherrschte er seinen Mund. »Verzeih mir, mein Freund«, sagte er. »Mach dir keine Sorgen. Ich bin schon okay. Ich werde nicht anrufen.«

Strand verließ den Raum. Erschöpft und ausgelaugt ging er über den Gang zu seinem Zimmer. Nicht nur die Gefangenen der Katharina von Medici wurden an der Loire öffentlich gefoltert. Leslie hatte die Tür nicht versperrt, und er trat ein. Es brannte nur ein kleines Lämpchen, und Leslie lag in ihrem Bett unter der Decke und schlief. Sie schnarchte leise, was sie sonst nur tat, wenn sie krank war. Leise zog er sich aus, aber sie fühlte seine Gegenwart sogar im Schlaf und öffnete die Augen. Er wollte eben in sein Bett steigen, als sie einen Arm nach ihm ausstreckte.

»Bitte«, flüsterte sie. »Heute nacht.«

Er zögerte, aber nur einen Augenblick. Wenn es je irgendeinen Augenblick gab, da man wieder die Wärme eines geliebten, vertrauten Menschen Körper an Körper spüren wollte, so war er jetzt gekommen. Er schlüpfte aus seinem Pyjama, legte sich neben sie. Er lag in dem schmalen Bett und hatte beide Arme um sie geschlungen. »Sag nichts«, murmelte sie, »gar nichts.« Ganz zart begann sie ihn zu liebkosen. Dann liebten sie einander, sanft, lautlos; und Verlangen und Dankbarkeit, die unschätzbaren Gaben zärtlicher erlösender Erotik, tilgten das Chaos der Nacht.

Unmittelbar darauf schlief Leslie ein. Er lag wach, er konnte nicht schlafen, denn sein Herz war plötzlich selbständig und störrisch geworden und raste wie wild. Nein, dachte er, das darf nicht sein, das wäre zuviel! Mit äußerster Willenskraft versuchte er das Donnern in seiner Brust zu bezwingen, aber das Herz fuhr fort, unruhig zu trommeln und seinen eigenen, unheilvollen Befehlen zu folgen. Trotz all seiner Anstrengungen wurde sein Atem lauter, immer lauter, wurde zu einem Rasseln, und er hatte das Gefühl, ersticken zu müssen. Schwankend stieg er aus dem Bett, stolperte in der Dunkelheit, versuchte das Badezimmer zu erreichen, wo sich bei seinem Rasierzeug eine Flasche Nitroglyzerinkapseln befand. Er fiel über einen Stuhl, krachte stöhnend zu Boden und brachte es nicht mehr fertig, sich ohne Hilfe zu erheben.

Der Lärm weckte Leslie. Einen Augenblick später war es hell; sie hatte die Lampe eingeschaltet. Mit einem Schrei sprang sie aus dem Bett, lief zu ihm und kniete an seiner Seite.

»Meine Medizin ...«, stieß er nach Atem ringend hervor.

Mit einem Satz war sie auf den Füßen, lief ins Badezimmer. Er sah das Licht, hörte das Klirren von Flaschen, hörte Wasser rinnen. Er schob sich am Boden vorwärts, und es gelang ihm, sich aufzurichten und mit dem Rücken gegen einen Stuhl zu lehnen. Leslie kniete wieder neben ihm, hielt seinen Kopf, während sie eine Kapsel in seinen Mund schob und ein Glas an seine Lippen hielt. Er trank durstig, fühlte, wie die Kapsel seinen Schlund hinunterglitt.

Er versuchte ein ermutigendes Lächeln. »Ich bin gleich wieder in Ordnung«, sagte er.

»Sprich nicht.«

Plötzlich ließ der rauhe Ton seines Atmens nach. Der Anfall, falls es einer gewesen war, war vorüber. »Na bitte«, sagte er. Er stand auf. Er schwankte ein wenig, aber er sagte: »Mir ist kalt, ich muß ins Bett zurück.« Er kam sich lächerlich vor in seiner Nacktheit.

Sie führte ihn zum Bett, und er fiel hinein. »Soll ich einen Arzt rufen?«

»Nicht nötig. Ich will nur schlafen. Bitte leg dich neben mich und dreh das Licht aus und halt mich fest.«

Sie zögerte einen Augenblick. Dann stellte sie das Fläschchen mit den Kapseln auf den Nachttisch, machte die Lampe aus und legte sich neben ihn.

Als er morgens erwachte, fühlte er sich wohl. Er legte die Hand auf seine Brust und stellte zufrieden fest, daß der Puls unter seinen Rippen kaum zu fühlen war.

Er saß mit Leslie beim Frühstück, als das Telefon läutete. Sie ging und hob ab. Wie sie da mit dem Hörer in der Hand beim Tisch stand, sah sie frisch und jung aus. Ihr langes Haar fiel ihr über die Schultern und glänzte in der Morgensonne. Während er sie beobachtete, staunte Strand über die Spannkraft der Frauen.

»Aber natürlich, Russell«, sagte sie. »Ich verstehe dich vollkommen. Keine Sorge, in einer Stunde sind wir fertig.« Sie legte den Hörer auf, kam an den Tisch zurück und bestrich ihr Hörnchen mit Butter. »Wir fahren heute morgen nach Paris zurück«, sagte sie. »Ich nehme an, das Tal der Loire hat in den Augen unseres Gastgebers einiges von seinem Charme eingebüßt.«

»Wie klang seine Stimme?«

»Normal. Was war los, gestern abend bei ihm?« Sie sah ihn über den Rand ihrer Kaffeetasse hinweg an.

»Besser, du weißt es nicht«, sagte Strand.

»Schlimm?«

»Schlimmer ging's nicht. Häßlich und traurig. Falls du die Wahrheit wissen willst, gestern abend tat es mir leid, daß wir ihm jemals begegnet sind.«

»So arg war es?« fragte Leslie nachdenklich.

»Ja.«

»Hat er dich angegriffen?«

»Nicht mich. Nur die ganze Welt.« Er stand auf. »Wenn wir in einer Stunde fertig sein müssen, werde ich zu packen beginnen und mich anziehen.«

Die Fahrt nach Paris war gräßlich. Es stellte sich heraus, daß Leslie nicht ganz so widerstandsfähig war, wie er gedacht hatte. Die Nacht hatte schließlich doch ihren Tribut gefordert. Nach dem Frühstück hatte sie zu husten begonnen und sah fiebrig aus, Nase und Augen waren feucht. Sie klagte, daß sie fror, obwohl es warm war und sie sich eingemummt hatte.

Hazen – im untadeligen Geschäftsanzug und nach außen hin ruhig und gefaßt – chauffierte. Kaum hatten sie die Vororte von Tours verlassen, als Strand Mrs. Harcourts mitternächtliche Flucht bedauerte. Hazen fuhr wie ein Verrückter. Manchmal fuhr er langsam, lenkte aber den Wagen im Zickzack die Straße entlang; dann wieder trat er trotz unübersichtlicher Kurven heftig aufs Gaspedal, um Lastwagen zu überholen, deren Fahrer er leise verfluchte, als seien sie seine Todfeinde. Der braucht keine Pillen, um Selbstmord zu begehen, dachte Strand und hielt Leslies schweißnasse Hand fest. Er besorgt's mit dem Auto, und er nimmt uns alle mit in den Tod. Während der ganzen Reise wurden ihre Köpfe durch unkontrolliertes Beschleunigen oder Bremsen unaufhörlich rückwärts und vorwärts geschleudert; ihre Körper rollten von einer Seite auf die andere, wenn Hazen die Kurven nahm. Leslie hatte ihre Füße fest gegen den Boden gestemmt und die Knie durchgedrückt und gönnte sich trotz ihrer Schwäche während der ganzen Fahrt nicht einen Augenblick der Entspannung. Linda saß in einem schicken Kostüm vorne neben Hazen und verschlief die Reise, als wisse sie, daß dieser Morgen ihr letzter sein würde und zöge es vor, in barmherzigem Schlaf zu sterben. Sie habe die ganze Nacht kein Auge zugetan, hatte sie den Strands erzählt; und sie schien entschlossen, ihrem Schöpfer in strahlender Frische entgegenzutreten.

Irgendwie überlebten sie alle die Fahrt, und als sie mit einem jähen Ruck vor dem Hotel Crillon hielten und der Geruch von überhitzten Reifen ihre Ankunft meldete, öffnete Linda die Augen und sagte: »Oh, wir sind da! Was für eine angenehme Reise, Russell! Ich habe herrlich geschlafen.«

»Französische Autofahrer«, schnauzte Hazen. »Es ist ein Wunder, daß überhaupt noch welche am Leben sind.«

»Russell«, erklärte Strand, als sie aus dem Wagen stiegen, »das war das letzte Mal, daß ich mich dir anvertraut habe.«

Hazen starrte ihn verständnislos an. »Ich weiß nicht, wovon du sprichst.«

Es war Zeit für das Mittagessen, aber Hazen sagte, es täte ihm leid, er müsse sofort in sein Pariser Büro. Er winkte ein Taxi heran und sprang hinein, ohne sich zu verabschieden. Leslie sagte, sie fühle sich krank und wolle sich den Nachmittag über hinlegen. Strand war der Vorstellung, heute mit Linda allein zu Mittag zu essen, nicht gewachsen; er sei selbst etwas angeschlagen, erklärte er, und würde mit Leslie auf dem Zimmer essen. Nur drei Tage waren seit jenem Morgen vergangen, da sie fröhlich von der Place de la Concorde aufgebrochen waren; nun erschien es wie eine vage Erinnerung aus einem fernen Jahrhundert.

Als die Strands ihren Zimmerschlüssel an der Rezeption abholten, übergab ihnen der Portier ein Telegramm. Strand hatte das Gefühl, es könne sich nur um eine verheerende Nachricht handeln. Er zögerte, ehe er das Kuvert aufriß. Er ärgerte sich, daß seine Hände dabei zitterten. Ein Todesfall hätte ihn keineswegs überrascht. Er las es einmal. Dann noch einmal. Es war von Eleanor. HABEN HEUTE FRÜH GEHEIRATET STOP MEINE STELLUNG GEKÜNDIGT STOP BIN MIT GIUSEPPE AUF HOCHZEITSREISE STOP IM SIEBENTEN HIMMEL STOP BIS JETZT STOP GEBT EUREN SEGEN AUF FRANZÖSISCH STOP ALLES LIEBE MR. UND MRS. GIANELLI.

Automatisch, ganz ohne Rührung, sah Strand auf das Datum des Telegramms. Es war in Las Vegas aufgegeben worden und gestern abend eingetroffen. Es mußte ungefähr im gleichen Augenblick angekommen sein, als Mrs. Hazen den Speisesaal in Tours betreten hatte. EHEN ENDEN STOP EHEN BEGINNEN STOP.

»Was steht drin?« fragte Leslie besorgt.

Strand reichte ihr das Telegramm. Der Druck auf dem dünnen Papier war blaß, und Leslie mußte es dicht an die Augen halten, um es entziffern zu können.

»Du meine Güte«, sagte sie leise und sank in einen der Stühle in der Halle. »Las Vegas. Was haben sie sich dabei gedacht? Das klingt so gar nicht nach Eleanor. Es ist so schäbig. Warum müssen sie denn davonlaufen? Glaubst du, daß der Junge etwas zu verbergen hat?«

»Das bezweifle ich.«

»Warum haben sie nicht wenigstens gewartet, bis wir wieder zu Hause sind? Lieber Himmel, es sind doch nur ein paar Tage.«

»Vielleicht wollten sie es tun, während wir weg sind«, sagte Strand, »um zu verhindern, daß wir ihnen zureden, ein großes Drumherum zu machen. Heiraten ist heutzutage anders als zu unserer Zeit.« Leslies Eltern hatten auf einer kirchlichen Trauung und einem Hochzeitsessen bestanden, und er hatte den Tag heute noch als eine einzige Qual in Erinnerung. Noch vier Tage danach war sein Gesicht steif gewesen von dem Versuch, etwa hundert Leuten scheinheilig zuzulächeln. Leuten, die er nie wieder zu sehen hoffte. Und doch war er ein wenig enttäuscht von seiner Tochter; und er sah, daß Leslie verletzt war. Eleanor war stets ein aufrichtiges, offenes Geschöpf gewesen, und in dem, was sie nun getan hatte, lag etwas von Heimlichtuerei und Mißtrauen. Im übrigen teilte er Leslies Bestürzung bei dem Gedanken an die grellen Fließbandhochzeiten in Las Vegas.

»Und wir wissen nicht einmal, wo sie sich aufhält«, klagte Leslie, und ihre schnupfenroten Augen füllten sich mit Tränen. »Wir können sie nicht einmal anrufen, um ihr zu gratulieren. Und kein Wort von Caroline oder Jimmy. Es ist, als hätte sie vollständig vergessen, daß sie eine Familie hat.«

»Jetzt können wir gar nichts tun«, sagte Strand. »Sie werden uns zweifellos alles erklären, sobald wir wieder zu Hause sind. Komm, gehen wir nach oben. Du siehst aus, als hättest du mehr als einen Schnupfen. Ich werde einen Arzt rufen.«

»Es muß eine Vorahnung gewesen sein«, sagte Leslie, als sie aufstand und mit Strand zum Aufzug ging. »Ich werde jedesmal krank, bevor etwas Unangenehmes geschieht.« Für gewöhnlich lächelte er, wenn sie von ihren Vorahnungen sprach. Heute lächelte er nicht. »Wir hätten niemals auf diese Reise gehen sollen«, meinte Leslie. »alles wäre anders gekommen, wenn wir zu Hause gewesen wären.«

Oben half er ihr aus den Kleidern und packte sie in einen Bademantel. Zitternd vor Kälte kroch sie ins Bett.

Der Arzt hatte ihnen eben mitgeteilt, daß er Leslies Erkrankung für einen schweren Bronchialaffekt halte und dringend empfehle, sie solle einige Tage im Bett bleiben und eine Medizin einnehmen, die er verschreiben werde, als das Telefon läutete. Es war Linda. »Allen«, sagte sie, »ich fliege heute nachmittag nach Mougins. Glaubst du, Leslie ist soweit in Ordnung, daß ihr mitkommen könnt? Die Sonne würde ihr guttun.«

»Tut mir leid«, sagte Strand. »Der Doktor hat Bettruhe verordnet.«

»Ach, das ist wirklich zu arg.« Aber Strand glaubte herauszuhören, daß sie erleichtert war. Auch er wollte allein sein. Fast schien es, als hätten die letzten Tage häßliche Narben hinterlassen, die allzu lebhaft an die abscheuliche Szene im Speisesaal erinnerten. »Ich bleibe«, erbot sich Linda, »wenn du glaubst, daß es besser ist.« Aber er hörte ihrer Stimme an, daß sie fort wollte ... allein.

»Danke, Linda. Nicht nötig. Hab's schön und friedlich im Süden.«

»Wir hören voneinander«, sagte sie. »Falls du Russell vor seiner Abreise nach Saudi-Arabien siehst, sag ihm, er braucht sich keine Sorgen zu machen. Ich werde rechtzeitig in Paris sein, um mit euch allen in die Staaten zurückzufliegen.«

Während Strand auflegte, bedauerte er, daß das Flugzeug erfunden worden war. Es würde ihn nicht wundern, wenn sie zum passenden Abschluß dieser Reise schließlich mitten im Atlantik draufgingen.

Die Medizin, die der Doktor verschrieben hatte, schien zu wirken. Die Hustenanfälle wurden seltener, und nach vierundzwanzig Stunden war Leslies Fieber gesunken, die Temperatur wieder normal. Hazen hatte sich nicht verabschiedet. Strand versuchte Jimmy in New York und Caroline auf Long Island anzurufen, aber in der Wohnung nahm niemand ab, obwohl er den Zeitunterschied beachtet und Jimmy um sieben Uhr morgens New Yorker Zeit angerufen hatte. Im Haus am Meer hob Mr. Ketley ab und sagte, Caroline sei den ganzen Tag nicht zu Hause gewesen und sei zum Abendessen ausgegangen. Falls Mr. Ketley von Eleanors Heirat wußte, erwähnte er es mit keinem Wort.

Strand blieb die meiste Zeit bei Leslie im Zimmer. Er fand es angenehm, friedlich zu lesen und aus dem kleinen Kofferradio, das Hazen ihnen bei der Zwischenlandung in Shannon gekauft hatte, Musik zu hören. Sie hörten stundenlang schöne Musik ... Beethoven, Bach, Schubert ... Arzneien aus verflossenen Jahrhunderten verschönten ihnen die Tage. Leslie fragte, ob sie sich bei Mrs. Harcourt melden sollten; aber Strand sagte, es sei klüger, ihr Zeit zu geben, um das Erlebnis vergessen zu können. Er schrieb ihr ein paar – wie er hoffte – freundliche Zeilen und befürchtete, daß sie geschraubt klangen. Der Brief war ihm nicht leichtgefallen. Irgendwie fühlte er sich schuldig, allein durch die Tatsache, daß er am Tisch gewesen war, als Mrs. Hazen die Frau so attackiert hatte. Er sandte den Brief an Hazens Pariser Büro, obwohl er es für möglich hielt, daß Mrs. Harcourt es bereits verlassen hatte, um es nie wieder zu betreten.

Am dritten Tag war Leslie wieder so weit, daß sie ausgehen konnte; sie aßen über ihre Verhältnisse um die Ecke im »Maxim« zu Mittag; anschließend spazierten sie ins Jeu du Paume-Museum und freuten sich an der Sonne der Impressionisten. Leslie fand, es wäre hübsch, wenn sie dem jungen Paar ein Hochzeitsgeschenk aus Frankreich mitbrächten. Sie sahen sich in etlichen Geschäften um, aber alles war so schrecklich teuer, daß sie sich schließlich darauf einigten, zu Bloomingdale zu gehen, sobald sie wieder in New York waren.

Als sie ins Hotel zurückkamen, fanden sie eine Nachricht von Russell Hazen vor. Er hatte angerufen und um Rückruf gebeten. Er hatte die Nummer hinterlassen.

Strand rief von ihrem Zimmer aus an. Hazens Stimme klang barsch und eilig. Seine Gerichtssaalstimme, dachte Strand. »Ich bin etwas früher zurückgekehrt als erwartet, Allen«, sagte Hazen. »Ich möchte spätestens morgen mittag nach New York zurück. Ich werde bis spätabends im Büro zu tun haben, aber wenn es Leslie und dir nichts ausmacht zu warten, würde ich gerne mit euch im Hotel zu Abend essen.«

»Von uns aus gerne«, sagte Strand. »Aber Linda ist unten in Mougins.«

»Diese unberechenbare Person!« Hazen ärgerte sich. »Es ist nicht möglich, sie an einem Fleck festzunageln. Ich werde sie anrufen und ihr sagen, sie soll ihren Hintern rühren und bis Mittag hier sein, wenn sie auf einen Freiflug in die Staaten Wert legt.« Strand fiel auf, daß Hazens Wortschatz seit Tours durch die von seiner Frau und ihm gebrauchten Ausdrücke sozusagen angesteckt worden war; er hoffte, es würde sich nicht um einen Dauerschaden handeln. »Und ich werde Conroy anrufen. Er soll eure Kinder von unserer voraussichtlichen Ankunftszeit verständigen, damit sie euch abholen können.«

»Das ist nett von dir«, dankte Strand. »Aber sag Conroy, er soll sich nicht bemühen, Eleanor zu erreichen. Sie hat vor ein paar Tagen in Las Vegas geheiratet und ist auf Hochzeitsreise. Wir haben ihre Adresse nicht.«

»Las Vegas, um Christi willen!« sagte Hazen. »Die Kinder von heute sind wirklich zu allem bereit, wenn es um etwas Aufregendes geht. Wie denkst du darüber?«

»Ich bin etwas benommen.«

Hazen lachte. »Kann ich verstehen. Hoffentlich ist sie glücklich.«

»Laut Telegramm im siebenten Himmel. Bis jetzt.«

Hazen lachte wieder. »Na ja, übermittle jedenfalls der Mutter der Braut meine herzlichsten Glückwünsche. Ich werde versuchen, um etwa neun Uhr im Hotel zu sein. Paßt es dir?«

»Um neun«, sagte Strand.

»Wie geht es ihm?« fragte Leslie, als Strand aufgelegt hatte.

»Der große Meister ist wieder da«, sagte er, »und nimmt die Zügel in die Hand.«

Als Hazen mit fünfzehn Minuten Verspätung den Speisesaal betrat, sah er abgehärmt aus und hatte dunkle Ringe unter den Augen. Sein Anzug war arg verknittert, offenbar hatte er noch keine Zeit gefunden, sich umzuziehen. Er hatte sich auch nicht rasiert, auf Kinn und Wangen standen graue Borsten, die ihm ein seltsam verrufenes Aussehen verliehen, als hätten kindliche Vandalen das Familienporträt eines vornehmen Ahnherren entstellt. Ich frage mich, dachte Strand, während er aufstand, um ihn zu begrüßen, wie viele Jahre ein normaler Mensch die Last solch eines Terminkalenders aushalten kann. Aber Hazen lächelte herzlich und zeigte seine gleichmäßigen, starken Zähne. Kräftig schüttelte er Strand die Hand und beugte sich nieder, um Leslie auf die Wange zu küssen, ehe er sich schwer in den Stuhl gegenüber fallen ließ. »Was ich brauche, ist ein Drink.«

»Hast du Linda erreicht?«

»Sie trifft uns morgen auf dem Flughafen. Sie war tattrig vor Aufregung, aber sie wird da sein. Einen Martini, bitte«, sagte er zum Kellner.

»Wie war Saudi-Arabien?« fragte Strand.

»Zeitverschwendung.« Hazen sah finster drein. »Mit ihnen Geschäfte zu machen ist noch schlimmer als mit den Franzosen. Kann sein, daß sie Uhren besitzen, aber sie scheinen nicht imstande zu sein, sie zu lesen. Und jeder Wüstenscheich hat Dutzende von Verwandten, die man über sich ergehen lassen muß; man muß nach allen Seiten Geld verteilen, wenn man irgend etwas erledigen möchte. Ich hätte ebensogut mit Linda in den Süden fahren können. Und ihr? Wie habt ihr Eleanors Neuigkeit aufgenommen?«

»Mit gemischten Gefühlen.«

Hazen lachte. »Er ist ein netter Kerl.«

»Das habe ich auch gedacht«, sagte Leslie. »Bis Las Vegas.«

»Es zählt nicht, wie eine Ehe beginnt«, meinte Hazen, »sondern wie sie endet.« Wieder blickte er düster vor sich hin. Dankbar trank er von seinem Martini, den der Kellner vor ihn hingestellt hatte. »Das habe ich gebraucht. In Saudi-Arabien sperren sie dich ein oder peitschen dich aus oder hacken dir die Hand ab – was ihnen gerade paßt – eines einzigen Cocktails wegen. Versuch einmal, mit solchen Leuten Geschäfte zu machen. Und die gesamte sogenannte zivilisierte Welt... Amerikaner, Engländer, Franzosen, Japaner... sie alle überbieten einander geradezu vor Freundlichkeit, um bei ihnen einzusteigen. Wenn es da unten losgeht, wird sich der Iran dagegen wie ein Kirchenbasar ausnehmen. Denkt an meine Worte.« Verdrießlich nahm er noch einen Schluck. »Ich habe meinen Klienten bereits geraten, sich abzuseilen, ihr Geld in eine sichere Sache zu investieren, in Patente für ein Perpetuum mobile etwa.« Er lachte. »Genug von meinen Angelegenheiten. Habt ihr eine Ahnung, was die Neuvermählten zu tun gedenken? Wo werden sie leben?«

»Wir wissen einzig und allein, daß Eleanor ihren Job aufgegeben hat.«

Hazen nickte gelassen. »So etwas Ähnliches habe ich mir gedacht, als ich den Jungen nach Georgia schickte.«

»Georgia?« fragte Strand. »Was hat Georgia damit zu tun?«

»Ihr wißt ja, daß er ständig davon sprach, das Unternehmen seines Vaters zu verlassen und sich in irgendeiner kleinen Stadt als Zeitungsherausgeber niederzulassen; und daß ihm seine Brüder dabei unter die Arme greifen würden, um ihn loszuwerden.«

»Ja, ich erinnere mich«, sagte Strand.

»Nun, es gibt eine Stadt namens Graham in Georgia. Es war ein kleiner Ort, bis sich zwei große Unternehmungen aus dem Norden – eine Firma für elektronische Geräte und eine Fabrik für Verpakkungsmaterial – unten niederließen. Jetzt wächst die Stadt enorm schnell. Meine Kanzlei vertrat den Herausgeber der kleinen lokalen Tageszeitung in einem Verleumdungsprozeß. Ich fuhr hinunter und übernahm den Fall selbst, weil es sich um eine Angelegenheit der Pressefreiheit handelte und wichtig war, und wir gewannen. Ich habe mich mit dem Mann angefreundet. Er stammt aus Georgia, war in Athens auf dem College und so, aber er ist ein ordentlicher, zäher alter Knabe, und ich mag ihn. Das Alter macht ihm etwas zu schaffen, die tägliche Schinderei wurde ihm zu viel, und er rief mich völlig unerwartet an und fragte mich, ob ich irgendeinen vifen, ehrgeizigen jungen Mann mit etwas Bargeld kenne, nicht allzu viel, der die Verantwortung für das Blatt übernehmen könne und am Gewinn beteiligt sein würde. Und das trug sich ausgerechnet einige Tage vor meinem Drink mit Gianelli und Eleanor zu. Wieder erzählte er mir, wie gerne er eine Lokalzeitung übernehmen würde. Eleanor hatte zwar erklärt, sie würde eher als Waschfrau in New York arbeiten, aber Liebe überwindet jeden Widerstand, wie bereits die Römer sagten, und ich glaube, das ist der Grund, weshalb sie ihren Job aufgegeben hat. Mein Freund in Graham muß von eurem neuen Schwiegersohn ziemlich beeindruckt gewesen sein.«

»Georgia!« sagte Leslie im selben Tonfall, in dem sie »Las Vegas« gesagt hatte, als sie das Telegramm las.

»Es ist eine nette, ordentliche kleine Stadt«, meinte Hazen. »Sie würde dir gefallen.« Dann lächelte er. »Eine Woche lang.«

»Ich glaube nicht, daß Eleanor es so lange aushalten wird«, sagte Leslie mit düsterer Miene. »Nach New York kann ich sie mir einfach nicht in den Fichtenwäldern des Südens vorstellen!«

»Wir Leute aus dem Norden müssen uns an den Gedanken gewöhnen, daß die Zivilisation nicht hinter der Bannmeile von Washington D.C. endet«, gab Hazen zu bedenken. »Schau nicht so verdrießlich, Leslie. Es ist nicht das Ende der Welt. Die beiden sind jung und kräftig, und wenn es nicht klappt, werden sie etwas anderes versuchen. Sie werden sich wenigstens nicht ihr Leben lang vorwerfen müssen, daß sie die Chance hatten und zu feige waren, sie zu ergreifen. Apropos Chance, vor etwa einem Monat hat man Mrs. Harcourt angeboten, an der George-Washington-Universität Völkerrecht zu unterrichten. Sie hat sich jetzt entschlossen, den Job anzunehmen.« Hazen sprach in sachlichem Ton, als gäbe er eine Neuigkeit weiter, die eine Zufallsbekanntschaft betraf.

»Ich bin überzeugt, sie wird äußerst beliebt sein auf all diesen Regierungsempfängen«, sagte Leslie.

Er warf ihr einen raschen, mißtrauischen Blick zu, als verdächtige er Leslie der Bosheit. Aber Leslie lächelte zuckersüß.

Der Kellner hatte schon eine ganze Weile neben dem Tisch gewartet und auf eine Gesprächspause gehofft. Nun reichte er ihnen die Karten. Hazen warf einen Blick auf das Menü, dann schmiß er die Speisekarte hin und stand auf. »Entschuldigt mich«, sagte er, »ich bin zu müde, um zu essen. Und wenn ich noch einen Drink nehme, müssen sie mich aus dem Speisesaal tragen. Ich gehe zu Bett. Es war ein langer Tag. Ich denke, ihr solltet morgen gegen zehn Uhr dreißig fertig sein. Man hat mir gesagt, daß sich eine Schlechtwetterfront nähert. Kann sein, daß es am Nachmittag keine Starterlaubnis mehr gibt. Ich bin froh, daß du dich so gut erholt hast, Leslie. Unlängst warst du ziemlich mitgenommen. Gute Nacht, schlaft gut.« Mit gebeugten Schultern ging er zur Tür hinaus. Er sah alt aus.

Sie bestellten und aßen schweigend.

Sie trafen Linda am Flughafen. Sie sah gut aus, war frisch gebräunt, aber total durcheinander. »Es liegt mir einfach nicht, Pläne umzustoßen«, klagte sie. »Ich bin sicher, daß ich nur falsches Zeug eingepackt habe. Das sieht Russell ganz und gar nicht ähnlich. Normalerweise ist er zuverlässig wie die Schweizer Eisenbahn.« Nachdem er sie zur Begrüßung flüchtig geküßt und gesagt hatte: »Es freut mich zu sehen, daß du es geschafft hast«, war Hazen verschwunden, um sein Büro ein letztes Mal anzurufen.

Es war ein naßkalter Tag. Es nieselte, und jähe Windstöße fegten über das Flugfeld. Als sie zum Flugzeug gingen, sah Strand zweifelnd zum bedeckten Himmel auf. Das Wetter paßte zu seiner Stimmung. Hazen hatte von einer Schlechtwetterfront gesprochen. Es würde ein unruhiger Flug werden. Sonnenschein wäre für das Ende dieser merkwürdigen Ferien ja auch äußerst unpassend gewesen. Als sie das glänzende kleine Flugzeug bestiegen, fürchtete Strand, daß Leslie den Augenblick benützen würde, um eine ihrer Vorahnungen zu verkünden. Aber sie schwätzte fröhlich mit Linda, und es gab keinerlei Anzeichen dafür, daß die Tausende Meilen stürmischen Himmels, die vor ihnen lagen, irgendwelche Schrecken für sie bargen.

Der Flug verlief leidlich, von gelegentlichen Böen abgesehen. Leslie und Linda dösten, Strand las und Hazan trank. Als sie in Shannon zwischenlandeten, um aufzutanken, machte Hazen diesmal keine Anstalten einzukaufen, aber Leslie erstand einen rosa Wollschal für Caroline, obwohl Strand nicht der Ansicht war, daß er Caroline im milden Klima von Arizona zweckdienlich sein würde.

Sie landeten pünktlich in New York. Hazen brachte sie rasch durch den Zoll, der Inspektor ließ sie höflich passieren, ohne irgendeinen von ihnen die Taschen öffnen zu lassen. Conroy, Jimmy und Caroline erwarteten sie. Leslie rang nach Luft, als sie Caroline sah. Sie hatte einen Verband um die Nase, und ihr Gesicht war verschwollen, ein Auge geschlossen und schwarzblau verfärbt.

»Mein Gott, Caroline«, stöhnte Leslie, als sie einander in die Arme fielen. »Was ist dir denn geschehen?«

»Es ist nicht sehr schlimm«, wehrte Caroline ab. »Es sieht grausig aus, aber es sind nur ein paar Kratzer. George brachte mich unlängst am Abend mit dem Wagen nach Hause, und irgendein Idiot ist uns hinten draufgefahren, als wir an einer Verkehrsampel hielten; ich habe mir den Kopf am Armaturenbrett angeschlagen.«

»Ich habe es gewußt, wir hätten dich niemals mit dem Jungen ausgehen lassen dürfen«, jammerte Leslie. »Er fährt wie ein Narr.«

»Es war nicht seine Schuld«, protestierte Caroline. »Unser Wagen stand doch still!«

»Trotzdem«, sagte Leslie.

»Nimm es nicht so tragisch, Mutter«, ließ Jimmy sich vernehmen. »Was ist schon ein kleines blaues Auge unter Freunden?«

»Sei nicht so großzügig, junger Mann«, wies Leslie ihn ernst zurecht. »Sie hätte für ihr ganzes Leben entstellt sein können.«

»Nun, sie ist es aber nicht«, sagte Jimmy. »Wie war eure Reise?«

»Wunderbar«, sagte Strand hastig, um einen Familienstreit vor den anderen zu vermeiden.

»Warst du schon bei einem Arzt?« wollte Hazen von Caroline wissen.

»Ich brauche keinen«, antwortete Caroline verdrossen, als habe sie das Gefühl, ungerechte Schelte zu beziehen.

»Conroy«, sagte Hazen, »wir werden nicht zum Haus hinausfahren. Wir fahren nach New York und werden diese junge Dame zum Arzt schaffen. Der Mann heißt Laird und ist für solche Fälle der Beste in seinem Fach.«

»Warum rufen wir nicht gleich die Ambulanz mit Sirene und Notarztausrüstung«, sagte Caroline spöttisch, »und schaffen das schrecklich zugerichtete, arme, schöne junge Opfer in ein Spital, wo ein Expertenteam von Unfall- und Herzchirurgen darauf wartet, ihr Leben zu retten?«

»Sei nicht frech, Caroline«, ermahnte Leslie sie unmutig. »Mr. Hazen hat vollkommen recht.«

»Alle machen so ein Getue.« Caroline maulte wie ein kleines Kind. »Wegen nichts und wieder nichts. Es ist vor fast vierundzwanzig Stunden passiert, und ich bin immer noch am Leben.«

»Ich will kein Wort mehr von dir hören«, sagte Leslie zu ihr. »Du bist jetzt still und tust, was man dir sagt.«

»Ich hasse Ärzte«, widersprach Caroline, aber Leslie ergriff entschlossen ihren Arm, und Hazen und sie marschierten mit ihr zum Ausgang. Strand ging mit Jimmy und Linda hinterdrein. »Was weißt du über diese Geschichte?« fragte er Jimmy.

»Nichts. Ich habe erst vor fünfzehn Minuten davon erfahren, als ich sie sah. Ich kam aus New York, und Conroy brachte sie hier angeschleppt. Mutter macht eine Staatsaffäre daraus. Und Hazen zeigt wieder einmal, daß er ein großer Mann ist und alles in die Hand nimmt.«

»Nun«, meinte Linda, »wenigstens hat sie keinen Zahn eingebüßt. Dafür muß man dankbar sein. Sie hat so schöne Zähne.«

»Ich werde Conroy bitten, mich beim Büro abzusetzen«, sagte Jimmy. »Ich sagte dort, ich würde nur ein paar Stunden fort sein.«

»Findest du nicht, daß in einem solchen Moment dein Platz bei deiner Schwester wäre?«

»Ach, Vater«, sagte Jimmy ungeduldig, »wegen eines blauen Auges?«

»Wie machst du dich im Büro?« Strand wechselte das Thema, um mit seinem Sohn nicht streiten zu müssen. Seit Jimmys zwölftem Lebensjahr war er aus keiner ihrer Streitereien siegreich hervorgegangen.

»Ich versuche mich zurechtzufinden«, sagte Jimmy. »Frag Solomon. Er weiß es besser als ich. Auf jeden Fall gefällt mir der Job, was immer er von mir hält.«

Strand war nahe daran ihm zu sagen, daß ihm die Art mißfiel, wie er das »Mister« wegließ, wenn er von Solomon oder Hazen sprach. Dann fiel ihm plötzlich Eleanors Telegramm ein. In der Aufregung über Carolines Verletzung war es ihm völlig entfallen. »Hast du Eleanor gesehen?« fragte er.

»Nein«, sagte Jimmy. »Aber letzte Woche haben wir telefoniert.«

»Was hatte sie zu berichten?«

»Nicht viel«, sagte Jimmy gleichgültig. »Das Übliche. Daß sie den Eindruck hätte, ich schliefe nicht genug. Manchmal denke ich, daß sie sich nicht für meine Schwester hält, sondern für meine Mutter.«

»Hat sie irgend etwas von der Hochzeit gesagt?«

»Warum sollte sie?« Jimmy war ehrlich überrascht.

»Weil sie vor vier Tagen geheiratet hat. In Las Vegas.«

Jimmy blieb stehen. »Heiliger Strohsack! Sie muß besoffen gewesen sein. Hat sie gesagt, warum und warum so schnell?«

»Derlei Dinge pflegt man in Telegrammen nicht zu erwähnen«, sagte Strand. Er seufzte ein bißchen. »Die Familie hat wieder einmal bewegte Wochen hinter sich.«

»Das kann man wohl sagen.« Jimmy schüttelte staunend seinen Kopf. Sie gingen auf den Wagen zu, der vor dem Flughafengebäude stand und von Conroy mit dem Gepäck beladen wurde. »Wo sind sie jetzt? Ich würde sie gerne anrufen und ihr sagen, daß ihr liebender kleiner Bruder ihr das Beste wünscht.«

»Du kannst sie nicht anrufen. Sie hat uns nicht mitgeteilt, wo sie sich aufhält.«

Wieder schüttelte Jimmy den Kopf. »Sie ist hinterhältig, dieses Mädel. Hinterhältig.« Sanft legte er die Hand auf seines Vaters Arm. »Ich würde mir keine Sorgen machen, Väterchen. Es geht ihr sicher gut. Giuseppe ist okay. Sie werden schon wissen, was sie tun. Und du wirst eine ganze Horde engelsgleicher Bambinos haben, die du auf deinen Knien schaukeln kannst.«

»Ich kann es kaum erwarten«, sagte Strand düster, als sie in den großen Mercedes stiegen, in dem die anderen bereits Platz genommen hatten.

Caroline hatte eine bockige, starre Miene aufgesetzt und sah grotesk aus mit dem Verband auf ihrer Nase und dem geschwollenen, verfärbten Auge. Strand beugte sich hinüber und küßte sie. »Mein liebes kleines Mädchen«, sagte er leise.

»Ach, laß mich in Ruhe«, zischte Caroline und schubste ihn weg.

Es war keine sehr glückliche Familie, die in dem großen Wagen auf die Stadt zurollte.

Als das Auto auf der Brücke nach Manhattan war, kam es Strand in den Sinn, daß er seit jenem ersten Abend, da Hazen blutüberströmt und benommen in seine Wohnung getaumelt war, mehr mit Ärzten zu tun gehabt hatte als je zuvor in seinem Leben.

3

Natürlich, dachte Strand, während er dem Arzt zuhörte, der in seiner bestimmten Art, ganz erster Mann in seinem Fach, auf sie einsprach; natürlich ist es schlimmer, als es aussieht. Sie alle schienen sich in einer Phase zu befinden, in der die Dinge schlimmer waren, als sie aussahen.

»Das Nasenbein sieht übel aus, und die Scheidewand ist blokkiert«, sagte der Arzt zu Leslie und Strand. Er hatte sie in das elegante Büro seiner Klinik gebeten, nachdem er die Röntgenaufnahmen angesehen und Carolines Untersuchung abgeschlossen hatte. Caroline war unterdessen in einem Behandlungsraum geblieben, wo ihr ein Assistent einen frischen Verband anlegte und Blutproben abnahm. »Ich fürchte, eine Operation ist unumgänglich«, sagte der Arzt. Er machte nicht den Eindruck, als *befürchte* er irgend etwas. All diese höflichen Doppelbödigkeiten unserer

Sprache, dachte Strand. »Wir werden aber einige Tage warten müssen, bis die Schwellung abklingt. Ich werde den Operationssaal reservieren lassen. Das heißt, falls Sie Ihre Zustimmung geben.«

»Selbstverständlich«, meinte Leslie.

Strand nickte.

»Sie wird über Nacht hierbleiben müssen«, verkündete der Arzt. »Es besteht aber wirklich nicht der geringste Anlaß zur Sorge, Mrs. Strand.«

»Mr. Hazen hat mir versichert, daß sie sich in den besten Händen befindet«, sagte Leslie.

»Der gute alte Russell.« Dr. Laird lächelte über den Vertrauensbeweis. »Bis zur Operation rate ich, die junge Dame ins Bett zu stecken und darauf zu achten, daß sie sich ruhig verhält. Sie ist tapferer, als ihr guttut. Werden Sie in New York bleiben, oder haben Sie die Absicht, in Russels Haus zu fahren?«

»Wir werden in New York bleiben«, sagte Leslie rasch.

»Gut. Je weniger sie herumfährt, desto besser.« Er erhob sich, um zu zeigen, daß die Unterredung beendet war. Der beste Mann in seinem Fach hatte keine Zeit für Geplauder. »Ich werde Sie anrufen, sobald ich im Lennox Hill Hospital alles in die Wege geleitet habe. Es ist gleich um die Ecke von hier, 77. Straße, und ich werde Ihnen mitteilen, wann Sie die junge Dame abliefern müssen.« Er begleitete sie in den Warteraum, wo Linda und Hazen saßen. Linda blätterte nervös in einer Zeitschrift, Hazen starrte mit ausdruckslosem Gesicht aus dem Fenster.

»Russell«, sagte der Arzt, »kann ich dich einen Augenblick in meinem Büro sprechen?«

Hazen stand auf und folgte ihm. Linda legte die Zeitschrift hin und sah Strand fragend an.

»Es gibt Komplikationen«, sagte Strand. »Er muß operieren.«

»Ach du liebe Zeit«, stöhnte Linda. »Das arme Mädel.«

»Es gibt keinen Grund zur Sorge, hat uns der Doktor gesagt«, sagte Leslie. »Ich bin überzeugt, er weiß, wovon er spricht.«

»Hat er es Caroline schon gesagt?«

»Noch nicht.«

»Hoffentlich regt sie sich nicht zu sehr auf.«

»Wenn sie erfährt, daß die Operation sein muß, falls sie wieder normal atmen können will, wird sie vernünftig sein. Davon bin ich überzeugt«, antwortete Leslie ruhig.

Sie warteten immer noch auf Caroline, als Hazen herauskam. Aus seinem Gesichtsausdruck konnte man in keiner Weise schließen, welcher Art die vertrauliche Unterhaltung zwischen dem Doktor und ihm gewesen war. »Gibt es etwas, das Dr. Laird dir gesagt hat und uns nicht?« fragte Strand.

»Nichts von Bedeutung«, sagte Hazen. »Er hat keine Zeit zu lügen. Nein. Er sagte nur, daß er in einem Fall wie diesem – also bei einem jungen Mädchen –, wenn er ohnehin operieren muß, gleichzeitig ohne Mühe eine kosmetische Korrektur vornehmen könnte. Falls der Patient es wünscht.«

»Was heißt das?« fragte Strand mißtrauisch.

»Die Nase ästhetisch ansprechender gestalten. Das war seine Formulierung. Er befaßt sich viel mit plastischer Chirurgie, und nach allem, was ich höre, stellt er seine Kundschaft zufrieden.«

»Warum hat er das nicht uns gesagt?« fragte Strand.

»Er meinte, Eltern neigen manchmal dazu, bei diesem Vorschlag böse zu werden. Aus verletzter Eitelkeit. Es ist ihm lieber, daß ihr auf mich böse seid als auf ihn.«

Strand warf Leslie einen Seitenblick zu. Sie sah Linda an. Linda nickte heftig ihre Zustimmung.

»Selbstverständlich muß man vorerst hören, was Caroline möchte«, meinte Hazen.

»Ich weiß, was Caroline möchte«, sagte Leslie. »Sie wäre überglücklich.«

»Woher weißt du das?« fragte Strand verblüfft.

»Wir haben darüber gesprochen, lange bevor wir nach Frankreich fuhren«, sagte Leslie trotzig. »Damals, als Eleanor davon gesprochen hat.«

»Warum hast du mir nichts davon erzählt?« wollte Strand wissen.

»Weil ich auf den richtigen Moment gewartet habe«, sagte Leslie.

»Und du glaubst, *das* ist der richtige Moment?« Strand gab sich Mühe, sachlich zu bleiben.

»Schicksal«, sagte Leslie ruhig. »Vielleicht sollten wir uns bei diesem George bedanken für seine Autofahrerei.«

»Ich finde, das ist Unsinn.« Strand wußte, daß es nicht überzeugend klang.

»Allen«, meinte Linda, »sei doch nicht mittelalterlich.«

»Nun, eines ist sicher«, sagte Strand, obwohl er wußte, daß er schon geschlagen war, »ich werde mich selbst mit der jungen Dame unterhalten.«

»O Allen, mach doch kein Drama draus!« Leslie klang ungeduldig. »Diese Operation wird millionenmal im Jahr gemacht.«

»In meiner Familie nicht.« Er ging auf eine der Türen zu, die zu den Behandlungsräumen führten, aber da kam schon Caroline mit dem Assistenten, der sie betreut hatte. Vor ihrer Nase und dem mitgenommenen Auge trug sie einen neuen, verwegen aussehenden Verband.

»Wie fühlst du dich, Baby?« fragte Strand.

»Ich liege in den letzten Zügen.«

»Sei nicht keck. Wir bringen dich nach Hause. Komm.« Strand hielt die Tür offen, und Caroline ging am Arm ihrer Mutter neben Linda hinaus. Hazen blieb ein wenig zurück und schien nachzudenken. »Kommst du?« fragte Strand.

»Ja, ja, natürlich.« Hazen schien nervös.

»Hat dir der Doktor sonst noch etwas gesagt?« Strand hatte das Gefühl, er sei von Verschwörern umgeben.

»Nein, nichts«, antwortete Hazen. »Ich sage es dir ein andermal.«

Was für ein Tag, was für ein gottverdammter Tag! dachte Strand, während Hazen und er den anderen zum Wagen folgten. Überall auf der Welt verhungern Millionen von Menschen oder bringen einander um, und wir zerbrechen uns die Köpfe, ob die Nase eines Mädchens um einen Zentimeter länger oder kürzer sein soll.

In den folgenden Tagen war die Wohnung ein Chaos. Leslie hatte sofort für den Umzug nach Dunberry zu packen begonnen, und überall herrschte ein wildes Durcheinander von Gepäckstücken, Kisten und Holzwolle zum Schutz für Geschirr und Bilder. Zwischen Leslie und Caroline, die sich auszugehen weigerte, solange ihr Gesicht verbunden war, gab es endlose Debatten darüber, was man fortwerfen und was man mitnehmen sollte. Sie bewohnten die Wohnung seit fünfundzwanzig Jahren, und Strand war fassungslos über die Unmenge von Plunder, der sich angesammelt hatte. Leslie verbot ihm strikt zu helfen, weil sie fürchtete, daß er sich überanstrengen könne. New York stöhnte unter einer Hitzewelle. Eleanor hatte kein Wort von sich hören lassen. Jimmy war überhaupt keine Hilfe, er tauchte ab und zu kurz auf und nahm, sobald er zu Hause war, das Telefon in Beschlag. Oft schlief er außer Haus und stürzte nur am Morgen vorbei, um sich zu rasieren und umzuziehen. Strand ärgerte sich über die, wie er im stillen fand, abscheulichen Angewohnheiten seines Sohnes, aber da er, dem Rat seines Arztes folgend, Aufregungen zu vermeiden trachtete, sagte er nichts. Er wanderte ziellos durch New York, saß in Cafés herum, las seine Zeitungen und trank zuviel Kaffee; und er fühlte sich einsam, verloren und unnütz. Er hatte in Dr. Lairds Büro angerufen, um herauszufinden, wieviel die Operation von Carolines Nase kosten würde. Es war ihm nicht gelungen, den Doktor selbst zu sprechen, aber die Sekretärin des Doktors, die sich anstellte, als habe man sie sträflicherweise aus dem Operationssaal geholt, teilte ihm mit, daß die Angelegenheit bereits geregelt sei. Er hatte in Hazens Büro angerufen, um dagegen zu protestieren, aber Hazen war – so teilte man ihm mit – nicht in New York und sei auch nicht erreichbar. Freudlos sah er sich eine Menge Filme an, saß allein im kühlen Dunkel der Kinos, um der Hitze auf den Straßen zu entrinnen. Einen Vorteil hatte es, diesen August in New York zu sein: die Aussicht, aus der Stadt fortzuziehen, wurde geradezu verlockend. Am liebsten wäre er vom Stadtrand weg per Autostop mit dem erstbesten Wagen losgefahren, egal wohin. Zwanzig Jahre jünger müßte man sein, dachte er.

Eines Nachmittags stand er plötzlich in Judith Quinlans Straße. Er war nahe daran, das Haus zu betreten. Einige der Filme, die er sich angesehen hatte, waren ausgesprochen pornographisch gewesen, neue Welle, und zusätzlich zu seinem Gefühl allgemeinen Unbehagens verfolgten ihn neuerdings wilde erotische Vorstellungen. Seine Hand lag bereits am Türgriff, als er sich besann. Er stellte sich die Schlagzeilen vor: *Lehrer tot im Bett der Geliebten aufgefunden.* Für solch ein Ende hatte er nicht das passende Leben gelebt. Er ließ seine Hand fallen, ging in den Park, setzte sich auf eine Bank und sah den Tauben zu, denen die Hitze nichts anzuhaben schien.

Einen Tag vor der Einlieferung Carolines ins Krankenhaus zog Jimmy aus der elterlichen Wohnung aus. Er kritzelte eine Adresse hin. Bei Langman, East 53. Straße. Es sei bequem, sagte Jimmy, ganz in der Nähe des Solomon-Büros. Jimmy sagte nicht, ob es sich um eine Miß Langman oder um eine Mrs. Langman oder um einen Mr. Langman handelte, und sowohl Leslie als auch Strand waren zu bestürzt, um ihn danach zu fragen. Jimmy sagte, es sei an der Zeit, daß sie alle die alte Wohnung loswürden. Darin zu leben sei, als trüge man das Jahr 1890 mit sich herum, sagte er. Strand erinnerte sich an all die Freuden und den Kummer, den er in den geräumigen, verbauten Zimmern erlebt hatte... an das Kreischen der Kinder und den Klang des Klaviers, an die stillen Nachmittage bei den Büchern, an die Gerüche aus der Küche. Er befahl Jimmy barsch, den Mund zu halten.

Am nächsten Nachmittag brachten Leslie und er Caroline mit einem Taxi ins Spital. Caroline war vergnügt, als ginge sie zum Tanz. Strand fragte sich, ob er sie erkennen würde, wenn die Operation vorbei war. Der beste Mann in seinem Fach hatte ihn nicht darüber unterrichtet, mit welcher Art Nase man ihm schließlich seine Tochter wiedergeben würde. Klassisch-römisch, gestupst oder adlerkühn? Wie die der Garbo oder die von Elizabeth Taylor? Wie die Nase der Herzogin von Alba oder die von Mrs. Harcourt?

Wie würde sie sein? Das Gesicht formt den Charakter, man mochte sagen, was man wollte. Er liebte sie, wie sie war. Er fand sie schön und wußte, daß sie ihn liebte. Hatte sie nicht ihre Tennisleidenschaft für sein Leben hingegeben? Als kindliches Opfer an irgendeinem mystischen Altar dargebracht? Würde sie in ihrer neuen Gestalt jemals wieder etwas für ihn hingeben?

Leslie saß gelassen an der anderen Seite seiner Tochter in dem vor Hitze glühenden Taxi. Von Zeit zu Zeit tätschelte sie ermutigend des Mädchens Hand. Hatte er tatsächlich fünfundzwanzig Jahre mit einer Frau gelebt, die überhaupt keine Vorstellungskraft besaß? Er wünschte, Eleanor wäre da. Sie würde irgend etwas Nüchternes gesagt haben, aber etwas, das seiner Seele guttat.

Er betrachtete ihre Abwesenheit als Verrat. Liebe setzt sich über alles hinweg. Er würde ihr einiges zu sagen haben, wenn sie endlich wieder auftauchte. Er verfluchte den Tag, da er allein ins Meer gestiegen war. Jetzt – dachte er voll Selbstmitleid – jetzt stand er am Abstellgleis seines eigenen Lebens.

Als sie Caroline verließen, lag sie in dem Spitalbett, in dem sie die Nacht verbringen würde, ehe man sie am nächsten Morgen in den Operationssaal rollte. Caroline hatte ihr Verlangen nicht verborgen, ihn endlich loszuwerden. »Du machst ein so langes Gesicht«, hatte sie gesagt. »Warum gehst du nicht mit Mutter aus? Geht hübsch essen und ins Konzert. Ich kriege ein schlechtes Gewissen, wenn du dastehst und aussiehst, als heulten die Sirenen und du ließest mich in einem Luftangriff allein.«

Die Wohnung sah nicht mehr aus wie ein Zuhause. Am Boden lagen Bücher verstreut, die Teppiche waren eingerollt, und an den Wänden leuchteten hellere Flecken, wo so viele Jahre lang Bilder gehangen hatten. Ihre Stimmen hallten in den kahlen Räumen wider, als sie darüber sprachen, ob sie zu Hause essen oder ausgehen sollten. Ausnahmsweise vermißte Strand den Klang von Jimmys

Gitarre. Es fiel ihm schwer, den leichtfertigen, gefühllosen Abschied seines Sohnes zu vergeben. Die Jugend, dachte er bitter, tritt Besitz mit Füßen; sie weiß nicht, wieviel Liebe sich in einem abgenützten Klavier ansammeln kann, in einer beschädigten Vase, einem zerkratzten Tisch oder einer Lampe, die ein Vierteljahrhundert lang Bücher beleuchtet hat.

Die Familie war erledigt. Nun würde es Anrufe geben, eine flüchtig hingekritzelte Mitteilung aus Georgia, aus Arizona oder aus der 53. Straße. Kinder wurden erwachsen und zogen fort. Das war das Gesetz des Lebens oder zumindest der Zeit; aber wie alles in diesem flüchtigen Jahrhundert vollzog es sich blitzartig, in schwindelerregendem Tempo. Es war so schnell gekommen. Eine Sache von Wochen. Eines Abends war ein Mann mit blutüberströmtem Kopf hereingeschneit, und alles war aus den Fugen geraten. Er wußte, daß es ungerecht war, Hazen die Schuld daran zu geben, aber es fiel ihm schwer, gerecht zu sein.

Verdrießlich stellte Strand das Radio an. Die Abendnachrichten wurden gesendet. Schlechte Nachrichten, Bericht über das Chaos. Ein Satz aus einem Stück von Saroyan fiel ihm ein: »Kein Fundament. Auf der ganzen Linie.« Er drehte das Radio ab und stellte den Fernseher an. Er hörte stereotypes Lachen und schaltete den Apparat schon wieder aus, ehe noch das Bild auf dem flimmernden Schirm erschien.

Er wanderte in der Wohnung umher, als wäre er sein eigener Geist. Er hätte gerne das Fotoalbum angesehen, in welchem sich die Familienschnappschüsse befanden: Leslie und er an ihrem Hochzeitstag, Caroline im Kinderwagen, Eleanor in Mütze und Talar mit ihrer Zeugnisrolle in der Hand, Jimmy auf dem Fahrrad. Aber das Album war bereits weggepackt.

Plötzlich hielt er es in der Wohnung nicht mehr aus. Er ging in die Küche, wo Leslie Dosen öffnete. »Gehen wir essen«, sagte er. »Ich muß heute abend einmal andere Menschen sehen.«

Leslie sah ihn einen Augenblick lang sonderbar an, dann legte sie den Dosenöffner aus der Hand. »Natürlich«, sagte sie nachgiebig. »Wartest du so lange, bis ich mein Haar gewaschen habe?«

»Ich bin nicht hungrig«, sagte er. »Ich kann warten.«

Wann immer Leslie Kummer hatte, wusch sie ihr Haar. Es kam ihm zu Bewußtsein, daß ihre Heiterkeit eine Maske um seinetwillen war. Aber er haßte das Heulen des Haartrockners. Es war wie der Klang jener unheilvollen Maschine, die er tief in seinen Träumen hörte. »Ich warte auf dich bei O'Connor's.« O'Connor's war die Bar an der Ecke ihrer Straße. Er betrat sie höchstens dreimal im Jahr, wenn er eine unangenehme Neuigkeit nach Hause brachte und den Augenblick hinauszögern wollte.

Leslie kam zu ihm und küßte ihn auf die Wange. »Sei nicht traurig, Liebling, bitte«, sagte sie.

Aber er sagte nur: »Ich kann einen Drink gebrauchen. Und es ist nichts im Haus. Jimmy muß einige stürmische Feste gefeiert haben, während wir fort waren.«

»Allzu stürmisch können sie nicht gewesen sein«, sagte Leslie. »Es war nicht mehr als eine halbe Flasche Scotch im Hause, als wir nach Europa fuhren.«

»Wenn schon«, sagte Strand und wußte, daß er unvernünftig war. Als er ging, hörte er das Wasser im Badezimmer plätschern. Als Leslie eine Stunde später zu O'Connor's kam, saß er ganz allein an der menschenleeren Bar und hatte seinen ersten Scotch kaum angerührt.

Sie aßen in einem nahe gelegenen Restaurant zu Abend, das sie immer gerne gemocht hatten. Es waren nur zwei andere Paare da und der Besitzer, der sie kannte. »Nächsten August schließe ich«, sagte er. »In New York ist der August eine Qual.«

Im Vergleich zu den Mahlzeiten, die sie in Frankreich genossen hatten, schmeckte das Essen fade, und Leslie entdeckte ein langes Haar in ihrem Salat. »Dieses Lokal habe ich zum letzten Mal betreten«, sagte sie.

Das Letzte, dachte Strand. Das Letzte – neuerdings ein gebräuchliches Wort in unserem Vokabular!

Als sie die Wohnungstür aufsperrten, läutete das Telefon. Wenn der nächste Krieg ausbricht, dachte Strand, während er hinlief, um abzuheben, wird er mir durch diesen nervenzermürbenden, schrillen Ton angekündigt werden. »Eine kleine Aufmerksamkeit für die Kunden der amerikanischen Telefon- und Telegrammgesellschaft: Dürfen wir Ihnen den Beginn des Weltunterganges mitteilen?« Aber es war Eleanor. »Ich war außer mir«, sagte sie. »Ich habe den ganzen Abend angerufen. Dann habe ich Russell angerufen, weil ich dachte, ihr seid draußen, und er hat mir von Caroline erzählt. Wo wart ihr? Geht's ihr gut?«

»Ja, alles in Ordnung«, sagte Strand und versuchte, sich seinen Groll nicht anmerken zu lassen. »Wo bist *du*?«

»In meiner Wohnung. Ich bin erst heute abend angekommen. Ich möchte rüberkommen.«

»Wozu?« fragte Strand boshaft.

»Sei nicht böse, bitte. Ich hab' doch bloß geheiratet. Kann ich kommen?«

»Ich werde deine Mutter fragen.« Er wandte sich zu Leslie um. »Es ist Eleanor. Willst du sie heute abend noch sehen?«

»Natürlich. Frag sie, ob sie schon gegessen hat. Ich kann etwas anrichten.«

»Wir erwarten dich«, sagte Strand. »Deine Mutter möchte wissen, ob du zu Abend gegessen hast. Wenn nicht, wird sie dir rasch etwas zusammenbrauen.«

Eleanor lachte. »Gute alte Mammi. Erst füttere die Bestie, Fragen stelle später. Sag ihr, sie soll sich keine Sorgen machen, ich habe seit meiner Hochzeit drei Pfund zugenommen.« Strand hing ein. »Sie hat schon gegessen«, sagte er zu Leslie.

»Versprich mir, daß du sie nicht anschreien wirst«, sagte Leslie.

»Soll doch ihr Mann sie anschreien«, sagte Strand. »Ich habe nicht mehr genügend Energie.« Er nahm eine Zeitschrift zur Hand und ging in die Küche, den einzigen Raum der Wohnung, in dem es noch genügend Beleuchtungskörper gab, um zu lesen. Er setzte sich an den Tisch und starrte die Karikaturen an. Im grellen Schein der Neonröhren, welche Leslie montiert hatte, als sie entdeckte, daß sie zum Nähen und Lesen Brillen brauchte, wirkten sie gar nicht komisch.

»Also«, sagte Leslie, »von Anfang an.«

Sie saßen im Wohnzimmer, das im Dunkeln lag, weil die Lampen bereits verpackt waren. Eleanor hatte sich nach der seelischen Verfassung ihrer Schwester erkundigt. »Besorgniserregend gut«, hatte Strand düster gesagt, aber Leslie hatte sie beruhigt.

Nun saß Eleanor gelöst und frei von Reue auf der Kante eines harten Stuhls. Sie sieht jünger und schöner aus denn je, dachte Strand. »Der Anfang«, sagte Eleanor, »war selbstverständlich letzten Sommer, nicht diesen; als ich ihn in irgend jemandes Haus in Bridgehampton erspähte und augenblicklich beschloß, daß ich diesen Mann haben müsse.«

Leslie sah beklommen zu Strand hinüber, dessen Miene verriet, wie er über die Ausdrucksweise seiner Tochter dachte, ob sie nun verheiratet war oder nicht.

»Nach einer Woche fragte er mich, ob ich ihn heiraten wolle«, fuhr Eleanor fort, und in ihrer Stimme lag leiser Triumph. »Aber er sagte, daß er früher oder später aus New York fort wolle, um in irgendeiner kleinen Stadt, vielleicht Tausende Meilen entfernt, als Zeitungsmann zu arbeiten. Außerdem sagte er, daß er glaube, eine Ehe könne nicht funktionieren, wenn der Mann an einem Ort lebe und die Frau an einem anderen. Und ich sagte: ›Nein, mein Freund, danke sehr‹, und wir … nun, wir haben uns einfach weiterhin getroffen. Er hat mich seiner Familie vorgestellt, und fast alle waren so nett, wie sie nur sein konnten, außer seiner Mutter. Die spuckte Feuer, als sie mich sah. Sie ist in Italien geboren und Katholikin reinsten Wassers; geht jeden Sonn- und Feiertag zur Messe und bei jedem sich nur bietenden Vorwand auch noch zwischendurch. Sie hatte zwar nichts dagegen, daß ihr geliebter Sohn gelegentlich ein verstohlenes Wochenende mit einer protestantischen Versucherin zubrachte, aber der Gedanke an Heirat ließ sie mit einer Kerze in der Hand vor der nächsten Madonnenstatue in die Knie sinken. Könnt ihr euch das vorstellen? In unserem Jahrhundert? In einer Zeit wie heute?«

Ja, dachte Strand, ich kann es mir vorstellen. In einer Zeit wie heute wurde ein Meer von Blut vergossen, weil man an diesen oder jenen Gott glaubte, und auch das Blut von Kindern, die noch gar nicht geboren sind, wird aus dem gleichen Grund fließen. In dieser Hinsicht ging die gottesfürchtige Mutter des Giuseppe Gianelli eher mit der Zeit als seine Tochter.

»Die alte Dame würde darüber hinwegkommen, meinte Giuseppe«, fuhr Eleanor fort, »und solange ich sie nicht besuchen mußte, war es mir recht, und wir lebten fröhlich dahin, bis …« Sie unterbrach sich, und ihr Ton wurde ernst. »Bis er nach Georgia fuhr und der Mann sagte, er könne sofort bei der Zeitung anfangen. Er rief mich von Georgia aus an. Ich denke, Russell hat euch diesen Teil der Geschichte schon berichtet?«

»Er hat«, sagte Strand.

»Er sagte, er habe den Job angenommen«, erzählte Eleanor, sie war jetzt völlig ernst, »und falls ich ihn jemals wiedersehen wolle, müsse ich ihn heiraten, und zwar pronto.« Sie seufzte. »Als er mich anrief, war es sieben Uhr abends. Ich sagte, ich müsse es mir überlegen. Er gab mir bis nächsten Morgen Zeit. Ich müßte lügen, wenn ich behaupten wollte, daß ich in dieser Nacht gut schlief. Mammi«, weinte sie plötzlich, »ich kann ohne ihn nicht leben! Was hättest du getan, falls Vati dir ein solches Ultimatum gestellt und du gewußt hättest, daß er es ernst meint?«

Leslie beugte sich zu Strand hin und berührte seine Hand. »Ich hätte das gleiche getan wie du, Liebes«, sagte sie.

»Du wärst eine verdammte Närrin gewesen«, sagte Strand.

»Nein, das wäre ich nicht gewesen«, sagte Leslie weich.

»Als ich Giuseppe am nächsten Morgen anrief, sagte ich ja.« Eleanors Stimme war so leise geworden, daß Strand ihre Worte kaum verstand.

»Aber Las Vegas«, sagte Strand böse. »Wozu diese Eile?«

»Was wäre dir lieber gewesen?« Eleanor stand auf und begann im Zimmer auf und ab zu gehen. »Eine große Hochzeit mit einem Priester, die Verwandten singen ›O sole mio‹, und die Mama belegt die ganze Familie mit dunklen, italienischen Flüchen? Offen gestanden, wenn du es wissen willst, weder Giuseppe noch ich wollten einander Zeit geben, es uns anders zu überlegen. Was macht es denn schon aus? In Las Vegas ging es jedenfalls rasch. Blitzhochzeit... und es war ein Spaß. Giuseppe mußte natürlich spielen, und er gewann zwölfhundert Dollar. Damit hatten wir den Ring und das Hotel herein. Bitte seid nicht böse. Ich bin glücklich, und ich habe vor, glücklich zu bleiben. Wäre es euch lieber, wenn ich in New York bliebe, von einer Junggesellenbar in die andere zöge und an meiner Bürotür über meinem Namen ›Stellvertretender Vizepräsident des zweiten Vizepräsidenten der Beschwerdeabteilung der hundertzwanzigstgrößten Computerfirma Amerikas‹ stünde?«

»Hör auf umherzurasen«, sagte Leslie entschieden. Sie stand auf, umarmte Eleanor und küßte sie auf die Stirn. »Wenn du glücklich bist, sind auch wir glücklich.«

Eleanor sah Strand über die Schulter ihrer Mutter hinweg an. »Gilt das auch für dich?«

»Ich denke, ja«, sagte Strand müde. »Wo ist dein Mann derzeit?«

»In Graham, Georgia«, sagte Eleanor. »Die raschest wachsende größte kleine alte Stadt im sonnigen Süden der USA. Jeden Dienstag Zusammenkünfte des Rotary-Club.«

Strand wußte nicht, ob sie weinte oder lachte. »Kommt er denn gar nicht hierher?«

»Nur im Schutze der Nacht. Er ist ein tapferer Mann, aber nicht tapfer genug, um Mama in den nächsten Jahren unter die Augen zu kommen. Habe ich deinen Segen?« Sie löste sich von Leslie und stand herausfordernd vor ihm.

»Ich bin nicht der Papst. Segnen liegt nicht auf meiner Linie.« Strand stand auf und umarmte sie. »Aber ich gebe dir einen Kuß.«

Sie drückte ihn stürmisch an sich. »Findest du nicht, daß du jetzt einen Toast auf das junge Paar ausbringen solltest?«

»Es ist nichts im Haus«, sagte Strand ärgerlich. »Jimmy hat alles ausgetrunken.«

Eleanor lachte, und Leslie sagte: »Oh, Allen!«

»Also«, sagte Eleanor und setzte sich gemütlich hin, »der Abend ist noch jung, erzählt mir von eurem Urlaub.«

»Er war großartig«, sagte Strand, »aber ich bin sicher, ihr beide habt eine Menge zu bereden. Ich habe einen langen Tag hinter mir und gehe schlafen.«

Eleanor und Jimmy und Linda Roberts saßen bereits im Warteraum, als Strand und Leslie am nächsten Morgen sehr früh im Spital eintrafen. Jimmy trug Bluejeans und einen schwarzen Rollkragenpullover, und um seinen Hals hing an einer Kette ein goldenes Schmuckstück. Seine Arbeitskleidung, dachte Strand. Aber wenigstens sah Jimmy ausnahmsweise ernst drein. Man habe Caroline eben in den Operationssaal geschoben, sagte Eleanor. Bereits unter Einwirkung einer Beruhigungsspritze, habe sie ihnen aber einmal verschlafen zugewinkt, als sie an ihnen vorbeigerollt worden war. Strand versuchte, nicht daran zu denken, was in diesem Augenblick da oben vor sich ging. Der Spitalgeruch war ihm vertraut. Er hatte das alles erlebt und überstanden. Er hatte viel geträumt, während er im Spital gewesen war, aber er konnte sich nicht mehr an seine Träume erinnern. Er wußte nur, daß sie nicht unangenehm gewesen waren. Er hoffte, daß seine Tochter davon träume, Rennen zu gewinnen, Pokale entgegenzunehmen und in den Armen junger schöner Männer zu tanzen.

Leslie hatte ihr Strickzeug mitgebracht, und die Nadeln klapperten in der Stille. Er wußte, daß sie einen Pullover für ihn strickte. Das letzte Mal hatte er sie neben seinem Bett in der Intensivstation stricken sehen. Sie war ausnahmslos eine Spitalstrickerin, dachte er. Er hoffte, der Pullover würde erst in seinem neunzigsten Jahr fertig werden.

Als Leslie damals ins Spital gegangen war, um Eleanor zu entbinden, hatte er einen Kriminalroman von Raymond Chandler zu lesen begonnen. Er las prinzipiell keine Kriminalromane, aber dieser war auf dem Vorzimmertisch gelegen, und er hatte ihn einfach eingesteckt. Leslie hatte rasch entbunden, und er hatte erst wenige Seiten gelesen, als der Doktor erschienen war, um ihm mitzuteilen, daß er Vater einer Tochter sei. Er hatte sich nicht mehr daran erinnert, was er gelesen hatte, und als Leslie eilends ins Krankenhaus gebracht wurde, um Jimmy auf die Welt zu bringen, hatte er aus Aberglauben dasselbe Buch mitgenommen. Wieder hatte er von vorne zu lesen begonnen, wieder hatte er nur wenige Seiten geschafft. Er hatte das Buch sorgfältig aufbewahrt, um es bei den nächsten Entbindungen bei der Hand zu haben, und er hatte es auch bei Carolines Geburt mitgenommen. Aber jetzt in den Umzugswirren hatte er das Buch nicht gefunden. Er würde es suchen müssen, ehe Eleanor ihr erstes Baby bekam. Vielleicht würde er dann endlich erfahren, wer wen umgebracht hatte.

Als sie bereits eine Stunde gewartet hatten, erschien Hazen. Er sah braungebrannt und gesund aus, in einem Spital nicht am Platze, dachte Strand. Aber seine rechte Hand trug einen Verband. Er habe sich in der Autotür eingeklemmt, erklärte er. Er habe gestern mit Dr. Laird gesprochen. Laird meinte, die Operation würde höchstens eineinhalb Stunden dauern, es bestünde kein Grund zur Sorge. Caroline würde nach vierundzwanzig Stunden heimgehen können.

Leslie strickte immer schneller, das Klappern der Nadeln ging Strand auf die Nerven. Er stand auf, trat auf den Gang hinaus und begann auf und ab zu gehen. Er versuchte, nicht durch die offenen Türen in die Zimmer zu sehen, wo über den Betten Plastikbeutel von den Gestellen hingen und die Patienten Schläuche in den Armen hatten. Das Gelächter der Schwestern am Ende des Ganges verletzte ihn.

Hazen kam aus dem Warteraum und ging schweigend neben ihm her. Er räusperte sich, als wolle er Strands Aufmerksamkeit auf sich ziehen. »Allen«, sagte er, »ich kann es dir ebensogut jetzt erzählen. Ich möchte nicht vor den anderen darüber sprechen. Zunächst einmal – Caroline hatte keinen Autounfall.«

Strand blieb stehen und starrte Hazen an. »Was redest du da!«

»Erinnerst du dich, daß Laird mich in sein Büro bat, als er mit Carolines Untersuchung fertig war?«

»Ja. Als er dir sagte, er könne Carolines Nase korrigieren.«

»Das war nicht alles. Er hat Caroline nicht nur untersucht. Er hat sie ausgefragt, was alles vorgefallen sei. Er sagte ihr auf den Kopf zu, daß es unmöglich so passiert sein könne, wie sie behauptete. Wenn einem nämlich einer hintendrauf fährt, schnellt der Kopf zurück und nicht nach vorn aufs Armaturenbrett. Außerdem sähen die Verletzungen anders aus. Er hat ihr gesagt, daß er als ihr Arzt die Wahrheit wissen müsse. Sie hat es ihm erzählt. Die Wahrheit ist, daß dieser Junge, George, sie geschlagen hat.«

»Was?« Strands Knie wurden plötzlich weich.

»Sie saßen zwar im Wagen«, fuhr Hazen nüchtern fort, »aber nicht auf irgendeiner Straße. Sondern am Strand. Allein. Er versuchte sie auszuziehen. Sie wehrte sich, und er schlug sie.«

»O Gott!«

»Das dreckige kleine Schwein. Er wird so etwas nie wieder versuchen«, sagte Hazen grimmig. »Ich habe ihm gestern die Prügel seines Lebens verpaßt.« Er hob seine verbundene Hand. »Ich habe mir zwei Knöchel verstaucht. Es stand wahrhaft dafür. Und ich ging zu seinem Vater und teilte ihm mit, daß ich seinen Sohn fertigmachen würde, falls ich ihn je wieder in der Gegend der Hamptons zu Gesicht bekäme. Und der beklagenswerte alte Mann weiß, daß ich es kann. Mehr noch. Er übernimmt die Kosten für das Spital und die Operation.« Hazen lächelte grimmig, als er von seinem gewonnenen Prozeß berichtete. Dann wurde seine Miene wieder ernst. »Ich bin mit mir zu Rate gegangen, ob ich es dir sagen sollte oder nicht; schließlich kam ich zu dem Schluß, daß du es wissen mußt.«

»Danke«, sagte Strand dumpf. »Selbstverständlich.«

»Ich denke, du solltest es niemandem sagen. Vor allem nicht Jimmy. Jimmy glaubt vielleicht, etwas unternehmen zu müssen, und Gott allein weiß, wozu das führen könnte. Die Rechnung mit dem jungen Herrn George ist beglichen, und es ist am besten, die Dinge auf sich beruhen zu lassen. Ich fühle mich verantwortlich und schuldig, denn ich war es ja, der das kleine Stück Dreck in mein Haus eingeladen hat. Ohne mich hätte er Caroline nicht kennengelernt. Und so war es auch an mir, die nötigen Schritte zu unternehmen. Sie wurden unternommen, und ich bitte dich und deine ganze Familie um Vergebung.«

»Du mußt dich nicht entschuldigen.« Endlich fand Strand einen Stuhl vor einer verschlossenen Tür und sank darauf nieder. Er zitterte. Wellen hilfloser Wut überliefen ihn. Wenn der Junge in diesem Augenblick vor ihm gestanden hätte, wäre er auf ihn losgestürzt und hätte ihn umgebracht, obwohl er nie in seinem Leben ein Schläger gewesen war und nicht genügend Härte besaß, auch nur einem Kätzchen etwas zuleide zu tun. Aber obwohl er das wußte, fühlte er sich entehrt und beschämt, weil man ihm den Vollzug der Strafe, das Vorrecht des Vaters abgenommen hatte.

»Bist du in Ordnung?« fragte Hazen ängstlich und beugte sich über ihn. »Du bist weiß wie ein Leintuch.«

Hazen sah ihn lange und eindringlich an, dann kehrte er in den Warteraum zurück; Strand saß immer noch da und versuchte, das

Zittern seiner Hände unter Kontrolle zu bringen, als Dr. Laird mit langen Schritten den Gang entlang kam. Der Doktor blieb stehen, als er ihn sah. »Es ist alles vorüber, Mr. Strand«, sagte er. »Es ist wunderbar geglückt. Ihre Tochter wird jeden Augenblick herunterkommen.«

»Ich danke Ihnen«, sagte Strand, ohne sich von dem Stuhl zu erheben. »Die anderen sind im Warteraum. Bitte, sagen Sie es ihnen.«

Der Doktor klopfte ihm einmal auf die Schulter, eine Geste, die weit über die Pflicht eines besten Mannes in seinem Fach hinausging. Und verschwand im Warteraum.

Strand saß immer noch da, als man Caroline an ihm vorüberrollte und in ihr Zimmer brachte. Er stand auf und sah auf sie nieder. Was er von ihrem Gesicht, das von Verbänden verdeckt war, sehen konnte, sah friedvoll aus: wie das Gesicht eines schlafenden, glücklichen Kindes.

Er weinte, ohne es zu wissen.

4

Er saß allein am großen Schreibtisch im Empfangszimmer des Malson-Hauses. Eine Studierlampe mit grünem Glasschirm gab ihm Licht. Der Verwaltungsdirektor hatte ihm die Schlüssel zu dem Haus übergeben, welches im Campusbereich der Dunberry-Schule lag. Jimmy hatte ihn mit einem von einem Freund geliehenen Wagen von New York hierhergebracht. Auf Jimmy hatte das knarrende alte Holzhaus, welches nun das Heim seiner Eltern würde, bis sein Vater in den Ruhestand trat, keinen günstigen Eindruck gemacht. Die Wohnung des Hausaufsehers war von den Räumen der Jungen durch eine lange, dunkle Halle getrennt; sie war zwar geräumig, aber die Einrichtung war spärlich und schwer zu beschreiben und trug Spuren langer intensiver Nutzung.

»Der Gipfel des Luxus ist es nicht, was, Väterchen?« stellte Jimmy fest, nachdem er Strands Gepäck hereingetragen hatte.

»Wir werden einen Großteil rauswerfen«, sagte Strand. »Deine Mutter schickt eine Menge von unseren Sachen hierher. Ich bin sicher, sie wird es gemütlich machen, wenn sie kommt.« Leslie war in der Stadt geblieben, weil sie Caroline nicht allein lassen wollte, solange sie noch die Verbände trug. Aber Dr. Laird hatte versichert, daß Caroline in zwei Wochen, wenn die Schule in Arizona begann, präsentabel und reisefähig sein werde; und Leslie hatte beschlossen, sie zu begleiten.

»Ich wünschte, ich könnte bei dir bleiben, Vater«, sagte Jimmy. »Ich hasse die Vorstellung, daß du zwei Wochen lang allein in diesem Stall herumschwirrst.«

»Ich werde nicht allein sein«, beruhigte ihn Strand. »Übermorgen treffen die Schüler ein.«

»Wie viele Bengel mußt du in deinem Bau betreuen?«

»Nur neun.«

»Gott steh dir bei, Väterchen.«

»Wenn ich mit dir fertig wurde, schaffe ich auch neun Fratzen, wie immer sie sein mögen«, meinte Strand. »Wir haben Glück. Manche Lehrer haben bis zu sechzig in den großen Schlafsälen.«

Jimmy lachte. »Falls du mit einem von ihnen Schwierigkeiten kriegst, laß es mich wissen. Ich werde Solomon einreden, mir noch einen Tag freizugeben; und dann komme ich herunter und verdresche sie.« Er sah auf seine Uhr. »Also, ich muß mich auf den Weg machen. Ich habe versprochen, das Auto vor Büroschluß zurückzubringen.« Jimmy ging auf seinen Vater zu, umarmte ihn und drückte ihn fest an sich. Das war sonst nicht seine Art. »Halt dich wacker«, sagte er. »Kinder können einen Heiligen zermürben.«

»Nach dem New Yorker Schulsystem sollte dies hier ein Sonntagsspaziergang werden«, sagte Strand.

»Nichts ist heutzutage ein Sonntagsspaziergang.« Jimmy schüttelte seinem Vater die Hand, blickte stirnrunzelnd auf die schäbige Tapete und ging zur Tür hinaus. Einen Augenblick später hörte Strand, wie der Motor ansprang und der Wagen davonfuhr. Dann herrschte Stille im Haus; eine Stille, dachte er, an die er sich nach dem unablässigen Brausen von New York erst würde gewöhnen müssen.

Am späten Nachmittag war der Lehrkörper im Hause des Direktors zum Tee gebeten. Der Verwalter hatte Strand einen Plan des Campus überreicht, damit er sich zurechtfinden konnte. Auf seinem Weg kam er an einem Fußballfeld vorbei, wo etliche Jungen sich um die Aufnahme in die Mannschaft bewarben. Deshalb waren sie früher angekommen als der Rest der Schüler. Sie liefen auf Zeit, stoppten den Gegner, vollführten Täuschungsmanöver und machten Pässe auf dem schön gepflegten, satten grünen Rasen. An sich sah der Campus mit seinen georgianischen Wohnhäusern und den efeubewachsenen Mauern eher wie ein Country Club als eine

Schule aus, und es kostete Strand ein schiefes Lächeln, als er die schmierigen Gebäude, in denen er in New York unterrichtet hatte, und das hartgetretene staubige graslose Fußballfeld des Lewison Stadion im City College mit diesem hier verglich. Das Stadion war schon vor Jahren abgerissen worden, und Strand, der keine nostalgischen Gefühle für sein altes College hegte, war nie wieder hingegangen, seit er sein Studium beendet hatte. Er hatte keine Ahnung, welche Gebäude jetzt auf jenem Feld standen, wo sich einst zu klein geratene Ghettobuben tapfer und oft genug ergebnislos an herbstlichen Samstagnachmittagen abgeplagt hatten. Heute hatte das City College längst keine Fußballmannschaft mehr. Sparmaßnahmen. Dunberry – das sah man deutlich – befaßte sich nicht mit Sparmaßnahmen.

Der Tee wurde auf dem Rasen hinter dem Haus des Direktors – einem langgestreckten weißen Holzgebäude mit einem von Säulen gerahmten Eingang – serviert. Die Gäste waren zwanglos gekleidet, und das alles erinnerte Strand an einige der Zusammenkünfte in den Hamptons, zu denen ihn Hazen im Sommer mitgenommen hatte. Babcocks Frau, eine dicke, gewaltig wirkende Dame im blumenbedruckten Kleid mit großem, breitkrempigem Strohhut, reichte Strand herum und stellte ihn vor. Er hörte eine Menge Namen und sah mehr als fünfzig Gesichter, die er später würde sortieren müssen. Erstaunlich viele Gäste waren entweder Junggesellen oder alte Jungfern. Er wußte, daß Leslie dies für einen Verstoß gegen die guten Sitten halten würde. Sie fand es unnatürlich, wenn jemand über fünfundzwanzig nicht verheiratet war. Er bedauerte, daß sie nicht hier war. Sie merkte sich alle Namen, er vergaß sie stets.

Die Leute schienen durchwegs angenehm zu sein, obwohl etliche Gesichter die Spuren von Versagen und Resignation trugen, vor allem die der älteren Mitglieder des Lehrkörpers. Aus der Gezwungenheit einiger Kollegen schloß er, daß auch sie neu waren und daß der Prozentsatz des Lehrerwechsels hoch zu liegen schien. Babcock, der Direktor, lud ihn ein, mit ihm und seiner Frau zu Abend zu essen, aber er lehnte unter dem Vorwand ab, in der nur eine halbe Meile entfernten Stadt etwas besorgen zu müssen. Er glaubte in Babcocks Miene den Ausdruck von Erleichterung zu lesen. Der Mann sah wahrscheinlich während des Schuljahres genug von seinem Stab und hatte keine Eile, sich mit den Problemen eines mit knapper Mühe genesenen Fremden auseinanderzusetzen, den ihm ein Mann, welchem er zu Dank verpflichtet war, aufgehalst hatte.

Der Spaziergang in die Stadt war angenehm, die sommerliche Dämmerung hatte einen ersten leisen Anflug von Herbst an sich, und das kleine Lokal, in dem er ein einfaches Essen zu sich nahm, war sauber und einladend. Ein neues Leben, dachte er, während er in dem nahezu leeren Restaurant seinen Kaffee trank. Mit fünfzig fange ich noch einmal von vorne an.

Gott steh dir bei, hatte Jimmy gesagt.

Er bestellte noch eine Tasse Kaffee und dachte an jene Woche zurück, die wahrscheinlich für lange Zeit seine letzte in New York gewesen war. Hazen hatte ihn vom Büro aus angerufen und ihm mitgeteilt, daß Romero gerade bei ihm sei und sich darauf freue, nach Dunberry zu gehen.

»Ich glaube nicht, daß du Schwierigkeiten mit ihm haben wirst. Wir hatten eine angenehme Unterredung, und er hörte mir aufmerksam zu, als ich ihm erklärte, was ich von ihm erwarte, sobald er in der Schule ist. Er ist jetzt im Vorzimmer. Ich sagte ihm, er solle warten, bis ich mit dir gesprochen hätte. Ich habe ihm eröffnet, daß er deinem Haus zugeteilt sei, damit du ein Auge auf ihn haben könntest.«

»Entzückend«, murmelte Strand. Fast wünschte er, daß Romero seine Meinung änderte.

»Er scheint zahm wie ein Lämmchen«, sagte Hazen. »Offensichtlich ist er höchst intelligent. Ich glaube, wir werden Ehre mit ihm einlegen. Auf jeden Fall ist es den Versuch wert. Ich sagte ihm, ich würde ihn neu einkleiden, und er war erfreut. Er braucht jeden nur möglichen Startvorteil, und er kann zweifellos nicht in der Aufmachung in der Schule aufkreuzen, in der er heute erschien. Ich habe ein Konto bei Brooks Brothers. Glaubst du, es wäre dir möglich, dich morgen mit ihm zu treffen und ihm anständige Sachen zu kaufen?«

»Selbstverständlich«, sagte Strand. »Leslie will mich jetzt möglichst viel aus dem Hause haben.«

»Gut. Zehn Uhr vor Brooks Brothers. Paßt es dir?«

»Fein.«

»Ich gebe ihm die Liste mit. Meine Sekretärin hat sie abgeschrieben, und Romero soll sie dir zeigen. Du kannst natürlich auch selbst entscheiden. Ich habe nur das Notwendigste notiert. Ich denke, fünfhundert Dollar sollten genügen. Was meinst du?«

»Ich habe keine Ahnung.«

»Wenn du mehr brauchst, bitte, nur zu.«

»Eines kannst du ihm sagen: Falls er die verdammte Fußballjacke anhat, die er täglich in der Schule trug, dann kenne ich ihn nicht.«

Hazen lachte. »Ich werd's ihm sagen. Also, wenn ich Zeit habe, komme ich einmal in der Schule vorbei und sehe nach, wie es euch beiden geht. Ich bin sicher, es wird eine willkommene Abwechslung sein, wenn nicht für Romero, so doch für dich.«

Am nächsten Morgen erwartete ihn Romero schon am Eingang von Brooks Brothers. Das war an sich schon eine Überraschung. In der Schule war Romero fast unweigerlich zu spät gekommen. Zu Strands Erleichterung sah der Junge ganz ordentlich aus. Er hatte sich die Haare schneiden lassen und trug nicht die Fußballjacke, sondern eine abgetragene Weste, die ihm viel zu groß war.

»Hier ist die Liste, Sir«, sagte er, als sie das Geschäft betraten. Zum ersten Mal nannte der Junge ihn Sir, und Strand nahm es als gutes Omen. »Mr. Hazen sagte, Ihr Wort ist Gesetz für mich.« Es klang nicht feindselig. Vielleicht hatte Hazen mit seiner Vermutung über Romeros gute Absichten recht, dachte Strand.

Im Warenhaus verhielt sich Romero ungefähr wie ein gespanntes wachsames jagendes Tier, während Strand eine große Reisetasche kaufte und für den Jungen Hosen, Jacken, Pullover und Hemden, Schuhe und Socken und einen Mantel erstand. Er äußerte keinerlei Wünsche und akzeptierte wortlos, was Strand für ihn aussuchte. Er war im Laufe des Sommers ein bißchen gewachsen, aber groß würde er niemals werden. Strand hoffte, daß sich unter den Jungen im Haus keine Fußballer oder Ringer befanden. Strand war entsetzt, wie teuer alles war, aber es gelang ihm, die Rechnung knapp unter fünfhundert Dollar zu halten. Dennoch bezweifelte er, daß es jemals möglich wäre, mit Kleidern für fünfhundert, ja sogar für fünftausend Dollar aus Jesús Romero mit seinem dunklen, zynischen Gesicht und seinen wilden, wachsamen Augen einen Jungen zu machen, der so aussah, als gehöre er in eine verschlafene Schule Neuenglands, eine Schule, die seit über hundert Jahren strebsame junge Leute darauf vorbereitete, nach Harvard oder Yale oder Williams oder Dartmouth zu gehen.

Während die Verkäufer die Rechnung schrieben, sagte Romero: »Ich habe eine Bitte, Sir. Glauben Sie, daß man alles in Ihre Wohnung schicken lassen könnte? Ich würde es abholen, bevor ich in die Schule fahre.«

»Warum?« fragte Strand verwundert.

»Wenn man die Sachen zu mir nach Hause schickt, würden entweder meine Mutter oder mein Bruder sie mir fortnehmen und verkaufen.« Er sagte dies frei von Kritik, so, als sei das in allen Familien gang und gäbe.

»Ich denke, das läßt sich machen«, sagte Strand, hinterließ seine Adresse und versicherte Romero, er würde dafür sorgen, daß seine Frau zu Hause sei, um die Sachen entgegenzunehmen.

»Danke, Sir.«

Als sie im Warenhaus alles erledigt hatten, war es Zeit fürs Mittagessen. Strand fand, die Gelegenheit sei so gut wie jede andere, um sich von Romeros Tischmanieren zu überzeugen. Er befürchtete das Schlimmste und führte ihn in ein kleines dunkles Restaurant, das überwiegend von kleinen Angestellten und Tippsen aus den großen Bürogebäuden der Gegend besucht wurde. Strand dachte, daß in der Düsternis außer ihm niemand sehen würde, wie Romero sich benahm. Aber seine Befürchtungen erwiesen sich als grundlos. Romero aß, wie hungrige Buben eben essen, aber weder schlang er, noch stocherte er in seinem Essen herum, noch benützte er das falsche Besteck. Nach allem, was er über seine Mutter gesagt hatte, bezweifelte Strand, daß sie für sein schickliches Benehmen bei Tisch verantwortlich zeichnete. Wahrscheinlich ist dies das Ergebnis stundenlangen Fernsehens, dachte Strand. Schauspieler pflegten sich auf dem Bildschirm stets so aufzuführen, als hätten sie ihr Leben lang im »21« gespeist. Ein Punkt fürs Fernsehen, dachte er.

Er mußte den Großteil der Unterhaltung bestreiten. Als er Romero fragte, was er den Sommer über getan hatte, zuckte der Junge nur die Achseln. »Nur so herumgegangen.«

»Hast du gelesen?«

»Ein bißchen. Das meiste war Mist.«

»Wie hießen die Bücher?«

»Ich habe die Namen vergessen«, sagte Romero. Strand war überzeugt, daß er log. »Das einzige, was mich beeindruckte, war ›Verfall und Untergang des Römischen Reiches‹ von einem Mann namens Gibbon. Schon von ihm gehört?« Er schielte Strand über den Tisch hinweg an. Sein Ausdruck hätte bei jedem anderen Jungen seines Alters als boshaft gelten müssen.

»Ja, ich habe von ihm gehört«, sagte Strand und verschaffte Romero nicht die Genugtuung, zu zeigen, daß sein Hohn ihn ärgerte. »Was hat dir daran gefallen?«

»Ich habe nicht gesagt, daß es mir gefallen hat. Es stimmt nur mit einigen meiner Ideen überein.«

»Nenne mir ein Beispiel.«

Romero zog ein Päckchen Zigaretten aus seiner Tasche und ein Feuerzeug, das ziemlich teuer aussah. Er bot Strand eine Zigarette an, aber als Strand den Kopf schüttelte, sagte er: »Oh, ich habe vergessen, daß Sie nicht rauchen. Meine Ideen ... Nun, daß nichts von Dauer ist. Diese alten Römer, die dachten, sie hielten die Welt am Schwanz, sie spielten sich als Herren über alle auf, sie gingen herum und erzählten den Leuten, wie wunderbar sie sind; und sie glaubten, den armen Trotteln in den fremden Ländern eine Riesenfreude zu machen, wenn sie sie zu römischen Bürgern erhoben, und sie hielten sich für zähe Hunde und glaubten, sie würden sich ewig halten. Und die wirklich zähen Hunde, die Barbaren, die Goten, die nahmen kein Bad und benützten kein Vomitorium; und sie schrieben keine Gedichte und verschwendeten ihre Zeit nicht damit, die Leute den Löwen vorzuwerfen und große Reden zu schwingen. Sie bauten keine Triumphbögen und trugen keine purpurroten Togen. Sie waren Hinterwäldler, und alles, was sie konnten, war, die Römer zu vernichten. Leute von meinem Schlag, und ich bin natürlich auf ihrer Seite. Und Mr. Gibbon schrieb nicht nur altrömische Geschichte. Zwei Jahrhunderte ehe die Scheiße in den Ventilator kam, schrieb er schon über das englische Weltreich, in dem die Sonne niemals untergeht, und über die fettarschigen Amerikaner. Und es wurde mir klar, daß ich ein Gote sein werde, wenn die Zeit gekommen ist, und eine Menge Leute aus meiner Gegend und Gegenden wie meiner werden entdecken, daß auch sie zähe Gotenhunde sind, und sie werden dreinzuschlagen beginnen. Selbst wenn einige von ihnen, soziale Senkrechtstarter wie ich zum Beispiel, sich mit Purpurtogen von Brooks Brothers behängen.«

Es war die längste Rede, die Strand je aus Romeros Mund gehört hatte, dennoch hätte er nicht sagen können, daß sie ihm gefallen hatte, trotz ihrer Logik und trotz der Tatsache, daß wesentlich reifere und gelehrtere Männer als Romero mehr oder weniger das gleiche über Gibbon geschrieben hatten. Allerdings hatten sie sich ein wenig höflicher ausgedrückt.

»Ich gebe dir einen Rat, Romero«, sagte er, »behalte diese Ideen für dich, wenn du im Geschichtsunterricht Arbeiten schreiben mußt.«

Er grinste Strand feindselig an. »Keine Sorge, Professor. Ich werde meine Purpurtoga nie ablegen. Ich will doch nicht, daß Sie aus Ihrer Stellung rausfliegen.«

Daraufhin hatte Strand die Rechnung bezahlt und Romero mitgeteilt, daß sie einander in der Schule wiedersehen würden und daß es dort eine Vorschrift gäbe, die den Jungen das Rauchen ausnahmslos und ausschließlich im Keller des Haupthauses gestatte. Und selbst das gelte nur für die älteren Semester.

Gott steh dir bei, dachte Strand.

Er trank seinen Kaffee aus, zahlte und trat in die laue Nacht hinaus.

Als er in das Malson-Haus zurückkehrte, sah er, daß das Mädchen, dem er bisher noch nicht begegnet war, die beiden getrennt stehenden Betten gemacht und die Vorhänge zugezogen hatte. Er würde zusehen müssen, daß Leslie ihr großes Doppelbett mit den übrigen Sachen schickte. Seit der gräßlichen Nacht in Tours schliefen sie wieder beieinander. In seinem Alter würde er nicht mehr anfangen, allein in einem Bett zu schlafen.

Dann setzte er sich an den Schreibtisch im Wohnzimmer und begann im warmen Licht der Leselampe in ein Schulheft zu schreiben, das er aus der Stadt mitgebracht hatte.

Ich beginne ein neues Leben, und ich habe vor, von nun an ein Tagebuch zu führen. Vielleicht werde ich besser verstehen, was mit mir geschieht, wenn ich alles niederschreibe oder wenigstens hier und da Notizen mache, die vielleicht einmal ein sinnvolles Ganzes ergeben. Alles verändert sich, und die Ereignisse überstürzen sich und mich. Die Zeit drängt, und ich spüre mein Alter. Wenn Geschichte dazu dient, die Vergangenheit zu verstehen, wird ein kurzer, täglicher Bericht über die Gegenwart möglicherweise die Zukunft verständlicher machen.

Es ist eine Zeit des Abschieds. Erst Eleanor, die glücklich zu ihrem Mann und ihrem neuen Job davonfuhr und die Stadt, in der sie geboren und aufgewachsen war, mit einem flüchtigen Kuß und einem Winken der Hand verließ. Dann hieß es Caroline adieu zu sagen: von Glück war keine Rede. Sie macht gute Fortschritte, sagt der Doktor. In welche Richtung Fortschritte? Man kann immer noch nicht sagen, wie sie aussehen wird, wenn der Verband schließlich abgenommen wird. Nach außen hin ist sie gefaßt, und ich hörte sie fröhlich vor sich hinsummen, als sie für ihre Reise nach Arizona packte. Leslie wird sie begleiten und ihr helfen, sich einzurichten, obwohl Caroline darüber ungehalten ist.

Ich bin zwar nicht glücklich darüber, allein in Dunberry einzie-

hen zu müssen, aber ich bin überzeugt, daß Caroline nicht alleine reisen sollte, und das habe ich ihr auch gesagt. Ihr fröhliches Summen und ihre Gelassenheit schienen mir von Anfang an nicht echt zu sein. Meine Befürchtungen wurden bestätigt, als ich eines Tages – Leslie war nicht zu Hause – an ihrer geschlossenen Tür vorüberging und sie schluchzen hörte. Ich öffnete die Tür und sah sie in einer Ecke des Zimmers zusammengekrümmt auf dem Boden hokken und weinend den Kopf gegen die Wand schlagen. Ich beugte mich zu ihr nieder, hielt sie in meinen Armen, und nach einer Weile wurde sie ruhiger. Sie wischte mit dem Handrücken über ihre Augen und versuchte ein Lächeln zustande zu bringen. »Es kommt nur ab und zu vor, Dad«, sagte sie. »vielleicht ist es der Regen.«

Fast ebenso große Sorgen mache ich mir um Leslie. Obwohl sie nach außen hin nüchtern und beherrscht ist, hat sie sich doch in gewisser Weise verändert. Sie war stets tüchtig und ihrer selbst sicher gewesen, aber während meiner letzten Tage in New York ertappte ich sie immer wieder in Entrücktheit und Unentschlossenheit – von Zimmer zu Zimmer irrend, mit ein paar Büchern unter dem Arm oder Notenblättern, als wisse sie nicht, wohin damit, um sie schließlich an den merkwürdigsten Orten zu verwahren und sie wenig später zerstreut zu suchen. Ich habe weder zu Leslie noch zu Caroline noch zu sonst jemandem darüber gesprochen, wie Caroline zu ihrer gebrochenen Nase kam. Ich könnte mir denken, daß Caroline die ganze Angelegenheit und die Tatsache, daß sie uns belogen hat, vergessen möchte. Und mir graut vor dem Gedanken, was Leslie tun würde, wenn sie die Wahrheit wüßte. Ich bin mir auch in bezug auf mich selbst keineswegs sicher. Falls ich dem Jungen, der sie geschlagen hat, durch Zufall irgendwo begegnete und eine Mordwaffe in Reichweite wäre, weiß Gott, ich würde sie gebrauchen.

Strands Hand zitterte, und er hörte zu schreiben auf und starrte auf den letzten Absatz nieder. Seine sonst so saubere Handschrift war plötzlich zu einem nahezu unleserlichen Gekritzel entartet. Er legte den Füllhalter hin und rückte vom Schreibtisch weg. Die Zeit hatte diese fast unerträgliche Wut, die ihn geschüttelt hatte, als Hazen ihm von Carolines Geständnis gegenüber Dr. Laird berichtete, nicht gemildert, das erkannte er jetzt.

Jimmy würde sagen, daß er überempfindsam reagierte. Eltern neigten nun einmal zu überempfindsamen Reaktionen. Er stand auf und ging zur Glastür, die in den Garten führte. Er trat hinaus und atmete die duftende Nachtluft in tiefen Zügen ein, um sich zu beruhigen. Er wünschte, er hätte in weiser Voraussicht eine Flasche Whisky gekauft.

Er sah zum Himmel auf. Die Sterne leuchteten hell im puren Dunkel über ihm. Der zunehmende Mond tauchte über den alten Bäumen am Ende des Gartens auf, die Blätter rauschten leicht im Wind und warfen unruhige Schatten auf den taufeuchten Rasen. Falls es mir gelingt, die Vergangenheit zu vergessen oder sie wenigstens zu bewältigen, kann ich an diesem geruhsamen Ort glücklich werden, dachte er.

Am nächsten Morgen erwachte er rechtzeitig, um im Speisesaal des Hauptgebäudes mit dem Lehrkörper frühstücken zu können, aber er hatte keine Lust, die zu einem halben Hundert neuer Gesichter passenden Namen lernen zu müssen. Er wanderte in die Stadt, freute sich an der Frische des Morgens und an dem Anblick von spielenden Hunden und Kindern auf den Rasenflächen vor den sauberen Häusern, an denen er vorüberkam. Er kaufte die *New York Times*, aber ein Blick auf die Schlagzeilen ließ ihn die Zeitung zusammenfalten und die Lektüre auf später verschieben. Der Morgen mit seinem Sonnenschein und seinem verschwenderischen Versprechen auf Hoffnung war nicht der rechte Augenblick für die Nachrichten der heutigen Zeit. Die Melancholie des Abends mit seinem mählichen Dunkel und seinem Anflug von Sterblichkeit und Endlichkeit paßte eher zu den Berichten aus Washington, Teheran, Moskau, Jerusalem und der südlichen Hemisphäre.

Als er, seinen üblichen Laufschritt aus Rücksicht auf Dr. Prinz' Anordnungen zügelnd, ins Malson-Haus zurückkehrte, saß ein riesiger schwarzer Mann auf den Stufen zur Eingangstür. Der Mann – nein, dachte er, trotz seiner Größe kann er nicht älter als achtzehn sein – stand höflich auf. »Mr. Strand?« fragte er.

»Ja.«

»Ich bin Alexander Rollins«, sagte der Junge. »Ich bin Ihrem Haus zugeteilt.«

Sie reichten einander die Hände, und der Junge lächelte zaghaft. »Ich bin im Fußballteam und habe mit den anderen vom Team im Worthington-Schlafsaal übernachtet. Aber wenn es Ihnen nichts ausmacht, würde ich gerne schon heute einziehen. Am Ankunftstag wird's hoch hergehen, höre ich, wenn alle Mamas und Papas herumfuhrwerken und so.« Er hatte eine satte, gedehnte Stimme und eine saubere Neuengland-Aussprache, und Strand kam der Gedanke, daß man ihn vielleicht dazu ermutigen sollte, Gesang zu studieren. Er würde Leslie von ihm erzählen.

»Selbstverständlich«, sagte Strand. »Du bist auf Nummer drei im obersten Stock.« Der Verwalter hatte ihm eine Namensliste der Jungen gegeben, die in seinem Hause wohnen würden. Er hatte sie ganz einfach in alphabetischer Reihenfolge zu zweit auf die Zimmer aufgeteilt. Rollins würde das Zimmer mit Romero teilen. Der Verwalter hatte ihm nicht mitgeteilt, daß Rollins schwarz oder, besser gesagt, von schimmerndem Dunkelbraun war. »Ich hoffe, es wird dir hier gefallen.«

»Da bin ich sicher«, sagte Rollins. »Ich bin auch neu hier. Ich habe ein Jahresstipendium, weil ich ein guter Fußballer bin. Ich habe für meine Oberschule in Waterbury gespielt. Man kann nicht behaupten, daß ich das klügste Kind in meiner Klasse war...« Er grinste. »Jedermann dachte, ich würde ein Studienjahr mehr als die anderen brauchen, um in Yale oder sonstwo reinzukommen, egal wie oft ich pro Saison die Gegner über den Haufen renne.«

»Meine Tochter hat ein Sportstipendium an einem kleinen College in Arizona«, sagte Strand und war zum ersten Mal stolz darauf. »Sie ist Läuferin.«

»Das kann man von mir nicht behaupten«, sagte Rollins. »Ich spiele in der Verteidigung. Meistens versuche ich einfach, die Stellung zu halten.« Er lachte. »Ich wette, Ihre Tochter könnte mich jedesmal vernichtend schlagen. Die Mädchen heutzutage...« Belustigt schüttelte er den Kopf.

»Ich hoffe, auch sie wird ihre Stellung halten«, sagte Strand. »Auf andere Weise.«

Rollins sah ihn sehr ernsthaft an. »Das hoffe ich auch«, sagte er. »Also, ich werde Sie nicht länger aufhalten, Sir. Ich werde mein Zeug nach dem Morgentraining herüberbringen.«

»Ich lasse die Tür für dich offen.«

»Machen Sie sich keine Gedanken. Hier stiehlt niemand etwas.«

»Ich komme aus New York«, erklärte Strand. »Dort stiehlt jedermann alles.«

»Hab' ich gehört.« Der Junge schüttelte den Kopf. »Waterbury ist schon schlimm genug, und im Vergleich zu New York ist es nicht mal so groß wie ein Pickel auf der Wange. Ich hoffe, Sie sind glücklich hier, Mr. Strand. Jedermann sagt, es ist ein richtig netter und freundlicher Ort, und ich hoffe, er ist es auch für uns. Falls Sie und Ihre Frau mal jemanden zum Schieben und Schleppen brauchen, Möbel und solches Zeug, bitte wenden Sie sich an mich. Ich bin vielleicht nicht sehr helle«, er grinste wieder, »aber ich habe einen starken Buckel. Jetzt muß ich auf den Sportplatz hinüber und mir das Fett von meinem armen, dicken Hintern runtertrainieren.« Er hatte den leichtfüßigen Gang des Athleten; sein kurzgeschorener Schädel wirkte zu klein für den mächtigen, stämmigen Hals, der aus dem Pullover ragte.

Während Strand ins Haus ging, dachte er über die beiden R's nach ... Rollins und Romero. Ein Schwarzer und ein Puertoricaner. Würde Romero mit seinem Zynismus aus der Gosse nicht sofort denken: Selbstverständlich halten sie den schwarzen Bruder und den nicht ganz weißen Bruder auf ihre nette, vornehme Weise separiert? Oder würde er es als Zufall in der alphabetischen Reihenfolge hinnehmen? Der Verwalter hatte ihm mitgeteilt, daß es den Jungen möglich sei, die Zimmer zu tauschen, falls niemand etwas dagegen habe. Und falls alle Jungen mit der Einteilung zufrieden waren und keine Änderungen nötig waren, was dann? Er wußte weder, wie viele schwarze Jungen sich unter den Schülern befanden, noch unter welchen Gesichtspunkten sie ausgewählt worden waren. Rollins zugegebenermaßen, weil er ein guter Fußballspieler war. Strand war leicht schockiert, daß eine Schule mit dem Ruf von Dunberry seine Teams so unverhüllt rekrutierte. Und Romero, weil sich durch die glückliche Fügung des Zufalls im Laufe eines Gesprächs ein einflußreicher Mann für ihn zu interessieren begonnen hatte. Aber wie war das mit den übrigen? Er würde sich diskret erkundigen müssen, welche Linie die Schule eigentlich verfolgte.

Er betrat den großen Aufenthaltsraum, wo sich ein Radio, ein Fernsehapparat und einige Bücherschränke mit wahllos zusammengewürfelten Bänden befanden. Er begann sie zu ordnen und merkte, daß er nach einer Ausgabe von »Verfall und Untergang des Römischen Reiches« suchte. Falls er ein Jahr lang mit Romero darüber streiten mußte, würde er gut daran tun, Gibbon noch einmal zu lesen, und zwar äußerst sorgfältig. Aber die einzigen Bücher, die er von Autoren mit den Anfangsbuchstaben G fand, waren »Inside Africa« von John Gunther und »Die Überflußgesellschaft« von John Kenneth Galbraith. Er hatte das Gefühl, daß ihm keines von beiden bei seinen Debatten mit Romero viel nützen würde. Er konnte sich das Hohngelächter ausmalen, wenn der Junge, dessen Mutter ein Fürsorgefall war, zufällig Galbraith in die Hände bekäme. Er nahm das Buch aus dem Regal, trug es in seine Wohnung und legte es auf seinen Nachttisch. Falls er »Die Eroberung von Mexiko« und die »Die Eroberung von Peru« gefunden hätte, würde er sie, obwohl es sich um seine Lieblingsbücher handelte, ebenfalls versteckt haben. Sie wären nur zusätzlicher Brennstoff für Romeros schwelende Haßgefühle gewesen.

Er wußte, daß Caroline um acht Uhr morgens zu Dr. Laird bestellt gewesen war, noch ehe er zu operieren begann. Er erwartete zwar nicht, daß es irgendwelche dramatischen Entwicklungen in ihrem Befinden zu berichten geben würde, aber er beschloß zu telefonieren und gestand sich ein, daß er es mehr tat, um Leslies Stimme zu hören, als seiner Tochter wegen. Während er wählte, nahm er sich vor, sich kurz zu fassen. Bei seinem Gehalt waren Ferngespräche ein gefährlicher Luxus.

Caroline war am Telefon. »Oh, Pappi«, sagte sie. »Ich bin so froh, daß du anrufst. Dr. Laird ist der reinste Weihnachtsmann. Er hat sich meine Nase angesehen, machte noch ein paar Röntgenaufnahmen und sagte, ich kann in einer Woche den Verband abnehmen und werde wieder wie ein Mensch aussehen. Mammi meint, wir werden Zeit haben, dich ein paar Tage lang zu besuchen, bevor wir westwärts ziehen. Ist das nicht toll?«

»Der Weihnachtsmann hat immer recht«, meinte Strand. »Wenn du ihn das nächstemal siehst, sag ihm, daß auch ich mich ganz weihnachtlich fühle. Und wenn du kommst, zieh das häßlichste und längste Kleid an, das du besitzt. Von morgen an gibt's hier vierhundert junge Burschen.«

Caroline kicherte. »Ach was, so umwerfend wird es nicht sein, glaube ich. Aber wäre es nicht schön, wenn es so wäre?«

»Nein«, sagte Strand. »Jetzt möchte ich deine Mutter sprechen.«

Auch Leslies Stimme klang fröhlich. »Caroline hat es dir erzählt«, sagte sie. »Ist es nicht herrlich? Und wie geht's dir?«

»Den Umständen entsprechend. Die Leute sind nett, und das Haus ist zwar ein alter Schuppen, aber eine Frau wird hier Wunder wirken. Die Frau, die gebraucht wird, bist du.«

»Alles zu seiner Zeit, Lieber.« Aber sie schien erfreut. »Brauchst du irgend etwas Bestimmtes, das wir mitbringen können, wenn wir kommen?«

»Nur unser Bett.«

»Du bist unverbesserlich.« Aber es klang noch um eine Spur erfreuter. »Übrigens, vor wenigen Minuten erschien dein junger Freund Romero, um seine Kleider abzuholen. Er sagte, er habe vor, statt morgen schon heute hinzufahren. Er schien es kaum erwarten zu können. Ich glaube, du irrst dich in dem Jungen. Seine Manieren waren tadellos.«

»Er ist ein vollendeter Schauspieler. Was hielt Caroline von ihm?«

»Sie hat ihn nicht gesehen. Du weißt ja, wie sie in letzter Zeit ist. Wenn es an der Tür läutet, sperrt sie sich in ihrem Zimmer ein. Er fragte, ob er seine neuen Sachen im Badezimmer anziehen könne. Als er wieder herauskam, sah er recht hübsch aus, so klein er ist. Er äußerte eine seltsame Bitte. Er sagte, er hätte all seine alten Kleider im Badezimmer gelassen, und bat mich, sie zu verbrennen.«

»Falls er seine üblichen Klamotten am Leibe trug, ist die Bitte gar nicht so seltsam. Genug von ihm. Wie geht es dir?«

»Gut.« Sie zögerte. »Ich muß dir ein Geständnis machen. Mrs. Ferris, du erinnerst dich an sie, sie ist die Direktorin von Carolines Schule, rief vorige Woche an und fragte mich, ob ich es mir einteilen könne, einmal wöchentlich in die Stadt zu kommen und den Schülern Privatunterricht zu geben. Sie sagte, ich könnte das Musikzimmer benützen. Es werden nicht viele sein. Ich würde von meinen anderen Schülern nur die besten behalten.«

»Inwiefern ist das ein Geständnis?«

»Weil ich dir noch nicht davon erzählt habe. Du hattest ohnehin zu viel im Kopf.«

»Willst du es tun?«

Leslie zögerte wieder. »Ja«, sagte sie. »Glaubst du, es würde den Leuten in Dunberry etwas ausmachen?«

»Ich bin sicher, man kann es in deinen Stundenplan einbauen. Ich werde heute fragen.«

»Wenn es schwierig ist, laß es, Lieber.«

»Es ist überhaupt nicht schwierig.«

»Es würde bedeuten, daß ich irgendwo in New York übernachten muß.«

»Ich denke, eine Nacht werde ich überstehen.«

»Überanstrengst du dich auch nicht?«

»Ich tue überhaupt nichts. Gestern habe ich mit dem Lehrkörper Tee getrunken, und die Jungen kommen erst morgen an. Und ich habe bereits einen riesigen Fußballer aufgetan, der sich erbötig machte, uns das Klavier hin und her zu tragen. Ich glaube, wir werden diesen Ort noch lieben«, sagte er mit aller ihm zur Verfügung stehenden Aufmerksamkeit.

»Ich bin überzeugt.« Aber es klang nicht ganz so überzeugt.

»Heute ist es wunderschön in New York. Spätsommerwetter.« Sie sagte nicht, warum sie es für notwendig erachtete, über das Wetter in der Stadt zu berichten.

»Hast du etwas von Jimmy oder Eleanore gehört?«

»Aus dem Auge, aus dem Sinn. Aber ich werde Jimmy zu bewegen suchen, mit uns zur Schule zu kommen. Himmel, dieser Anruf muß ja ein Vermögen kosten! Wir werden alle Neuigkeiten aufsparen, bis wir uns sehen. Auf Wiedersehen, Lieber.«

»Wiedersehen, Liebstes«, flüsterte er. Eine Nacht pro Woche, ging es ihm durch den Sinn, als er einhängte.

Es klopfte an der Tür, und er rief: »Herein.«

Eine dicke Frau in ausgebeulten schwarzen Hosen und einem Pullover, der einen gewaltigen Busen umspannte, trat ein. Sie trug eine große Einkaufstasche und hatte einen rosigen Teint und blondgefärbtes Haar. »Guten Morgen, Mr. Strand«, sagte sie. »Ich bin Mrs. Schiller. Ich bin hier die Wirtschafterin. Ich hoffe, Sie fanden alles in Ordnung.«

»Bestens, bestens.« Strand reichte ihr die Hand. Sie war weich, aber kräftig. »Sie brauchen nur ein Bett zu richten. Meine Frau wird erst in ein paar Tagen eintreffen. Und zwei von den Jungen kommen heute an. Sie heißen Rollins und Romero und sind in Zimmer drei eingeteilt.«

»Die Schüler kümmern sich selbst um ihre Zimmer«, sagte Mrs. Schiller. Ihre Stimme war heiser, als rauche sie zuviel. »Gelegentlich bringe ich den Aufenthaltsraum in Ordnung, wenn das Durcheinander ein bestimmtes Maß überschreitet. Und von Zeit zu Zeit werfe ich einen Blick nach oben und sehe nach, ob die Wände noch stehen.« Sie lächelte. Sie hatte ein warmes, mütterliches Lächeln. »Heute morgen kam ich durch den Speisesaal und stellte fest, daß Sie zum Frühstück nicht da waren. Mein Mann arbeitet in der Küche, er ist Bäcker, und ich helfe aus, solange das Personal noch nicht vollzählig ist. Soll ich Ihnen etwas einkaufen und in den Kühlschrank tun? Kleinigkeiten, Obst und solches Zeug? Bis Ihre Frau ankommt?«

»Das wäre sehr freundlich von Ihnen.«

»Wenn Sie mir eine Liste machen würden ...«

»Was immer Sie für gut befinden, ist mir recht«, sagte Strand. Er erwähnte nicht, daß er gerne eine Flasche Whisky im Hause hätte. Das würde er selbst besorgen. Er wußte nicht, wie diskret die Frau war, und er wollte das Risiko nicht eingehen, daß sie verbreitete, der neue Geschichtslehrer sei ein einsamer Trinker.

»Gibt es noch irgend etwas Besonderes, das Sie mir sagen wollten?« fragte sie.

»Nichts. Oh... eines noch. Bitte rühren Sie den Schreibtisch nicht an, und wenn er noch so unordentlich aussieht.«

Sie lächelte wieder. »In einer Schule, wo jedermann von Papieren lebt, lernt man das schnell«, sagte sie. »Ich habe schon Schreibtische gesehen, auf denen zwischen Büchern und Papieren und Zeitschriften Mäuse jahrelang hätten leben können, ohne entdeckt zu werden. Falls es irgend etwas gibt, das Ihnen oder Ihrer Frau nicht paßt, sagen Sie's mir bitte gleich. Das Ehepaar, das bis zum Sommer hier war, getraute sich nicht, mir zu sagen, wie sie die Dinge gerne hätten. Ich habe die Dame ständig dabei ertappt, wie sie die Stühle anders stellte und die Pflanzen rückte und ganz schuldbewußt dreinsah, wenn ich hereinkam. Ich möchte, daß Sie und Ihre Frau sich hier wohl fühlen.«

»Danke sehr, Mrs. Schiller. Das werden wir mit Sicherheit tun.«

»Noch etwas, Mr. Strand«, sagte sie, während sie ihre Tasche öffnete, eine Schürze herausnahm und sie um ihre umfangreiche Mitte band, »falls Sie einmal etwas Besonderes an Backwaren brauchen... für eine Party vielleicht oder eine Geburtstagstorte, lassen Sie es mich wissen. Meinem Mann macht es Spaß, für den Lehrkörper oder die Jungen ausgefallene Sachen zu machen. Es unterbricht den Trott, sagt er.«

»Ich werde es nicht vergessen. Ich habe drei Kinder... Sie sind erwachsen und werden nicht bei uns leben, aber wenn wir Glück haben, kommen sie von Zeit zu Zeit auf Besuch, und sie sind alle große Freunde von Schokoladentorte.« Es bereitete ihm Vergnügen, mit der netten, hilfsbereiten Frau von seinen Kindern zu sprechen. »Haben Sie Kinder?«

»Gott hat es nicht gefallen, uns welche zu schenken«, sagte Mrs. Schiller feierlich. »Aber die vierhundert Jungen, die durch das Haus stürmen, entschädigen einen fast dafür. Oh, fast hätte ich es vergessen. Seien Sie vorsichtig mit dem Kontrollicht am Herd. Es ist uralt und nicht mehr verläßlich. Das Gas könnte ausströmen.«

»Ich werde das Kontrollicht mit Adleraugen bewachen.«

»Letzten Februar wäre das Haus um ein Haar in die Luft geflogen. Das Ehepaar war wirklich sehr nett, aber ein bißchen sorglos. Sie wissen, was ich meine.«

»Oh, in der Tat. Mitunter bin ich selbst ein wenig sorglos. Aber meine Frau ist ein wahrer Teufel an Verläßlichkeit.«

»Sie müssen mir sagen, wenn Sie sie erwarten, dann bringe ich

Blumen und stelle sie als Willkommensgruß in die Wohnung. Es ist nicht zu glauben, was ein paar Blumen in diesem alten Haus ausmachen. Und ich lasse Holz hereintragen für ein Feuer. Einige von den Jungen sammeln Äste und schneiden alte Bäume um und machen Feuerholz daraus, um sich etwas dazuzuverdienen. Die Abende sind hier frisch, und ein Feuer ist angenehm. Also, ich werde Sie nicht länger stören. Ich bin sicher, Sie haben eine Menge Arbeit, ehe die Invasion hereinbricht. Und verzeihen Sie, wenn ich etwas sage: Sie sollten sich ein wenig freinehmen und Spaziergänge machen. Es würde Ihrer Gesichtsfarbe guttun.« Sie machte eher den Eindruck einer Kinderfrau, die seit Jahren in der Familie ist, als den einer Putzfrau, die er eben erst getroffen hatte. Als sie aus dem Zimmer ging, hatte Strand das Gefühl, bei seinem nächsten Gespräch mit Leslie etwas Gutes vermelden zu können.

Er betrachtete sich im Spiegel über dem Kamin. Die Sonnenbräune war von seinem Gesicht verschwunden, und er fand, daß er ein bißchen grün aussah. Er trat vor die Tür. Er würde Mrs. Schillers Rat befolgen und einen langen Spaziergang in die Stadt machen, seine Gesichtsfarbe auffrischen und Ausschau nach einem Geschäft halten, wo er eine Flasche Whisky kaufen konnte.

Als Romero ankam, war es bereits dunkel. Strand hatte in der Stadt zu Abend gegessen; er wollte den Zeitpunkt hinausschieben, ab dem er mit den Damen und Herren des Lehrkörpers beim Essen nichtssagende Konversation würde betreiben müssen. Wenn Leslie dagewesen wäre, hätte sie mit Sicherheit bereits mehr als ein halbes Dutzend von ihnen bei ihren Vornamen genannt und die verschiedenen Charaktere einzuschätzen gewußt – was sich nachträglich auf geheimnisvolle Weise als zutreffend erwiesen hätte. Er selbst besaß diese rasche Gabe nicht, er brauchte Zeit und langsam wachsende Vertrautheit, um sich ein Urteil über Menschen zu bilden. Diese Langsamkeit bewahre ihn vor unangenehmen Überraschungen, pflegte er zu Leslie zu sagen.

Er stand an der Eingangstür des Malson-Hauses, sah zu den Sternen auf und zögerte ein wenig, in das leere Haus zurückzukehren, als er eine kleine Gestalt sah, die eine viel zu große Tasche schleppte und sich, vom Hauptgebäude kommend, über den Campus plagte. Im Licht der längs der asphaltierten Wege stehenden Lampen sah er, daß Romero die neuen Kleider von Brooks Brothers trug, Hosen, eine Tweedjacke und einen Kragen mit Krawatte.

»Guten Abend, Romero«, sagte er, als der Junge näher kam. »Ich war nahe dran, die Hoffnung aufzugeben, dich heute noch zu sehen. Was ist geschehen? Hast du dich verirrt?«

»Ich verirre mich nie«, sagte Romero, setzte die schwere Tasche ab und rieb sich die Schulter. »Meinetwegen muß man keine Suchmannschaft losschicken. Ich habe im Zug ein Mädchen getroffen. Sie war auf dem Weg nach New London, wo sie als Kellnerin arbeiten wird. Wir kamen ins Gespräch, und sie war in Ordnung. Sie erzählte mir, daß sie früher als Stripperin gearbeitet hat. Wir haben beschlossen, in New Haven auszusteigen und den Nachmittag miteinander zu verbringen. Ich hatte noch nie was mit einer Striptease-Künstlerin zu tun und überlegte, daß es für längere Zeit meine letzte Chance sein könnte. Ich habe ihr ein Mittagessen gekauft, und wir haben uns die Sehenswürdigkeiten von New Haven angeguckt. Dann setzte ich sie wieder in den Zug, hab' den Bus erwischt, und hier bin ich, bereit zu umfassender Bildung.« Er sah sich voll Abscheu um. »Hier ist's aber wirklich ausgestorben. Was machen die? Jeden erschießen, der sich nach Einbruch der Dunkelheit auf der Straße zeigt?«

»Warte bis morgen«, sagte Strand. »Dann brauchst du einen Verkehrspolizisten, um durch den Speisesaal zu kommen. Hast du gegessen? Im Kühlschrank gibt's was.«

»Ich bin nicht hungrig. Aber einen Drink könnte ich vertragen. Haben Sie Bier in der Bude?«

»Ich fürchte, nein«, antwortete Strand kalt. Er erwähnte nicht, daß sich in seinem Küchenschrank in einem braunen Papiersack – genauso, wie er sie von der Stadt gebracht hatte – eine Flasche Whisky befand. »Ich glaube, es gibt hier eine Regel, die den Schülern Drinks verbietet.«

»Bier ist ein Drink?« sagt Romero ungläubig. »Was ist das hier, ein Kloster?«

»Eine Knabenschule«, klärte Strand ihn auf. »Beachte, daß ich *Knaben* sagte. Komm, ich helfe dir die Tasche tragen. Sie sieht schrecklich schwer aus. Ich zeig' dir dein Zimmer.« Er bückte sich und hatte Schwierigkeiten, die Tasche vom Boden zu heben. »Was hast du da drin, Ziegelsteine?«

Romero grinste. »›Verfall und Untergang des Römischen Reiches‹ von Gibbon. In sieben Bänden.«

Während sie sich die Stiegen zum obersten Stockwerk empormühten und abwechselnd die Tasche schleppten, sagte Strand: »Dein Zimmerkamerad ist schon da. Er ist im Fußballteam.«

»Ich hätte ja meine Fußballjacke mitgebracht, die Sie so mögen, Professor«, sagte Romero, »aber sie haben meine Nummer aus dem Verkehr gezogen und stellen sie im Turnsaal der Oberschule in einem Glaskasten aus.«

»Du wirst entdecken, Romero, daß dein Sinn für Humor hier nicht den gleichen Anklang findet wie in New York.«

Als sie sich dem obersten Stockwerk näherten, hörten sie laute Rockmusik.

»Was haben die denn hier oben ... eine Disco?« fragte Romero. »Übrigens, Professor, wie hält man's hier denn mit den Mädchen?«

»Ich glaube nicht, daß deine Striptease-Tänzerin hier willkommen ist«, sagte Strand. »Dunberry hat eine Schwesternschule. Aber sie ist fünf Meilen weit weg.«

»Liebe findet ihren Weg«, sagte Romero hochtrabend.

Die Tür zu dem Zimmer stand offen, und das Licht fiel auf den Gang. Rollins hatte seine Schuhe ausgezogen, lag auf seinem Bett und las ein Buch. Auf einem Tisch stand ein Kassettenrecorder und plärrte, keinen halben Meter von dem Jungen entfernt, in sein Ohr. Aber als er Strand und Romero sah, stand er rasch auf und stellte den Apparat ab.

»Das ist dein Zimmerkamerad. Rollins ... Jesús Romero.«

»Man spricht meinen Namen Chesús aus«, sagte Romero.

»Entschuldige.« Auf der Oberschule hatte sich nie die Gelegenheit ergeben, die Schüler bei ihren Vornamen zu nennen, und Strand fürchtete, daß die nachlässige falsche Betonung von Romeros Namen ein schlechter Start für seine Beziehungen zu dem Jungen in Dunberry sein könnte. »Von jetzt an werde ich es mir merken.«

Rollins streckte seine Hand aus, und Romero ergriff sie nach einem kurzen, mißtrauischen Blick. »Willkommen, Chesús«, sagte Rollins. »Ich hoffe, du magst Musik.«

»Nicht jede«, sagte Romero.

Rollins lachte, ein tiefes, dröhnendes, gutmütiges Lachen. »Du wirst wenigstens nicht viel Platz brauchen, Bruder«, sagte er. »Wirklich aufmerksam von Mr. Strand – in Anbetracht meiner Größe und der Größe des Zimmers.«

»Ich hatte nichts damit zu tun«, sagte Strand rasch. »Es geht nach dem Alphabet. Also, ich lasse euch beide jetzt allein, damit ihr einander beschnuppern könnt. Die Lichter sollen um zehn Uhr dreißig aus sein.«

»Um zehn Uhr dreißig bin ich nicht mehr schlafen gegangen,

seit ich zwei war«, sagte Romero.

»Ich habe ja nicht gesagt, daß du schlafen mußt. Die Lichter müssen aus sein.« Strand wußte, daß er gereizt klang, und er bereute es. »Gute Nacht.«

Er verließ das Zimmer und blieb wenige Schritte von der Tür entfernt stehen, um zu horchen. Was er hörte, überraschte ihn. »Nun, schwarzer Bruder«, sagte Romero im übertrieben starken Akzent des Südens. »Wie ich sehe, gibt's auf dieser guten alten Plantage Sklavenquartiere mit allem Drum und Dran.«

So leise wie möglich stieg Strand die Treppe zu seiner Wohnung hinunter. Er betrachtete die Whiskyflasche in ihrem braunen Papier im Küchenschrank, aber er öffnete sie nicht. Er hatte das Gefühl, daß er sie an anderen Abenden nötiger brauchen würde.

5

Es wäre eine Selbsttäuschung, zu behaupten, daß ich tatsächlich ein Tagebuch führe. Das Semester ist jetzt eine Woche alt, und wenn der Tag zu Ende geht, bin ich zu müde, um mehr zu tun, als einen Blick auf meine Vorbereitungen für die nächsten Stunden zu werfen oder über einer Zeitung einzunicken. Der Tag, an dem die Jungen ankamen, war das reinste Irrenhaus ... Begrüßung der Eltern, die ihre Sprößlinge entweder über den grünen Klee lobten oder Sonderwünsche äußerten; oder sie nahmen mich beiseite, um mir anzuvertrauen, daß der Herr Sohn angehalten werden müsse, jeden Abend eine bestimmte Medizin gegen Anämie einzunehmen; ein anderer habe Masturbationsprobleme, wieder ein anderer träume im Unterricht vor sich hin und benötige ständige Überwachung beim Lernen, um nicht durchzufallen.

Als es mir schließlich gelang, die Jungen voneinander zu unterscheiden, erschienen sie mir als durchschnittlich wohlerzogene junge Leute, höflich zu ihren Vorgesetzten, wenngleich ein wenig herablassend, und ungestüm mit ihresgleichen. Ich sehe für die Zukunft keine besonderen Schwierigkeiten. Romero und Rollins scheinen blendend miteinander auszukommen. Rollins hat Romero sogar dazu überredet, der Fußballmannschaft beizutreten, obwohl Romero kaum mehr als dreiundsechzig Kilo wiegen kann, während Rollins gut und gerne seine fünfundneunzig hat. Gleich am ersten Tag gab es am Fußballplatz des Campus ein improvisiertes Spiel. Romero, der abseits stand und zusah, wurde sozusagen gewaltsam rekrutiert. Er mußte für einen Spieler einspringen, der sich den Knöchel verstaucht hatte. Als er den Ball zum ersten Mal erwischte, erzielte er schon ein Tor. Ich beobachtete ihn voll Staunen, wie er rannte und trickste, plötzlich die Richtung änderte und sich dem Griff von Jungen entwand, die doppelt so groß waren wie er. Im Laufen schien er unberechenbar wie eine Taube im Flug, und mit seinem raffinierten Hakenschlagen hängte er seine hilflos keuchenden Verfolger mühelos ab. Vielleicht, dachte ich halb im Scherz, hatte eben dieses Talent ihn davon bewahrt, von der New Yorker Stadtpolizei geschnappt und eingesperrt zu werden. Am selben Abend sprach Rollins ein ernstes Wort mit ihm, brachte ihn zum Fußballtrainer, und am nächsten Nachmittag hatten sie irgendwie einen Dress aufgetrieben, der klein genug für ihn war; und er war im Fußballteam. Zwar fürchte ich die Folgen eines ernsthaften Handgemenges, in dem er von einem Haufen Rohlingen bedrängt und zerquetscht werden könnte; aber was seine künftige Beziehung zu den anderen Schülern betrifft, läßt sich Gutes ahnen.

Einige Tage nach Semesterbeginn erhielt Strand die Mitteilung, daß der Direktor ihn gerne sprechen würde. Als er das Büro betrat, begrüßte Babcock ihn herzlich, aber ein wenig nervös. »Wir haben ein kleines Problem«, meinte er. »Es geht um Jesús Romero.«

»Aha.« sagte Strand.

»Genau«, fuhr Babcock fort. »Aha. Es scheint, daß Romero den Gottesdienst schwänzt. Wie Sie vielleicht wissen, wurde uns der Stiftungsfonds, welcher die Schule in den sechziger Jahren vor dem Untergang bewahrte, testamentarisch vermacht. Aber die Erbschaft war an gewisse Bedingungen geknüpft, die wir akzeptierten. Es handelte sich um eine äußerst großzügige Schenkung. Äußerst großzügig. Das neue Wohnhaus ist eines ihrer Ergebnisse; unsere Bibliothek – eine der besten unter den Schulbibliotheken an der Ostküste – ein weiteres; und viele andere Annehmlichkeiten. Zufällig war die alte Dame, welche uns das Geld vermachte, äußerst religiös und hatte ihre eigenen Vorstellungen. Eine der testamentarisch verfügten Bedingungen besteht darin, daß sämtliche Schüler einmal täglich die Kirche besuchen. Sie verfügte auch, daß alle Jungen in Jacke und Krawatte im Speisesaal zu erscheinen haben. Andere Schulen sind von diesen Sitten längst abgegangen. Wir können es nicht. Ich würde Sie bitten, Romero ins Gewissen zu reden, ehe ich offiziell gegen ihn einschreiten muß.«

»Ich werde es versuchen«, sagte Strand.

»Sie haben es ja selbst gesehen: die Gottesdienste sind praktisch neutral und konfessionslos. Wir haben etliche Katholiken und Juden unter unseren Schülern, und es scheint ihnen keinerlei Schwierigkeiten zu machen, sich der Schulordnung anzupassen. Vielleicht könnten Sie dies Romero gegenüber erwähnen.«

»Das werde ich«, versprach Strand. »Es tut mir leid, daß er Ihnen Schwierigkeiten bereitet.«

»Es wird ärgere geben, ehe das Semester zu Ende ist – unweigerlich. Und nicht nur mit Romero«, seufzte Babcock.

Strand befahl Romero nach dem Unterricht zu sich und berichtete ihm von seinem Gespräch mit dem Direktor, erläuterte alle Argumente des Direktors. Romero hörte schweigend zu, dann schüttelte er den Kopf. »Die Juden und die anderen Katholiken sind mir egal«, sagte er. »Ich habe meine eigene Art von Katholizismus.«

»Wann warst du zum letzten Mal in der Messe?« fragte Strand.

Romero grinste. »Als ich getauft wurde. Ich glaube nicht an Gott. Falls ich zwischen der Kirche und dem Verweis von der Schule zu wählen habe, gehe ich und packe meinen Koffer.«

»Bist du sicher, daß ich das Mr. Babcock mitteilen soll?«

»Ja.«

»Du kannst gehen«, sagte Strand.

Der Direktor seufzte, als Strand ihm am folgenden Tag von seinem Gespräch mit Romero berichtete. Strand stellte fest, daß ein Gutteil ihrer Unterhaltung durch Seufzer interpunktiert wurde. »Nun«, meinte Babcock schließlich, »falls niemand Lärm schlägt, werden wir damit leben, denke ich.«

»Da wäre noch etwas«, sagte Strand. »Es geht um meine Frau. Sie hat am Mittwoch keinen Unterricht, und am Donnerstag beginnt ihre erste Stunde um zehn. Würden Sie es als große Zumutung betrachten, wenn sie jeden Mittwoch nach New York führe? Sie hat einige Schüler, die sie höchst ungern aufgeben möchte.«

»Das verstehe ich völlig«, versicherte Babcock. »Selbstverständlich ist das zu machen.«

Strand verließ das Büro und dachte: Was für ein anständiger und kluger Mann! Obwohl das Semester eben erst begonnen hatte, fühlte Strand, wie angenehm und ruhig die Schule geführt und mit welch geringem Ausmaß an Zwang und Disziplin aufrechterhalten wurde. Zwischen den Jungen und den Lehrern herrschte eine unbeschwerte, freundliche Atmosphäre. Der Lehrkörper sorgte für ein angenehmes Klima im Unterricht, und Strand entdeckte aufs neue jenes Gefühl von Hoffnung, das ihn in seinen ersten Jahren als Lehrer erfüllt hatte.

»Du hast Glück, daß Mr. Babcock ein nachsichtiger Mann ist«, sagte er am nächsten Tag zu Romero. Er hatte den Jungen eine Nacht lang überlegen lassen, ehe er ihm Babcocks Entscheidung mitteilte. »Er verweist dich nicht von der Schule. Erzähl es nur nicht herum. Und du könntest ihm ein paar Dankesworte schreiben.«

»Haben Sie ihn gefragt, ob *er* an Gott glaubt?«

»Treib's nicht auf die Spitze, junger Mann«, wies ihn Strand zurecht.

Romero zog ein Papier aus der Tasche und entfaltete es. »Da ist etwas, das Sie unterschreiben müssen, Mr. Strand«, sagte er. »Es ist die Erlaubnis meiner Mutter, daß ich im Fußballteam spielen kann. Ich habe es eben heute nachmittag bekommen.«

Strand betrachtete das Papier. Es war ein Formular der Sportabteilung mit einer Rubrik für die Unterschrift der Eltern und einer anderen für die Unterschrift des Hausaufsehers, der die Echtheit der Elternunterschrift zu bestätigen hatte. Letztere bestand im vorliegenden Fall aus einem mit Bleistift hingekritzelten x. Während Strand darauf niedersah, musterte Romero ihn mit jenem herausfordernden dunklen Blick, der Strand noch immer Unbehagen bereitete. Dennoch – hier war der Beweis, daß innerhalb einer einzigen Generation der Übergang von einer des Lesens und Schreibens unkundigen Mutter zu einem Halbwüchsigen, der hitzige Debatten über die Werke von Edward Gibbon zu führen vermochte, möglich war; und Strand war geneigt, dem amerikanischen Schulsystem Abbitte zu leisten.

Strand übergab das Formular dem Fußballtrainer, Mr. Johnson, einem ernsten, gottesfürchtigen Mann, der vor jedem Match im Umkleideraum Gebete sprach, womit er Gott nicht etwa um den Sieg anflehte, sondern um Schutz für die Spieler beider Mannschaften. Beim Anblick des x hob der junge Mann die Augenbrauen. »Ich nehme an, es ist rechtsgültig«, sagte er.

»Ich denke, ja«, meinte Strand.

»Jedenfalls«, bemerkte der Trainer, »kann der *Junge* Zeichen verstehen.«

Dann fügte er lächelnd hinzu: »Obwohl er sie selten befolgt. Er macht die anderen Jungen verrückt. Sie wissen nie, was er tun wird. Wenn man ihn an das eine Ende des Feldes dirigiert und es für ihn dort nicht gut aussieht, dreht er sich einfach um und rennt durchs Mittelfeld oder sogar ans andere Ende. Er macht alles falsch, ich brülle ihn an, aber es hilft nicht viel. Und es ist schwer, allzu hart mit ihm umzugehen. Bei seiner Größe gehört Mumm dazu, überhaupt auf das Feld hinauszugehen; übrigens kommt er fast immer gut davon. Irgendwie verschafft er sich Luft und hängt alle ab. Er ist wie ein Aal. Niemand kriegt ihn wirklich zu fassen. Es ist fast so, als würde er einer Lynchjustiz entwischen. Ich glaube, es ist ihm gleich, ob wir ein Spiel gewinnen oder verlieren, er will einfach jedermann beweisen, daß er nicht zu fangen ist. Ich will Ihnen etwas sagen, Mr. Strand, in all meinen Jahren als Fußballtrainer und als Trainer ist mir noch nie solch ein Bursche untergekommen. Er ist nicht wie ein Sportler... er ist wie irgendein Tier aus der Wildnis. Es ist, als hätte ich einen verrückten Panther in der Mannschaft.«

»Wird er es schaffen, im Schulteam zu bleiben?« fragte Strand.

Der Trainer zuckte die Achseln. »Ich habe nicht vor, ihn oft einzusetzen. Er ist zu klein, um regelmäßig zu spielen. Eines Tages würde man ihn bei lebendigem Leib zerquetschen. Es ist nicht mehr wie früher. Heutzutage sind schon diese jungen Kerle richtige Ungeheuer. Wie auch immer, er ist zu klein, er kann die Pässe nicht blockieren oder abfangen. Ich kann ihn eigentlich nur für spezielle Aufgaben einsetzen, die läuferische Qualitäten erfordern. Als ich ihm sagte, daß ich ihn in der Mannschaft behalten würde, fügte ich eher im Scherz hinzu, er würde viel Zeit auf der Bank verbringen müssen, ich würde ihn nur in aussichtslosen Situationen ins Spiel bringen. Da lächelte er einfach zu mir auf... so klein er ist, sein Lächeln würde einem Sergeant bei den Marines Angst machen... und er sagte: ›Trainer, genau mein Job. Bisher war mein ganzes Leben aussichtslos.‹«

»Ist er bei den anderen Jungen beliebt?« Strand fand, es sei nicht der richtige Augenblick, um diesem ernsten, religiösen jungen Mann mitzuteilen, daß er einen Goten in seiner Mannschaft hatte.

Der Trainer sah Strand nachdenklich an, als überlege er, ob er die ganze oder die halbe Wahrheit sagen solle. »Ich höre, Sie haben ein besonderes Interesse an dem Jungen«, sagte er. »Er verdankt es mehr oder weniger Ihnen, daß er hier ist, nicht wahr?«

»Mehr oder weniger. Er war mein Schüler in der Oberschule, und er war ein außergewöhnlicher Schüler.«

»Nun, wenn sein Zimmerkollege Rollins ihn nicht so sehr beschützte, hätte ihm schon längst einer einen Kinnhaken versetzt, denke ich. Er hält mit seiner Meinung nicht hinter dem Berg, was?«

Strand konnte sich ein Lächeln nicht verkneifen. »Man kann nicht umhin, es zu bemerken«, stimmte er zu.

»Wenn er eines seiner Täuschungsmanöver macht oder einer vor seinen Augen nicht rechtzeitig blockiert, dann ... nun, dann grinst er ihn höhnisch an, und sein Lieblingssatz, der den Jungen auf die Nerven geht, ist: ›Ich dachte, die Gentlemen seien hier, um Fußball zu spielen.‹ Er sondert sich und Rollins vom übrigen Team durch irgend etwas ab, das er bei der Lektüre englischer Literatur aufgeschnappt haben muß. Sie wissen ja, wie englische Zeitungen über die Aufstellung bei Kricketspielen zu berichten pflegen: ›Gentlemen versus Players.‹ Die Jungen wissen zwar nicht mit Sicherheit, was es bedeutet, aber sie wissen, daß es nicht schmeichelhaft für sie ist.«

»Sind außer Rollins noch andere Schwarze in der Mannschaft?«

»Heuer nicht«, sagte der Trainer. »Die Schule versucht alles erdenkliche, um schwarze Schüler zu bekommen, aber ohne großen Erfolg. Ich fürchte, die Schule stand viel zu lange im Ruf, sehr weiß, sehr angelsächsich und sehr protestantisch zu sein. Dieses Image zu ändern braucht Zeit. Ich glaube, es gibt nur vier andere Schwarze in der Schule, und keiner von ihnen spielt Fußball. Letztes Jahr hatten wir einen schwarzen Lehrer, der Kunstgeschichte unterrichtete. Er war gern gesehen, aber er hat sich hier nie zu Hause gefühlt. Überdies war er für eine Vorbereitungsschule zu hoch qualifiziert. Er lehrt jetzt an der Universität von Boston. Tja, die gute Absicht allein ist nicht alles, was?« Dieser große, gesunde junge Mann, dessen Lebensziele – wie Strand vermutete – schon berufsbedingt auf äußerst kurze Distanzen ausgerichtet waren, machte einen sehr nachdenklichen Eindruck.

Der Fußballtrainer war nicht das einzige Mitglied des Lehrkörpers, das Romero in Erstaunen versetzte. Noch eine zweite Lehrkraft, eine stille junge Frau namens Collins, die Romero in englischer und amerikanischer Litaratur unterrichtete, schloß sich Strand eines Tages an, als er das Hauptgebäude nach dem Mittagessen verließ, und bat, ein paar Minuten mit ihm über den Jungen sprechen zu dürfen. Auch sie glaubte zu wissen, daß er Strands wegen nach Dunberry hatte kommen können. Er gab sich keine Mühe, diese Annahme richtigzustellen und Hazens Rolle in der Angelegenheit zu erwähnen. Falls Hazen das Verdienst oder die Verantwortung für Romeros Anwesenheit auf dem Campus für sich in Anspruch nehmen wollte, war er sehr wohl selbst dazu imstande.

»Sie haben ihn in New York unterrichtet, nicht wahr?« sagte sie, während sie neben ihm ging.

»Falls man überhaupt von irgend jemandem behaupten kann, er habe Romero in irgend etwas unterrichten können«, gab er zur Antwort.

Sie lächelte. »Ich sehe schon, was Sie meinen. Hat er Ihnen Schwierigkeiten im Unterricht bereitet?«

»Sagen wir« – er gab sich Mühe, so verständnisvoll wie möglich zu klingen –, »seine Ansichten stimmten nicht immer mit denen anerkannter Autoritäten überein.«

»Der Schulwechsel scheint auf seine Gewohnheiten keinen Einfluß gehabt zu haben«, meinte Miß Collins. »Er hat bereits die ganze Klasse in einen wilden Streit verwickelt.«

»Du meine Güte«, sagte Strand. »Worüber?«

»Das erste Buch, das wir besprachen, war ›Das Blutmal‹ von Stephen Crane«, erzählte Miß Collins. »Ein Buch, zu dem die Jungen eine Beziehung haben. Der Stil ist bewundernswert einfach und richtungweisend für ein ganzes Genre der amerikanischen Literatur. Ich fragte, wer etwas dazu zu sagen hätte. Während zwei oder drei Jungen erklärten, warum sie das Buch mochten, verhielt sich Romero schweigsam, dann hob er die Hand, stand auf und sagte sehr höflich: ›Ich bitte um Verzeihung, Ma'am, es ist die reinste Gehirnwäsche.‹ Dann hielt er eine beachtliche Rede. Er sagte, egal was der Autor beabsichtigt oder nicht beabsichtigt haben mochte, im Endergebnis werde behauptet, daß man kein Mann sei, wenn man davonlaufe. Man bewähre sich nur, wenn man aufstehe und kämpfe, auch wenn man sicher sei, daß es einem den Schädel wegreißen werde; und solange es Menschen gäbe, die solche Bücher bewunderten, würde es junge Männer geben, die singend und Hurra rufend in den Krieg ziehen, um getötet zu werden. Er sagte, er habe keine Ahnung, wie es sich mit den anderen Jungen der Klasse verhalte, aber *er* würde an diesem Morgen todsicher nicht in diesem Klassenzimmer stehen, wenn er nicht sein ganzes Leben lang davongelaufen wäre. Davonlaufen, sagt er, sei doch ganz natürlich, wenn man Angst habe, und Zeug wie ›Das Blutmal‹ sei einfach eine Lüge, die alte Männer erfunden hätten, um junge Männer dazu zu kriegen, auszuziehen und sich totschießen zu lassen. Er sagte, er habe einen Onkel, der in Vietnam ausgezeichnet worden sei, weil er während eines Überfalles an seinem Maschinengewehr geblieben war, um den Männern seines Zugs die Flucht zu ermöglichen. Und nun sitze sein Onkel für den Rest seines Lebens im Rollstuhl. Und den Orden habe er in den Mülleimer geworfen.« Miß Collins hatte eine scheue Art des Erzählens und ein blasses, verstörtes Gesicht. Sie schüttelte den Kopf. »Ich werde mit dem Jungen einfach nicht fertig«, sagte sie verzagt. »Er gab uns allen das Gefühl, ungebildete Einfaltspinsel zu sein. Glauben Sie, daß er wirklich einen Onkel hat, der in Vietnam verwundet wurde?«

»Von einem Onkel höre ich zum ersten Mal«, sagte Strand. »Ich traue ihm durchaus zu, daß er so etwas erfindet.« Falls er überhaupt zu einer Debatte mit Romero bereit gewesen wäre – im besten Falle ein unergiebiges Unterfangen –, hätte er ihn daran erinnern können, daß Mr. Gibbon, jener Autor, den er so hoch schätzte, nahezu auf jeder Seite den Ausdruck »kriegerische Tapferkeit« gebrauchte. Konsequenz war nicht gerade des Jungen starke Seite, diese Erfahrung hatte Strand inzwischen gemacht.

»Würden Sie ihm etwas bestellen?« bat Miß Collins schüchtern. »Ehe er eine Ansicht äußert, welche die anderen Jungen verstören könnte, sollte er zu mir kommen und erst mit mir allein darüber sprechen.«

»Ich kann es versuchen«, sagte Strand. »Aber ich verbürge mich für nichts. Gespräche unter vier Augen *geben ihm nichts*, wie die Jungen zu sagen pflegen.« Plötzlich offenbarte sich ihm ein neuer Charakterzug Romeros. Er suchte immer ein Publikum, auch wenn es ihm – und das zog er sogar vor – nicht gewogen war. Er schien seinen Gefühlen mit Feindseligkeit Luft zu machen, verbunden mit einem Machtgefühl über ältere und in den Augen der Welt wesentlich mächtigere Menschen als er. Strand konnte sich sehr wohl vorstellen, daß einmal ein Redner aus ihm werden konnte, den die Polizei würde beschützen müssen, weil er seine eigenen Zuhörer in rasende Zwietracht und Angriffswut stürzte. Es war keine tröstliche Vorstellung.

»Eine der Schwierigkeiten, mit ihm auszukommen, besteht darin«, fuhr Miß Collins mit ihrem schwachen, um Entschuldigung heischenden Stimmchen fort, »daß er stets mit vollendeter Höflichkeit spricht, nichts als ›Ma'am‹ und ›Wenn ich fragen darf‹. Und er ist der bestvorbereitete Junge der Klasse. Sein Gedächtnis funktioniert mit fotografischer Genauigkeit, und zur Unterstützung seiner Thesen kann er buchstabengetreu ganze Absätze aus Büchern zitieren, die er gelesen hat. Als ich der Klasse eine Liste von Büchern gab, die sie während des Semesters lesen sollten, warf er sie verächtlich beiseite und sagte, die meisten davon habe er bereits gelesen, der Rest wäre pure Zeitverschwendung. Und er protestierte, weil James Joyces ›Ulysses‹ und ›Lady Chatterley's Lover‹ nicht auf der Liste standen. Stellen Sie sich das vor, ein Junge von siebzehn.«

»Wie pflegt man doch zu sagen«, meinte Strand, »er ist klüger als sein Alter. Oder er ist verderbter als sein Alter.«

»Er sagte, diese beiden Bücher zählten zu den Grundlagen der modernen Literatur, und sie zu übergehen hieße die Intelligenz der Klasse zu beleidigen und bedeute eine Absage an die Sexualität des modernen Mannes! Woher hat er denn solche Ideen? Was meinen Sie?« fragte sie erschüttert.

»Aus öffentlichen Bibliotheken.«

»Ich wünschte, wir hätten einen Kursus für Fortgeschrittene«, sagte Miß Collins. »Ich würde ihn sofort dort einreihen. Ich fürchte, er ist eine Art Genie. Ich hatte noch nie ein Genie in der Klasse, und ich will nie eines haben!«

»Kopf hoch«, sagte er. »Bei seinem Temperament ist es sehr wahrscheinlich, daß er in irgendwelche Schwierigkeiten gerät und relegiert wird.«

»Was mich betrifft, kann Ihre Prophezeiung gar nicht rasch genug eintreffen«, sagte Miß Collins, und ihre Stimme klang ausnahmsweise fest. Während sie sich traurig zu ihrer nächsten Stunde aufmachte, empfand Strand ein selbstsüchtiges Gefühl der Erleichterung, daß Romero wenigstens in diesem Semester nicht zu seinen Schülern zählte.

Zu Strands Pflichten als Hausaufseher zählte eine zweimal wöchentliche Inspektion der Zimmer, welche die Schüler bewohnten. Er pflegte sie vorzunehmen, während die Jungen im Unterricht saßen. Wie nicht anders zu erwarten, fand er von altjüngferlicher Ordentlichkeit bis zu einer Art infantiler Laufstallschlampigkeit alles vor. Das Zimmer im obersten Stock, welches von Romero und Rollins bewohnt wurde, war recht sauber gehalten, doch die Grenze zwischen den beiden Hälften des Zimmers sprang dermaßen ins Auge, daß es fast schien, als liefe eine unsichtbare Mauer quer durch den Raum und trennte Rollins' Seite von Romeros. Auf Rollins' Bett lag eine Indianerdecke mit buntem Muster und am Kopfende ein kastanienbraunes Kissen mit einem großen, gelben, aufgestickten W – dem Buchstaben, den er beim Spiel für sein

Schulteam gewonnen hatte. Auf seinem Schreibtisch stand in schwerem Silberrahmen eine Farbfotografie von einem ernst dreinsehenden schwarzen Ehepaar in mittleren Jahren, das vor einer weißen Veranda posierte. Das Foto trug eine Widmung: »In Liebe von Mama und Papa.« Daneben befand sich das Foto eines hübschen, lächelnden schwarzen Mädchens im Badeanzug. Die keusche Inschrift lautete: »Zur liebevollen Erinnerung, Clara.« An der Wand war ein großes Foto von vier riesigen, breit grinsenden Männern angebracht; der kleinste war Rollins selbst, alle trugen Pullover ihrer Schulmannschaften mit verschiedenen Buchstaben, alle waren eindeutig Brüder. Rollins hielt einen Fußball, der Bruder neben ihm einen Baseballschläger und die beiden anderen Basketbälle, um zu zeigen, daß ihre Sportlorbeeren nicht nur in einer Disziplin errungen worden waren. Sie stellten eine furchteinflößende, wenngleich freundlich blickende Gruppe dar, und es war nicht anzunehmen, daß irgendein Nachbar sich leichtfertig auf einen Streit mit ihnen einlassen würde. Über seinem Bett hing ein Plakat, das ein Konzert von Ella Fitzgerald ankündigte, und auf dem Nachttisch standen sein Kassettenrecorder und eine Reihe von Kassetten, die er, wie Strand aus Erfahrung wußte, in höchster Lautstärke zu spielen pflegte. Auf der kleinen Ablage unter seinem Schreibtisch lag ein Stoß Playboy-Hefte. Auch in anderen Zimmern hatte Strand solche und ähnliche Magazine gefunden, aber sie waren unter den Betten versteckt gewesen. Rollins war offensichtlich der Ansicht, daß er nichts zu verbergen hatte.

In einem der Fächer seines Kasten, den er achtlos offen gelassen hatte und in dem seine Kleider ziemlich bunt durcheinander hingen, stand ein halbes Dutzend Schachteln mit schokoladeüberzogenen Eibischkeksen. Strand mußte lächeln, als er an den jähen Hunger dachte, der den riesigen Kerl wohl nachts überkam, so daß er erwachte und in der Dunkelheit zu seinem Versteck mit Kindersüßigkeiten tappte, die ihm halfen, bis zum Frühstück durchzuhalten.

Im Gegensatz dazu war Romeros Zimmerhälfte nackt und spartanisch. Er benützte nur die hauseigenen eintönig olivfarbenen Decken, aber das Bett war mit militärischem Schmiß gemacht. Von Fotografien und Zeitschriften keine Spur, und der Schreibtisch war mit Ausnahme eines Notizblocks und einer ordentlichen Reihe scharf gespitzter Bleistifte leer. Es war, als hätte Romero beschlossen, nichts zurückzulassen, was Rückschlüsse auf seine Person ermöglichen könnte. Seine Kleider hingen in tadelloser

Ordnung im Kasten, und auf dem Regal stand die berühmte, 1909 von J.B. Bury herausgegebene siebenbändige Ausgabe von »Verfall und Untergang des Römischen Reiches«. Strand wußte, daß sie beträchtlichen Sammlerwert besaß und daß sie es war, die Romeros Gepäck am Tage seiner Ankunft so sehr beschwert hatte.

Wenn man den unterschiedlichen Geschmack der beiden jungen Männer bedachte, mußte man sich verwundert fragen, wie es zuging, daß sie in einem kleinen Zimmer so harmonisch miteinander hausten und jeder mit solch offensichtlichem Vergnügen die Gesellschaft des anderen suchte.

Strand hätte gerne genau gewußt, wie Romero zu der Gibbon-Ausgabe gekommen war und ob er sich über den Wert der Bücher im klaren war. Er hinterließ ihm einen Zettel und bat ihn, nach dem Fußballtraining am Nachmittag vorbeizusehen. Laut Schulordnung mußte Strand den Zustand aller Zimmer bewerten und die Noten am Schwarzen Brett des Hauses anschlagen. Die Noten gingen von eins bis zehn und er schrieb für Rollins' und Romeros Zimmer eine Zehn, obwohl ihn die unsichtbare Wand zwischen den beiden Betten irgendwie beunruhigte.

Frisch geduscht betrat Romero Strands Wohnzimmer. Er war wie stets adrett gekleidet und hielt seine Bewegungen sehr unter Kontrolle. Strand bat ihn, Platz zu nehmen, und stellte ihm, ehe er das eigentliche Thema anschnitt, einige Fragen über den Unterricht und das Fußballteam, welches Samstag sein erstes Match spielen sollte. Romero sagte, der Unterricht gefalle ihm, und er glaube, er sei ganz gut. Er meinte, es sei unwahrscheinlich, daß er dazu kommen würde, in dem Match zu spielen, aber er könne den Trainer gut leiden, obwohl es ihm an Phantasie mangele. Völlig offen berichtete er Strand, daß er dem Trainer mitgeteilt habe, er würde aus dem Team ausscheiden und sich ganz auf sein Studium konzentrieren, falls er innerhalb der beiden ersten Wochen der Saison nicht wenigstens ein paar Minuten lang mitgespielt hätte.

Routinemäßig fragte Strand, ob er irgendwelche Klagen habe, und Romero antwortete: Nein, keine. Er sagte, Mr. Hazen habe ihm geschrieben, daß er eine bestimmte Summe auf sein Konto bei der Schulbank überwiesen habe; er könne wöchentlich zehn Dollar davon als Taschengeld verwenden, wie alle anderen Schüler seiner Klasse. Er sagte, er habe Mr. Hazen ein paar Zeilen geschrieben und ihm für seine Großzügigkeit gedankt. Strand meinte, er könne sich bei Mr. Hazen persönlich bedanken, da er am Samstag hier eintreffen werde, um der Schule einen Besuch abzustatten.

»Aha, dann blüht mir wahrscheinlich wieder eine Rede«, sagte Romero lächelnd, aber ohne Bosheit.

Dann kam Strand auf die Bücher zu sprechen. »Weißt du«, sagte er, »sie sind ziemlich wertvoll.«

»Sind sie das?« fragte Romero unschuldig. »Das höre ich gern.«

»Wie bist du denn an sie gekommen?« wollte Strand wissen.

Der Junge sah Strand an, als wäge er seine Antwort ab. »Ich habe sie gestohlen«, sagte er nüchtern. »Es hat mich neun Ausflüge zu den Antiquariaten auf der Fourth Avenue gekostet, um sie alle abzuholen.« Kühl starrte er Strand an, und als dieser schwieg, sagte er: »Die Verkäufer in diesen Läden sind Dummköpfe. Sie passen nicht auf.«

»Möchtest du mir vielleicht mitteilen, aus welchen Läden du die Bücher abgeholt hast, wie du dich auszudrücken beliebtest?«

»Ich kann mich an die Namen nicht mehr erinnern«, sagte Romero und stand auf. »Gibt es sonst noch etwas, Sir?«

»Im Augenblick nicht«, erwiderte Strand.

Er ging hinaus. Strand saß an seinem Schreibtisch, starrte durch das Fenster in die wachsende Dunkelheit und sah sich einem Moralproblem gegenüber, das zu lösen er keine Lust hatte. Ich darf nicht zulassen, daß der Junge zu einer fixen Idee wird, dachte er. Ich habe andere Sorgen.

Samstag mittag fuhr der große Mercedes mit Conroy am Steuer vor dem Eingang des Malston-Hauses vor. Strand stand auf den Stufen, um Leslie, Caroline und Hazen zu begrüßen. Caroline hielt einen zappelnden kleinen schwarzen Labrador im Arm. Seine Gefühle überwältigten Strand, als er seine Frau und seine Tochter wiedersah, aber er wollte vor den beiden Jungen aus dem Haus, die von der Treppe aus zusahen, seine eheliche und väterliche Zuneigung nicht zur Schau stellen.

Zunächst vermied er es, Caroline anzusehen. »Wo ist Jimmy?« fragte er. »Ich dachte, er käme mit.«

»Solomon schickte ihn in letzter Minute nach Chigaco, um sich irgendeine Gruppe anzuhören, die dort auftritt«, sagte Leslie. »Das heißt, sein Stern ist im Steigen, behauptet Jimmy. Er wird versuchen, dich anzurufen, sobald er zurück ist. Er schickt Grüße.«

»Nett von ihm«, meinte Strand trocken. Dann streichelte er den kleinen Hund und fragte Caroline fast schroff: »Wo hast du denn *den* her?« Er hatte sie immer noch nicht genau angesehen.

»Mr. Hazen hat ihn mir geschenkt. Vor zwei Tagen. Als Dr.

Laird den Verband abnahm.« Sie setzte den Hund auf den Boden. Lächelnd und ein klein wenig nervös tippte sie mit ihrer Fingerspitze auf die Nase. »Wie findest du sie?«

»Gut«, sagte er. Er fand, daß sie schön war, aber er hatte ja immer gefunden, daß sie schön war. »Sie schaut tatsächlich echt aus.«

Caroline lachte. »Oh, Daddy«, sagte sie, »kannst du deine Begeisterung nicht ein bißchen zügeln?«

»Wichtig ist, was *du* denkst«, sagte Strand.

»Ich finde, aus dem häßlichen Entlein ist ein Schwan geworden«, sagte Caroline fröhlich, während sie ins Haus gingen. »Ich zittere bei dem Gedanken, was ich von nun an den Männern antun werde.«

»Übertreibe nur nicht«, sagte Leslie und sah die beiden Jungen, welche Caroline mit offensichtlichem Interesse musterten, streng an. »Die Operation war ein Erfolg, aber noch bist du kein Filmstar. Und du wirst dir abgewöhnen müssen, hundertmal am Tag in den Spiegel zu gaffen.« Aber sie sprach liebevoll, und Strand merkte, daß sie sich fast ebenso über Carolines neues Aussehen freute wie das Mädchen selbst.

Nicht ganz so erfreut zeigte sie sich über das Aussehen der Wohnung, obwohl Mrs. Schiller die strategischen Punkte des Wohnzimmers mit Blumen geschmückt hatte. »So trostlos habe ich das alles gar nicht in Erinnerung«, sagte sie. »Obwohl es besser aussehen wird, wenn wir unsere Sachen herbringen. Ich sehe schon, hier kommt Arbeit auf mich zu.«

»Es ist Zeit fürs Mittagessen«, sagte Strand. »Wir sollten in den Speisesaal gehen. Ich habe Bescheid gesagt, daß ihr kommt, und sie haben einen Besuchertisch für uns und einige andere Eltern gedeckt. Heute haben wir das erste Fußballmatch der Saison, und es sind eine ganze Menge Leute eingetroffen, um es sich anzusehen. Übrigens, Russell, unser Schützling Romero ist im Team.«

»Das darf doch nicht wahr sein!« lachte Hazen.

»Im Ernst«, sagte Strand, während sie Haus Malson verließen und den Weg zum Haupthaus einschlugen. »Vielleicht wird er heute nicht drankommen, aber der Trainer sagte mir, er habe vor, ihn in kritischen Situationen einzusetzen.«

»Wie macht er sich sonst?«

»Ich glaube, er kommt im Unterricht mit«, sagte Strand vorsichtig. »Ich versuche den Eindruck zu vermeiden, daß ich mich einmische. Aber er scheint recht gewissenhaft zu sein, und er macht keinen Unfug in den Studierstunden wie einige andere Jungen hier.«

»Du mußt mir eine Liste seiner Lehrer geben. Ich sollte mich mit ihnen unterhalten, während ich hier bin. Ich bin sicher, sie sind an Jungen seiner Art nicht gewöhnt, und ich möchte nicht, daß sie aus mangelndem Verständnis für seine Herkunft zu hart mit ihm umspringen.«

Strand erinnerte sich an Miß Collins und dachte bei sich, es würde sich möglicherweise als nützlich erweisen, wenn Hazen Romero ins Gewissen redete, nicht zu hart mit seinen Lehrern umzuspringen. Aber er hielt es für klüger, Hazen dies nicht mitzuteilen und auch die Gibbon-Bände in Romeros Zimmer nicht zu erwähnen. Hazen könnte einen Wutanfall bekommen und den Jungen augenblicklich hinauswerfen lassen. Dann würde das Experiment, an dem Strand einen Anteil zu haben glaubte, zu Ende sein, ehe es wirklich begonnen hatte.

Er blieb hinter den anderen zurück, um Leslies Arm zu nehmen und ein Stück mit ihr zu gehen. Dankbar lächelte sie ihm zu. »Ich habe dich so sehr vermißt«, flüsterte sie.

»Ich hingegen hatte hier ohne dich die tollsten Stunden meines Lebens«, sagte Strand. »Du machst dir keine Vorstellungen von den Orgien, die sich zur Teestunde im Aufenthaltsraum der Lehrer abspielen.«

Leslie drückt seinen Arm. »Du siehst gut aus«, stellte sie fest. »Es scheint, diese Schule bekommt dir.«

»Tut sie. Ich hoffe, sie bekommt auch dir.«

»Wenn du hier glücklich bist, werde auch ich hier glücklich sein.« Aber in ihrer Stimme lag etwas, eine kaum wahrnehmbare Modulation, die Zweifel, Widerstreben, einen Schatten von Angst andeutete.

Sie betraten den Speisesaal, der bereits von Jungen überfüllt war. An der Art, wie sie Caroline anstarrten, als sie mit dem zappelnden Hundebaby an der Leine durch den Saal ging, konnte Strand erkennen, daß die Operation in der Tat ein Erfolg gewesen war. Es fiel ihm auf, daß sich sogar Carolines Gang verändert hatte. Müßte er ihn beschreiben, er würde fast sagen: hochmütig.

Bei Tisch saß Hazen zu seiner Freude neben einem Mann aus der Ölbranche. Hazen kannte ihn aus Washington und unterhielt sich angeregt mit ihm. Nach dem Mittagessen begleitete Strand Leslie zum Haus zurück, denn sie wollte sich ein wenig hinlegen. Hazen, Caroline und Conroy waren mittlerweile zum Fußballplatz aufgebrochen. »Bist du sicher, daß ich nicht bei dir bleiben soll?« fragte Strand, während er zusah, wie Leslie ihre Schuhe auszog und sich auf einem der Betten ausstreckte.

»Wir haben später noch viel Zeit«, sagte Leslie. »Ich bin überzeugt, sie wären gekränkt, wenn du ihr Spiel nicht ansiehst. Und ich habe für heute schon genügend fremde Gesichter gesehen.«

Er beugte sich nieder und küßte sie auf die Stirn. Dann machte er sich auf den Weg zum Fußballplatz. Auf den hölzernen Tribünen waren etwa tausend Zuschauer versammelt, aber Hazen und Conroy saßen an ihrer anderen Seite. Das Spiel hatte bereits begonnen, aber Hazen meinte, es habe sich noch nichts ereignet. »Wo ist Romero?« fragte er.

Strand sah suchend die Spielerbank entlang. Ganz an ihrem Ende saß Romero, allein, zwischen ihm und dem nächsten Spieler lag ein beträchtlicher Abstand. Er saß vornübergebeugt, starrte auf seine Hände, die locker zwischen seinen Knien herabhingen, und blickte nicht ein einziges Mal auf das Spielfeld, als gingen ihn die Vorgänge da drüben nicht das geringste an. »Nummer 45«, sagte Strand.

»Gott, ist er *winzig*«, sagte Hazen. »Neben den anderen wirkt er wie ein Kindergartenkind. Bist du sicher, daß sich nicht jemand einen Witz mit ihm erlaubt?«

»Der Trainer nimmt ihn recht ernst.«

»Der Trainer muß ein Sadist sein«, sagte Hazen finster. »Ich finde, wir sollten ihn versichern lassen: volle Schadensdeckung, Spital, Arzthonorare und Begräbniskosten.«

»Wäre möglicherweise der einzige Weg für dich, etwas von dem wiederzusehen, was du in ihn investiert hat«, sagte Strand und dachte an die Rechnung von Brooks Brothers über knapp fünfhundert Dollar und die zehn Dollar Taschengeld pro Woche.

Hazen grinste Strand über Caroline hinweg zu; er faßte es als Scherz auf. Strand selbst war keineswegs sicher, daß er es im Scherz gesagt hatte.

Das Spiel verlief ziemlich miserabel. Es unterliefen Fehler am laufenden Band. Hinter ihnen wiederholte ein Mann, dessen Sohn soeben zwei Pässe verfehlt hatte, immer wieder: »Was will man denn, es ist das erste Spiel der Saison.«

Von der Qualität des Spieles abgesehen, war es angenehm, im warmen, frühherbstlichen Sonnenschein zu sitzen und die schnellen jungen Männer über den duftenden grünen Rasen flitzen zu sehen. Das Spiel hatte nichts von der brutalen Besessenheit an sich, die man beim professionellen Fußball oder bei Kämpfen zwischen den großen Universitäten zu sehen bekam. Strafen wurden nur selten verhängt, und wenn einem von den Dunberrys nach einem heftigen Zusammenprall die Luft wegblieb, kniete der Junge, der ihm den Schlag versetzt hatte, so lange ängstlich neben dem Verletzten, bis dieser sich wieder aufrichtete. Caroline, in deren Schoß sich das Hundejunge kuschelte, feuerte loyalerweise die Dunberry-Mannschaft an und lächelte einigen Jungen von der anderen Schule herausfordernd zu, als sie sich umwandten und gutgelaunt »Pfui« schrien. »Gib uns nur deinen Namen und deine Telefonnummer«, rief einer der Jungen, »und wir begleichen die Rechnung.«

»Hol sie dir von meinem Vater!« Caroline wies mit dem Daumen auf Strand. »Er unterrichtet hier.«

Der Junge lachte. »Verzeihung, Sir«, sagte er. »Ich komme später im Mannschaftshaus mit Notizbuch und Bleistift vorbei.«

Nach dem Spiel sollte im Mannschaftshaus für die Schüler beider Schulen und ihre Eltern Tee gereicht werden. Strand zweifelte nicht einen Augenblick daran, daß der Junge mit einem Notizbuch erscheinen würde, aber in drei Tagen würde Caroline in Arizona sein, und Strand gedachte ihm dies mit Freuden mitzuteilen.

Es wurden eine Menge Punkte erzielt, und gegen Ende des letzten Viertels führte die andere Schule mit 26:20. Die Jungen auf den Bänken waren aufgesprungen und feuerten ihre Mannschaftskollegen an; nur Romero saß immer noch abseits und betrachtete seine Hände. Als die beiden letzten Spielminuten angepfiffen wurden, ging der Trainer rasch zu Romero hinüber und sprach auf ihn ein. Romero erhob sich langsam, fast gemächlich, setzte seinen Helm auf und trottete aufs Spielfeld. Die gegnerische Mannschaft hatte den Ball an der 40-Yard-Linie, und ein Fallstoß schien unvermeidlich.

Romero nahm eine sichere Position an der eigenen 20-Yard-Linie ein, seine Hände lagen nachlässig an den Hüften. Als der Stoß erfolgte und die Spieler von den Grundlinien auf ihn zustürmten, jonglierte er den Ball und ließ ihn fallen. Von den Tribünen erklang ein Ächzen, als der Ball wie ziellos in Richtung Seitenlinie hüpfte, Romero hinterdrein, die Gegner in ihren roten Trikots direkt auf seinen Fersen. Als der Ball ausrollte, haschte er ihn und blieb so plötzlich stehen, daß zwei seiner Gegner ihren Schwung nicht bremsen konnten und hilflos an ihm vorbeischossen. In wilder Flucht raste er fast bis an seine eigene Ziellinie zurück und wirbelte – fast hatte ihn ein Gegner schon gepackt – herum, um im Zickzack auf die gegenüberliegende Seitenlinie zuzulaufen. Er wich einem weiteren Angreifer aus, Rollins gelang es, geschickt zu blockieren, und plötzlich befand sich Romero an der Spitze, keiner war neben ihm, er hatte die roten Trikots restlos abgehängt. Die letzten Meter vor der Ziellinie verlangsamte er verächtlich sein Tempo, dann war er über die Linie hinweg, blieb stehen und warf den Ball achtlos zu Boden.

»Der Teufel soll mich holen«, sagte Hazen so laut, daß man es trotz des Gebrülls der Menge hörte. »Ich dachte, ich hätte einen Schüler nach Dunberry geschickt, und jetzt stellt sich heraus, daß ich einen Flitzer schickte.«

Romeros Teamkollegen umringten ihn, klopften ihm auf die Schultern, schüttelten seine Hand, aber er schien sich dieser begeisterten Anerkennung eher zu unterwerfen, als sie freudig entgegenzunehmen. Erst als er wieder zur Spielerbank trabte und Rollins ihn packte und hochhob, als wäre er eine gewichtslose Puppe, gestattete er sich ein Lächeln und winkte den Zuschauern, die sich alle von den Sitzen erhoben hatten und applaudierten, gleichgültig zu. Mit gelassenem Gesicht nahm er seinen Platz am Bankende wieder ein, wo er fast die ganze Zeit gesessen hatte. Er nahm seinen Helm ab, hockte wieder da und starrte von neuem auf seine locker zwischen den Knien baumelnden Hände. Als die Mannschaften nach einem Handauf wieder Aufstellung nahmen, kam der Trainer zu ihm herüber und klopfte ihm auf die Schulter, aber nicht einmal da blickte er auf.

Das Spiel endete 26:26. Romero hastete zum Mannschaftshaus, um zu duschen und sich anzuziehen, ehe es der jubelnden Horde seiner Mitschüler gelang, ihn einzuholen.

Im Mannschaftshaus hatte man Tische und Stühle aufgestellt, und es gab ein langes Büfett mit kleinen Sandwiches und Kuchen, dahinter standen die Frauen der Lehrer und schenkten Tee aus. Strand und Hazen hatten an einem der Tische Platz genommen, Caroline und Conroy holten Tee. Lächelnd beobachtete Strand, wie der Junge, der während des Spiels um Carolines Adresse gebeten hatte, sie abfing und mit ihr zum Büfett ging.

Zwischen Eltern und Schülern herrschte leises Geplauder, und alles freute sich über den Ausgang des Nachmittags.

Während Strand das Treiben der kraftvollen, wohlgelaunten Männer mittleren Alters und ihrer hübsch gekleideten Frauen betrachtete, hatte er plötzlich das Gefühl, als seien sie alle durch irgendwelche unsichtbaren Bande mit Russell Hazen verwandt. Sie waren Bankiers, Handelsherren, Aufsichtsratsvorsitzende, stille Drahtzieher, Richter und Rechtsgelehrte, Manager großer Vermögen und Institutionen, Baumeister politischer Siege, Männer mit Einfluß auf Senatoren und Gesetzgeber. Ihre Kinder waren die Prinzchen einer Klasse, welche – wie Romero messerscharf erkennen würde – das darstellte, was die alten Römer als den Ritterstand verherrlichten.

Von den Lehrern legten die Männer ein ehrerbietiges, zurückhaltendes Benehmen an den Tag, und die Damen standen bereitwillig zu Diensten; sie glichen – Männer wie Frauen – gebildeten Sklaven, die man gekauft hatte, um die privilegierte Jugend in Tugend, Tapferkeit und der Kunst der Staatsführung zu unterweisen.

Mehrmals hörte Strand, wie Schüler und Gäste der Schule im Vorübergehen den Namen Romeros lobend erwähnten. Strand war nicht sicher, ob man einem Gladiator Lob zollte, der sich nachmittags in der Arena ausgezeichnet hatte, oder ob es als Beispiel dafür gelten mochte, daß der Ritterstand dann und wann einen verdienstvollen Barbaren in seiner Mitte gewähren ließ.

Ungeduldig schüttelte er den Kopf, seine Gedankengänge mißfielen ihm. Er stand auf, um den Trainer Johnson zu begrüßen, der lächelnd näher kam. Strand stellte den Trainer Hazen vor, der sich ebenfalls erhoben hatte. »Zu dumm, daß ihr Burschen diesen einen Punkt nicht mehr geschafft habt«, sagte Hazen.

Der Trainer zuckte die Achseln. »Ich kann Ihnen sagen, Sir, ich bin froh, daß es heute unentschieden ausging. Der Junge ist allerhand, was? Ich war nahe dran, ihn auf der Stelle aus dem Team zu schmeißen, als er auf unsere eigene Linie zurannte.« Er lachte. »Aber nichts ist erfolgreicher als Erfolg. Noch zwei, drei solche Läufe, und wir werden das Malson-Haus in Romero-Haus umbenennen müssen.«

»Offen gesagt, Mr. Johnson«, meinte Hazen, »Mr. Strand und ich sind mehr am Studienerfolg des Jungen interessiert als an seinen Heldentaten auf dem Fußballplatz. Was sagen denn seine Lehrer über ihn?«

»Nun«, sagte Johnson, »der Trainerstab kontrolliert sehr genau, wie die Jungen mit dem Studium vorankommen. Wir gehören nicht zu den Schulen, die beide Augen zudrücken, wenn die Leistungen eines Sportlers im Unterricht zurückgehen. Was man über Romero hört – das kann ich mit Freuden sagen –, ist bis jetzt höchst zufriedenstellend. Er ist hochintelligent, sagt man; und er ist stets gründlich auf den Unterricht vorbereitet. Er ist etwas polemisch, wie Sie wahrscheinlich wissen...« Johnson lächelte. »Aber immer höflich und gescheit in der Art, wie er seine Meinung vertritt. Natürlich ist sein ... sein ... Hintergrund sehr verschieden von dem der üblichen Dunberry-Schüler; also ist es seinen Lehrern klar, daß man im Umgang mit ihm einige Konzessionen machen muß. Aber ich würde sagen, falls er so bleibt, besteht kein Grund zur Sorge. Außer, daß ihm nichts daran zu liegen scheint, ob ihn seine Mitschüler oder die Jungen im Team mögen. Von Rollins abgesehen, scheint er keine Freunde zu wollen.«

»Ich werde mit ihm reden«, sagte Hazen. »Allen, wir sollten ihn heute zum Abendessen mitnehmen. Das Gasthaus in der Stadt, in dem ich abgestiegen bin, hat ein recht gutes Restaurant. Vielleicht taut er in einer anderen Atmosphäre etwas auf. Und ich würde gerne wissen, was Caroline von ihm hält. Ich habe nicht die geringste Vorstellung, wie er Mädchen gegenüber reagiert, die – äh – eine etwas sanftere Erziehung genossen haben als Mädchen aus seiner Welt.«

Strand fragte sich, was Hazen sagen würde, falls er ihm von der Striptease-Tänzerin im Zug und dem Nachmittag in New Haven erzählte. »Nun«, meinte er, »ich habe ihn noch nie mit Mädchen gesehen, weder hier noch früher in der Stadt. Aber Mrs. Schiller, unsere Haushälterin, sagt, er sei ihr Liebling. Sie sagt, er behandle sie wie eine Dame, was man von den anderen Schülern nicht immer behaupten kann. Und er sei der ordentlichste Junge, der in all den Jahren in der Schule untergekommen ist.«

»Ein gutes Zeichen, würde ich sagen«, meinte Hazen. »Findest du nicht?«

»Ja«, antwortete Strand, »ein sehr gutes Zeichen.«

Inzwischen waren die Spieler beider Mannschaften im Mannschaftshaus eingetroffen. Sie sahen nach der Dusche frisch und rosig aus. Hungrig umschwirrten sie das Büfett. »Siehst du ihn?« fragte Hazen. »Falls er hier ist, werde ich ihn selbst einladen.«

»Ich glaube nicht, daß er hier ist«, sagte Johnson. »Er kam als erster aus dem Umkleideraum, und ich hörte ihn zu Rollins sagen, daß sie sich später im Haus treffen würden. Offensichtlich zählen Teepartys nicht zu seinen Lieblingsunterhaltungen.«

Strand sah, wie Rollins sich mit einem Teller, vollbeladen mit Sandwiches, vom Büfett entfernte, und winkte ihn zu sich. Als Rollins näher kam, machte er ob des Beweises seiner Gefräßigkeit auf seinem Teller ein verschämtes Gesicht; dann grinste er und verdeckte die Sandwiches scherzhaft mit der Hand. »Auf frischer Tat ertappt, Sir, fürchte ich. Harte Arbeit kann einen Mann ganz schön hungrig machen.«

»Rollins«, sagte Strand, »das ist Mr. Hazen. Ihm ist es zu verdanken, daß dein Freund Romero nach Dunberry kam.«

»Sehr erfreut, Sir.« Er stellte seinen Teller auf den Tisch und schüttelte Hazens Hand. »Also, heute sind Sie sicher der populärste Besucher am Campus.«

»Herzlichen Glückwunsch zu eurem Spiel«, sagte Hazen.

»Danke, Sir. Wir haben zwar nicht gewonnen, aber wir haben auch nicht verloren. Das nächste Mal werden wir's besser machen.«

»Das war ordentlich blockiert, während Romeros Lauf«, sagte Johnson. »Er wäre in der Tinte gesessen, falls dir das nicht geglückt wäre.«

»Nun, Trainer«, sagte Rollins und grinste wieder, »wir Spieler müssen den Gentlemen zeigen, daß wir zusammenhalten.«

»Rollins«, fuhr Johnson ihn an, »ich glaube, ihr könntet mit eurem Privatscherz von jetzt an Schluß machen, Romero und du. Wir haben ihn alle satt.«

»'tschuldigung, Trainer«, sagte Rollis ruhig. »Ich werde es weitersagen.« Mit seinem vollbeladenen Teller entfernte er sich und trat zu einer Gruppe seiner Teamkameraden. Rollins, dachte Strand, mörderischer Blocker, nächtlicher Verschlinger von Keksen: ein weiterer Anwärter auf den Ritterstand.

Dritter Teil

1

Heute abend ist Leslie zum ersten Mal seit ihrer Rückkehr aus Arizona nicht bei mir. Sie ist in New York, wo sie jeden Mittwoch hinfährt, um ihre Schüler in Carolines alter Schule zu unterrichten. Bis jetzt ist sie nach den Stunden stets zurückgekommen, aber manchmal wurde es elf Uhr nachts, denn die Fahrt von der Stadt hierher ist lang. Diesmal hat sie es so eingerichtet, daß sie die Nacht in der Wohnung der Schulvorsteherin verbringt und früh aufsteht, um zu ihrer ersten Stunde um zehn Uhr wieder hier zu sein. Die Bahnverbindungen sind elend, und sie muß mit dem alten Kombi, den Hazen uns geborgt hat, hin und her fahren. Sie ist immer noch eine ängstliche Autofahrerin, und Hin- und Rückfahrt an einem Tag sind einfach zu viel für sie. Wenn sie hier ankommt, ist sie unweigerlich mit ihren Nerven am Ende und hat heftige Kopfschmerzen. Die Scheinwerfer nachts machen sie fertig. Es ist nicht das Reisen allein, was sie belastet. Das Getrampel der Jungen um uns, die wilden Ausbrüche jugendlichen Gelächters, das Gebrüll vor dem Fernsehapparat im Gemeinschaftsraum, das Gepolter spielerischer Balgerei, das Wimmern der Tonbänder, all das spiegelt sich schmerzvoll in der Angespanntheit um ihre Augen und den Linien um ihre Mundwinkel wider; sie greift oft zu Aspirin und nimmt täglich ein Beruhigungsmittel, das der Schularzt ihr verordnet hat.

Ich bin im Zwiespalt, ob es gut oder schlecht für sie ist, ihre Schüler in der Stadt zu behalten. Ich weiß, daß es einen Anreiz für sie bedeutet, und sie sagt, eines der Kinder, ein zwölfjähriges Mädchen, gibt zu den größten Hoffnungen Anlaß. Wenn sie von diesem Mädchen spricht, ist ihre Stimme voll freudiger Erregung – eine Seltenheit in letzter Zeit. Was den Nutzen ihrer Stunden in Dunberry angeht, ist sie pessimistisch. Sie behauptet, es gäbe nicht einen einzigen Jungen, der über Rock und Disco hinaus das geringste musikalische Interesse zeige.

Sogar in den ruhigen Stunden, wenn sich die Stille des späten

Abends über das Haus gesenkt hat, ist sie ratlos. Sie rückt Möbel, zupft verblühte Blumen aus den Vasen, blättert in Büchern, überfliegt Zeitschriften und wirft sie ungeduldig beiseite. Sie spielt nur Klavier, wenn die Jungen aus dem Haus und im Unterricht sind und sie selbst keine Stunden hat. Sobald sie ein wenig Freizeit hat, geht sie hinaus, um zu malen, und kehrt mit wild verschmierter Leinwand nach Hause zurück, weil sie abscheulich fand, was sie malte.

Unsere Wohnung sieht immer noch kahl aus, als wären wir hier nur zu Besuch. Leslie hat immer noch kein einziges ihrer Bilder aufgehängt. Sie behauptet, sie wolle vermeiden, daß einer der Jungen oder ein Mitglied des Lehrkörpers dächte, sie hielte sich für eine Künstlerin. Ich glaube nicht, daß dies der wahre Grund ist. Mir kommt sie vor, als verharre sie fluchtbereit – obwohl ich überzeugt bin, daß sie nicht so denkt – und ihre Bilder könnten Symbole ungewollter Dauerhaftigkeit darstellen.

Während eines ihrer Besuche in New York aß sie mit Linda Roberts zu Mittag. Linda erzählte ihr, daß sie möglicherweise eine Woche oder zehn Tage nach Frankreich fahren werde, und lud Leslie ein, sie zu begeiten. Ich sagte Leslie, ich sei sicher, die Schule würde sie beurlauben und die Reise würde ihr guttun, aber sie meinte, das käme nicht in Frage. Als ich sie zu überreden versuchte, wurde sie ungeduldig und fragte, ob ich sie lossein wolle. Ich wies den Gedanken als unsinnig zurück. Aber – so ungern ich es auch zugebe – ihre derzeitige Abwesenheit wirkt beruhigend auf mich. Sie bietet mir Gelegenheit – welche ich hiermit nütze –, endlich einmal in Ruhe nachdenken zu können. Ich sitze hier an meinem Schreibtisch und überdenke all die kleinen Ereignisse des Herbstes.

Am Abend nach dem Spiel, in welchem Romero zum ersten Mal das Feld für Dunberry betreten hatte, aßen wir alle in dem Gasthaus zu Abend, in welchem Hazen und Conroy abgestiegen waren. Romero war ordentlich gekleidet, trug eine Krawatte und saß bei Tisch neben Caroline. Sie schienen sich füreinander zu interessieren, und Hazen, der sie immer wieder eingehend beobachtete, überließ sie ihrem Gespräch. Ehe er am nächsten Morgen mit Leslie und Caroline nach New York zurückfuhr, teilte er mir mit, daß er von Romeros Betragen angenehm überrascht sei. Er bat mich, Caroline auszufragen, wie sie über den Jungen denke. Vor der Abreise bot sich keine Gelegenheit mehr, mit ihr zu sprechen, aber ich trug Leslie auf, sich mit Caroline zu unterhalten und herauszufinden, was sie konnte.

Damals waren unsere Möbel aus New York noch nicht da, und Leslie und ich mußten in dem einen fremden Bett schlafen; aber nach dem Ereignis in Tours schliefen wir möglichst weit voneinander entfernt liegend ein. Wir sprachen nicht darüber, obwohl wir beide wußten, daß bezüglich unseres sexuellen Verlangens und der Unmöglichkeit der Erfüllung – als hätte die Enthaltsamkeit das Wesen unserer Ehe nicht verändert – irgendeine endgültige Entscheidung würde fallen müssen. Trotz allem erwachten wir am nächsten Morgen eng umschlungen.

Er legte die Feder aus der Hand. Seit mehr als einer Stunde hatte er an dem alten Schreibtisch gesessen und im Schein der Studierlampe geschrieben. Müde sank er in seinen Lehnstuhl zurück und starrte aus dem Fenster. Er wußte, daß er nicht würde einschlafen können.

Im Dunkel des Novembers begann der erste Schnee zu fallen. Im Haus waren alle anderen Lichter erloschen, der Lärm von Radios und Kassetten und das Getrampel der Füße über Strands Räumen waren endlich verstummt. Wenn Leslie zu Hause war, konnte sie den beglückenden Augenblick kaum erwarten, da aus dem Krawall Stille wurde. Meist verbrachte Strand diese Stunden in einem großen Lehnstuhl, las oder starrte ins Feuer, während das Haus sich beruhigte.

Er glaubte, das Geräusch eines ankommenden Wagens vor dem Haus zu hören. Es klang wie das Motorengeräusch des alten Volkswagens, den Leslie fuhr. Er sprang auf und ging ans Fenster. Vielleicht hatte Leslie es sich anders überlegt und nicht in New York übernachtet. Aber es war kein Wagen zu sehen, nur Schnee und der dunkle, windgepeitschte Campus. Mit einem Seufzer kehrte er zu seinem Schreibtisch zurück.

Er hatte dieses Geräusch am Abend von Leslies Rückkehr aus Arinzona gehört und war zur Tür *gerannt*, um sie zu begrüßen. Sie waren einander in die Arme gestürzt, und es war ihnen einerlei gewesen, ob die Schüler zusahen oder nicht. Sie strahlte vor Freude, ihn wiederzusehen, und er sah ihrem Gesichtsausdruck an, daß ihre Reise gut verlaufen war.

Sie hatten bis weit nach Mitternacht auf der Couch gesessen, er hatte den Arm um sie gelegt, und sie hatte ihm erzählt, wie es in Arizona gewesen war.

»Caroline ist überzeugt, daß es ihr dort gefallen wird. Das College ist sehr hübsch und ähnelt dem City College nicht im entferntesten. Und die anderen Mädchen in ihrem Stockwerk waren nett und freundlich. Wir redeten und redeten ... ohne Ende. Die Tatsache, daß ich ein paar Tage allein mit ihr verbrachte und sonst keiner von uns da war, der meine Aufmerksamkeit in Anspruch nahm, schien irgendwie eine Schleuse geöffnet zu haben. Vielleicht hätten wir derlei öfters tun sollen, wir beide, mit allen drei Kindern.«

»Was hatte sie zu sagen?«

»Nun, zunächst einmal war sie sehr beeindruckt von deinem Mr. Romero.«

»Russell wird sich freuen, das zu hören.« Strand war nicht so sicher, daß er selbst ebenso erfreut darüber war. »Was hat sie beeindruckt? Sein irrer Lauf beim Fußballspiel?«

»Das hat sie nicht einmal erwähnt. Sie sagte, er scheine ritterlicher und scheuer zu sein als die meisten Jungen.«

»Das wird Romero neu sein«, meinte Strand trocken.

»Sie glaubte zu spüren, daß er keinerlei Bedürfnis habe, von den Jungen seiner Klasse gemocht zu werden. Er würde *etwas* erreichen, sagte er. Er wisse zwar noch nicht genau, was, aber *etwas* würde es sein. Er erzählte ihr, daß so ziemlich alle Jungen der Schule in vorbestimmten Bahnen liefen. Caroline sagte, sein Ton sei verächtlich gewesen. Es sei ihnen alles vorgezeichnet. Zunächst Harvard oder Yale, dann die Firma des Herrn Papa oder Rechtsanwalt oder Präsident einer Bank, dann käme das große Geld und mit fünfundfünfzig der Ruhestand und der Golfplatz. Und doch, sagte er, stünden ihnen allen große Überraschungen bevor. Er habe ihnen gegenüber einen großen Vorteil: ihn werde *nichts* überraschen. Sie würden ihm alle Tricks beibringen ...«

»Wer sind *sie*?«

»Das hat er Caroline nicht gesagt. Er sagte lediglich, er würde sie mit ihren eigenen Waffen schlagen und mit seinen Waffen und mit jeder nur möglichen Waffe. Caroline meinte, das Thema habe ihn ungeheuer bewegt, als hätte er sich schon lange damit befaßt, und sie vermutete, daß er zum ersten Mal Gelegenheit fand, mit jemandem darüber zu sprechen.«

»Sie hat falsch vermutet«, sagte Strand. »Auch ich habe schon eine kleine Kostprobe davon genossen. Nicht ganz das gleiche, aber es kam dem ziemlich nahe.« Er erinnerte sich an das Gespräch über die Goten.

»Und er sei ihnen dankbar dafür, sagte er. Sie sorgten für seine Erziehung, genau wie bei den algerischen Fellachen, die man an der Sorbonne erzogen hatte und die dann die Franzosen aus dem Lande warfen; oder die klugen Araberkinder, die in Harvard oder Oxford erzogen wurden und nachher die Engländer oder Amerikaner für das Öl bluten ließen wie aufgespießte Schweine, sobald sie ihre Prüfungen abgelegt und ihre wallenden Wüstengewänder wieder angezogen hatten.«

»Und was hielt Caroline von dieser erfreulichen Mitteilung?«

»Sie sagte ihm, sie halte das alles für eine Show, die er um ihretwillen abzog. Daß er all das irgendwo gelesen habe und jetzt damit angebe.«

»Das muß ja äußerst schmeichelhaft für ihn gewesen sein«, meinte Strand.

»Caroline sagte, er habe sie angefunkelt, und sie habe gedacht, er würde einfach aufstehen und gehen. Aber er ging nicht. Er sagte, freilich habe er es irgendwo gelesen, er habe es sogar selbst geschrieben, nachdem er eine Woche in der Schule gewesen war und sich gefragt hatte, was, zum Teufel, er hier eigentlich tue. Sicher sei er nicht da, um Fußball zu spielen und seine Mannschaft aus dem Schlamassel zu ziehen.«

»Höchstwahrscheinlich hat er nicht gelogen«, bemerkte Strand. »Mit dem Selberschreiben. Es klingt ganz, als sei es von ihm.«

»Dann fragte er sie, wo sie zur Schule gehe, und als sie ihm von ihrem Sportstudium erzählte, hat er gelacht. Zwei Zufallsjockeys, hat er gesagt. *Er* wisse, wovor er davonlaufe. Und wovor laufe sie davon? Dann sagte er, er wäre längst wieder aus dem Team ausgetreten, sogar nach seinem Erfolg beim ersten Spiel der Saison, er bleibe nur um seines Freundes Rollins willen. Spiele seien nur etwas für Kinder, sagte er.«

»Johnson wird sich nicht die Augen ausweinen, wenn er geht«, sagte Strand.

»Wer ist Johnson?«

»Der Fußballtrainer. Romero hat immer wieder herumerzählt, er habe keine Phantasie, und es ist ihm zu Ohren gekommen.«

»Ich weiß, daß du ihn für einen schwierigen jungen Mann hältst«, sagte Leslie. »Aber so habe ich Caroline noch niemals über jemanden reden hören. Sie sagte, es sei der faszinierendste Abend ihres Lebens gewesen. Als sie nach dem Abendessen hierher zurückkam, hat sie sich hingesetzt und alles niedergeschrieben, was sie davon im Gedächtnis behalten hat.«

Ein weiterer Tagebuchschreiber in der Familie, dachte Strand. Vielleicht handelt es sich um ein erbliches Leiden. »Sie scheint jedes Wort im Gedächtnis behalten zu haben«, stellte er fest.

»Es geht noch weiter«, sagte Leslie. »Als Caroline ihm erzählte, daß sie Tierarzt werden wolle, meinte er, sie versuche die falsche Spezies zu retten. Er wisse, wo sie praktizieren solle, sobald sie mit dem Studium fertig sei: in seiner alten Gegend von Manhattan. Dort wimmle es von Tieren, sagte er. Ganze Rudel davon, auf zwei Beinen, und alle seien krank. Er sagte, dort sei sie wesentlich nützlicher, als wenn sie Entwurmungspillen an Pekinesen verfüttere. Caroline dachte, er mache sich über sie lustig, aber dann fragte er sie ganz ernsthaft, ob es in Ordnung ginge, wenn er ihr schreibe. Caroline fragte, worüber er ihr schreiben wolle, und er sagte: Politik, Mord, Korruption, Armut, die Hautfarbe der Menschen, Geschichtslügen, die Napalm- und Wasserstoffbombe, Bälle hinter die Ziellinie bringen... Hast du, als du so alt warst wie er, jemals einen so jungen Menschen so reden hören?«

»Nein«, sagte Strand. »Damals waren andere Zeiten.«

»Er sagte, er könne vielleicht versuchen, einen oder zwei Liebesbriefe zu verfassen.«

»Der Schweinehund«, sagte Strand.

»Oh, Allen, er ist doch nur ein Junge, der einem hübschen Mädchen zeigen will, daß er mehr Welterfahrenheit besitzt als sie. Und bis sie einander wiedersehen – falls sie einander überhaupt jemals wiedersehen –, werden sie nicht einmal mehr wissen, wie der andere heißt.«

»Was hat Caroline gesagt – zu den Liebesbriefen, meine ich?«

»Sie hat mir erzählt, daß sie sagte, sie fände nichts dabei.« Leslie lächelte, als sei sie nun beruhigt, da ihre einst so schüchterne Tochter endlich die Spielregeln des weiblichen Geschlechts erfaßt zu haben schien. »Der Junge hat es ernst gemeint«, sagte Leslie. »Als wir im College ankamen, war bereits ein Brief von ihm für Caroline da. Sie hat ihn gelesen und gab ihn mir. Er hatte weder ein Datum noch eine Anrede ›Liebe Caroline‹ oder ›Liebe irgendwas‹. Es war einfach Wort für Wort sein Vortrag über die Algerier, den er ihr beim Essen gehalten hatte. Er trug nicht einmal eine Unterschrift. Caroline sagte, es sei der erste Liebesbrief, den sie je erhalten habe. Natürlich lachte sie darüber, aber sie sagte, sie würde ihn aufheben, um ihn anderen Jungen zur Hebung des Gesprächsniveaus zu zeigen, falls sie ihr das übliche dumme Zeug vorschwatzten.« An diesem Punkt runzelte Leslie ein wenig die Stirn. »Ich hoffe, sie wird nicht gefallsüchtig. So ziemlich jedes männliche Wesen am Campus starrte sie an, wohin wir auch gingen.«

»Du warst diejenige, welche auf der neuen Nase bestand«, gab Strand zu bedenken, »und Caroline war es natürlich recht.«

»Das sind eben die Risikos, die man eingeht«, sagte Leslie, aber es klang nicht fröhlich. Sie schüttelte den Kopf, als wolle sie die Ängste um ihre Tochter loswerden. »Wahrscheinlich hat sie sich zehnmal geändert, bevor wie sie wiedersehen. Mit und ohne uns.«

»Du hast kein Wort gesagt, wie es Eleanor geht«, sagte Strand. Nach Arizona war Leslie für einige Tage nach Georgia geflogen, um das junge Paar zu besuchen. »Ist sie glücklich?«

»Sehr«, sagte Leslie. »Soweit ich es beurteilen kann. Obwohl die Stadt zum Verblöden ist.«

»Leslie, Liebling«, sagte Strand, »das sagst du so ziemlich über jeden Ort, der nicht New York ist.«

»Über Boston oder San Francisco oder sogar Atlanta sage ich es nicht«, verteidigte sich Leslie.

»Über jeden Ort mit weniger als einer Million Einwohner. Aber ich habe nicht nach der Stadt gefragt, ich fragte nach Eleanor und Giuseppe.«

»Nun, sie scheinen von ihrer Arbeit begeistert zu sein«, sagte Leslie widerstrebend. »Sie haben das Gefühl, das Blatt um hundert Prozent verbessert zu haben, und sie scheinen sich ihm sechzehn Stunden pro Tag zu widmen. Sie haben ein großes, altes Haus, das aussieht, als würde es zusammenfallen. Es sieht aus wie eine Kreuzung zwischen einer Hollywood-Kulisse zur Verfilmung der ›Tabakstraße‹ und einem altväterlichen langgetreckten Bauernhaus. Eleanor sagt, es sei genau das Richtige für Jungvermählte. Wenn sie Streit haben, können sie in Schlafzimmern übernachten, die so weit voneinander entfernt liegen, daß man sich nur per Funk verständigen kann. Ich konnte mich nur bruchstückhaft mit ihnen unterhalten. Wann immer wir uns zum Essen setzten, ging das Telefon, oder einer von ihnen sprang auf, um etwas zu erledigen. Es würde mich wahnsinnig machen, aber den beiden scheint es zu bekommen. Als ich aber herauszufinden versuchte, ob sie gut verdienten oder nicht, wechselten sie sofort das Thema. Sie scheinen ineinander vernarrt zu sein, und ich nehme an, das ist die Hauptsache.« Sie wand sich aus seiner Umarmung und sagte: »Meine Güte, es muß ja schon nach Mitternacht sein. Gibt es heißes Wasser? Ich muß ein Bad nehmen, ich war den ganzen Tag unterwegs.«

»Es gibt heißes Wasser. Ich glaube wenigstens. Willst du nicht zuerst einen Drink zur Feier deiner Heimkehr?«

»Vielleicht nach dem Bad.« Sie beugte sich nieder und küßte ihn.

»Hast du mich vermißt?«

»Was glaubst du?«

Sie lachte und verschwand. Einen Augenblick später hörte er das Wasser laufen.

Als er ins Schlafzimmer kam, lag sie schon im Bett, ihr Haar war gebürstet und glänzte. Er zog sich aus, stieg ins Bett und schmiegte sich an sie. Er begann sie zu liebkosen, aber sie entzog sich ihm sanft. »Ich habe Angst, Liebling«, sagte sie. Er mußte nicht fragen, wovor sie Angst hatte. Dr. Prinz hatte ihn gewarnt. Obwohl er den Anordnungen von Dr. Prinz gehorchte, sich hätschelte und gleichzeitig Entsagung übte, unterlag er immer noch plötzlichen Anfällen von Müdigkeit; dann mußte er sich mit äußerster Mühe zwingen, den Campus zu überqueren oder einer Klasse gegenüberzutreten.

»Ja, natürlich«, sagte er und rückte an die äußerste Bettkante. So geht es nicht, dachte er. Morgen werde ich im anderen Zimmer schlafen.

Stillschweigend richtete man ihm von nun an jeden Abend Jimmys altes, schmales Bett im anderen Schlafzimmer.

Nun, dachte er, als er an seinem Schreibtisch saß und sich zurückerinnerte, alles in allem gesehen, war es ein guter Abend in unserer Ehe gewesen.

Seufzend stand er auf, streckte sich und legte noch ein Scheit ins verglimmende Feuer, weil er wußte, daß er noch keinen Schlaf finden würde. Dann ging er in die Küche und schenkte sich einen Whisky mit Wasser ein.

Mit seinem Drink in der Hand kehrte er ins Wohnzimmer zurück. Über sich hörte er Schritte. Das alte Holzhaus knarrte und ächzte, und seine Balken verrieten jede Bewegung. Er war überzeugt, daß nach dem offiziellen »Licht aus« ein gewisses Ausmaß an verbotenen Besuchen zwischen den Jungen stattfand. Er hatte keine Lust zu erfahren, was hinter diesem nächtlichen Hin und Her steckte. Eine unerlaubte Zigarette vielleicht oder ein Marihuana-Joint, der von Hand zu Hand wanderte, homosexuelle Experimente, ein gemeinsamer Schluck eingeschmuggelten Alkohols, eine mehr oder minder unschuldige spiritistische Sitzung. Ein hingebungsvoller und gewissenhafter Lehrer, dachte er, würde so leise wie möglich nach oben schleichen, würde die Sünder bei ihren Vergehen ertappen und eine angemessene Strafe verhängen. Aber was verstand man heute unter angemessener Strafe für irgendein

Verbrechen? Das zu ergründen mochte schwierig sein. Im öffentlichen Schuldienst hatte er sich wenigstens nicht den Kopf darüber zu zerbrechen brauchen, was die Schüler nach dem Unterricht anstellten. Man mußte wie stets zwischen Gewinn und Verlust abwägen. Solange seine Schützlinge das Haus nicht niederbrannten, war ein barmherzig geschlossenes Auge ein wertvoller Teil seines Rüstzeugs. Er hatte die anderen Lehrer nicht danach gefragt, nach welchen Methoden sie für die Aufrechterhaltung der Ordnung sorgten, und kein Mensch hatte ihm einen Rat angeboten. Er fragte sich, was ein Lehrer in Eton oder Harrow – und das waren Schulen, in denen seines Wissens immer noch vom Rohrstock Gebrauch gemacht wurde – von seiner Vorgehensweise halten würde. Was würde solch ein Pädagoge tun? Unerschrocken die Treppe hinaufsteigen, in aufrechter Haltung grimmig zum Stock greifen und soundso viele Streiche für Rauchen, so viele für Trinken, so viele für Sprechen nach dem »Licht aus« zumessen? Und wie viele für Unzucht? Seines Wissens keine. Geh hin und tue ein Gleiches. Strand grinste bei dem Gedanken. Sein eigener Sohn war nicht älter als etliche Jungen im Haus, und Strand hatte ihn außer mit einem scharfen Wort niemals bestraft; und das war selten vorgekommen. Falls Jimmy, statt in eine öffentliche Schule, nach Dunberry, Eton oder Harrow gegangen wäre, wäre er jetzt in der Welt der bärtigen Gitarristen und orgiastischen Rockstarmillionäre versunken und dazu verdammt, vor seinem dreißigsten Lebensjahr an einer Überdosis Heroin zu sterben?

Er stellte seinen Drink auf den Schreibtisch, setzte sich, zögerte, dann griff er nach dem Füller und begann zu schreiben.

Ich habe über die Unterschiede zwischen dem alten englischen Erziehungssystem und dem heutigen System weitgehender Freizügigkeit nachgedacht, welches unseren Studenten für den belanglosen Dilettantismus, den das Hirn eines Lehrers sich vorzustellen vermag, akademische Grade verleiht. Wenn man an all die Dichter, Philosophen, Staatsmänner und Heerführer denkt, welche das alte britische System und die seit der Kolonialzeit bestehenden kirchlich orientierten Colleges in den Vereinigten Staaten hervorgebracht haben, dann fällt es einem schwer zu glauben, daß wir unsere Sache mit unseren Kindern ebensogut machen, wie unsere Vorfahren sie mit den ihren machten. Wir leben in einer höchst merkwürdigen Zeit: Während einerseits der Liberalismus in unse-

rem Erziehungswesen Amok läuft, laufen gleichzeitig in den meisten politischen Systemen der Welt Drill und Unterdrückung Amok. Es muß irgendein Zusammenhang zwischen diesen beiden Phänomenen bestehen; doch für heute ist es mir schon zu spät, diese Zusammenhänge herauszufinden. In den englischen Schulen fanden Exzentriker ihren Platz; finden wir Platz für Gelehrte, Gentlemen, Dichter? Ein nettes Thema für Romero. Oder soll ich einfach zum Direktor gehen und ihm mitteilen, daß der Junge gefährlich ist und eine Bedrohung für uns alle darstellt? Soll ich ihn augenblicklich von der Schule weisen lassen? Ich weiß, ich werde es nicht tun. Trotz allem, was geschehen ist, bin ich ebenso wie alle hier, ebenso wie Russell Hazen vom liberalen Aberglauben angesteckt, der uns aus Anständigkeit oder Schuld immer noch dazu treibt, unseren Reichtum und unsere Gunst auf die Erziehung, ja sogar die Bewaffnung unserer eigenen Araber, unserer eigenen Fellachen, unserer Gast-Iranis zu verwenden. Ich denke nicht daran, beim Tee im Fakultätszimmer darüber zu diskutieren. Wie die Dinge nun einmal liegen, bin ich der Sonderling unter den Lehrern, und wenn sie mir Fragen über meine Laufbahn im öffentlichen Schuldienst stellen, klingt es, als befragten sie einen Mann, der die besten Jahre seines Lebens im Schützengraben zugebracht hat.

Dennoch, im großen und ganzen sind es gute Leute, und sie entbehren einer Eigenschaft, die Menschen so häufig unerträglich macht – sie haben keinen Ehrgeiz.

Das Wort Ehrgeiz an sich führt zu nicht »endenwollenden« Überlegungen. Letzte Woche hat Hazen mich angerufen, unter dem Vorwand, sich entschuldigen zu wollen, weil es ihm nicht möglich war, uns zu besuchen, um zu sehen, wie es uns geht. Ich versicherte ihm, nicht eben aufrichtig, daß alles hervorragend liefe. Dann sagte er, daß er ein kleines Problem mit mir zu besprechen habe, es handle sich nicht etwa um seine Scheidungsangelegenheiten oder die hübsche Rechtsanwältin – wie ich vermutet hatte –, sondern um Eleanor und Gianelli. Ich erzählte ihm, daß Leslie anläßlich ihres Besuches in Georgia gefunden habe, es ginge ihnen sehr gut. Hazen war anderer Meinung. Er hatte sich mit seinem Freund, dem Verleger, unterhalten, und dieser hatte ihn gewarnt, die beiden jungen Leute seien bei weitem zu ehrgeizig, sie veränderten Gewohnheiten, welche die Zeitung ein halbes Jahrhundert hätten florieren lassen; sie feuerten alte, erfahrene Mitarbeiter und holten statt dessen besserwissendes junges Gemüse, Studenten der Zeitungswissenschaften, von der Ostküste herein. Sie brächten die

Leute aus der Stadt mit ihrem anmaßenden Benehmen gegen sich auf. Eleanor, so scheint es, gebe man mehr Schuld als ihrem Mann. »Man sagt, sie führt ihren Ehemann an einem Nasenring spazieren«, gab Hazen den Bericht des Verlegers wider. »Und er beschwert sich, daß sie ihn behandeln, als sei er ein zerbrechliches Relikt aus einem vergangenen Jahrhundert. Vielleicht übertreibt er«, sagte Hazen, »aber es könnte nicht schaden, wenn du ihnen raten würdest, etwas Geduld an den Tag zu legen.«

Ich versprach zu tun, was ich konnte. Ich sagte ihm nicht, daß ich wenig Hoffnung hätte, Eleanor zu beeinflussen, und daß ich das Gefühl hätte, ich würde mit Gianelli allein sprechen müssen, um bei ihm etwas zu erreichen. Im übrigen haben sie, soviel ich weiß, nicht die Absicht, uns hier zu besuchen, und eine Reise nach Georgia wäre eine nutzlose Investition.

Als ich den Hörer auflegte, mußte ich unwillkürlich seufzen. Ist man in seiner Jugend arm gewesen, so versetzt einen der Gedanke an Geld – selbst für den Fall, daß man es später zu bescheidenem Wohlstand gebracht hat – in einen Zustand, welcher von leichtem Unbehagen bis zur grauenvollen Angst reichen kann.

Ich habe mich nie irgendwelchen Illusionen bezüglich Reichtum hingegeben und empfand niemals Sehnsucht nach den Spielereien und Möglichkeiten der Reichen. Ich war niemals ein Spieler und wußte, daß mir das Glück des Zufalls nicht hold sein würde. Ich hatte meinen Beruf aus Liebe zum Unterrichten gewählt und der Gelegenheit wegen, lehrsame Mußestunden zu verbringen; und weil der Beruf damals einen anständigen, wenngleich bescheidenen Lebensstandard zu garantieren schien. Mit meinem Aufstieg im Schuldienst ging eine entsprechende Gehaltserhöhung Hand in Hand, welche unsere vertretbaren Ansprüche deckte, und ich hatte die Aussicht, nach Erreichung des Ruhestandes die Härten des Alters durch eine angemessene Pension gemildert zu wissen. Ich war, wie die meisten Amerikaner, auf die Realitäten der Inflationsspirale nicht vorbereitet, die für den europäischen Mittelstand so katastrophal wurde. Amerika könne davon nicht betroffen werden, hatten wir gedacht. Als Historiker wußte ich, daß auch wir vor Änderungen nicht gefeit waren. Aber ich teilte die allgemeine Ansicht, daß wenigstens unser Währungssystem – wenn Amerika schon in militärischer Hinsicht keine uneinnehmbare Festung mehr war –, von kleinen Schwankungen abgesehen, zu unseren Lebzeiten einer Invasion noch standhalten würde. Nie hätte ich mir träumen lassen, daß mich im Alter von fünfzig Jahren eine schwere Krankheit dazu zwingen würde, meine gesamte Lebensweise zu ändern und mein Brot anderswo, unter radikal veränderten Vorzeichen verdienen zu müssen.

Hätte ich bis zu meiner Pensionierung weiterhin im öffentlichen Dienst gearbeitet, wäre meine Pension recht anständig gewesen. Natürlich hätten wir in eine kleinere Wohnung ziehen müssen, aber ich hätte damit rechnen können, daß wir bequem unser Auskommen fänden; sogar ein klein wenig mehr als bequem. Und es wäre uns genug gewesen, im Notfall eines unserer tausend Meilen weit weg von uns lebenden Kinder zu besuchen. Mein Gehalt hier ist wesentlich geringer als das in der Stadt, und obwohl wir keine Miete zahlen, würde es einen finanziellen Engpaß bedeuten, wenn ich einen neuen Anzug kaufen müßte oder Leslie einen neuen Mantel brauchte. Natürlich beklagte sich Leslie nicht, aber ich würde mir etwas vormachen, wollte ich annehmen, daß ein gewisser gespannter Zug in ihrem Gesicht damit nichts zu tun –

Das Telefon begann zu läuten. Benommen starrte er auf den Apparat. So spät nachts hatten Anrufe etwas Beängstigendes, besonders da Leslie nicht zu Hause war. Er ließ das Telefon noch zweimal läuten, ehe er abhob und versuchte, das Zittern seiner Hände zu beherrschen.

Aber es war nur Russell Hazen. Seine Stimme klang beruhigend normal. »Ich hoffe, ich habe dich nicht geweckt, Allen«, sagte er.

»Nein«, versicherte Strand. »Ich sitze gerade an meinem Schreibtisch und arbeite einiges auf.«

»Übertreib nicht«, sagte Hazen. »Ein Herzinfarkt genügt.«

»Ganz meine Meinung«, sagte Strand und war erleichtert, daß es keine Unfälle zu berichten, keine Krisen anzuhören gab.

»Ich war nur so sehr beschäftigt«, sagte Hazen. »Ich komme eben aus einer Konferenz. Und ich wollte dich möglichst bald sprechen.«

»Was ist los, Russell?« fragte Strand. »Hattest du wieder eine Unterredung mit deinem Freund aus Georgia?«

»Nein. Ich habe nichts von ihm gehört, also nehme ich an, daß es da unten jetzt besser läuft. Eigentlich ...« Er zögerte einen Augenblick. »Eigentlich betrifft es mich. Nichts von großer Bedeutung, aber möglicherweise könntest auch du darin verwickelt werden.« Er lachte ein bißchen seltsam. Es klingt verlegen, dachte Strand. »Erinnerst du dich an diesen Ölfritzen, den ich beim Mittagessen traf, als ich bei euch in der Schule war?«

»Ja«, sagte Strand.

»Da hat sich etwas Unerfreuliches ergeben. Er ist in Washington vor einen Senatsausschuß zitiert worden, der sich mit der unzulässigen Beeinflussung von Gesetzgebern befaßt...«

»Ich habe gar nichts darüber in der Zeitung gelesen.«

»Es ist noch nicht bis zu den Zeitungen gedrungen. Aber ein Freund aus wohlinformierten Kreisen hat mich unterrichtet.«

Strand konnte nicht anders, er dachte: Wie immer. Wieder einmal hat Russell einen Freund, der aus wohlinformierten Kreisen stammt oder der nützlich für ihn sein kann.

»Der Mann ist in Schwierigkeiten«, fuhr Hazel fort. »Und er versucht natürlich, die Schuld von sich abzuwälzen. Sie können ihm einstweilen nichts Handfestes anhängen. Aber irgendein Besoffener auf einer dieser gottverdammten Partys in Washington hat geschwatzt. Man hörte ihn sagen, daß der Ölmann sich gebrüstet habe, einen Senator dazu überredet zu haben, seine Stimme irgendeinem Bewilligungsantrag für eine große Versuchsbohrung in Küstengewässern zu geben; und daß er eine Gesellschaft, die zufällig von meiner Firma vertreten wird, dazu verpflichtet hat, eine große Summe zur Verfügung zu stellen, um sicher zu sein, daß dem Senator ›ein Licht aufgeht‹. Und er nannte in diesem Zusammenhang meinen Namen. Meinen Informationen zufolge hat er vor dem Ausschuß behauptet, wir hätten einander vorsätzlich zu einer Unterredung in der Schule getroffen. Sein Sprößling geht in eine deiner Klassen, glaube ich. Hitz heißt er...«

»Mittelmäßiger, eher schlechter Schüler. Er ist übrigens sogar in meinem Haus. Nicht einnehmend. Ein großer, fetter Lümmel. Er neigt dazu, die jüngeren zu tyrannisieren.«

»Wie dem auch sei, außer der Behauptung oder angeblichen Behauptung, daß wir das Treffen in Dunberry geplant hatten, sagte Hitz, ich hätte ihn beiseite genommen und das Geschäft mit ihm besprochen. Dieser lügnerische Schweinehund!«

»Es tut mir leid, das zu hören«, sagte Strand. »Aber warum erzählst du das mir?«

»Weil ich möchte, Allen«, sagte Hazen, »daß du – wenn nötig – unter Eid aussagst, daß ich ständig mit dir oder irgend jemand aus deiner Familie zusammen war, als ich die Schule besuchte, und daß die ganze Zeit über kein einziges Wort über Geschäfte oder derlei gefallen ist. Es könnte nämlich sein, daß jemand vorbeikommt und dir Fragen stellt oder von dir eine Zeugenaussage verlangt.«

»Russell«, unterbrach ihn Strand und versuchte, Ruhe zu bewahren, »weder ich noch Leslie noch Caroline waren die ganze Zeit mit dir beisammen.«

»Du hältst mich doch einer solchen Sache nicht für fähig?« Hazens Stimme war laut geworden und enthielt einen Anflug von Zorn.

»Nein, das tue ich nicht«, sagte Strand wahrheitsgemäß.

»Es ist eine Vendetta«, erklärte Hazen. »Gegen mich. Du hast ja keine Ahnung, was sich in Washington für Nahkämpfe abspielen. In meinem Metier kommt man nicht darum herum, gewisse Leute, einflußreiche Leute, zu verstimmen, und sobald sie eine Gelegenheit sehen, einen in Mißkredit zu bringen, und sei es der geringfügigste, lächerlichste Anlaß, werden sie mit beiden Händen danach greifen.«

»Was können sie dir schon anhaben, es gibt doch keinerlei Beweise, oder?«

»Natürlich nicht.« Die Aufrichtigkeit seiner Antwort war über jeden Zweifel erhaben. »Aber wie das alles in den Zeitungen aussehen würde! Und wie entzückt einige meiner Kollegen in der Anwaltskammer wären, meinen Kopf in der Schlinge zu sehen! Wahrscheinlich wird gar nichts passieren, Allen, aber falls du zufällig doch gefragt werden solltest, wäre ich dir äußerst dankbar. Also, ich habe schon genug gesagt. Du tust, was du für richtig hältst.«

»Russell ...«, begann Strand.

»Es wäre mir lieber, wenn wir nicht mehr davon sprächen.« Sein Ton war endgültig. Einen Augenblick lang herrschte Schweigen, das zu brechen Strand keinerlei Bedürfnis verspürte. Als Hazen wieder zu sprechen begann, lag das gewohnte Wohlwollen in seiner Stimme. »Übrigens, ich habe Leslie letzte Woche gesehen. Ich rief in der New Yorker Schule an und lud sie zum Lunch ein. Es gibt da einen Jungen, den Sohn eines meiner Freunde. Er scheint Talent zu haben, und ich wollte mit ihr reden, ob sie eine Chance sieht, ihn zu unterrichten. Sie sah fabelhaft aus. Hat sie dir etwas über den Jungen gesagt?«

»Nein«, antwortete Strand. In Wahrheit hatte sie überhaupt nicht erwähnt, daß sie Hazen getroffen hatte.

»Frag sie einmal. Der Vater wartet auf eine Antwort. Und bitte, mach dir keine Sorgen um mich. Wahrscheinlich wird die ganze Angelegenheit einschlafen. Paß auf dich auf, mein Freund. Und ich verspreche, daß ich euch besuchen komme, wahrscheinlich zu Thanksgiving, wenn nicht schon früher. Du fehlst mir, alter Junge, du fehlst mir sehr.«

Als Strand eingehängt hatte, saß er da und starrte auf das Telefon. Langsam trank er seinen Whisky aus, drehte die Lampe ab und ging in den hinteren Teil der Wohnung, wo die Schlafräume lagen. Er sah in Leslies Zimmer. Das breite, altmodische Bett, welches er seit den frühen Tagen ihrer Ehe mit Leslie geteilt hatte, sah bequem und tröstlich aus. Jimmys Bett war schmal, und seit er darin schlief, plagten ihn schlechte Träume. Er war nahe dran, im großen Bett zu schlafen, nur heute nacht. Dann besann er sich, ging in sein Zimmer, zog sich langsam aus und schlüpfte zwischen die kalten Laken, die ihn an ein Leichentuch erinnerten.

Er wurde von einem Geräusch aus dem Nebenzimmer geweckt. Verschlafen rieb er seine Augen und sah auf das Leuchtzifferblatt der Uhr auf seinem Nachttisch. Es war vier vorbei. Das Geräusch nebenan blieb, und einen Augenblick lang lag er einfach da und fragte sich verwundert, was es sein mochte. Dann begriff er, daß nebenan seine Frau schluchzte. Er warf die Decken zurück, sprang aus dem Bett und rannte in Leslies Zimmer. Sie saß im Dunkeln zusammengekrümmt auf dem großen Bett.

»Leslie«, sagte er, »Leslie, um Himmels willen ...« Er drehte das Licht an. Er konnte ihr Gesicht nicht sehen.

»Kein Licht«, weinte sie, »bitte, kein Licht.« Plötzlich erschien sie ihm klein und abgezehrt. Er drehte die Lampe wieder aus, kniete vor ihr nieder und schlang die Arme um ihre Mitte. »Leslie«, sagte er, »was ist denn los?« Dann fuhr er besorgt fort: »Was tust du hier? Ich dachte, du würdest in New York übernachten? Was ist geschehen? Bist du jetzt erst gekommen? Es ist vier Uhr vorbei ...«

»Keine Vorwürfe«, sagte sie. »Ich ertrage es heute nicht, gescholten zu werden. Ich bin zu Hause. Ist das nicht genug?«

»Liebling«, sagte er besänftigend, »ich sage ja nichts. Ich bin besorgt. Ich möchte dir helfen.«

»Halt mich fest. Einfach so. Und sage eine Weile gar nichts.« Sie lachte hysterisch. »Kann eine Frau nicht zuweilen weinen, ohne daß gleich die Polizei zur Stelle ist? Verzeih mir.« Sie streichelte sein Haar. Ihre Hand zitterte. »Ich beruhige mich schon. Glaub mir, es ist nichts. Nur die Nerven. Blödsinn. Also, tu mir etwas zuliebe. Laß mich ein, zwei Minuten allein. Geh in die Küche und richte uns einen ordentlichen Drink. Dann werde ich Licht machen und mein Gesicht in Ordnung bringen und mein Haar kämmen; ich komme in die Küche, und wir nehmen heimlich, still und leise einen Schlummertrunk und tratschen gemütlich. Und du wirst sehen, es gibt keinen Grund zur Besorgnis. Ich bin ein wenig dumm, aber das hast du ja immer schon gewußt, und es ist keine drastische Verschlechterung dieses Zustandes eingetreten. Wirklich. Und zieh deinen Schlafrock und Hausschuhe an. Du zitterst vor Kälte. Geh schon. *Bitte*, geh.«

Langsam, zögernd stand er auf und verließ das Zimmer. Er zog Schlafrock und Hausschuhe an und ging durch das dunkle Vorzimmer in die Küche. Dort drehte er das Licht an. Er machte zwei Whiskys zurecht, goß ziemlich viel Wasser in sein Glas und nur ein paar Tropfen in Leslies; dann setzte er sich an den Tisch und wartete, sah zum Fenster hinaus, sah sein eigenes verschwommenes Spiegelbild in der dunklen Scheibe und dahinter langsam fallenden Schnee.

Na, das wird morgen ein feiner Unterricht, dachte er und schämte sich seiner Selbstsucht. In der ersten Stunde hatte er amerikanische Geschichte vorzutragen. Er versuchte sich auf den Stoff zu konzentrieren, weil er nicht daran denken mochte, was Leslies hysterisches nächtliches Erscheinen zu bedeuten hatte.

Als Leslie in die Küche kam, war sie im Nachthemd, hatte einen Schlafrock übergezogen, ihr Haar war in Ordnung und ihr Gesicht fast gelassen.

»Da«, sagte er. »Dein Drink.«

»Danke.« Ihre Stimme war leise. Sie versuchte ihm zuzulächeln. Es war wie ein flackerndes, Hunderte von Metern entferntes Leuchtsignal.

»Liebling«, sagte er, »was ist los? Hast du einen Unfall gehabt?«

»Nein«, sagte sie. »Ich war nur oft genug nahe dran. Ich bin zum ersten Mal bei Schnee gefahren. Der Wagen beginnt sich einfach selbständig zu machen, wenn man den Trick noch nicht heraus hat.«

»Ist in New York irgend etwas vorgefallen?«

»Nichts Besonderes.« Sie setzte sich plötzlich, nahm ihr Glas in beide Hände wie ein Kind, setzte es an die Lippen und trank durstig. Den Bruchteil einer Sekunde lang sah er Judith Quinlan in der Kaffeestube vor sich, wie sie mit der gleichen Geste ihre Tasse an die Lippen hielt: Es war wie ein überlagertes Foto. »Bis zu meinem achtzigsten Jahr werde ich mich wahrscheinlich an Scotch gewöhnt haben. Immerhin, ich habe gelesen, daß man ihn Schiffbrüchigen einflößt, also muß er Qualitäten haben, welche die Lebensgeister wecken. Nein, es ist nichts Besonderes passiert. Ich verbrachte einen netten Abend mit der Vorsteherin, wir spielten vierhändig Chopin, und sie erzählte mir, was für ein wunderbarer Mensch ihr verstorbener Mann gewesen war und wie sehr sie ihn vermisse, und welch ein Gewinn Caroline für die Schule gewesen war, und sie entschuldigte sich für die Tatsache, daß die Schule kein regelmäßiges Sportprogramm hatte, denn falls sie eines gehabt hätte, würde Caroline vielleicht auch dort ein Stipendium bekommen haben, und wie sehr sie sich darauf freute, noch mehr solche Abende zu verbringen, wenn ich wieder bei ihr übernachten würde, denn es sei so trübsinnig, allein zu Hause zu sitzen und zu lesen und allein in einer leeren Wohnung zu schlafen. Nein, nichts Besonderes... außer daß ich eine Vision hatte. Die Vision war, daß ich mich so sah wie sie, abends allein mit einem Buch, und allein in einem kalten Bett...«

»Dein Mann ist nicht tot, Liebling«, sagte Strand sanft. »Obwohl ich sagen muß, daß er es schon einmal zu sein versuchte.« Der matte kleine Witz entlockte ihr kein Lächeln.

»Nein, du bist nicht tot.« Leslies Stimme war ausdruckslos, erschöpft, ohne Klang. »Und ich glaube auch nicht, daß du sterben wirst. Wovor ich mich fürchte ist, daß wir voneinander forttreiben. Wir sind wie zwei Menschen im Wasser, in verschiedenen Strömungen, und die Strömungen trennen uns langsam voneinander. Schließlich bist du fort, und dann sitze ich da wie die Vorsteherin und warte auf einen von Jimmys Pflichtanrufen oder ein Geburtstagstelegramm von Eleanor oder einen Zeitungsausschnitt aus Arizona, der von Carolines Sieg in irgendeiner Konkurrenz berichtet. Ich konnte es plötzlich nicht ertragen, mitten in der Nacht in einem fremden Bett zu liegen und dich hundert Meilen weit entfernt zu wissen. Ich mußte sichergehen, daß ich dich wiederfinden würde. Ich mußte dich berühren...«

»Liebling«, sagte Strand, »ich bin da. Ich werde immer da sein.«

»Ich weiß, daß es idiotisch ist«, fuhr sie mit der gleichen toten Stimme fort, »aber wir waren beide in letzter Zeit so abwesend! Ich hatte das Gefühl, als führten wir anderer Leute Leben. Wir schlafen nicht miteinander, wir essen nicht einmal miteinander, wir ertrinken in einem Meer von Jungen, ich habe die schrecklichsten sexuellen Träume, andere Männer, lüsterne Jungen... Und dann überholte mich auf dem Heimweg ein betrunkener Kerl, er war böse, weil ich nicht rasch genug rechts rangefahren war, und er schrie mir Beschimpfungen zu, dann blieb er wieder hinter mir zurück, blieb dicht an meinem Wagen, drehte die Scheinwerfer auf und hupte wie irr, und bei der nächstbesten Abfahrt fuhr ich von der Autobahn runter, weil ich mich vor ihm fürchtete, und ich verirrte mich und fuhr auf dunklen, kleinen, kurvenreichen Straßen kreuz und quer durch Connecticut, und in keinem der Häuser, an denen ich vorüberkam, brannte ein Licht, und der Wagen schlitterte im Schnee, und um ein Haar wäre ich in einen Baum gekracht... Ich hatte die verrückte Vorstellung, daß der Wagen mich umzubringen versuchte, daß er mein Feind sei, und ich wollte stehenbleiben und aussteigen und am Straßenrand sitzen und erfrieren, aber dann sah ich eine Tafel, und ich war wieder ganz nahe an der Autobahn. Und hier bin ich nun. Jetzt werde ich mich wenigstens für den Rest der Nacht sicher fühlen.« Matt lächelte sie ihn an und nahm einen Schluck von ihrem Drink. »Schau nicht so besorgt drein, Lieber. Ich bin sicher, daß ich am Morgen wieder bei Trost sein werde. Geh jetzt zu Bett. Du mußt in ein paar Stunden aufstehen.« Sie beugte sich vor und küßte ihn. »Geh. Bitte. Du siehst erschöpft aus. Ich bin zu Hause und in Sicherheit. Bei Tageslicht sieht wieder alles anders aus.«

Er war zu müde, um ihr zu widersprechen. Er stellte sein Glas hin, das er kaum angerührt hatte, und schleppte sich in sein Zimmer. Zitternd vor Kälte schlüpfte er unter die Decken, ohne seinen Schlafrock auszuziehen.

Später hörte er, oder glaubte er zu hören, wie jemand ganz leise Klavier spielte, weit, weit weg.

2

Am Mittwoch vor Thanksgiving entfielen die Nachmittagsstunden, und Leslie und Allen waren reisefertig, als Conroy zu Mittag mit dem Mercedes vorfuhr. Sie waren eingeladen, das Wochenende in Hazens Haus am Meer zu verbringen. Strand hätte es vorgezogen, die Abwesenheit der Jungen zu nutzen und auf dem stillen, menschenleeren Campus einfach zu faulenzen. Aber nach einem Gespräch über Leslie, das er vorige Woche mit Direktor Babcock geführt hatte, schien ihm die Einladung genau zum richtigen Zeitpunkt zu kommen.

Babcock hatte Strand gebeten, in seinem Büro vorbeizusehen. Verlegen hatte er sich an seinem Schreibtisch zu schaffen gemacht, seine Pfeife immer wieder angezündet, hatte seine Brille zwischen

Nase und Stirn auf und ab geschoben und Papiere geordnet, während er sprach. Wiederholt hatte er zu einer Rede angesetzt, sich geräuspert, über Strands Benotungssystem gesprochen und gefragt, wie er sich den Stundenplan für das nächste Semester vorstelle; bis zum nächsten Semester waren noch zwei Monate Zeit. Endlich kam er auf den Grund zu sprechen, weshalb er Strand zu sehen wünschte. Wie entschuldigend sagte er schließlich:

»Allen, ich möchte Ihnen keine unnötigen Sorgen bereiten, und ich möchte auch nicht den Eindruck erwecken, als mische ich mich in Dinge, die mich nichts angehen, aber Leslie ...« Er seufzte. »Sie wissen, daß wir sie alle sehr bewundern. Wir waren entzückt, als sie sich erbot, den Kurs für Musiklehre zu übernehmen, und ich weiß nicht, wo wir jemals wieder eine derart qualifizierte Kraft hernehmen werden ...«

»Bitte«, unterbrach ihn Strand, »sagen Sie mir rundheraus, was Sie mir sagen wollen.«

Babcock seufzte wiederum. Sein Gesicht sah infolge der Anstrengungen, die das Semester mit sich brachte, noch angespannter und grauer aus, als es ohnehin war. Strand konnte nicht anders: Der Mann tat ihm leid, wie er nervös mit seiner Pfeife spielte und vermied, ihm über den Schreibtisch hinweg in die Augen zu sehen. »Es hat den Anschein, als wäre ihr Verhalten in den letzten Wochen ... bitte, ich möchte betonen, daß ich es keinesfalls für besonders unverständlich halte, aber, wie soll ich sagen, sie – sie scheint nicht ganz sie selbst zu sein, falls Sie verstehen, was ich meine. Irgend etwas, ich könnte nicht sagen, was es ist, vielleicht könnten Sie mir behilflich sein ... ihr Betragen ist ein wenig ... wunderlich wäre natürlich zuviel gesagt, aber mir fällt im Augenblick kein anderes Wort ein ... Sie hat neulich den Unterricht mitten im Satz unterbrochen ... natürlich redet sich so etwas bei den Jungen herum ... und ist einfach aus dem Klassenzimmer gegangen, ohne ein Wort zu sagen, wann sie zurückzukehren gedenke. Und einige Mitglieder des Lehrkörpers sahen sie weinend über den Campus gehen. Möglicherweise ist sie überarbeitet, obwohl ihre Stundenanzahl doch so gering ist. Ich frage mich einfach, ob ich ihr nicht einen kurzen Urlaub nahelegen solle, ein paar Wochen Ferien. Miß Collins, die etwas von Musik versteht, hat sich angeboten, sie vorübergehend zu vertreten. Es ist selbstverständlich in unserer Schule üblich, das Gehalt während eines, äh, eines Krankenurlaubes weiterzuzahlen. Ach du liebe Zeit, es fällt mir so schwer, mich richtig auszudrücken!«

Strand empfand Mitleid mit dem gütigen, überlasteten zarten Mann. Gleichzeitig war er hilflos, was Leslie anlangte. Zu Hause benahm sie sich seit jener Nacht, da sie unerwartet angekommen war und ihn geweckt hatte, still und bedrückt – eine zarte, ätherische Erscheinung, die teilnahmslos und ohne Klagen von Zimmer zu Zimmer wanderte.

»Sie ist nicht überarbeitet«, sagte Strand. »Es kommen mehrere Komponenten zusammen, würde ich sagen. Ich glaube nicht, daß Sie die Schule in irgendeiner Weise dafür verantwortlich machen sollten.«

»Ich danke Ihnen, Allen. Ich war nicht sicher, inwieweit Sie es bemerkten. Manchmal sind einem die nächsten Menschen...« Babcock beendete seinen Satz nicht. »Wenn Semester und Jahr dem Ende zugehen, ist die Atmosphäre einer Schule... der November kann den stärksten Naturen zusetzen... für eine empfindsame Frau ist das Gefühl der Beengung...« Nun hatte er sich endgültig festgerannt.

»Wir sind zum Thanksgiving-Wochenende in das Haus eines Freundes in den Hamptons eingeladen«, sagte Strand. »Möglicherweise wird auch unser Sohn kommen, es werden Leute da sein, die sie interessieren. Vielleicht ist das alles, was sie braucht.« Strand hatte es eilig, von dem müden, besorgten Gesicht hinter dem Schreibtisch fortzukommen. »Vielleicht hilft es. Wenn nicht, werden wir sehen. Sie wurde schon von einer guten Freundin aufgefordert, nach Europa mitzukommen. Bis jetzt hat sie sich geweigert, aber wenn ich ihr sage, daß Sie finden, ein wenig Urlaub würde ihr guttun... Ich werde so taktvoll wie möglich vorgehen. Macht es Ihnen etwas aus, wenn ich das Wochenende abwarte, ehe ich mit ihr darüber spreche?« Im Augenblick, da er das sagte, wußte er, daß er einen Aufschub suchte. Aus Feigheit? Aus Angst davor, Leslie noch mehr zu verwunden?

»Tun Sie, was Sie für klug halten. Es ist bestimmt der richtige Weg. Sie können es am besten beurteilen«, sagte Babcock. Seiner Stimme war die Erleichterung anzuhören, daß die Angelegenheit wenigstens ein paar Tage lang nicht seine Sorge war. »Und, wissen Sie«, fügte er zartfühlend hinzu, »falls Sie glauben, daß Ihnen und Ihrer Frau psychiatrische Unterstützung helfen würde, gibt es einen sehr guten Mann in New Haven, der gerne kommt, wenn wir ihn brauchen. Er könnte... Sie glauben gar nicht, wie oft wir uns dazu veranlaßt sahen, ihn zu konsultieren, sowohl für Lehrer als auch für Schüler. Manchmal denke ich, wir leben zu dicht beisammen, wir sitzen einander sozusagen auf dem Schoß, tagaus, tagein, das eigene Ich reibt sich wund, Gereiztheit bricht aus, Melancholie setzt ein, das Nahen des Winters ... so vieles ist zu bedenken, so viele Spannungen, Belastungen.« Ein letzter Seufzer, und er wandte sich wieder dem Hantieren mit seinen Papieren zu.

Nachdem Strand das Büro verlassen hatte, wanderte er langsam über den Campus. Während ihn Schüler und andere Lehrer im Vorbeigehen grüßten, taxierte er ihren Gruß und fragte sich, wer wohl mit Babcock über Leslie gesprochen hatte, was sie über seine Frau dachten, wer heimlich über ihr Betragen kicherte, wer sie bemitleidete, wer vielleicht sagte: »Arme Frau, der Mann ist daran schuld ...«

Babcock hatte in seiner Herzensgüte einen Psychiater vorgeschlagen, aber was konnte Leslie dem Mann aus New Haven sagen? Man hat mich entwurzelt, mein Bester, plötzlich, ohne Vorwarnung hat man mir die Stadt genommen, in der ich geboren bin und in der ich mein ganzes Leben verbrachte; über Nacht gingen meine Kinder, denen ein Großteil meines Gefühlslebens galt, ihre eigenen Wege; ich ertaube an dem Krawall eines sich ständig erneuernden Stammes von Barbaren, halbwüchsige Jungen, deren Werte mir ebenso fremd, ebenso feindlich erscheinen wie die der Wilden aus dem Urwald des Amazonas. Und, da Sie nun einmal dafür bezahlt werden, die dunkelsten Geheimnisse gequälter Seelen zu vernehmen, will ich Ihnen nicht verbergen, daß ich jetzt, als Frau in den Vierzigern, zu einem Zeitpunkt, da ich mich, wie alle Autoritäten Ihres Faches versichern, auf dem Höhepunkt meiner sexuellen Begierde und Genußfähigkeit befinde, gezwungen bin, allein zu schlafen. Ich will Sie nicht mit meinen Träumen langweilen. Es ist Ihnen sicher ein leichtes, ihre Beschaffenheit zu erraten.

Gequält schüttelte Strand den Kopf, während er den Campus überquerte. Was war die bewährte Behandlungstechnik eines Psychiaters an diesem kritischen Punkt? Was würde er vorschlagen? Scheidung? Intensive körperliche Betätigung? Drogen? Andere Männer? Masturbation?

Er beschloß, falls er sich Leslies Problem – und damit auch seinem eigenen, das war ihm klar – offen würde stellen müssen, auf keinen Fall das Thema Psychiatrie anzuschneiden.

In den Tagen vor Thanksgiving erwähnte er Leslie gegenüber mit keinem Wort, was Babcock ihm erzählt hatte. Er benahm sich möglichst normal, als wisse er gar nicht, daß etwas nicht stimmte, als hätte der Ausbruch in der Küche niemals stattgefunden.

Als er und Leslie an diesem kalten Novembernachmittag Conroy begrüßten, herrschte rundum Ferienstimmung. Angesichts der Jungen, die jubelnd vier Tagen Freiheit entgegenströmten, fühlte er sich zuversichtlich. Leslie sieht wunderschön aus, dachte er, schick und jung in ihrem schweren beigefarbenen Wollmantel; der aufgestellte Kragen umrahmte ihr lebhaftes, erwartungsvolles, vom Wind erfrischtes Gesicht.

Sie saßen im Fond, und Strand hielt ihre Hand, während Conroy den Wagen startete und um den Campus herum auf das steinerne Tor zufuhr, welches die Grenze des Schulgeländes bildete. Als sie auf der Landstraße waren und sich von der Schule entfernt hatten, hatte er das Gefühl, als nehme man ihm eine schwere Last von seinen Schultern.

Alle waren sich einig: Das Wochenende war ein großer Erfolg. Die Solomons, deren Haus den Winter über geschlossen wurde, waren da und Linda Roberts, und alle freuten sich, einander wiederzusehen, und priesen sich glücklich, daß die Sonne schien und das Wetter warm genug war, um die Cocktails auf der Terrasse zu nehmen und sich den salzigen Herbstwind von der ruhigen See ins Gesicht wehen zu lassen. Jimmy hatte seine Gitarre mitgebracht und unterhielt sie – vor allem Herbert Solomon –, indem er einige von Solomons lautstärksten Künstlerklienten imitierte. Hazen war ein entspannter Gastgeber, und falls ihm seine Frau oder die Untersuchung in Washington tatsächlich Sorgen bereiteten, ließ er es sich jedenfalls nicht anmerken. Leslie hatte ihren Malkasten und die tragbare Staffelei mitgebracht, war mit Linda in die Dünen gegangen und hatte eine Landschaft begonnen, die, so versicherte Linda, an der Wand eines Museums landen würde. Linda war überschwenglicher als je. Die Pariser Galerie, mit der sie zusammenarbeitete, hatte sie aufgefordert, einen repräsentativen Querschnitt amerikanischer Bilder des zwanzigsten Jahrhunderts für eine Ausstellung zusammenzustellen, und Linda hatte die beiden letzten von fünfzig Gemälden ergattert, über die sie drei Monate lang verhandelt hatte; nächste Woche wollte sie nach Frankreich fahren. Wieder lud sie Leslie ein, mitzukommen. »Sie zahlen die Reise für mich und einen Assistenten. Du würdest einen fabelhaften Assistenten abgeben. Wenn es darum geht, die Bilder zu hängen, brauche ich einen Amerikaner, der mir den Rücken gegen all diese unmöglichen Franzosen stärkt. Und wir nehmen dein Dünenbild mit, und im Katalog wird es heißen, daß du unsere neueste, hervorragendste und hundertprozentig amerikanische Entdeckung bist. Alle anderen Bilder sind von Leuten signiert, deren Namen mit *ski* enden.«

Leslie hatte gelacht und gesagt: »Luftschlösser, Linda. Für heuer habe ich meine Reise nach Paris hinter mir.«

»Allen«, hatte Linda gesagt, »gib ihr einen Schubs, und sie wird fahren.«

»Wenn sie nicht fährt, fahre *ich*«, sagte Strand.

»Du siehst nicht im geringsten wie ein Assistent aus«, sagte Linda. »Es wäre solch ein Spaß, Leslie!«

Aber Leslie schüttelte den Kopf. Sie lächelte immer noch. »Ich bin eine arbeitende Frau. Am Montag warten in Connecticut vierhundert Jungen darauf, daß ich ihnen erkläre, was as-Moll bedeutet.«

Aber Strand sah, daß das Angebot Leslie lockte. Er beschloß, ihr von Babcocks Vorschlag zu berichten, noch ehe das Wochenende um war.

Als sie in Pullover und Mäntel gehüllt auf der Terrasse standen und den Sonnenuntergang betrachteten, kam Hazen, der am Strand gewesen war, zu ihnen herauf. Er hatte mit Mr. Ketley den Schaden an einer Mole inspiziert, den der Sturm in der Vorwoche angerichtet hatte. Hazen trug dicke Cordsamthosen, eine Schimütze und einen schweren Stutzer, sein Gesicht war vom Wind gepeitscht und kräftig gefärbt. Er sah aus, als hätte er nie in seinem Leben ein Büro betreten. Huldvoll lächelte er seinen Gästen zu. »Wenn eure Kinder auch hier wären, wäre es perfekt, Leslie«, sagte er. »Die *anderen* Kinder, Jimmy. Ich wollte niemanden beleidigen, als ich die Brut ›Kinder‹ nannte. Es wäre doch nett, wenn wir sie anriefen und fröhliche Ferien wünschten.«

»Es gibt keinen Grund, sich in solche Auslagen zu stürzen«, brummte Strand. »Es geht ihnen gut.«

»Unsinn«, sagte Hazen. »Ich bestehe darauf.«

Also marschierten alle ins Haus und riefen Caroline in Arizona und Eleanor und Giuseppe in Georgia an, und es gab ein allgemeines Geschrei, als sie einander an den beiden miteinander verbundenen Apparaten im unteren Salon und der kleinen Bibliothek ablösten.

Leslie war so fröhlich gewesen, als sie zunächst mit Caroline und dann mit Eleanor am Telefon schwatzte. Nacheinander sagten alle guten Tag. Der einzige Mißton entstand, als Leslie und Strand dann allein mit Caroline sprachen und Leslie sagte, wie sehr sie sie vermißten, und Caroline antwortete: »Southampton ist nichts für mich. Ich mag die Jungen dort nicht.«

»Was, in aller Welt, soll das nun wieder heißen?« fragte Leslie gereizt. Strand wußte, was es hieß. Caroline hatte die Nacht im Wagen nicht vergessen, als George sie bedrängte und ihr das Nasenbein zerschlagen hatte. Sie würde es niemals vergessen.

»Es heißt gar nichts«, sagte Caroline. »Ich bin hier glücklich wie eine Lerche. Arizona ist himmlisch.«

Danach gingen alle auf ihre Zimmer, um sich fürs Dinner vorzubereiten. Solomon und Strand waren die ersten unten. Während Strand vor dem lodernden Feuer aus Treibholz stand, das blaue und grüne Funken sprühte, mixte Solomon sich einen Drink. Mit einem Seufzer der Zufriedenheit sank er in einen Lehnstuhl und sprach über Jimmy. Er erzählte Strand, daß Jimmy der erklärte Liebling im Büro sei, und deutete mit einem schiefen Lächeln an, daß Jimmy eine Affäre mit einem seiner Stars habe, einer Frau namens Joan Dyer, die bis zu Jimmys Eintreten ins Geschäft die schwierigste aller Sängerinnen gewesen war. »Seit sie den Jungen zu Gesicht bekam, ist sie wie verwandelt«, sagte Solomon. »Ich verdopple sein Gehalt wegen weit über die Pflicht hinausgehender Aufopferung für Solomon & Company. Sie ist ein männermordendes Weib, das weiß jeder in meinem Büro, ich selbst eingeschlossen. Eine Tigerin. Ihre Wutanfälle sind Legende in der Branche. Ich hatte ernsthaft daran gedacht, sie fallenzulassen, obwohl sie mehr Platten verkauft als alle anderen, die ich unter Vertrag habe.«

»Wie alt ist sie?« fragte Strand.

»Fünfunddreißig, sechsunddreißig.«

»Ist er nicht viel zu jung für sie?« Strand war über die Neuigkeit nicht erfreut, aber er hätte den Grund nicht zu erklären vermocht, wenn man ihn danach gefragt hätte.

»Offensichtlich nicht«, meinte Salomon. »Mach dir um Jimmy keine Sorgen. Er hat einen erstaunlich kühlen Kopf für einen Jungen seines Alters. Hat er euch nichts von ihr erzählt?«

Strand schüttelte den Kopf. »Jimmy brüstet sich nicht mit seinen Eroberungen. Falls er welche hat. Nach allem, was ich weiß, ist er noch immer eine Jungfrau.«

Solomon grinste. »Darauf würde ich an deiner Stelle jetzt keine Wette mehr abschließen.«

Strand lächelte nicht. »Ich war in seinem Alter noch eine Jungfrau«, sagte er.

»Andere Berufe«, meinte Solomon, »andere Moralbegriffe.« Er zuckte die Achseln.

»Fünfunddreißig«, sagte Strand. »Ist sie verheiratet?«

»Es gibt irgendwo einen Ehemann, den zweiten oder dritten, glaube ich. Schau nicht so entsetzt, Allen. Showbusiness...«

»Tu mir einen Gefallen«, bat Strand. »Sag Leslie nichts davon. Ich fürchte, es könnte sie aufregen. Sie hält ihn immer noch für ihr unschuldiges kleines Kind.«

»Leslie ist zur Zeit groß in Form, was?« sagte Solomon.

»Sehr.« Solomon mochte scharfsinnig in der Beurteilung von Talenten sein, aber als Barometer für Hochs und Tiefs im Wetter der weiblichen Seelen war kein Verlaß auf ihn. Strand erinnerte sich an Leslies Vermutung, daß Hazen und Nellie Solomon ein Verhältnis hatten. Er fragte sich, ob Solomon den Gefühlspegel seiner eigenen Frau besser einzuschätzen vermochte als den Leslies.

Obwohl Leslie tapfer das Gesicht wahrte, hatte Strand das ungute Gefühl, daß die zur Schau gestellte gute Laune eher auf Höflichkeit als auf eine grundlegende Besserung ihrer Stimmung zurückzuführen war. Er war nicht der einzige, der das spürte. Jimmy, der Nellie Solomon zum Einkaufen ins Dorf chauffiert hatte, nahm Strand nach seiner Rückkehr beiseite, um ihn über Leslie auszufragen. »Ist Mutter in Ordnung?« fragte er. Er sah besorgt aus.

»Natürlich«, antwortete Strand wachsam. »Warum fragst du?«

»Mrs. Solomon hat im Wagen eine Bemerkung gemacht. Sie sagte, sobald Mutter sich unbeobachtet glaubt, sieht sie ... melancholisch aus. Melancholisch war das Wort, das sie gebrauchte. Und wenn sie mit Menschen spricht, ist sie so fern, als wäre sie hinter einer Art Vorhang. Sagte Nellie.«

»Ist *dir* etwas aufgefallen?«

»Ich bin ein Idiot«, sagte Jimmy. »Mir kommt Mutter immer gleich vor, außer wenn sie mich wegen irgend etwas anschnauzt. Und sie hat mich an diesem Wochenende nicht ein einziges Mal angeschnauzt.« Er grinste. »Vielleicht ist das ein schlechtes Zeichen.«

»Falls du mit der Dame noch eine Unterredung unter vier Augen haben solltest«, sagte Strand und ärgerte sich über Nellie Solomons treffende Beobachtung, »dann teile ihr mit, daß es deiner Mutter gar nicht besser gehen könnte.«

Jimmy sah ihn neugierig an, und Strand wußte, daß seine Beteuerung zu betont gewesen war. »Mach' ich«, sagte Jimmy und ließ das Thema fallen. Ein weiterer Vorhang in der Familie, dachte Strand, zwischen meinem Sohn und mir.

Irgendwie hatte sich dann das ganze Wochenende über nie der richtige Augenblick ergeben, um Leslie von seinem Gespräch mit Babcock zu erzählen. Und bis jetzt hatte Leslie keine Anstalten gemacht, ihren Lunch mit Hazen in New York zu erwähnen. Der Vorhang, von dem Mrs. Solomon gesprochen hatte, war lange vor Thanksgiving gefallen.

Es war spät, als sie in Dunberry ankamen. Es war viel Verkehr gewesen, nach dem langen Wochenende kehrten die Leute nach Hause zurück, um am Montagmorgen zur Arbeit zu gehen. Sie hatten Linda bei ihrer Wohnung auf der East Side in der Nähe von Hazens Haus abgesetzt, weil sie spät dran war: sie war zum Abendessen eingeladen. Jimmy hatte gute Nacht gewünscht und war zu einem Rendezvous gefahren. Die Solomons waren in ihrem eigenen Wagen in die Stadt zurückgekehrt. Hazen hatte darauf bestanden, daß Leslie und Strand noch zu ihm heraufkamen, um einen Bissen zu essen. Er hatte zu Hause angerufen und den Butler angewiesen, einen Imbiß auf der Anrichte im Speisezimmer bereitzustellen. Es war eine angenehme, leichte Mahlzeit gewesen, kaltes Huhn, Salat, eine Flasche Weißwein. Hazen hatte Conroy nach Hause geschickt und einen Mietwagen bestellt, um die Strands nach Dunberry fahren zu lassen. Strand hatte gegen seine Verschwendung protestiert, und Hazen hatte seine Einwände wie stets abgewiesen.

»Es war ein wunderbarer Urlaub, Russell«, sagte Leslie, als sie Hazen an der Tür zum Abschied küßte. »Ich fühle mich wie neu.«

»Wir müssen es wiederholen«, sagte Hazen. »Vielleicht eine ganze Woche oder gar zehn Tage lang, zu Weihnachten, wenn ich es mit meinen Terminen abstimmen kann. Versucht, ob ihr auch die Kinder hinbringen könnt. Sie machen das alte Wrack von einem Haus wieder jung.«

Im Fond der Limousine lehnte Leslie ihren Kopf an Strands Schulter und schlief augenblicklich ein. Wenn sie an irgendeinen anderen Ort als Dunberry gefahren wären, hätte er vollkommenen Frieden empfunden. Leslies sanfter Atem dicht neben ihm und die vier ereignislosen, aber glücklichen Tage hinter ihnen gaben ihm das Gefühl, daß er tatsächlich zu Babcock gehen und ihm mitteilen könne, Leslies Krise, was immer sie verursacht haben mochte, sei vorüber. Daß man sich darauf verlassen könne, daß sie ihre Aufgabe in der Schule wieder erfüllen werde und daß keine Notwendigkeit mehr bestünde, um Krankenurlaub anzusuchen. Er sagte sich, daß Mrs. Solomon zwar einen scharfen Blick bewiesen, daß sie Leslies Zustände und gelegentliche kleine Ausrutscher aber in einem übertriebenen Licht gesehen hatte. Und doch wußte er, daß seine Gedankengänge teilweise von Selbstsucht beeinflußt waren. Die Vorstellung, Wochen, ja Monate ohne sie verbringen zu müssen, brachte ihn zur Verzweiflung.

Er fühlte, wie Leslie sich regte und ihren Kopf von seiner Schulter hob. »Sind wir schon da?« Sie murmelte wie ein schlaftrunkenes Kind.

»Fast.«

»Was für schöne Ferien. Traumland, Long Island ...« Sie lachte leise. »Ich könnte den Rest meines Lebens dort verbringen. Nur malen und aufs Meer sehen und an nichts denken – umgeben von diesen netten, großzügigen Menschen.« Sie lachte wieder. »Würdest du dich dort langweilen?«

»Das bezweifle ich«, sagte er. »Ich könnte ja anfangen Golf zu spielen oder Körbe zu flechten.«

»Es war lieb von Russel, schon Pläne für Weihnachten zu machen. Und die ganze Familie einzuladen.« Plötzlich richtete sie sich auf. »Warum, glaubst du, hat Caroline am Telefon gesagt, daß sie nie wieder in die Hamptons kommen würde?«

»Sie sagte irgend etwas von Jungen ...« Strand formulierte es absichtlich ungenau. Er hoffte, daß Leslie niemals herausfinden würde, was es wirklich hieß. Lieber sollte sie nichts wissen von Carolines peinlichem Erlebnis im Wagen und dem brutalen Faustschlag. »Vielleicht hat sie irgendeinen jungen Mann in Arizona gefunden, und ihre Interessen gehen jetzt in eine andere Richtung.« Es war ihm, als spräche er mit einer fremden Stimme.

»Ich werde ihr einen geharnischten Brief schreiben«, sagte Leslie. »Sie weiß, das wir nicht ohne sie fahren würden, wenn sie Ferien hat. Und es ist egoistisch von ihr, uns alles aus irgendeiner kleinen, dummen Laune heraus zu verpatzen.«

»Ich bin überzeugt, daß ihr ein Licht aufgeht und sie einlenken wird«, log Strand.

Als der Wagen vor dem Malson-Haus vorfuhr, sah Strand, daß in einem der Schlafzimmer im zweiten Stock Licht brannte. Es war nach zehn Uhr dreißig, und die Lichter sollten eigentlich aus sein, aber wahrscheinlich hatten sich einige der Jungen versammelt, um Geschichten über das Wochenende auszutauschen. Er stieg aus dem Wagen und ging auf das Haus zu. Der Chauffeur folgte mit ihrem Gepäck. Er hatte eben die Tür erreicht, als sie ungestüm aufgestoßen wurde und ein bloßfüßiger Junge im Pyjama herausflitzte – er hätte ihn fast umgerannt. Ihm nach stürzte ein zweiter Junge, der den ersten offensichtlich verfolgte. Den zweiten konnte Strand erkennen. Es war Romero, in Jeans und Pullover. Keiner der Jungen gab einen Laut von sich. Im Licht der Lampe am Eingang sah Strand, daß Romero ein Messer in der Hand hatte.

»Halt!« schrie er. »Bleib sofort stehen!«

»O mein Gott!« schrie Leslie.

Keiner der beiden Jungen blieb stehen. Der erste, der wesentlich größer als Romero war, schlüpfte nach rechts hinter einen Baum. Romero lief rasch und lautlos hinterdrein, holte ihn ein, sprang ihm auf den Rücken, und beide verkrallten sich ineinander und stürzten zu Boden. Romero hatte jetzt die Oberhand gewonnen und saß auf der Brust des anderen. Strand brüllte und rannte hinüber. Es gelang ihm, Romeros Handgelenk zu fassen.

»Bist du verrückt?« rief Strand. Er zerrte an dem sich windenden Handgelenk, fühlte, wie dünn und dennoch kräftig der Arm des Jungen war – wie ein starkstromgeladenes Seil. »Romero! Laß das Messer fallen.«

Es war, als käme Romero zur Besinnung, als er seinen Namen hörte. Er ließ das Messer fallen, wandte sich um und sah zu Strand auf. »In Ordnung«, sagte er. Seine Stimme klang fremd und ruhig. »Es ist vorbei.« Er stand auf.

Dann sah Strand, daß der Junge, der am Boden lag und von keuchendem Schluchzen geschüttelt wurde, Teddy Hitz war. Sein Gesicht war blutüberströmt, und er hatte eine Schnittwunde an seiner Wange.

»Leslie«, sagte Strand, so ruhig er konnte, »bitte geh hinein und ruf den Arzt und Mr. Babcock an und sage ihnen, sie sollen so schnell wie möglich hierher kommen. Hitz ist verletzt.«

»Zu wenig«, murmelte Romero.

»Du hältst den Mund«, sagte Strand, während Leslie ins Haus lief. »Fahrer«, rief er dem Chauffeur zu, der wie angewurzelt an der Tür stand und immer noch das Gepäck festhielt, »würden Sie herüberkommen und mir helfen?« Er kniete neben Hitz nieder, dessen Schluchzen langsam nachließ. »Ist ja gut, Hitz, er hat das Messer fallen lassen.« Er zog sein Taschentuch hervor und legte es auf den Schnitt an der Wange. »Bist du imstande, es selbst zu halten?«

Hitz nickte mit tränenverquollenem Gesicht und hielt das Taschentuch fest.

»Heiliger Jesus!« Der Chauffeur war näher gekommen und starrte auf den blutenden Jungen nieder. »Was ist denn hier los?«

»Ich hab' dem Hurensohn heimgeleuchtet«, sagte Romero. Strand sah jetzt, daß auch sein Gesicht blutig war und daß er undeutlich sprach, als seien seine Lippen geschwollen.

»Schluß jetzt, Romero«, sagte Strand. Dann zu Hitz: »Glaubst du, daß du gehen kannst?«

Hitz nickte und setzte sich auf. Gott sei Dank, dachte Strand. Hitz war an die neunzig Kilo schwer, und der Chauffeur war ein kleiner alter Mann. Strand bezweifelte, daß sie beide es geschafft hätten, Hitz auch nur bis zur Tür zu tragen.

»Madre!« schnaubte Romero verächtlich, »der tut, als ob der beschissene Kratzer ein Blutbad wäre!«

»Du bist still«, sagte Strand und ergriff Hitz' Hand, um ihn hochzuziehen. »Und ich rate dir, fang an sehr scharf nachzudenken. Es gibt eine Menge Fragen, die du wirst beantworten müssen.«

»Ich möchte einen Anwalt«, sagte Romero. »Ich habe ein Recht auf einen Anwalt.«

Strand, der eben dabei war, Hitz zu stützen, mußte beinahe lachen. Einen Anwalt. Aber sogleich wurde ihm klar, daß in Romeros Milieu jedes zehnjährige Kind über seine Rechte bestens Bescheid wußte.

Romero wandte sich auf dem Absatz um und ging rasch ins Haus. Er hatte das Licht im Gemeinschaftsraum angedreht und saß auf einem Tisch und ließ seine Beine baumeln, als Strand und der Fahrer mit dem theatralisch schwankenden Hitz den Raum betraten. »Du legst dich besser hin«, sagte Strand zu Hitz, »und hältst den Kopf hoch.« Das Taschentuch war blutdurchtränkt.

Er bettete Hitz auf die abgenützte Couch. »Mrs. Strand ruft den Arzt an«, sagte er. »Ich bin sicher, du kommst wieder in Ordnung.« Dann wandte er sich an den Fahrer, der kopfschüttelnd mitten im Zimmer stand und wieder und wieder »Gottverdammte Fratzen, gottverdammte Fratzen!« murmelte. »Sie können jetzt gehen. Es ist alles soweit in Ordnung. Sie haben noch einen weiten Weg vor sich.« Er wollte den Mann lossein. Je weniger Leute in diese unangenehme Sache verwickelt waren, desto besser. Er war froh, daß Hazen sie nicht von Conroy hatte herfahren lassen. Er konnte sich die Geschichte vorstellen, die Conroy, wäre er hier gewesen, seinem Chef zu erzählen gehabt hätte.

»Okay. Ich gehe«, sagte der Fahrer. »Ich habe keine besondere Lust, die ganze Nacht lang dazubleiben, wenn die Polizei kommt.«

Polizei. Daran hatte Strand nicht gedacht.

»Vielleicht wollen Sie das hier an sich nehmen.« Der Fahrer hielt ihm das Messer entgegen. Es war ein Schweizer Armeemesser, und auf der Klinge war Blut. »Ich habe es da draußen aufgehoben. Falls es Ihnen möglich ist, lassen Sie mich aus der Sache raus. Ich will nicht vor Gericht geschleppt werden, wenn ich's vermeiden kann. Womöglich müßte ich in meiner Freizeit jedesmal nach Connecticut rausfahren zur Zeugenaussage. Es ist heute schon schwierig genug, in New York zu fahren.«

»Danke«, sagte Strand und nahm das Messer an sich. Die Klinge war nicht länger als acht Zentimeter. Es sah gar nicht aus wie eine richtige Waffe, aber Hitz' Blut sickerte immer noch durch das Taschentuch, welches er an seine Wange hielt.

»Ist das deines?« fragte er Romero, nachdem der Fahrer gegangen war.

»Wer weiß?« sagte Romero. Er grinste feindselig.

Im grellen Neonlicht des Gemeinschaftsraumes betrachtete Strand ihm zum ersten Mal näher. Romeros Lippen waren verletzt und geschwollen. Auch rund um sein rechtes Auge schwoll das Fleisch an und begann sich bereits zu verfärben, und er mußte blinzeln, um sehen zu können. »So ein Messer kann jedermann in jedem Eisenwarenladen kaufen«, sagte Romero. »Sie werden zu Millionen verkauft. Ich habe eines, seit ich neun wurde. Geh nie aus dem Haus ohne Messer, wie sie im Fernsehen sagen.«

»Hör mich an, Romero«, sagte Strand ruhig. »Du bist in Schwierigkeiten, und ich will dir helfen. Das mußt du mir glauben, denn ich fürchte, du wirst jede nur mögliche Hilfe brauchen. Jetzt erzähle mir, was geschehen ist. Ehe der Doktor hier ist und Mr. Babcock und die Polizei.«

Romero holte tief Atem und hörte auf, mit den Beinen zu baumeln. »Er drosch auf mich los. Ich ging in sein Zimmer hinunter, in einer Privatangelegenheit, und er schlug auf mich ein wie verrückt. Er wiegt gute zwanzig Kilo mehr als ich, also fand ich, daß wir einander unter eher gleichen Bedingungen gegenübertreten sollten.« Er grinste wieder, sein verschwollenes, zerschlagendes Gesicht verzerrte sich auf groteske Weise.

»Was war das für eine Privatangelegenheit?«

»Privat«, sagte Romero.

»Er beschuldigte mich, ich hätte sein Geld gestohlen«, sagte Hitz. Sein grellgestreifter Pyjama war blutverschmiert. »Ich werde nicht dulden, daß ein hinterlistiger kleiner Puertoricaner solche Anschuldigungen macht und straflos davonkommt.«

»Welches Geld?« fragte Strand und sah von einem zum anderen.

»*Mein* Geld«, sagte Romero. »Und einige Briefe. Er hat meine Blechschachtel aufgebrochen und nahm mein Geld und meine Briefe.«

Leslie betrat eilig das Zimmer. »Allen«, sagte sie, »der Doktor und Mr. Babcock sind schon unterwegs.« Sie starrte auf den blutenden Jungen auf der Couch, auf Romeros entstelltes Gesicht, das offene Messer in Strands Hand. »Oh – es ist einfach zu viel«, sagte sie leise. Sie wandte sich um und stürzte aus dem Zimmer, die Halle entlang in ihre Wohnung.

»Was für Briefe?« wiederholte Strand.

»Private Briefe«, sagte Romero. »Von einer Freundin. Ich habe es nicht gern, daß irgend jemand meine privaten Briefe liest. Vor allem ein Dreckstück wie er.«

»Ich habe niemals einen von deinen Briefen gelesen«, behauptete Hitz.

»Du dreckiger Lügner«, sagte Romero, und Strand stellte sich zwischen den Tisch, auf dem der Junge saß, und die Couch. Aber Romero blieb auf dem Tisch sitzen. »Du hast dich darüber lustig gemacht, als ich in dein Zimmer kam. Du hast sie sehr wohl gelesen. Romeo Romero hast du mich genannt, du fetter Scheißer.«

»Halt den Mund«, fuhr Strand ihn an.

»Ich habe niemals irgendwelche Briefe gesehen«, winselte Hitz. »Ich weiß nicht, wovon er redet.«

»Also gut«, entschied Strand, »lassen wir die Briefe im Augenblick beiseite. Was sagtest du, Romero, wieviel Geld war es?«

»Dreihundertfünfundsiebzig Dollar.«

»Was?« sagte Strand überrascht. »Wieviel?«

»Dreihundertfünfundsiebzig.«

»Woher hast du so viel Geld?«

»Ich möchte einen Anwalt«, wiederholte Romero.

»Ich werde Ihnen sagen, woher, Mr. Strand«, sagte Hitz. »Dreimal wöchentlich veranstaltet er in Rollins' und seinem Zimmer ein Würfelspiel. Und eine Menge Kameraden glauben, daß er mit falschen Würfeln spielt. Beide, er und Rollins. Ein Puertoricaner und ein Neger! So sieht's in dieser Schule aus, und ich glaube nicht, daß ich es verschweigen werde. Mein Vater ist ein großer Mann in

Washington, und er kennt alle Zeitungsleute dort und viele in New York.«

»Sei lieber still, Hitz«, sagte Strand voll Verachtung für diesen dicken, flennenden Jungen. »Halte den Mund und sieh zu, daß du aufhörst zu bluten.« Er seufzte bei dem Gedanken, wie sich das alles in den Zeitungen ausmachen und bei der nächsten Treuhändersitzung von Dunberry anhören würde. »Stimmt es, daß ihr abends in eurem Zimmer würfelt, du und Rollins?« fragte er Romero.

»Lassen Sie Rollins aus dem Spiel«, sagte Romero. »Er hat nichts damit zu tun. Er ist nur mein Zimmerkamerad.«

»Wo ist Rollins?«

»Er schläft. Er hat keine Ahnung, was vorgefallen ist. Er war müde, als er ankam, und ging schlafen.«

»Du hast ihm nicht erzählt, was geschehen ist?«

»Wenn ich es getan hätte, wäre er hinuntergegangen und hätte Hitz mit bloßen Händen umgebracht. Und morgen früh würde er auf seinem Hintern vor der Tür sitzen. Und dann wäre es für ihn aus mit College und Profifußball. Er hat's schwer genug, weil er ein Schwarzer ist. Ich will nicht, daß man ihn erledigt, nur weil er mein Freund ist.«

»Laß mich eine Frage stellen, Romero«, sagte Strand. »Wieso glaubst du, daß Hitz es war, der dein Geld genommen hat?«

»Falls er jemals überhaupt Geld gehabt hat«, sagte Hitz. »Der kleine Schmierfink hat's seit Semesterbeginn auf mich abgesehen. Ich kann ein paar von den Typen, die man heutzutage in diese Schule läßt, nicht ausstehen, das sage ich offen. Wir leben in einem freien Land, und ich kann sagen, was ich will!«

»Ich habe dir schon gesagt, du sollst still sein, Hitz«, sagte Strand. Er versuchte unparteiisch zu erscheinen und wußte, daß es ihm nicht gelang. »Sag schon, Romero, was hat dich veranlaßt, anzunehmen, daß es ausgerechnet Hitz war, der dein Geld genommen hat?«

»Ich habe meine private Information.«

»Was für eine Art von Information?«

»Vertraulich.«

»Wer hat es dir gesagt?«

»Ich sagte doch, es ist vertraulich«, wiederholte Romero.

»Hast du das Geld in Hitz' Zimmer gefunden? Oder die Briefe, die du erwähnt hast?«

»Nein«, sagte Romero.

»Na klar, hat er nicht«, ließ sich Hitz vernehmen. »weil ich nichts genommen habe. Falls überhaupt jemand etwas genommen hat. Der Kerl ist verrückt, Mr. Strand, er haßt die ganze Welt, vor allem die Weißen. Wenn die Lehrer hier auch nur ein bißchen Courage hätten, würden sie alle, jeder einzelne, Sie eingeschlossen, aufstehen und sagen, daß sie wünschten, der kleine Bastard hätte nicht einmal von Dunberry *gehört.*«

»Hüte deine Zunge, Fettwanst«, drohte Romero, »oder ich schnitze dir auch in deine andere Wange ein Muster und schneide deinen Arsch zum Dessert in kleine Stücke.«

Diese Drohung erinnerte Strand daran, daß er immer noch das offene, blutbefleckte Messer in der Hand hielt. Er klappte es zu und ließ es in die Manteltasche gleiten. »Romero«, warnte er, »mit solchen Reden verschlimmerst du nur noch deine Lage!«

Die Tür ging auf, und Dr. Philips und Mr. Babcock traten ein. Babcock blieb wie angewurzelt stehen, als er die Szene erblickte. »Du meine Güte«, sagte er.

Der Doktor nickte Strand zu, warf einen neugierigen Blick auf Romero, dann beugte er sich über Hitz und sagte: »Jetzt werden wir einmal sehen, was wir hier haben.« Er nahm das blutgetränkte Taschentuch von Hitz' Gesicht und ließ es zu Boden fallen. Durch seine Brillengläser blinzelnd, tippte er leicht an die verwundete Wange. »Ich schaffe ihn in die Krankenstation«, sagte er sofort. »Ich muß die Wunde säubern und nähen. Hübsch viel nähen.«

»Es tut weh«, sagte Hitz mit zitternder Unterlippe.

»Natürlich tut's weh«, sagte der Doktor. »Wundert dich das?« Er war ein barscher Mann, rasch und tüchtig in seinem Fach, und er stand nicht in dem Ruf, Jugendliche mit Samthandschuhen anzufassen. Er öffnete seine Tasche, holte eine dicke Lage Mull hervor und verband provisorisch die Wunde. Im Nu färbte sich der Verbandstoff rot. Der Doktor schlüpfte aus seinem Mantel. »Zieh das an und steh auf, ich führe dich zu meinem Wagen.«

»Ich weiß nicht, ob ich gehen kann ... ich habe eine Menge Blut verloren!«

»Unsinn«, unterbrach ihn der Doktor. »Stell dich auf die Füße, es ist nur eine kleine Fleischwunde. Sie wird deiner Schönheit keinen Abbruch tun.«

Hitz zog eine Show ab, als drehe sich alles um ihn, als er sich von der Couch hochstemmte. Der Doktor half ihm in den Mantel. Mit gesenktem Kopf beobachtete Romero die Szene, seine Augen waren dunkel und voll Verachtung. »Vielleicht braucht er Morphium«, sagte er. »Daß er den grauenhaften Schmerz erträgt.«

»Von dir haben wir schon genug gehört, junger Mann«, sagte Babcock. »Du schweigst!« Zum ersten Mal vernahm Strand eine gewisse Härte in der Stimme des Direktors.

Der Doktor war an der Tür stehengeblieben, seine Hand lag leicht auf dem Arm des Verletzten. »Babcock«, sagte er, »ich schlage vor, Sie verständigen die Polizei.«

»Die Polizei«, wiederholte Babcock geistesabwesend. »Du meine Güte. Halten Sie das wirklich für nötig?«

»Falls ich meinen Beruf weiterhin ausüben will und Sie Ihre Schule nicht verlieren wollen, ist es nötig.«

»Ja, natürlich«, sagte Babcock, »es ist nur so, daß ... solch einen Vorfall hat es noch nie zuvor gegeben. Natürlich. Ich werde anrufen.«

»Sagen Sie den Leuten, daß wir in der Krankenstation zu finden sind. Es wird sicher zu einem Verhör kommen. Inzwischen, junger Mann ...« Er starrte Romero an. »Kenne ich dich nicht? Vom Fußballteam?«

»Ja«, sagte Romero. »Sie sagten bei der ärztlichen Eignungsuntersuchung, es sei verrückt von mir, Fußball spielen zu wollen.«

»Wie heißt du?«

»Romero«, antwortete der Junge.

Einen Moment lang herrschte Schweigen, nachdem der Doktor und Hitz gegangen waren. Strand war froh, daß er Hitz' blutiges Gesicht nicht mehr ansehen mußte. Babcock seufzte, starrte auf die Couch, schob seine Brille auf die Stirn, rückte sie wieder auf die Nase. Strand bemerkte, daß Babcock keine Krawatte trug. Er sah ihn zum ersten Mal ohne Krawatte. Wahrscheinlich war er mit seiner beleibten Gattin bereits im Bett gewesen, als Leslies Anruf kam, und er hatte sich hastig angezogen.

»Die Couch wird man reinigen müssen«, sagte Babcock, »sie ist ganz blutig. Was soll ich denn der Polizei sagen?« Es klang hilflos. »Ich habe keine Ahnung, was geschehen ist. Gibt es hier im Haus ein Telefon?«

»Im Keller ist ein Münzautomat«, ließ Romero sich vernehmen.

»Danke.« Babcock ging auf die Treppe zu, die zum Keller führte, dann blieb er stehen. »Du meine Güte«, sagte er und klopfte auf seine Taschen. »Ich habe keine Münzen bei mir. Ich war im Bett und ... Allen, haben Sie Kleingeld?«

Strand kramte in seiner Tasche. Er hatte nur Scheine bei sich. »Tut mir leid«, sagte er.

»Sie können ja den Polizeinotruf wählen«, riet Romero sachlich. »Dazu brauchen Sie keine Münze.« Strand hatte das Gefühl, daß Romero die Situation genoß. »In drei Minuten sind sie da, Sirenen, Blaulicht, mit allem Drum und Dran.«

»Sie werden alle aufwecken«, meinte Babcock. »Ich glaube nicht, daß wir . . .«

»Ich gehe in die Wohnung und rufe von dort aus an«, sagte Strand.

»Ich wollte, ich wüßte, was hier vorgefallen ist«, klagte Babcock.

»Ich werde Ihnen nachher alles sagen.« Strand ging durch die Halle und betrat sein Wohnzimmer. Leslie saß auf der Klavierbank, doch sie spielte nicht. Als sie Strand hereinkommen hörte, wandte sie sich um. »Nun?« fragte sie.

»Es ist ein scheußliches Durcheinander. Ich habe jetzt keine Zeit, es dir zu erzählen. Nichts wirklich Ernstes.« Während er sprach, wünschte er, daß es so wäre. »Ich muß die Polizei anrufen.« Er suchte die Nummer aus dem Telefonbuch und wählte. Der diensthabende Mann hieß Leary, Sergeant Leary. »Sergeant«, sagte Strand, »können Sie rasch jemanden in die Krankenstation von Dunberry rüberschicken?«

»Um was für eine Art von Verletzung geht's denn?« fragte Sergeant Leary.

»Es hat Streit gegeben. Eine Rauferei zwischen zwei Jungen. Einer von ihnen wurde verletzt.«

»Brauchen Sie einen Krankenwagen?«

»O nein, ich glaube nicht. Der Arzt hat ihn schon untersucht. Es ist nur eine Hautwunde. Ein Schnitt.« Er räusperte sich. »Einer von den Jungen hatte ein Messer.«

»In *Dunberry*?« Leary war entsetzt. Nächtliche Messerstechereien im Städtchen oder gar in der Schule gehörten nicht zu seiner Routine.

»Es war das Ende der Ferien.« Strand glaubte, zur Ehrenrettung der Schule eine Art Entschuldigung vorbringen zu müssen. »Vom Lehrkörper war niemand im Dienst. Können Sie jemanden schikken?«

»Es wird ein Mann rüberkommen. In die Krankenstation, sagten Sie?«

»Ja.«

»Auf welcher Seite des Campus liegt die? Osten? Westen?«

Strand war verwirrt. Er schloß die Augen und versuchte sich in Erinnerung zu rufen, auf welcher Seite des Campus die Sonne aufging. Er versuchte sich die Krankenstation vorzustellen, ein kleines weißes Gebäude, das etwas abseits vom Weg inmitten von Büschen lag. Die Seite, welche dem Campus abgewandt war, bekam Morgensonne. Das hieß, so glaubte er wenigstens, daß es sich an der Ostseite des Campus befand. »Osten«, sagte er, und der Sergeant sagte: »Okay. Ist der Täter in Gewahrsam?«

Strand gelang es nicht sofort, dieses Wort mit den Ereignissen des Abends in Zusammenhang zu bringen. Dann fiel ihm Romero ein. »Ja«, sagte er, »wir haben den Täter.«

Als er einhängte, begann Leslie zu lachen. Das Lachen klang ein wenig geborsten. »Du redest wie ein Detektiv in einem Film«, sagte sie.

»Liebling«, bat Strand, »warte nicht auf mich, geh zu Bett. Ich muß mit Romero und Babcock in die Krankenstation, die Polizei wird kommen, es kann Gott weiß wie lange dauern. Ich werde dir alles erzählen, wenn ich zurückkomme.«

»Täter«, sagte Leslie. »Ich frage mich, wie viele Täter es auf dem Campus gibt. Ich wollte, ich könnte das Jahrbuch aus dem Jahr zweitausend sehen. Wie viele Absolventen von Dunberry werden dann hinter Gittern sitzen?«

»Es tut mir leid, Liebes, daß du ...«

»Es ist nicht deine Schuld«, sagte sie. »Bring es rasch hinter dich. Du mußt morgen früh aufstehen.«

Er küßte sie und kehrte in den Gemeinschaftsraum zurück. Er hörte, wie Leslie hinter ihm die Tür abschloß.

3

Als die beiden Männer, Romero in ihrer Mitte, die Krankenstation betraten, hatte der Doktor die Wunde gereinigt. Er gab Hitz eine Spritze zur Lokalanästhesie, weil er nähen mußte. Hitz stöhnte und vergoß Tränen. Romero sah ihn wieder voll Verachtung an, aber er sagte nichts. Er setzte sich auf einen Schemel, zog ein Paket Zigaretten hervor, zündete sich eine an und begann Rauchringe in die Luft zu blasen. Zunächst war der Doktor mit Hitz zu beschäftigt, um dies zu bemerken, aber als er es schließlich doch tat, blickte er Romero finster an und sagte: »Hier drinnen ist Rauchverbot, junger Mann.«

»Entschuldigung«, sagte Romero und drückte seine Zigarette aus. »Und vielen Dank. Wahrscheinlich haben Sie mich eben vorm

Krebs bewahrt, Doktor.«

»Heb dir deine Scherze für die Polizei auf«, meinte der Doktor und begann einzufädeln. Hitz sah ihm angsterfüllt zu. »Bist du allergisch gegen Penicillin?« fragte ihn der Arzt.

»Ich weiß es nicht.«

»Na schön, wir werden es auf den Versuch ankommen lassen.« Er bestäubte die Wunde mit Puder. »Ist die Wange schon gefühllos?« Er bohrte seinen Zeigefinger im Gummihandschuh oberhalb der Wunde heftig in die Wange. »Spürst du das?«

»Nein.«

Strand mußte sich abwenden, als der Doktor sich mit schnellen, geschickten Nadelstichen an dem klaffenden Schnitt zu schaffen machte und den ersten Knoten knüpfte. Er schämte sich, daß er so zimperlich war, insbesondere da Babcock und Romero die kleine Operation mit Interesse verfolgten.

Als Dr. Philips sein Werk vollendet hatte und einen Verband auf die Wange klebte, ging die Tür auf, und ein Polizist trat ein. Er sah aus, als wäre er eben widerwillig aus dem Bett gestiegen. »Der Sergeant sagt, hier sei eine Straftat begangen worden«, sagte er. »Welcher Natur ist die Straftat?«

»Die Natur der Straftat bin ich«, sagte Romero. »Ich habe ihn mit einem Messer gekitzelt.«

»Sie sind festgenommen. Es ist meine Pflicht«, sagte der Polizist feierlich, »Sie darauf aufmerksam zu machen, daß alles, was Sie sagen, gegen Sie verwendet werden kann und daß Sie das Recht auf Beiziehung eines Anwalts haben.«

»Genau das will ich, einen Anwalt«, nickte Romero. »Kennen Sie einen guten? Der nächste, den ich kenne, hat sein Büro in der 137. Straße in New York.«

Der Polizist beachtete ihn nicht. »Ist die Waffe sichergestellt worden?«

Strand zog das Messer aus seiner Tasche und übergab es dem Polizisten.

»Danke sehr«, sagte der Polizist. »Es wird für die Beweisführung gebraucht. Sind Sie fertig, Doktor?«

»Ja«, sagte der Doktor und streifte seine Gummihandschuhe ab.

»Wir gehen besser aufs Revier«, verkündete der Polizist. »Streck deine Hände aus, Junge.«

Romero lächelte und streckte die Hände aus. »Haben Sie Angst, daß ich im Streifenwagen über Sie herfalle?«

»Tätlicher Angriff mit tödlicher Waffe«, verkündete der Polizist. »An deiner Stelle würde ich die Sache ernster nehmen.«

»Jugendgröße, bitte«, sagte Romero, als der Polizist Handschellen zum Vorschein brachte.

»Halten Sie das für unbedingt nötig?« fragte Babcock. »Ich bin überzeugt, er benimmt sich nicht widerspenstig.«

»Vorschrift, Sir«, sagte der Polizist. »Es steht in der Dienstvorschrift.«

»Oh«, meinte Babcock, »in der Dienstvorschrift.« Er seufzte.

»Marsch, Junge.« Der Polizist riß an den Handschellen, und Romero erhob sich von seinem Schemel.

»Mich brauchen Sie wohl nicht, was?« fragte Dr. Philips.

»Waren Sie Zeuge des Vorfalles?«

Der Doktor schüttelte den Kopf.

»Okay. Vielleicht müssen Sie später einmal einen ärztlichen Bericht vorlegen, aber heute nacht werden wir Sie nicht mehr brauchen.«

Babcock, Strand und Hitz, dem immer noch die Tränen über das Gesicht liefen, folgten dem Polizisten, der die Hand nicht von Romeros Ellenbogen nahm, als sie auf die Tür zugingen.

»Romero«, sagte der Doktor, »ich rate dir, von nun an als Leibesübung ausschließlich Fußball zu betreiben.«

»Ich hole meinen Wagen, Officer«, sagte Babcock. »Wir sehen uns im Revier.«

Sie sahen zu, wie der Polizist Romero auf die Rücksitze des Streifenwagens stieß und die Tür von außen versperrte. Zwischen Vordersitzen und Rücksitzen befand sich ein Metallgitter, und Romero sah wie ein kleines, gefangenes Tier aus, als er in das Licht oberhalb seines Kopfes blinzelte. Der Polizist setzte sich hinter das Lenkrad und fuhr davon. Babcock seufzte. »Ich werde meinen Wagen holen«, sagte er. »Ich bin gleich wieder da.« Er machte sich auf den Weg über den Campus.

Strand blieb mit Hitz allein. »Hör auf zu heulen«, fuhr er den Jungen ärgerlich an.

»Er hätte mich umgebracht. Ich wäre schon tot, wenn Sie nicht zufällig dahergekommen wären.«

»Falls er dich hätte töten wollen«, sagte Strand, »hätte er sich etwas Gefährlicheres aussuchen können als ein kleines Taschenmesser.«

»Sie würden das kleine Messer nicht mehr für so ungefährlich halten, wenn er Sie damit angegriffen hätte oder Ihre Frau. Oder Ihre hochnäsige Tochter, die beim Fußballspiel war«, sagte Hitz und wischte mit dem Handrücken über seine rinnende Nase. »Die würde sicher ein Mordsgeschrei machen, daß man die Gesellschaft vor Niggern und Puertoricanern schützen muß.«

»Ich fürchte, dein und mein Vokabular unterscheiden sich grundlegend voneinander.« Strand hatte plötzlich den dringenden Wunsch, Hitz in eine dunkle Ecke zu zerren und in das fette Gesicht zu schlagen.

»Ich werde Ihnen etwas sagen«, fuhr Hitz fort. »Ich hoffe, sie sperren ihn hübsch lang ein, oder sie werden von meinem Vater zu hören kriegen!«

»Ich glaube nicht, daß der Richter sich deines Vaters wegen Kopfzerbrechen machen wird. Sag mir, Hitz, *hast* du das Geld und die Briefe genommen?«

»Ich habe sie niemals angerührt. Ich weiß nichts davon. Sie müssen mir nicht glauben. Durchsuchen Sie doch mein Zimmer und sehen Sie nach, ob ich die Wahrheit sage. Er kam einfach herein und begann zu schreien. Ich wußte nicht einmal, weshalb er schrie. Ich weiß, er ist Ihr Liebling, Sie halten ihn ja für so verdammt klug, dieses Ghettogenie. Jeder weiß Bescheid über ihn. Möchten Sie wissen, wie die anderen Kameraden ihn rufen? ›Jojo, das Dschungelkind. Das große Experiment!‹ Der Versuch, aus einem Gorillajungen ein menschliches Wesen zu machen. Jetzt sehen Sie ja, was aus Ihrem Experiment geworden ist, Mr. Strand.«

Seine Stimme war schrill geworden, ein gehetztes Crescendo. »Und wer darf dafür zahlen? Ich! Falls Sie noch mehr edelmütige Experimente zum Zeitvertreib planen, rate ich Ihnen, einen anderen Ort dafür zu suchen.«

»Behalte deine Ratschläge für dich, Hitz«, sagte Strand. »Ich bedaure, was vorgefallen ist, und es tut mir leid, daß du verletzt wurdest. Doch so leid tut es mir wieder nicht, daß ich hier stehenbleibe und mir weitere gesellschaftspolitische Vorträge von dir anhöre. Jetzt sei endlich still und bereite dich darauf vor, der Polizei ausschließlich das zu sagen, was vorgefallen ist. Philosophische Betrachtungen laß beiseite.«

»Er hätte mich umbringen können«, murmelte Hitz. Er mußte das letzte Wort haben.

Die Scheinwerfer von Babcocks Wagen glitten über sie hin, bevor der Direktor anhielt. Hitz nahm den Rücksitz, Strand setzte sich neben Babcock.

Als sie im Polizeirevier ankamen, stand Romero vor dem Schreibtisch des Sergeants. Man hatte ihm die Handschellen abgenommen, der junge Polizist stand neben ihm. »Solange ich keinen Rechtsanwalt habe, sage ich gar nichts«, wiederholte Romero immer wieder. »Ich muß Ihnen nicht einmal meinen Namen nennen.«

»Wir wissen, wie du heißt«, sagte der Sergeant geduldig.

»Da steht der Verbrecher.« Romero zeigte auf Hitz. »Er ist ein Dieb. Ich beschuldige ihn des Diebstahls.«

»Darauf kommen wir später zu sprechen«, sagte der Sergeant. »Du hast das Recht, einmal anzurufen. Deinen Anwalt, wenn du willst.«

»Ich kann mir keinen Anwalt leisten. Der Hurensohn hat all mein Geld gestohlen. Ich habe sechs Dollar bei mir. Wissen Sie, wo ich um sechs Scheine mitten in der Nacht einen Anwalt auftreiben kann?«

Der Sergeant spielte mit dem Taschenmesser, das vor ihm auf dem Schreibtisch lag. »Wir werden dir also morgen einen Pflichtverteidiger verschaffen. Führ ihn ab, Jack«, wandte er sich an den Polizisten. »Ich werde mir die Geschichte einstweilen von den drei Herren hier erzählen lassen, und den Bengel merken wir uns für morgen früh vor.«

»Na schön, Freundchen.« Der Polizist faßte Romeros Arm und führte ihn nach hinten, wo Strand zwei Zellen sehen konnte. Beide waren leer.

»Also, junger Mann«, sagte der Sergeant zu Hitz, »fang an!«

Es war fast drei Uhr früh, als alle Aussagen endlich zu Protokoll genommen waren. »Na schön, meine Herren, ich danke Ihnen, gute Nacht«, sagte der Sergeant endlich. »Sie können jetzt gehen. Morgen wird der Junge dem Richter vorgeführt, und der wird einen Verteidiger für ihn ernennen.«

»Ich werde ihm den Schulanwalt besorgen«, sagte Babcock. »Aber können wir ihn jetzt nicht mit nach Hause nehmen? Falls Sie ihn mir in Gewahrsam geben, verbürge ich mich dafür, ihn morgen früh hierher zu bringen.«

»Bedaure, Sir«, sagte der Sergeant, »es ist Sache des Richters, ihn gegen Kaution auf freien Fuß zu setzen. Jack«, wandte er sich an den Polizisten, »bring Hitz in die Schule zurück und durchsuche sein Zimmer. Es wäre mir recht, wenn Sie, meine Herren, mitgingen und der Durchsuchung als Zeugen beiwohnten. Tut mir leid, Hitz. Wir müssen auch Romeros Beschuldigung nachgehen. Selbstverständlich steht dir das Recht zu, dem Polizeibeamten das Betreten deines Zimmers zu verweigern. Dann müssen wir uns einen Durchsuchungsbefehl verschaffen. Aber das können wir nicht vor morgen früh, daher müßten wir dich leider über Nacht hierbehalten.«

Strand glaubte in Sergeant Learys Augen einen Funken boshaften Vergnügens entdeckt zu haben, als er dies sagte. Dem Sergeanten hatte Hitz' weinerliche Darstellung des Vorfalls wenig gefallen, und er hatte den Jungen nachdenklich angestarrt, als er neuerlich die einflußreiche Position seines Vaters in Washington erwähnte.

»Mein Zimmer kann jeder durchsuchen, der möchte«, erklärte Hitz lautstark. »Und mich. Wann immer man möchte. Ich habe nichts zu verbergen.« Er begann seine Taschen umzustülpen, Kleingeld und Dollarscheine auf dem Schreibtisch zu verstreuen und schmetterte seine Brieftasche schwungvoll hin.

»Das ist aber fein«, sagte Leary, als Hitz nichts mehr zu bieten hatte. »Du kannst dein Geld wieder an dich nehmen. Ich werde jetzt eine Reinschrift des Protokolls anfertigen. Sie können es dann alle morgen unterschreiben.«

Hitz stieg zu dem Polizisten in den Wagen, Strand und Babcock folgten im Auto des Direktors. »Eine grauenvolle Nacht«, sagte Babcock erschöpft. »Noch nie zuvor ist so etwas in Dunberry passiert. Freilich hatten wir Fälle geringfügiger Mauserei, aber Gewalttätigkeit wie heute ...« Er schauderte. »Ein Segen, daß Sie und Ihre Frau gerade kamen. Andernfalls – Gott allein weiß, was hätte geschehen können. Ich hoffe, daß Leslie nicht allzu sehr verstört ist, obwohl ich sagen muß, sie schien bewunderswert gefaßt, als sie mich anrief.«

»Sie ist der Lage gewachsen«, sagte Strand.

»Wo, glauben Sie, liegt in dieser Sache Recht und Unrecht?« wollte Babcock wissen. »Ich meine nicht die Geschichte mit dem Messer. Bei aller Nachsicht habe ich kein Verständnis für einen Jungen, der mit einem Messer auf einen Klassenkameraden losgeht. Aber, was glauben Sie? War es vielleicht ein gräßliches Mißverständnis? Hat Romero Ihnen gesagt, warum er annimmt, daß Hitz es war, der das Geld gestohlen hat? Haben Sie ihn gefragt?«

»Ich habe ihn gefragt«, sagte Strand.

»Was hat er gesagt?«

»Er sagte, es sei vertraulich. Was immer das in diesem Fall heißen mag.«

»Es muß eine schreckliche Enttäuschung für Sie sein«, meinte Babcock. »Romero machte sich so gut.«

»Ich bin nicht enttäuscht«, sagte Strand tonlos. »Ich fühle mich schuldig. Verdammt schuldig. Ich fürchte, in diesem Fall siegte das

Gefühl über die Vernunft. Er gehört vielleicht wirklich auf die Straße und nicht in eine Schule wie diese. Ich habe die Möglichkeiten einer ungehobelten Intelligenz ganz offenbar überbewertet.«

»Sie dürfen sich nicht die Schuld geben. Auch Mr. Hazen darf sich nicht schuldig fühlen.« Babcock nahm eine Hand vom Lenkrad und berührte Strand sanft am Arm. »Es war eben ein unglückseliges Zusammentreffen von Umständen. Niemand hätte es voraussehen können. Offen gestanden, als das Semester begann, glaubte ich nicht daran, daß der Junge das Jahr durchstehen würde. Aber nicht aus Gründen wie diesen. Ich dachte, er würde sich langweilen, möglicherweise aufsässig sein, würde unfähig sein, sich in die Disziplin einzufügen ... aber das: niemals! Glauben Sie, daß man ihn ins Gefängnis steckt?«

»Das hoffe ich«, sagte Strand bitter. »Wenn ich der Richter wäre, würde ich es tun.«

»Aber, aber, Allen«, beruhigte ihn Babcock. »Warum warten wir mit unserem Urteil nicht, bis uns alle Tatsachen dieses Falles bekannt sind?«

»Ich habe mein Urteil gefällt, als ich Romero mit einem Messer in der Hand hinter Hinz herlaufen sah.«

Einige Augenblicke lang fuhren sie schweigend dahin, dann sagte Strand: »Die Treuhänder werden Ihnen die Hölle heiß machen. Falls sie ein Opfer fordern, schieben Sie ruhig die Schuld auf mich. Ich werde am selben Tag um meine Entlassung ansuchen.«

»Ich bezweifle, daß es so weit kommen wird«, sagte Babcock, aber seine Worte klangen nicht sehr überzeugend.

Der Polizist wartete mit Hitz im Wagen, als sie vor dem Malson-Haus vorfuhren. Sie gingen zusammen durch den menschenleeren Gemeinschaftsraum und stiegen in den ersten Stock. Strand war erstaunt, daß keiner von den Jungen wach war. Der Kampf im Zimmer und die Verfolgungsjagd treppab auf den Campus hinaus mußte sich in aller Stille abgespielt haben, in tödlicher Stille.

Hitz hatte als einziger Junge einen Raum für sich. Strand wußte nicht, ob dies auf seinen einflußreichen Vater oder auf die Tatsache zurückzuführen war, daß keiner der Jungen ein Zimmer mit ihm teilen wollte. Das Zimmer war klein, und von dem Blut auf dem Teppich und dem ungemachten Bett abgesehen, unheimlich ordentlich. Strand und Babcock blieben in der Tür stehen, es war nicht genügend Raum für alle. Der Polizist begann methodisch zu suchen, er öffnete Laden, sah unter das Bett, warf die Decke zurück, drehte den Teppich um, durchsuchte die Taschen der Kleider, welche im Schrank hingen.

»Nichts«, sagte er nach zehn Minuten.

»Ich habe es Ihnen doch gesagt«, triumphierte Hitz. Auf der Krankenstation und dem Revier war er aschfahl gewesen; nun hatte sein Gesicht wieder Farbe. »Den Ausflug hätten Sie sich sparen können. Ich sagte Ihnen, daß ich sein Geld nicht genommen habe.«

»Ich finde, du solltest zu Bett gehen und dich ausruhen, Kleiner«, sagte der Polizist. »Ich werde jetzt gehen.«

Sie ließen einen völlig beruhigten, triumphierenden Hitz in seinem Zimmer zurück und gingen zusammen die Treppe hinunter. Im Gemeinschaftsraum wünschte Strand dem Polizisten und Babcock eine gute Nacht. Als er allein war, ließ er sich auf einen Stuhl fallen und blieb ein paar Minuten sitzen. Er war zu erschöpft, um Leslie gegenüberzutreten, er brauchte ein wenig Ruhe.

Er schloß die Augen und versuchte sich die Arbeit des Polizisten möglichst genau ins Gedächtnis zu rufen, als er das Zimmer durchsucht hatte. Er überlegte alle Möglichkeiten, wo sonst noch Hitz hätte Geld verstecken können. Falls es der Polizist gefunden hätte, wäre Romeros Unschuld noch keineswegs bewiesen gewesen, aber es hätte als mildernder Umstand gelten können, hätte Romeros Angriff auf Hitz weniger sinnlos, weniger roh, weniger unentschuldbar erscheinen lassen. Aber als er in Gedanken alle Plätze hatte Revue passieren lassen, die der Polizist untersucht hatte, fiel ihm auch nicht mehr ein einziger Winkel ein, den er übersehen haben könnte. Er seufzte, schlug die Augen auf, erhob sich, sah lange auf den Blutfleck auf der Couch, wo Hitz gelegen und Strands Taschentuch auf seine Wange gedrückt hatte. Das Taschentuch lag immer noch da, wo der Doktor es zu Boden hatte fallen lassen, als er die Wunde untersuchte. Das Blut war eingetrocknet, sah aus wie dunkler Rost, der Stoff war steif geworden. Strand hob es auf.

Er drehte das Licht aus und ging durch die dunkle Halle auf seine Wohnungstür zu. Es fiel ihm ein, daß Leslie abgeschlossen hatte. Er durchwühlte die Taschen nach seinem Schlüssel. Als er ihn ins Schloß steckte, fand er die Tür unversperrt. Er stieß sie eilig auf und betrat das Wohnzimmer. Alle Lichter brannten.

»Leslie«, rief er, »Leslie!« Er ging in ihr Schlafzimmer. Auch hier brannten die Lichter. Ihr Kleiderschrank stand weit offen. Er sah, daß fast all ihre Kleider fehlten. Dann sah er die Nachricht auf ihrem Ankleidetisch.

Er nahm sie auf, seine Hand zitterte, er starrte darauf nieder. Ihre Schriftzüge waren hastig, Leslies sonst so sauberer Handschrift ganz und gar unähnlich.

»Liebster, verzeih mir«, las er. »Ich halte hier einfach keine einzige Nacht mehr aus. Ich habe Linda angerufen und sie gefragt, ob sie mich wirklich nach Paris mitnehmen will. Sie sagte ja, und ich versprach, sofort nach New York zu fahren und morgen mit ihr zu reisen. Bitte, mach Dir keine Sorgen um mich, mein Liebling. Und bitte, bitte, paß auf Dich auf. Und vor allem gib Dir keine Schuld an irgend etwas. Ich liebe Dich von ganzem Herzen,

Leslie«

Sorgfältig legte er den Brief hin und strich ihn mit der Hand glatt. Dann schloß er den Schrank, machte die Lichter aus, ging in sein Zimmer, zog sich aus und legte sich zu Bett. Den Wecker stellte er nicht. Babcock würde verstehen, daß es ihm nicht möglich war, heute zu unterrichten.

»Natürlich spricht die ganze Schule darüber«, sagte Babcock. Es war elf Uhr morgens, und sie fuhren in Babcocks Wagen zum Gericht. Strand war früh aufgewacht, aber er hatte weder die Frühstücksglocke noch das Einläuten des Unterrichts beachtet und war in der Wohnung geblieben. Er hatte versucht, Linda anzurufen, aber jedesmal, wenn er ihre Nummer wählte, war sie besetzt gewesen, und schließlich hatte er aufgegeben. Leslie hatte sich nicht gemeldet. Er hatte ein Telegramm an Lindas Adresse geschickt und gebeten, sie möge ihn anrufen. Er wußte, daß seine Angst, Leslie könnte auf dem Weg in die Stadt einen Unfall gehabt haben, töricht war. Falls etwas geschehen wäre, hätte man sich mit ihm in Verbindung gesetzt. Aber er konnte sich von der Vorstellung nicht befreien, daß Leslie, aufgeregt und verwirrt wie sie war, von der Straße abkam, gegen einen Baum krachte und blutend in einem Straßengraben lag. Er hatte auch in Hazens Büro angerufen, aber die Sekretärin hatte ihm mitgeteilt, daß Mr. Hazen früh am Morgen nach Washington abgereist sei. Conroy habe ihn zum Flughafen gefahren, hatte die Sekretärin gesagt, und sie wisse nicht, wo Mr. Hazen zu erreichen sei, noch wann er zurück sein werde.

»Natürlich«, fuhr Babcock fort, während er langsam und vorsichtig seinen Wagen lenkte, »hat Hitz heute gleich nach dem Wecken die Nachricht verbreitet. Nach allem, was man mir hinterbracht hat, hat er maßlos übertrieben, denke ich. Und er hat seinen Vater angerufen, und der Vater ließ mich ans Telefon holen und war mir gegenüber äußerst – äh – nachdrücklich. Im Grunde sagte er, daß ich meinen Job lossein würde, falls ich versuchte, den Skandal zu beschönigen. Ja... Skandal war das Wort, das er gebrauchte. Er drohte eine Klage wegen grober Fahrlässigkeit einzubringen, da wir eine uns wohlbekannte Gefahr außer acht gelassen hätten, womit er Romero meint, klarerweise. Er sprach davon, die Schule schließen zu lassen, und falls sein Sohn sich wegen Diebstahls verantworten müsse, würde er uns einen Verleumdungsprozeß anhängen. Kein sehr zuvorkommender Mann.« Babcock lächelte matt. Sein Gesicht war grau und angespannt, seine Augen rotgerändert, und seine Hände umklammerten das Lenkrad derart krampfhaft, daß seine Knöchel weiß schimmerten.

»Sie haben einen ereignisreichen Morgen hinter sich«, sagte Strand.

»Es gab schon Schlimmeres«, meinte Babcock. »Es gab einmal einen Morgen, da erbrachen sich achtzig Jungen und hatten alle Anzeichen einer akuten Diarrhöe. Wir dachten, es sei Typhus. Es stellte sich heraus, das Dessert vom Vorabend war nicht in Ordnung gewesen. Die Statistiker behaupten, daß Schuldirektoren ein hohes Alter erreichen.« Er lachte leise. »Eine veraltete Weisheit.«

»Was werden Sie nun tun müssen?« fragte Strand.

»Ich fürchte, das erste, was ich tun muß, ist, den Jungen aus der Schule auszuschließen. Romero. Sonst werden wir höchstwahrscheinlich die Hälfte unserer Schüler verlieren.«

Strand nickte. »Er hat es sich selbst zuzuschreiben.«

»Dennoch ist es eine Tragödie«, sagte Babcok. »Das nächste, was ich zu tun hoffe, ist, ihn irgendwie vor dem Gefängnis zu bewahren. Oder zumindest zu versuchen, eine Bewährungsfrist herauszuholen. Ich habe den Schulanwalt verständigt, er hat Romero bereits besucht und wird uns im Gericht treffen. Im Grunde hatte ich gehofft, es vermeiden zu können. Deshalb habe ich auch versucht, mit Mr. Hazen in Verbindung zu treten, um zu sehen, ob er jemanden anderen in der Gegend wüßte. Falls die Eltern – ganz besonders solche wie Mr. Hitz – Wind davon bekommen, daß wir Schulgelder für Romeros Verteidigung verwenden...« Er zuckte die Achseln und ließ seinen Satz unvollendet. »Wie trägt Leslie die ganze Sache?«

Strand hatte die Frage erwartet, obwohl er gehofft hatte, daß sie nicht gestellt werden würde. »Eher schlecht, fürchte ich. Sie hat von Ihrem liebenswürdigen Angebot Gebrauch gemacht und ein paar Wochen Krankenurlaub genommen.«

»Sie ist schon fort?« Babcocks Augenbrauen hoben sich vor Überraschung.

»Ja.«

»Ich kann es ihr nachfühlen. Wenn ich könnte, würde ich auch wegfahren.« Babcock lächelte müde. Er lenkte den Wagen in eine Parklücke vor dem säulengeschmückten Gerichtsgebäude aus weißgestrichenem Holz. »Ein schönes Haus«, sagte er. »1820 erbaut. Welch Elend mag es schon gesehen haben...«

Der Vertragsanwalt der Schule hieß Hollingsbee. Er erwartete sie an der Tür zum Gerichtssaal. Er war dick und rosig und trug einen schönen dunklen Anzug. Seine Stimme paßte zu seiner Erscheinung, war voll und theatralisch. »Man wird den Jungen in Kürze vorführen«, sagte er, nachdem Babcock ihn mit Strand bekannt gemacht und er die Vorstellung mit einem kurzen Nicken quittiert hatte. »Ich habe mit ihm gesprochen, und ich fürchte, wir haben es hier mit einem schwierigen Fall zu tun. Er besteht darauf, sich schuldig zu bekennen. Er sagt, Mr. Strand habe ihn mit einem Messer hinter Hitz herlaufen sehen, und er habe sowohl Mr. Strand als auch der Polizei gegenüber zugegeben, daß er von dem Messer Gebrauch gemacht habe. Er sagt, jedermann im Gerichtssaal würde ihn auslachen, falls er behaupten wolle, Hitz nicht verletzt zu haben. Falls Sie meine Meinung hören wollen – er ist im Grunde stolz darauf und möchte, daß alle Welt weiß, daß er es getan hat. Er weigert sich mir mitzuteilen, warum er Hitz für den Dieb hält. Er sagt, er habe immer gewußt, daß er eines Tages im Gefängnis landen würde, und er hat viele Freunde, die ebenfalls gesessen haben, und er hat keine Angst davor. Ich muß Ihnen sagen, daß seine Haltung den Richter nicht freundlich stimmen wird. Oder die Geschworenen, falls es dazu kommt. Er ist über achtzehn und wird als Erwachsener abgeurteilt. Und die Verhandlung findet in einer kleinen Stadt in Connecticut statt, nicht in New York oder Chicago, wo Messerstechereien dieser Art – also offensichtlich ohne Tötungsabsicht – an der Tagesordnung sind. Ich werde selbstverständlich mein Bestes tun«, die Stimme des Anwalts bekam einen melancholischen Anstrich, »aber ich bin nicht optimistisch.«

»Was können Sie tun?« fragte Babcock.

»Das Milieu des Jungen ins Spiel bringen. In einem Slum aufgewachsen, eine zerrüttete, mit Armut geschlagene Familie, und so weiter. Das Übliche. Vernichtung einer vielversprechenden Laufbahn in einem Moment gestörten emotionellen Gleichgewichts – auf diese Art. Das ist nicht viel. Vielleicht läßt sich ein gemildertes Strafmaß herausholen, wenn wir uns für schuldig erklären, vielleicht besteht auch Hoffnung auf eine bedingte Strafe.«

»Können wir in irgendeiner Weise behilflich sein?« fragte Babcock.

Der Anwalt machte eine kleine hilflose Gebärde. »Als Zeugen über den Charakter des Jungen aussagen. Zur Sprache bringen, was immer Sie für sinnvoll halten. Bedenken Sie, daß Sie unter Eid stehen werden.«

Strand wußte, was immer er über Romeros Charakter sagte, würde niemals der Wahrheit entsprechen. Würde er die gestohlenen Bände von »Verfall und Untergang des Römischen Reiches« erwähnen? Sicher nicht, falls er den Jungen vor dem Gefängnis bewahren wollte.

Während sie dastanden, kam Hitz durch die Halle. Der große Verband auf seiner Wange gab der einen Gesichtshälfte ein dramatisches Aussehen. Er quoll schlampig aus seinen Kleidern. Strand sah, daß sein Hosenschlitz offen war. Hitz blickte die drei Männer giftig an, dann blieb er stehen und sagte: »Guten Morgen, Mr. Babcock.« Strand übersah er. »Mein Vater sagte, er würde sich mit Ihnen in Verbindung setzen. Hat er Sie erreicht?«

»Er hat mich erreicht«, sagte Babcock.

»Er war außer sich, als er hörte, was vorgefallen ist«, sagte Hitz.

»Es schien so«, sagte Babcock. »Nun, wollen wir hineingehen?«

»Glauben Sie ja nicht, daß ich es Romero leicht machen werde«, drohte Hitz. »Oder Ihnen, Mr. Strand.«

»Danke für die Warnung«, sagte Strand. »Und mach deinen Hosenschlitz zu. Oder willst du wegen Mißachtung des Gerichts verwarnt werden?«

Hitz wurde rot und kämpfte noch mit seinem Zippverschluß, als Strand in den Gerichtssaal voranging, wo bereits Sergeant Leary wartete. Unter den wenigen Zuschauern fiel Strand eine junge Frau auf. Sie saß in der ersten Reihe, hatte einen Notizblock im Schoß, einen Bleistift in der Hand, und Strand erkannte sie wieder. Sie war Reporterin der Lokalzeitung. Auch Babcock sah sie und flüsterte: »Ich fürchte, die Nachricht hat sich in Windeseile verbreitet. Die ist nicht hier um zuzusehen, wie der Richter Parksünder verurteilt.«

Romero trat mit dem Polizisten ein, der ihn verhaftet hatte.

Wenigstens hat er keine Handschellen, dachte Strand. Er wirkte klein und zerbrechlich in dem dunklen Pullover, den Strand ihm bei Brooks Brothers gekauft hatte. Er lächelte, als er an Hitz vorbeiging, und wünschte dem Direktor und Strand einen guten Morgen. Der Rechtsanwalt begleitete ihn zu einem Tischchen, das vor dem großen Richtertisch stand. Der Richter trat aus dem Richterzimmer, und alle erhoben sich. Der Gerichtsdiener erklärte die Verhandlung für eröffnet, und alle setzten sich, außer dem Anwalt und Romero und den beiden Polizeibeamten, die vor dem Richtertisch standen.

Der Bezirksstaatsanwalt leierte die Anklage monoton herunter. Romero sah sich neugierig um, als sei er nicht daran interessiert, was man sagte, sondern als fasziniere ihn die Architektur des alten Saales.

Der Bezirksstaatsanwalt hatte geendet, und der Richter fragte: »Wozu bekennt sich der Angeklagte?«

»Nicht schuldig, Euer Ehren«, sagte der Anwalt rasch.

»Verzeihung, Euer Ehren«, unterbrach Romero, und seine Stimme war höflich und fest. »Der Angeklagte bekennt sich schuldig.«

Der Richter blickte über die Ränder seiner Lesebrille auf ihn hinunter. »Sind Sie sicher, junger Mann, daß Sie dem Rat Ihres Rechtsbeistands nicht zu folgen wünschen?«

»Ich bin sicher«, sagte Romero. »Schuldig.«

Der Anwalt wandte sich um und sah Babcock und Strand an. Hilflos zuckte er die Achseln.

»In diesem Fall, Mr. Romero«, sagte der Richter, »nehme ich Sie bis zur Verhandlung in Untersuchungshaft. Ich setze eine Kaution in Höhe von zehntausend Dollar fest.«

Strand hörte Babcock nach Luft schnappen. Er vernahm nur mit halbem Ohr, wie sich der Anwalt um eine Verringerung der Kaution bemühte und der Bezirksstaatsanwalt betonte, um welch schwerwiegenden Fall es sich handle und welche Gefahr dem Kläger drohe, falls der Angeklagte – der die Gewalttat zugegeben habe und keinerlei Reue zeige – sich auf freiem Fuß befände.

»Die Kaution ist auf zehntausend Dollar festgesetzt«, wiederholte der Richter. »Der nächste Fall, bitte.«

Die Reporterin kritzelte emsig, während Romero zwischen dem Polizisten und dem Anwalt durch den Mittelgang des Saales auf die Tür zuging. Als sie an Hitz vorüberkamen, machte Hitz mit seinen Fingern eine höhnische, obszöne Geste. Romero blieb stehen, und Strand fürchtete einen Moment lang, er würde Hitz anspringen. Aber Romero sagte nur laut, daß der ganze Gerichtssaal es hören konnte: »Deine Zeit wird kommen, Dicker.« Dann ließ er sich von dem Polizisten abführen.

»Oh, mein Gott«, sagte Babcock. Traurig schüttelte er den Kopf. »Mir graut bei dem Gedanken, was diese junge Dame für die morgige Ausgabe der Zeitung schreiben wird.« Er nahm seine Brille ab, putzte sie mit seinem Taschentuch, als versuche er auszulöschen, was die Brillengläser im Gerichtssaal hatten mitansehen müssen. »Na schön«, sagte er, »wir müssen in die Schule zurück.«

Auf dem Rückweg zum Wagen sagte er: »Allen, glauben Sie, daß Mr. Hazen bereit wäre, die Kaution zu erlegen?«

»Zehntausend Dollar?« sagte Strand. »Ich habe nicht die geringste Ahnung.«

Als er auf den Campus zurückkehrte, war Mittagszeit, und Strand war dankbar, daß er weder Schülern noch Lehrern gegenübertreten mußte, denn Babcock setzte ihn vor dem Malson-Haus ab. Als er aus dem Wagen stieg, hatte er das Gefühl, als gäben seine Beine unter ihm nach, und er fürchtete, daß er es nicht mehr bis zur Tür schaffen würde.

»Falls es Ihnen nichts ausmacht«, sagte er zum Direktor, »würde ich die Mahlzeiten und den Unterricht gern einen oder zwei Tage schwänzen.«

»Das verstehe ich«, sagte Babcock. »Falls ich könnte, würde ich Mahlzeiten und Unterricht ein Jahr lang schwänzen.«

»Ich werde versuchen, Mr. Hazen zu erreichen. Falls es mir gelingt, werde ich Sie wissen lassen, was er sagt.«

Babcock nickte und fuhr davon. Strand ging ins Haus. Mrs. Schiller kniete am Boden, hatte eine Bürste in der Hand und einen Eimer Seifenwasser neben sich. Sie schrubbte die Couch. Als Strand eintrat, stand sie auf. »Was für eine Geschichte«, sagte sie. Ihr dickes, mütterliches Gesicht, das stets gerötet war, als stünde sie vor einem unsichtbaren Ofen, trug einen gequälten Ausdruck. »Ich bin seit zwanzig Jahren hier, aber so etwas hat es noch nie gegeben.« Sie sah sich um, als fürchte sie, daß man sie belausche. »Ich muß Ihnen etwas sagen, Mr. Strand, aber Sie müssen mir versprechen, daß es unter uns bleibt.«

»Hat es mit dem Vorfall von gestern zu tun?«

»Von letzter Nacht, ja.«

»Ich verspreche es.«

»Können wir in Ihre Wohnung gehen?« Sie sprach im Flüsterton. »Es könnte sein, daß einer der Jungen nicht zum Mittagessen ging, und ich möchte nicht, daß es jemand hört.«

»Selbstverständlich«, sagte Strand. Er ging durch den Gang voran, sperrte die Tür auf und öffnete sie. Sie folgte ihm ins Wohnzimmer.

»Mr. Strand«, sagte sie, »ich weiß nicht, wie ich es sagen soll, aber ich fürchte, es war meine Schuld.«

»Was war Ihre Schuld?«

»Daß Romero auf Hitz losgestochen hat.«

»Wie wäre das möglich?« fragte Strand scharf.

»Als ich gestern abend herüberkam, um Ihre Betten zu richten, war gerade Abendbrotzeit. Ich dachte, die Jungen wären alle außer Haus. Ich hörte droben den alten Heizkörper klopfen und ging hinauf, um ihn abzudrehen. Es war am Gang, direkt am Stiegenabsatz. Der Hahn hatte sich festgeklemmt, und ich mühte mich damit ab, als ich einen Jungen aus Romeros Zimmer kommen sah. Es war der junge Mr. Hitz. Ich fragte ihn, warum er nicht beim Essen sei. Er sagte, er sei nicht hungrig, er habe auf dem Rückweg zur Schule Hot dogs gegessen. Und er ging in sein Zimmer hinunter. Ich dachte mir nichts dabei. Den älteren Jungen ist es ja gestattet, am letzten Ferientag dem Abendessen fernzubleiben. Ich ging nach Hause. Wir haben ein kleines Haus, ganz in der Nähe des Campus. Und Mr. Schiller und ich sahen das Fernsehen an, und nachher wollten wir eben ins Bett, als es klopfte. Romero stand draußen. Es muß nach elf gewesen sein. Er machte einen ziemlich ruhigen Eindruck. Er ist ja immer ein beherrschter Junge, reif für sein Alter. Sie wissen, was ich meine. Zumindest dachte ich so, bis ... bis all das geschehen ist ...« Ihre Lippen und ihr Doppelkinn zitterten.

»Was wollte er?«

»Er sagte, er sei eben heimgekommen. Er habe über das Wochenende einen Ausflug gemacht, sagte er, und auf dem Rückweg habe er den Anschluß nach Dunberry verpaßt. Er sagte, aus seinem Zimmer fehle etwas, ein Buch, das er am nächsten Morgen für die erste Stunde brauche. Er schien nicht übermäßig beunruhigt, aber ich hätte mir natürlich denken können, daß es ihm wichtig war, da er mich noch so spät am Abend aufsuchte. Aber mit den Ferien und dem Fernsehen und allem war ich einfach gedankenlos.« Sie schüttelte bedrückt den Kopf. »Er wollte wissen, ob ich über das Buch Bescheid wisse. Mr. Strand, falls ich mir hätte träumen lassen, was in seinem Kopf vorging, hätte ich bis zum Jüngsten Gericht geschwiegen. Aber die Jungen gehen doch schon öfters mal in andere Zimmer, um sich Dinge auszuleihen ... Bücher, Krawatten, einen Pullover. Also sagte ich, daß ich Mr. Hitz zur Abendbrotzeit aus seinem Zimmer kommen sah. Und nun könnte ich mir die Zunge abbeißen, daß ich so dumm gewesen bin.« Sie weinte.

»Machen Sie sich keine Vorwürfe, Mrs. Schiller«, sagte Strand.

»Ich hatte von Anfang an eine besondere Vorliebe für Romero, Mr. Strand. Er ist wie ein Gentleman zu mir, und er ist so ordentlich, und die anderen Jungen, zumindest einige von ihnen, behandeln ihn wie einen streunenden Hund, und ich dachte, ich könnte ihm helfen. Er fragte mich, ob Mr. Hitz etwas in der Hand gehabt hatte, und ich versuchte, mich zu erinnern, aber es fiel mir nicht ein, und das habe ich ihm auch gesagt.«

»Wie hat er darauf reagiert?«

»Sehr ruhig, Mr. Strand. Nicht das geringste Anzeichen, daß etwas nicht in Ordnung war. Er bedankte sich und sagte, er hoffe, daß er mich und Mr. Schiller nicht gestört habe, und dann ging er; und ich habe mir überhaupt keine Gedanken gemacht, bis heute morgen, als ich hörte, daß ...« Tränen flossen über ihre Wangen.

Strand legte seinen Arm um ihre runden Schultern. Er fühlte, daß sie zitterte. »Na, na«, sagte er hilflos, »es ist nicht Ihre Schuld.«

»Ich weiß nicht, ob Romero jemandem erzählt hat, daß ich es war, die ihm gesagt hat, daß Mr. Hitz ...« Sie konnte nicht mehr weiter.

»Er hat es niemandem erzählt. Weder mir noch Mr. Babcock noch der Polizei oder seinem Anwalt oder sonstwem. Als ich ihn fragte, warum er ausgerechnet Hitz verdächtige, betonte er ausdrücklich, seine Information sei vertraulich.«

»Wenn der junge Mr. Hitz erfährt, daß ich es war, die Jesús Romero auf seine Fährte hetzte, und wenn er es seinem Vater sagt ... Mr. Schiller und ich sind sehr gerne hier, mein Mann wäre verloren, falls der Vater seinen Einfluß spielen läßt. Er ist ein mächtiger Mann, Mr. Strand, und er ist Mitglied des Treuhänderausschusses.«

»Ich bin sicher, daß Mr. Babcock es niemals so weit kommen ließe«, sagte Strand. »Ich glaube nicht, daß Sie sich sorgen müssen. Ich werde nichts sagen, und Romero scheint entschlossen, Ihren Namen herauszuhalten; und sogar wenn er es nicht täte, hätte Ihre Beobachtung keinerlei Beweiskraft vor Gericht.«

»Es sind nicht die Beweise, die ich fürchte.« Sie wischte mit beiden Händen über ihre Augen. »Es ist Mr. Hitz und der Treuhänderausschuß.« Sie versuchte zu lächeln. »Heulen macht nichts ungesagt, was?« Sie ergriff einen Schürzenzipfel und rieb damit ihr nasses Gesicht. »Ich sollte mich schämen, so ein Theater zu machen, wo Sie und Mrs. Strand so viel mitgemacht haben. Es ist ein Segen, daß Sie nicht auch einen Stich abbekommen haben, als Sie sich dazwischenwarfen. Ich nehme an, ich habe mich in Romero geirrt. Man kann den Leoparden nicht dazu bringen, seine Flecken abzulegen, was?«

»Er ist kein Leopard, Mrs. Schiller«, sagte Strand.

»Es war nur eine Redensart, Sir«, sagte sie hastig. Sie sah ihn aufmerksam an. »Da ist noch etwas.«

»Und zwar?«

»Heute morgen habe ich den großen Papierkorb im Keller ausgeleert«, sagte sie. »Und ich habe ein paar Briefe gefunden. Es war die Schrift eines Mädchens. Ich hatte schon gehört, daß Hitz sagte, Romero hätte ihn beschuldigt, ein paar von seinen Briefen gestohlen zu haben; und ich warf einen Blick darauf. Sie waren an Jesús adressiert. Es waren Liebesbriefe, sehr offen, sehr deutlich sehr ... körperlich, falls ich mir die Bemerkung gestatten darf, Mr. Strand. Heutzutage gebrauchen Mädchen Ausdrücke, von denen wir nicht einmal wußten, daß es sie gibt, als wir jung waren. Da ist etwas, das Sie wissen sollten ...« Sie zögerte, als wolle sie einen Entschluß fassen, und sah Strand beklommen an. »Sie waren mit Caroline unterschrieben. Freilich gibt es viele Mädchen mit dem Namen Caroline, es ist ein sehr gebräuchlicher Name, aber ich weiß, daß Ihre Tochter Caroline heißt.«

»Was haben Sie damit gemacht? Mit den Briefen?«

»Ich habe sie in die Heizung gesteckt, Mr. Strand«, sagte Mrs. Schiller. »Ich dachte, weder Sie noch Mrs. Strand würden sie lesen wollen.«

»Danke sehr«, sagte Strand. »Das war sehr rücksichtsvoll von Ihnen. Wollten Sie mir sonst noch etwas sagen?«

Mrs. Schiller schüttelte den Kopf. »Wenn sie nur so freundlich sind und Jesús sagen, ich rechne es ihm hoch an, daß er mich aus der Sache raushält.«

»Ich werde es ihm sagen.«

»Ich nehme an, Mrs. Strand ist abgereist?« sagte Mrs. Schiller. »Ihre Koffer sind nicht in der Wohnung. Falls ich Ihnen einen Happen zu essen richten dürfte ...«

»Das ist sehr freundlich von Ihnen. Aber es ist nicht nötig. Ich kann schon selbst für mich sorgen.«

»Falls Sie es sich anders überlegen, rufen Sie mich einfach an«, sagte Mrs. Schiller. »So, jetzt werde ich mich wieder an die Arbeit machen und sehen, ob ich das Blut von der Couch nicht doch abkriege.«

Sie machte eine schwerfällige kleine Verbeugung, band ihre Schürze fest und verließ die Wohnung.

Zum ersten Mal seit er die Nachricht auf dem Ankleidetisch im Schlafzimmer gelesen hatte, war Strand froh, daß Leslie nicht hier war.

4

Das Klingeln des Telefons weckte ihn. Gleich nach seinem Gespräch mit Mrs. Schiller hatte er sich unausgekleidet ein wenig hingelegt und war eingeschlafen. Als er sich erhob und steifbeinig ins Wohnzimmer ging, sah er, daß es bereits dunkel war. Von wirren Träumen bedrängt, hatte er den ganzen Nachmittag verschlafen. In der Dunkelheit tastete er nach dem Telefon. Es war Leslie. »Wie geht es dir, Liebling?« sagte sie. »Und wie ist die Lage?« Ihre Stimme war ganz ruhig.

»Nicht besser und nicht schlechter, als zu erwarten«, sagte er. »Wie geht es dir? Ich habe versucht, dich heute morgen anzurufen.«

»Wir mußten in letzter Minute einiges für die Reise einkaufen. Wir waren den ganzen Tag nicht zu Hause. Wir fliegen morgen vom Kennedy-Flughafen ab.« Sie machte eine Pause. Er hörte sie tief Atem holen. »Das heißt, wenn du mich in der Schule nicht brauchst.«

»Nein, Liebling«, sagte er. »Du kommst zurück, wenn hier alles vorüber ist.«

»Ist es schlimm?«

»Es ist ... na ja ... kompliziert.«

»Ist Romero da? Im Hause, meine ich.«

»Er ist im Gefängnis.«

»Das ist gut. Zumindest im Augenblick. Ich bin nicht rachsüchtig, du weißt es, aber ich hätte es ungern, wenn er in seinem Zustand frei im Hause herumliefe.«

»Der Richter hat die Kaution auf zehntausend Dollar festgesetzt.«

»Ist das viel in diesem Fall?«

»Wenn man's nicht hat, ist es viel. In jedem Fall. Ich werde dir alles schreiben. Wo wirst du in Paris wohnen?«

»Im Plaza Athenée. Die Galerie hat Zimmer für uns gebucht. Linda hat beschlossen, im großen Stil zu reisen.« Sie lachte ein wenig nervös. Dann wurde sie wieder ernst. »Hast du mit Russel gesprochen?«

»Ich konnte ihn nicht erreichen.«

»Glaubst du, daß er die Kaution erlegen wird?«

»Ich könnte es mir vorstellen. Er wird sich bestimmt verantwortlich fühlen.«

»Ich hoffe, *du* fühlst dich nicht verantwortlich!«

»Ich fühle mich wie betäubt«, sagte er. »Übrigens, wie spät ist es? Ich bin gleich nach Mittag eingeschlafen. Die letzte Nacht hat mich erschöpft. Ich hätte wahrscheinlich bis morgen durchgeschlafen, wenn du nicht angerufen hättest.«

»Es ist sechs vorbei. Es tut mir leid, daß ich dich geweckt habe. Liebling, bist du sicher, daß ich mich nicht ins Auto setzen und zurückkommen soll?«

»Ganz sicher«, sagte er. »Ich bezweifle, daß ich in den nächsten paar Wochen eine angenehme Gesellschaft sein werde. Bleib nur, solange du möchtest.«

»Ich wünschte, ich könnte irgendwie helfen.«

»Dich aus der ganzen Sache herauszuhalten und zu wissen, daß du es schön hast, hilft mir mehr als alles andere.«

»Wenn du so sprichst, werde ich gleich weinen, fürchte ich«, sagte Leslie. »Du bist der gütigste Mann der Welt, Allen, und jedermann nützt dich aus. Ich auch. Vor allem ich.«

»Unsinn«, sagte Strand barsch. »Wie geht's Linda?«

»Sie zwitschert. Du weißt, wie sie ist, wenn es um Frankreich geht. Vielleicht hat sie in irgendeinem Hintergäßchen einen Liebhaber versteckt.«

»Laß sie grüßen. Und habt eine herrliche Zeit. Alle beide.«

»Was soll ich dir aus Paris mitbringen?«

»Dich.«

Leslie lachte. Es war ein sanfter, warmer Laut, hundert Meilen weit weg. »Ich wußte, daß du das sagen würdest. Darum habe ich gefragt. *Je t'embrasse*. Ich arbeite an meinem Französisch.«

»Ich liebe dich. Vergiß es nur nicht, egal in welcher Sprache.«

»Das werde ich nicht«, flüsterte Leslie. »Gute Nacht.«

»Gute Nacht, mein Liebstes.« Strand legte den Hörer auf. Er

war beruhigt, alles war in Ordnung, zumindest mit Leslie. Er drehte das Licht an, dann ging er ans Telefon zurück und betrachtete es nachdenklich. Sollte er Hazen jetzt anrufen? Er beugte sich vor, um abzuheben, dann ließ er die Hand sinken. Er war zu müde, um auf Hazens Fragen, die kommen mußten, zu antworten. Er wußte, daß er in den Gemeinschaftsraum gehen und nachsehen sollte, was die Jungen trieben, und daß er auch ihre Fragen beantworten sollte; aber er beschloß, es auf morgen zu verschieben. Er hatte das Gefühl, daß er, falls er Hitz heute noch einmal gegenübertrat, ihn schließlich doch noch ohrfeigen würde.

Er hörte die Glocken der Kapelle zum Abendessen läuten, und plötzlich fiel ihm ein, daß er den ganzen Tag nichts gegessen hatte.

Er ging in die Küche und sah in den Kühlschrank. Es war nicht viel da, ein paar Eier, Speck und ein halbes Paket Milch. Es mußte genügen. Das Abendessen an einem Tisch voller Jungen im überfüllten Speisesaal war eine Nervenqual, die vermieden werden mußte, auch wenn es bedeutete, daß man hungrig zu Bett ging. Und dem langen Spaziergang in die Stadt, wo er möglicherweise von irgend jemandem erkannt würde, der heute morgen im Gerichtssaal gewesen war, fühlte er sich nicht gewachsen. Er briet den Speck, als das Telefon wieder zu läuten begann. Er nahm die Pfanne vom Feuer, trottete müde ins Wohnzimmer und nahm den Hörer ab.

»Allen?« Es war Hazen.

»Ja, Russell. Wie geht es dir?«

»Ich kam eben aus Washington zurück, und man sagte mir, du hättest heute morgen angerufen.«

»Stehst du oder sitzt du, Russell?«

»Zufällig stehe ich. Warum fragst du?«

»Weil es eine lange, komplizierte Geschichte ist, und weil du es dir lieber bequem machen solltest, wenn du sie hörst.«

»Was ist los?« Hazen war beunruhigt. »Ist etwas mit Leslie?«

»Ihr geht's gut. Sie ist bei Linda. Sie hat beschlossen, doch nach Paris zu fliegen«, sagte Strand. »Es ist Romero. Sitzt du schon?«

»Ich sitze.«

»Wir waren eben aus New York zurückgekommen. Wir standen vor der Haustür, als zwei Jungen aus dem Haus gerannt kamen. Einer verfolgte den anderen. Der Verfolger war Romero, und er hatte ein Messer in der Hand ...«

»Gottverdammter Narr«, unterbrach ihn Hazen. »Dafür werden sie ihn aus der Schule werfen!«

»Und der Verfolgte war der junge Hitz.«

»Jesus«, stöhnte Hazen, »ich hoffe, ich höre den Namen bis an mein Lebensende nie wieder!«

»Das wirst du aber, Russel, das wirst du ...«

»Der Alte hat dem Justizministerium einige düstere Details geliefert, darum mußte ich nach Washington. Aber erzähle mir die ganze Geschichte. Mit allen Einzelheiten.«

Als Strand ihm berichtete, daß dreihundertfünfundsiebzig Dollar aus einer Schachtel in Romeros Zimmer gestohlen worden waren, explodierte Hazen. »Dreihundertfünfundsiebzig Dollar! Zum Teufel, wo hat er dreihundertfünfundsiebzig Dollar her?«

»Hitz behauptet, daß er mehrmals pro Woche nach dem ›Licht aus!‹ ein Würfelspiel in seinem Zimmer veranstaltet hat.«

»Und du hast nichts davon gewußt?« fragte Hazen ungläubig.

»Nicht das geringste.«

»Zur Hölle, was geht in dieser Schule eigentlich vor?«

»Das Übliche, nehme ich an.«

»Fahr fort«, sagte Hazen eisig. Er unterbrach von neuem, als Strand erzählte, daß Romero behauptete, er habe Grund zur Annahme, daß Hitz das Geld genommen habe. »Welchen Grund?« fragte Hazen.

»Das wollte er nicht sagen. Er sagte, es sei vertraulich.«

»Vertraulich«, schnaubte Hazen. »Es wäre nicht mehr ganz so vertraulich, wenn ich dagewesen wäre, das kann ich dir versichern! Keine fünf Minuten hätte ich gebraucht. Hast du irgendwelche Anhaltspunkte?«

Strand dachte an Mrs. Schillers flehentliche, tränenerstickte Stimme. »Keine«, sagte er. Die aufgefundenen Briefe erwähnte er nicht. Falls Hazen die Absicht hatte, in die Schule zu kommen und zu versuchen, Mrs. Schiller oder Romero weichzukriegen, würde er ihm nicht dabei helfen. »Soll ich dir auch noch den Rest der Geschichte erzählen?«

»Tut mir leid«, sagte Hazen. »Ich werde mich bemühen, dich nicht mehr zu unterbrechen.«

Es dauerte weitere fünfzehn Minuten, ehe Strand zum letzten Akt im Gerichtssaal kam und Hazen erzählte, wie Romero sich für schuldig erklärt hatte.

»Der Schulanwalt, ein gewisser Mr. Hollingsbee, flehte ihn an«, sagte Strand. »Aber er stand einfach da und war nicht umzustimmen.«

»Mr. Hollingsbee muß ja ein kolossal geschickter Anwalt sein«, bemerkte Hazen zynisch, »wenn er nicht einmal einen achtzehnjährigen Bengel dazu überreden kann, seine Haut zu retten. Kein Wunder, daß er aus diesem kleinen Provinznest nicht herauskommt. Wo ist Romero jetzt?«

»Im Gefängnis«, sagte Strand. »Die Kaution beträgt zehntausend Dollar.« Er hörte das heftige Atemholen am anderen Ende der Leitung.

»Das ist verdammt hoch«, sagte Hazen. »Aber ich an der Stelle des Richters hätte zwanzigtausend festgesetzt. Der Kerl soll endlich einmal wissen, wo Gott wohnt; das hat er verdient, schon seiner Undankbarkeit wegen. Ich sage es ungern, Allen, aber ich fürchte, du bist ein wenig nachlässig gewesen, was Zucht und Ordnung betrifft. Zumindest hättest du dafür sorgen müssen, daß er keine Waffe in die Hände bekommt.«

»Ich bin überzeugt, du hast recht«, sagte Strand und ließ sich nicht anmerken, daß die Zurechtweisung, vor allem der Ton, in dem sie vorgebracht wurde, ihn verletzte. »Ich war in vieler Hinsicht nachlässig und werde es zweifellos wieder sein. Aber ich finde es ein wenig übertrieben, ein Taschenmesser als Waffe zu bezeichnen. Doch nun ist es einmal geschehen, und die Sache sieht so aus: Ein Junge, den wir aus seiner Umgebung gerissen und hierhergebracht haben –«

»In bester Absicht«, sagte Hazen laut.

»In bester Absicht«, pflichtete Strand bei. »Aber jetzt sitzt er hinter Gittern, ohne Familie, an die er sich um Hilfe wenden könnte, und falls sich niemand seiner erbarmt und zehntausend Dollar Kaution hinterlegt, so wird er bis zur Verhandlung sitzen, was noch Monate dauern kann.«

»Schlägst du am Ende vor, daß *ich* die Kaution hinterlegen soll?« Hazen war jetzt ausgesprochen böse.

»Ich bin nicht in der Lage, irgend etwas vorzuschlagen.«

»Das ist klug«, sagte Hazen. »Weil du damit nämlich vorschlagen würdest, daß ich mich wie ein verdammter Narr betragen soll. Falls *du* das Geld hättest, würdest *du* es tun?«

»Ja.« Er war erstaunt, daß er es gesagt hatte. Der Schlaf hatte seinen Zorn verwischt. Alles, was er jetzt vor sich sah, war Romero, klein und schutzlos, wie ihn der Polizist durch den Gerichtssaal abgeführt hatte.

»Dann ist es ein Glück, daß du arm bist, weil du sonst völlig ausgenommen würdest, noch ehe die Tinte auf deinem Schuldschein trocknet. Ich stehe seit meinem dreiundzwanzigsten Lebensjahr im Geschäftsleben, und eines habe ich gelernt: Jeder, der dem verlorenen Kalb noch die Kuh nachwirft, ist ein Narr.«

»Russell«, sagte Strand, »ich tue es ungern, aber ich bitte dich, mir das Geld zu leihen. Du bist der Ansicht, daß es nicht meine Sache ist. Aber wäre ich nicht gewesen, hättest du nicht einmal gewußt, daß es Romero gibt. Falls die Verantwortung irgend jemanden trifft, bin es ich. Ich bin genauso wütend wie du, und doch fühle ich mich verantwortlich. Irgendwie werde ich das Geld zurückzahlen. Wir können jetzt mehr Geld beiseite legen als früher, und wahrscheinlich würden Leslies Eltern für einen Großteil geradestehen, und Jimmy hat einen guten Job.«

»Als dein Freund, Allen«, sagte Hazen, »lehne ich deine Bitte ab. Du weißt genau, was diese elende kleine Ratte aus der Gosse tun würde, falls man sie freiließe: sie würde verschwinden. Du würdest weder Romero noch deine Kaution je wiedersehen. Und auch die Polizei würde ihn nie wieder aufgreifen. Er würde wie ein Geist in seinem Ghetto untertauchen, und eine Million seiner Landsleute würden beschwören, daß sie ihn niemals auch nur *kannten*.«

»Ich würde das Risiko eingehen«, sagte Strand ruhig.

»Nicht mit meinem Geld. Und ich hoffe, auch mit deinem nicht. Ich glaube, dieses Gespräch hat nun lange genug gedauert.«

»Das glaube ich auch, Russell. Gute Nacht.«

Es klang, als hätte Hazen am anderen Ende der Leitung den Hörer auf die Gabel geschmettert.

Eines ist sicher, dachte Strand, als er in die Küche ging, diese Weihnachten wird es keine Ferien in den Hamptons geben. Er setzte den Speck wieder aufs Feuer und schlug zwei Eier in eine andere Pfanne. Morgen würde er Mrs. Schiller bitten, für ihn einzukaufen. Er wußte nicht, wann Babcock darauf bestehen würde, daß er seine Pflichten wieder versah – wozu das Abendessen im Speisesaal am Tisch mit den ihm zugeteilten Jungen zählte; er wußte nur, daß er keinerlei Eile verspürte, zur täglichen Routine zurückzukehren, und er wußte, daß er es freiwillig nicht tun würde. Und was immer noch passieren mochte: er mußte essen.

Nachdem er aufgegessen hatte, war er immer noch hungrig. Einen Moment überkam ihn der verrückte Einfall, ob er in Rollins' und Romeros Zimmer hinaufgehen und Rollins' Keksversteck plündern sollte, aber, dachte er, in letzter Zeit hat es genug Delikte in der Schule gegeben, für dieses Jahr reicht es.

Er saß im Wohnzimmer und las, als es zaghaft an der Tür klopfte. Er öffnete und sah Rollins draußen stehen, stiernackig, in

Jacke und Krawatte, der Pflichtkleidung für die Abendmahlzeit in der Schule. Strand, der sich jahrelang über die saloppe Kleidung seines Sohnes geärgert hatte, hieß diese Vorschrift durchaus gut. Rollins' braunes, dunkles, spitz gewordenes Athletengesicht, das bei seinen gewaltigen Schultern und dem kräftigen Hals stets zu klein wirkte, war ernst. »Ich störe Sie ungern, Mr. Strand«, sagte er. Seine Stimme war leise. »Aber falls ich Sie einen Augenblick sprechen könnte...«

»Komm nur, komm herein«, sagte Strand.

Rollins folgte ihm ins Wohnzimmer. Er nahm Strand gegenüber in einem Stuhl Platz und schlug seine langen, muskulösen Beine übereinander. »Es geht um Romero.« Die Worte schienen dem riesigen Jungen körperlichen Schmerz zu verursachen. »Er hat sich idiotisch aufgeführt, und wenn er mich geweckt hätte, würde ich die Sache in die Hand genommen haben, und es hätte keine Messerstecherei gegeben. Ich kenne Hitz, und eine kleine Drohung von mir hätte die Angelegenheit ohne Messer für alle Beteiligten hinreichend in Ordnung gebracht. Vielleicht hätte es ein, zwei Ohrfeigen gegeben, aber wegen einer Rauferei sperrt man die Leute nicht ein oder wirft sie aus der Schule oder so. Ich kenne Romero. Er ist ein guter Mann, Mr. Strand, und was er auch getan hat, das Gefängnis hat er nicht verdient. Ich bin hingegangen, um ihn zu besuchen, aber der Aufseher dort hat gesagt: nur Familie. Na schön, ich bin die einzige Familie, die der Junge hat. Nach den Geschichten, die er mir über seine Mutter und den Vater und die Schwestern und den Bruder erzählt hat, lohnt sich nicht einmal ein Anruf. Die würden ihn mit Freuden schmachten lassen, bis er alt und grau ist. Sie sind ein gescheiter Mann, Mr. Strand, Sie wissen, was das Gefängnis aus einem Jungen wie Romero macht. Wenn er rauskommt, wäre er den Rest seines Lebens auf der Straße. Und dann würde ihm ein Messer nicht mehr genügen, nicht dort, wo er sich herumtreiben würde. Er hätte eine Pistole im Gürtel und Gott weiß was für Staub in den Taschen, und die Bullen würden ihn besser kennen als ihre eigenen Mütter. Sie wissen so gut wie ich, Gefängnisse entlassen keine Bürger, sie erzeugen Verbrecher. In dem Jungen steckt zu viel, als daß man ihn zum Verbrecher machen dürfte, Mr. Strand.« Er vertrat den Fall ernsthaft und inständig, sprach langsam und feierlich, in seiner Stimme lag ein Unterton von Verzweiflung.

»Ich stimme mit dir überein, Rollins«, sagte Strand. »Als es passierte, war ich zuerst böse auf ihn, sehr böse.«

»Er weiß, wieviel Sie für ihn getan haben, Mr. Strand«, sagte Rollins. »Zu mir hat er es immer wieder gesagt, obwohl ich weiß, daß er es zu Ihnen nicht sagte. Er ist kein Dankeschön-Typ. Es widerspricht seinem Charakter. Ich denke, das haben Sie erraten.«

»Ich habe es erraten«, sagte Strand trocken.

»Und doch war er dankbar, zutiefst dankbar.«

»Er hat eine komische Art, es zu zeigen.«

»Hitz hat auf ihn eingeschlagen. An die neunzig Kilo. Ich sage ja nicht, daß ich für Messer bin, aber Romero ... na ja, wie er aufwuchs, die Gegend, in der er aufwuchs, was er alles tun mußte, um nicht von einem Dach heruntergeworfen oder tot im Fluß gefunden zu werden, er war ... nun, er hat einen anderen Kodex als die Herren hier. Ich bin sicher, Sie bringen es übers Herz, ihm zu verzeihen.«

»Es ist nicht an mir, ihm zu verzeihen, Rollins«, sagte Strand sanft, »es ist Sache des Direktors und des Lehrkörpers, und von Hitz' Vater und von Hitz selbst, und schließlich liegt es am Treuhänderausschuß.«

»Mann«, sagte Rollins, »klar, die fahren mit ganz schweren Geschützen auf, wenn jemand wie er in der Tinte sitzt, das kann man laut sagen.«

»Ich fürchte, damit müssen wir rechnen«, sagte Strand. »Ich kann nicht viel tun.«

»Ich habe gehört, sie haben eine Kaution von zehntausend Dollar festgesetzt.«

Strand nickte.

»Die haben's auf ihn abgesehen, was?« Rollins schüttelte den Kopf.

»Der Richter war ein alter Mann.« Strand wußte nicht, warum er das sagte.

»Eines hätte Romero wissen können: Meide die Gerichte der Weißen.« Zum ersten Mal zeigte Rollins Bitterkeit.

»Ich glaube nicht, daß es im vorliegenden Fall einen Unterschied machen würde.«

»Das glauben *Sie*.« Rollins' Lippen zuckten verächtlich. »Er und ich, wir lesen nicht die gleichen Bücher wie Sie und Ihre Leute.« Darauf gab es kaum eine Antwort. Zumindest keine, die kurz genug gewesen wäre.

»Wie ich schon sagte, ich würde gerne helfen, aber ...« Strand zuckte die Achseln.

»Ich verstehe«, sagte Rollins schnell. »*Sie* haben klarerweise keine zehntausend Dollar in der Nachttischlade.«

Strand verbiß sich ein Lächeln über Rollins' Voraussetzung, daß alle Lehrer arme Schlucker seien.

»Nein, das habe ich zufällig nicht.«

»An was ich dachte... Mr. Hazen...« Rollins schielte Strand von der Seite an, während er den Namen vorsichtig erwähnte. »Er ist ein netter Mann, soviel ich gesehen habe. Und was Romero mir erzählt hat... und mit dem großen Mercedes und dem Chauffeur und allem...«

»Rollins«, unterbrach Strand den Jungen und dachte, wie immer er Russell Hazen beschreiben würde, im Augenblick würde er das Wort »nett« sicher nicht gebrauchen. »Falls Romero irgendwelche Hoffnungen in dieser Richtung hegen sollte, sag ihm, er soll sie vergessen.«

Rollins runzelte die Brauen, Falten furchten seine Stirn. »Das heißt, Sie haben bereits mit Mr. Hazen gesprochen, und er hat abgelehnt.«

»So ist es.«

»Na ja, dann hat es keinen Sinn, weiterzureden. Wir müssen uns anderswo umsehen.« Rollins stand auf, ging auf und ab, die alten Dielen knarrten unter seinem Gewicht. »Geht's in Ordnung, wenn ich mir morgen freinehme? Am Dienstag habe ich nicht viele Stunden, und ich habe alle Aufgaben gemacht. Es wäre etwas anderes, wenn noch Fußballsaison wäre, der Trainer ließe einen nicht einmal fortbleiben, wenn man Lungenentzündung und vierzig Grad Fieber hätte, aber Schulstunden sind etwas anderes.« Er grinste und sah sofort um fünf Jahre jünger aus. »Ich bin nicht gerade das, was man eine unbedingte Notwendigkeit im Unterricht nennt.«

»Darf ich fragen, was du in einem Tag zu erreichen hoffst?«

Rollins' Ausdruck veränderte sich. Sein Gesicht wurde verschlossen. »Ich dachte, ich mach' einmal einen kleinen Ausflug in meine Heimatstadt Waterbury und sehe mich ein wenig um. Da kenne ich Leute, die in solchen Sachen einige Erfahrung haben.«

»Ich möchte nicht, daß du noch mehr Schwierigkeiten bekommst«, sagte Strand. »Wie die Dinge liegen, hast du schon genügend auf dem Hals. Schließlich ist es bekannt, daß das Würfelspiel auch in deinem Zimmer stattfand.«

»Mr. Strand, das ist unbedeutender als ein Pickel auf meiner Nase«, sagte Rollins. »In dieser Schule hat es Würfelspiele gegeben, seit sie eröffnet wurde. Vielleicht stecken sie mich eine Woche lang zum Geschirrspülen in die Küche, vielleicht tun sie gar nichts.

Geht das mit dem freien Tag in Ordnung?«

»Ich werde dem Direktor sagen, daß ich dir die Erlaubnis gab.«

Rollins streckte seine Hand aus, und Strand schüttelte sie. »Mr. Strand, hier braucht man mehr Leute wie Sie, das ist sonnenklar. Ich hab' das noch nie einem Lehrer gesagt, aber ich mag Ihre Stunden, und ich müßte lügen, wenn ich behaupten wollte, daß ich bei Ihnen nicht etwas lerne, was ich für wichtig halte. Wesentlich wichtiger als Stoppen und Angreifen, und Sie können dem Trainer ruhig erzählen, was ich gesagt habe.«

»Ich werde es vor dem Treuhänderausschuß vorbringen, wenn meine nächste Beförderung fällig wird.«

»Das können Sie unbesorgt tun«, meinte Rollins. »Erzählen Sie ihnen nur, Rollins hätte es gesagt. Und wenn Sie Romero sehen, sagen Sie ihm, daß er Freunde hat. Jetzt lasse ich Sie lieber allein. Ich habe Sie lange genug aufgehalten. Und machen Sie sich keine Sorgen: Solange Sie hier sind, wird es in diesem Haus kein Würfelspiel mehr geben.«

Strand begleitete ihn an die Tür. Er wünschte, er könnte dem Jungen noch etwas Ermutigendes sagen, ein Wort der Bewunderung für seine Geradheit und seine Loyalität, aber er hatte das Gefühl, daß es Rollins peinlich wäre, also schwieg er und schloß die Tür hinter ihm.

Am nächsten Morgen frühstückte Strand spät. Mrs. Schiller, die noch trauriger dreinsah als am Vortag, hatte ihm das Frühstück hergerichtet. Strand war eben fertig geworden, als das Telefon läutete.

Es war Babcock. »Haben Sie schon die Zeitung gelesen?«

»Nein.«

»Gut. Lassen Sie es ruhig sein.«

»Ist es so schlimm?«

»Die Nachricht selbst ist schlimm genug. Der Leitartikel ist noch schlimmer. Der Chefredakteur hat es von jeher auf uns abgesehen.« Babcock bemühte sich um einen nasalen, hinterwäldlerischen Tonfall: »Die müßiggängerischen Ableger der Reichen in einer anachronistischen Enklave inmitten von wertvollem Bauland, wo man von viel zu geringen Steuern profitiert und den Lastern einer ausgesuchten Gruppe verwöhnter Kinder Vorschub leistet, Kinder, die das Gesetz mißachten und den steuerzahlenden, hart arbeitenden Bürgern unserer Stadt feindselig gegenüberstehen, ein gefährliches Beispiel für die Schüler unserer Oberschule et cetera, et cetera, et cetera.« Er kehrte zu seiner wohlklingenden

Sprechweise zurück. »Er hat Romeros Bild auf der Titelseite. Dazu ein äußerst hilfreicher Bildtext: ›Der Angeklagte in Begleitung seines Rechtsanwalts, welcher gleichzeitig der Anwalt der Schule ist, wird nach der Verhandlung von einem Polizisten zum Streifenwagen geführt.‹ Auf dem Bild sieht er aus wie ein Mafia-Schläger, zumindest sehen sie im Film so aus. Und daneben ist ein Bild von uns, wie wir eben aus dem Gerichtssaal kommen. Irgendwie sehen wir darauf aus, als ob wir lächelten. Können Sie sich erinnern, daß Sie gelächelt haben?«

»Nein.«

»Haben Sie vor dem Gericht einen Fotografen gesehen?«

»Nein.«

»Sie müssen ein Teleobjektiv verwendet haben. Die Wunder der modernen Fotografie.« Babcock lachte. »Ich rief bei der Zeitung an und teilte dem Chefredakteur mit, daß Romero bereits aus der Schule ausgeschlossen sei, aber das war, als werfe man den Löwen einen winzigen Knochen vor. Im Artikel wird den Lesern versichert, daß man den Fall genauestens verfolgen werde. Beim Frühstück hatte jeder Junge und jeder Lehrer eine Zeitung in der Hand. Sie wußten über Romero bestens Bescheid. Die Reporterin hat Hitz interviewt. Ausführlich, wie es scheint. Daß Romero hier ein Stipendium hatte. Freifahrschein für Kriminelle nennen sie es. Irregeleitete Sentimentalität blutender New Yorker Herzen, die ihre Probleme in die unverdorbenen altmodischen ländlichen Räume exportieren. Hazen haben sie nicht erwähnt, aber Ihr Name steht ungekürzt da. Um Ihrem Ruf den Garaus zu machen, wird auch erwähnt, daß Sie Ihre Sommer in Easthampton verbringen, einem Treffpunkt der Reichen, einem Zentrum der Ausschweifung. Der Chefredakteur muß sein Diplom in einer Korrespondentenschule in Hollywood gemacht haben. Man hat es auch in den Morgennachrichten im TV-Sender Hartford gebracht. Eine etwas wohlwollendere Darstellung, aber keineswegs dazu geeignet, Eltern nach Dunberry rasen und ihre Söhne einschreiben zu lassen. Ich muß zugeben, manchmal bedaure ich den technischen Fortschritt unserer Massenmedien.«

Strand konnte sich ihn vorstellen, wie er an seinem Schreibtisch saß, sich mit seiner Pfeife abmühte, die immer wieder ausging, und seine Brille zerstreut auf- und niederdrückte.

»Übrigens«, sagte Babcock, »haben Sie mit Hazen gesprochen?«

»Gestern abend.«

»Was hat er gesagt?«

»Romero bleibt auf der Strecke.«

»Keine Kaution?«

»Keinen Cent.«

Babcock seufzte. »Dieser arme, irregeleitete Junge. Noch etwas. Das FBI-Büro in New Haven hat bei uns angerufen. Sie sagen, sie wollen Sie befragen. Es kann sich nicht um Romero handeln. Was hätte die Bundespolizei damit zu tun? Haben Sie eine Ahnung, warum die sich mit Ihnen unterhalten wollen?«

»Nicht die geringste.«

Am andern Ende der Leitung machte sich ein eigenartiges Schweigen breit. Dann sagte Babcock: »Na ja, wir müssen es durchstehen. Falls Sie können, Allen, fände ich es besser, wenn Sie Ihren Unterricht aufnähmen und sich wieder bei den Mahlzeiten zeigten. Wenn Sie sich nicht blicken lassen, sieht es so aus, als hätten Sie etwas zu verbergen.«

»Ich verstehe, was Sie meinen.«

»Falls ich etwas vorschlagen darf: Versuchen Sie nicht, allzu viele Fragen zu beantworten. Es wäre vielleicht klug, folgendermaßen vorzugehen: Sie betrachten es als ein Glück, daß Sie gerade im richtigen Zeitpunkt ankamen, Sie hätten damit verhindert, daß aus der Sache mehr als ein kleiner Zwischenfall wurde. Je weniger Sie über Schuld oder Unschuld sagen – falls ich mir anmaßen darf, Ihnen Vorschläge zu unterbreiten –, desto besser wird es für alle Beteiligten sein. An Ihrer Stelle würde ich mich jeglicher Erwägung enthalten, ob Hitz das Geld genommen hat oder nicht.«

»Selbstverständlich. Ich werde es ohnedies nie wissen. Heute mittag werde ich zum Essen kommen, und am Nachmittag nehme ich den Unterricht wieder auf.«

»Das ist sehr lieb von Ihnen«, sagte Babcock erleichtert. »Ich wußte, daß ich mich auf Sie verlassen kann. Und falls irgendwelche Zeitungsleute bei Ihnen anrufen, wäre ich dankbar, wenn Sie einfach sagten: Kein Kommentar.«

»Ich hatte nicht vor, irgend etwas zu sagen.«

»Verzeihen Sie, daß ich so ängstlich scheine«, sagte Babcock. »In meinem Kopf ist ein gräßliches Durcheinander. Sie werden froh sein, zu hören, daß Hitz weder beim Essen noch im Unterricht erscheinen wird. Gestern abend hat sein Vater angerufen und angeordnet, daß sein Sohn das erste Flugzeug nach Washington nimmt. Um einen *wirklichen* Arzt zu konsultieren. Das waren seine Worte. Wir haben ihn noch vor dem Frühstück in eine Maschine gesetzt.«

»Gott sei bedankt für seine kleinen Gnaden«, sagte Strand.
»Ich sehe Sie also beim Mittagessen?«
»Beim Mittagessen«, sagte Strand. Er hängte ein.

Mitten in seiner letzten Unterrichtsstunde überbrachte ihm Babcocks Sekretärin die Nachricht. Im Büro des Direktors warteten zwei Herren, die Mr. Strand zu sprechen wünschten. Er wolle doch bitte gleich nach Ende der Stunde hinüberkommen. Strand nickte und fuhr fort, über Präsident Theodore Roosevelts Expansionspolitik vorzutragen.

Das Mittagessen und die Nachmittagsstunden waren weniger schlimm gewesen, als er befürchtet hatte. Die Jungen hatten ihn neugierig angesehen, und die Lehrer, denen er zufällig begegnet war, murmelten bloß, wie sehr sie den Vorfall bedauerten. Strand war überzeugt, daß man ihnen einen Wink gegeben hatte, über den Fall nicht zu sprechen und Mr. Strand nicht zu belästigen. Falls Strand etwas herauszuhören vermochte, war es höchstens eine Andeutung von tatsächlichem Mitgefühl. Während Romero zweifellos von einer gewissen Clique in der Schule verachtet worden war, war Hitz, das wußte er, allgemein unbeliebt gewesen. Johnson, der Fußballtrainer, flüsterte Strand, als sie einander am Campus trafen, zu: »Ich wünschte, Romero hätte ein bißchen besser gemetzgert!«

Als die Stunde um vier Uhr zu Ende war, wanderte Strand langsam über den kahlen, gelben Campus. Im kalten Novemberwind wehten die letzten trockenen Blätter. Zwei Herren, dachte er. Das FBI mußte über eine ausreichende Zahl von Mitarbeitern verfügen, wenn sie gleich zwei Beamte schicken konnten, um einen fünfzigjährigen Geschichtslehrer zu verhören, der nie in seinem Leben auch nur einen einzigen Strafzettel wegen Falschparkens bekommen hatte.

»Sie sind bei Mr. Babcock drinnen«, sagte die Sekretärin, als er das Büro betrat. »Sie sollen gleich hineingehen, Mr. Strand.«

Bei seinem Eintritt erhoben sich alle drei Männer, um ihn zu begrüßen. Die zwei vom FBI, jüngere Leute, einer blond, einer dunkel, waren sorgfältig frisiert und trugen dunkle, unauffällige Anzüge. Sie sahen aus wie junge Anwälte, die die Hoffnung auf Erfolg in einer Privatpraxis aufgegeben hatten und gern Pistolen trugen. Babcock murmelte ihre Namen, die Strand nicht verstand, und die beiden schüttelten ihm ernst die Hand.

»Die beiden Herren hier«, sagte Babcock, während sie Platz nahmen – die FBI-Männer Strand gegenüber –, »haben eben mit mir über das Ansteigen der Jugendkriminalität diskutiert.« Seine Nervosität war ihm anzumerken. »Nach Ansicht des FBI sind in den letzten Jahren immer mehr junge Leute unter achtzehn in Schwerverbrechen und Gewalttaten verwickelt, die vielfach über die Grenzen der Staaten hinausgehen und daher in die Zuständigkeit des FBI fallen.«

»Wir haben heute morgen die Zeitungen gelesen«, sagte der blonde junge Mann mit einem Lächeln, das, wie Strand glaubte, wohl ermutigend gedacht war. »Und wir wissen über den Fall Romero Bescheid. Natürlich« – wieder das frostige, tolerante Lächeln – »kann man hier kaum von einem Schwerverbrechen sprechen, noch ist es von nationalem Belang. Wir haben dem Direktor nur ein paar Fragen beantwortet, während wir auf Sie warteten. Wir sind in einer anderen Angelegenheit gekommen.« Beide Männer sahen Babcock an, als wären sie Marionetten am selben Draht.

Babcock erhob sich von seinem Schreibtisch. »Falls mich die Herren entschuldigen wollen«, sagte er und sah auf die Uhr, »ich habe eine Sitzung in der wissenschaftlichen Abteilung und bin schon spät dran. Ich werde meiner Sekretärin sagen, daß man Sie nicht stören soll.«

»Danke, Sir«, sagte der Blonde.

Babcock ging hinaus, und der Dunkle zog ein Paket Zigaretten hervor und hielt es Strand hin. »Nein, danke, ich rauche nicht«, sagte Strand.

»Stört es Sie, wenn ich rauche?«

»Nicht im geringsten.«

Der Dunkle zündete sich eine Zigarette an.

»Ich möchte Ihnen gleich eingangs versichern, daß Sie nicht den geringsten Grund zur Besorgnis haben«, sagte der blonde Beamte. »Wir brauchen nur ein paar Informationen, die Sie uns möglicherweise geben können, möglicherweise auch nicht. Stimmt es, daß Sie Mr. Russell Hazen kennen?«

»Wir sind befreundet.«

»Sie sind von Zeit zu Zeit in seinem Haus in Easthampton, und Sie sehen einander ab und zu in New York?«

»Das stimmt.«

»Er besuchte Sie am dritten September in Begleitung Ihrer Frau und Ihrer Tochter und seines Sekretärs?«

»Er kam, um sich ein Fußballspiel anzusehen.«

»Sie aßen im Speisesaal der Schule mit ihm zu Mittag?«

»Ich saß mit meinen Jungen an einem Tisch. Er saß am Gästetisch.«

»Mit Mrs. Strand und Ihrer Tochter?«

»Ja.«

»Saß er zwischen den beiden Damen?«

»Ich kann mich nicht erinnern.«

»Sie und Ihre Tochter saßen dann während des Fußballspiels neben ihm?«

»Ja.« Beim FBI lernte man eine seltsame Kunst des Fragestellens, dachte Strand. Er verbarg seinen Ärger über die beiden Männer.

Nun fragte wieder der Dunkle. Hätte Strand die Augen geschlossen, es wäre ihm unmöglich gewesen, die beiden Stimmen voneinander zu unterscheiden.

»Sie haben gesehen, wie er sich mit einem Mr. Hitz aus Washington unterhielt?«

»Ja.«

»Wo?«

»Am Gästetisch.«

»Haben Sie Mr. Hitz gekannt?«

»Erst später. Wie Sie wissen, ist sein Sohn in meinem Haus, und nach dem Spiel kam er kurz zu mir herüber und stellte sich vor und fragte, wie sein Junge sich mache.«

»Haben Sie etwas von dem Gespräch zwischen Mr. Hazen und Mr. Hitz während des Essens mit angehört?«

»Sie saßen einige Meter weit entfernt, und es war sehr lärmend im Speisesaal.« Nun ließ er sich seinen Ärger anmerken. »Was könnte ich gehört haben?«

»Aber es wäre denkbar, daß Mrs. Strand gehört hat, worum es in diesem Gespräch ging?«

»Es wäre denkbar.«

»Ist Mrs. Strand hier?« Der Blonde war wieder an der Reihe.

»Sie ist in Europa.«

»Darf ich fragen, was Sie in Europa macht?«

»Rauschgift schmuggeln.« Strand bedauerte den schlechten Scherz sogleich, als er den Gesichtsausdruck der beiden Männer sah. »Verzeihung. Das war eine dumme Redensart. Ich bin Polizeiverhöre nicht gewöhnt. Sie macht Urlaub.«

»Wann wird sie zurück sein?« Der Ton des Blonden war unverändert.

»In zwei Wochen, drei Wochen. Ich weiß es nicht genau.«

»Ist es ihre Gewohnheit, mitten im Semester zwei, drei Wochen

Urlaub zu machen und ihre Schüler im Stich zu lassen?«

»Es ist das erste Mal.« Strand beschloß, die Geduld nicht zu verlieren.

»Ist das nicht kostspielig – solche Ferien?«

»Schrecklich kostspielig.«

»Haben Sie noch irgendein anderes Einkommen?«

»Eine kleine Pension aus dem New Yorker Schuldienst. Muß ich diese Frage überhaupt beantworten?«

»Heute müssen Sie nicht«, sagte der Blonde. »Vielleicht später. Unter Eid. Bezieht Ihre Frau außer ihrem Gehalt in Dunberry ein anderes Einkommen?«

»Sie gibt einmal in der Woche Klavierunterricht in der Stadt. Und gelegentlich erhält sie kleine Geldgeschenke von ihren Eltern.«

»Klein? Wie klein?«

»Klein.« Plötzlich beschloß er, störrisch zu sein. »Sehr klein.«

»Würden Sie uns versuchsweise eine Ziffer nennen?«

»Nein.«

»Erhält sie auch Geschenke von Mr. Hazen?«

»Er hat ihr einen Wagen geliehen. Einen 1972er Volkswagen-Kombi, daß sie in die Stadt fahren und Einkäufe machen kann.«

»Sonst nichts?«

»Nichts.«

»Diesen Urlaub in Europa finanziert Mr. Hazen nicht?«

»Nein.«

»Zahlen *Sie* ihn?« Der anderen Mann warf sich ins Gefecht, als sei ihm plötzlich ein Licht aufgegangen.

»Nein.«

»Wer dann?«

»Wenn sie zurückkommt, können Sie sie selber fragen.«

»Würden Sie uns freundlicherweise mitteilen, wo sie sich in Europa aufhält? Wir haben Beamte dort, die ihr die Mühe sparen könnten, sich nach Hause zu beeilen, um mit uns zu sprechen.«

»Wegen einer Sache, die nichts mit ihr zu tun hat, werde ich ihr den Urlaub nicht verpatzen. Ich habe Ihnen gesagt, daß sie in Europa ist. Mehr sage ich nicht.«

Die beiden Männer tauschten einen Blick, als hätten sie einen bemerkenswerten Erfolg erzielt, zu dem sie einander beglückwünschten.

»Gehen wir noch einmal ein wenig zurück, Mr. Strand«, sagte der Blonde ruhig. »Mrs. Strand befand sich während des Mittagessens am selben Tisch mit Mr. Hazen. Es ist anzunehmen, daß sie neben ihm saß. Sie aßen alle gemeinsam im Red Top Inn zu Abend. Ist das richtig?«

»Ja.«

»War Mr. Hitz zugegen?«

»Nein.«

»Können Sie mit Bestimmtheit sagen, daß Sie an diesem Tag nicht hörten, wie Mr. Hazen und Mr. Hitz über eine geschäftliche Abmachung sprachen?«

»Jawohl.«

»Wäre Ihrer Ansicht nach die Vermutung zulässig, daß Mrs. Strand oder Ihre Tochter etwas dieser Art mit anhörten oder daß sie von Mr. Hazen selbst von einem solchen Gespräch hörten?«

»Auch das müssen Sie Mrs. Strand fragen. Und meine Tochter. Und falls Sie mir nun endlich sagen wollten, worum es hier geht, könnte ich Ihnen möglicherweise mehr von Nutzen sein.«

»Kaufen Sie sich morgen früh die *New York Times*...« Der Blonde lächelte. »Ich nehme an, sie erreicht sogar dieses abgelegene Zentrum der Kultur...«

»Wir haben täglich drei Exemplare in der Bibliothek aufliegen.«

»Lesen Sie die morgige Ausgabe. Sie wird Sie etwas erleuchten.« Er war schon im Begriff, sich zu erheben, dann setzte er sich wieder hin. »Eine Frage noch. Besteht Ihrer Meinung nach möglicherweise ein Zusammenhang zwischen dem tätlichen Angriff auf Hitz junior durch einen Schützling von Mr. Hazen einerseits und der vermutlich gesetzwidrigen Unterredung zwischen Mr. Hazen und Hitz senior andererseits?«

»Das ist wohl das Blödeste, was ich seit Jahren gehört habe«, sagte Strand zornig.

»Wir haben Weisung, blödsinnige Frage zu stellen, Mr. Strand«, sagte der Blonde aalglatt. »Dafür werden wir bezahlt.« Er stand auf, der Dunkle ebenfalls. »Danke, daß Sie uns Ihre Zeit geopfert haben. Und lesen Sie morgen früh die *Times*«, sagte der Blonde, während sie hinausgingen.

Obwohl es im Büro des Direktors keineswegs warm war, war Strand wie in Schweiß gebadet.

Die Tür ging auf, und Babcock trat ein. Er sah wie ein besorgter alter Affe aus. Akademiker sind im großen und ganzen keine hübsche Rasse, dachte Strand zusammenhanglos.

»Was sollte das Ganze?« fragte Babcock.

»Ich werde Ihnen ungefähr alles erzählen, was sie sagten«, antwortete Strand. »Und es ist mit wenigen Worten erzählt. Sie sagten, wir sollten die morgige *New York Times* lesen, dann würden wir's wissen.«

»Die vom FBI waren schon früher einmal hier«, sagte Babcock sorgenvoll. »Es ist schon lange her. Während des Vietnamkrieges. Sie überprüften, ob ein junger Lehrer, der irgendeine Petition unterschrieben hatte, Kommunist war. Sie waren sehr unangenehm.«

»Diese beiden Herren waren äußerst angenehm«, sagte Strand. »Wenn die wiederkommen, werden Sie's vielleicht nicht mehr sein. Danke, daß Sie Ihr Büro zur Verfügung stellten.«

Als er über den Campus eilte, schlug er zum Schutz gegen die Kälte seinen Mantelkrangen hoch. Von Nordosten blies ein rauher Wind, Schneeflocken mischten sich mit Regen, die kahlen Äste der Bäume zitterten unter den eisigen Böen. Vom Turm der Kapelle schlug es sechs. Jetzt saß Leslie im Wagen und fuhr zum Flugplatz, um die Maschine nach Frankreich zu besteigen. Er blieb stehen und flüsterte ein kurzes Gebet für alle Flugpassagiere, die heute nacht am stürmischen Winterhimmel unterwegs waren.

Dann ging er rasch auf das Malson-Haus zu, um zu duschen und sich für das Abendessen umzukleiden.

5

Rollins saß meist an Strands Tisch, doch an diesem Abend erschien er nicht zum Essen. Er war zwar diesen Tag beurlaubt, aber die Schulordnung schrieb vor, daß er bis sieben Uhr abends zurück zu sein hatte. Strand hatte nicht vor, seine Abwesenheit zu melden, wie es seine Pflicht gewesen wäre. Rollins hatte genug auf dem Hals, um auch noch ins Büro des Direktors zitiert zu werden und sein Fehlen erklären zu müssen.

Strand wollte nicht darüber nachgrübeln, was Rollins in Waterbury zu tun beabsichtigte, um Romero aus dem Gefängnis zu holen. Rollins hatte über die Leute, welche er besuchen wollte und die sich in derlei Angelegenheiten auskannten, auf eine Art gesprochen, die deutlich zeigte, daß er weder vorhatte, eine Bank um ein Darlehen zu bitten, noch Aktien zu verkaufen, um die Kaution aufzubringen. Strand hatte das unsichere Gefühl, daß Rollins von Leuten sprach, die nicht ganz oder gar nicht im Rahmen des Gesetzes operierten; von Leuten, die gewiß eine Gegenleistung von

Rollins verlangen würden, falls sie ihm einen Gefallen erwiesen. Während Strand sittsam inmitten seiner frisch gewaschenen, artig gekleideten Jungen, die sich zumindest bei Tisch auf ihre von Kinderfrauen und Müttern eingetrichterten Manieren besannen, beim Essen saß, gingen ihm allerlei Gedanken durch den Sinn. Seine schwarzen Schüler auf der Oberschule hatten nicht dazu beigetragen, seinen Glauben an die absolute Redlichkeit jener Bevölkerungsgruppen zu stärken, welche die Zeitungen »ethnische Teenager« nannten, sofern sie sie nicht gleich alle in einen Topf warfen und als Rowdys bezeichneten. Rollins, das wußte er, war normalerweise absolut ehrlich. Aber in einer Situation wie dieser, da der Junge glaubte, das Schicksal seines von der Obrigkeit im Stich gelassenen Freundes in seinen Händen zu halten... Strand hatte das unangenehme Gefühl, einen Fehler begangen zu haben, als er Rollins erlaubt hatte, den Campus zu verlassen. Die Abwesenheit des Jungen nährte seine Ängste, und nach dem Abendessen war er nahe daran, zu Babcock zu gehen und ihm zu sagen, es wäre vielleicht klug, Rollins' Eltern anzurufen und sie zu bitten, ein wachsames Auge auf ihren Sohn zu haben.

Dann überlegte er, daß Rollins, der ihm vertraute, ihn dann zu allen anderen Erwachsenen des Establishments, welches sich gegen Leute wie Romero und ihn verschworen hatte, zählen würde; und er beschloß zu schweigen. Rollins' Worte hatten ihn gerührt, er wollte die Wertschätzung, welche Rollins für ihn empfand, nicht verlieren, und er sagte sich, daß dieses eine Mal Fernbleiben vom Abendtisch schon kein großes Unglück sein würde.

Er blieb lange auf, versuchte zu lesen, ging zweimal in den obersten Stock, um in Rollins' Zimmer nachzusehen, ob er vielleicht zurückgekehrt sei, ohne sich zu melden. Aber beide Betten waren leer. Immer wieder sah er auf die Uhr. Wenn man den Zeitunterschied zwischen New York und Paris bedachte, würde es sechs Uhr morgens Pariser Zeit und Mitternacht hiesige Zeit sein, ehe Leslies Maschine landete. Er wußte, er würde nicht einschlafen können, solange er nicht bei Air France am Kennedy-Flughafen angerufen hatte, um sicher zu sein, daß das Flugzeug gut gelandet war.

Ehe der Abend zu Ende ging, mußte er noch einen Anruf erledigen, aber er schob es hinaus. Russell Hazen. Während ihres letzten Gesprächs war Hazen ätzend gewesen, und es fiel Strand schwer, die Beschuldigungen zu verzeihen, die Hazen ihm per Telefon an den Kopf geworfen hatte. Aber der Mann war schließlich sein Freund, und Strand mußte sich eingestehen, daß der kleine, im Grunde berechtigte Ausbruch von Zorn die Schuld, in der er bei ihm stand, keineswegs wettmachte. Er wußte, Hazen würde über sein Gespräch mit den FBI-Beamten nicht erfreut sein. Aber Hazen verdiente es, daß man ihn warnte, und früher oder später mußte der Anruf sein. Ich warte, bis er vom Abendessen nach Hause kommt, dachte Strand, um sein Gewissen zu beruhigen; Zeit genug, wenn ich es ihm nur sage, ehe er die Morgenzeitung liest.

Er wartete bis zehn Uhr dreißig, dann wählte er Hazens Privatnummer. Niemand meldete sich. Er ließ es zehnmal klingeln, dann legte er auf.

Im Augenblick war er erleichtert, aber immer noch nervös. Er nahm sein Buch zur Hand, las wieder und wieder denselben Absatz, ohne seinen Sinn zu erfassen. Er klappte das Buch zu, ging in die Küche und holte die Flasche Scotch hervor, die immer noch im Schrank stand, seit er sie zu Semesterbeginn gekauft hatte. Er schenkte großzügig ein, gab Wasser und Eis dazu, setzte sich mit dem Glas in der Hand vor das Feuer im Wohnzimmer und lauschte auf den Wind, der an den Fenstern rüttelte. Da vernahm er ein Klopfen an der Wohnungstür. Er rannte hinaus und öffnete. Draußen stand Rollins. Er hatte eine Fußballhaube tief ins Gesicht gezogen, sie war mit Reif bedeckt, und der Junge sah aus, als wäre er plötzlich alt geworden und als sprieße ihm ein weißer Bart. Rollins blies in seine Hände, aber er lächelte.

»Komm herein, komm herein«, sagte Strand.

»Danke, Sir«, sagte Rollins.

Strand schloß hinter ihm die Tür. Rollins trat näher, stand vor dem Feuer und wärmte seine Hände. »Ich mußte von der Busstation zu Fuß gehen«, sagte er, »es hat mir fast die Knochen abgefroren. Das Feuer ist ein erfreulicher Anblick, das kann man wohl sagen.« Er warf einen Seitenblick auf das Glas in Strands Hand. »Ob wohl da, wo das Zeug herkommt, noch etwas vorhanden ist?«

»Na schön«, sagte Strand, »es ist eine kalte Nacht und ...«

»Das kann man ohne Übertreibung sagen, Mr. Strand. Von nun an spiele ich nur mehr im Süden Fußball oder in Hawaii.«

»Es ist natürlich verboten. Wenn es jemand herauskriegt ...«

»Nur über meine Leiche«, sagte Rollins mit geziemendem Ernst.

»Du bleibst hier und wärmst dich auf«, sagte Strand und ging in die Küche. Er schenkte eine ordentliche Portion Whisky in ein Glas, goß nur wenig Wasser zu und brachte es Rollins. Rollins nahm es entgegen, das Glas wirkte winzig in seiner riesigen Hand; er schwenkte die Flüssigkeit voll sanfter Bewunderung. Er hob das Glas. »Auf die Herren, die ihn erfanden.« Er nahm einen tiefen Zug und seufzte zufrieden. »Das nimmt dem Winter den Biß, was?« Dann wurde er ernst. »Irgendwelche neuen Entwicklungen seit gestern abend, Mr. Strand?«

»Nein. Außer, daß Hitz nach Washington reiste, um einen Doktor aufzusuchen.«

»Achtzehn Jahre zu spät«, sagte Rollins grimmig. Dann hellte sich seine Miene auf. »Aber ich habe ein paar Neuigkeiten. Sensationelle Neuigkeiten.«

Das war besorgniserregend. »Wie sensationell?« fragte Strand.

»Ich habe keine Bank ausgeraubt, falls Sie das befürchten sollten. Alles korrekt. Ganz und gar korrekt.« Rollins zog seine Brieftasche hervor. Sie war bauchig. »Da ist es«, sagte er. »Zehntausend Dollar. In gesetzlichen Zahlungsmitteln. Morgen früh gehe ich zum Gefängnis und hole Romero raus, und es bleibt noch genug, daß ich dem armen, dürren Hund das beste Mittagessen vorsetzen kann, vor dem er je gesessen ist.«

Aus Rollins' nuschelnder Art zu sprechen schloß Strand, daß der Whisky in der Hand des Jungen nicht der erste dieses Abends war. »Es wird nicht viel helfen, wenn du zum Gefängnis gehst«, sagte Strand. »Ich bin sicher, daß alle möglichen rechtlichen Formalitäten zu erledigen sind. Man muß seinen Rechtsanwalt benachrichtigen, daß du kommst. Mit dem Geld. Falls es, wie du behauptest, legaler Herkunft ist.«

»Beim Leben meiner Mutter!«

»Der Anwalt wird die Sache ordnungsgemäß abwickeln«, sagte Strand und tat fälschlicherweise so, als sei er mit der Rechtslage vertraut, da er annahm, daß es den Verfahrensablauf zumindest verzögern würde, wenn ein schwarzer Junge mit Fußballhaube und zehntausend Dollar in der Hand auftauchte. »Ich werde dafür sorgen, daß Mr. Babcock ihn anruft. Ich weiß nicht, wo Romero sich momentan befindet. Wahrscheinlich hat man ihn fortgebracht. In ein ordentliches Gefängnis.«

»Es gibt keine ordentlichen Gefängnisse, Mr. Strand«, sagte Rollins.

»Willst du mir eine Frage beantworten?«

»Ja.« Es klang widerstrebend.

»Woher hast du das Geld?«

»Müssen Sie das wirklich wissen?«

»Ich nicht. Aber die Behörden könnten neugierig werden.«

Rollins nahm noch einen größeren Schluck von seinem Whisky. »Ich habe es aufgetrieben«, sagte er. »Von Freunden.«

»Welchen Freunden?«

»Vertrauen Sie mir nicht?« fragte Rollins traurig.

»Ich vertraue dir. Aber es sind noch andere Leute in die Sache verwickelt.«

»Na schön. Ich legte den Fall ...«, Rollins zögerte, »meiner Familie dar, wenn Sie es wissen wollen. Meiner Mutter, meinem Vater, meinen Brüdern. Wir stehen nicht gerade am Rande der Armut, Mr. Strand, wir hungern nicht, obwohl ich dürr aussehe.« Er ginste. »Mein Vater ist Chefingenieur bei den Wasserwerken. Einer meiner Brüder besitzt eine Garage, meine Mutter ist Oberschwester auf der Intensivstation im Spital. Ein anderer von meinen Brüdern ist im Immobiliengeschäft. Und mein ältester Bruder ist Direktor einer Bank in New York und hat den Markt im kleinen Finger. Wir sind nicht gerade Kleinhäusler, Mr. Strand.«

»Du erstaunst mich, Rollins«, sagte Strand. »Du hast mir niemals ein Wort davon gesagt. Auch niemandem sonst in der Schule.«

»Ich wollte nicht, daß man mir daraus einen Vorwurf macht«, sagte Rollins lachend. »Ich wollte nicht, daß mich die Leute für klüger halten, als ich bin, und meine Schulerfolge mit den Erfolgen meiner Familie vergleichen. Es ist schwer genug, wenn wir alle zum Abendessen zusammenkommen und sie an mir herummäkeln, weil ich ein fauler schwarzer Tunichtgut bin. Mein größter Bruder, dem hat man angeboten, versuchsweise bei den New York Knicks zu spielen, das ist eine Basketball-Mannschaft, und er hat abgelehnt, weil er sagte, er habe keine Lust, sein Geld damit zu verdienen, in der Öffentlichkeit rumzurennen und zu schwitzen wie ein Sklave, und sich alljährlich den Meniskus operieren zu lassen. Wenn meine Familie wüßte, daß ich ein Fußballprofi werden will, würden sie mich rauswerfen wie einen Aussätzigen. Sie sind Bücherwürmer, Mr. Strand, fanatische Bücherwürmer, und sie haben sich's in den Kopf gesetzt, sich weiterzubilden ... aber mich ... mich macht es fast verrückt.« Er trank aus. »Ist in der Flasche in der Küche zufällig noch was drin, Mr. Strand?«

»Willst du also behaupten, daß deine Familie dir das Geld gegeben hat?«

»Geborgt, Mr. Strand«, sagte Rollins ernst. »Geborgt ist das richtige Wort.«

»Und wenn Romero davonläuft, nachdem du ihn aus dem Gefängnis rausgeholt hast?«

»Würden sie mich ausstopfen und zehn Jahre lang als Trophäe an die Wand hängen«, meinte Rollins. »Aber er wird nicht weglaufen.«

»Wieso bist du so sicher?«

»Er ist mein Freund.« Die Worte fielen ruhig, vollkommen schlicht. »Hier kann Romero ohnedies nicht bleiben, wenn er aus der Haft entlassen wird.«

»Nein«, gab Strand zu. »Er wurde bereits ausgeschlossen.«

»Jemanden für nicht schuldig zu halten, solange seine Schuld nicht bewiesen ist – mit derlei Kleinigkeiten verlieren die hier keine Zeit, was?«

»Machst du ihnen daraus einen Vorwurf?«

»Klar tu' ich das«, sagte Rollins. »Ich mache allen einen Vorwurf. Aber er wird nicht fortlaufen. Nicht, wenn er weiß, daß es mein Geld ist. Außerdem, wohin sollte er laufen? Zu seiner Familie? Er weiß nicht einmal, wo sie sind. Sein Bruder schrieb, daß er sich in den Westen davonmachen wolle, und sie wüßten nicht, wo die Schwestern seien, und seine Mutter sei verzogen, aber er sagte nicht wohin. Egal; er will sie alle nicht sehen. Ich werde ihm jedenfalls sagen, daß er bis zur Gerichtsverhandlung bei meinen Eltern wohnen wird, und keinem, nicht einmal Romero, wird es gelingen, meinen Brüdern zu entwischen, wenn die es nicht zulassen. Also, kann ich jetzt den Drink haben?«

»Ich hole ihn dir.« Als er mit Rollins' Glas in die Küche ging, merkte Strand erstaunt, daß Tränen in seinen Augen standen. Diesmal wurde Rollins' Drink stärker. Sein eigenes Glas war immer noch halb voll. Seit der Nacht, da Leslie sich auf dem Rückweg von New York verfahren hatte und, einem hysterischen Anfall nahe, ins Haus gestolpert kam, hatte er die Flasche nicht mehr in der Hand gehabt. Bis heute abend.

Hätte man ihn gefragt, aus welchem Grunde er nasse Augen hatte, es wäre ihm schwergefallen, eine Antwort zu finden. War es Rollins' unbeirrbares Festhalten an den Banden der Freundschaft? Der bedenkenlose Großmut seiner Familie? Die schweigende Herausforderung, mit der sie der launischen Gleichgültigkeit der Weißen begegneten?

Während er mit Rollins' frisch gefülltem Glas ins Wohnzimmer zurückkehrte, traf er einen Entschluß. »Rollins«, sagte er, als er dem Jungen den Whisky überreichte, »die Vorstellung, daß niemand sonst hilfreich einspringt, gefällt mir nicht. Kann sein, daß es uns gelänge, ein paar Dollars am Campus zu sammeln, falls wir Zeit hätten. Obwohl ich es bezweifle. Aber wir haben die Zeit nicht. Morgen früh kommst du mit mir zur Bank, und ich werde mich mit zweitausend Dollar an der Kaution beteiligen. Es ist nur eine Geste, aber manchmal sind Gesten wichtig.« Er wußte, daß er nur dreitausend Dollar auf seinem Konto hatte. Sein ganzer Reichtum. Es würde für mehr als einen Monat reichen müssen. In diesem Jahr würde es keine Weihnachtsgeschenke geben. Einerlei.

Nachdenklich betrachtete Rollins sein Glas. »Amen«, sagte er erstaunlicherweise. »Wann haben Sie morgen früh Zeit, auf die Bank zu gehen?«

»Nach dem Frühstück.«

»Was ist mit Ihren Unterrichtsstunden?«

»Force majeur«, sagte Strand. »Ich werde es dem Direktor erklären.«

»Force... was ist das?«

»Gottes Wille«, sagte Strand. »Sehr frei übersetzt.«

»Ich möchte nicht, daß Romero auch nur eine Minute länger als nötig im Gefängnis bleibt.«

»Das wird er nicht. Aber unter einer Bedingung. Von meinem Beitrag darf kein Mensch erfahren. Vor allem Romero nicht.«

Rollins sah Strand spöttisch an. »Ich verstehe Ihre Gründe«, sagte er.

Das bezweifelte Strand. Er war sich selbst nicht klar über seine Gründe. »Wenn ich es recht bedenke«, sagte er, »finde ich es besser, wenn wir Babcock im Augenblick nicht einschalten. Er könnte es für unklug halten, oder er könnte darauf bestehen, mit deinen Eltern zu sprechen.«

»Sie wollen damit sagen, er würde mir nicht glauben«, sagte Rollins.

»Die Möglichkeit besteht. Und man könnte Druck auf ihn ausüben, Romero zu lassen, wo er ist. Ich glaube, du machst das besser allein. Der Rechtsanwalt heißt Hollingsbee. Er steht im Telefonbuch von Hartford. Ich werde ihn gleich am Morgen anrufen und ihm sagen, daß er dich erwarten soll. Falls es Schwierigkeiten gibt, ruf mich an.«

»Ich glaube, es wird keine Schwierigkeiten geben.« Rasch trank Rollins aus. »Ich muß jetzt zu Bett.« Er wandte sich zum Gehen.

»Eines noch, bitte«, sagte Strand. Sein Hals war wie zugeschnürt, und er begann zu husten. »Es ist wegen der Briefe, die

Romero angeblich gestohlen wurden. Weißt du Bescheid über sie?«

»Er hat sie mir nicht vorgelesen, Mr. Strand«, sagte Rollins, »und ich habe nicht danach gefragt. Er hatte sie eingesperrt. Von Zeit zu Zeit holte er sie hervor und hat sie mit einem dämlichen Ausdruck im Gesicht gelesen. Dann tat er sie wieder weg und sperrte sie ein.«

»Du weißt nicht, von wem die Briefe waren?«

»So wie er aussah, stammten sie von einem Mädchen, würde ich denken.« Rollins lachte. »War leicht zu raten, daß sie nicht vom Gaskassierer kamen. Jedenfalls konnte ich sehen, daß sie ihm viel bedeuteten. Wollen Sie, daß ich ihn frage, von wem sie waren?«

»Nein. Es ist nicht wichtig. Also dann, alles Gute. Und ich lasse mich bei deiner Familie bedanken.«

»Nun, die sind nicht gerade wild vor Glück, daß sie wegen mir all den Zaster rausrücken mußten. Und meine Mutter und mein Vater waren von Anfang an dagegen, daß ich mit 'nem Fußballstipendium hierherkam. Aber sie sind auf Romeros Seite, und das ist die Hauptsache.« Er klopfte auf seine ausgebeulte Tasche. »Will nur sichergehen, daß es noch da ist«, sagte er ein wenig verlegen. »Tut mir leid, daß ich Ihnen ein Leck in Ihre Flasche getrunken habe. Bis morgen früh, Sir.«

Er schwankte ein wenig, als er die Wohnung verließ.

In der Nacht hatte er schlecht geschlafen, aber um sechs Uhr war er wach gewesen, um bei Air France anzurufen. Man hatte ihm mitgeteilt, daß Paris total eingenebelt war; bis jetzt sei noch keine Maschine gelandet, das Flugzeug aus New York sei nach Genf umgeleitet worden und warte dort, bis sich die Wetterbedingungen gebessert hätten. Von da an hatte er alle zwanzig Minuten angerufen, aber die Auskunft war immer die gleiche gewesen. Dann, knapp vor dem Frühstück, hatte man ihm mitgeteilt, daß Leslies Flugzeug nach Nizza umgeleitet worden war. Ihre Reise begann unter keinem günstigen Stern.

Beim Frühstück hatte er Babcock mitgeteilt, daß er seine ersten Stunden entfallen lassen müsse. Er gab keine Gründe an, und Babcock hatte ihn seltsam angesehen und betont kühl gesagt: »Ich hoffe sehr, daß wir bald wieder zu einer vernünftigen Routine zurückfinden werden.« Dann hatte er sich abrupt abgewendet.

Der lange Weg in die Stadt im schneidenden Wind hatte ihm den Atem genommen, und zweimal mußte er Rollins bitten, eine kleine Rast einzulegen. Rollins hatte ihn ängstlich beobachtet. »Mein Vater hat auch Schwierigkeiten mit dem Herzen«, sagte er. »Meine Mutter liegt ihm ständig in den Ohren, zurückzuschalten.«

»Woher weißt du, daß ich Schwierigkeiten mit dem Herzen habe?« fragte Strand.

»Romero hat es mir erzählt. Er sagte, man hat befürchtet, Sie würden sterben.« Rollins sah ihn voll kindlicher Neugier an. »Wenn es Ihnen nichts ausmacht – darf ich fragen, wie war das... ich meine, als Sie spürten...« Verlegen brach er ab. »Ich war schon ein paarmal bewußtlos, und das Komische war, es hat gar nicht weh getan, als es passierte. Ich habe mich gefühlt, als würde ich schweben, vollkommen friedlich. Und ich frage mich nur, ob es vielleicht so ähnlich ist. Es würde mich beruhigen, wegen meines Vaters, wenn es bei ihm auch so sein würde...«

»Ich habe nie darüber nachgedacht«, sagte Strand und versuchte sich zu erinnern, was er gefühlt hatte, als er am Strand zusammengebrochen war. »Rückblickend muß ich sagen, ja, so war's. Wie du sagst. Ich habe mich so gefühlt. Es ist ein tröstlicher Gedanke. Um die Wahrheit zu sagen, ich wollte gar nicht mehr zurück.«

»Nun«, sagte Rollins mit Nachdruck, »ich bin richtig froh, daß Sie doch zurückkamen.«

Strand lächelte ihn an. »Ich auch.«

Auf der Bank hatte er den Scheck eingelöst und Rollins die zweitausend Dollar in neuen Scheinen übergeben. Rollins steckte sie nicht sofort in seine Brieftasche, er stand da und sah unentschlossen auf das Geld in seiner Hand. »Sind Sie sicher, daß Sie das wollten, Mr. Strand?«

»Ich bin sicher. Steck es weg.«

Sorgfältig schichtete Rollins die Banknoten in seine Brieftasche. »Ich mache mich besser auf den Weg«, sagte er. »Der Bus nach Hartford geht in zehn Minuten. Vielleicht sollten Sie mit einem Taxi in die Schule zurückfahren.«

Strand hatte einmal ein Taxi von der Stadt zur Schule genommen. Es hatte fünf Dollar gekostet. »Ich gehe zu Fuß. Die Bewegung wird mich munter machen. Viel Glück mit Mr. Hollingsbee. Ich habe ihn angerufen, er erwartet dich.«

»Passen Sie auf sich auf, Mr. Strand, bitte«, sagte Rollins. Rasch ging er die windige Straße hinunter, während Strand seinen Wollschal enger um den Hals schlang. An der Ecke blieb Rollins stehen und sah sich um. Er winkte einmal, dann bog er um die Ecke und verschwand.

Zitternd vor Kälte machte sich Strand auf den Rückweg. Er hatte keine Handschuhe angezogen, seine Hände in den Manteltaschen fühlten sich an wie zwei Eisklumpen. Er wanderte die Hauptstraße entlang. An einer Ecke war eine Drogerie, in der man auch Zeitungen bekam. Er trat ein und kaufte die *Times*. Die Meldung stand auf Seite drei und war kurz. »Justizministerium untersucht Schiebung in Washington« war die Überschrift des Einspalters. Die Meldung selbst war sehr zurückhaltend. Wie die *Times* aus verläßlicher Quelle erfahren habe, hieß es, habe zwischen dem prominenten New Yorker Anwalt Russell Hazen und einem Manager der Ölindustrie ein Gespräch über die Möglichkeit stattgefunden, einen nicht namentlich genannten Kongreßmann »zu entlohnen«, falls er einen Antrag auf eine Ölbohrung an der Küste im Ausschuß unterstütze. Das Gespräch sei auf einer angezapften Telefonleitung in Mr. Hitz' Büro auf Band aufgenommen und das Band aufgrund eines bundesrichterlichen Befehls beschlagnahmt worden. Zu einer etwaigen Anklageerhebung verweigerte das Justizministerium jede Stellungnahme. Die Untersuchung werde fortgesetzt.

Armer Russell, dachte Strand. Er fühlte sich schuldig, weil er es schon nach dem ersten Versuch aufgegeben hatte, Russell anzurufen und ihn vom Besuch der FBI-Leute zu benachrichtigen. Die Meldung gehörte nicht zu jenen, welche man gern las, wenn man beim Frühstück friedlich die Zeitung aufschlug.

Strand faltete die Zeitung zusammen und legte sie auf den Stoß zurück. Er hatte sie bezahlt, aber er hatte keine Lust, sich eingehend über Morde, Hinrichtungen, Invasionen und Konkurse zu informieren, welche heutzutage einen Großteil der Morgennachrichten auszumachen schienen.

Er verließ das Geschäft und trat auf die kalte graue Straße hinaus, wo die Fußgänger, sich gegen den Wind stemmend, dahineilten. Törichterweise hatte er keinen Hut aufgesetzt. Er nahm den Schal von seinem Hals, wand ihn wie ein Tuch um den Kopf und band ihn in einem Knoten unter seinem Kinn fest. Seine Augen tränten vor Kälte, als er seinen Weg fortsetzte. Er dachte an all die Bildberichte über Flüchtlingsfrauen, die, Köpfe in Schals gewickelt, sich auf staubigen Landstraßen dahinschleppten.

Als er schließlich in der Schule ankam, taumelte er nur mehr vorwärts, verfluchte den Wind und war überzeugt, daß er den Unterricht bis fünf Uhr nachmittags nicht durchstehen würde. Dennoch schaffte er es irgendwie. Er saß an seinem Schreibtisch, während er vortrug, anstatt wie sonst auf und ab zu gehen, und sprach langsam und schwerfällig. Dann, während der letzten Stunde, erschien die Sekretärin des Direktors im Klassenzimmer und bat ihn, so bald wie möglich in das Büro zu kommen. Er kürzte die Stunde ab und ging in das Büro des Direktors. Romero war da und Rollins und Mr. Hollingsbee.

Romeros Lippe war immer noch geschwollen, und auf der Stirn hatte er eine kräftige, verfärbte Beule. Aber er stand aufrecht und trotzig da, während er Strand einen kurzen Blick zuwarf, dann senkte er die Augen und starrte zu Boden.

»Allen«, sagte Babcock, »wir haben alles versucht, Romero zu überreden, daß er Mr. Hollingsbee auf ›nicht schuldig‹ plädieren läßt. Ohne Erfolg. Ich habe Romero mitgeteilt, daß mir unter diesen Umständen keine andere Wahl bleibt, als ihn mit dem heutigen Tag von der Schule zu verweisen. Wenn er sich aber bei der Verhandlung ›nicht schuldig‹ bekennen würde, könnte ich ihn bis zum Ausgang der Gerichtsverhandlung einstweilen nur provisorisch suspendieren. Mr. Hollingsbee glaubt, daß es ihm mit etwas Glück gelingen wird, Romero auf Bewährung freizubekommen. Ich denke, in diesem Fall könnte dann auch ich ihm gestatten, auf Bewährung in die Schule zurückzukehren und sein Schuljahr zu beenden. Vielleicht können Sie ihm vernünftig zureden.«

»Romero«, sagte Strand, »dein ganzes Leben steht auf dem Spiel. Gib dir wenigstens eine Chance. Ich erinnere dich ungern daran, was du Mr. Hazen und mir schuldig bist, aber ich muß es tun. Gemeinsam haben wir eine ganze Menge in dich investiert. Und ich spreche nicht von Geld. Es ist eine moralische Investition. Es ist eine Gefühlslosigkeit deinerseits, wenn du nicht einmal versuchst, dieser Investition gerecht zu werden.«

»Es tut mir leid, Mr. Strand«, sagte Romero und starrte immer noch zu Boden. »Jedermann weiß, was ich getan habe und warum ich es tat. Ich werde die Folgen tragen. Ich werde mich nicht herauswinden. Sie alle vergeuden Ihre Zeit, wenn Sie mich zu überreden versuchen.«

Strand zuckte die Achseln. »Nichts zu machen, fürchte ich«, sagte er zu Babcock.

Babcock seufzte. »Na schön, Romero«, sagte er. »Pack deine Sachen und geh. Auf der Stelle. Du kannst nicht einmal mehr eine Nacht hierbleiben.«

»Ich werde die Jungen nach Waterbury zurückfahren«, machte

sich Hollingsbee erbötig. »Rollins, vielleicht erreichen deine Eltern etwas bei ihm.«

»Sie werden's sicher versuchen«, sagte Rollins. Er faßte Romeros Ellbogen. »Los, komm, du Held.«

Mr. Hollingsbee und Strand folgten den Jungen aus dem Zimmer auf den Campus hinaus. Sie bildeten eine kleine Prozession, als sie zum Malson-Haus hinüberwanderten. »Bevor Sie kamen«, sagte Hollingsbee zu Strand, »hat Babcock auch Rollins die Leviten gelesen. Weil er nicht gemeldet hat, daß in seinem Zimmer ein Würfelspiel stattfand. Er hat Rollins für den Rest des Jahres auf Bewährung gesetzt. Das bedeutet, daß er bei keiner Mannschaft spielen darf. Der Trainer wird nicht glücklich sein, wenn er es erfährt. Rollins ist ein guter Spieler. Es wird ihm auch nicht gerade helfen, ein Stipendium fürs College zu bekommen.«

»Haben Sie Kinder?« fragte Strand.

»Eine Tochter. Gott sei Dank ist sie schon verheiratet.« Hollingsbee lachte.

Strand konnte nicht anders, er überlegte, ob der Anwalt jemals einen Brief seiner Tochter an ihren Mann oder an irgendeinen anderen Mann gelesen hatte.

»Und Sie?« fragte Hollingsbee. »Wie viele Kinder haben Sie?«

»Drei. Bis jetzt ist es ihnen gelungen, nicht ins Gefängnis zu kommen.«

»Da haben sie eindeutig einen Startvorteil.« Der Anwalt schüttelte den Kopf. »Die Kinder heutzutage ...«

Als sie im Haus ankamen, sah Strand mit Erleichterung, daß der Gemeinschaftsraum leer war. Romero ging auf die Treppe zu, aber Strand hielt ihn zurück. »Jesús«, sagte er, »zum letzten Mal ...«

Romero schüttelte den Kopf.

»Na schön«, sagte Strand. »Leb wohl. Und viel Glück.« Er streckte ihm seine Hand entgegen. Romero ergriff sie.

»Nehmen Sie's nicht so schwer«, sagte er. »Es ist nur ein Scheit mehr auf dem Feuer.« Er ging auf die Tür zu, dann blieb er stehen und wandte sich um. »Darf ich Ihnen etwas sagen, Mr. Strand?«

»Wenn du glaubst, daß es noch etwas zu sagen gibt?«

»Doch. Ich gehe von hier weg, aber ich glaube, daß auch Sie nicht mehr lange hier sein werden.« Er sprach ernsthaft, seine Stimme war leise und deutlich. »Diese Schule strotzt von Opportunisten, Mr. Strand. Und ich glaube nicht, daß Sie ein Opportunist sind.«

»Danke«, sagte Strand ironisch.

»Die anderen Lehrer sind alle nur Weidevieh, Mr. Strand. Sie weiden auf den sicheren Wiesen...«

Strand fragte sich, aus welchem Buch Romero diesen Satz aufgeschnappt hatte. Widerwillig erkannte er eine gewisse Richtigkeit darin.

»Sie haben mich genau verstanden. Oder wenigstens halb verstanden. Alle anderen hier sehen mich an, als gehörte ich in einen Zoo«, sagte Romero.

»Das ist ungerecht«, sagte Strand. »Zumindest gegenüber den meisten.«

»Ich sage Ihnen nur meine Meinung.« Romero zuckte die Achseln. »Ich wiederhole meine Prophezeiung, falls Sie nichts dagegen haben: Auch Sie werden nicht mehr lange hier sein.«

»Bist du jetzt fertig?«

»Ich bin fertig.«

»Geh und hole deine Sachen«, sagte Strand. Er war verstört und wollte nichts mehr hören. Zumindest heute nicht.

»Komm schon, Baby«, wandte Romero sich schroff an Rollins. »Verschwinden wir von der alten Plantage, der Massa verkauft uns in'n Süden.«

Strand sah Hollingsbee und den beiden Jungen nach, als sie die Treppe hinaufstiegen, dann ging er durch die Halle zu seiner Wohnung. Im Wohnzimmer läutete das Telefon. Er war nahe dran, nicht abzuheben, aber dann dachte er, es könne Leslie sein, die aus Frankreich anrief, um ihm zu sagen, daß es ihr gutgehe; er hob ab.

Es war Hazen. »Hast du heute morgen die gottverdammte Meldung in der *Times* gelesen?« Es klang, als sei er betrunken.

»Das habe ich.«

»Verläßliche Quelle.« Hazens Stimme war heiser. »Irgendein korrupter Winkeladvokat aus dem Justizministerium läßt bei einem versoffenen Zeitungsmann etwas durchsickern, und plötzlich ist es eine zuverlässige Quelle. Mein Gott, sie würden auch eine Unterhaltung zwischen Jesus Christus und Johannes dem Täufer abhören und so tun, als sei es ein Staatsverbrechen!«

»Ich habe versucht, dich gestern abend anzurufen und dich von der Meldung in der *Times* zu benachrichtigen. Aber es hat niemand abgenommen.«

»Ich war in der Scheiß-Oper. Und wenn ich nicht zu Hause bin, ist mein gottverdammter Diener zu faul, sich von der Bar wegzurühren und den Hörer abzuheben, weil er damit beschäftigt ist, meinen Alkohol zu trinken. Ich werde den Schweinehund noch heute abend rausschmeißen. Wieso wußtest du etwas von dem *Times*-Artikel?«

»Gestern waren zwei vom FBI da und haben mich über dich ausgefragt. Sie sagten, ich sollte mir heute die *Times* ansehen.«

»Was wollten sie wissen?«

»Ob ich dich mit Hitz über diese dumme Geschichte reden hörte.«

»Und was hast du ihnen erzählt?«

»Was konnte ich ihnen schon erzählen? Ich sagte, ich hätte nichts gehört.«

»Du hättest doch um Christi willen schwören können, daß du jede Minute mit mir zusammen warst und verdammt genau weißt, ich hätte nicht ein Wort über irgendein Geschäft mit Hitz gewechselt.«

»Das haben wir bereits zur Genüge erörtert, Russell«, sagte Strand müde. »Ich sagte ihnen, was ich wußte. Nicht mehr und nicht weniger.«

»Du bist einsame Spitze, Sir Tugendbold«, höhnte Hazen. »Wann wirst du endlich aus den Wolken herabsteigen und deinen Heiligenschein an den Nagel hängen und lernen, mit den großen Jungs auf der Straße zu spielen?«

»Du bist betrunken, Russell. Ich werde mich mit dir unterhalten, wenn du wieder nüchtern bist.« Leise legte Strand den Hörer auf. Er zitterte vor Kälte. Der Frost, der den ganzen Tag geherrscht hatte, schien ihm in den Knochen zu sitzen. Er ging ins Badezimmer und ließ heißes Wasser in die Wanne laufen. Dankbar atmete er den Dampf ein und begann sich auszukleiden. Es läutete an der Tür. Er drehte das Wasser ab, zog seinen Bademantel über und ging bloßfüßig an die Tür. Dr. Philips stand draußen und hielt seine kleine schwarze Tasche in der Hand.

»Darf ich reinkommen, Mr. Strand?«

»Bitte.«

Philips trat ein, und Strand schloß hinter ihm die Tür. »Ich hoffe, ich störe Sie nicht«, sagte Philips. »Aber Mr. Babcock hat mich vor wenigen Minuten angerufen und mich gebeten, Sie einmal anzusehen.«

»Warum?«

»Darf ich meinen Mantel ablegen?«

»Selbstverständlich. Hat Babcock Ihnen erklärt...?«

»Er macht sich Sorgen um Sie, er findet, Sie sähen nicht allzu gut aus«, sagte Philips, während Strand ihm aus dem Mantel half.

»Er hat mir erzählt, daß Sie Probleme mit dem Herzen haben, und wenn Sie nichts dagegen haben, würde ich Sie gern mal ansehen.« Er warf Strand einen verstohlenen Blick zu. »Um die Wahrheit zu sagen, Ihre Gesichtsfarbe ist nicht die beste heute. Ich weiß, daß Sie unter Streß gestanden haben ...«

»Ich habe die letzten Nächte wenig geschlafen«, sagte Strand kurz. »Das ist alles.« Eines war sicher: er wollte nicht wieder ins Spital zurück, einerlei was geschah.

Dr. Philips holte ein Stethoskop und den Blutdruckmesser aus seiner Tasche, Geräte, die Strand nur allzu vertraut waren. »Wenn wir uns hier drüben an den Schreibtisch setzen könnten«, schlug Philips vor. Er hört sich an wie ein Zahnarzt, der seinen Patienten versichert, daß eine Wurzelbehandlung nicht schmerzhaft ist, dachte Strand. »Und wenn Sie Ihren Bademantel ausziehen würden.«

Strand warf den Bademantel über einen Stuhl. Er hatte noch seine Hose an und kam sich nicht ganz so lächerlich vor, wie wenn er nackt in seinem eigenen Wohnzimmer gesessen hätte.

»Man kann nicht gerade behaupten, daß Sie fettleibig sind«, stellte Philips trocken fest, während er das kalte Stethoskop an Strands Brust setzte. Auch jetzt waren ihm die Verhaltensregeln vertraut. Husten. Nicht atmen. Tief einatmen, langsam ausatmen. Von kurzen Anweisungen abgesehen sagte Philips nichts. Nachdem er die Brust abgehorcht hatte, setzte er das Stethoskop an Strands Rücken. Dann wickelte er die Gummimanschetten des Blutdruckmessers um Strands Oberarm, pumpte sie auf, ließ die Luft aus, während er den Zeiger eingehend beobachtete, und wiederholte den Vorgang. Dein Leben hängt von einer Luftblase ab, dachte Strand, während er das ausdruckslose Gesicht des Doktors betrachtete. Oder von einer schlanken Quecksilbersäule. Quecksilber ... ein unruhiges Element.

Als Philips fertig war, packte er seine Geräte weg. Er schwieg noch immer. Fröstelnd zog Strand seinen Bademantel wieder an. »Mr. Strand«, sagte Philips, »ich fürchte, Mr. Babcock ist ein guter Diagnostiker. Ihr Atem ist sehr flach, und in Ihrer Lunge gibt es ein Geräusch, das mir Sorgen macht. Ihr Herzschlag ist unregelmäßig, aber nicht allzu schlimm. Ihr Blutdruck ist sehr hoch. Können Sie sich erinnern, wie hoch er war, als Sie aus dem Spital entlassen wurden?«

»Ich kann mich an den Wert nicht mehr erinnern, aber mein Arzt sagte damals, er sei ziemlich normal.«

»Ich fürchte, man kann ihn heute nicht mehr als normal bezeichnen. Nehmen Sie irgendwelche blutdrucksenkenden Mittel?«

»Nein.«

Philips nickte. »Kommen Sie morgen früh in der Krankenabteilung vorbei, ich werde Ihnen Pillen geben, die wirken müßten. Eine pro Tag sollte genügen.« Er kramte in seiner Tasche und brachte ein kleines Fläschchen zum Vorschein. »Hier ist etwas, worauf Sie schlafen werden. Keine Sorge, darauf werden Sie nicht süchtig.«

»Ich habe eigentlich keine Angst, daß ich in meinem Alter noch süchtig werde«, sagte Strand.

»Süchtigkeit ist kein Leiden, das ausschließlich Teenager befällt«, sagte Philips kühl. »Im übrigen enthalten Ihre Lungen auch ein bißchen zuviel Flüssigkeit...«

»Es ist ein Wunder, daß ich noch umhergehe, was?« Strand versuchte den Eindruck zu erwecken, als amüsierten ihn die kleinen Funktionsstörungen seines störrischen Körpers.

»Ein wenig Bewegung ist gut. Sogar empfehlenswert. Obwohl ich an Ihrer Stelle nicht ausgehen würde, ehe es nicht ein wenig wärmer wird. Ich werde Ihnen auch ein Entwässerungsmittel geben. Ich will Sie nicht beunruhigen. Sie haben sich bemerkenswert gut von Ihrer Krankheit erholt. Laut Babcock war es ein schwerer Infarkt. Aufregung spielt bei einer Verfassung wie der Ihren eine große Rolle. Ich möchte, daß Sie die Dinge etwas gelassener nehmen. Wenn möglich.«

»Was hätte ich denn tun sollen, als ich einen Jungen aus meinem Haus mit einem Messer hinter einem anderen herrennen sah? Mich hinsetzen und Flöte spielen?«

»Ich weiß, ich weiß.« Philips reagierte auf den Anflug von Zorn in Strands Stimme, indem er noch langsamer, noch ruhiger sprach als sonst. »Es gibt Situationen, in denen die Ratschläge des Arztes töricht klingen. Ich bin selbst nicht übermäßig gesund und verordne mir Dinge, von denen ich weiß, daß ich sie nicht befolgen kann. Und doch: Versuchen Sie, Ihre Probleme etwas distanzierter zu sehen.«

»Wie schneiden Sie denn ab, wenn Sie versuchen, Ihre Probleme distanziert zu sehen?«

Philips lächelte traurig. »Schlecht.«

Strand wußte von Babcock, daß Philips Witwer war. Seine Frau war vor fünf Jahren bei einem Autounfall ums Leben gekommen. Er hatte eine angesehene Praxis in New York gehabt und war

Professor am Cornell Medical Center gewesen. Als seine Frau gestorben war, hatte er alles aufgegeben, Praxis, Spital, Büro, Wohnung, Freunde und seine übrige Familie, und war ein Jahr lang in den Wäldern von Maine verschwunden, wo er allein in einer Hütte gelebt hatte. Er war schließlich nach Dunberry gekommen und hatte Babcock unumwunden mitgeteilt, daß er eine Praxis suche, die ihn möglichst wenig in Anspruch nähme und wo er nur beschränkt Verantwortung trage, wo keiner seiner Freunde und Kollegen auftauchen würde, um ihn an glücklichere Zeiten zu erinnern. Beim Versuch, seine Probleme distanziert zu sehen, war es ihm, wie er eben zugegeben hatte, schlecht ergangen.

»Verstauchte Knöchel und Jugendakne«, hatte er zu Babcock gesagt. »Mehr will ich für den Rest meines Lebens mit der Medizin nicht mehr zu tun haben.«

Bei diesen Gedanken verflog Strands Ärger über den Mann, der ungebeten erschienen war und sich – wie Strand gefunden hatte, als der Doktor vor seiner Tür stand – in Dinge mischte, die ihn im Grunde nichts angingen. Schließlich war Strand kein Kind mehr, und er hatte seine eigenen Ärzte, an die er sich wenden konnte, falls er es für nötig hielt. Er versuchte sich vorzustellen, wie Hazen reagiert hätte, falls der Doktor ihm am Telefon geraten hätte, Washington und das FBI mit größerer Distanz zu sehen.

»Ich höre von Mr. Babcock«, sagte der Doktor, »daß Sie der gewissenhafteste Lehrer in der Schule sind. Das muß unweigerlich zuviel Arbeit und zu viele Sorgen bedeuten. Falls ich Ihnen einen Vorschlag machen dürfte: Seien Sie weniger gewissenhaft, versuchen Sie da und dort, die Dinge ihren Weg gehen zu lassen, und rennen Sie nicht hinter Jungen mit Messern drein, falls Sie es vermeiden können.« Er begleitete seine Worte mit einem Lächeln. »Ruhen Sie sich aus, so oft Sie können. Geistig mehr noch als psychisch. Noch eine Frage. Trinken Sie viel?«

»Fast nie.«

»Trinken Sie hie und da einen Whisky. Er läßt die Dinge in rosigerem Licht erscheinen, und obendrein erweitert er die Gefäße.« Philips mühte sich in seinen Mantel. An der Tür wandte er sich noch einmal um. »Was wird mit diesem Romero geschehen?«

Strand dachte einen Augenblick nach. »Rollins behauptet, falls er ins Gefängnis geht, wird er auf der Straße enden, und dann wird er nicht mehr nur ein Messer haben, sondern eine Pistole im Gürtel und Staub in der Tasche. Ich nehme an, er versteht unter Staub Heroin oder Kokain. Rollins dürfte recht haben. Vielleicht zettelt er auch irgendwo eine Revolution an.«

Philips nickte ernsthaft. »Erbarmen ist eine der seltensten Tugenden auf dem Markt«, sagte er. »Wir sind alle Stümper, was? Also, Sir, gute Nacht. Und schlafen Sie gut.«

Verstauchte Knöchel und Jugendakne, dachte Strand, als er die Tür hinter dem Doktor schloß. In diese Kategorien fiel Romero kaum.

Er ging ins Badezimmer und stellte das kleine Pillenfläschchen, das Philips ihm gegeben hatte, aufs Regal. Pro Nacht eine Pille, dachte er. Rückzug ins Vergessen. Die Antwort unserer Zivilisation auf alle Herausforderungen und Widerstände.

Er drehte das heiße Wasser wieder auf, atmete neuerlich den wirbelnden Dampf in tiefen Zügen ein. Dann läutete wiederum das Telefon. Verärgert drehte er den Hahn zu und kehrte ins Wohnzimmer zurück. »Hallo«, sagte er unfreundlich.

»Du mußt mir nicht gleich den Kopf abreißen.« Es war Leslie, ihre Stimme klang belustigt, obschon von weit her. »Ich weiß, daß du nicht gern telefonierst, aber du könntest ebensogut die Schnur aus der Wand reißen, wenn du so muffig antwortest. Kein Mensch wird jemals wagen, dich ein zweites Mal anzurufen.«

»Hallo, Liebstes«, sagte er. »Gott, tut es gut, deine Stimme zu hören! Wo bist du? Die Leute von Air France sagten, daß du den gesamten europäischen Luftraum durchwandert hast.«

»Wie sind gut in Nizza gelandet«, sagte Leslie. »Und jetzt sind wir in Lindas Haus in Mougins. Sie sagte, es wäre ein Jammer, wenn ich es nicht sehen würde, wo wir nun schon einmal ganz in der Nähe sind. Es ist himmlisch. Ich wünschte, du wärst hier bei uns.«

»Ich auch.«

»Wie sind die Zustände auf dem Schlachtfeld?«

»Sie bessern sich«, sagte er zweideutig.

»Was heißt das?«

»Romero ist gegen Kaution freigelassen und jetzt bei Rollins' Familie in Waterbury.«

»Wer hat die Kaution erlegt?«

Er zögerte. »Freunde«, sagte er.

»War es Russell?«

»Er ist nicht Romeros Freund.« Strand fügte nicht hinzu, daß Romero im Augenblick auch ihn nicht gerade als Freund betrachtete.

»Alles in allem ist es besser so, finde ich, nicht wahr?«

»Viel besser.«

»Gibst du acht auf dich? Bist du einsam?«

»Ich bemerke kaum, daß du nicht hier bist«, sagte er lachend. Er gab sich viel Mühe zu diesem Lachen. »Mrs. Schiller verwöhnt mich unverschämt.«

»Ich habe mir über dem ganzen Atlantik Sorgen um dich gemacht.«

»Du hättest dir lieber Sorgen um den armen Piloten machen sollen. Ihr hattet Glück, daß ihr nicht in Warschau oder sonstwo landen mußtet. Mir geht es gut.«

»Wirklich?«

»Wirklich.«

»Deine Stimme klingt müde.«

»Das liegt sicher nur an der Leitung. Ich habe vor, morgen mit dem Skifahren zu beginnen. Die Zeitungen sagen Schnee voraus.« Es kostete Mühe, vergnügt zu klingen, aber er schaffte es. Wäre Leslie hier gewesen, hätte er ihr alles oder fast alles erzählt, was er an diesem Tag durchgemacht hatte. Aber er wußte, daß sich Sorgen aus der Entfernung weit schlimmer anhören, und Leslie war dreitausend Meilen weit weg.

»Was tust du jetzt?« sagte Leslie. »Ich meine: jetzt, im Augenblick?«

»Ich bin dabei, ein Bad zu nehmen.«

»Und ich werde morgen in Lindas Swimmingpool springen. Stell dir vor, man kann hier im November schwimmen! Ich glaube, wir sollten in Mougins leben, wenn wir in Pension sind.«

»Wenn du ein hübsches Plätzchen für eine runde Million Dollar findest, gib rasch eine Anzahlung.«

Leslie seufzte. »Es wäre schön, ausnahmsweise einmal reich zu sein, was?«

»Thoreau hat das Mittelmeer nie gesehen«, sagte Strand, »und er war glücklich an einem Teich.«

»Er war nicht verheiratet.«

»Heißt es.«

»Ich glaube, wenn ich mich gehen ließe«, sagte Leslie, »würde ein frivoles Luxusweib aus mir werden. Würdest du mich dann noch ertragen können?«

»Nein.«

Sie lachte wieder. »Ich mag Männer, die wissen, was sie wollen. Ich habe jetzt lange genug gesprochen. Der Anruf kostet Linda ein Vermögen. Bist du glücklich?«

»Ich war niemals glücklicher.«

»Ich weiß, daß du lügst, und ich liebe dich dafür um so mehr.« Es klang wie ein Kuß in der knacksenden Leitung, und Leslie hatte eingehängt.

Strand legte den Hörer auf und ging ins Badezimmer und ließ sich endlich in das warme Badewasser sinken. Mein kleines Privatmeer, dachte er, während er vor sich hin döste. Er war mit einem Teich zufrieden. Wie Thoreau.

6

Als er nach der letzten Unterrichtsstunde nach Hause kam und die Tür zu seiner Wohnung öffnete, erwartete ihn eine Überraschung. Im Wohnzimmer stand Hazen und nahm eben eine Zeitschrift aus einem Bücherregal. Strand hatte seit dem trunkenen Telefongespräch vor einer Woche nichts mehr von ihm gehört.

»Hallo, Allen«, sagte Hazen. »Ich hoffe, du hast nichts dagegen. Mrs. Schiller hat mich eingelassen.« Er streckte ihm die Hand entgegen, und Strand ergriff sie. »Ich habe dir ein kleines Geschenk mitgebracht.« Er wies auf den Tisch hinter dem Sofa. Dort standen zwei Flaschen Johnny Walker – Strands Lieblingsscotch.

»Danke dir«, sagte Strand. »Die sind mir immer willkommen.«

»Ich bin gekommen, um mich für meine schlechte Stimmung neulich am Telefon zu entschuldigen.« Hazen sah ihn von der Seite an, als sei er nicht ganz sicher, wie Strand reagieren würde.

»Vergiß es, Russell«, sagte Strand. »Ich habe es schon vergessen.«

»Ich bin froh, das zu hören.« Hazens Betragen wurde herzlich. »Von Zeit zu Zeit muß es zu Mißverständnissen kommen, auch zwischen den besten Freunden. Und die Sache in der *Times* hat mich ja doch ein wenig nervös gemacht.«

»Was tut sich? Ich habe in den Zeitungen nichts mehr davon gelesen.«

»Es hat sich nichts mehr getan«, sagte Hazen. »Ich nehme an, sie sind zu dem Schluß gekommen, daß der Fischzug mißlungen ist. Wahrscheinlich hat die Justiz beschlossen, die ganze Sache fallenzulassen.«

»Das höre ich gern. Kann ich dir einen Drink machen? Ich fürchte, ich muß dir aus deiner eigenen Flasche aufwarten. Unsere ist leer.«

Hazen sah auf seine Uhr. »Na ja, ich denke, um diese Zeit kann man sich einen Drink genehmigen. Wenn du mir Gesellschaft leistest?«

»Ich könnte auch einen vertragen«, meinte Strand. »Es ist ein Trinkwetter. Ich bin auf dem Weg über den Campus fast erfroren.« Er ging in die Küche, um Eis und Gläser und einen Krug Wasser zu holen. Obwohl Dr. Philips einen Drink dann und wann verschrieben hatte, war Strand nicht in die Stadt gegangen, um eine neue Flasche zu kaufen, nachdem Rollins die letzte ausgetrunken hatte. Während der Kältewelle hatte er versucht, nach Möglichkeit im Haus zu bleiben, aber er hätte Mrs. Schiller bitten können, eine Flasche Whisky mitzubringen, wenn sie in der Stadt einkaufte. Freilich keinen Johnny Walker. Das Ausmaß an Verwöhnung, welches er sich leisten konnte, hatte seine Grenzen.

Als Strand ins Wohnzimmer zurückkehrte, hatte Hazen schon eine der Flaschen geöffnet, und Strand schenkte ordentlich ein. Sie stießen an und tranken. Das sofortige Wärmegefühl in seiner Kehle ließ Strand den Entschluß fassen, daß er von nun an jeden Abend vor dem Essen einen Drink nehmen würde.

Mrs. Schiller hatte Feuerholz in den Kamin geschichtet, und Strand hielt ein Streichholz an die zerknüllte Zeitung unter dem Rost und sah zu, wie die Flammen zu dem Unterzündholz emporschlugen. Ein paar Augenblicke lang wärmte er seine Hände, ehe er zum Tisch hinüberging, wo Hazen sich niedergelassen hatte. Es dämmerte und schneite, und hinter den leicht vereisten Fensterscheiben zeigte sich eine Winterlandschaft. Hazens Profil spiegelte sich in der Scheibe wider, und der Mann selbst und sein Spiegelbild machten einen seltsamen Eindruck. Das wirkliche Gesicht war entspannt, freundlich; das Spiegelbild jedoch glich einem Stahlstich, kalt und streng, wie der Kopf eines Kaisers auf einer Münze, ein Machthaber, den man vergeblich um Milde bat.

Als Strand am Tisch Platz nahm, sah Hazen ihn nachdenklich an. »Allen«, sagte er leise, »ich bin gekommen, dich um Verzeihung zu bitten. Nicht nur für das, was ich am Telefon zu dir sagte. Für mein Verhalten gegenüber Romero. Ich hatte genügend Zeit, darüber nachzudenken, um zu erkennen, wo meine Verantwortung liegt. Ich war heute in Hartford und habe mit dem Richter gesprochen. Ich habe herausgefunden, daß Rollins die Kaution für ihn erlegt hat. Wie er das Geld aufgetrieben hat, ist mir ein Rätsel, aber es ist ja einerlei. Der Richter sagte, er hätte es innerhalb eines Tages beschafft. Ich kann dir sagen, ich habe mich vor dem harten alten Mann geschämt. Ich teilte ihm mit, daß ich ein persönliches Interesse an dem Fall hätte und daß ich den Fall vor Gericht selbst vertreten wolle; ich erklärte ihm die Umstände, unter welchen ich Romero durch dich kennengelernt habe, und was wir beide von seinen Fähigkeiten und seinen besonderen Umständen halten. Auch wenn es nicht so aussieht, der Richter ist kein Ungeheuer, und er kann sich an meinen Vater zu einer Zeit erinnern, da er selbst gerade als junger Anwalt begann. Er erklärte sich bereit, die Kaution aufzuheben und den Jungen trotzdem bis zur Verhandlung auf freiem Fuß zu belassen, sofern ich eine entsprechende Haftungserklärung unterschreibe.« Hazen lächelte freudlos. »Ich nehme an, er hat an diesem Tage die *New York Times* zufällig nicht gelesen. Er stellte natürlich Bedingungen. Romero muß sich einmal wöchentlich im Spital melden und sich psychiatrischen Tests und einer Behandlung unterziehen. Ich habe es Hollingsbee bereits mitgeteilt. Hollingsbee wird morgen Rollins' Geld zurückholen.«

Zweitausend Dollar mehr auf dem Konto, dachte Strand. Es würde doch Weihnachtsgeschenke geben. »Russell«, sagte er, »ich kann dir nicht sagen, wie sehr mich das freut. Nicht nur für dich. Natürlich für dich, aber auch für mich.«

Hazen sah verlegen drein. Er nahm einen Schluck von seinem Drink. »Es ist nicht nur mein heiligmäßiger Charakter, Allen«, sagte er. »Hitz und Konsorten werden einige traurige Tage erleben. Das ist mir nicht gerade unangenehm. Sag mir, jetzt, da es so aussieht, als würde der Junge eine Chance kriegen: *Was* hat er dir gesagt, *was* war vertraulich, *warum* hat er gedacht, daß Hitz es war, der sein Geld und seine Briefe genommen hat?«

»Es war nicht er, der es mir gesagt hat.«

»Wer hat es dir gesagt?« Da war wieder der inquisitorische Anwaltston in Hazens Stimme.

»Ich versprach, es für mich zu behalten.«

»Versprechen!« Hazen rümpfte voll Abscheu die Nase. »Versprechen sind die Nägel zum Sarg eines Anwalts. Hat man die Briefe gefunden?«

»Nein«, log Strand.

»Was kann schon in den Briefen eines solchen Bengels stehen, das so verdammt wichtig wäre?«

»Denk an die Zeit zurück, als du achtzehn warst, Russell.«

»Mein Vater hat jeden an mich gerichteten Brief gelesen, bis ich aufs College ging.«

»Romero weiß nicht einmal, ob sein Vater lebt oder tot ist.«

»Ich hoffe, der Richter steigt am Tag der Verhandlung nicht mit dem linken Fuß aus dem Bett«, sagte Hazen. »Und der Psychiater müßte feststellen, daß Romero das gestörteste Kind von ganz Connecticut und gleichzeitig harmlos wie ein Lämmchen ist. Sonst wird er seine Zeit absitzen müssen. Heute war der Richter entgegenkommend, aber falls der Ankläger dick aufträgt, kann man nicht wissen ... Höflichkeit zwischen Standesgenossen ist eine Sache. Das Gesetz ist eine andere. Ach ja.« Er seufzte. »Ich habe mein Bestes getan. Zumindest kann ich heute abend mit reinem Gewissen zu Bett gehen. Es war keine leichte Zeit für mich.«

»Es war für niemanden eine leichte Zeit«, erinnerte ihn Strand.

Hazen lachte. »Ich bin nun mal ein bißchen selbstbezogen. Aber das ist nicht mein geringster Fehler.«

»Nein, das ist er nicht.«

Hazens Lächeln fror etwas ein. Wieder sah er Strand nachdenklich über den Tisch hinweg an. »Was hältst du eigentlich von mir, Allen?«

»Vieles. Natürlich. Du bist irrsinnig großzügig und hilfsbereit uns allen gegenüber gewesen. Es wird dich vielleicht nicht wundern, daß ich sehr gemischte Gefühle für dich empfinde. Dankbarkeit und ...« Er zögerte. »Auch Groll.«

»Unsinn«, meinte Hazen. »So bist du nicht.«

»Jeder ist so«, sagte Strand ruhig.

»Gott, es ging doch zum Großteil nur um Geld. Ich scheiß' auf Geld.«

»Du kannst das sagen. Ich nicht.«

»Vergessen wir die Dankbarkeit und den Groll und all den Mist. Was denkst du sonst noch von mir?«

»Daß du ein unglücklicher Mensch bist.«

Hazen nickte trübsinnig. »Das ist nicht gelogen. Wer ist es heutzutage nicht? Du etwa?« Sein Ton war herausfordernd.

Strand begriff, daß Hazen es ernst meinte und daß er ihm eine ernsthafte Antwort schuldete. »Alles in allem genommen, habe ich das Gefühl, daß die glücklichen Tage in meinem Leben die unglücklichen überwiegen. Bei dir habe ich dieses Gefühl nicht.«

»Und du hast recht. Bei Gott, wie recht du hast!« Hazen trank sein Glas leer, als wolle er die Worte, die er eben ausgesprochen hatte, aus seinem Mund spülen. »Das ist genau das richtige Gespräch für einen kalten Winterabend, nicht wahr? Hast du was dagegen, wenn ich mir noch einen Drink nehme?«

»Bediene dich.« Strand beobachtete den großen Mann, wie er sich von seinem Stuhl erhob und zu der Flasche und dem Wasserkrug und der Eisschale hinüberging. Der Hockeyspieler von einst war ihm immer noch anzusehen, breitschultrig, kräftig, auf unbeschreibliche Weise bedrohlich, bereit, Schläge einzustecken und auszuteilen. Er mixte seinen Drink, dann wandte er sich dem Tisch zu. »Wie steht's mit dir? In diesem Augenblick? Bist du *jetzt* glücklich?«

»Diese Frage stelle ich mir für gewöhnlich nicht.«

»Stell sie dir! Um unserer alten Zeiten willen.« Hazens Stimme klang spöttisch.

»Nun, einerseits bin ich froh, daß du kamst. Ich hatte das Gefühl, als würde unsere Freundschaft unterminiert, und das gefiel mir nicht«, sagte Strand bedachtsam. »Jetzt habe ich das Gefühl, daß sie wieder in Ordnung ist, und es ist mir leichter ums Herz. Andererseits ...« Er zuckte die Achseln. »Leslie fehlt mir. Ich bin noch nicht darüber hinweg, daß die Kinder fort sind, und sie fehlen mir ebenfalls. Was in der Schule vorfiel, ist unerfreulich, und ich glaube noch immer, daß ich nicht ganz hierher passe, aber ich will gerne hoffen, daß sich das mit der Zeit bessert. Die Arbeit ist leicht, und zum Großteil lohnt sie sich. Die Leute sind ... nun ... höflich und hilfsbereit. Ja, ich glaube annehmen zu können, daß ich in Zukunft glücklich, leidlich glücklich sein werde.«

»Zukunft!« Hazen blähte verächtlich seine Nasenflügel. »Die Zukunft wird gottverdammt schrecklich werden. So wie die Dinge sich in der Welt nun einmal entwickeln.«

»Ich habe nicht an die Welt gedacht. Ich kann in bezug auf die Welt pessimistisch und in bezug auf mich selbst voll selbstsüchtigem Optimismus sein. Ich bin draufgekommen, daß ein Mann, der vom Totenbett auferstanden und wieder imstande ist, ein normales Leben zu führen, fast automatisch optimistisch reagiert.«

Hazen kam mit seinem Glas an den Tisch zurück und setzte sich wieder. Er sah zum Fenster hinaus. »Eine abscheuliche Winternacht«, sagte er. »Kein Wunder, daß nach dem Süden geht, wer immer kann. Manchmal denke ich, daß alle Städte im Nordosten, Boston, New York, Philadelphia, in fünfzig Jahren Geisterstädte sein werden. Vielleicht wäre es gar keine so schlechte Idee ... Okay, du unverbesserlicher Optimist!« Einen Atemzug lang klang er wie damals, als er Strand am Telefon angeschrien hatte. »Mr. Strand sagt, alles wird rosig werden. Die Neuigkeit des Jahrhunderts. Es quält dich also nichts sonst?«

»Aber ja.« Strand dachte an Leslies nächtliche Flucht aus Dunberry, an die mit Caroline unterzeichneten Briefe, die in der Heizung verbrannt worden waren, an Eleanor, die unten in Georgia ihren Mann am Gängelband führte und die Leute gegen sich aufbrachte, an Jimmy, neunzehn Jahre alt, verbändelt mit einer fast doppelt so alten Pop-Sängerin, die bereits zwei oder drei Ehen hinter sich hatte, an seine eigene erzwungene Enthaltsamkeit. »Aber ja«, wiederholte er. »Familienangelegenheiten. Routine.« Er wußte, daß das letzte Wort falsch gewählt war. »Aber ich möchte lieber nicht darüber sprechen. Und schon gar nicht darüber nachdenken. Es geistert durch meine Träume, und das genügt.«

Hazen nickte. Sein Kopf bewegte sich wie ein schweres, aus dem Takt geratenes Pendel. »Sag«, fragte er plötzlich, »hast du jemals an Selbstmord gedacht?«

»Wie jeder.«

»Wie jeder.« Wider das schwere, pendelnde Nicken. »Teufel, das ist ein trauriges Gespräch. Das ist ungewöhnlich für mich. Normalerweise fühle ich mich wohl, wenn ich trinke.«

Strand erinnerte sich an die groteske Szene in der ersten Nacht in den Hamptons, als Hazen betrunken nach Hause gekommen war und seinen Beruf, seine Familie, die ganze Welt verflucht hatte. Er fragte sich verwundert, wie ein Mann von seiner Intelligenz ein derart falsches Selbstverständnis haben konnte.

»Ist ja auch egal«, machte Hazen den deutlichen Anlauf, jovial zu klingen, »die Damen sind nicht hier und sehen nicht, daß wir uns aufführen wie zwei selbstmitleidige Idioten. Ich sprach mit Linda in Paris, und sie sagte, sie hätten es wunderbar. Sie sind entzückt, daß es mit den Weihnachtsferien klappt.«

»Klappt es?« fragte Strand überrascht.

»Wahrscheinlich vergaß ich, es dir zu sagen. Glaubst du, daß deine Kinder kommen werden?«

»Ich habe sie noch nicht gefragt.« Er sagte Hazen nicht, daß er nach ihrer Meinungsverschiedenheit beschlossen hatte, nicht in das Haus am Meer zu fahren. »Bist du sicher, daß Leslie keine anderen Pläne hat?«

»Linda hat sie gefragt. Sie war im Zimmer, als ich anrief, und ich hörte sie sagen, es sei eine prima Idee.«

»Ich werde mich mit dem Rest der Familie in Verbindung setzen.« Die Aussicht auf zehn Tage fern von der Schule, mit Leslie an der stillen Atlantikküste allein zu sein, wann er wollte – all das hob seine Stimmung. »Ich bin überzeugt, wir werden eine herrliche Zeit verbringen.« Er lächelte. »Verstehst du jetzt, daß man zwar hinsichtlich der Welt pessimistisch, in bezug auf die eigene Zukunft aber optimistisch sein kann? Zumindest zehn Tage lang. Du mußt nur verhindern, daß wir die Fernsehnachrichten sehen und die *Times* lesen, und wir werden im Paradies sein.«

Es läutete an der Wohnungstür, und Hazen sah auf die Uhr. »Das wird Conroy sein. Ich habe ihn in das Haupthaus geschickt, damit er nicht im Wagen frieren muß, während ich mit dir spreche. Es wird eine lange Fahrt in die Stadt werden, bei diesem Wetter. Danke für die Drinks.« Als sie einander die Hände schüttelten, sah er Strand in die Augen. »Ich bin froh, daß ich kam. Ich bin zu alt, um aus Freunden Feinde zu machen.«

»Ich war nicht dein Feind, Russell.«

»Nun, du hattest verdammt Grund genug, es zu sein.« Hazen lachte und ging.

Strand setzte sich wieder an den Tisch, drehte das Whiskyglas in seiner Hand und blickte durch die froststarren Fenster auf das dichter werdende Schneetreiben. Er dachte an die großen Städte im Norden, von denen Hazen halb im Scherz gesprochen hatte, stellte sich vor, wie die Stürme gegen die Scheiben und über die Betonstraßen fegten und wie die Bevölkerung die Flucht ergriff. Auch er sehnte sich im ersten Winter seines nahenden Alters nach dem Süden.

Am nächsten Tag erwarteten ihn drei Briefe, als er nach dem Unterricht nach Hause kam. Mrs. Schiller hatte seine Post in einem ordentlichen kleinen Stoß auf den Tisch hinter dem Sofa ins Wohnzimmer gelegt. Es hatte den ganzen Tag lang gestürmt. Auf dem Weg über den Campus war Schnee in seine Schuhe geraten, und trotz aufgeklapptem Mantelkragen war ihm die Nässe in den Nakken geronnen. Ehe er die Briefe öffnete, zog er seinen Mantel und Schuhe und Socken aus, trocknete seine Füße, zog sich Hausschuhe an und wechselte das Hemd. Er war heute schon einmal durchnäßt gewesen, nach dem Mittagessen, und sein Hals war trokken und rauh, und er fühlte ein eigenartiges Pochen in seiner Brust. Vielleicht würde er Dr. Philips' Rat befolgen und am Samstag nach New York fahren und sich von Dr. Prinz untersuchen lassen.

Dann fiel ihm die innere Wärme ein, die er am Abend vorher empfunden hatte, als er mit Hazen Whisky trank. Er machte sich einen Whisky mit Wasser ohne Eis und nahm einen Schluck, ehe er ins Wohnzimmer zurückkehrte und die Briefe zur Hand nahm. Einer, das sah er am Kuvert, war von Caroline, ein anderer von Leslie, der dritte trug keinen Absender. Meist las er Carolines Briefe mit einem kleinen, nachsichtigen Lächeln. Sie waren kurz und übersprudelnd und sichtlich in Eile geschrieben, sie waren nur Zeichen, daß sie lebte und vergnügt war und ihre Eltern liebte. Aber seit dem Tag, da er von Mrs. Schiller von den Briefen im Abfalleimer des Kellers erfahren hatte, hatte er keine Zeile mehr von ihr bekommen.

Er öffnete ihren Brief zuerst. Caroline erwähnte Romero mit keinem Wort. Sie berichtete, daß sie viel Spaß habe, daß sie zur Teamkönigin der neuen Basketballsaison gewählt worden sei, daß sie zwei neue Freundinnen gefunden habe, daß der Trainer des Läuferteams überzeugt sei, sie könne die beste Läuferin schlagen, wenn sie nur ordentlich trainiere; und daß sei eingeladen sei, die Weihnachtsferien bei einer Familie in Beverly Hills zu verbringen, daß sie jedoch abgelehnt habe, weil sie es gar nicht mehr erwarten könne, Daddy und Mammi wiederzusehen. Von Mammi hätte sie eine Postkarte vom Eiffelturm erhalten, und sie finde es aufopfernd von Dad, die ganze Zeit allein im trostlosen Dunberry zu verbringen, während Mammi sich in Paris vergnüge. Natürlich gab es ein Postskriptum: »Mammi schrieb, daß wir Weihnachten alle in Mr. Hazens Haus eingeladen sind, und ich habe beschlossen, daß es wirklich kindisch von mir wäre, nie mehr wieder hinzugehen. Was vorbei ist, ist vorbei, und es ist mir ja schließlich nicht schlecht bekommen, daß ich mit dem Kopf gegen das Armaturenbrett geknallt bin. Im Gegenteil, es hat mir gutgetan. Kein Mensch hätte auch nur im Traum daran gedacht, mich zur Teamkönigin zu wählen, wenn damals meine Nase nicht kaputtgegangen wäre.«

Nun, dachte Strand, zumindest versteht sie es, bei ihrer Version zu bleiben. Jetzt war es zu spät – falls es nicht schon immer zu spät gewesen war –, ihr zu verstehen zu geben, daß er die Wahrheit wußte.

Er ließ den Brief sinken und dachte daran, daß Mrs. Schiller gesagt hatte, Caroline sei heutzutage ein sehr gebräuchlicher Name.

Er öffnete Leslies Brief und sah, daß er sehr lang war.

»Liebster«, schrieb Leslie, »ich habe eine überwältigende Neuigkeit. Du bist jetzt mit einer reichen Frau verheiratet. Relativ, natürlich. Folgendes ist geschehen: Ich habe das Dünenbild, das ich zu Thanksgiving in den Hamptons begonnen habe, verkauft! Linda hat Wort gehalten und es in die Ausstellung genommen. Es wurde als erstes verkauft. Es könnte etwas mit der Tatsache zu tun haben, daß es für nur zweitausend Dollar angeboten war. (Zweitausend Dollar! In französischen Francs klingt es noch viel ungeheuerlicher!) Und alle übrigen begannen bei fünf und stiegen himmelhoch. Ich habe auch ein Aquarell verkauft, das ich in ein paar Stunden in Mougins gemacht habe. Linda sagte, sie glaube nicht, daß jemand mit einem Rivierasujet noch einen Hund hinter dem Ofen hervorlocken würde, aber irgendwie ist es mir doch gelungen. Was noch umwerfender ist: der Mann, der es kaufte, ist selbst Maler! Er ist sehr bekannt in Frankreich, und er hat mich in sein Atelier eingeladen und mir angeboten, mit ihm nach lebenden Modellen zu arbeiten, falls ich Lust habe. Nicht zu fassen, findest Du nicht? Ich komme mir vor wie irgendeine altjüngferliche Tante, die in ihrer Freizeit stickt und plötzlich erfährt, daß ihre Arbeiten Kunstwerke sind. Linda sagt, wenn ich meinen ›neuen Stil‹, wie sie es nennt (haha!), weitermache und hart arbeite, wird sie mich ganz sicher nächstes Jahr in New York ausstellen. Ich arbeite an einer großen Leinwand, die einen Hof darstellt. Ich habe ihn zufällig entdeckt, aber er sieht auf der Leinwand leider nicht wie ein Hof aus, sondern wie ein mittelalterlicher Kerker. ›Von einem überirdischen Licht erleuchtet, wie ein Balthus, nur amerikanisch‹, beschreibt ihn Linda. Aber Du weißt ja, wie sehr sie übertreibt. Ich fühle mich wie nie zuvor. Der Pinsel scheint sich von selbst zu bewegen. Es ist ein ganz eigenartiges, herrliches Gefühl. Vielleicht hat es mit der Luft zu tun. Ich glaube jetzt zu wissen, warum ein Maler irgendwann in seiner Laufbahn nach Paris kommen muß, je eher desto beser. Ich glaube, wenn ich mit achtzehn nach Paris gekommen wäre, hätte ich nie wieder ein Klavier angerührt.

Ich bin in köstlicher Hochstimmung, lieber Mann, mir ist, als hätte ich Flügel, und ich fahre höchst ungern früher ab, als ich unbedingt muß. Linda hat vorgeschlagen, daß wir länger bleiben als geplant und uns erst an dem Tag, da Russell uns erwartet, im Kennedy-Flughafen treffen. Du mußt sowieso am Flugplatz vorbei, und – offen gestanden – ein wenig mehr zeitlicher Abstand von Dunberry würde mich für das wappnen, was auf mich zukommt, wenn ich zurückkehre.

Ich weiß, es klingt selbstsüchtig, aber es sind ja nur ein paar Tage, und es ist ja nicht wie bei Gauguin, der seine Familie verließ, um in der Südsee zu malen, nicht wahr? Selbstverständlich komme ich früher zurück, wenn Du es wünschst, schicke mir einfach ein Telegramm.

Falls Du in der Zwischenzeit die Familienpflichten übernehmen und die Kinder verständigen wolltest, daß wir zu den Feiertagen alle zusammen sein könnten, würde es mein Gewissen erleichtern.

Ich hoffe, daß Du gut auf Dich achtest und mich ebenso vermißt wie ich Dich. Bitte, laß mich möglichst bald wissen, wozu Du Dich entschlossen hast.

Bitte denke nicht, daß ich eine schlechte Ehefrau werde, nur weil ich die verrückte Idee habe, eine gute Malerin zu werden. Du weißt, wie ich mich entscheiden würde, falls ich vor der Wahl stünde. Ich bin kein Gauguin.

Gib den Kindern meinen Segen, wenn Du mit ihnen sprichst.

Linda sendet liebe Grüße, und ich sende alles, was ich habe. Gesegnete Ferien!

Leslie«

Strand ließ den Brief langsam sinken und versuchte, sich über seine Empfindungen klarzuwerden. Er verspürte unter anderem Stolz, Eifersucht und ein geheimnisvolles Gefühl von Verlust. Wenn sie bereit war, die Musik, der sie ihr Leben geweiht hatte, aufzugeben, was würde sie als nächstes aufgeben? Er würde ihr ein Telegramm mit seinen Glückwünschen senden, später, wenn er Zeit hatte, einen angemessen fröhlichen Ton zu finden.

Er sah sich um. Der Raum wirkte plötzlich öde: das schäbige Quartier eines Junggesellen. Keine Hochstimmung.

Geistesabwesend riß er den dritten Brief auf. »Geehrter Mr. Strand«, las er, »ich werde Ihnen meinen Namen nicht nennen. Ich bin die Frau eines Biologielehrers an dem College, welches Ihre Tochter Caroline besucht. Ich bin Mutter von zwei kleinen Kindern.«

Er hörte auf zu lesen. Die Handschrift war eng und sauber. Ein Graphologe hätte zweifellos eine Menge über den Charakter der Frau herauszulesen vermocht. Er fühlte einen leichten Schwindel, setzte sich, hielt den Brief immer noch in der Hand. Die Schrift war sehr klein, und es strengte ihn an, sie zu entziffern. Er angelte nach seiner Brille und setzte sie auf. Jetzt türmten sich die Buchstaben groß vor seinen Augen. Bedenklich groß: »Mein Mann ist in sie vernarrt. Sie ist das koketteste Mädchen am Campus, und die Jungen scharen sich um sie wie hungrige Tiere. Mein Mann hat mir mitgeteilt, daß er mich verlassen wird, wenn sie ihn nimmt.

Sie hatten vor, über das Thanksgiving-Wochenende nach Kalifornien zu verreisen, aber im letzten Moment ging sie mit einem Jungen vom Fußballteam. Man sagt, sie stürzt sich von einer Affäre in die andere, obwohl ich nur von einer mit Sicherheit weiß, es ist die mit meinem Mann, weil er es mir selbst gesagt hat. Früher hätte man sie schon nach einem Monat aus der Schule geworfen. Heutzutage ist es anders. Die Erzieher haben jeglichen Anspruch auf Disziplin oder anständiges Betragen aufgegeben, und sie wird gehätschelt und verwöhnt, und erst neulich hat man sie zur Teamkönigin der Basketballsaison gewählt. Jetzt hat sie meinem Mann versprochen, nun doch mit ihm zur Weihnachtszeit nach Kalifornien zu reisen. Ich bin so bedauernswert tief gesunken, daß ich nur mehr darum bete, sie möge ihn wieder sitzenlassen. Er vernachlässigt seine Arbeit, nimmt nur mehr Notiz von mir, wenn wir streiten, und kümmert sich nicht mehr um unsere Kinder. Sein Gehalt ist klein, weil er nur Vertragslehrer ist, aber ich weiß, daß er sie mit teuren Geschenken überhäuft.

Ich weiß, daß Sie selbst Lehrer sind. Sie werden verstehen, wie gefährdet die Karriere eines Mannes ist, der seinen Beruf vernachlässigt und gleichzeitig unverhüllte Unvorsichtigkeit an den Tag legt. Ich kann auch verstehen, daß einem Mädchen, welches zum ersten Male vom Elternhaus fort ist, die Artigkeiten des männlichen Geschlechtes zu Kopf steigen; vor allem wenn das Mädchen jung und hübsch ist wie Ihre Tochter; aber sie wird es später ewig bereuen.

Ich habe keine Ahnung, inwieweit Sie über das Betragen Ihrer Tochter Bescheid wissen oder wie sehr Ihnen ihre Zukunft am Herzen liegt; aber um ihretwillen und meinetwillen und um meiner Familie willen flehe ich Sie an, alles zu tun, um ihr klarzumachen, wie grausam und unverantwortlich sie handelt. Sie möge doch endlich meinen Mann wieder in den Schoß seiner Familie zurückkehren lassen.«

Keine Unterschrift.

Der Schoß der Familie. Strand las den Satz, der in ihm irgendein biblisches Echo wachrief, wieder und wieder. Er dachte an Kirchen in der Prärie, sonntägliche Abendgebete. Er wußte etwas, was der Biologielehrer nicht wußte. Der arme Teufel würde zu Weihnachten ebenso zum Narren gemacht werden wie zu Thanksgiving. Herzliche Weihnachtsgrüße.

Er ließ seine Hand sinken, der Brief flatterte zu Boden. Bei

Matsch und Schnee und finsterer Nacht bringt uns die stets zuverlässige amerikanische Post sechsmal pro Woche unsere tägliche Ration an Kummer ins Haus. Dem Himmel sei Dank für den Sonntag.

Ein Biologielehrer, dachte er. Er selbst war Geschichtslehrer, und Leslie war seine Schülerin gewesen, als sie so alt war wie Caroline jetzt. Sittsam und schön hatte sie in der ersten Reihe gesessen, und er hatte sie begehrt. Hätte er ein Schuldgefühl empfinden sollen? Er hatte wenigstens das Anstandsjahr abgewartet, nachdem sie ihre Abschlußprüfung gemacht hatte; und er hatte seine Aufwartung in ihrem Elternhaus mit der Absicht gemacht, sie zu heiraten. Aber auch der Biologielehrer hatte ohne Zweifel Heirat im Sinn.

Was konnte man seiner Tochter sagen? Und wer konnte es sagen? Nicht ihr Vater, dachte er, nie im Leben ihr Vater. Leslie? Er konnte sich denken, was Leslie sagen würde. »Sie ist erwachsen. Laß sie mit ihren Problemen allein fertig werden. Wir würden es nur schlimmer machen. Ich werde meine Beziehung zu meiner Tochter nicht wegen eines geilen alten Biologielehrers aus der Provinz aufs Spiel setzen.« Falls er Leslie den Brief zeigte, würde sie wahrscheinlich sagen, einer Frau mit solch einer Handschrift *müsse* der Gatte irgendwann einmal davonlaufen.

Eleanor? Eleanor würde zu ihr sagen: »Mach, was du willst.« Genau das hatte Eleanor stets getan.

Jimmy? Möglich. Er stand Caroline altersmäßig am nächsten, und er hatte eine Art Beschützerinstinkt in bezug auf seine Schwester. Aber wahrscheinlich würde Caroline ihn auslachen und nach seiner dreimal verheirateten, fünfunddreißigjährigen Sängerin fragen, wenn er ihr eine Moralpredigt hielt. Immerhin, Jimmy war einen Versuch wert.

Strand trank sein Glas leer. Der Drink hatte weder das trockene Kratzen in seinem Hals noch das schmerzhafte Stechen in seinen Lungen gemildert. Er stand auf, ging ans Telefon und wählte Dr. Prinz' New Yorker Nummer. Dr. Prinz sagte, es wäre hoch an der Zeit, daß er anrief. Er erwarte ihn Samstag um elf Uhr morgens. Strand würde den Frühzug nehmen müssen.

Dann rief er Jimmy in New York an. Jimmy war ausnahmsweise zu Hause.

»Jimmy«, sagte Strand, »ich muß Samstag nach New York. Können wir zusammen mittagessen? Ich muß etwas mit dir besprechen.«

»Oh, Vater«, sagte Jimmy, »das tut mir leid. Ich muß Samstag früh nach Los Angeles. Geschäftlich. Ich würde dich furchtbar gerne sehen. Kannst du nicht schon Freitag kommen?«

Söhne nur nach Voranmeldung, dachte Strand. »Freitag endet meine letzte Stunde um drei«, überlegte er. »Ich könnte um sechs Uhr abends in New York sein. Gut. Aber dann muß ich übernachten. Ich bin Samstag um elf beim Arzt.«

»Ist etwas nicht in Ordnung?« Jimmys Stimme klang augenblicklich besorgt.

»Nein. Eine Routineuntersuchung.« Strand verspürte einen Hustenreiz und unterdrückte ihn. »Kannst du mir ein Hotelzimmer besorgen?«

»Das Westbury ist in meiner Nähe. Es ist auf der Madison Avenue, 70. Straße. Dort werde ich für dich buchen.«

»Das hört sich teuer an.« Er hatte einmal mit Leslie in der Hotelbar Drinks genommen; nachmittags, sie waren aus dem nahe gelegenen Whitney-Museum gekommen. Es war zu luxuriös für ihn gewesen. Die Leute in der Bar gehörten zur selben Kategorie wie die Gäste auf den Partys in den Hamptons, zu denen Hazen sie mitgenommen hatte.

»Spielt keine Rolle«, sagte Jimmy leichthin. »Du bist mein Gast.«

»Ich kann doch irgendwohin gehen, wo es billiger ist.«

»Mach dir keine Gedanken, Paps. Ich bin flüssig.«

Neunzehn Jahre, dachte Strand, und flüssig. Als er neunzehn gewesen war, wohnte er in einer Herberge des Christlichen Vereins Junger Männer. »Na schön«, meinte er, »wenn es dich nicht ruiniert.«

»Ich werde die Hochzeitssuite reservieren lassen.«

»Die Braut ist in Paris«, wehrte Strand ab. »Spar dir dein Geld.«

Jimmy lachte. »Ich weiß, daß sie in Paris ist. Sie hat mir eine Postkarte geschickt. Die Mona Lisa, aus dem Louvre. Ich nehme an, sie wollte mir in Erinnerung rufen, daß sie meine Mutter ist. Und daß Kunst nicht nur mit der elektrischen Gitarre gemacht wird. Ich werde dich vom Hotel abholen.«

Er redet daher, als wäre er mindestens dreißig, dachte Strand, als er einhängte. Er ging in die Küche und machte sich noch einen Drink zurecht. Falls ihm ein Drink guttat, wer weiß, vielleicht würden ihm zwei doppelt guttun.

Das französische Restaurant, in das Jimmy ihn ausführte, war ruhig und elegant. Auf den Tischen leuchteten schneeweiße Tischtücher und große Arrangements von Schnittblumen. Der Oberkellner scharwenzelte um Jimmy herum und verbeugte sich höflich, als Jimmy seinen Vater vorstellte, obwohl Strand einen flüchtigen Ausdruck der Mißbilligung in den Augen des Mannes zu entdecken glaubte. Neben Jimmy, der schlank und tadellos aussah in seinem dunklen, leicht taillierten, wahrscheinlich aus Italien stammenden Anzug, war sich Strand seiner ungebügelten alten Tweedjacke, seines unmodernen Kragens und seiner ausgebeulten Flanellhosen peinlich bewußt, während der Oberkellner sie an einen Tisch führte. Als er die Preise auf der Speisekarte sah, war er entsetzt. Er war auch entsetzt gewesen, als er sich an der Rezeption des Westbury nach dem Preis des für ihn reservierten Zimmers erkundigt hatte.

»Das erledigt Ihr Herr Sohn«, hatte der Mann gesagt.

»Ich weiß«, hatte Strand gereizt erwidert. Die Reise in die Stadt war nicht angenehm gewesen. Der Zug war überfüllt und überheizt gewesen, und den einzigen freien Sitzplatz fand er in einem Raucherabteil. Der Mann neben ihm rauchte eine Zigarette nach der anderen und sah Strand nur neugierig an, als dieser einen Hustenanfall hatte.

»Ich weiß, daß mein Sohn es erledigt«, hatte Strand zu dem Angestellten gesagt. »Ich würde nur gerne wissen, was das Zimmer kostet.«

Der Mann nannte ihm den Preis, und Strand biß die Zähne zusammen und dachte: In einem Jahr wird mein Sohn der jüngste Bankrotteur der Vereinigten Staaten sein.

Als Jimmy mit einer halben Stunde Verspätung erschien, hatte Strand ihn wegen seiner Verschwendungssucht nicht gescholten. Es hatte auch die Zeit nicht ausgereicht, über irgend etwas mit ihm zu sprechen. »Wir sind spät dran«, hatte Jimmy gesagt, nachdem er festgestellt hatte: »Paps, du siehst großartig aus. Joan erwartet uns zu einem Drink. Es ist gleich um die Ecke. Sie möchte dich kennenlernen.«

»Wozu?« fragte Strand säuerlich, weil er sich über Jimmys Verspätung ärgerte. Er nahm mit Sicherheit an, daß Joan der Name der fündunddreißigjährigen Geliebten – oder was immer sie sein mochte – war.

»Vielleicht möchte sie den Stamm sehen, von dem der Apfel fiel.«

»Wird die Dame mit uns zu Abend essen?« Er konnte kaum das Thema von Caroline und ihrem Biologielehrer anschneiden, wenn sie mit dabei war.

»Nein«, sagte Jimmy, während er ihn geradezu aus dem Hotel schubste. »Nur ein Drink. Sie muß für die morgige Reise packen.«

»Reise? Wohin fährt sie?« fragte Strand, obwohl er es bereits wußte.

»Nach Kalifornien«, sagte Jimmy gleichmütig. »Mit mir. Sie haßt es, allein zu reisen. Sie wird damit nicht fertig.«

Als er Joan Dyer in ihrer protzigen, ganz in Weiß gehaltenen Wohnung – im zweiundzwanzigsten Stock mit Blick über den East River – vorgestellt wurde, dachte Strand, daß die Dame aussah, als würde sie mit *allem* fertig, einschließlich Feuersbrunst, Überschwemmung, Hungersnot und Börsenkrach. Sie war eine große, magere Frau, hatte keinen Busen und riesige wilde, dunkle Augen, welche sie mit purpurrotem Lidschatten kräftigst betonte. Sie war bloßfüßig und zeigte ihre gelblichen gespreizten Zehen; und sie trug einen hauchdünnen, gazeartigen schwarzen Pyjama, unter dem ein rosa Bikinihöschen schimmerte. Sie ergriff die Hand nicht, die er ihr entgegenstreckte, sondern sagte mit einer tiefen, mächtigen, fast maskulinen Stimme: »Hast du etwas dagegen, wenn ich deinen Vater küsse?« Und sie umarmte ihn und küßte ihn auf die Wange. Eine Wolke schweren Parfüms hüllte ihn ein. Was immer er zu Abend essen würde, es mußte stark gewürzt sein, um mit den Gerüchen konkurrieren zu können, die nun seinen Kleidern anhaften mußten. Es war ihm auch klar, daß er den purpurroten Lippenstift würde abwischen müssen, ehe er von hier fortging. All das hatte sich an der Tür abgespielt, welche Joan Dyer selbst geöffnet hatte. Als sie ihnen in den riesigen Salon voranging, sah Strand, daß Solomon da war. Er stand eben auf, um sich zu verabschieden. »Hallo, Allen«, sagte Solomon. »Hallo, Jimmy.« Es lag eine gewisse Kühle in der Art, wie er »Jimmy« sagte. Es war Strand nicht entgangen. »Na schön«, sagte Solomon, »was ich zu sagen hatte, ist gesagt, Joan. Ihr werdet beide bereuen, was ihr jetzt tut.«

Die Frau wedelte träge und ein wenig verächtlich mit ihrer Hand. Auch ihre langen, krallenartigen Nägel, die an einen Raubvogel erinnerten, waren purpurrot angemalt. »Herbie«, sagte sie. »Du beginnst mich zu langweilen.«

Solomon zuckte die Achseln. Sein Gesicht war tiefgebräunt, und das Haar über der dunklen Stirn wirkte fast weiß. Strand hätte ihn gerne gefragt, wo er so prächtig braun geworden sei, und das im Dezember, aber Solomons Gesichtsausdruck lud nicht zu oberflächlicher Plauderei ein. Und auch in Jimmys Gesicht war dieser bockige Zug, an den Strand sich bereits gewöhnt hatte, als Jimmy acht gewesen war.

»Allen«, sagte Solomon, seine Stimme war jetzt sanft und freundlich. »Könnten wir morgen zusammen zu Mittag essen, falls du in der Stadt bleibst?«

»Sehr gerne.«

»Bei Sardi«, schlug Solomon vor. »Ein Uhr. Es ist gleich bei meinem Büro. West 44. Straße.«

»Ich weiß, wo es ist.«

»Ich werde einen Tisch reservieren.« Solomon ging, ohne Joan Dyer und Jimmy einen Blick zu gönnen, ohne Gruß.

»Schiffe kreuzen sich bei Nacht«, sagte Joan Dyer poetisch, als sie von fern die Eingangstür zufallen hörten. Sie schenkte Strand ein purpurrotes Lächeln. »Darf ich Ihnen jetzt einen Drink geben? Ich muß Sie allerdings warnen ... es gibt nur Karotten- und Selleriesaft. Ich lehne es ab, meine Gäste mit Alkohol und Zigaretten zu vergiften.«

»Danke sehr, ich bin nicht durstig«, sagte Strand. Er empfand eine gewisse Erleichterung, denn er hatte vorausgesetzt, daß die Gespielin seines Sohnes aufgrund ihres Berufes zumindest marihuanasüchtig war. Eine Frau, die karottensaftsüchtig war, konnte man kaum als Gefahr für einen jungen Mann wie Jimmy betrachten.

»Nehmen Sie doch Platz«, sagte Joan Dyer. »Ich möchte Sie genau betrachten. Jimmy hat viel von Ihnen gesprochen. Sie haben einen wunderbaren Sohn großgezogen«, sagte sie, während Strand fast bis zum Boden in der weichen, niederen weißen Couch versank und sich fragte, ob er Hilfe brauchen würde, um wieder aufzustehen. »In unserem Beruf sind die jungen Männer meist von zu Hause durchgebrannte Kinder, unreif, stehen ihren Eltern ablehnend gegenüber, sind verkannte Genies. Es ist wie ein frischer Wind, Sie beide hier zusammen zu sehen. Das meine ich ehrlich, Mr. Strand.«

»Joan«, sagte Jimmy mit Autorität, »warum hörst du nicht auf mit diesem Quatsch?«

Die Frau warf Jimmy einen unheilschwangeren Blick zu, dann bedachte sie Strand mit ihrem dunklen Lächeln und fuhr fort, als habe Jimmy sie nicht unterbrochen. »So wie Sie aussehen, Mr.

Strand, muß Jimmy seine Intelligenz und seine persönliche Ausstrahlung von Ihnen geerbt haben. Bei ihm hatte ich vom ersten Augenblick an ein Gefühl heiteren Vertrauens, das Gefühl, daß ich endlich den Mann gefunden hatte ... an Jahren vielleicht noch ein Kind und doch schon ein Mann ..., auf den ich mich verlassen kann, dessen Urteil sowohl in persönlichen als auch in geschäftlichen Belangen richtig ist. Das ist auch der Grund für die unselige kleine Szene zwischen Herbie und uns, deren Zeuge Sie eben waren. Ich bin sicher, Jimmy wird Ihnen die Einzelheiten erklären. Und nun bitte ich um Vergebung, ich muß packen. Wir müssen im Morgengrauen aufstehen und auf den Flugplatz, alo bitte sehen Sie zu, Mr. Strand, daß es für meinen lieben Jimmy heute abend nicht allzu spät wird. Und ich hoffe, daß Sie uns bald mit Ihrer schönen Frau in Kalifornien besuchen werden. Jimmy hat mir ihr Foto gezeigt. Welch glückliche Familie! Ich war ein heimatloses Kind und wurde von einem nachlässigen Verwandten zum anderen geschoben, ich weiß also eine Familie zu schätzen ...«

»Verdammt, Joan«, sagte Jimmy, »deinem Vater gehört heute noch halb Kansas, und deine Mutter hat einen Rennstall.«

»Ich bin heimatlos im Geiste«, erwiderte die Frau würdevoll. »Darum reagiert das Publikum auch mit so viel innerer Rührung, wenn ich singe. Ich besinge die Einsamkeit der amerikanischen Seele.« Sie kam auf Strand zu, stürzte sich schwungvoll und graziös über ihn und küßte ihn auf die Stirn. »Gute Nacht, lieber Vater«, sagte sie und wallte aus dem Zimmer.

Strand gab sich Mühe, von der Couch aufzustehen, und Jimmy kam herüber, gab ihm die Hand und zog ihn hoch.

»Was sollte das alles?« fragte Strand.

»Das war eine ihre Vorstellungen«, sagte Jimmy. »Du weißt nie, welche dir geboten wird. Die Weise, die Grande Dame, die Anarchistin, das lispelnde kleine Mädchen mit einer Masche im Haar, die Kokotte, Mutter Erde ... was du möchtest«, sagte er und grinste. »Sie hat alles in ihrem Repertoire. Und nimm die Sache mit dem Karottensaft nicht allzu ernst. Sie fragte mich, ob du trinkst, und ich sagte nein, also ist sie für einen Abend zum Gesundheitsfanatiker geworden. Wenn du sie das nächstemal siehst, kann sie ebensogut sinnlos betrunken sein. Sie braucht diese Shows, um singen zu können wie ein Engel – und das tut sie! Da kann man sich eben nur zurücklehnen und die Show genießen. Los, Vater, komm, gehen wir essen. Ich sterbe vor Hunger.«

Das Restaurant war in der Nähe, und sie gingen zu Fuß. Unterwegs fragte Strand, was mit Solomon los sei, aber Jimmy zuckte nur die Achseln und sagte, es sei eine lange Geschichte, er würde sie ihm beim Abendessen erzählen.

Als sie am Tisch Platz genommen hatten, bestellte Jimmy einen Martini. Mancherorts würde Jimmy seinen Ausweis vorzeigen müssen, um einen Drink zu bekommen. Nicht hier. Strand schüttelte den Kopf, als Jimmy ihn fragte, ob er etwas trinken wolle. Der zweite Whisky am Abend der drei Briefe hatte ihm Kopfschmerzen verursacht, und seither hatte er keinen Drink mehr angerührt.

»Also«, sagte er, nachdem sie bestellt hatten und Jimmy seinen Martini schlürfte, »was soll die Geschichte mit Mr. Solomon?«

Jimmy trommelte ungeduldig mit seinen Fingern auf dem Tisch. »Gar nichts«, sagte er. »Er ist sauer, weil wir von ihm weggehen. Er wird darüber hinwegkommen.«

»Wer ist wir?«

»Joan und ich. Ihr Vertrag ist abgelaufen, und sie hat ein besseres Angebot. An der Westküste. Ihr zweiter Mann hat drüben eine Musikfirma, und sie sind jetzt wieder Freunde. Das bedeutet jede Menge Brötchen. Für uns beide. Das Doppelte von dem, was Vater Solomon mir gezahlt hat, und eine Gewinnbeteiligung, und da können bei einem Frauenzimmer wie Joanie Millionen herausspringen. Und sie macht keinen Schritt ohne mich. Sie war sowieso bereit, von Herbie fortzugehen, schon ehe ich kam ...«

»Er hat mir erzählt, daß er sie rauswerfen wollte. Bis du aufgetaucht bist.«

»Ja?« meinte Jimmy ungerührt. »Irgendwie ist sie auf mich fixiert. Wir haben die gleiche Wellenlänge. Sie würde nicht einmal *do re mi* sagen, wenn ich nicht zustimme. Der gute alte Gatte Nummer zwei ist jung, und er weiß, was die Jugend will. Das macht heutzutage neunundneunzig Prozent vom Geschäft aus. Nicht so der alte Herbie. Die Zeit des alten Herbie ist vorbei. Er ist fertig, er will es nur nicht zugeben.«

»Er war sehr gut zu dir.«

»Ich war eine sichere Anlage für ihn. Ich schulde ihm nichts. Dankbarkeit im Geschäft heißt einem Kerl ein Messer in die Hand drücken und ihm beibringen, wie man dir die Kehle durchschneidet. Ich mag den alten Furz, aber Geschäft ist Geschäft.« Jimmy bestellte einen zweiten Martini. »Eines Tages werden Joan und ich unsere eigene Firma haben. Und ich bin mein eigener Herr. Kein Springen mehr wie ein Botenjunge, wenn dem alten Herbie einfällt, daß er einen Bericht über einen Countriesänger irgendwo in Nashville oder in Peoria haben möchte. Du kannst mit Mutter nach Beverly Hills herüberkommen und in meinem Pool schwimmen.«

Strand sah seinen Sohn ernst an. »Jimmy«, sagte er, »ich finde das alles ganz und gar abscheulich. Ich hätte niemals gedacht, daß ich mich für dich würde schämen müssen.«

»Paps«, sagte Jimmy, ohne verstimmt zu sein, »es kann nicht jeder ein Ritter der Tafelrunde sein wie du. König Artus ist tot, auch wenn die Nachricht noch nicht nach Dunberry vorgedrungen ist. Also, am Telefon hast du gesagt, du hättest etwas mit mir zu besprechen. Was ist los?«

»Nichts«, sagte Strand. »Ich habe es mir anders überlegt. Ich wollte, daß du etwas für mich tust. Für die Familie. Aber jetzt glaube ich, daß ich die falsche Wahl getroffen habe.« Er stand auf.

»Wohin gehst du?«

»Ich gehe fort.«

»Dein Essen wird gleich hier sein. Setz dich hin.«

»Ich bin nicht hungrig.«

»Möchtest du nicht einmal meine Adresse in Kalifornien?« Jimmys Stimme hatte nun einen weinerlichen Tonfall angenommen, der Strand an die Zeiten erinnerte, als Jimmy noch nach Hause gelaufen war, um sich trösten zu lassen, wenn er sich beim Spielen die Knie aufgeschunden hatte.

»Nein, Jimmy, ich will deine Adresse nicht. Gute Nacht.« Strand ging durch das Restaurant in die Garderobe. Er nahm seinen Mantel, und während er ihn anzog, wandte er sich um und sah, daß Jimmy einen dritten Martini bestellte. Er trat ins Freie, ging ein paar Blocks durch die kalten Straßen zum Westbury, nahm den Aufzug, betrat sein Zimmer und legte sich ins Bett. Zweimal läutete das Telefon, ehe er einschlief, aber er nahm nicht ab. Was er an diesem Abend unter anderem bedauerte, war die Tatsache, daß er nicht genug Geld bei sich hatte, um morgen früh das Zimmer selbst zu bezahlen.

7

Dr. Prinz' Gesicht war nicht ernster als sonst, als er nach dem Kardiogramm, dem Blutdruckmessen, Streß-Test und Röntgen an seinem Schreibtisch Platz nahm. Strand betrachtete es als gutes

Omen. »Nun, Onkel Doktor?« fragte er.

»Es ist eigentlich alles so ziemlich in Ordnung«, sagte Prinz, »soweit ich es beurteilen kann. Der Blutdruck ist noch immer etwas hoch, doch nicht besorgniserregend. Aber …« Er sprach nicht weiter.

»Was aber?«

»Dein Aussehen gefällt mir nicht. Deine Haut, deine Augen. Falls ich dich nicht persönlich untersucht hätte, falls ich eine dieser großen Kapazitäten wäre, die den Patienten nie sehen und einfach nur die Röntgenaufnahmen und die Untersuchungsergebnisse in die Hände bekommen, würde ich sagen, für einen Mann deines Alters, der einen schweren Herzinfarkt hinter sich hat, bist du in erstaunlich guter Verfassung. Aber ich bin keine große Kapazität. Ich bin ein armer, alter, praktischer Arzt, und du bist mein Freund. Also formuliere ich es so: Ich habe dich schon besser in Form gesehen.«

Strand lachte. »Ich habe dich ebenfalls schon besser in Form gesehen.«

»Glaubst *du*. Aber ich bin nicht dein Patient, sondern du bist meiner. Aus den Tests kann man nichts erkennen, aber ich würde annehmen, daß du wenig schläfst …«

»Deine Annahme ist richtig«, sagte Strand.

»Und daß du unter irgendeiner nervlichen Belastung stehst …« Dr. Prinz sah ihn scharf an, als wolle er ihn mit seiner Überrumpelungstaktik zu einem Geständnis bringen. »Ein wenig«, gab Strand zu.

»Ich will nicht den Eindruck irgendeines Quacksalbers erwekken, der gleich ein Beruhigungsmittel verschreibt, wenn eine Dame der Gesellschaft eine Krise hat, weil sie zu einer Party nicht eingeladen wurde«, sagte Prinz. »Aber ich denke, eine kleine Dosis Librium, dreimal pro Tag, würde dir guttun. Ein Jahr Urlaub am Meer täte dir noch besser, aber ich nehme an, die Aussichten sind eher unwahrscheinlich.«

»Eher«, sagte Strand trocken.

Prinz kritzelte auf seinem Block und schob ihm das Rezept über den Schreibtisch zu. »Versuch das einmal. Ich habe den Eindruck, du bist müde. Es kann sich um eine geistige Müdigkeit handeln, es kann auch etwas anderes sein. Vielleicht untersuchen wir demnächst die Schilddrüse, wenn du wieder in die Stadt kommst. Zwischen der Schilddrüse und dem Kleinhirn bestehen manchmal seltsame Zusammenhänge. Na ja …« Er seufzte.

»Noch etwas«, sagte Strand verlegen. »Sex . . .?«

Prinz sah ihn von der Seite an. Hinter seiner Brille blitzte ein Funken echten Mitgefühls, möglicherweise mit Belustigung gemixt. »Keinerlei Verordnung«, sagte er. »Es kann dich umbringen, du kannst dich aber auch fühlen wie ein Zwanzigjähriger. Sag Leslie, ich vermisse die Hausmusik.«

»Danke dir für alles.« Strand stand auf. Prinz erhob sich ebenfalls und begleitete ihn an die Tür. »Übrigens«, sagte er, »wie geht es deinem Freund Hazen?«

»Ganz gut.« Dr. Prinz mußte diesen Monat zu beschäftigt gewesen sein, um die *New York Times* zu lesen. »Regiert das Land. Wie gewöhnlich.«

Prinz nickte. »Ich hätte ihn höchst ungern als ständigen Patienten. Er ist einer von jenen Zeitgenossen, die sämtliche Literatur zu ihrer Krankheit studieren und mich darüber aufklären, daß meine Behandlungsmethode fünfzig Jahre hinter der Zeit herhinkt. Und er würde darauf bestehen, daß ich zwölf Spezialisten aus Kalifornien und Texas zuziehe. Immerhin . . .«, er lachte, ». . . die Reichen leben tatsächlich länger als wir. Gib auf dich acht, Allen. Maßhalten in allem. Ein Rezept von Dr. Prinz für ein langes, mäßig glückliches Leben.«

Strand ging durch den Central Park in die Stadt hinunter. In der Hand trug er seine kleine Tasche mit dem Nachtzeug, das er gleich aus dem Hotel mitgenommen hatte. Der Tag war mild, das blasse Licht der Sonne schien durch die kahlen Bäume und malte spitzenähnliche Schatten auf das braune Gras. Er verspürte ein angenehmes Gefühl von Freiheit. Bis zu seiner ersten Unterrichtsstunde am Montag war er all seiner Verpflichtungen ledig, er hatte nichts zu tun außer zu leben; er schlenderte durch seine geliebte Heimatstadt, das Wetter meinte es gut mit ihm, er war umgeben von schulfreien Kindern und von grauköpfigen Radfahrern, von zufriedenen Ehepaaren mit gelassenen Wochenendmienen, die ohne Eile ihrem Mittagessen entgegensahen. Man hatte ihm ein einwandfreies Gesundheitsattest ausgestellt, zumindest bedingt. Die Partie zwischen ihm und dem Tod stand unentschieden. Es würde irgendwann einmal ein Revanchespiel geben, aber der Mittag in New York im großen Park im Sonnenlicht war allzu angenehm, um jetzt und hier daran zu denken. Er mußte stehenbleiben, um eine Gruppe von Kindern, die sehr ernsthaft zu Pferde saßen, vorbeizulassen. Ihr Anblick erhöhte seine Lebensfreude.

Er kam an der Straße vorbei, wo Judith Quinlan wohnte, und

er fragte sich, ob sie wohl zu Hause war; und er überlegte, was sie vielleicht soeben tat. Ihr Haar waschen? Musik hören? Er hatte endlich ihren Brief gelesen, den sie ihm geschrieben hatte, als er aus dem Spital gekommen war. »Bitte, werde gesund«, hatte sie geschrieben. »Und wenn Du irgend etwas brauchst, Bücher, Schulklatsch oder einen Freund, der Dir vorliest, laß es mich wissen.«

Er hatte den Brief nicht beantwortet und empfand jetzt plötzlich ein Gefühl von Schuld. Eine Sekunde lang wollte er stehenbleiben, in ihre Straße einbiegen und bei ihr klingeln. Aber falls er bis zu Sardi's zu Fuß gehen wollte, um Solomon zu treffen, würde für Judith Quinlan keine Zeit bleiben. Während er an sie dachte, kam ihm zum Bewußtsein, daß er sie vermißte; wie sie nach der Schule neben ihm hertrabte und versuchte, mit ihm Schritt zu halten; die gemeinsamen Kaffeepausen auf dem Heimweg; und er wurde nahezu rot, als er daran dachte, daß er einmal mit in ihre Wohnung gegangen war und sie ihm einen Drink angeboten und sein Hemd geöffnet und ihre Hand auf seine Brust gelegt hatte. Der Gedanke an das prickelnde Gefühl von damals entlockte ihm ein Lächeln, und eine junge Frau, die ihm entgegenkam, lächelte reizend zurück. Galant lüftete er seinen Hut. Ihr Lächeln vertiefte sich, als sie seine Geste bemerkte, und er setzte seinen Weg beschwingt fort. Doch als er sich dem Restaurant näherte, in welchem er mit Solomon essen wollte, bedauerte er schon die Verabredung. Es war ihm heute nicht danach zumute, über seinen Sohn zu sprechen.

Während des Essens erwähnte Solomon Jimmy mit keinem Wort. Er erkundigte sich nach Leslie und Caroline und Eleanor und ihrem Mann, und er fragte besorgt nach Strands Gesundheitszustand und erzählte ihm von einem seiner Freunde, der sechzig war und einen noch schwereren Infarkt hinter sich hatte als Strand und jetzt wieder Tennis spiele, und zwar drei Singles pro Tag. Auf Strands Frage, woher seine Bräune stamme, berichtete er, daß er eben aus Kalifornien zurückgekehrt sei, wo er eine Woche lang am Swimmingpool des Hotels in der Sonne gelegen und darauf gewartet hatte, daß sich ein Rocksänger zu einem Vertragsabschluß durchrang. Der Abschluß war schließlich und endlich geplatzt, aber der Sonnenbräune wegen habe sich die Reise gelohnt. Als die Sprache auf Hazen kam, wurde er ernst. Solomon war ohne Frage ebenso beschäftigt wie Dr. Prinz, aber er fand Zeit, Zeitungen zu lesen. Er hatte Hazen angerufen, um zu erfahren, ob er irgend etwas für ihn tun könne, denn auch er kannte eine Menge Leute in Washington, aber Hazen hatte ihm versichert, daß der Sturm sich wieder legen würde und daß es keinen Grund zur Sorge gebe. »Ich bin nicht so sicher« sagte Solomon zu Strand. »Einer meiner Freunde arbeitet im Washingtoner Büro der UPI, und er erzählte mir, daß sich etwas zusammenbraut, er weiß nur noch nicht was. Ich bin besorgt um Russell. Sie treffen ihn an seiner verwundbarsten Stelle und verletzen gerade das, worauf er am meisten stolz ist... seinen Ruf. Bis jetzt mußte er sich nie in seinem Leben etwas erkämpfen, und er tappt möglicherweise in eine Falle. Ich habe versucht ihm vorzuschlagen, daß er einen Anwaltskollegen aufsucht, der sich in diesen Dingen auskennt und mir und etlichen meiner Freunde in zwielichtigen Fällen schon geholfen hat. Es sind Fälle wie der seine: Plagiatsprozesse, windige Vertragsbrüche, üble Nachrede und Verleumdung, frisierte Einkommenssteuererklärungen, phantasievolle Buchführung, Erpressung, Bestechung von Gewerkschaftsfunktionären... mit einem Wort, Fälle am unteren Rand des Gesetzes, und das alles wird manchmal notwendig, um das Rad des Geschäftslebens in Schwung zu halten. Aber als ich den Mann erwähnte, schnaubte er nur verächtlich und sagte, er würde seine Hände nicht an einem solchen Winkeladvokaten beschmutzen.« Solomon schüttelte traurig den Kopf. »Kann sein, daß er eines Morgens aufwacht und entdeckt, daß er ruiniert ist. Dazu muß er erst gar nicht vor Gericht, es genügt die Titelseite der *New York Evening Post*, selbst, wenn er nichts getan hat, was wirklich gegen das Gesetz verstößt.«

»Glaubst du, er *hat* gegen das Gesetz verstoßen?« fragte Strand.

Solomon lächelte ihn an, als sei er ein leichtgläubiges Kind. »Allen«, sagte er, »du hast Geschichte studiert. Hat es in unserer Geschichte... in der Geschichte der Welt... jemals einen mächtigen, ehrgeizigen Mann gegeben, der das Gesetz nicht da und dort – nun, sagen wir – gedehnt hätte, aus Stolz, aus Rechtschaffenheit, der Religion wegen, aus Ungeduld mit der Bürokratie, aus dem Bedürfnis Beifall zu ernten, was immer du willst? Meine Frau nennt mein Geschäft scherzhaft ›König Solomons Goldminen‹. Glaubst du, ich wäre heute, wo ich bin, wenn ich auf jedes I den Punkt und auf jedes T den Querstrich gesetzt hätte?«

»Du willst damit sagen, daß Hazen sich in eine Lage manövriert hat, in der die Justiz mit Recht hinter ihm her ist – ist es nicht so?«

»Ich will damit andeuten, daß es möglich wäre«, sagte Solomon ernst. »Falls du Russell dazu brächtest, meinen Rat zu befolgen und diesen spezialisierten Anwalt aufzusuchen, würdest du ihm einen großen Dienst erweisen.«

»Er hält mich für einen zerstreuten Professor mit den Ansichten einer altjüngferlichen Bibliothekarin. Glaubst du, er würde auf mich hören?«

Solomon lachte. »Nein.«

Sie waren jetzt beim Kaffee angelangt, und Strand sah, daß Solomon ihn prüfend betrachtete, als müsse er eine Entscheidung über ihn treffen. »Offen gestanden, Allen«, sagte er, »habe ich dich nicht gebeten, mit mir zu essen, um über Russell Hazen zu sprechen. Hast du dich mit Jimmy unterhalten?«

Da haben wir's, dachte Strand und riß sich zusammen. »Ja«, sagte er. »Gestern abend.«

»Hat er dir erzählt, daß er mich verläßt?«

»Ja.«

»Hat er dir gesagt, warum?«

»Das hat er.« Er bemühte sich um einen neutralen Tonfall. »Der Kern der Sache scheint zu sein, daß er seine finanzielle Situation verbessern will.« Er wußte, daß er gegen besseres Wissen und Gewissen aussichtslos versuchte, seinen Sohn zu verteidigen.

»Er will seine finanzielle Situation verbessern«, sagte Solomon nachdenklich. »Wahrscheinlich könnte man es so bezeichnen. Zunächst einmal.«

»Eine sehr sonderbare Frau, um es milde auszudrücken«, sagte Strand. »Ich glaube, sie hat ihn hypnotisiert.«

»Ich fürchte, Allen, es ist umgekehrt. Sie ist die Hypnotisierte. Sex hat natürlich eine Menge damit zu tun. Sie wurde von jedem Mann sitzengelassen, der in ihre Nähe kam, und Jimmy zieht die große Show ab, wie sehr er in sie verliebt ist.«

»Show?«

»Allen«, sagte Solomon geduldig. »Du hast die Dame gesehen. Würdest du dich jemals in sie verlieben?«

»Ich bin nicht neunzehn«, sagte Strand und wußte, daß es ein sehr schwaches Argument war.

»Die ganze Idee stammt von Jimmy«, sagte Solomon. »Er hat es mir selbst gesagt. Vor einem Monat kam er zu mir und machte mir folgenden Vorschlag: eigenes Impressum, Gewinnbeteiligung, keine Einmischung meinerseits in Programm, Termine, Begleitbands und den ganzen Plunder. Ganz schön für einen neunzehnjährigen Jungen, den ich vor ein paar Monaten als Lehrling aufgenommen habe, um einem Freund einen Gefallen zu erweisen. Er sagte, er würde mir einen Monat Zeit geben bis zum Ablauf ihres

Vertrages, und ich sollte seinen Vorschlag überlegen. Falls ich nein sagte, würde er sie mir wegnehmen. Sie bringt uns das meiste Geld, aber ich sagte dennoch nein. Kann sein, daß ich selbst von Zeit zu Zeit ein wenig erpresse ...« Solomon lächelte matt. »Aber ich lasse mich nicht erpressen. Ich teilte ihm mit, daß er fristlos entlassen sei. Worauf die Dyer eine solch hysterische Szene machte – sie war mitten in Plattenaufnahmen, die sogar unter normalen Bedingungen noch mindestens drei Wochen gedauert hätten –, daß ich Jimmy noch einen Monat behalten mußte. Aber jetzt ist er draußen. Ich wollte nur sichergehen, daß du weißt, warum.«

»Danke«, sagte Strand traurig.

»Ich hoffe, daß das alles auf deine freundschaftlichen Gefühle für mich keinen Einfluß hat.«

»Das hat es nicht«, sagte Strand, obwohl er wußte, daß es nicht ganz zutreffen würde.

»Das Musikgeschäft ist eine harte Branche«, sagte Solomon. »Manchmal ist es die reinste Halsabschneiderei. Aber die Leute, vor allem junge Leute, glauben, sie können sich alles herausnehmen, jedermann rücksichtslos überfahren, alle Regeln mißachten. Sie sind im Irrtum. Ich fürchte, dein Jimmy ist nicht stark genug und wird niemals stark genug sein, um sich so frühzeitig Feinde schaffen zu können. Er wird seinen Ruhm kurz genießen, Allen, und dann wird es abwärts gehen, und es wird kein Halten mehr geben. Es macht mich keineswegs glücklich. Im Grunde stimmt es mich traurig, daß ich der Richtigkeit meiner Voraussage so sicher bin. Diese Frau ist eine Gefahr, eine Bombe mit Zeitzünder. Ihre Stimme läßt nach, und sie weiß es. Sie braucht Schutz, und Jimmy könnte seine eigene Mutter nicht davor beschützen, naß zu werden, wenn es regnet. Sie ist verzweifelt und manisch depressiv. Eines Abends wird man sie das erste Mal auspfeifen, und bald wird kein Hahn mehr nach ihr krähen, und sie wird wieder einmal einen ihrer Selbstmordversuche unternehmen. Und dann wird irgendein neues junges Genie plötzlich ganz oben sein und sie ganz unten. Falls es dir gelingt, Jimmy zur Vernunft zu bringen, stelle ich ihn wieder ein. Mit der Zeit kann ich ihn vom Novizen zum Fachmann erziehen. Und es ist nicht um meinetwillen, sondern um seinetwillen. Du glaubst mir doch, Allen?« Solomon sah ihm fest in die Augen. »Nicht wahr?«

»Ja«, sagte Strand. »Gestern abend sagte ich ihm, daß es abscheulich war, was er getan hat. Es ist nicht meine Art, Kraftausdrücke zu verwenden, wie du weißt. Abscheulich – das war für meine Begriffe schon ein hartes Wort, ich sagte: Ich schäme mich für dich, und ich stand vom Tisch auf und ließ ihn sitzen. Aber ich weiß, daß ich keinen Einfluß mehr auf ihn habe. Entweder haben ihn die letzten Monate verändert, oder er war schon immer so, und ich habe es nicht erkannt. Wie immer es sein mag, er wird seinen Weg gehen.« Es fiel ihm ein, was Jimmy über Dankbarkeit gesagt hatte: *Als drücktest du einem Kerl ein Messer in die Hand und brächtest ihm bei, wie er dir am besten die Kehle durchschneidet.*

»Mein Sohn ist aus meinem Leben gegangen«, sagte er sanft zu dem braungebrannten, vernünftigen, versöhnlichen Mann, der ihm gegenübersaß. »Ich kann nichts anderes tun, als ihm zum Abschied nachzuwinken. So ist es, und es tut mir leid.«

Solomon langte über den Tisch und berührte seine Hand. »Weißt du, was wir brauchen?« sagte er. »Einen Cognac. Den besten Cognac, den das Haus zu bieten hat.«

Sie tranken den Cognac, und dann sagte Solomon, daß ihn ein Komponist in seinem Büro erwarte. »Er ist ein wenig verrückt. Er kommt ausschließlich Samstag nachmittags in mein Büro. Es ist sein Glückstag, behauptet er. Ich habe wegen diesem Kerl zwei Reisen nach Palm Springs und ein Skiwochenende versäumt. Hast du Lust, in die Musikbranche einzusteigen, Allen?« Er lächelte.

»Nein, danke«, sagte Strand und sah ihm nach, als er durch das Restaurant zur Tür ging: der Inbegriff des Mannes von Erfolg und Wohlergehen, der mit päpstlicher Segensgeste einigen Freunden jovial zuwinkte, an deren Tischen er vorüberkam.

Er befand sich in der Grand Central Station und wartete auf den Zug drei Uhr einundzwanzig nach Connecticut. Ein großer junger Mann und ein hübsches, wesentlich kleineres Mädchen küßten einander, als gelte es, für ewig Abschied zu nehmen. Strand betrachtete sie belustigt, aber doch auch ein klein wenig verlegen, ob der offen zur Schau gestellten Sexualität ihrer Umarmung. Er war vom Restaurant durch die Stadt gewandert und hatte an Jimmy gedacht, der sich auf ein geschäftliches Abenteuer einließ, dessen Basis eine rein sexuelle war; an Caroline, die gegen jede Erwartung die Gesetze ihrer Erziehung brach und reihenweise die Männer ihrer Umgebung quälte, falls man der namenlosen Frau des Biologielehrers glauben durfte; an Eleanor, die sich in einer kleinen Stadt in Georgia festfuhr, weil sie behauptete, ohne den Mann ihrer Wahl nicht leben zu können. Die Aussicht auf ein einsames

Wochenende auf dem verlassenen winterlichen Campus erschien ihm trüber denn je. Die Stadt hatte alte Lebenskräfte in ihm erweckt. Zum ersten Mal nahm er Leslies Abwesenheit übel.

Er erinnerte sich ihres Briefes. Ich habe Flügel, hatte sie geschrieben, oder so ähnlich. Auch er hätte Flügel, wenn er in Paris wäre. Er wandte sich von dem Pärchen, das sich immer noch umschlungen hielt, ab und ging zu einem Seitenflügel des Stationsgebäudes, wo die Telefonboxen standen. Er nahm das Telefonbuch von Manhattan zur Hand, suchte eine Nummer, zögerte, dann warf er eine Münze ein und wählte. Er ließ es zehnmal läuten. Keine Antwort. Judith Quinlan war nicht zu Hause. Er hängte ein, fischte seine Münze aus dem Automaten und lief zum Bahnsteig zurück. In letzter Minute, ehe der Zug aus der Station rollte, sprang er in den letzten Waggon. Als er nach einem freien Platz Ausschau hielt, entdeckte er das kleine Mädchen, welches auf dem Bahnsteig den jungen Mann geküßt hatte. Sie weinte.

Frauen haben es gut, dachte er und nahm ihr gegenüber Platz. Sie können weinen.

Eine Sekunde lang überlegte er, ob er aufstehen und sich neben das Mädchen setzen sollte, um sie zu trösten, vielleicht sich selbst zu trösten. Aber er hatte nie in seinem Leben ein Mädchen angesprochen und bezweifelte, ob er jetzt damit beginnen konnte.

Er war einsam und leider tugendsam, ein Sünder im Geiste, der die Reue des Sünders erlitt, ohne die Freuden der Sünde gekostet zu haben. Er verfluchte sich, daß er nicht auf den Gedanken gekommen war, Judith Quinlan gleich am Morgen anzurufen und ihr zu sagen, daß er in New York sei. Verdrossen starrte er aus dem Fenster, als der Zug aus dem Tunnel unter Park Avenue auftauchte und im allmählich schwächer werdenden winterlichen Sonnenschein über die Schienen rumpelte.

Als der Zug in New Haven ankam, wo Strand umsteigen mußte, sah er sich nach dem Mädchen um. Es hatte längst zu weinen aufgehört und das Gesicht schon wieder mit frischem Puder und Rouge renoviert und unterhielt sich angeregt mit einem jungen Mann in langem Pelzmantel, der in Stamford zugestiegen war.

Strand dachte an Romero und seine Striptease-Tänzerin. In wesentlichen Dingen, wozu auch das Ansprechen junger Frauen in Eisenbahnzügen gehörte, dachte er, ist Romero seinem Geschichtslehrer haushoch überlegen.

Es war ein sonniger, frischer Sonntagmorgen, und die wenigen Jungen, welche über das Wochenende auf dem Campus geblieben waren, spielten Fußball. Ihre Rufe drangen durch das offene Fenster zu ihm herein, fröhlich und jung. Er hatte weder das richtige Talent noch die Zeit gehabt, irgendwelche Spiele zu spielen, als er in ihrem Alter war, und die jungen Stimmen vor seinem Fenster ließen ihn bekümmert an die verlorenen schönen Tage seiner Jugend denken, Tage, die er damals nicht zu schätzen wußte.

Er war ruhelos und einsam. Während des Semesters hatte er manchmal mit Miß Collins im Red Top Inn Tee getrunken, wenn sie an schönen Nachmittagen zusammen in die Stadt spazierten. Er hatte ihre ruhige, melodiöse Stimme genossen, das Vermeiden jeglichen Schulklatsches, ihre Berichte über das Buch, welches sie über die amerikanischen Romanciers der dreißiger Jahre schrieb. Zweimal hatte sie Arbeiten von Romero mitgebracht, die sie besonders gut fand; und sie war rot geworden, als Strand ihr Komplimente gemacht und gesagt hatte, sie hole wirklich das Beste aus dem Jungen heraus. Er beschloß, sie zum Mittagessen einzuladen, aber als er bei ihr anrief, sagte ihm ihre alte Mutter, die bei ihr lebte, daß sie nach New York gefahren war. Dieses Wochenende habe ich kein Glück mit Englischlehrerinnen, dachte er ironisch, während er einhängte.

Verzweifelt wünschte er, mit Leslie sprechen zu können. Aber er würde ihr nur den Urlaub verderben, wenn er ihr von Caroline und von Jimmys Umzug nach Kalifornien erzählte. Er wußte, daß sie ihn nach den Kindern fragen würde, wenn er anrief; er würde lügen müssen, sie würde die Unaufrichtigkeit aus seiner Stimme heraushören, und ihr Gespräch müßte zweifellos mit Verstimmung enden. Überdies waren Gespräche nach Übersee sündhaft teuer, und er wußte, daß er es bedauern würde, seiner Regung nachgegeben zu haben, sobald am Monatsende die Rechnung kam. Die Werbung der Telefongesellschaften in den Zeitschriften zeigte stets glückliche Eltern im Gespräch mit glücklichen, weit entfernten Kindern. Was dabei nicht erwähnt wurde: daß langes Telefonieren für Lehrer mit kleinen Gehältern zu einer gefährlichen, keineswegs ratsamen Gewohnheit werden konnte.

Er beneidete Hazen weder um sein Haus am Meer noch um seine herrlichen Gemälde und seine Möglichkeiten zu reisen und in hervorragenden Restaurants zu speisen; aber er beneidete ihn um die Bedenkenlosigkeit, mit der er den Hörer abnehmen und lange Gespräche mit Leuten in Kalifornien, England, Frankreich führen konnte; mit wem er wollte, wohin er wollte. Mit einem Funken Bosheit, der auf sein augenblickliches Gefühl von Selbstmitleid zurückzuführen war, dachte er, daß Hazen es trotz allen ihm zur Verfügung stehenden Überlandleitungen nicht allzu gut geschafft hatte, mit seiner eigenen Frau und seinen Kindern in Verbindung zu bleiben.

Es fiel ihm ein, daß Eleanor es gewesen war, die ihm vom Drogentod des jungen Hazen erzählt hatte. Seit mehr als einem Monat hatte er nichts mehr von ihr gehört, und er beschloß, daß es an der Zeit war, mit ihr zu sprechen. Er wollte hören, ob sie wenigstens einen Teil der Weihnachtsferien in den Hamptons verbringen konnte. Sie war am Telefon nicht sehr redselig, und er würde das Gespräch nach Georgia als eine notwendige und bescheidene Ausgabe rechtfertigen können. Er suchte ihre Nummer in seinem Telefonverzeichnis. Sie stand zweimal da ... einmal unter Strand, ein andermal unter Gianelli.

Er wählte. Schon nach dem ersten Klingeln wurde abgehoben, als hätte der Teilnehmer am anderen Ende der Leitung ungeduldig einen Anruf erwartet. Es war Giuseppe. Sein »Hallo« hörte sich barsch an.

»Giuseppe«, sagte Strand, »hier spricht Allen. Wie geht es dir?«

»Oh ... Allen.« Giuseppes Stimme klang enttäuscht. »Mir geht es gut, nehme ich an.«

»Ist Eleanor da?«

In Georgia herrschte Schweigen, und Strand fragte sich, ob die Verbindung unterbrochen sei. »Giuseppe«, fragte er, »bist du noch da?«

»Ich bin da«, sagte Giuseppe, »aber Eleanor nicht.« Er lachte sonderbar. Vielleicht war sein Schwiegersohn betrunken, kam es Strand in den Sinn. Obwohl es an einem Sonntagmorgen um elf Uhr nicht wahrscheinlich schien.

»Wann erwartest du sie zurück? Ich möchte, daß sie mich anruft.«

»Ich erwarte sie nicht zurück.«

»Was?« sagte Strand laut. »Wovon sprichst du?«

»Daß ich sie nicht zurückerwarte. Das ist alles.« Sein Ton war jetzt feindselig.

»Was geht denn bei euch vor?«

»Nichts. Ich sitze in meinem gottverdammten Haus, in Georgia regnet es, und ich erwarte meine Frau nicht zurück.«

»Was ist geschehen, Giuseppe?« Strand versuchte seiner Stimme einen beschwichtigenden Ton zu verleihen.

»Sie ist fort.«

»Wohin ist sie gegangen?«

»Weiß ich nicht. Ins Blaue. Einfach fort. Ihre Abschiedsworte waren ganz schlicht: ›Erwarte mich nicht zurück.‹«

»Habt ihr gestritten?«

»Eigentlich nicht. Es war eher eine kleine Meinungsverschiedenheit.«

»Was ist das für eine Geschichte, Giuseppe?«

»Das soll sie dir selbst erzählen«, sagte Giuseppe. Seine Stimme war verschwommen, teilnahmslos. »Fünf Tage und fünf Nächte lang sitze ich hier, seit sie fort ist; und ich habe mir die ganze Sache wieder und wieder durch den Kopf gehen lassen, und ich habe es satt. Irgendwann wird sie sich sicher mit dir in Verbindung setzen.«

»Geht es ihr gut?«

»Als sie fortging, war sie an Leib und Seele gesund, falls es das ist, was dir Sorgen bereitet.«

»Du mußt doch irgendeine Vorstellung haben ...« Strand sprach nicht weiter. Am anderen Ende war ein Klicken zu hören gewesen, und dann war die Leitung tot. Giuseppe hatte eingehängt. Benommen starrte Strand auf den Hörer in seiner Hand.

Er hörte durch das Fenster die Stimme eines Jungen rufen: »Lauf! *Lauf*!« Und dann einen höhnischen Freudenschrei, der bedeutete, daß der Junge den Ball abgespielt hatte.

Als Caroline an jenem Abend den benommenen, blutüberströmten Hazen aus dem Park nach Hause gebracht hatte, war Eleanor zum Essen dagewesen. Als der Abend zu Ende ging, war sie mit Hazen in einem Taxi fortgefahren; es war derselbe Abend gewesen, an dem Hazen beim Abschied zu Strand gesagt hatte: »Ich muß Ihnen etwas sagen, was ich vielleicht nicht sagen sollte – ich beneide Sie um Ihre Familie, Sir. Über alle Maßen.«

Strand bezweifelte, daß Hazen an diesem sonnigen Sonntagmorgen das nochmals sagen würde. Heute wußte er nicht einmal mehr, wo sich Jimmy und Eleanor aufhielten. Carolines Adresse kannte er gerade noch, aber hätte er den Wunsch verspürt, seine jüngste Tochter zu besuchen, hätte er sich wohl vorsichtshalber anmelden müssen, um ihr die Chance zu geben, daß sie auf ihrem Zimmer war, und zwar allein.

Als er am nächsten Tag vom Unterricht nach Hause kam, stand ein zerbeulter Kombi mit einer Nummerntafel aus Georgia vor dem Malson-Haus. Er blinzelte, als handle es sich um eine Geistererscheinung, dann zwang er sich, langsam und würdevoll ins Haus zu gehen.

Eleanor saß im Gemeinschaftsraum und unterhielt sich mit Rollins. Sie war noch im Mantel, und neben ihrem Sessel standen eine Tasche und ein großer Koffer. Sie sah ihn nicht, weil sie sich von der Tür halb abgewandt hatte. Strand zögerte einen Augenblick. Er fühlte eine Welle der Erleichterung in sich aufsteigen, als er sie so entspannt im Gespräch vor sich sah, als wäre es für sie ganz alltäglich, unangemeldet aus Georgia anzukommen und bei ihrem Vater hereinzuschneien.

»Eleanor«, sagte er ruhig.

Rasch wandte sie sich um, sprang auf, und sie trafen einander in der Mitte des Zimmers. Ihre Umarmung war kurz, und sie küßte ihn auf die Wange. »Vater«, sagte sie, »ich bin froh, dich zu sehen.«

»Bist du schon lange hier?«

»Fünfzehn Minuten, nicht länger. Und Mr. Rollins war so nett, mir Gesellschaft zu leisten.«

»Mrs. Gianelli hat mir vom Spiel Georgia gegen Alabama erzählt«, sagte Rollins. »Georgia hat Prügel bezogen.«

Strand nickte. Es fiel ihm schwer, seine Tochter nicht nochmals in die Arme zu nehmen und sie voll Liebe und Erleichterung an sich zu drücken. Aber Hitz und zwei andere Jungen trampelten eben die Stiegen herunter, und dann standen sie da und starrten Eleanor neugierig an. »Gehen wir zu uns hinein«, sagte Strand. »Ist das deine Tasche?«

»Ja. Ich hoffe, du hast nichts dagegen, wenn ich ein paar Tage bleibe.« Sie lächelte. Ihr offenes, großzügiges Lächeln war ihm stets zu Herzen gegangen, vor allem als sie älter wurde und sich eines strengen, geschäftsmäßigen Aussehens befleißigte. »Mutter hat mir geschrieben, und ich weiß, daß sie vor Weihnachten nicht zurückkommt, und ich habe mir gedacht, vielleicht willst du ein wenig Gesellschaft.«

»Das kann man wohl sagen.«

Rollins nahm Eleanors Koffer, und unter den aufmerksamen Blicken der drei Jungen am Fuß der Treppe gingen sie durch die Halle auf die Wohnung zu. Rollins stellte den Koffer im Wohnzimmer zu Boden, und Eleanor sagte: »Danke sehr.«

»Mr. Strand«, sagte Rollins, »ich habe einen Brief für Sie. Von Jesús. Ich war am Wochenende zu Hause, und er bat mich, ihn für Sie mitzunehmen.«

»Wie macht er sich?« fragte Strand, während er den Brief auf den Tisch legte. »Benimmt er sich ordentlich?«

»In meiner Familie hat er keine andere Wahl. Er macht sich gut«, sagte Rollins. »Er ist das neue Schoßkind des Hauses. Er arbeitet in der Garage meines Bruders als Tankwart. Letzte Woche hat man ihn verständigt, daß die Verhandlung auf den siebenten Januar festgesetzt ist, aber es scheint ihn nicht sehr zu beunruhigen. Mrs. Gianelli, falls ich im Schulbereich irgend etwas für Sie erledigen kann, denken Sie an mich. Ich bin gleich zur Stelle.«

»Das ist nett von Ihnen, Mr. Rollins.« Eleanor hatte ihren Mantel abgelegt und sah sich kritisch um. »Ist nicht sehr großartig, was?« sagte sie, nachdem Rollins gegangen war.

»Es sieht besser aus, wenn deine Mutter da ist.«

Eleanor lachte, kam auf ihn zu und schlang die Arme um ihn. Diesmal war es eine richtige Umarmung. »Du änderst dich wohl nie, Vater, wie? Also«, sagte sie, »was ich jetzt gern möchte, ist ein ordentlich starker Tee. Zeig mir, wo die Sachen in der Küche stehen, und setz dich hin und mach dir's bequem. Weißt du ...«, sie wurde ernst, »du siehst nicht allzu gut aus. Du übertreibst doch nicht, oder?«

»Mir geht's gut«, sagte Strand kurz. Er führte sie in die Küche und setzte sich, während sie daranging, den Tee zu bereiten. »Und jetzt«, sagte er, »solltest du mir von dir erzählen, finde ich. Ich habe gestern mit Giuseppe gesprochen.«

Sie seufzte und wandte sich vom Herd zu ihm um. »Was hat er dir erzählt?«

»Daß du ihn verlassen hast. Und daß er nicht weiß, wo du bist, und daß du ihm mitgeteilt hast, er solle dich nicht zurückerwarten. Mehr nicht.«

»Mehr nicht?«

»Er hat einfach eingehängt.«

»Na schön«, sagte Eleanor, »wenigstens lebt er noch.«

»Was soll das heißen?«

»Es heißt, daß sie sein Leben bedrohen. Unser beider Leben.«

»Lieber Himmel! Ist das dein Ernst?«

»Es ist *ihr* Ernst. Vor einer Woche legten sie eine Bombe vor unsere Schwelle, und sämtliche Fenster der Vorderfront und die Haustür waren kaputt. Wir waren nicht zu Hause, als es geschah. Beim nächsten Mal würden wir zu Hause sein, wenn sie uns ihre Aufwartung machen, haben sie uns mitgeteilt.«

»Wer sind *sie*?«

Eleanor zuckte die Achseln. »Die Stützen der Kirche. Der Bürgermeister, der Polizeichef, der Schwager des Bürgermeisters, der eine Baufirma leitet, die für die Stadt arbeitet, einige Anwälte, die die Richter in der Hand haben ... das sind *sie*. Giuseppe stach ins Wespennest. Innerhalb von ein paar Monaten hatte er Dinge über die ganze Sippschaft aufgedeckt, die genügen würden, sie ein Jahrhundert lang ins Gefängnis zu stecken. Er kriegte das Watergate-Fieber, und er benahm sich, als müßten seine sogenannten ›aufdeckenden‹ Reportagen die ganze Nation vor einer Invasionsarmee retten. Es ging um den üblichen Kleinstadtkram. Richtig ist, daß diese Zustände seit dem Bürgerkrieg herrschen, aber die Leutchen lebten ganz zufrieden damit. Und sie ärgerten sich über die zwei aus dem Norden, noch dazu mit italienischem Namen, die daherkamen und anfingen, Stunk zu machen. Als er dann tatsächlich auf einige Fälle stieß, die in die Zuständigkeit der Bundesgerichte fielen, begannen die nächtlichen Drohungen per Telefon. Ich versuchte ihm klarzumachen, daß es nicht dafürsteht, sein Leben zu lassen, nur um einem Mann eine Geldstrafe aufzubrummen, der für das Verlegen einer Abwasserleitung zweimal kassiert hat. Aber er ist stur wie ein Maulesel, und jetzt, nach der Bombengeschichte, ist er auch noch rachsüchtig. Er hat sich ein Gewehr gekauft, sitzt im dunklen Wohnzimmer und hält das Schießeisen auf den Knien. Und das Traurige daran ist, daß er kein besonders guter Zeitungsmann ist. Ein paar begabteMittelschüler würden die Zeitung wahrscheinlich besser machen. Was mich betrifft, hatte ich für das Blättchen ausschließlich niedere Dienste zu verrichten, völlig belanglose Arbeiten. Ich sagte ihm, daß wir einen Fehler gemacht hätten und daß ich nichts davon hielte, sein Partner bei einem Doppelselbstmord zu werden. Ich gab ihm einen Tag Bedenkzeit, nachdem wir den letzten Anruf erhalten hatten. Ich sagte, ich würde gehen, einerlei, ob er mit mir käme oder nicht.«

Sie hatte ausdruckslos, ohne innere Erregung gesprochen. Aber nun arbeitete es in ihrem Gesicht, und ihre Stimme klang ein wenig erstickt. »Er sagte, er brauche den einen Tag nicht. Also bin ich fortgegangen.«

»Was für eine üble Geschichte«, sagte Strand. Er stand auf, ging zum Herd hinüber, wo Eleanor soeben das Wasser aus dem Kessel in die Teekanne goß, und legte seinen Arm um sie. »Es tut mir leid.«

»Es gehen jeden Tag Ehen kaputt«, sagte sie. »Aus schlimmeren Ursachen. Wo ist der Zucker?«

Er holte den Zucker, und sie setzten sich mit ihren Tassen an den Tisch. »Warum hast du mich nicht eher verständigt? Wo warst du die ganze Zeit?« fragte er. »Fünf Tage warst du schon fort, als ich ihn anrief.«

»Ich wollte sicher sein, daß ich nicht mehr zu ihm zurückkehren würde, ehe ich allseits die gute Nachricht verkünde«, sagte Eleanor. »Das hat eine Weile gedauert. Dann wollte ich einen Platz finden, wo ich leben und arbeiten konnte, um niemandem zur Last fallen zu müssen.«

»Hast du diesen Platz zum Leben und einen Job gefunden?«

Sie nickte. »In meiner alten Firma. Ich beginne am zweiten Januar. Und sie haben mein Gehalt erhöht. Und mein Name steht an der Tür. Mein Mädchenname. Eleanor Strand, Stellvertretender Vizedirektor.« Sie grinste jungenhaft.

Schweigend tranken sie ihren Tee.

»Glaubst du, es würde helfen, wenn ich ihn anrufe und mit ihm spreche?«

»Du kannst ihn anrufen«, sagte Eleanor, »aber es wird nichts nützen. Er wird nicht mit eingezogenem Schwanz hierher zurückkehren, um seinen Brüdern eingestehen zu müssen, daß er ein Versager ist, daß er ihr Geld verloren hat. Er wird sie niemals bitten, ihn wieder in den Familienbetrieb aufzunehmen. Er würde lieber in einem Sarg zurückkommen.«

»Was willst du also tun?«

Sie sah ihn an. »Ich werde versuchen, ihn zu vergessen. Wenn es mir nicht gelingt, kehre ich zu ihm zurück und lasse mich mit ihm gemeinsam in die Luft sprengen.« Sie stand auf. »Und jetzt«, sagte sie, »würde ich mich gerne ein bißchen frisch machen. Wo ist mein Zimmer?«

»Hier. Ich zeige es dir.« Sie gingen durchs Wohnzimmer, und Strand nahm ihren Koffer und führte sie zu den Schlafzimmern. Als sie den Flur entlang gingen, kamen sie an dem behaglichen Kämmerchen vorbei, welches nun Strands Schlafzimmer war.

»Warum kann nicht ich hier schlafen?« sagte Eleanor.

»Das ist jetzt mein Zimmer.« Er öffnete die Tür zum Elternschlafzimmer. »Und das hier gehört deiner Mutter. Und dir, solange du hier bist.«

Eleanor sah ihn an. Er hoffte, daß der Ausdruck, den er in ihren Augen las, nicht Mitgefühl war. »Oh, Vater«, sagte sie, warf die Arme um seinen Hals und weinte an seiner Schulter, »ist das nicht alles schrecklich?«

Der kleine Weinkrampf war rasch vorüber, und sie sagte: »Verzeih mir«, und er ließ sie allein, damit sie auspacken konnte. Er ging ins Wohnzimmer, sah Romeros Brief auf dem Tisch liegen und nahm ihn zur Hand. Er starrte einen Augenblick lang darauf nieder und war überzeugt, daß unerfreulich sein würde, was immer er enthalten mochte. Er schlitzte den Umschlag auf und entnahm ihm zwei Bogen. Der Brief war auf Papier der *Firma Rollins, Garage, Reparaturdienst, Karosseriewerkstätte* geschrieben. Die Handschrift war klein und rund und sauber und leicht zu lesen.

Sehr geehrter Mr. Strand,

ich möchte Ihnen für alles danken, was Sie und Mr. Hazen für mich zu tun versuchten. Ich sehe jetzt, daß es falsch von Ihnen war, mir zu helfen, und falsch von mir, es zuzulassen. Egal auf welcher Seite Sie und Mr. Hazen und Mr. Babcock und all die anderen stehen, es ist nicht die meine und kann es niemals sein. Ich würde die Schule nur in Verkleidung eines Gentleman verlassen, aber keiner sein, und alle meine Leute würden den Schwindel bemerken und mich mein ganzes Leben lang meiden. Und das ist es wirklich nicht, was ich möchte, Mr. Strand. Falls ich ins Gefängnis muß, wird mir diese Erfahrung mehr helfen, meine eigenen Leute zu verstehen und etwas mit ihnen und für sie zu tun, mehr als zehn Jahre auf feinen Schulen und hochnäsigen Universitäten. Ich muß mich auf meine eigene Weise erziehen. Ich werde die Bücher lesen, die ich lesen möchte, und werde meine eigenen Erkenntnisse aus ihnen ziehen, und das werden sicher nicht dieselben Erkenntnisse sein, mit denen ich Yale oder Harvard oder einen ähnlichen Ort verlassen würde. Die Bibliotheken stehen allen offen, und wenn ich dort ein Buch, das ich lesen will, nicht finde, kann ich es immer noch stehlen. Ich muß heute noch lachen, wenn ich an Ihren Gesichtsausdruck denke, als ich Ihnen erzählte, wie ich zu der Gibbon-Ausgabe kam.

Ich weiß, Sie denken, daß ich schlecht bin oder daß ich irgendwie auf der Puertorico-Welle reite. Aber Sie hätten für keinen weißen Jungen aus Ihrer Klasse getan, was Sie für mich taten, und wenn er noch so gescheit gewesen wäre. Sie haben es getan, weil ich – zumindest für Ihre Begriffe – kein Weißer bin. Ich bin kein guter Almosenempfänger. Und ich bin froh, daß ich draufkam, daß ich genau nur Almosen genommen habe. Finito.

Ich weiß, was Sie sagen werden – daß es Rollins nichts ausmacht, Almosen zu empfangen, und daß aus ihm ein erfolgreicher Bürger werden wird, der Dunberry, seiner Familie, seiner Rasse und dem

14. Änderungsgesetz zur Verfassung der Vereinigten Staaten von Amerika Ehre machen wird. Aber die Tatsache allein, daß wir beide eine dunkle Hautfarbe haben, heißt noch nicht, daß wir gleich sind. Seine Familie hat längst den Sprung nach oben geschafft, und alles, was er noch tun muß, ist, noch höher hinaufzuklettern. Ich aber sitze ganz unten im Dreck, und es ist weit und breit keine Leiter zu sehen.

Es gibt noch etwas, das Sie wissen sollen. Die Briefe, die Hitz gestohlen hat, waren von Caroline. Es waren Liebesbriefe. Es begann als Scherz, aber dann hörte es auf, ein Scherz zu sein. Zumindest für mich. Ich dachte, sie meint es ernst mit dem, was sie sagte. Es hat sich herausgestellt, daß es nicht so war. Ich bin am Tag nach Thanksgiving zu ihrem College gefahren, weil sie mir schrieb, sie wolle mich sehen, und ich habe ihr mitgeteilt, daß ich komme. Sie war nicht da. Ich stand da wie ein Idiot, mit meinem Koffer in der Hand. Wenn Sie sie sehen, sagen Sie ihr, daß sie gut daran täte, solche Scherze bleibenzulassen. Auch mit anderen Jungen.

Im letzten Absatz des Briefes, der deutlicher war als alles, was er in diesem Semester an Schriftlichem erhalten hatte, spürte Strand den verletzten, verschmähten Jüngling. Es folgten noch drei Zeilen.

Wenn sie es mit Hitz gut meinen, sagen Sie ihm – falls ich ins Gefängnis komme –, daß er sich verstecken soll, sobald ich entlassen werde.

Ihr Ihnen ergebener
Jesús Romero

Noch eine verlorene Schlacht, dachte Strand. Das war zu erwarten gewesen. Trotz seiner Jugend hatte Romero die ihm vorherbestimmte Rolle im Leben erkannt ... der Gote vor den Toren der belagerten Stadt, der zu stolz war, einen Aufstand der Verteidiger anzuzetteln. Schließlich und endlich war die Geschichte auf seiner Seite. Strand seufzte und rieb sich müde die Augen. Dann faltete er den Brief fein säuberlich zusammen, steckte ihn in den Umschlag zurück und vergrub ihn in der Tasche seiner Jacke. Eines Tages würde er ihn Caroline zeigen.

8

Weihnachten fiel auf einen Montag, und die Ferien begannen Freitag mittag. Strand und Eleanor fuhren von der Schule los und kamen rechtzeitig am Kennedy-Flughafen an, um Leslies TWA-Maschine zu erwarten. Während der Woche hatte Hazen angerufen, und Strand hatte ihm versichert, daß es nicht nötig sei, einen Wagen nach Dunberry zu schicken. Caroline käme gegen ein Uhr mit TWA an und würde sie im Terminal erwarten, und die ganze Familie würde gemeinsam nach Easthampton hinausfahren. Hazen hatte mit Romero gesprochen und sagte, der dumme Junge bestünde noch immer darauf, sich am siebenten Januar, dem Tag seiner Gerichtsverhandlung, schuldig zu bekennen. Er habe Hazen auch mitgeteilt, daß er mit Mr. Hollingsbee zufrieden sei und nicht wünsche, daß Hazen seine Zeit damit vergeude, bei seinem Prozeß zu erscheinen.

»Der Bengel ist ein hoffnungsloser Fall«, sagte Hazen brummig. »Was immer wir auch tun, wir können ihm nicht helfen. Na schön. Wir sehen uns also am Freitag nachmittag.«

Es war wohltuend, Eleanor im Hause zu haben, obwohl Strand sehr wohl sah, daß es sie beachtliche Mühe kostete, den Eindruck ruhiger Fröhlichkeit aufrechtzuerhalten. Er wußte, daß es um seinetwillen geschah, und war dankbar dafür. Er versuchte keine Notiz davon zu nehmen, wenn sie aufsprang, sobald das Telefon läutete, und wie gespannt ihre Stimme klang, wenn sie »Hallo« sagte. Aber es war niemals Giuseppe, der anrief; und sie rief nicht in Georgia an. Spät nachts, wenn sie glaubte, daß er schlief, konnte er sie durch das Haus geistern hören.

Zweimal hatte er, als sie nicht zu Hause war, versucht, Giuseppe anzurufen, aber Giuseppe hatte jedesmal eingehängt. Strand erzählte Eleanor nichts davon.

Sie hatte alles über Caroline und Jimmy wissen wollen. Leslie hatte ihr einen Brief geschrieben, den sie kurz vor ihrer Abreise aus Georgia erhalten hatte, und sie wußte von Leslies Triumph mit ihren zwei Bildern und von der Verlängerung ihres Pariser Aufenthaltes. Sie sagte, Leslie habe geschrieben wie ein aufgeregtes kleines Mädchen, es sei ergötzlich und rührend gewesen. Sie sagte, sie habe schon immer gewußt, daß ihre Mutter echtes Talent besaß, und sie sei glücklich, daß sie schließlich Anerkennung gefunden habe, auch wenn es sich bis jetzt nur um zwei Bilder handle. »Paß auf«, sagte sie zu Strand, »sie wird jetzt arbeiten wie besessen, du wirst von Glück reden, wenn sie sich nur die Zeit nimmt, dir morgens eine Tasse Kaffee zu machen.«

Strand hatte die Berichte über Caroline und Jimmy sorgfältig frisiert. Er fand, daß die Belastung, auf ein Lebenszeichen von Giuseppe zu warten oder – schlimmer noch – eine Nachricht von dritter Seite zu erhalten, schwer genug für sie zu tragen war. Sie sollte sich nicht auch noch um ihre Schwester und ihren Bruder sorgen müssen. Also zeigte er ihr Carolines Brief, in dem sie schrieb, daß man sie zur Teamkönigin gewählt hatte. Sie lachte, als sie Strand den Brief zurückgab. »Sie hat sich mit einem Schlag entpuppt, meine kleine Schwester, was?«

»Das kann man sagen«, meinte Strand. Er bezweifelte, daß sie ebenso erfreut gewesen wäre, wenn er ihr den Brief von der Frau des Biologielehrers und Romeros Brief gezeigt und sie entdeckt hätte, wie gewaltig der »eine Schlag« wirklich war.

Was Jimmy anging, sagte Strand lediglich, daß er einen neuen Job in Hollywood habe und wesentlich mehr Geld verdiene als bisher. Er erzählte ihr auch, daß Jimmy seine Leidenschaft für schicke Anzüge entdeckt hatte und daß ein Lunch mit drei Martinis für ihn schon zur Selbstverständlichkeit geworden war.

Als Eleanor dies hörte, verzog sie das Gesicht. »Auf dem Weg nach oben, nehme ich an. Und dabei fliegen ihm alle Herzen zu. Wenigstens wird er kein Nichtstuer, wie es ganz den Anschein hatte. Schickt er euch ein bißchen Geld?«

»Wir brauchen keines«, sagte Strand schroff.

Eleanor sah ihn ernst an. »Weißt du, auch dir könnten ein paar gute Anzüge nicht schaden.« Aber sie beließ es dabei.

Die Fahrt in dem alten Kombi von der Schule zum Kennedy-Flugplatz verlief angenehm. Das Wetter war gut, es gab wenig Verkehr, Eleanor war eine sichere, vorsichtige Fahrerin, und sie hatten genügend Zeit, um ohne Hast in einem sehr netten Gasthaus außerhalb von Greenwich zu Mittag zu essen. Sie amüsierten sich beide über die Blicke, die sie beim Betreten des Lokals einheimsten ... bewundernde für Eleanor, neidische oder mißbilligende für Strand.

Sie drückte seine Hand und flüsterte: »Sie denken, du bist ein unwiderstehlicher älterer Herr, der heimlich mit seiner Sekretärin ein anstößiges Wochenende verbringt.«

»Vielleicht versuche ich das einmal«, sagte Strand lachend. »Unwiderstehlich sein. Nur muß ich zuerst eine Sekretärin engagieren.« Aber als sie kurz zu den »Damen« verschwand, um sich zu frisieren, dachte er an Judith Quinlan und an das Mädchen im Zug, und er fragte sich, wie ein anstößiges Wochenende eigentlich sein mochte und ob er jemals in seinem Leben eines erleben würde.

Als sie zum Zollausgang gingen, um auf Leslie und Linda zu warten, sahen sie, daß Caroline bereits da war. Caroline rannte quiekend auf sie zu und fiel erst dem Vater, dann der Schwester um den Hals. »Daddy«, sagte sie vorwurfsvoll, »du hast mir kein Wort gesagt! Ich dachte, daß sie immer noch in Georgia schmachtet. Was für eine große Überraschung. Wo ist dein schöner Herr Gemahl, Eleanor?«

»Er schmachtet in Georgia«, sagte Eleanor. Sie trat einen Schritt zurück. »Laß dich ansehen.« Caroline nahm eine übertriebene Mannequinpose ein. Beine gespreizt, eine Hand auf der Hüfte, die andere mit einer tänzerischen Gebärde über dem Kopf. »Wie gefällt dir mein neues Ich?«

»Ziemlich Klasse«, sagte Eleanor. »Jetzt bin ich froh, daß mein Mann in Georgia ist.« Während ihrer letzten Worte schoß sie Strand einen warnenden Blick zu, und er wußte, daß sie Caroline nicht sagen würde, warum Giuseppe in Georgia war und welche Sorgen sie sich um ihn machte. »Du hast etwas abgenommen, nicht?«

»Die hetzen mich täglich zu Tode«, sagte Caroline.

»Es steht dir gut.«

Eigentlich fand Strand, daß Eleanors »Klasse« eine schwesterliche Untertreibung war. Er war überzeugt, es sei nicht allein väterlicher Stolz, daß er Caroline mit ihrem zarter gewordenen Gesicht, den vor Gesundheit und Glück strahlenden Augen, der klaren, vom Sport rosig schimmernden Haut, den langen, schöngeformten festen Beinen für eines der hübschesten Mädchen hielt, das er je in seinem Leben gesehen hatte. Mit ihrer neuen Nase und ihrer neuen Selbstsicherheit ähnelte sie ihm nicht mehr. Sie sah Leslie – Leslie, als sie so alt gewesen war wie sie – in einem Maße ähnlich, daß es ihm den Atem verschlug. Es gab keinen schmeichelhafteren Vergleich für ihn. Die Briefe fielen ihm ein, über die er sich mit ihr bei Gelegenheit unterhalten würde müssen, und er forschte nach Zeichen von Verderbtheit. Er fand keine. Sie sah unberührt, jugendlich unschuldig aus.

Als die Reisenden in kleinen Gruppen durch den Zoll kamen, eilte Hazen daher. »Hallo, alle miteinander«, sagte er, schüttelte Strand die Hand und zögerte einen Augenblick, als Caroline auf ihn zukam, ihn umarmte und darauf wartete, daß er ihr einen Kuß gab. Dann küßte er sie auf die Wange. Als Eleanor ihn begrüßte, zögerte er mehr als einen Augenblick, ehe er auch sie küßte. »Ich fürchtete schon, ich würde zu spät kommen. Der Verkehr stadtauswärts ist wild. Freitag nachmittags vor den großen Ferien. Es ist ein Glück, daß Linda stets als letzte aus dem Flugzeug kommt. Sie läßt immer etwas liegen, muß zurück und danach suchen, muß ihr Gesicht zurechtmachen, und bis sie endlich aussteigt, ist das Flugzeug schon wieder startbereit.«

Als Leslie und Linda herauskamen und Leslie ihre Familie fast vollzählig wiedersah, traten ihr Tränen in die Augen, und sie verhielt den Schritt. Strand war überrascht. Normalerweise hatte Leslie ihre Gefühle unter Kontrolle, und es sah ihr gar nicht ähnlich, bei glücklichen Anlässen zu weinen. Dann lief sie heran und küßte einen nach dem anderen. Auch Linda küßte jeden, und es herrschte Lächeln und Gelächter und Geplapper über das Gepäck und wer mit wem in welchem Wagen fahren sollte, und rundum wurden Glückwünsche darüber ausgetauscht, wie gut doch alle aussähen.

Als sie endlich das Flughafengebäude verlassen hatten, wurde beschlossen, daß Caroline mit Linda und Hazen fahren sollte, während Strand und Leslie mit Eleanor in ihrem Volkswagen reisen würden. Der Fahrer, ein kräftig gebauter jüngerer Mann in Chauffeursuniform, half ihnen das Gepäck zu verstauen.

»Wo ist Conroy?« fragte Strand.

»Das erzähle ich dir später.« Hazen machte ein Gesicht, als hätte er in einen sauren Apfel gebissen, und stieg in den Wagen. Der Mercedes fuhr davon, und Leslie und Strand blieben allein am Randstein stehen, nachdem Eleanor zum Parkplatz gegangen war, um den Wagen zu holen. Strand betrachtete seine Frau voll Wohlgefallen. Sie schien zehn Jahre abgeschüttelt zu haben, und er fand, daß man sie leicht für Eleanors hübsche ältere Schwester ausgeben konnte. Und gar nicht sehr viel älter. Er küßte sie spontan.

Sie lächelte zu ihm auf, während er sie immer noch umschlungen hielt. »Ich habe nicht gewußt, daß du in deiner einsamen Zeit eine Vorliebe für Schaustellungen in der Öffentlichkeit entwickelt hast.«

»Ich konnte nicht widerstehen! Paris hat dir einen neuen Schmelz verliehen.«

»Es hat mir sicher nicht geschadet.« Dann wurde ihr Gesicht ernst. »Allen«, sagte sie. »Ich sollte dich damit nicht so plötzlich überfallen, aber es beschäftigt mich dermaßen, daß ich im Grunde an gar nichts anderes denken kann. Ich wollte es dir schreiben, aber dann dachte ich, ich müßte doch dein Gesicht sehen, wenn ich dir davon erzähle ...«

»Willst du mir vielleicht sagen, daß du dir in Paris einen Liebhaber zugelegt hast?« Er hoffte, daß es ihm gelungen war, einen leichten Ton zu bewahren.

»Allen«, sagte sie vorwurfsvoll, »dazu kennst du mich zu gut.«

»Es war eine lange Zeit. Einem einsamen, liebebedürftigen Frauenherzen könnte man es verzeihen.« Aber er seufzte vor Erleichterung.

»Diesem Herzen nicht. Nein, es ist ernster als ein Liebhaber. Was ich fragen will, ist folgendes: Siehst du irgendeine Möglichkeit, einen Job in Paris zu bekommen, wenigstens für ein Jahr? Es gibt dort eine amerikanische Schule, und ich bin überzeugt, Russell kennt jemanden vom Vorstand.«

»Es gibt da auch noch die nebensächliche Frage des Geldes«, sagte Strand. »Flugkosten, eine Wohnung, Kleinigkeiten wie diese.«

»Wir könnten es schaffen«, sagte Leslie. »Ich würde zuschießen. Der Galeriebesitzer versprach mir, mich ein Jahr lang zu finanzieren – nicht sehr viel natürlich –, falls ich zurückkomme und mit dem Künstler arbeite, der meine Bilder gekauft hat. Neben ihm zu arbeiten und ihm zuzuhören hat mir eine ganz neue Einsicht in das vermittelt, was Kunst sein kann. Ich habe das Gefühl, daß ich endlich nahe daran bin, jemand zu sein.«

»Du bist immer jemand gewesen, Leslie.« Jetzt war er verletzt und erschüttert.

»Du weißt, was ich meine. Willst du, daß wir den Rest unseres Lebens in einem Kaff wie Dunberry verbringen?« Sie sprach sanft, ohne Nachdruck, aber er fühlte die Verzweiflung hinter ihrer Frage.

»Ich habe noch nicht viel über den Rest unseres Lebens nachgedacht. Bis jetzt war ich zufrieden, von einer Woche zur anderen leben zu können.«

»Oh, Lieber«, sagte Leslie, »ich habe dich in Unruhe gestürzt. Vergiß, was ich sagte. Ich werde nicht mehr davon sprechen. Erzähl mir von Eleanor.« Sie sprach energisch, als sei die Idee, nach Paris zu ziehen, ganz leicht zu vergessen. »Wo ist Giuseppe?«

»Das soll sie dir selbst erzählen.«

»Es gibt Schwierigkeiten.« Es war keine Frage.

Er nickte.

»Ist es schlimm?«

»Es könnte sehr schlimm werden. Ich weiß es noch nicht. Nimm sie beiseite. Sie möchte nicht, daß Caroline oder Russell etwas davon erfahren. Da ist sie«, sagte er, als der Volkswagen-Kombi am Randstein hielt.

Er setzte sich auf den Rücksitz, um Eleanor die Gelegenheit zu geben, mit ihrer Mutter zu sprechen. Eleanor sprach leise, und bei dem Lärm, den der alte Volkswagen machte, konnte er kaum hören, was sie sagte. Ab und zu vernahm er jedoch Giuseppes Namen. Obwohl Leslie ihm kein Ultimatum gestellt hatte wie Eleanor ihrem Giuseppe, fühlte Strand, daß er vor einer ähnlichen Entscheidung stand wie sein Schwiegersohn – er hatte die Wahl. Er konnte mit seiner Frau nach Paris gehen oder hierbleiben – allein. Er hatte sich nicht eingemischt, als seine Kinder ihre Berufswahl getroffen hatten, und er konnte sich seiner Frau gegenüber kaum weniger großzügig verhalten. Es drohte ihm zwar keine Bombe wie Giuseppe, aber wenn er die Lage aus Leslies Sicht und mit Leslies Augen betrachtete, konnte er verstehen, daß Dunberry kaum attraktiver für sie war als die Stadt in Georgia, aus der Eleanor geflohen war, für ihre Tochter. Er würde also überlegen müssen, was sich mit Paris machen ließ.

Sobald er diesen Entschluß einmal gefaßt hatte, begann ihn die Vorstellung, Dunberry gegen Paris zu tauschen, zu faszinieren. Das eintönige Brummen des Wagens schläferte ihn ein, er schloß die Augen und stellte sich vor, er säße an einem Kaffeehaustischchen auf einer Terrasse im Freien und läse im Sonnenschein eine französische Zeitung; und er lächelte. Schließlich und endlich war fünfzig gar nicht so alt. Generäle, die in diesem Alter Armeen befehligten, wurden für junge Männer angesehen. Er wußte, es würde eine Herausforderung bedeuten. Aber es hatte in den letzten Jahren nicht viele ernste Herausforderungen gegeben, falls man von dem Herzinfarkt absah. Und aus diesem war er mit einem tiefen Gefühl des Triumphes hervorgegangen. Er wußte, daß Eleanor und Caroline für den Umzug sein würden, und sei es nur um der Möglichkeit willen, Frankreich zu sehen.

Eleanors leises Gemurmel verstummte. Dann hörte er Leslie laut sagen: »Du hast genau das Richtige getan. Es ist ungeheuerlich. Und falls ich ihn sehe, wird er es von mir deutlich zu hören kriegen. Wenn er dumm und dickköpfig genug ist, sein eigenes Leben riskieren zu wollen, ist das seine Sache. Zu verlangen, daß du deines riskierst, ist teuflisch.« Sie wandte sich um und sagte:

»Allen, ich hoffe, du hast Eleanor das gleiche gesagt.«

»Klar und deutlich«, sagte Strand.

»Hast du versucht, mit Giuseppe zu sprechen?«

»Ich habe zweimal angerufen. Sobald er meine Stimme erkannte, hat er eingehängt.«

»Hast du es Russell erzählt?«

»Ich finde, das sollte besser in der Familie bleiben.«

»Wahrscheinlich hast du recht«, sagte Leslie. Aber es klang, als ob sie ihre Zweifel hätte.

Er fragte sich, ob Eleanor im Verlauf des leisen Gesprächs, das da vorne vor sich gegangen war, ihrer Mutter genau das erzählt hatte, was sie ihm erzählt hatte: daß sie versuchen würde, ihren Mann zu vergessen, und daß sie, falls es ihr nicht gelang, zu ihm zurückkehren würde. Er hoffte, daß Eleanor nicht so weit gegangen war. Falls sie es getan hatte, würde die Angst, daß Eleanor möglicherweise nach Georgia zurückkehrte, Leslies Freude über ihren Erfolg in Frankreich und ihre Zukunftspläne zerstören. Und diese Freude würde sich noch gewaltig steigern, sobald er Gelegenheit fand, ihr zu sagen, daß er tatsächlich versuchen wollte, eine Stellung an der amerikanischen Schule in Paris zu bekommen.

Es war dunkel, als sie das Haus am Meer erreichten. Das leise, stete Rollen der See war zu hören, und am eisigen, kristallklaren Nachthimmel funkelten die Sterne. Strand atmete tief die salzige Meeresluft ein und spürte ein Prickeln in seinem Hals und seinen Lungen.

Hazen saß in einem der beiden hochlehnigen Lederfauteuils, die den Kamin flankierten. Das Feuer aus Treibholz schlug Funken von elektrisierendem Blau und Grün. In einer Ecke stand ein Weihnachtsbaum, seine Äste waren mit Flitter und bunten Glaskugeln geschmückt, in denen sich der flackernde Schein des Feuers widerspiegelte. Der Baum füllte das Zimmer mit dem Duft von Tannenwald. Hazen hatte einen Drink in der Hand und schenkte Strand einen Whisky-Soda ein, während die Frauen hinaufgingen um auszupacken.

»Ich habe vergessen, wie wunderbar dieses Haus ist«, sagte Strand, »wenn ich komme, versetzt es mir immer wieder einen Stoß.« Er setzte sich in den Stuhl gegenüber von Hazen und fühlte die einladende Wärme des Feuers an seinen Beinen. »Ich werde dir gleich jetzt für diese Ferien danken ... im Namen der ganzen Familie ... Und von Stund' an halte ich ein für allemal den Mund.«

»Danke«, sagte Hazen. »Insbesondere fürs Mundhalten. Es ist zu schade, daß Jimmy nicht mitkommen konnte.«

»Er ist in Kalifornien.«

»Ich weiß«, sagte Hazen. »Solomon hat es mir gesagt.«

»Hat er dir sonst noch etwas gesagt?«

Hazen nickte. »Solomon bauscht die Sache zu sehr auf. Ein ehrgeiziger junger Mann ergreift nun einmal die Chance, die sich ihm bietet. Ich bin überzeugt, daß Solomon schlimmere Dinge tat, als er in Jimmys Alter war. Und ich tat es ebenfalls. Sei nicht so moralisch, Allen.«

»König Artus ist tot, sagte Jimmy, als ich einige Einwände erhob.«

Hazen lachte. »Auch so kann man es ausdrücken. Er ist schon lange tot.«

»Wie steht's mit dir?«

»Die üblichen kleinen Ärgernisse.« Hazen zuckte die Achseln. »Ich habe Conroy hinausgeworfen.«

»Ich fragte mich, warum er nicht am Flugplatz war.«

»Ich habe entdeckt, daß meine nichtswürdige Gattin ihn bezahlte, um mich zu bespitzeln. Darum wußte sie an dem Abend in Tours so viel über dich und deine Familie.«

Armer, graugesichtiger Allzeit-bereit-Conroy, dachte Strand, und er dachte an den mageren Arm, der ihn in der stampfenden Brandung umfangen hatte; an die Verlegenheit zwischen ihnen, als Strand den Versuch gemacht hatte, ihm für die Rettung seines Lebens zu danken; an Hazens abscheulichen Scheck über tausend Dollar für geleistete Dienste; an Hazens Worte »Geld bedeutet ihm alles, er spart wie ein Hamster«. Der Mann hatte nicht an Belohnung gedacht, als er sich in die Wellen stürzte, um Strand aus dem Meer zu fischen. Moral auf unterschiedlichen Ebenen. Er wußte, es würde keinen Sinn haben, Hazen zu bitten, daß er es sich anders überlegte und Conroy noch eine Chance gab. Verrat heute wog schwerer als Tapferkeit gestern.

»Darf ich fragen«, fragte Strand, »wie deine Scheidung vorangeht?«

»Schlecht. Sie ruft meinen Anwalt zweimal täglich aus Frankreich an. Sie ist rücksichtslos auf ihren Vorteil bedacht. Und sie hört nicht auf mir zu drohen, daß sie die ganze Unerfreulichkeit in die Zeitungen bringt, wenn ich nicht sehr bald nachgebe.« Er sah Strand trübe an, dann ließ er das Eis in seinem Glas klirren und sagte: »Conroy hat ihr erzählt, daß ich mein Testament geändert habe. Ich Idiot habe ihn als Zeugen unterzeichnen lassen. Natürlich weiß er nicht, was drinsteht. Es liegt im Privatsafe meines Partners, und mein Partner ist der einzige Mensch außer mir, der es gelesen hat. Ich habe es selbst getippt. Aber sie weiß, daß es ein neues gibt, und sie sagt, sie wird kein einziges Dokument unterschreiben, ehe ich es ihr nicht gezeigt habe.« Er lächelte freudlos. »Fröhliche Weihnachten.« Er nahm einen großen Schluck von seinem Drink. »Man möchte meinen, daß keinerlei neues Indiz für die Schlechtigkeit des Menschen einen Mann meines Alters zu überraschen vermöchte. Aber Conroy, nach all den Jahren...« Hazen schüttelte den Kopf. »Als ich ihn hinauswarf, sagte er, er sei froh, daß es zu Ende sei. Er habe mich vom ersten Tag an gehaßt und nur nicht den Mumm gehabt zu kündigen. Du machst dir keine Vorstellung von dem Haß, der sich in dem ruhigen, unscheinbaren Mann aufgestaut hat. Er hat mir mitgeteilt, daß er eine homosexuelle Affäre mit meinem Sohn hatte. Mein Sohn hat ihm angeblich gesagt, er würde eines Tages Selbstmord begehen, falls ich noch lange lebte, denn das sei der einzige Ausweg, sich von mir zu befreien. Da nahm ich Conroy beim Kragen und warf ihn eigenhändig aus meinem Büro hinaus. Hätte ich das Fenster öffnen können, würde ich ihn hinuntergeworfen haben. Nun habe ich einen Chauffeur für geschäftliche Fahrten, und wenn ich in Privatangelegenheiten unterwegs bin, werde ich selbst fahren. Ich habe ein hübsches zweiundzwanzigjähriges Mädchen als Privatsekretärin eingestellt. Falls sie mich haßt, wird es sich, da sie eine Frau ist, wenigstens bald zeigen, und ich werde die Möglichkeit haben, sie rasch loszuwerden. Ach, genug von meinen Sorgen. Wir wollen uns entspannen und die Ferien genießen. Ich brauche noch einen Drink. Was ist mit dir?«

»Nichts, danke.« Strand sah dem robusten, noch ungebeugten Mann voll Mitleid im Herzen nach, als er zur Bar hinüberging und sich mit ruhiger Hand einen Whisky einschenkte. Während er damit beschäftigt war, sagte er: »Caroline ist eine richtige Schönheit geworden, was?«

»Als ihr Vater kann ich dir nur recht geben.«

»Es hat ihr ungeheuer gut getan, daß sie von zu Hause fort ist.« Hazen kehrte zurück und nahm wieder im Lehnstuhl neben dem Kamin Platz. »Es hat ihr Selbstvertrauen erweckt. Wenn man sie im Auto reden hörte, mußte man sich erst mit eigenen Augen vergewissern, daß es sich wirklich um das kleine, schüchterne Mädchen handelte, das vor gar nicht langer Zeit nach Arizona ging. Ich muß sagen, sie hält mit ihrer Meinung nicht hinter dem Berg. Sie behauptet, der Trainer sei ein Sklaventreiber, und sie verabscheue ihn.« Hazen lächelte. »Der Aufschrei aller Sportler. Sie sagte auch, sie hasse das Laufen. Sie weiß, daß es ihr guttut, aber es langweilt sie. Nach ihren Worten läuft sie fünfzig Meilen in der Woche und kommt dennoch an kein Ziel. Und sie behauptet, daß es ihr mißfällt, die anderen Mädchen zu besiegen und dafür eine Sonderbehandlung zu bekommen. Ich glaube nicht, daß wir es mit einer olympischen Hoffnung zu tun haben, Allen.«

»Um so besser«, sagte Strand.

»Na ja, zumindest braucht sie kein Schulgeld zu bezahlen, und sie ist das beliebteste Mädchen am Campus.«

»Um so schlimmer.«

Hazen lachte. »Leslie würde sagen: ›Du bist schon wieder altmodisch, Lieber.‹« Strand stimmte in das Lachen nicht mit ein. Hätte Hazen den Brief der Lehrersgattin gelesen, dachte Strand, würde er mich kaum zu Carolines Beliebtheit beglückwünschen.

»Nun«, sagte Hazen, »wenigstens scheint Leslie fabelhaft in Form zu sein. Du solltest Linda ein Dankschreiben zukommen lassen. Ohne Linda wäre diese Reise nach Paris kaum zustandegekommen.«

»Ja, es ist alles gut gelaufen«, sagte Strand ohne Begeisterung. »Vielleicht ein wenig zu gut.«

»Was willst du damit sagen?« Hazen runzelte die Stirn.

»Sie will wieder zurück.«

»Was ist daran nicht in Ordnung?«

»Sie möchte *sofort* zurück. Auf der Stelle. Wenn es möglich wäre.«

»Oh.« Hazen starrte nachdenklich in sein Glas.

»Sie scheint zu glauben, daß der Mann, in dessen Atelier sie gearbeitet hat, ihr dazu verhelfen kann, eine Art Genie zu werden.«

»Hat sie das gesagt?«

»Nicht direkt«, gab Strand zu. »Sie will als Malerin Karriere machen, und sie glaubt, daß Paris der einzige Ort ist, wo sie es bewerkstelligen kann.«

»Warum eigentlich nicht? Du gehörst nicht zu der Sorte Männer, die finden, daß ihre Frauen in alle Ewigkeit an den Küchenherd gekettet gehören. Oder doch?«

»Nein. Eher nein.«

»Du weißt, daß ich der Meinung war, sie hätte Talent. Vom ersten Abend an, als ich in eurer Wohnung ihre Landschaftsbilder sah. Vielleicht kein großes Talent, aber echtes. Und nun sagt Linda, die Leute sind ganz begeistert von ihrer Arbeit und von ihren Möglichkeiten. Manchmal müssen Fremde kommen, um den wahren Wert von Dingen zu erkennen, die wir jahrelang vor Augen hatten.«

»Das weiß ich alles, Russell, aber ...«

»Aber was? Wo ist der Haken?«

»Sie möchte, daß ich mit ihr nach Paris gehe.«

Hazen sagte nichts, sondern pfiff nur leise durch die Zähne.

»Ich habe nicht gepfiffen, als sie es sagte«, meinte Strand. »Sie will, daß ich dich frage, ob du irgend jemanden in Paris kennst, der mir an der amerikanischen Schule einen Job verschaffen könnte. Für mindestens ein Jahr. Ich würde Babcock fragen, ob er mir ein Jahr lang unbezahlten Urlaub gibt. Russell, du hast für diese Familie genug getan. Falls es dir die geringsten Unannehmlichkeiten bereitet, sag es mir, und Leslie und ich werden selbst eine Lösung finden.«

»Laß sehen, laß sehen ...« Hazen lehnte seinen Kopf zurück und blinzelte zur Decke. Er schien nicht gehört zu haben, was Strand abschließend gesagt hatte. »Warte, wen kenne ich? Natürlich. Die Nummer eins in unserem Pariser Büro hat zwei Kinder, die in die amerikanische Schule gehen, und er ist im Aufsichtsrat. Ich werde ihm morgen ein paar Worte schreiben. Ich würde ihn anrufen, aber auch in Frankreich ist Weihnachtszeit, und ich weiß, daß er sich zehn Tage Urlaub nahm. Ich bin sicher, es läßt sich etwas machen.«

»Es macht mich krank, dich als Stellenvermittlungsbüro zu mißbrauchen«, sagte Strand.

»Eine Menge Leute mißbrauchen mich für wesentlich schlimmere Dinge. Mach kein Aufhebens davon.«

Mr. Ketley trat ein und sagte: »Ein Anruf für Sie, Sir.«

Mit seinem Drink in der Hand ging Hazen in die Bibliothek. Strand fiel auf, daß er die Tür hinter sich schloß, so daß man sein Gespräch nicht hören konnte.

Als er in den Salon zurückkehrte, sah er sehr ernst aus. »Allen«, sagte er, »du wirst mich bei den anderen entschuldigen müssen. Ich muß nach New York zurück. Sofort. Der Anruf war von meiner Frau. Sie kam heute nachmittag von Paris nach New York. Sie flog mit der Air France. Hätte auch sie die TWA genommen, hätten Leslie und Linda dreitausend Meilen lang das Vergnügen ihrer Gesellschaft genossen. Sie ist betrunken, und sie sagt, falls ich nicht sofort nach New York komme, wird sie sich einen Wagen mieten und herausfahren und uns allen zeigen, daß mit ihr nicht zu spaßen ist. Eine Szene wie die letzte ist mehr als genug für ein Jahr. Ich muß sehen, was ich tun kann. Es tut mir leid, daß ich euch die Party versaue. Sag den anderen, es ist geschäftlich. Sag allen, sie sollen essen und trinken und fröhlich sein.«

»Wann wirst du zurück sein?«

»Ich weiß nicht. Du hörst von mir.« Hazen sah sich um, sein Blick verweilte lange auf dem behaglichen Kaminfeuer und den Möbeln, müde schüttelte er den Kopf. »Gott, es tut weh, diesen Raum verlassen zu müssen«, sagte er und ging rasch hinaus.

Strand trank aus, dann stieg er langsam die Treppe hinauf, um Leslie zu sagen, daß ihr Gastgeber geschäftlich nach New York gerufen worden war.

Sie hatten gegessen und getrunken, aber sie waren nicht besonders fröhlich gewesen. Eleanor und Leslie hatten sich im Wagen ausgesprochen, Linda war von der Zeitverschiebung erschöpft und ging früh zu Bett. Caroline war rastlos und schlug Eleanor vor, nach Bridgehampton zu fahren und zu sehen, ob Bobby Van in seiner Bar heute abend zufällig Klavier spielte. »Nach Georgia und Dunberry kann ich ein bißchen Nachtleben vertragen, zehn Blaskapellen etwa«, sagte Eleanor, und die Mädchen gaben ihren Eltern einen Gutenachtkuß und fuhren davon.

»Na«, sagte Leslie, »heute abend sieht's nach zwei alten Leutchen am Feuer aus, was?« Sie kam zu Strand herüber, beugte sich zu ihm nieder, küßte seine Stirn und strich mit ihrer Hand über seinen Hinterkopf. Er griff nach ihr und hielt ihre Taille umschlungen.

»Ich fühle mich nicht so alt«, sagte er. »Und was dich angeht – wenn du mit den Mädchen in die Bar gegangen wärst, hätte der Besitzer mit Sicherheit deinen Ausweis verlangt. Es sieht mir eher nach Zeiten aus, als wir im Wohnzimmer darauf warteten, daß deine Leute zu Bett gingen, um endlich schmusen zu können.«

»O Gott!« Leslie lachte. »Das Wort habe ich seit dreißig Jahren nicht mehr gehört. Schmusen. Glaubst du, daß das heute noch in Mode ist?«

»Nach allem, was ich höre, stürzen sie sich heutzutage einfach ins Bett«, sagte Strand. Er ließ seine Hand von ihrer Taille gleiten und begann ihren Oberschenkel zu streicheln. »Eine vernünftige, zeitsparende Sitte. Wir sollten sie einmal versuchen. Jetzt gleich etwa.«

Leslie lehnte sich zurück, so daß sie sein Gesicht sehen konnte. »Ist das dein Ernst?«

»Glühender Ernst«, sagte er.

»Ist es auch in Ordnung? Ich meine...«

»Prinz hat grünes Licht gegeben. Etwas matt, aber grün.«

»Was hat er genau gesagt?«

»Er sagte: Maßhalten in allem. Er sagte, es kann dich umbringen, du kannst dich aber auch fühlen wie ein Zwanzigjähriger.«

Leslie küßte ihn hart auf den Mund, nahm seine Hände und zog ihn von seinem Sessel hoch.

Es brachte ihn nicht um, und er fühlte sich auch nicht wie ein Zwanzigjähriger, als er ihr einen letzten Kuß gab und sich in dem weichen, großen Bett auf den Rücken rollte; aber es machte ihn ungeheuer glücklich.

»Wir sind wieder zu Hause«, sagte sie leise. »Wir sind in einem fremden Haus und in einem fremden Bett, aber wir sind endlich zu Hause.«

»Bist du müde?«

»Nein. Ich schwebe.«

»Ich habe eine elegante Idee.«

»Und zwar?«

»Ich werde in die Küche gehen und aus dem Kühlschrank eine Flasche Champagner stehlen und zwei Gläser heraufbringen. Wir werden ein privates Vorweihnachtsfest feiern. *Post Coitum.*«

»Der andere Privatbeteiligte stimmt mit ja«, sagte sie.

Als er mit der Flasche und den Gläsern wiederkam, saß Leslie vor dem Kamin. Sie hatte Feuer gemacht und auch für ihn einen Stuhl zurechtgerückt. Er ließ den Pfropfen knallen und schenkte den kalten Champagner in die beiden Gläser, die Leslie ihm entgegenhielt. Er nahm eines der Gläser und hob es hoch. »Auf Paris«, sagte er.

Sie trank nicht, sondern sah ihn fragend an. »Was heißt das?«

»Es heißt, daß ich mit Russell sprach, kurz bevor er nach New York mußte, und natürlich kennt er, wie nicht anders zu erwarten, den richtigen Mann, und er wird sich mit ihm in Verbindung setzen. Morgen kaufe ich das neueste französische Wörterbuch.«

»O Allen!« Es schien, als sei sie den Tränen nahe.

»Trink«, sagte er, und beide tranken.

»Allen«, sagte sie, »du mußt das nicht für mich tun.«

»Ich tue es für mich«, sagte er. »Ich hatte im Wagen die Gelegenheit, darüber nachzudenken, und je mehr ich darüber nachdachte, desto besser gefiel mir die Idee.«

»Bist du sicher? Du machst es nicht nur mir zuliebe? Du schienst entsetzt, als ich auf dem Flugplatz darüber sprach.«

»Ich war nicht entsetzt. Ich war überrascht. Es dauerte ein wenig, bis ich mich an den Gedanken gewöhnte, das ist alles. Meine Güte, ist der Champagner gut!«

»Auf daß wir nie einen schlechteren trinken.« Sie kicherte und hielt ihm ihr leeres Glas entgegen. »So wie ich mich jetzt fühle«, sagte sie, während er einschenkte, »möchte ich sagen: ›Und sie lebten glücklich bis an ihr Ende.‹«

Am nächsten Nachmittag rief Hazen an und teilte Leslie mit, er würde versuchen, zum Weihnachtsabend zurück zu sein, aber es sei nicht sicher. Er hoffe, sie unterhielten sich gut, sagte er, und Leslie sagte, daß alle ihn vermißten, er solle schnell zurückkommen.

Sie verbrachten einen faulen Tag. Es war zu kalt, um draußen zu malen, und Leslie begann eine Bleistiftskizze von Caroline für ein späteres Porträt in Öl. Strand war es zufrieden, einfach dazusitzen und zuzusehen, und manchmal stand er auf und ging in die andere Ecke hinüber, wo Linda und Eleanor Backgammon spielten.

Als Hazen am nächsten Tag anrief, um zu sagen, daß er es nicht schaffen würde, zum Weihnachtsabend zurück zu sein, war Linda ans Telefon gegangen. Sie kam mit einem besorgten Ausdruck im Gesicht zurück. »Er war sehr sonderbar«, sagte sie zu Leslie und Strand, die im Salon saßen. »Gar nicht wie sonst. Er redete völlig zusammenhangloses Zeug, immer wieder sprach er von wichtigen Entscheidungen, es gelang mir kaum, ihn zu verstehen. Ich fragte, ob er betrunken sei, und da explodierte er und schrie: ›Das geht dich einen Dreck an, Linda!‹ und hängte ein. Allen, weißt du, was das alles soll?«

»Nein.« Er hoffte, daß es überzeugend klang. »Irgendeine geschäftliche Angelegenheit, sagte er.«

»Dem Himmel sei Dank, Allen, daß du kein Geschäftsmann bist«, meinte Linda.

»Genau das sage ich jeden Abend, wenn ich mein Nachtgebet spreche«, nickte Strand.

Das Weihnachtsessen war zwar köstlich, verlief aber trübsinnig. Hazens Abwesenheit bedrückte sie alle. Sie hatten ihre Geschenke unter den Baum gelegt und beschlossen, nicht ein einziges Paket vor Hazens Rückkehr zu öffnen. Der leere Platz am Kopfende der Tafel machte alle verdrießlich, sogar Linda. Die Unterhaltung bei Tisch war eher schleppend, und sie waren froh, als die Mahlzeit vorüber war.

Als sie um drei Uhr nachmittag das Essen mit einem Calvados beendeten, war das Wetter inzwischen grau und neblig geworden, aber Leslie und Linda und Eleanor zogen sich warm an und machten einen Spaziergang am Strand, als triebe sie irgend etwas aus dem Haus. Caroline machte es sich vor dem Fernsehapparat bequem, und Strand ging hinauf und legte sich hin, um ein wenig zu schlafen. Er träumte, er sei mit Conroy und Mrs. Hazen in einem Zimmer eingesperrt und müsse zusehen, wie sie sich die Kleider vom Leibe rissen und einander auf obszöne Weise besprangen. Er erwachte schweißgebadet, ohne sich an den Traum deutlich erinnern zu können, aber mit einer ekelerregenden Empfindung über das groteske Durcheinander.

Er ging hinunter und sah, daß die Frauen noch nicht zurückgekehrt waren. Caroline war in der Bibliothek und telefonierte, aber als sie Strand den Salon betreten sah, sagte sie hastig: »Ich kann nicht mehr weitersprechen. Wiedersehen.« Sie legte den Hörer auf, wandte sich nach einem raschen Blick auf ihren Vater um und setzte sich wieder vor den Fernsehapparat.

Neugierig ging er in die Bibliothek hinüber. »Caroline, mit wem hast du gesprochen?«

»Mit niemand Bestimmtem«, sagte sie, ohne ihn anzusehen.

»Kein Mensch kann sich mit niemand Bestimmtem unterhalten«, sagte er.

Sie seufzte und stellte den Fernsehapparat ab. »Falls du es wissen mußt«, sagte sie trotzig, »es war Jesús. Jesús Romero. Er hat mich angerufen. Ich habe ihm eine Weihnachtskarte aus Arizona geschickt, und die Schule hat sie an ihn weitergeleitet. Er hat versucht, uns in Dunberry anzurufen, und die Putzfrau sagte ihm, daß wir hier seien. Er wollte mir fröhliche Weihnachten wünschen. Ist das ein Verbrechen?«

Strand setzte sich neben sie auf die Couch und nahm sanft ihre Hände in die seinen. »Caroline«, sagte er, »wir müssen uns ein wenig unterhalten, du und ich.«

»Zweifelsohne«, sagte Caroline. Sie war jetzt böse oder versuchte den Eindruck zu erwecken, daß sie böse war. »Warum hat mir niemand erzählt, daß Jesús im Gefängnis war und gegen Kaution entlassen wurde, daß er von der Schule gefeuert wurde und daß ihm ein Prozeß bevorsteht?«

»Wir wußten nicht, daß du ein besonderes Interesse an dem Jungen hast. Bis vor kurzem.«

»Na schön. Ich habe ein Interesse an ihm. Ein großes sogar.«

»Das konnte ich mir zusammenreimen, als ich von den Briefen erfuhr, die ihr gewechselt habt.«

Caroline entzog ihre Hände seinem losen Griff. »Was weißt du von Briefen?«

»Eine ganze Menge, zumindest was ihren Inhalt angeht, obwohl ich sie nie gelesen habe. Sorg dich nicht, sie wurden vernichtet.«

»Ich sorge mich nicht.« Ihr Ton war scharf.

»Hier sind zwei Briefe, die nicht vernichtet wurden.« Er holte Romeros Brief und den von der Frau des Biologielehrers aus der Innentasche seiner Jacke, wo er sie verwahrt hielt, um sicherzugehen, daß Leslie sie nicht zufällig fand. Er stand auf und blieb mit dem Rücken zu Caroline stehen. Er sah aufs Meer hinaus, während sie die Briefe las. Dann hörte er das Reißen von Papier und sah, wie sie die Fetzen in das Feuer warf, das eine gemütliche Wärme in der kleinen Bibliothek verströmte.

Caroline schluchzte, und als Strand zu ihr trat, warf sie die Arme um seinen Hals. »O Daddy, Daddy«, weinte sie, »was ist nur mit mir los? Wie können Leute so abscheuliche Dinge über mich schreiben?«

»Weil du grausam warst und ihnen weh getan hast«, sagte Strand. Von der Heftigkeit ihres Schluchzens erschreckt, hielt er sie immer noch umschlungen.

»Ich hab' doch nur Spaß gemacht«, wimmerte sie. »Die meisten Briefe, die ich Jesús schickte, habe ich von Liebesbriefen abgeschrieben, die andere Mädchen in meinem Schlafsaal von ihren Freunden bekamen; oder ich fand die Texte in ›Lady Chatterley's Lover‹ oder bei Henry Miller. Ich wollte erfahren und gewagt klingen, und ich dachte, auch er würde lachen, denn wenn wir Mädchen diese Briefe lasen, lachten wir. Dann schrieb er, daß er zu Thanksgiving kommen würde. Er machte mir Angst, der Brief war so ernst. Und der alte Swanson lief einfach ständig hinter mir drein wie ein kranker Hund, und er sagte immer wieder, er und seine Frau rührten einander nicht an, und sie wolle ihn sowieso verlassen, und er tat mir leid, und ich sagte ihm, er solle Thanksgiving mit seiner Familie verbringen. Ich mußte ihm *und* Romero entkommen, und ich fuhr am Tag nach Thanksgiving mit einem Fußballspieler nach Tucson. Er gab mir von jedem Spiel, das er seit der Oberschule gespielt hatte, einen detaillierten Bericht, und ich habe niemals ein trostloseres Wochenende verbracht. So eine Art von Schlampe bin ich.«

Sie hatte bereits zu schluchzen aufgehört und legte einen zornigen Nachdruck auf das »trostlose Wochenende«, als würde die erlittene Langeweile ihre Schuld verringern. Strand ließ sie los und gab ihr sein Taschentuch, damit sie ihre Tränen trocknen könne. Er war erleichtert, daß die beiden Briefe endlich verbrannt waren. Sie sah ihn angsterfüllt an. »Du findest mich gräßlich, nicht wahr? Und du wirst mich ausschelten.«

»Wenn ich dächte, es würde helfen, würde ich dich ausschelten. Und ich finde dich nicht gräßlich. Ich finde, daß du gedankenlos gehandelt hast, und das ist manchmal schlimmer als gräßlich. Warum hast du eingehängt, als du mit Romero sprachst und mich kommen sahst?«

»Weiß Mammi von den Briefen?« Sie versuchte Zeit zu schinden, und Strand wußte es.

»Nein. Und sie wird es auch nicht, wenn du den Mund hältst. Also – warum hast du eingehängt?«

»Ich entschuldigte mich, daß ich nicht da war, als er nach Arizona kam. Und ...« Sie hob den Kopf und starrte ihm herausfordernd in die Augen. »Ich habe ihn eingeladen, hierher zu kommen.«

Strand setzte sich. Er fürchtete, es würde ein langes und schmerzliches Gespräch werden. »Dies ist nicht dein Haus, Caroline«, sagte er und versuchte Ruhe zu bewahren.

»Ich habe ihn nicht ins Haus gebeten. Ich sagte, ich würde ihn im Dorf treffen.«

»Wann?«

»Er wird mich anrufen und mir Bescheid geben.«

»*Warum* willst du ihn sehen?«

»Weil er mich fasziniert.« Sie zog das Wort in die Länge, als sei sie von seinem Klang entzückt. »Das hat er von Anfang an getan, als ich ihn damals beim Abendessen nach seinem fabelhaften Lauf kennenlernte. Ich habe es Mammi erzählt. Hat sie es dir nicht gesagt?«

»Vielleicht nicht ganz mit diesen Worten. Hast du ihn seit jenem Abend gesehen?«

»Nein. Nur seine Briefe. Er ist so leidenschaftlich und intelligent...«

»Das ist er sicherlich. Vor allem leidenschaftlich«, sagte Strand trocken. »Du hast gesagt, er macht dir Angst?«

»Das macht zum Teil seine Anziehungskraft aus. Die anderen Jungen, die ich kenne, oder dieser Swanson...« Sie rümpfte abfällig die Nase. »Alle aus dem gleichen weichen Holz. Falls Jesús möchte, daß wir uns weiterhin treffen, werde ich ihn treffen.«

»Du wirst ihn höchstwahrscheinlich im Gefängnis treffen.«

»Dann werde ich ihn eben im Gefängnis treffen. Ich gehe nicht mehr auf das greuliche College zurück, wo sie so häßliche Dinge über mich sagen.«

»Darüber reden wir später«, sagte Strand. »Was ist wahr von dem, was sie sagen?«

»Etwas. Nicht viel. O Daddy, Jungen und Mädchen sind heute nicht mehr so wie damals, als du und Mammi jung wart. Das weißt du.«

»Ich weiß es. Und ich hasse es.«

»Mammi weiß es auch, aber sie vergräbt nicht tagaus, tagein ihre Nase in einem Buch«, sagte Caroline grob. »Wer, glaubst du, hat mir an meinem sechzehnten Geburtstag die Pille gegeben?«

»Ich nehme an, du wirst sagen, deine Mutter«, sagte Strand.

»Und du bist schockiert.« Strand sah voll Schmerz, daß im Gesicht seiner Tochter Bosheit und Vergnügen standen, als sie das sagte.

»Ich bin nicht schockiert. Deine Mutter ist eine vernünftige Frau«, sagte Strand, »und sie weiß, was sie tut. Ich bin lediglich erstaunt, daß sie verabsäumt hat, es mir zu sagen.«

»Weißt du, warum sie es dir nicht gesagt hat? Weil sie an unserer Verschwörung teilnimmt...«

»An welcher Verschwörung?« fragte Strand erstaunt.

»Wir alle lieben dich, und wir wollen, daß du glücklich bist.« Es lag etwas vom Wimmern eines Kindes in ihren Worten. »Aber in deinem Kopf herrscht eine unmögliche Vorstellung von uns allen, auch von Mammi. Du denkst, weil wir zu dir gehören, sind wir eine Art fehlerloser Engel. Nun, wir sind es nicht, aber um deinetwillen tun wir von Kindheit an so, als wären wir's. Wir sind eine Familie von Schauspielern... Mammi eingeschlossen, falls du die Wahrheit wissen willst. Und wir haben ein Ein-Mann-Publikum – dich. Auf Eleanor und Jimmy gehe ich erst gar nicht ein. Niemand könnte jemals so gut sein, wie du denkst, daß wir es sind, und ich habe Mammi gesagt, wir sollten es erst gar nicht versuchen. Du würdest schließlich und endlich doch draufkommen, und dann würde es dich um so mehr verletzen. Aber du kennst Mammi. Sie ist wie Eisen. Wenn sie beschließt, etwas zu tun, kannst du sie nicht davon abbringen. Na schön, jetzt weißt du es. Ich sage nicht, daß wir *schlecht* sind. Wir sind nur Menschen. Menschen von *heute*.«

»Mensch kann man auf vielerlei Weise sein«, sagte Strand. »Sogar heutzutage. Wie auch immer ... ich muß mich bei dir, bei der ganzen Familie ... entschuldigen. Aber egal wie blind ich gewesen bin oder wie sehr *du* Mensch bist oder wie die Welt heutzutage ist, ich kann nicht billigen, daß du so leichtfertig mit dem Leben anderer Menschen umgehst. Diese arme Frau im College ... und Jesús Romero ...«

»Daddy, *ich* habe die Welt nicht verändert«, schrie Caroline. »Ich wurde einfach in die Welt, wie sie ist, hineingeboren. Dafür kannst du mich doch nicht verantwortlich machen.« Sie weinte nun wieder und wischte mit seinem Taschentuch über ihre Augen. »Und ich war es nicht, die sich auf die Suche nach Jesús Romero machte. Du hast ihn in unser Leben gezerrt. Gibst du es zu?«

»Ich gebe es zu«, sagte Strand müde. »Und ich habe einen Fehler gemacht. Auch das gebe ich zu. Aber ich möchte nicht, daß du den Fehler ausgleichst. Wenn du ihn gesehen hättest, wie deine Mutter und ich ihn gesehen haben, als er mit Mordlust in den Augen und einem Messer in der Hand hinter dem anderen Jungen herlief, würdest du es dir überlegen, ihn nochmals sehen zu wollen.«

»Daddy, wenn du dich wie ein Vater in einem viktorianischen Roman aufführst, hat es keinen Sinn, daß ich hier stehe und dir irgend etwas erzähle.«

»Nein, es hat keinen Sinn.« Er stand auf. »Ich gehe nach draußen und mache einen Spaziergang.«

»Da hast du dein Taschentuch zurück«, sagte Caroline. »Ich werde nicht mehr weinen.«

Er mußte aus dem Haus und an die frische Luft. Er wollte seine Tochter nicht sehen, wie sie mit verschwollenen Augen, den Mund zu einem harten Strich verzogen, voll kalter Wut auf den milchigweißen stummen Bildschirm des Fernsehapparates starrte. Der blitzende Widerschein des Feuers im Christbaumschmuck war ihm lästig, und der Tannenduft in dem warmen Raum ekelte ihn an. Er warf seinen Mantel über, wand den schäbigen alten Wollschal, den wegzuwerfen Leslie seit Jahren vergeblich bat, um seinen Hals. Er trat aus dem Haus. Es war dunkel geworden, und das Licht aus den Fenstern bildete wirbelnde Teiche in den stetig vom Meer her ziehenden Nebelschwaden. Der Nebel dämpfte das Rollen der See, es klang wie ein Totengesang. Er ging von der Küste weg, die lange, gerade, von Zedern gesäumte Straße entlang, welche mitten durch Hazens Besitz lief und in einiger Entfernung in die Landstraße mündete. Die Frauen waren an den Strand gegangen, und er wollte im Augenblick weder ihnen noch sonst jemandem begegnen. Fragen würden gestellt und Antworten gegeben werden müssen, und er mußte versuchen, sie im Geiste klar und sachlich zu formulieren, ehe er sie aussprach. Er war etwa fünfzig Meter gegangen, als er sich umwandte und zurückblickte. Die Lichter des Hauses waren verschwunden. Die Zedern ächzten im feuchten Wind. Er war allein, schwebte irgendwo zwischen dem Ozean und dem Nichts, umgeben von tropfnasser, dunkler, menschenleerer Wildnis.

9

Als er sich zum Umkehren entschloß, wußte er nicht, wie lange er schon unterwegs gewesen war, denn seine Uhr hatte keine Leuchtziffern. Er hatte auch keinerlei Entschlüsse gefaßt, er hatte nur gewußt, daß er dem Haus entfliehen mußte. Er war allein in der grauen, dunstigen Welt, und das langsame Schreiten im weichen, alles verschlingenden Nebel hatte ihn beruhigt, hatte ihn in einen hypnotischen Zustand versetzt, wo nichts von Bedeutung war als der nächste Schritt, nichts seine Aufmerksamkeit in Anspruch nahm als die schwankenden, geisterhaften Schatten der Bäume, an denen er vorüberkam. Aber als er nun seinen Rückweg in der Dunkelheit suchte, wurde ihm klar, daß er sich verirrt hatte. Ziellos war er die Wiesen und Dünen entlanggegangen, hatte auf der einen oder anderen Seite verschwommene Umrisse aufragen sehen, von denen er wußte, daß es Häuser waren, die im Winter verlassen standen. Er hatte weder Stimmen gehört noch einen Vogel gesehen.

Die Landschaft wäre ihm nicht einmal im hellen Sonnenschein vertraut gewesen. Er war immer nur am Strand spazierengegangen. In die Stadt waren sie stets mit dem Wagen gefahren, und er hatte nicht selbst chauffiert und daher nicht gelernt, sich markante

Punkte in der Gegend einzuprägen. Er selbst war keineswegs bestürzt, daß er sich verirrt hatte, aber er wußte, daß Leslie inzwischen zurückgekehrt sein mußte und sich Sorgen machen würde, wo er nur blieb. Er beschleunigte seine Schritte, landete in einer Sackgasse, an deren Ende ein verriegeltes Haus inmitten eines Waldes stand.

Auf gut Glück bog er in irgendwelche Querstraßen ein und hatte keine Ahnung, ob er sich nach Norden, Süden, Osten oder Westen bewegte. Er begann jetzt zu ermüden, und sein Gesicht war naß von Schweiß und feinem Nebel. Er riß seinen Schal herunter und stopfte ihn in eine Tasche. Nie zuvor hatte er sich so sehr als Stadtmensch gefühlt. An die logischen, ordentlichen, gekennzeichneten Rechtecke des Straßennetzes von Manhattan gewöhnt, war das amerikanische Gefühl für die Wildnis in ihm verkümmert. Er ging auf löchrigen Sandstraßen dahin, auf Schotter, auf Kies. Es wurde ihm klar, daß er kein einziges Licht gesehen hatte, seit er Hazens Haus verlassen hatte. Zwei Autos waren an ihm vorbeigefahren, das erste kam von hinten, seine Scheinwerfer waren im Nebel schwach sichtbar gewesen. Die Lichter des zweiten aber waren plötzlich aus einer Kurve direkt auf ihn zugekommen, und er hatte sich nur retten können, indem er sich kopfüber in den Straßengraben warf. Zitternd hatte er sich hochgestemmt, nachdem der Wagen verschwunden war. Der rote Schein der Rücklichter war so plötzlich erloschen, als wäre hinter ihnen ein Vorhang gefallen. Er war in eine eisige Pfütze gestürzt, und er fühlte, wie das Wasser an seinen Hosen rund um Knie und Knöchel gefror.

Schließlich stand er still. Er war überzeugt, daß er im Kreis wanderte. Einen Augenblick hörte er nichts als das eigene mühsame Atmen. Dann vernahm er weit entfernt ein leises Rollen. Der Ozean. Vorsichtig und langsam bewegte er sich vorwärts, blieb alle paar Schritte stehen, lauschte, ging weiter auf die Brandung zu. Allmählich wurde sie lauter. Endlich erreichte er den Strand. Er setzte sich ein paar Minuten hin und rastete. Nirgendwo waren Lichter zu sehen, und er mußte sich entscheiden und entweder nach links oder nach rechts gehen. Er verfluchte seinen angeborenen Mangel an Orientierungssinn, stand auf und wandte sich nach links, ging immer längs des Wassers, ließ sich vom leisen Zischen der an- und ablaufenden Wellen leiten. Als er schmerzerfüllt durch den nassen Sand watete, der seine durchnäßten Schuhe bei jedem Schritt festhielt, wurden seine Füße zu Eis.

Er war nahe daran umzukehren und in die andere Richtung zu

gehen, hatte schon beschlossen, es noch genau hundert Schritte zu versuchen und sich dann in die entgegengesetzte Richtung zu wenden, als er zu seiner Linken, hoch oben im Nebel, einen Lichtschimmer sah. Er wußte, daß vom Strand über die Dünen ein Pfad zum Haus führte, aber er konnte ihn nicht finden. Er spürte jetzt, daß sein ganzer Körper schweißnaß war, und in seinen Schläfen hämmerte ein gewaltiger Puls. Mühsam erklomm er die riesige Düne, er zog sich an den groben Gräsern hoch, kroch auf allen vieren über Hindernisse. Aber das Licht wurde heller und heller, tanzte im wallenden Nebel, als käme es von einem auf den Wellen schwankenden Schiff. Er taumelte, als er endlich die Terrassenstufen erreichte, und ging hinauf. Durch die dunstbeschlagenen Glastüren konnte er im Inneren des Raumes schattenhafte Gestalten erkennen. Er versuchte eine der Türen zu öffnen, aber sie war verschlossen. Er hämmerte gegen die Tür, schrie. Seine Stimme pfiff heiser durch die Kehle. Die Umrisse hinter den Glasscheiben bewegten sich hin und her, aber sie kamen nicht näher. Sie spielen ein dummes Kinderspiel mit mir, dachte er völlig unsinnig, sie tun, als hörten sie mich nicht. Er schrie wieder und glaubte zu fühlen, wie die Anstrengung Adern und Sehnen in seinem Hals sprengte.

Die Tür wurde aufgerissen.

Leslie stand vor ihm. »O mein Gott!« schrie sie.

»Sehe ich so arg aus?« sagte Strand. Er versuchte ein Lächeln. Dann begann er zu niesen. Wieder und wieder und wieder, gleichzeitig bekam er einen Hustenanfall, seine Augen tränten, während er sich, vom Husten geschüttelt, vornüberbeugte. Leslie zog ihn ins Zimmer und warf die Tür zu. Eleanor kam herübergerannt und zerrte an den Knöpfen seines Mantels, um sie aufzukriegen. »Er ist völlig durchnäßt«, sagte sie.

»Ich habe mich ... verirrt«, sagte Strand zwischen Niesen und Husten. »Wie spät ist es?«

»Zehn vorbei«, sagte Leslie. »Wir wollten eben die Polizei anrufen.«

»Ich glaube, ein Doktor wäre besser.« Eleanor war es gelungen, ihm den Mantel auszuziehen. Strand sah, daß er völlig verschmiert war und Eisklumpen und Gras daran hingen.

»Es geht mir g ...« Das nächste Niesen schnitt ihm das Wort ab. »Ich bin nur ein we ...«

»Bringen wir ihn zu Bett«, sagte Leslie.

Die beiden Frauen faßten ihn unter – unnützerweise, fand Strand – und halfen ihm die Treppe hinauf. Eleanor holte ein großes warmes Badetuch aus dem Badezimmer, und als sie wieder gegangen war, zog Leslie ihn nackt aus und schnalzte jedesmal, wenn er nieste, fassungslos mit der Zunge. Strand beobachtete mit Interesse, daß seine Füße völlig abgestorben und blutleer waren und sich taub anfühlten. Am Knie hatte er sich aufgeschürft; ein dünner, eingetrockneter Faden Blut verlief von der Wunde bis zum Schienbein.

Leslie rieb ihn heftig mit dem Badetuch ab, und er fühlte, wie sein Blut wieder zu kreisen begann und langsam die Füße erreichte; sie begannen zu prickeln. Leslie hüllte ihn in das Badetuch und steckte ihn unter die Bettdecke wie ein Hundejunges nach einem Bad. Dann setzte der Schüttelfrost ein, und er fragte sich seltsam unbesorgt, ob es sich um die ersten Anzeichen einer Lungenentzündung handelte.

»Es tut mir leid«, sagte er zu Leslie, die neben seinem Bett stand und ängstlich auf ihn niedersah. »Ich wußte nicht, daß der Nebel...« Plötzlich empfand er eine überwältigende Mattigkeit und schloß die Augen. »Ich glaube, ich muß jetzt ein wenig schlafen«, murmelte er. Er öffnete noch einmal seine Augen und lächelte schwach zu Leslie auf. »Ich hoffe, jemand schenkt mir einen Kompaß zu Weihnachten«, sagte er und fiel in einen tiefen Schlaf.

Er schlief die ganze Nacht durch und war sich nur in manchen Augenblicken der Wärme von Leslies Körper neben dem seinen bewußt. Der Schlaf war so köstlich, daß er, nachdem er im Bett gefrühstückt hatte, fast den ganzen Tag und auch noch die nächste Nacht verschlief – zufrieden, träumen zu dürfen und weder denken noch sprechen zu müssen. Als er am zweiten Morgen nach Weihnachten früh erwachte und Leslie sanft atmend neben sich schlafen sah, stieg er leise aus dem Bett. Er fühlte sich frisch und ausgeruht und war hungrig. Rasch zog er sich an, ging hinunter und ließ sich von den Ketleys ein riesiges Frühstück servieren. Er aß allein vor dem Fenster, das auf den Ozean sah. Eine lange Dünung glitzerte blau in der Wintersonne.

Obwohl er in Dunkelheit und Nebel auf den einsamen Straßen Angst empfunden hatte, obwohl er von dem plötzlich um die Kurve rasenden Auto beinahe umgebracht worden war, war er dennoch froh über das häßliche Erlebnis. Es hatte ihm eine kostbare Atempause verschafft, hatte den Zorn nach dem Gespräch mit Caroline fortgewischt, hatte ihn von dem Gefühl der Scham und des an ihm begangenen Verrats befreit. Im klaren Licht des frühen Morgens hatte sich das Ausmaß der Probleme reduziert, sie waren lösbar geworden. Was die Familie ihm angetan hatte – die Schauspielerfamilie, wie Caroline es nannte –, er akzeptierte es jetzt. Sie mochten falsch gehandelt haben, aber es war aus Liebe zu ihm geschehen, und in seinem Herzen umarmte er sie alle. Er würde nie wieder so sein, das schwor er sich. Er würde von nun an mit offenen Augen durch die Welt gehen, und das würde für sie alle besser sein.

Als Caroline zum Frühstück herunterkam und ihn sah, trat ein wachsamer Zug in ihr Gesicht. Aber er stand auf, umarmte sie und küßte sie auf die Stirn. »Oh, Daddy«, murmelte sie an seiner Schulter, »ich bin so froh, daß es dir gutgeht. Ich hatte solche Angst. Und es war meine Schuld . . .«

»Nichts ist deine Schuld, Kleines«, sagte er. »Jetzt setz dich hin und frühstücke mit mir.«

Er hörte mit Mißfallen, daß Caroline zu Mr. Ketley sagte, sie hätte gerne nur eine Tasse schwarzen Kaffee. »Ist das alles, was du zum Frühstück ißt?« fragte Strand.

»Ich bin heute nicht hungrig«, sagte Caroline. »Dad, es geht etwas Seltsames vor. Ich weiß nicht, was es ist, und Mammi will es mir nicht sagen. Weißt du, daß Linda und Eleanor gestern abgereist sind?«

»Nein.« Langsam setzte er seine Tasse ab. »Wohin sind sie gefahren?«

»Linda fuhr nach New York.«

»Sie macht sich sicher Sorgen um Mr. Hazen.« Er holte tief Atem. »Weißt du, wohin Eleanor gefahren ist?«

»Ich bin nicht sicher. Sie und Mammi hatten einen riesigen Krach, und sie haben mich spazieren geschickt. Als ich zurückkam, stieg Eleanor eben zu Linda in den Wagen, und Mammi sah aus, als hätte sie geweint, und ich hörte sie zu Eleanor sagen: ›Du solltest wenigstens deinem Vater adieu sagen‹, und Eleanor sagte: ›Ich habe mir alles überlegt; ich habe die Streiterei satt, und ich will nicht, daß er versucht, es mir auszureden. Sag ihm nur, ich liebe ihn und ich tue, was ich tun muß.‹ Dann fuhren sie davon. Ich glaube, sie fährt nach Georgia zurück. Ist das schlimm?«

Strand seufzte. »Sehr schlimm«, sagte er.

»Ich bin kein Baby mehr«, sagte Caroline. »Findest du nicht, daß es langsam Zeit wäre, mir zu sagen, was in dieser Familie vorgeht?«

Nachdenklich betrachtete er seine Tochter. »Du hast recht«, sagte er. »Es wird langsam Zeit, daß du erfährst, was in dieser

Familie vorgeht. Es wird langsam Zeit für uns alle. Eleanor verließ Georgia, weil einigen Leuten nicht paßte, was Giuseppe in der Zeitung schrieb. Sie legten vor ihrem Haus eine Bombe und drohten, Giuseppe und vielleicht auch Eleanor umzubringen, falls sie nicht fortgingen.«

»Um Christi willen«, flüsterte Caroline. Er hatte sie nie zuvor »um Christi willen« sagen hören. »Und Giuseppe will nicht gehen?«

»Er sitzt nachts in seinem verdunkelten Haus und bewacht es mit einem Gewehr.«

Caroline hob ihre Hand an den Mund und begann an einem Nagel zu kauen. Das hatte sie nicht mehr getan, seit die Eltern es ihr abgewöhnt hatten – damals war sie sieben gewesen.

»Sie hat recht«, sagte Caroline schließlich. »Ihr Platz ist bei ihrem Mann. Sie hätte überhaupt nicht weggehen sollen.«

»Und was wirst du sagen, wenn deiner Schwester etwas zustößt?« Er gab sich Mühe, keine Härte in seiner Stimme aufkommen zu lassen.

»Es wäre schrecklich«, sagte Caroline. »Und doch glaube ich, daß es richtig von ihr war, zurückzugehen. Dad...« Sie haschte nach seiner Hand. »Dieses Haus bringt uns allen Unglück. Wir sollten sehen, daß wir von hier fortkommen. Auf der Stelle. Ehe es zu spät ist. Was hier schon alles passiert ist! Du bist beinahe ertrunken und gleich drauf dein schwerer Infarkt. Ich wurde bei dem Autounfall arg verletzt...«

»Liebling«, unterbrach sie Strand, »du lügst. Es war kein Unfall. Er hat dich geschlagen und dir das Nasenbein gebrochen. Du hattest Glück, daß du nicht vergewaltigt wurdest.«

»Wieso weißt du das alles?«

»Auch ich habe meine Geheimnisse. Genau wie alle anderen, mein Liebes. Dem Doktor konntest du ja doch nichts weismachen.«

»Ich mußte es ihm sagen. Ich habe ihn gebeten, es dir gegenüber nicht zu erwähnen. Ich fürchtete mich davor, was du tun würdest.«

»Der Doktor hat es Mr. Hazen erzählt, und Mr. Hazen hat deinen hübschen jungen Freund zu Brei geschlagen.«

»Er hat es verdient. George sagte: ›Zuerst machst du mich heiß, und dann...‹ Nun, er hat es mit schlimmeren Worten ausgedrückt. Wenn du heutzutage einmal mit einem Jungen ausgehst und dich nicht gleich auf den Rücken legst, glauben sie, sie können dich alles nennen, was sie nur wollen. Daddy...«, ihre Stimme klang flehentlich, »kein Mensch bringt einem die Spielregeln bei.«

»Nun, jetzt kennst du sie.«

»Das kann man wohl sagen. Und Mammi? Weiß sie es auch, wie es war mit dem Autounfall?«

»Nein, aber sie wird es wissen, weil ich es ihr bei Gelegenheit sagen werde.«

»Na schön.« Ihr Ton war schon wieder feindselig. »Aber eines würde mich interessieren: Als du anfingst, mit ihr auszugehen, was hast du gemacht?«

Strand lachte. »Eine berechtigte Frage, Schätzchen«, sagte er. »Ich habe es natürlich auch versucht.«

»Und was tat sie?«

»Sie sagte: Hör auf damit, und ich habe aufgehört.«

»Die Zeiten haben sich geändert«, stellte Caroline traurig fest. »Heutzutage glauben Jungen wie George mit ihren Autos und ihren feinen Clubs und reichen Vätern besondere Vorrechte zu besitzen. Ein Sandwich, ein Drink, ein Kino, und wenn du deine Beine nicht breitmachst, bist du eine Landpomeranze. Wenn ich mein Tennisrakett bei mir gehabt hätte, hätte ihn Mr. Hazen nicht verprügeln müssen. Der alte Swanson hat wenigstens *gebettelt.* Daddy, du hast keine Ahnung, wie schwer es ist zu wissen, was man tun soll. Ich weiß, daß ihr George nicht leiden konntet. Warum habt ihr nichts gesagt?«

»Es gibt Verhaltensweisen in eurer Generation, von denen sich die unsere nichts hätte träumen lassen«, sagte Strand. »So wie die alten Landkarten. Sie gelten ganz einfach nicht mehr. Du kannst dich glücklich schätzen. Du hast einen Denkzettel bekommen, und es hat dich nur ein gebrochenes Nasenbein gekostet. Mit Romero sei vorsichtiger. Er hat wesentlich heißeres Blut als dein Freund George.«

»Daddy«, sagte Caroline, »du enttäuscht mich. Du bist ein Rassist.«

»Nach dieser erfreulichen Beurteilung muß ich dich leider schon verlassen.« Strand stand auf. »Ich muß mit deiner Mutter ein Wörtchen reden.« Caroline bemühte sich, ihre Tränen zurückzuhalten, und schenkte sich eine zweite Tasse schwarzen Kaffee ein.

Leslie saß im Bademantel auf der Fensterbank und starrte aufs Meer hinaus, als Strand eintrat. Er ging auf sie zu und küßte sie sanft auf den Scheitel. Sie sah zu ihm auf und lächelte. »Ich sehe, es geht dir besser«, sagte sie.

»Viel besser«, sagte er. Er setzte sich neben sie und nahm ihre

Hand. »Ich habe eben mit Caroline gefrühstückt. Sie hat mir von Eleanor erzählt.«

Leslie nickte. »Ich habe alles in meiner Macht Stehende versucht, sie zurückzuhalten. Ich habe sie gebeten, mit dir darüber zu sprechen. Sie wollte nicht.«

»Hat Eleanor mit Giuseppe gesprochen?«

Leslie schüttelte den Kopf. »Sie sagte, sie wolle auch mit ihm nicht streiten. Was werden wir tun, Allen?«

»Ich weiß, was ich tun werde. Ich werde Giuseppe anrufen.« Er ging zum Telefon, das neben dem Bett stand, drückte auf einen Knopf, um eine Außenleitung zu bekommen, und wählte Giuseppes Nummer. Er kannte sie nun schon auswendig. Als Giuseppe sich meldete, sagte Strand rasch: »Leg nicht auf, Giuseppe, es ist wichtig. Häng nicht ein, ich muß dir etwas sagen. Eleanor ist auf dem Rückweg nach Georgia.«

Am anderen Ende herrschte einen Moment lang Stille. Dann sagte Giuseppe: »Das ist eine gute Nachricht.« Seine Stimme war tonlos, erschöpft.

»Ist bei dir irgend etwas vorgefallen?«

»Noch nicht.«

»Giuseppe«, sagte Strand, »ich möchte, daß du ihr sagst, daß sie nicht bleiben kann; sie muß auf der Stelle umkehren und zurückkommen.«

»Du möchtest«, sagte Giuseppe. »Und was hat das mit uns zu tun?«

»Hör mich an, Giuseppe! Sie hat ihren Job wieder, sie soll am zweiten Januar anfangen, sie ist befördert worden, sie hat eine gute Karriere vor sich in einem Beruf, den sie mag, in einer Stadt, die sie liebt. Du kannst nicht zulassen, daß sie all das wegwirft. Giuseppe, ich kann nicht zulassen, daß du meine Tochter umbringst.«

»Ich sehe sie anders, Allen«, sagte Giuseppe. »Ich sehe sie als meine Frau. Es ist an der Zeit, daß ihr das klar wurde. Und der Platz der Frau ist an der Seite des Mannes. Das ist alter italienischer Brauch. Vielleicht hast du vergessen, daß ich Italiener bin.«

»Weil du Italiener bist, mußt du noch lange nicht zum Märtyrer werden. Und wofür? Einer elenden kleinen Provinzzeitung wegen, die ein paar Oberschüler besser machen könnten als ihr beide. Das waren Eleanors Worte.«

»Ich bedaure, daß sie uns für so ungeeignet hält«, sagte Giuseppe. »Aber das ändert nicht das geringste. Ich habe ihr nicht versprochen, den Pulitzer-Preis für Journalismus zu bekommen, als ich sie heiratete. Alles, was ich versprach, war, sie zu lieben, sie zu ehren und ihr die Treue zu halten, bis daß der Tod uns scheide. Gottlob hat sie sich nun daran erinnert, daß sie denselben Vertrag unterschrieben hat wie ich.«

»Du führst dich auf wie ein Irrer«, sagte Strand.

»Ich fürchte, ich muß jetzt auflegen, Mr. Strand«, sagte Giuseppe höflich. »Ich muß das Haus sauber machen und Blumen holen und etwas fürs Abendessen einkaufen und eine Flasche Wein besorgen. Zur Feier ihrer Rückkehr. Danke für die Nachricht, daß sie auf dem Heimweg ist.«

»Giuseppe ...«, sagte Strand hilflos, aber Giuseppe hatte bereits aufgelegt.

Leslie saß immer noch auf der Fensterbank. Mit unbewegtem Gesicht starrte sie wieder aufs Meer hinaus. »Hast du gewußt, daß sie möglicherweise zurückgehen würde?« fragte sie.

»Ja. Sie hat gesagt, daß sie *versuchen* wird, ihn zu vergessen. Sie hat sich nicht genug Mühe gegeben, nehme ich an.«

»Sex«, sagte Leslie tonlos. »Sie würde es wahrscheinlich Leidenschaft nennen. Liebe. Welchen Schaden diese großen Worte doch anrichten können. Ich habe alles versucht, sie zurückzuhalten. Ich habe sie gefragt, wie sie so einfach abreisen kann, obwohl sie weiß, daß wir von nun an jedesmal, wenn das Telefon klingelt, vor Angst vergehen werden, es könnte eine Todesnachricht sein.«

»Und was hat sie gesagt?«

»Daß sie dieses Gefühl kenne – es habe sie seit ihrer Abreise aus Georgia nicht mehr verlassen. Daß wir lernen müßten, damit zu leben. Ich habe versucht, es vor Caroline zu verheimlichen, aber ich bin sicher, sie hat es erraten. Was weiß sie?«

»Ungefähr alles. Ich fand, ich müsse es ihr sagen. Es gibt schon zu viele Geheimnisse.«

»Es ist nur natürlich, daß man versucht, seine Jungen zu schützen.«

»Und die Alten«, sagte Strand. »Kurz bevor ich mich im Nebel verirrte, hatte ich ein Gespräch mit Caroline. Sie sagte, es gebe in der Familie eine Verschwörung, zu meinem eigenen Schutz und Vorteil gewisse Dinge vor mir geheimzuhalten. Auch du hattest daran teil, sagte sie.«

»Ja, das stimmt«, sagte Leslie ruhig.

»Sie deutete an, daß es Sachen gibt, die du mir verheimlicht hast.«

»Was für Sachen?«

»Daß du Caroline an ihrem sechzehnten Geburtstag die Pille gegeben hast.«

Zu seiner Überraschung begann Leslie zu lachen. »Wie grauenhaft«, sagte sie. »In der heutigen Zeit.«

»Aber du hast es mir nicht erzählt.«

»Wahrscheinlich fand ich, daß du nicht in der heutigen Zeit lebst«, sagte Leslie. »Bist du denn so darauf aus, es deinen Zeitgenossen gleichzutun, Lieber?«

»Ja.«

»Laß mich nachdenken...« Leslie blinzelte, als suche sie am Horizont nach weiteren Eröffnungen. »Welche Sünden habe ich noch begangen und vor dir verborgen, um deine Illusionen nicht zu zerstören? Oh, ja, natürlich! Ich habe Eleanor geholfen, eine Schwangerschaftsunterbrechung vorzunehmen, als sie siebzehn war. Möchtest du nähere Einzelheiten?«

»Nicht unbedingt.«

»Weiser alter Gatte und Vater«, sagte Leslie. »Ich habe auch gewußt, daß sie einen Liebhaber hatte, der doppelt so alt war wie sie. Ein verheirateter Mann mit drei Kindern war es. Damals, als sie auf dem College war. Und das Geld für ihr Auto hat sie auch nicht selbst verdient. Er hat es ihr geschenkt. Und wenn wir schon dabei sind: Ich habe mich mit unserem lieben Jimmy verschworen, um dich nicht wissen zu lassen, daß er fast jeden Abend high war von Marihuana und fast besinnungslos. Und ehe ich zuließ, daß er auf Nimmerwiedersehen auf und davon ging, ließ ich ihn das Zeug lieber unter meinen Büstenhaltern in meiner Kommode aufbewahren. Wärest du glücklicher gewesen, wenn ich ihn auf der Straße herumlungern hätte lassen?«

»Nein, das wäre ich nicht gewesen.«

»Weitere Frontnachrichten«, fuhr Leslie fort. »Gestern nachmittag rief Russell an, um mir eine gute Botschaft zu verkünden. Er bat mich, dir nichts davon zu sagen. Aber es wird dir wahrscheinlich bald genug zu Ohren kommen, und es ist besser, du erfährst es von mir als aus der Zeitung. Falls es ihm nicht gelingt, seine Frau irgendwie zum Schweigen zu bringen, und zwar bald, wird sie mich, zusammen mit etlichen anderen Damen, in ihrer Scheidungsklage nennen.«

»Dieses Luder!«

»Sie sagt, sie hätte Beweise. Conroy beschwört, daß er mich einmal in Russels Wohnung gehen sah, als ich in New York war, um meine Stunden zu geben. Er sagt, ich sei zwei Stunden dort geblieben.«

»Russel hat mir erzählt, daß er dich getroffen hat. Ich habe mich immer gefragt, warum du es mir nicht gesagt hast.« Strand sprach ruhig, er wartete auf eine Erklärung.

»Beide haben recht. Ich *bin* in seine Wohnung gegangen, ich *habe* mich mit Russell getroffen, und das Mittagessen hat zwei Stunden gedauert. Ich ging hin, weil ich mir Sorgen um dich machte. Ich glaubte nicht, daß du noch ein weiteres Jahr unter einem Dach mit all den Jungen aushältst, und ich fragte Russell, ob er Babcock dazu überreden könne, uns außerhalb des Campus wohnen zu lassen. Ich habe dir nichts davon erzählt, weil ich nicht wollte, daß du denkst, ich müßte deine Schlachten schlagen. Glaubst du, daß ich lüge?«

»Du lügst nicht. Nein.«

»Danke«, sagte Leslie. »Aber Conroy hat nicht weit gefehlt. Ich war zum ersten Mal mit Russell allein. Es fielen mir gewisse Träume ein, in denen er vorgekommen war, und plötzlich wußte ich, daß ich ziemlich viel an ihn dachte und daß ich ihn haben wollte.« Sie sprach ausdruckslos, als würde sie eine Rede auswendig herunterleiern. »Und ich bin immerhin noch Frau genug, um es zu spüren, wenn ein Mann mich begehrt. Und ich wußte, daß Russel mich begehrte. Aber er sagte nichts und ich sagte auch nichts, und wir aßen zu Mittag, und er sagte, er würde mit Babcock sprechen, und ich fuhr durch die Stadt zurück und gab um drei Uhr meine Stunde. Widere ich dich an?«

»Natürlich nicht«, sagte Strand sanft. »Falls es dich interessiert, ich war viel näher daran als du. Wesentlich näher. Wenn eine gewisse Dame zu Hause gewesen wäre, als ich sie von der Grand Central Station anrief...« Er beendete den Satz nicht.

»Rundum heimliche Sünder«, sagte Leslie. »Es ist an der Zeit, daß wir unser Gewissen erleichtern. Unsere Fehler sind das Band, das uns zusammenhält. Wir können sie ebensogut eingestehen. Wenn wir schon dabei sind«, fuhr sie in ihrem Singsang fort und wiegte sich sanft vorwärts und rückwärts wie ein Kind, das vor sich hinsummt, und das Sonnenlicht spiegelte sich im Meer und fiel durchs Fenster auf ihr langes blondes Haar und ließ es erglänzen, »hast du von Carolines Biologielehrer gewußt?«

»Ich bekam einen Brief von der Frau des Biologielehrers.«

»Ich hörte es aus berufenerem Mund. Von Caroline. Sie erzählte mir, daß sie verrückt nach ihm war, aber er sei so gräßlich im Bett gewesen, daß sie ihm den Laufpaß gegeben habe. Gespräch unter Mädchen. Die Geschlechter vereinigen sich, aber es hapert an Verständigung. Liebst du jetzt Caroline oder mich oder Eleanor wegen all dem weniger?«

»Nein«, sagte er. »Vielleicht werde ich euch anders lieben. Aber nicht weniger.«

»Wenn wir schon beim Thema Sex sind«, fuhr Leslie fort, »wäre noch Nellie Solomon zu erwähnen. Hast du gewußt, daß sie ein Verhältnis mit Jimmy hat?«

»Wer hat dir das erzählt?« Zum ersten Mal, seit er das Zimmer betreten hatte, war Strand zutiefst schockiert.

»Sie selbst.«

»Ich habe mit Solomon zu Mittag gegessen, und er hat nichts davon gesagt.«

»Aus gutem Grund«, sagte Leslie. »Er weiß es nicht. Noch nicht. Aber er wird es bald wissen. Sie wird Jimmy nach Kalifornien folgen. Sie werden heiraten. Darum hat sie mir die ganze Geschichte erzählt. Ich nehme an, sie wollte meinen Segen. Wenn meine Annahme stimmt, hat sie eine Enttäuschung erlebt.«

»Wann hat sie dir das alles erzählt?«

»Als ich bei Linda wohnte, ehe wir nach Paris fuhren. Ich versuchte mit Jimmy zu reden, aber er war verreist.«

»Und was ist mit dieser gräßlichen Dyer?«

»Oh, du weißt auch von ihr?« Leslie rümpfte abfällig die Nase.

»Ich bin ihr ein einziges Mal begegnet.«

»Es scheint, daß unser Jimmy alle beide verkraftet.« Leslie lächelte ironisch. »Findest du, daß wir auf ihn stolz sein sollten?«

»Ich finde, daß er sich in allem und jedem schandbar benimmt.«

»Das tut er, und auf lange Sicht gesehen wird er dafür büßen. Aber in diesem Falle – einem Jungen und einer Frau, die vielleicht fünfzehn Jahre älter ist als er – trägt wohl die Frau den Großteil der Schuld.«

»Was soll man dazu sagen? Ich weiß es nicht.«

»Oh, liebster, liebster Allen, bitte nimm es nicht so schwer. Sie sind erwachsene Menschen, unsere Kinder, und sie müssen ihr eigenes Leben leben.«

»Das tun sie aber verdammt schlecht.«

»Vergiß sie ein paar Jahre lang. Konzentrieren wir uns lieber darauf, unser beider Leben... gut zu führen.« Sie stand auf, schlang die Arme um ihn und küßte ihn. »Solange ich weiß, daß es dir gutgeht, kann ich glücklich sein, egal was sonst alles passiert.

Wenn wir ihnen ihr Leben mit unserem Mißfallen vergällen, werden auch wir unglücklich sein, und sie werden uns meiden. Für immer. Laß uns milde gegen sie sein. Und vor allem, laß uns milde gegen uns selbst sein. Laß uns friedlich sein und darauf warten, daß sie zurückkommen. Wie Eleanor sagte: Wir werden lernen müssen, damit zu leben, was immer dieses ›damit‹ sein mag. Und jetzt, denke ich, schließen wir für heute den Beichtstuhl und gehen zum Frühstück über. Trinkst du noch eine zweite Tasse Kaffee mit mir?«

Er küßte sie. Dann folgte er ihr die Treppe hinunter. Er war weiser, wenn auch nicht unbedingt glücklicher als der Mann, der kurze Zeit zuvor dieselbe Treppe hinaufgestiegen war.

Am nächsten Morgen schneite es. Strand saß im Salon und sah zu, wie der Schnee auf die Dünen niederschwebte, die Grasbüschel anzuckerte, aufs graue Meer hinaustrieb. Es war fast Mittag, und er war allein. Leslie war mit Mr. Ketley im Kombi ins Dorf gefahren, um Einkäufe zu machen. Caroline war spät heruntergekommen, um ihren schwarzen Kaffee zu trinken, und war wieder in ihrem Zimmer verschwunden, um, wie sie sagte, einige Briefe zu schreiben. Aus dem Dienstbotentrakt tönte das leise Summen eines Staubsaugers, was bedeutete, daß Mrs. Ketley dort an der Arbeit war. Strand hielt ein Buch in der Hand, aber die träge vor dem Fenster fallenden Flocken machten ihn schläfrig. Die Hausglocke läutete, und er wußte, daß Mrs. Ketley sie bei ihrer Arbeit nicht hören konnte. Also raffte er sich auf und ging zur Tür. Er öffnete, und Romero stand vor ihm. In der Auffahrt wartete mit laufendem Motor ein Taxi aus dem Dorf.

Romero trug einen übergroßen, grellgrünen Parka, verblichene Jeans, eine rote, wollene Skimütze und spitze, abgetragene Stiefel. Er hatte begonnen, sich einen Schnurrbart wachsen zu lassen. Der dünne schwarze Strich auf seiner Oberlippe verlieh ihm das Aussehen eines Kindes, das sich für ein Fest geschminkt hatte. In Dunberry hatte er sich stets sorgfältig gekleidet und seine Sachen von Brooks Brothers getragen.

»Romero«, sagte Strand, »was machst du hier?« Er wußte, daß seine Stimme nicht sehr einladend klang.

»Ich habe Caroline gesagt, ich würde kommen«, sagte Romero ohne Lächeln. »Ist sie da?«

»Sie ist oben. Ich werde sie rufen. Komm herein.« Strand hielt die Tür offen.

»Würden Sie ihr sagen, daß ich auf sie warte?«

»Komm herein und wärme dich auf.«

»Mir ist warm genug. Ich möchte lieber nicht reinkommen. Ich werde hier warten.«

»Es wäre mir lieber, wenn du sie nicht siehst, Romero«, sagte Strand.

»Sie hat mich eingeladen.«

»Und doch würde ich es vorziehen, daß du sie nicht siehst.«

Romero warf den Kopf zurück und schrie laut: »Caroline! Caroline!«

Strand schloß die Tür. Er hörte, wie Romero immer noch »Caroline!« schrie, wieder, immer wieder. Langsam stieg Strand die Treppe hinauf und klopfte an Carolines Tür. Sie wurde augenblicklich geöffnet. Caroline hatte schon ihren Mantel an und ein Tuch um den Kopf gebunden.

»Bitte, Caroline«, sagte Strand, »bleib hier!«

»Tut mir leid, Daddy.« Caroline drückte sich an ihm vorbei und lief rasch die Treppe hinunter.

Strand sah von einem der Gangfenster im ersten Stock hinunter. Romero öffnete für Caroline die Taxitür, und sie stieg ein. Er folgte ihr. Die Tür wurde zugeschlagen, und das Taxi fuhr davon. Es hinterließ dicke, nasse Reifenspuren im frisch gefallenen Schnee.

Strand ging hinunter und setzte sich wieder an das Fenster. Er blickte zu den Dünen und zum Meer hinaus und sah zu, wie der Schnee vom grauen Himmel in den grauen Atlantik schwebte. Es fiel ihm ein, was Caroline gestern beim Frühstück gesagt hatte. »Das Haus bringt uns Unglück. Wir sollten sehen, daß wir fortkommen, ehe es zu spät ist.«

Als Leslie zurückkam, erzählte er ihr von Romero. Ihr Gesicht war blaß und angespannt. Sie hatte ihre Tage und wie stets quälende Schmerzen während dieser Zeit. »Hat sie eine Tasche mitgenommen?« fragte Leslie.

»Nein.«

»Wann wird sie zurück sein?«

»Das hat sie nicht gesagt.«

»Weißt du, wohin sie gefahren sind?«

»Nein.«

»Es ist kein idealer Tag für einen Ausflug«, sagte sie. »Es tut mir leid, Allen, macht es dir etwas aus, allein zu essen? Ich muß hinaufgehen und mich hinlegen.«

»Kann ich irgend etwas für dich tun?«

»Erschieße Romero und verzeihe mir.« Er sah ihr nach, wie sie langsam die Treppe hinaufstieg und sich am Geländer festhielt.

Es war schon dunkel, obwohl es erst knapp nach vier Uhr war, als er den Wagen vorfahren hörte. Er ging zur Tür und riß sie auf. Der Schnee fiel dichter denn je. Er sah die Taxitür sich öffnen und Romero aussteigen. Dann sprang Caroline heraus und rannte durch den Schnee auf die Eingangstür zu. Ohne ein Wort zu sagen, ging sie an Strand vorbei. Sie hielt den Kopf gesenkt, so daß er ihr Gesicht nicht sehen konnte, und lief hinauf. Romero stand neben dem Taxi und sah Strand an. Er wollte schon wieder einsteigen, dann besann er sich und kam auf Strand zu.

»Ich habe sie wohlbehalten zurückgebracht, Mr. Strand«, sagte er. »Für den Fall, daß Sie sich Sorgen gemacht haben.« Sein Ton war höflich, aber seine dunklen Augen unter der hellroten Wollmütze blickten zynisch.

»Ich habe mir keine Sorgen gemacht.«

»Das hätten Sie aber tun sollen«, sagte Romeo. »Sie wollte mit mir nach Waterbury gehen. Heute abend. Ich hoffe, Sie sind beglückt, daß ich nein gesagt habe.«

»Ich bin sehr beglückt.«

»Ich nehme keine milden Gaben von Leuten Ihres Schlages«, sagte Romero. »In keiner Form. Und ich verdinge mich nicht als Beschäler launischer reicher weißer Mädchen.«

Strand lachte freudlos. »Reich«, sagte er. »Welch zutreffende Beschreibung der Familie Strand.«

»Aus meiner Sicht«, sagte Romero, »trifft das Wort durchaus zu. Ich habe heute morgen einen Blick auf dieses Haus geworfen, und ich beschloß, eine, die auch nur eine einzige Nacht ihres Lebens in einem Haus wie diesem verbracht hat, nicht einmal anzurühren. Sie haben mit Ihrem kleinen Mädchen ein Problem am Hals. Aber es ist nicht mein Problem. Ich werde Sie nicht mehr belästigen. Sollten sie je wieder von mir hören, dann allenfalls nur, wenn mein Name in der Zeitung steht.« Er wandte sich zum Gehen.

»Romero«, sagte Strand, »du bist eine verlorene Seele.«

»Ich bin als verlorene Seele zur Welt gekommen. Ehrlich gesagt, Mr. Strand – ich mag Sie. Nur haben wir uns nichts mehr zu sagen, nichts, das noch einen Sinn hätte; nicht ein einziges Wort. Sie sollten jetzt hineingehen. Ich möchte nicht, daß Sie sich meinetwegen auch noch eine Verkühlung holen, Professor.« Er wandte sich auf dem Absatz um und sprang in das Taxi.

Strand sah dem Wagen nach, bis seine Rücklichter im Schneegestöber verschwunden waren. Dann ging er hinein und schloß die Tür. Er fröstelte, und die Wärme des Hauses tat ihm wohl. Er überlegte, ob er hinaufgehen und bei Caroline anklopfen sollte, und beschloß, es nicht zu tun. Heute war eine Nacht, in der seine Tochter – dessen war er sicher – mit sich allein sein wollte.

»Werden Sie heute abend noch irgend etwas benötigen, Mr. Strand?« fragte Mr. Ketley.

»Nein, danke sehr.« Er saß allein im Salon. Er hatte früh zu Abend gegessen, ohne Gesellschaft. Vor dem Dinner war er hinaufgegangen, um nach Leslie zu sehen. Sie hatte irgendwelche Pillen genommen und döste vor sich hin und mochte sich nicht rühren. Sie hatte gefragt, ob Caroline schon zurück sei, und als Strand ihr mitgeteilt hatte, daß Caroline kurz nach vier gekommen war, stellte sie keine weiteren Fragen. Er hatte dann doch noch versucht, Caroline zu sprechen, aber die Tür war verschlossen gewesen. Als er anklopfte, hatte Caroline gerufen: »Bitte, Daddy, laß mich allein.«

Er wünschte, er wäre anderswo. Eine Welle von Heimweh erfaßte ihn. Nicht nach Dunberry. Niemals nach Dunberry. Nach der New Yorker Wohnung – mit Leslies Bildern an den Wänden, den Klängen von Leslies Klavier und Jimmys Gitarre und Eleanors heller Stimme, die sich per Telefon mit einem ihrer Verehrer unterhielt, und Carolines Murmeln, wenn sie versuchte, eine Stelle aus Shakespeares »Wintermärchen« für die nächste Englischstunde auswendig zu lernen. Es fehlte ihm, in der Küche zu sitzen und Leslie beim Kochen zuzusehen; es fehlten ihm die stillen Abendmahlzeiten am Küchentisch, wenn die Kinder ausgegangen waren; es fehlten ihm die Freitagabende, an denen sie alle zusammenkamen; Alexander Curtis mit seiner alten Kampfjacke fehlte ihm, wie er von seinem Posten neben der Haustür finster die Stadt betrachtete; es fehlten ihm die Spaziergänge zum Lincoln Center, es fehlte ihm der Central Park. Welche Veränderungen hatte doch dieses Jahr – ja weniger als ein Jahr – mit sich gebracht! Wie viele Entwurzelungen, Schicksalsschläge, schmerzliche Entdeckungen, Lossagungen.

Das Rauschen des Meeres bedrückte ihn. Unerbittlich rollten die Wogen heran, sie nagten an den Küsten, wuschen Fundamente aus, bedrohten, veränderten mit jeder neuen Jahreszeit die Umrisse des Landes. Alte Häfen versandeten, einstmals blühende Hafenstädte lagen verlassen, und die Möwen flogen mit melancholischen Schreien über die Wasser hin und klagten mißtönend über Hunger und Flucht und das Strandgut der Zeit.

Das Haus bringt uns allen Unglück. Morgen würde er Leslie und Caroline bitten, sie sollten packen. Die Ferien waren vorüber, ohne Ferien gewesen zu sein. Es war Zeit zu gehen.

Er versuchte zu lesen, aber die Worte ergaben keinen Sinn. Er ging in die Bibliothek, um eine andere Lektüre zu wählen, aber keines der Bücher in den Regalen sagte ihm zu. Er setzte sich vor den Fernsehapparat und schaltete ihn ein. Wahllos drückte er einen Knopf nach dem anderen. Als sich der Bildschirm erhellte, sah er Russell Hazen und hörte eine Stimme sagen: »Wir bedauern, daß Senator Blackstone, der heute abend an unserer Diskussion teilnehmen sollte, in Washington unabkömmlich ist. Wir schätzen uns glücklich, den angesehenen Rechtsanwalt Mr. Russel Hazen in unserer Mitte zu haben. Mr. Hazen, dessen Expertisen zum Thema des heutigen Abends – das internationale Recht – weithin bekannt sind, war so freundlich, für den Senator einzuspringen.«

Hazen – tadellos gekleidet, von souveränem Ernst – neigte leicht seinen Kopf in Richtung Kamera. Dann machte die Kamera einen Schwenk und zeigte eine Totale der Diskussionsrunde. Um den grauhaarigen Moderator saßen drei weitere professoral wirkende Herren mittleren Alters.

Strand fragte sich, ob Hazens Geschichte von der plötzlichen Fahrt nach New York, um seine Frau zu treffen, eine Lüge gewesen war; ob der Anruf, den er in der Bibliothek beantwortet hatte, nicht vielleicht ein Anruf vom Fernsehstudio gewesen war. Vielleicht wollte er Strand nicht wissen lassen, daß er seine Gäste aus einem Grunde verließ, den Strand für oberflächlich und ehrgeizig halten mochte.

Strand lauschte ohne besonderes Interesse, als die drei anderen Teilnehmer ihre klugen, wohlformulierten, vernünftigen Ansichten zum Thema »Außenpolitik und internationales Recht« darlegten. Das alles hatte er schon hundertmal gehört. Hätte er nicht darauf gewartet zu hören, was Hazen dazu sagen würde, wäre er längst in den Salon zurückgekehrt, um es noch einmal mit einem Buch zu versuchen.

Aber bei Hazens ersten Worten horchte er auf.

»Meine Herren«, sagte Hazen mit kräftiger, selbstsicherer Stimme, »ich fürchte, wir vermengen zwei völlig verschiedene Dinge ... Außenpolitik und internationales Recht. Zugegeben, wir haben – ob es uns paßt oder nicht – in der Tat außenpolitische Interessen. Aber das internationale Recht ist zu einer Fiktion geworden. Wir haben es mit internationaler Piraterie, internationalem Meuchelmord, internationalem Terrorismus, internationalen Bestechungen und Geschäften, internationalem Drama, internationaler Anarchie zu tun. Vielleicht ist unser *nationales* Recht nicht ganz zur Fiktion geworden, aber wir können es selbst bei großzügigster Auslegung bestenfalls als eine Semifiktion bezeichnen. Unsere Rechtslage, unser System bewirkt, daß in jedem schwerwiegenden Fall derjenige, der sich den teuersten Rechtsbeistand leisten kann, den Gerichtssaal mit einem Urteil zu seinen Gunsten verläßt. Selbstverständlich gibt es gelegentlich Ausnahmen, die nur die Regel bestätigen.

Als ich zu praktizieren begann, glaubte ich daran, daß – im allgemeinen zumindest – dem Recht Genüge getan werde. Bedauerlicherweise ist mir in den vielen Jahren meiner Amtsausübung dieser Glaube abhanden gekommen ...«

Guter Gott, dachte Strand, was fällt ihm denn ein?

»Die Korruption in der Gerichtsbarkeit, die regionalen und rassischen Vorurteile der Männer, die auf der Richterbank sitzen, waren schon zu oft Thema Nummer eins in den Zeitungen, als daß es hier noch weiteren Kommentars bedürfte. Das Erkaufen von Posten mit politischer Unterstützung ist eine altehrwürdige Gepflogenheit, die Zeugenbestechung, das Präparieren von Zeugen, die Verschleierung von Beweisen ... das alles reicht bis ins höchste Amt unseres Landes. Die Käuflichkeit der Polizei ist sprichwörtlich geworden, und Gesetzesumgehung durch Männer meines Berufsstandes – Männer, die geschworen haben, dem Recht zu dienen – wird an allen unseren Universitäten gelehrt ...«

Der Moderator, der längst unruhig auf seinem Sessel hin und her rutschte, versuchte ihn zu unterbrechen: »Mr. Hazen«, sagte er, »ich glaube nicht, daß ...«

Hazen gebot ihm mit einem gebieterischen Wink seiner Hand Einhalt und fuhr fort: »Um auf das internationale Recht zurückzukommen ... In bestimmten Angelegenheiten von geringerer Tragweite – Fischereirechte etwa oder das Überfliegen von fremdem Staatsgebiet im Flugverkehr – ist es möglich, Übereinkünfte zu erzielen und sich daran zu halten. Aber wenn es um wesentliche

Fragen geht – Menschenrechte beispielsweise, Unverletzbarkeit der Grenzen souveräner Staaten, Sicherung oder Zerstörung von Nationen –, sind wir nicht viel weiter als zur Zeit der Stammesfehden. Wir dulden Diebstahl und Verleumdung sogar vor dem Forum der Vereinten Nationen, deren Organisation sich auf dem Gebiet der Vereinigten Staaten befindet und zu einem Großteil von unseren eigenen Steuergeldern finanziert wird. Dort höhnt uns täglich eine gewaltige Clique unserer sogenannten, grenzenlos wankelmütigen Freunde und beschimpft uns und tut ungestraft alles in ihrer Macht Stehende, um uns zu schaden. Ich bin das, was man einen Experten des internationalen Rechts nennt, aber ich sage Ihnen, meine Herren, das internationale Recht gibt es nicht, und je eher wir das erkennen und uns aus dem Parlament der Feinde am Ufer des East River zurückziehen, desto gesünder wird das für unsere Zukunft sein. Ich danke Ihnen für Ihre Aufmerksamkeit und bitte um Vergebung, wenn es mir nicht möglich ist, bis zum Ende dieser interessanten Diskussion zu bleiben. Ich habe noch eine andere Verabredung.«

Hazen nickte den Männern, die sprachlos um den Tisch saßen, fast herzlich zu, erhob sich und ging.

Strand beugte sich vor und schaltete den Apparat ab. Er saß da, starrte auf den leeren Bildschirm und war verstört, als wäre er eben Zeuge eines absurden Unglücksfalles geworden.

Dann stand er auf und ging zu dem kleinen Schreibtisch hinüber, der vor dem Fenster stand. Er hatte das Heft, in welches er seine gelegentlichen Tagebucheintragungen machte, nicht mitgebracht; also holte er einen Notizblock aus der Lade und begann zu schreiben.

Ich sitze allein im Parterre des Easthampton-Hauses und habe eben im Fernsehen gesehen, wie ein Mann sich selbst vernichtete. Der Mann ist Russell Hazen. In einer Rede, die man nur als Abschiedsrede bezeichnen kann, hat er seiner Karriere adieu gesagt. Ich kenne seine Gründe nicht, aber er hat sich selbst, seinen Beruf und die Regeln, nach denen wir alle leben und die ihn bereichert und ihm Ehre eingetragen haben, öffentlich gebrandmarkt. Ich kann es für nichts anderes als eine geistige Verirrung halten; aber es ist eine Verirrung, die man ihm nicht vergeben wird. Ich wußte, seit ich ihn kenne, daß sein Charakter eine Schattenseite hat, einen alles durchdringenden Zynismus hinsichtlich menschlicher Motive und menschlicher Verhaltensweisen, einen Zug von Melancholie, der auch in seinen fröhlichsten Stunden stets gegenwärtig ist. Aber ich hätte niemals vermutet, daß seine Qual groß genug war, um einen Mann seines Schlages zu überwältigen.

Plötzlich empfand er eine schreckliche Müdigkeit; sogar die Anstrengung des Schreibens war zuviel für ihn. Er legte den Arm über das Blatt Papier, beugte sich vornüber, legte die Stirn auf seinen Handrücken und schlief augenblicklich ein.

Er erwachte mit einem Ruck. Er hatte keine Ahnung, wie lange er geschlafen hatte. Das Geräusch eines Schlüssels im Schloß war zu hören, eine Tür wurde geöffnet, schloß sich wieder. Er stand auf und betrat den Salon im selben Augenblick, als Hazen eintrat.

Strand starrte Hazen, der ihm zulächelte und kräftig mit den Füßen stampfte, um den Schnee von seinen Schuhen zu schütteln, wortlos an. Er sah aus wie immer, ruhig, robust. Der Ausdruck in Strands Gesicht ließ Hazen die Stirn runzeln.

»Du siehst so seltsam aus, Allen«, sagte er. »Ist etwas nicht in Ordnung?«

»Ich habe die Fernsehsendung gesehen.«

»Ach, das«, sagte Hazen leichthin. »Ich fand, daß diesen langweiligen Herren etwas Anregung guttäte. Ich habe mich glänzend unterhalten. Und ich wurde ein paar Dinge los, die mich schon seit langem beschäftigten.«

»Weißt du, was du dir heute abend angetan hast, Russell?«

»Mach dir keine Sorgen um mich. Das Fernsehen nimmt ohnehin niemand ernst. Laß uns nicht mehr davon reden, bitte. Mich langweilt die ganze Geschichte.« Er kam zu Strand, legte einen Arm um ihn und drückte ihn flüchtig an sich. »Ich habe gehofft, daß du noch wach sein würdest. Ich wollte mich mit jemandem unterhalten, der kein Rechtsanwalt ist.« Er zog seinen Mantel aus und warf ihn zusammen mit seinem Hut auf einen Stuhl. »Eine erbärmliche Nacht. Die Fahrt hierher in diesem Schnee war grausam.«

Strand schüttelte den Kopf, als wolle er sich von etwas befreien. Er war verwirrt und unsicher. Vielleicht hatte er auf die Fernsehsendung zu heftig reagiert. Hazen schien sie von der heiteren Seite zu nehmen. Strand war keiner von denen, die ihre ganze Zeit vor dem Fernseher verbrachten. Er mutete sich kein Urteil zu. Möglicherweise überschätzte er die Potenz des Fernsehens, einen Mann zu machen oder zu vernichten. Vielleicht, dachte er, hatte er keinen Grund, für seinen Freund zu fürchten. Wenn Hazen keine Furcht vor den Folgen seiner Rede hatte, würde er ihn nicht beunruhigen, indem er die eigenen Ängste aussprach. »Bist du selbst gefahren?« fragte er.

Hazen nickte. »Ich habe dem Chauffeur heute abend freigegeben. Seine Braut kam in die Stadt, und ich habe meinen Beitrag zur jungen Liebe geleistet. Wo sind die Damen?«

»Sie sind oben in ihren Zimmern. Sie sind früh zu Bett gegangen.«

Hazen sah ihn scharf an. »Es geht ihnen doch gut, oder?«

»O ja«, sagte Strand.

»Leslie hat mir am Telefon gesagt, daß Eleanor nach Georgia zurückgekehrt ist. Ein ganz schönes Durcheinander da unten, nicht wahr?«

»Es ist schlimm«, sagte Strand. »Gianelli benimmt sich wie ein Narr.«

»Er hat Mut. Das bewundere ich.«

»Meine Bewunderung hält sich in Grenzen«, meinte Strand trocken.

»Ich habe den dortigen Polizeichef angerufen und ihm gesagt, er solle das Haus bewachen lassen. Ich habe ihm klargemacht, daß ich ihm das Fell über die Ohren ziehen lassen werde, falls Eleanor und Giuseppe etwas zustößt.«

»Ich hoffe, es hilft.«

»Das will ich ihm raten«, sagte Hazen grimmig. »Also, was ich jetzt brauche, ist ein Drink. Du auch?«

»Ich auch.« Strand ging mit zur Bar hinüber und sah zu, wie Hazen zwei große Whisky-Soda einschenkte. Sie kehrten mit ihren Drinks zum Kamin zurück und setzten sich einander gegenüber in die großen ledernen Ohrenfauteuils. Hazen nahm einen langen Schluck aus seinem Glas und seufzte zufrieden. »Mann, das tut gut«, sagte er.

»Als wir das letztemal mit einem Drink beisammen saßen«, sagte Strand, »läutete das Telefon, und du warst verschwunden wie der Blitz. Ich hoffe, du wirst wenigstens heute genügend Zeit haben auszutrinken, ehe du wieder fort mußt.«

Hazen lachte. Ein vergnügtes, leises Poltern. »Ich werde eine Woche lang den Hörer nicht abnehmen. Einerlei wer anruft, der Papst, der Präsident der Vereinigten Staaten, ein Dutzend verschiedener Anwälte, sie werden sich ohne mich durchschlagen müssen.«

»Das freut mich. Wie stehen deine Angelegenheiten?«

»In Schwebe.« Hazen starrte in sein Glas. »Noch keine Kriegserklärung. Vorläufig.«

»Leslie hat mir erzählt, daß deine Frau drohte, sie in ihrer Klage als Scheidungsgrund zu erwähnen.«

»Sie droht jeder Frau, der ich in den letzten dreißig Jahren guten Tag gesagt habe. Sie öffnet die Gräber von Boston bis Marseille. Ich hatte das Gefühl, Leslie sagen zu müssen, daß es möglicherweise durchsickert. Aber ich bat sie, es dir vorläufig zu verschweigen.«

»Wir verfolgen eine neue Innenpolitik«, sagte Strand. »Totale Enthüllung wirklicher und vermeintlicher Mißstände.«

»Ein gefährliches Experiment.« Hazen sah ihn eindringlich an. »Du hast doch nicht einen Augenblick geglaubt...?«

»Nicht einen Augenblick«, sagte Strand. Er betrachtete den mächtigen, gutaussehenden Mann in seiner untadeligen Kleidung und konnte verstehen, warum jede Frau, auch seine eigene, ihn anziehend finden mußte. Als man Nixons Außenminister Kissinger einmal nach dem Grund für seinen Erfolg bei Frauen fragte, hatte er – nicht gerade diplomatisch – geantwortet, Macht sei ein Aphrodisiakum. Hazen war in jeder Hinsicht ein mächtiger Mann, und im Vergleich zu einem kränkelnden, unbedeutenden, abgetakelten Lehrer mußte er geradezu überwältigend wirken. Schließlich und endlich konnte auch echte Liebe der Versuchung nur bis zu einer gewissen Grenze standhalten. Er hätte zu gerne gewußt, was Hazen gesagt oder was er getan oder wie er dreingesehen hatte, um Leslie zu verstehen zu geben, daß er sie begehrte. Besser, ich weiß es nicht, dachte er.

»Ich halte meine Frau in Schach – im Augenblick zumindest. Der springende Punkt ist dieses Haus«, sagte Hazen. »ich habe zugestimmt, daß sie mir so ziemlich alles nimmt, aber mit dem Haus habe ich andere Pläne. Wir werden sehen.« Durstig leerte er sein Glas. Er stand auf, ging zur Bar und schenkte sich nochmals ein. »Oh, übrigens«, sagte er, als er an seinen Platz zurückkehrte, »unser Mann in Paris hat zufällig angerufen, und ich habe mit ihm über dich gesprochen. Er meint, nächsten September ließe es sich leicht machen, wenn das neue Schuljahr beginnt. Sie haben einen großen Zu- und Abgang im Lehrkörper, die Leute kommen und gehen wie die Wanderlehrer im Mittelalter. Er wird sich mit dir in Verbindung setzen. Glaubst du, daß du Dunberry noch ein paar Monate aushältst?«

»Ich schon. Bei Leslie bin ich nicht ganz sicher.«

»Hmm.« Hazen runzelte die Stirn. »Vielleicht könnte sie einstweilen allein hinüber. Es wäre ja nur für ein paar Monate.«

»Das ist eine Möglichkeit. Zerbrich dir nicht den Kopf. Es wird uns schon etwas einfallen.«

»Allen, in meinen Augen gibt es nur eine einzige Sache zwischen dir und Leslie, die mir mißfällt«, sagte Hazen. Sein Ton war ernst, und Strand fürchtete sich vor dem, was er sagen würde.

»Und das wäre?« fragte er.

»Wenn ich euch beide ansehe, wird mir klar, was mir in meinem Leben gefehlt hat.« Hazen sprach nachdenklich, kummervoll. »Die Liebe, wie sie zwischen euch beiden besteht, ausgesprochen, unausgesprochen, angedeutet. Eure Abhängigkeit voneinander, der nie versagende Rückhalt, den ihr einander gebt. Es hat viele Frauen in meinem Leben gegeben, und ich habe die meisten von ihnen genossen, und vielleicht haben auch sie mich genossen. Ich habe Geld gehabt, Erfolg, eine Art Berühmtheit, ja gelegentlich habe ich sogar diese Seltenheit erlebt, die man Dankbarkeit nennt. Aber ich hatte niemals das, was ihr beide habt. Es ist wie ein riesiges Loch in mir, durch das der Wind pfeift ... immerzu. Wenn ihr Glück habt, dürft ihr sogar zugleich sterben. Ach, zum Teufel!« Ärgerlich ließ er das Eis in seinem Glas klirren. »Was ist denn heute abend mit mir los? Da rede ich vom Tod. Es ist das Wetter. Der Schnee an der Küste. Vielleicht tun die Leute gut daran, ihre Häuser abzuschließen und die Läden zuzumachen, wenn die Blätter fallen.« Er trank aus und stellte sein Glas bedächtig, mit einer Geste der Unwiderruflichkeit ab. »Ich bin müde.« Er strich mit seiner großen Hand über seine Augen, stand auf. »Ich werde mir einen langen, langen Schlaf gönnen. Laß die Lichter brennen. Ich möchte nicht, daß das Haus heute nacht dunkel ist.« Er sah sich um. »Das Zimmer könnte eine neue Tapete vertragen. Eine hellere Farbe. Na dann, gute Nacht, mein Freund. Schlaf wohl!«

»Gute Nacht, Russell. Du auch.« Strand sah ihm nach, wie er schwerfällig aus dem Zimmer ging. Als er über die Schwelle trat, stolperte er ein wenig, und Strand dachte, er muß schon eine Menge in New York getrunken haben, ehe er sich auf den Weg machte; ein Glück, daß ihn keine Verkehrsstreife angehalten hat, sonst würde er die Nacht im Gefängnis zubringen statt in seinem großen warmen Bett. Dann stieg Strand die Treppe hinauf und betrat das Zimmer, in dem Leslie schlief. Sie atmete sanft. Ihr helles Haar lag über das Polster gebreitet und schimmerte im Licht der Nachttischlampe. Leise zog er sich aus, löschte das Licht und schlüpfte neben seine Frau ins Bett.

Irgendwann in der Nacht wurde er wach. Er hatte im Schlaf Motorengeräusch gehört, ein Wagen sprang an, der Lärm wurde schwächer, schwand in der Ferne. Er war nicht sicher, ob er es wirklich gehört oder nur geträumt hatte. Er drehte sich herum, legte den Arm um die bloßen Schultern seiner Frau, hörte sie zufrieden seufzen. Und er schlief wieder ein. Er erwachte früh, es begann eben zu dämmern. Es schneite noch immer. Leslie schlief, und er stieg aus dem Bett, zog sich rasch an und wollte das Zimmer verlassen. An der Tür blieb er stehen. Auf dem Boden lag ein Brief – halb unter der Tür durchgeschoben. Er hob ihn auf und trat auf den Flur hinaus. Es war zu dunkel, um entziffern zu können, was auf dem Umschlag stand. Sanft schloß er die Tür hinter sich und ging eilends in den Salon hinüber, wo die Lichter immer noch brannten und die Asche im Kamin noch ganz leicht gloste. Der Umschlag war lang und dick, und ein einziges Wort stand darauf geschrieben: Allen. Er riß ihn auf. »Lieber Allen«, las er und erkannte Hazens kühne, regelmäßige Schrift.

Wenn Du dies liest, bin ich tot. Ich bin gestern abend gekommen, um Dir adieu zu sagen und Dir Glück zu wünschen. Alles kam nun zusammen: meine Frau, die Untersuchung in Washington, Conroy, der mit Erpressung drohte. Man hat mich vorgeladen, am 2. Januar vor dem Ausschuß zu erscheinen. Wenn ich erscheine, muß ich entweder meineidig werden oder alte Freunde und Partner in die Sache hineinziehen und sie strafbarer Handlungen bezichtigen. So oder so, am Ende würde von meinem guten Ruf nichts mehr übrig sein. Ich habe alles sorgfältig überdacht, und ich wähle den einzig möglichen Ausweg. Bei meiner Testamentseröffnung wird sich herausstellen, daß ich das Haus am Meer Caroline vermacht habe. Aus gutem und triftigem Grund. Sie kann einige Morgen Land verkaufen, um den Besitz erhalten zu können. Es ist genügend da, vierzig Morgen, und das Land ist viel wert. Fast mein gesamtes übriges Vermögen habe ich meiner Frau hinterlassen, unter dem Vorbehalt, daß sie restlos enterbt wird, falls sie auch nur eine einzige Klausel des Testaments anficht. Meine Töchter verfügen selbst über ein beachtliches Vermögen, und sie haben keinerlei Handhabe, das Testament anzufechten. Ich bin ein guter Anwalt. Das Testament ist wirklich hieb- und stichfest. Meine Bilder habe ich längst verschiedenen Museen gestiftet, mit der Vereinbarung, daß die rechtliche Übereignung erst mit meinem Tod eintritt. Die Steuergesetzgebung macht aus dem Tod freilich ein etwas grausiges Spiel, aber in diesem Spiel bin ich Fachmann. Rückblikkend kann ich jetzt sagen, daß ich in zu vielen Spielen und Wettbewerben Fachmann war, aber das ist nun einmal die gewinnbringende amerikanische Art. Eines von den Dingen, die ich an Dir und Leslie am meisten liebte, war, daß Ihr keine Mitstreiter in diesem Wettbewerb wart. Nicht daß es unter Eurer Würde gewesen wäre. Es war, als hättet Ihr die Existenz eines solchen Wettbewerbes gar nicht wahrgenommen. Es macht Dich zweifellos zu einem schlechteren Historiker, aber zu einem besseren Menschen.

Gedankenlos und ohne jede böse Absicht habe ich Dich und Deine Familie in meine Welt hineingezogen. Ich war einsam und meiner eigenen Familie beraubt, und ich glaubte, ich könne mich in einer glücklichen Familie einnisten. Aber was ich für Großzügigkeit hielt, stellte sich als Unglück heraus. Jimmy lernt allzu schnell, wie man Erfolg hat. Caroline sitzt auf dem amerikanischen Karussell der Konkurrenz, ob sie will oder nicht. Eleanor und ihr Mann haben erfahren, was es heißt, Schiffbruch zu erleiden und in Angst zu leben.

Es widerstrebt mir, es auszusprechen, lieber Allen, aber Leslies neue Karriere kann Euch nur weiter voneinander entfernen und wird Euch neuerlich entwurzeln. Gelegenheit ist ein zweischneidiges Schwert. Es hätte alles gutgehen können, leider kam es anders. Dasselbe könnte man vom Falle Romero sagen.

Die Renoir-Zeichnung in Deinem Schlafzimmer habe ich gekauft, nachdem die Abmachung mit der Regierung bereits getroffen war, und es macht mich glücklich, daß ich in der Lage bin, sie Dir in meinem Testament, das im Safe meines Partners liegt, zu vermachen.

Strand hielt einen Augenblick im Lesen inne. Die Ungeheuerlichkeit des Dokuments, das er in den Händen hielt, betäubte ihn, und die Tatsache, daß es mit solcher Sorgfalt und Klarheit von einem Mann verfaßt worden war, der sich darauf vorbereitete, seinem Leben ein Ende zu setzen, ließ ihn über die nahezu unmenschliche, unerbittliche Selbstkontrolle seines Freundes staunen. Neben der Rechtswissenschaft muß sich Hazen viel mit Platon beschäftigt haben, dachte Strand. Platon über Sokrates' Tod. »O Kriton, wir schulden dem Asklepios noch einen Hahn. Bringt das in Ordnung, bitte, und vergeßt es nicht!« Ein Hahn für Asklepios. Ein Renoir für Strand. Die Anmut der Antike im Tode. Berühmte letzte Worte. Tränenlos fuhr er zu lesen fort:

In dem kleinen Kuvert, welches dem Brief beiliegt, sind zehntausend Dollar in Scheinen zu fünfhundert Dollar. Sie sollen Dir helfen, das Pariser Abenteuer für Dich und Leslie angenehmer zu gestalten. Ich schlage vor, daß Du es keinem Menschen gegenüber erwähnst.

Ihr habt das letzte Jahr meines Lebens zu einem wichtigen Jahr für mich gemacht, Du und Deine Familie; ich habe zu spät begriffen, was es mich hätte lehren sollen.

Da es sich hier um meine letzten Worte handelt und wir uns, wie Du sagtest, einer Politik der totalen Enthüllung befleißigen, will ich Dir noch ein Geständnis machen. Es klingt absurd für einen Mann meines Alters, so etwas zu sagen, aber ich habe mich in Leslie verliebt, als ich sie zum ersten Male sah. Wenn es jemals eine Frau gab, die mich hätte glücklich machen können, war es sie. Als es so aussah, als würdest Du im Spital in Southampton sterben, habe ich Deinen Tod gewünscht. Nicht bewußt, nicht vorsätzlich, aber den Bruchteil einer Sekunde lang war der Gedanke da. Dann würde ich nicht mehr nur Freund der Familie sein, die ich liebte, sondern würde dazugehören, wäre nicht mehr Gast an ihrem Tisch, sondern ihr Haupt. Die Tatsache, wie glücklich ich war, als Du überlebtest, konnte mich diesen dunklen, bösen Augenblick niemals vergessen machen.

Bitte verbrenne diesen Brief, sobald Du ihn gelesen hast, und sage niemandem außer Leslie, daß es ihn gegeben hat. Ich habe noch eine Nachricht verfaßt, die ich im Wagen hinterlassen werde. Sie enthält lediglich die Erklärung, daß ich beschlossen habe, Selbstmord zu begehen. Ich teile darin mit, daß ich am Rande eines Nervenzusammenbruches stehe und um meinen Verstand fürchte. Ich habe eine Pistole bei mir, es wird rasch vorüber sein. Man wird mich am Rande irgendeiner Wiese neben dem Wagen finden.

Trauere nicht um mich. Ich verdiene Deine Trauer nicht. Ich umarme Euch alle.

Russell

Vierter Teil

Wieder ist es wenige Tage vor Thanksgiving, und in der Dunkelheit wirbelt der erste Schnee vor meinem Fenster. Im Lichtstrahl meiner Schreibtischlampe sehe ich die weißen Pünktchen stöbern. Ich bin in Dunberry, aber nicht mehr in der alten Wohnung im Malson-Haus. Ich bin allein, seit Leslie in Paris ist.

Ich habe weder Leslie noch Caroline erlaubt, mich zu Russell Hazens Begräbnis zu begleiten. Es war nicht vorhersehbar, ob Russell Hazens Witwe nicht irgendeine Szene machen würde, und weder meine Frau noch meine Tochter waren in einer Verfassung, die es zugelassen hätte, dieser wahnsinnigen, rachsüchtigen Frau in solch einem Augenblick gegenüberzustehen. Ich saß in einer der hintersten Kirchenbänke, und sie sah mich nicht. Neben ihr saßen zwei großgewachsene junge Frauen. Ich nehme an, es handelte sich um Hazens Töchter. Alle drei waren in elegantes Schwarz gekleidet und legten leidvolle Mienen an den Tag.

Flüchtig sah ich die Gesichter der Töchter, als sie am Ende des Gottesdienstes durch den Mittelgang schritten. Sie waren nicht unschön, aber sie waren hart und zügellos und mißtrauisch zugleich. Wir machen uns oft von Menschen ein Bild, ohne sie gesehen zu haben. Wenn wir sie schließlich zu Gesicht bekommen, neigen wir dazu, sie eher so zu sehen, wie wir sie uns vorgestellt hatten, als der Wirklichkeit Rechnung zu tragen. Wie immer es sein mag, es sind zwei Frauen, die ich nicht in meiner Nähe haben möchte.

Sowohl der Pfarrer in seiner Rede als auch die Times *in ihrem Nachruf sprachen von Hazens überragenden Leistungen als Bürger, von seiner Rechtschaffenheit und den vielen wertvollen Diensten, die er der Stadt New York geleistet hat. Ich stellte mir vor, wie bitter Hazen gelacht haben würde, wäre er noch am Leben gewesen und hätte er die Huldigungen, die seinem Andenken dargebracht wurden, gehört oder gelesen.*

Hazens Tod und vor allem die Art seines Todes warfen Leslie nieder. Vier Tage danach brach sie plötzlich in Tränen aus. Es war, als seien ihre sehr komplexen Gefühle, die sie um meinetwillen und der Kinder willen mühsam unter Kontrolle gehalten hatte, schließlich doch noch zuviel für sie geworden. Es war, als sei irgendein psychischer Damm gebrochen. Es war unmöglich, sie zu trösten. Die Depression, welche sie vor unseren letzten Thanksgiving-Ferien in den Hamptons befallen hatte, war nur ein flüchtiger Schatten dessen gewesen, was sie jetzt durchmachte. Sie gab sich nicht einmal mehr den Anschein, als habe sie die Absicht, weiter zu unterrichten. Sie bat mich, alle ihre Stunden in der Stadt abzusagen. Sie rührte weder Klavier noch Pinsel an und saß den ganzen Tag lang in der frisch gestrichenen Küche unserer Wohnung im Malson-Haus – mit steinernem Gesicht, sofern sie nicht weinte. Sie machte sich und mich verantwortlich für das, was geschehen war. Irgendwie hatte sie das Gefühl, daß wir – wären wir wirklich die Freunde gewesen, für die wir uns gehalten hatten – gespürt haben müßten, wie sehr Hazen litt und wo es hinführen würde: und wir hätten es verhindern müssen. Es gab nichts, was ich sagen konnte, um sie vom Gegenteil zu überzeugen.

Als Linda andeutete, daß es gefährlich für sie werden könnte, in endloser Trauer zu resignieren, und daß vielleicht Paris und die Arbeit ihre Psyche heilen würden, stimmte ich zu. Leslie saß da wie eine Gliederpuppe, als Linda und ich ihr zuredeten, augenblicklich nach Frankreich zu fahren. Schließlich sagte sie: »Es kann nur besser sein als das hier . . .«

So setzte ich Leslie, zehn Tage nachdem man Hazens Leiche auf einer zum Meer führenden Sandstraße im Schnee gefunden hatte, ins Flugzeug nach Paris. Wir sprachen nicht darüber, wie lange sie bleiben, noch wann sie zurückkehren würde.

Ehe sie abfuhr, verbrannte sie alle ihre alten Bilder.

Babcock, dieser wahrhaft heiligmäßige Mann, schlug taktvoll vor, daß es für mich, da ich im Augenblick Junggeselle und allein sei, vielleicht angenehmer wäre, die Verantwortung für ein Haus und neun Jungen nicht tragen zu müssen. Als das Semester zu Ende war, zog ich um. Da für mich keine Notwendigkeit mehr bestand, auf dem Campus zu leben, mietete ich eine kleine möblierte Wohnung in der Stadt, über einem Geschäft, in dem man Tabak und Zeitungen kaufen kann. Der Duft, der durchs Treppenhaus schwebt, ist tröstlich. Die Renoir-Zeichnung hängt voll unangemessener Sinnlichkeit über dem rissigen alten Ledersofa, auf welchem ich meine Nickerchen halte. Ich fahre mit dem Rad in die Schule und zurück, was meiner Gesundheit förderlich ist. Ich koche meine Mahlzeiten selbst und esse sie in Frieden. Manchmal esse ich bei den Schillers zu Abend, und Mr. Schiller gestattet seiner Frau, das Kochen zu übernehmen. Mrs. Schillers Spezialität sind Kartoffelpuffer.

Den Sommer habe ich mit Leslie in Frankreich verbracht. Ein kleiner Teil der zehntausend Dollar mußte für die Flugkosten herhalten. Der Sommer war kein großer Erfolg. Leslie hat sich einen ziemlich großen Freundeskreis geschaffen, zum Großteil Künstler, und dank ihres guten Gehörs spricht sie inzwischen ziemlich gut Französisch. Die Konversation wurde fast ausschließlich in der Landessprache geführt und drehte sich meistens um Leslies Arbeiten und die Arbeiten der anderen. Mein Schulfranzösisch war mir von geringem Nutzen. Die Leute mochten sich noch so sehr bemühen, mich in ihren Meinungsaustausch mit einzubeziehen – was vor allem Leslie tat –, ich fühlte mich dennoch als rückständiger Eindringling.

Obwohl Leslie nach ihrem erstaunlichen Anfangserfolg weder Bilder ausgestellt noch verkauft hat, geht sie dreimal in der Woche in das Atelier des Künstlers, bei dem sie lernt. Er ist ein kleiner, lebhafter, rundlicher alter Mann namens Leblanc, der schwört, daß Leslie eines Tages berühmt sein wird. Ihre Bilder sind von einer seltsamen Melancholie überschattet, als wäre allen ihren Farben ein versteckter Hauch von dämmerndem Purpurrot beigemischt; auch in ihren Mittagsbildern ist er zu sehen. Sie widmet sich mit ausschließlicher Hingabe ihrer Kunst, und wenn sie nicht an ihrer Staffelei steht, zieht sie ihre nimmermüden Runden durch Galerien und Museen. Ich war schon nach wenigen Tagen Aufenthalt in der Stadt übersättigt und verbrachte die meiste Zeit lesend an Kaffeehaustischen.

Wir wohnten in einem eher kahlen, aus einem einzigen Raum bestehenden Atelier am linken Ufer der Seine. Die Luft war vom Geruch der Farben und des Terpentins durchtränkt, ein Duft, der für Leslie eine Quelle des Vergnügens ist, bei mir jedoch schließlich eine Allergie zum Ausbruch brachte, die mir ein ständiges Schnüffeln und Schneuzen bescherte. Leslie, der früher meine kleinste Indisposition nicht entgangen war, bemerkte nicht einmal, daß ich mit roten Augen umherlief und jeden zweiten Tag eine neue Schachtel Papiertaschentücher brauchte.

Ihre Kummerphase war endgültig vorüber, und ihre Energie und ihre Begeisterungsfähigkeit, in der sie einer jungen, eifrigen, brennend interessierten Studentin glich, gab mir das Gefühl, we-

sentlich älter zu sein als meine fünfzig Jahre.

Die Leute von der amerikanischen Schule boten mir tatsächlich einen Job an, aber ich beschloß, in einer Stadt, deren Sprache ich nicht sprach und in der mich die Freunde meiner Frau als linkisches Anhängsel betrachteten, nicht leben zu wollen. Worte aus einer Erzählung fielen mir ein, die ich gelesen hatte. Der Autor ließ einen anderen Amerikaner in Paris sagen: »Dieser Kontinent ist nichts für mich.« Ich lehnte mit dem Ausdruck meines Bedauerns ab. Der Direktor der Schule konnte seine Erleichterung kaum verhehlen. Ich konnte ihn verstehen. Der Lehrkörper bestand aus unruhigen Wandersleuten, alle zwischen zweiundzwanzig und dreißig, und mein graues Haar mußte für einen Direktor, der nicht älter als fünfunddreißig sein konnte, notwendigerweise ein Zeichen von Altersschwäche und bedenklicher Seßhaftigkeit darstellen.

Leslie nahm meine Entscheidung gelassen auf. Ich habe entdeckt, daß Kunst unausweichlich zu der gleichen Versenkung in sich selbst führt wie die Krankheit. Wenn man krank ist, denkt man nur an die eigene Krankheit. Das Mühen und Streben der anderen wird unwichtig.

Wir verbrachten zwei Wochen im Süden in Lindas zauberhaftem Haus in Mougins. Ich saß im Garten und versuchte in der Sonnenhitze zu lesen und zerquetschte Moskitos – genau wie Hazen vorausgesagt hatte. Leslie schlug vor, ich solle den Renoir verkaufen und mit dem Erlös ein kleines Haus neben Lindas Besitz erwerben. »Du mußt nicht mehr arbeiten«, sagte sie, »und hier kann man so herrlich sitzen und nichts tun.«

Damit hatte sie recht, aber ich wollte nicht sitzen und nichts tun. Ich entdeckte, daß Muße mich langweilt. Ich bin Lehrer. Das sagt aus, wer ich bin. Ich bin Lehrer oder nichts. Gebt mir ein einziges kluges, suchendes Kind in einer Klasse von dreißig, dessen Horizont ich erweitern kann, und ich weiß, daß ich das tue, wozu ich auf der Welt bin. Romero, so sehr er mich auch zur Verzweiflung brachte, war so ein Kind. Als ich mit Leslie über das Gefühl der Zugehörigkeit sprach, das mich erfüllt, wenn ich vor meiner Klasse stehe, sagte sie, daß sie sich vor einer leeren Leinwand ganz genauso fühle. Wenn nicht um meinetwillen, so hoffe ich um ihretwillen, daß ihr mit der Leinwand größere Erfolge beschieden sein mögen als mir mit Romero.

Nichts, was ich sagte oder tat, konnte Caroline dazu bewegen, nach Arizona zurückzukehren. Statt dessen wechselte sie auf das Hunter College in New York über und war ganz darauf versessen, ihr Diplom als Kinderpsychologin zu machen. Sie weigerte sich, das Geld anzurühren, das vom Verkauf der zwei Morgen Land aus Hazens Erbschaft stammte – eine Transaktion übrigens, die einer von Hazens Partner bestens abwickelte. Sie nahm eine Halbtagsstelle als Kellnerin an, um sich ihr Studium zu verdienen, und meines Wissens hat sie das Haus am Meer, das nun das ihre ist, niemals mehr besucht. Sie hat es letzten Sommer mit Hilfe eines ihrer Lehrer als Ferienheim eingerichtet, und zwar für Kinder, die im Sprachgebrauch der Medien meist »benachteiligte Ghettokinder« genannt werden: Kinder aller Rassen, bis zum Alter von fünfzehn. Freiwillige Berater, die von verschiedenen Sozialhilfedienststellen kommen, vervollständigen das Unternehmen. »Jesús Romero hat mir etwas über Kinder beigebracht«, sagte sie, als ich ihr Vorhaltungen machte. »Und das ist: Versuche sie zu erreichen, ehe sie zu Romeros werden.« Ob das Experiment ein Erfolg wird oder nicht, bleibt abzuwarten. Hätte sie früher gelebt und wäre sie als Katholikin zur Welt gekommen, sie wäre Nonne geworden. Selbstaufopferung im Dienste eines hohen Ideals mag edel sein, aber für einen Vater wird es stets bedeuten, daß alles Menschliche in seinem Kind versteinert. Natürlich haben die Nachbarn in Easthampton zu murren begonnen, und es geht das Gerücht um, daß man eine Eingabe an die Behörden gemacht hat. Man fühlt sich gestört, das Haus wird zu einem öffentlichen Ärgernis.

Caroline stellte Conroy ein und vertraute ihm die Verwaltung des Hauses an. Sie hat den Tag nicht vergessen, an dem er hinausschwamm, um mich aus dem Atlantik zu retten. Nach allem, was sie sagt, ist er tüchtig und widmet sich hingebungsvoll seiner Aufgabe. Bis jetzt gibt es noch keinen Anhaltspunkt für etwaige homosexuelle Annäherungsversuche an die im Haus wohnenden Jungen. Die armen Ketleys haben mitten im Sommer gekündigt. Sie sagten, sie seien nicht dazu geschaffen, in einem Irrenhaus zu arbeiten.

Ich muß gestehen, daß ich nicht das Herz hatte, hinauszufahren und mir anzusehen, was in dem Haus vorgeht, in dem ich meinen ersten Einblick in ein behagliches, großzügiges Leben erhielt; in ein Leben, das ich nie zuvor gehabt hatte und an dem ich fast gestorben wäre.

Sofort nach Romeros Prozeß rief mich Hollingsbee triumphierend an, um mir mitzuteilen, daß der Junge mit einem Jahr auf Bewährung davongekommen sei. Aber während ich dies schreibe, sitzt er schon im Gefängnis. Romero wurde bei einer Razzia in einem Versteck der F.L.A.N. – der für die Unabhängigkeit Puertoricos kämpfenden Terroristenorganisation – neben einem Lager selbst hergestellter Bomben und Maschinenpistolen und einem Berg revolutionärer Literatur aufgegriffen. Ich erinnerte mich seiner letzten an mich gerichteten Worte vor Hazens Haus im Schnee: »Sollten Sie je wieder von mir hören, dann allenfalls nur, wenn mein Name in der Zeitung steht.« Man könnte es als Prophezeiung einer Selbstverwirklichung bezeichnen.

Mit Hazens Tod war auch seine schützende Macht in Georgia dahin. In Eleanors und Giuseppes Haus explodierte zwar keine Bombe, aber das Zeitungsgebäude wurde bis auf die Grundmauern niedergebrannt, und ein Nachtwächter kam im Feuer um. In unserer Zeit ist es zur Gewohnheit geworden, Opfer aufs Geratewohl zu wählen.

Das Gebäude war anständig versichert gewesen, und mit dem Geld, das Gianelli ausbezahlt wurde, kaufte er sich in eine kleine Zeitung an der Westküste Floridas ein. Die Anziehungskraft des jahraus, jahrein herrschenden Sonnenscheins hatte Bevölkerungszuwachs und Wohlstand mit sich gebracht. Eleanor schreibt, daß sie endlich lernen, wie man eine Zeitung macht, und daß sie gut verdienen. Sie ist schwanger, und es steht mir die Aussicht bevor, Großvater zu werden. Ich nehme an, daß mein Enkelkind, wenn es erwachsen ist, durch verlassene, aufgegebene Städte wandern wird, Autos werden überall am Straßenrand stehen, ohne Treibstoff, auf ihrer letzten Fahrt zur Unbeweglichkeit verdammt. Das natürlich nur, wenn es Glück hat und die Leute, über die wir keine Kontrolle besitzen, noch nicht beschlossen haben, einen Atomkrieg zu beginnen.

Wie die meisten Menschen meiner Generation erfüllt mich ein Gefühl der Ohnmacht, und ich betrachte die Zukunft mit zynischer Resignation.

Es freut mich, berichten zu können, daß Rollins seine Bewährungsfrist erlassen wurde. Er hat in der letzten Saison bereits in verschiedenen Mannschaften gespielt, und nun hat man ihm ein Sportstipendium am Penn State College bewilligt. Den erträumten Sprung in den sonnigen Süden hat er also nicht geschafft.

Jimmy hat Mrs. Solomon, geborene Nellie Ferguson, in Las Vegas geheiratet. Es scheint eine schreckliche Gewohnheit in unserer Familie zu werden: Ich wurde zur Hochzeit nicht eingeladen. Die Firma, die er gemeinsam mit Joan Dyer führt, hat die sogenannte Goldene Platte herausgebracht; das bedeutet, daß über eine Mil-

lion Exemplare davon verkauft wurden. Habe sie noch nicht gehört.

In letzter Zeit freue ich mich wieder auf den Unterricht. Ich habe einen außergewöhnlichen Jungen namens Willoughby in meiner Klasse. Er ist sechzehn, kommt aus Virginia, hat die gepflegten Manieren eines Virginiers und scheint von Thukydides bis Toynbee und von Cäsar bis Josephus, Carlyle, Prescott, Hegel, Marx, Freeman und selbstverständlich Gibbon so ziemlich alles mit großer Sorgfalt gelesen zu haben. Er ist ebenso intelligent und scharfsinnig wie Romero, aber er besitzt einen Sinn für Ordnung und Harmonie, den er möglicherweise seiner virginischen Erbmasse oder irgendeiner glücklichen genetischen Kombination verdankt, die es ihm erlaubt, abstrakte Vorstellungen und den Lauf der Geschichte mühelos zu erfassen. Hier fällt mir ein, was Crowell, Leslies fürs Fernsehen schreibender Klavierschüler, über Mozart sagte. Die Arbeiten des Jungen, seine Argumente im Unterricht und sein reifes Urteil, das er während unserer gemeinsamen Spaziergänge an herbstlichen Nachmittagen an den Tag legt, erstaunen und entzükken mich. Wenn ich lese, was er geschrieben hat, oder wenn ich zuhöre, wie er vorträgt, fühle ich mich in frühere Zeiten zurückversetzt. Ich fühle noch einmal die gleiche Begeisterung, die mich erfüllte, als ich zum ersten Mal einer Klasse gegenüberstand und den frommen Glauben in mir trug, die Geschichte als Erforscherin der Naturwissenschaft, der Philosophie, des Entstehens und Vergehens großer Reiche, der Künste und Passionen vergangener Zeiten, die Geschichte also sei in der Tat die Königin der Wissenschaften und die große Lehrmeisterin der Menschheit.

Der Junge sagt, er habe die Absicht, in die Politik zu gehen, und ich sehe ihn schon als Senator vor mir, Senator mit fünfunddreißig. Falls es in den Staaten nur zehn solcher Jungen gibt, wird unser verwirrtes, großartiges, auf Mut, Glauben, Grausamkeit, Plünderung, Habgier, Kompromiß und Hoffnung gebautes Land noch im letzten Augenblick vor einer Katastrophe gerettet werden.

Heute erhielt ich einen Brief von Leslie. Sie dankt mir darin – wie übrigens in jedem ihrer Briefe – für meine Nachsicht mit dem, was sie als die Lehrzeit ihrer mittleren Jahre bezeichnet. Sie verspricht, im Sommer zurückzukommen, und sie schlägt vor, daß wir den Westen bereisen, wo sie gerne malen möchte. Ihre Briefe sind voll Liebe, und ich zweifle – obwohl sie so weit fort ist – nicht daran, daß sie mich liebt. Was mich betrifft – ich liebte sie, als sie ein junges Mädchen war und in der ersten Reihe in meinem Klas-

senzimmer saß, ich liebte sie, als wir vor dem Altar standen, als sie zum ersten Mal in unserem Heim in New York Klavier spielte, als sie in der Hoffnung war, als sie Hazens Wunden verband und als sie im Speisesaal in Tours Hazens Frau ohrfeigte, und ich liebte sie, als ich sie ins Flugzeug nach Frankreich setzte. Ob es Schicksal oder Zufall war, was sie in mein Klassenzimmer und fürs Leben in meine Arme führte? Ich weiß es nicht, und es ist mir einerlei. Ich weiß, daß ich sie liebe und daß ich sie immer lieben werde. Die Gründe sind unwichtig. Wir haben getan, was das Schicksal uns bestimmte oder was wir tun mußten. Sie sagt, sie wird zurückkehren. Wir werden sehen.

Er hielt inne und las die Seite, die er eben geschrieben hatte, noch einmal durch. Unzufrieden schüttelte er den Kopf. Er mußte immer wieder an Romero denken. Romero spukte durch sein Hirn, und Strand wußte, daß er mit ihm noch nicht zu Rande war.

»Ich werde Ihnen etwas prophezeien, falls Sie nichts dagegen haben. Auch Sie werden nicht mehr lange hier sein.« Es klang ihm noch im Ohr.

Wieder schüttelte Strand den Kopf, als er daran dachte. Die Unverschämtheit dieses Jungen. Oder war es Weisheit gewesen?

Er starrte auf das offene Heft, das vor ihm auf dem Schreibtisch lag. Die Seite spiegelte das Licht der Lampe wider. Dann nahm er den Füllhalter und begann von neuem zu schreiben.

Will ich denn mein Leben hier beenden? Will ich als Tier enden, das auf friedlicher Weide grast? Wo ist der Ort, an dem man mich braucht, die Aufgabe, für die ich der Richtige bin, die Aufgabe, die für mich die richtige ist? Braucht mich ein Junge wie Willoughby? Die Antwort heißt nein. Er wird gedeihen, wie es ihm vorbestimmt ist, und wenn ein Mann wie ich sich im Glauben wiegt, das Resultat wäre ihm zuzuschreiben, so schmeichelt er sich selbst. Ich stehe nur am Rande eines Spielfeldes und feuere einen Jungen an, der keiner Ermunterung bedarf. Ich wiege mich in der bequemen, aber falschen Vorstellung, daß ich einen Geist forme, der gar nicht anders kann, als sich selbst zu formen.

Es gibt ebenso viele Romeros, wie es Willoughbys gibt, vielleicht mehr. Ich habe bei einem versagt. Aber vielleicht habe ich daraus gelernt, bei anderen nicht zu versagen. Die Männer und Frauen hier gehören einer Gattung von Lehrern an, ich einer anderen. Ich habe meinen Beruf nicht aus Bequemlichkeit gewählt. Nur die

Ereignisse haben dazu geführt, daß ich es vergaß. Eine Zeitlang. Eine Zeitlang. Diese Zeit ist jetzt vorbei. Ich werde mich nicht von meinem jüngsten Kind beschämen lassen. »Wenn Sie soweit sind«, hat der Direktor meiner alten Schule gesagt, als er mich nach meiner Entlassung aus dem Spital in den Hamptons besuchte, »wenn Sie bereit sind, zurückzukommen, rufen Sie mich einfach an. Ich halte Ihren Platz frei.« Ich bin jetzt soweit, und morgen früh werde ich anrufen. Morgen früh werde ich anrufen. Ich weiß, so einfach ist die Sache nicht, und auch er hat das gewußt. Derlei Dinge pflegt man einem Freund, der mit dem Tode ringt, am Spitalsbett zu sagen, man tut so, als sei alles in Ordnung, als würde alles wieder werden, als sei die Genesung eine sichere Sache, als würde der Freund nicht sterben, als warteten seine Kollegen nur darauf, daß er seinen Platz in der Welt bald wieder einnimmt. Na schön, ich bin nicht gestorben. Ich werde morgen früh anrufen; aber ich werde den guten Mann nicht in Verlegenheit bringen, indem ich ihn an sein Versprechen erinnere. Mein Platz wird nicht mehr frei sein. Ich werde Gesuche schreiben, mißtrauische Schulbehörden werden mir Fragen stellen, ich werde die Amtsärzte zu überzeugen haben, daß ich arbeitsfähig bin, Pensionsverträge müssen geändert, verschiedene Gesichtspunkte in Betracht gezogen werden. Offene Stellen werden besetzt oder erst nach einigen Versetzungen wieder frei sein. Lange Monate quälenden Wartens – und am Ende winkt wahrscheinlich eine abschlägige Antwort. Und doch werde ich morgen früh anrufen. Diese Mühe bin ich meiner Seele schuldig.

Es ist schon spät. Ich muß schlafen. Morgen brauche ich Kraft für Willoughby.

Er legte die Feder aus der Hand, schloß das Schulheft, erhob sich von seinem Stuhl und löschte das Licht in dem kalten, nächtlichen Zimmer.

Bestseller

IM GOLDMANN-TASCHENBUCH

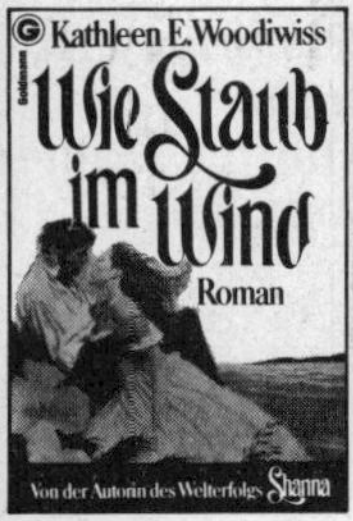

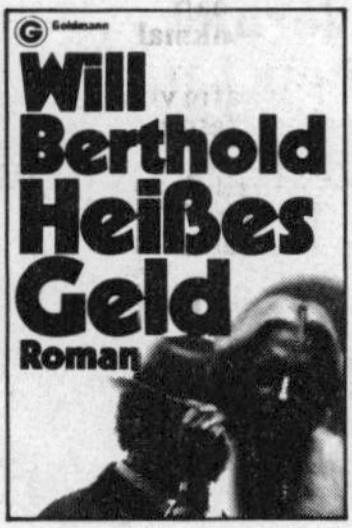

Sidney Sheldon
Zorn der Engel
6553
(Erscheint Febr. 83)

Kathleen E. Woodiwiss
Wie Staub im Wind
6503

Collins/Lapierre
Der fünfte Reiter
6524
(Erscheint Dez. 82)

Heinz G. Konsalik
Sie waren Zehn
6423

Jack Higgins
Die Nacht von Sinos
6513

Willi Heinrich
So long, Archie
6544
(Erscheint Nov. 82)

Robert Sabatier
Die Kinder des Sommers
6532
(Erscheint Jan. 83)

Harold Robbins
Die Aufsteiger
6407

Will Berthold
Heißes Geld
6540
(Erscheint Febr. 83)

Michael Horbach
Laub vor dem Sturm
6491

Verlangen Sie das Gesamtprogramm beim Goldmann Verlag · Neumarkter Str. 18 · 8 München 80